MOR[illegible]A

Szczepan Twardoch

MORFINA

Wydawnictwo Literackie

And the days are not full enough
And the nights are not full enough
And the life slips by like a field mouse
Not shaking the grass

Ezra Pound, *And the days are not full enough*

CZĘŚĆ I

ROZDZIAŁ I

Łeb. Smród.

Łeb pęka. Język jak wyschły, martwy ślimak, chropowaty. Podniebienie pod skorupą zaschniętej flegmy. Łeb pęka. Pustynia. Smród własnych wyziewów.

A więc obudził się? Obudził się? Nie obudził się. Jeszcze spać? Sen, zniknie cierpienie we śnie? Nie zniknie.

A we śnie... Był to sen?

A więc budzi się. Budzę się. Obudziłem się. Oczy pieką, grudki ropy wygrzebuje, wygrzebuję palcem, rzęsy ropą sklejone. Otwieram. Gdzie jestem? Nie u siebie.

Trzeba wstać, wstać, trzeba na sedes, uwolnić kiszki. Nie chce się wstawać, nie chce. Poleżałby, poleżałbym. Gdzie? Nie u siebie. Trzeba wstać.

Wstaje. Wstałem. Zawrót głowy. Siada na łóżku.

Siedzi, siedzę, zawrót głowy, wymiotować, więc nagłym rzutem przed siebie, jak szermierz, jak pływak, przed siebie, przed siebie, z mieszkania nie mojego na korytarz, do wychodka.

Opróżnia się, wypróżniam się, bukłak napięty staje się bukłakiem oklapłym. Łeb pęka. Jest woda? Odkręcam kurek czteroramienny z plakietką niebieską jak Virtuti Militari, nie ma wody, ciągle nie ma. Jest w wiadrze, Aniela przyniosła albo ktoś inny przyniósł.

Spłukuję sedes wodą z wiadra. Potem umywalka, korek, struga w porcelanową konchę umywalki, woda, pijesz? Piję. Pijemy. Pijemy.

Wczoraj: Zarząd Miejski ogłasza listę dwudziestu dwóch punktów bezpłatnego pobierania wody. Pobieraną z tych punktów wodę należy przed użyciem przegotować. Mam to w dupie. Twarz chlustam, polewam łeb spuchnięty resztą wody, czaszka skrzypi, słyszę, jak mi czaszka skrzypi, od środka opuchnięty mózg napiera na kości, od zewnątrz mrozi je lodowaty strumień, podnosi głowę. Widzi mnie w brudnym lustrze.

To ja. Konstanty Willemann.

Oraz skutki picia wódki. Konkretnie wina, ostatnie cztery butelki, samotnie, przy kuchennym stole, zagryzając chlebem spieczonym przez Anielę na blasze, natartym czosnkiem i posolonym. Ostatnie cztery butelki. Nie ma już wina. Więcej nie będzie wina. Może już nigdy nie będzie wina? Głupstwo, wino zawsze będzie. Ale nie dla mnie.

Pięćdziesiąty trzeci dzień trzeźwości typu em. Czternasty dzień Niemców w Warszawie. Picie samotne, od połowy drugiej butelki śpiewanie pieśni rozpustnych, przy trzeciej pieśni patriotyczne, tak jest, przy czwartej płakanie, płakanie, płakanie. Przez drzwi kuchenne rozchylone zagląda zaspana twarz Anieli, panu czego trzeba? Precz, lampucero, precz, stara pudernico, samotności mi trzeba, w mojej tragedii i w tragedii mojego miasta pożądam samotności i piątej butelki burgunda pożądam, i niczego dostać nie mogę!

A dzisiaj Anieli nie potrzeba przepraszać, Aniela nawykła. Pan, kiedy się napije, to urąga światu i ludziom. Pan już jest taki. Panowie już tacy są.

Przypominam sobie te wrzaski, kiedy patrzę w lustro. Ją sobie przypominam: Aniela, stara szwaczka, siostra służącej mojego teścia. Ukrywam się w jej pokoiku. Ona śpi w kuchni. Gospodarzy, u których najmuje pokój, nie ma. Uciekli. Ja nie uciekłem. A teraz patrzę w lustro.

To ja. Włos zmierzwiony, morda blada, zarost dwudniowy.

Dopiero teraz wszystko przychodzi, a raczej wraca: miasto rozwalone, już nie moje, Hela i Jureczek w naszym mieszkaniu w wedlowskiej kamienicy na Madalińskiego, mobilizacja, oblężenie, kapitulacja, Starzyński bredzi o okrywaniu hańbą armii niemieckiej, co walczy z biedną ludnością Pragi, ordery, żołd zaległy, wariactwo Ksyka i jego wąs czarny, po kapitulacji przejście z naszych stanowisk pod Parkiem Sieleckim i na Parkowej do koszar Szwoleżerów, gdzie mamy czekać na wyjście do niewoli, a ja nie idę do niewoli, brednie o tym, że trzeba dalej walczyć, pułkownik mnie puszcza, idź, idź, święta racja, trzeba dalej walczyć, pistolet mój zakopujemy w ogrodzie u nazaretanek na Czerniakowskiej, razem z bronią paru kolegów, mundur potem palimy w piecu, nawet buty, chociaż butów żal, śmierdzi obłędnie, nie idę do niewoli, nie ma mowy. A wcześniej, wraz z mobilizacją — obietnica. Trzeźwość. Po kapitulacji ograniczona do trzeźwości typu em, stąd wczoraj ostatnie butelki wina, gdzie teraz dostać wino? Nigdzie. Ukrywanie się, kabaret po prostu!

Dym nad płonącą Cytadelą, taki wzniosły i piękny. Braterskie pozdrowienie przesyłamy żołnierzom walczącym na Helu, mówi drżącym głosem radiowy spiker, niech żyje Polska, jeszcze Polska nie zginęła. A jednak.

Poddaję się.

Piję jeszcze wody, prosto z wiadra, unoszę je w ramionach silnych, aż brzuch znowu jak bukłak. Lustro. To ja, to ja, to ja.

Nienawidzę tego miejsca. Nienawidzę.

— Aniela zrobi mi kawy! — krzyczę, krzyk przebija mi skronie gwoździami grubymi jak palce Piłata.

— Kawy ni ma! — odkrzykuje cierpliwie Aniela z mieszkania, wczoraj tak samo krzyczała.

Przecież wiem, że nie ma, po co krzyczę?

— No to niechże herbaty mi zrobi.

— Ni ma herbaty. Pod kuchnią dopiero rozpalam.

Po co, po co, po co?

— A do jedzenia co jest?

— Ni ma. Pan pójdzie, kupić trzeba. Chleb dają w Mirowskiej, za trzydzieści groszy kilo, po ćwierci dają.

Mruczy Aniela, mruczy z kuchni, z małej kuchni w tym małym mieszkaniu, gdzie jeszcze pokoik podnajmują, pokoik, w którym śmierdzi starą kobietą, śmierdzi zapachem gotowanej kapusty i cebuli, chociaż pewnie od miesiąca najmniej żadnej cebuli ani kapusty nie gotowała, a śmierdzi i tak, a może tylko powinno śmierdzieć kapustą i cebulą gotowaną albo flakami powinno śmierdzieć i ja sobie sam te zapachy indukuję, wymyślam je sobie, żeby się podnieść na duchu?

Wyjść na miasto, trzeba wyjść na miasto. Wyjść z tego mieszkania i nie wrócić. Za oknem — deszcz, ziąb. Z powrotem do łazienki. Golić się czy się nie golić? Golić, w zimnej wodzie? Jednak golić. Włosy ułożyć. Ale bez brylantyny, chociaż brylantyna jest, w pudełku na półce, ale teraz nie czas na brylantynę, wojenny czas, więc tylko grzebień, byle nie chodzić rozczochranym. Potem aspiryna, dwie. Też się kończy. Potem podkoszulek, kalesony, skarpety. Potem ubieram się w grubą wełnę szkocką, pod marynarkę kładę ciepły pullover. Kapelusz. Szalik. Palta jeszcze nie biorę, jeszcze nie czas na palto. To nie wystarczy, nie wystarczy. Tweed w cieple utrzyma, ale nie wystarczy. Ubranie, żeby pokazać, żem nie byle kto, a jednak byle kto. Żeby chroniło przed rozpadaniem się świata, żeby przypominało, że ja — to nie byle kto.

Ja to ja. Jestem Konstanty Willemann, lubię samochody i eleganckie stroje, nie lubię koni, mundurów i nieudaczników. Ja — to nie byle kto. A jednak.

Ale to na nic, na nic. Patrzę na siebie w lustrze, ja, to ja, a świata już nie ma i w tym świecie ja to już nie ja, a jeśli nawet ja, to na pewno byle kto. Nawet w ubraniu drogim, w bucikach drogich. Byle kto. Właśnie.

Wychodzę. Drzwi za mną zamykają się pogardliwie. Drwią ze mnie te drzwi staruchowate, drzwi Anielowe, drzwi nie moje, acz w gestii mojej. Wychodzę. Nie wrócę. Nie wiem jeszcze, gdzie pójdę, ale tu nie wrócę.

Wyszedłem, miasto nie moje. Szyb w oknach nie było, tam gdzie były, to papierem na krzyż polepione, okienne krzyże świętego Andrzeja, na tych krzyżach życie nasze ukrzyżowane, ale częściej ślepa dykta i czarne oczodoły po wyłupionych framugach i szybach wyszarpanych. Sklepy pozamykane, deskami pozabijane albo rozbite, zamiast sklepów na ulicach handel, sprzedawali ludzie wszystko: buty angielskie do konnej jazdy, grzebienie, lampy i jedzenie po cenach, za które należałoby rozstrzelać. I jacy ludzie: przekupy podwarszawskie Bóg wie skąd towar biorące, eleganckie damy, apasze, żuliki, wyrostki. Społeczeństwo rozpuszczone, nie ma Żyda, nie ma Greka, nie ma damy, nie ma kurwy, nie ma profesora ni złodzieja. Towar ze sklepów rozwalonych, z rabunku albo z szabru zwykłego, albo własne futra, stary świat się upłynnił, wyłożony na ulicy na gazetach i kartonach, upłynnił się porządek rzeczy jak rozpuszczony kryształ, futra pożądane zimnym październikiem z właściwych sobie szaf na ulicę, z ulicy w ręce niewłaściwe, baba próbowała sprzedać siodło kawaleryjskie, z czyjego konia zdarte, spod jakiej dupy wyszarpane i na co komu ułańska kulbaka? Chyba sobie na plecy przypiąć, Niemców po ulicach wozić.

Jeszcze rozstrzelają.

— Rozstrzelać was za to mogą, kobieto — powiedziałem.

— Jak pan nie kupujesz, to idź pan, panie!...

Więc poszedłem. Jak to dobrze, że mam pieniądze, a mam, bo jestem mądry. Więc najsampierw idę sobie, mądry taki, idę sobie Krochmalną, Żydki się uwijają, sprzedać mi chcą wszystko wyłącznie za dulary i złoto, spieszą się i boją cholernie, a ja idę, na Żydków nie patrzę, idę do Hali Mirowskiej kupić chleba, słoniny, jajek. Połowa kramów obsadzona. Ceny szalone, kilo chleba za złoty siedemdziesiąt. Chleba z magistratowej dystrybucji po trzydzieści groszy już nie ma, już wszystko poszło. Trzeba po rynkowej, gorzej niż u Żyda. Biorę kilo. Prócz chleba kupuję kubek zsiadłego mleka, kubek plugawy na sznurku, każdemu, kto chce, przekupa z bańki mleka naleje za dziesięć groszy, płacę, do diabła tam, z plugawych warg odciskami na kubkowej blasze, piję, to pomoże.

Nie pomogło. Baba ma czekoladę, sprzed wojny, tabliczka dwanaście złotych. Dwanaście! Wziąłem dla Jureczka za trzy złote, baba brudnymi łapami odłamuje byle jak, w gazetę zawija.

Z jedzeniem w teczce, bo przecież nie będę siaty w rękach nosił jak służąca jakaś, idę dalej. Jak się pieniądze ma, to wszystko jest dla ludzi, wszystko można przeżyć.

A ja miałem. Jeszcze w sierpniu, tydzień przed mobilizacją, konto w PKO się wyczyściło, wiele tam nie miałem, ale jednak było coś, więc się wyczyściło, takim się jest zapobiegliwym, takim mądrym, kupiło się złoto po cenach paskarskich, ale przedwojennych, kupiło się dolary i teraz się ma, i Hela też ma za co Jureczka nakarmić, o czym myślałem z dumą, mijając ogonek pod PKO, specjalnie drogi nadłożyłem, żeby sobie na ten ogonek aż do Filharmonii popatrzeć, po pięćdziesiąt złotych jednorazowo wydają, ludzie patrzą na siebie oczami wilczymi spod rond kapeluszy i w tych spojrzeniach: sanacja, złodzieje, pułkowniki zakichane, gdzie są nasze, moje pieniądze!

A ja mam. Bo ja jestem mądry, a ludzie idioci.

Bo jesteś mądry, a ludzie idioci.

Drogi nadłożyłem też dlatego, że ostatni raz byłem w PKO razem z pułkownikiem i majorem Tomaszewskim, zastępcą i rotmistrzem Chochołem ze szwadronu cekaemów, w dzień kapitulacji, ale przed ogłoszeniem jeszcze, Tomaszewski dostał Virtuti, Chochoł też Virtuti, a ja Walecznych dostałem za nic, więc byliśmy w PKO, w podziemiach, ja taktownie z tyłu, nie odzywam się, bo tam generały: Rómmel, Kutrzeba, Tokarzewski, Czuma stoją nad mapami, palą papierosy, pokonani, skapitulowani, przegrani, Polskę przesrali, ale stoją nad mapami, pozapinani pod same szyje, srebrne kołnierzyki, generalskie pistoleciki w kaburach maleńkich przy dupie, damki szóstki czy siódemki, akurat takie, żeby sobie w łeb palnąć, ale jakoś sobie żaden nie palnął, chociaż oddali wszystko, co było do oddania, nie tylko guzik od płaszcza.

Nasz pułkownik gadał z szefem sztabu Rómmla, tak, kapitulacja zdecydowana, a ja miałem ochotę wielką wyjąć pistolet i te generalskie łby poodstrzeliwać, jeden po drugim.

A dzisiaj ani śladu generałów, tylko ludzie stoją w ogonku, żeby swoje pięćdziesiąt złotych dostać.

Z jedzeniem w teczce idę do Europejskiego, do Loursa, posłuchać, co mówią. Co gadają, co bełkoczą, kłapią szczękami jak dziady proszalne puszką o trotuar. Ale co tam, idę, do Loursa idę, aby jeszcze to trochę odwlec, to, co nastąpi potem. W końcu czterdziesty dziewiąty dzień trzeźwości typu em.

Wchodzę. W środku ścisk niemożliwy, większość — oficerowie. Część udaje, że oni to wcale nie oni, ale patrzy im z mordy zupakiem z daleka, z mordy, nie z mord, bo oni wszyscy mają jedną mordę zupacką, pułkownikowską, majorowską, kapitańską, panowie szlachta, tak się im ładnie mieściła ta wygolona morda nad wężykami na wysokich kołnierzach, zadaszona lakierowanym okapem czapki, a teraz smutno tkwi na chudych albo tłustych karkach, nad brudnymi kołnierzykami cywilnych koszul, nad szarymi albo brązowymi ubraniami, które Bóg wie skąd pobrali. Długi Faliński w ubraniu zdjętym chyba z karła, rękawy marynarki w pół drogi między łokciem a nadgarstkiem z białym śladem po zegarku. Tłuścioch w rogu rozpycha tłustym biustem poły swojej marynarki, jakby była pękniętą kiszką smażonej kaszanki, ledwie dopięta na brzuchu koszula w równych elipsach między guzikami odsłania ciało jak włochate ciasto.

Inni — w mundurach, półmundurach raczej, cywilne marynarki i bryczesy polowe, płaszcze wojskowe, ale uwieńczone kapeluszami. Ci nie muszą się ukrywać, to modlińczycy. Zresztą przed kim się ukrywać, tu Niemców nie ma, Niemcy po kawiarniach nie chodzą.

Wszyscy oczywiście chcą być ze mną za pan brat. Nie dlatego, żeby za pan brat chcieli być akurat właśnie ze mną. Tutaj wszyscy za pan brat, a oni sądzą, że ja się wliczam w to ich „wszyscy".

I gadają: że Francja. Że Sikorski rząd, a Rydz internowany, że sanacja to, że sanacja tamto. Idiota kliniczny przy stoliku pod oknem peroruje, iż Polska przyjąć musi formę duchową, stać się państwem ducha i z ducha się ponownie narodzić, jako kraj bez nierówności i bez prześladowań, jako kraj obywateli światłych, połączonych umiłowaniem dobra, piękna, postępu, Boga, sprawiedliwości i przyjaźni.

I anyżkowych cukierków, koniecznie. Tak sobie myślę właśnie, że jeszcze muszą być anyżkowe cukierki, likier różany i kokaina darmo. Wybieram stolik na drugim końcu sali, bobym go w pysk musiał strzelić, na drugim końcu zresztą siedzą nad flaszką wódki Rudzik z Malinowskim i do nich się przysiadam.

A oni swoje. Rejestrować się czy nie? Ogłoszenie Cochenhausena przedwczorajsze czytałeś? Czytałem. Wczoraj nazwiska na litery od a do ka. Jutro — od el do zet. Rudzik mówi, że nie idzie, Malinowski się waha, ale raczej też nie. Jak się zarejestruje człowiek, to nie ma siły, skierują do obozu. A może nie skierują? A przecież: Francja, Francja, Francja, bić Niemców.

— Nie nabiliście się już przez te trzy tygodnie? — pytam. — Małoście dostali?

A oni swoje. Sanacja i sanacja, ukarać i rozliczyć.

— Kogo chcecie karać? — pytam. — Marszałka? Na grób mu naszczać?

— Nie da się, warty stoją — odpowiada poważnie Rudzik.

A oni nie słuchają. Słuchajże, Kostek, to proste przecie, do Krakowa tak a tak, z Krakowa na Budapeszt tak a tak i śmak, a to przez Tatry na nartach tak a tak albo inaczej znowu tak, a w Budapeszcie nawet jak internują, tam podobno bardzo pomagają z ministerstwa honwedów, minister Bartha pomaga, więc jak internują, to zaraz puszczą, a jak puszczą, to do Konstancy tak albo siak, stamtąd na jakiś statek i na Morze Śródziemne i do Marsylii, a tam już wojsko nowe, sojusznik da nam czołgi i wszystko nam da, będziemy Niemca bić, bolszewika będziemy bić, wszystkich będziemy bić, za wolność waszą, hurra, na Berlin, tacy jesteśmy! Wiwat! Wiwat!

— Jakby miał nam dać, to nie było mu łatwiej w sierpniu dać? — pytam.

A oni patrzą na mnie oczyma złymi spod brwi nastroszonych i zastanawiam się, czy już chcą rzucić to słowo, czy jeszcze nie, więc patrzą, a ja widzę ich oczy jak okna paskami papieru na krzyż zaklejone. Rzucić chcą, do rzucania prędcy są, ale nie rzucą, bo się boją, bo życie zbyt już trudne, żeby sobie jeszcze sądy koleżeńskie do tych trudności dodawać. Więc nie.

Rudzik wyciąga gazetę.

— Co to jest? — pytam.

Rudzik wzrusza ramionami. No bo co ma być? Nowy „Kurjer Warszawski". „Kurjera Warszawskiego" już nie ma, nie ma go, bo może był stary, a tu proszę, pierwszy numer. Na pierwszej stronie: „Ważne wyjaśnienia dotyczące wypadków poprzedzających konflikt niemiecko-polski". Obok: „Churchilizm. Interesujący artykuł Bernarda Shawa". Patrzę w stopkę. Franciszek Sowiński. Nie znam. Pewnie pseudonim: boi się chłopina, że mu nikt ręki nie poda, bo się Niemcom wysługuje.

Dosiada się gość w płaszczu do naszego stolika, z Rudzikiem podają sobie ręce jak starzy przyjaciele. Widać zaraz: oficer, same oficery.

Patrzy na mnie. Niski, brzuch jak piłka, ale twarz szczupła.

— Kalabiński jestem. Pułkownik.

I łapę wyciąga, łapę więc ściskam.

— Willemann jestem. Pijak — odpowiadam.

Śmieją się obaj, Kalabiński i Rudzik.

— Podporucznik taki figlarz jest — mówi Rudzik, aby pierdolony pułkownik ani przez chwilę nie miał wątpliwości, że gada z oficerem, chociaż od razu widać, że młodszym i rezerwy, ale jednak, co oficer, to oficer.

— Pan pułkownik też ze Śląska — dodaje jeszcze.

— Z Sosnowca — poprawia Kalabiński. — Pan Ślązak?

— Nie — zaprzeczam. — Warszawiak. Tyle że na Śląsku rodzony.

Nie drąży dalej, szczęśliwie nie drąży.

— Straszniеśmy się na Śląsku bili — mówi za to, niby nie do mnie, tylko w przestrzeń. — I potem cały czas. Pan się biłeś?

Patrzę na niego tak, żeby widział moją niechęć.

— Tylko w knajpach z alfonsami, jak mi kurwa darmo dać nie chciała — odpowiadam.

— Och, pan Willemann bił się w dziewiątym ułanów! — spieszy z wyjaśnieniem Rudzik, śmiejąc się niepewnie.

I nalewa Kalabińskiemu kieliszek. Ten wychyla.

— Śmieszna rzecz mi się przypomniała — mówi, jakby od razu wódką podochocony, ale głos nagle ścisza. — Byliśmy w takim miasteczku, Stopnicy, same Żydki zresztą, i jedzie sobie autobus, w nim pełno Niemców, to zaczęliśmy do nich walić, a potem się okazało, że to muzykanty. Wojskowe, w mundurach. Ale autobus jak rzeszoto, muzykanty też, trąby, panie, postrzelane i podziurawione. Głupia sprawa, karabinów nie mieli, tylko te trąby.

Rzygać mi się chce.

Dopijam wódkę, cześć, idę, nic tu po mnie.

Francja, Francja, nekromancja, rejestracja czy nierejestracja, sanacja, koalicja, mobilizacja, demokracja, deratyzacja, mózgów inseminacja. Precz.

Idę. Muszę sprawdzić, jak się mają Hela i Jurek, dopytać się, dopieścić, zatroszczyć, ale najpierw coś dla ducha. Więc do Szpitala Ujazdowskiego. Koniec. Wychodzę. Koniec.

Wychodzę od Loursa, musiałem wyjść, bobym się pochorował od klęski, mdlić mnie od tej klęski zaczęło, więc wychodzę, wyszedłem. Koniec.

Miasto moje nie moje, podziurawione, idę Krakowskim Przedmieściem, idzie sobie pluton Żydków z łopatami, trójkami sobie Żydki idą, brodaci, chałaciaści i w myckach idą, ze trzydziestu ich jest, do roboty jakiejś idą, eskortuje ich trzech Niemców, mundury jak wojskowe, ale nie Wehrmacht, pułkownik mnie nauczył: tylko Wehrmacht ma orły niemieckie na lewej piersi, inne formacje mundurowe nie mają. A formacji mnogo. Ci nie mają, więc nie Wehrmacht. Ale cholera wie co innego. Polizei jakieś. Albo SS. Lud się rozstępuje, odwraca się, Żydki w niemieckiej eskorcie idą sobie środkiem rozwalonej ulicy.

A ja dalej idę, idę Nowym Światem, na Nowym Świecie jeszcze tak niedawno takie same kolumny widziałem z łopatami, w garniturach i kapeluszach, ochotnicy do obrony Warszawy szli rowy kopać, a teraz tylko groby tam, gdzie kiedyś była jezdnia, chłopskie furmanki zamiast tramwajów, nie ma tramwajów, nie ma autobusów, są furmanki, jedzie taka, a w niej spokojnie siedzą, piętnastu warszawiaków w paltach i kapeluszach, teczki na kolanach, ile brakuje, że nóżka na nóżkę i gazetę zacznie taki czytać, albo lepiej „Wiadomości", jakby taksówką na premierę nowego Szaniawskiego do Ateneum jechał. Na murach zamiast afiszy — karteczki.

„Do Józefa Mareckiego żona z dziećmi. Józeczku, dom rozbity, jesteśmy u Stasiów na Grochowie, czekamy". „Gołębie wystawowe sprzedam, ul. Wierzbowa 14, pytać o Andrzeja". Wierzbowa spalona, byłem jeszcze przed kapitulacją. Setki karteczek. Przed karteczkami ludzie, szukają, czytają. Pani zacznie tu, ja tam, jakby pani co zobaczyła o Marianie Kowalczyku, pani dobra powie, a pani kogo szuka, to ja też patrzeć będę? A ile lat? Nieszczęście, och, nieszczęście.

Dalej — szedłem. Wiejską. Nie szukam nikogo, nikt mnie nie obchodzi, tylko Hela i Jureczek, a oni bezpieczni w naszym mieszkaniu. Płyty pozrywane, na chodniku błoto, trzewiki od razu powalane, na ulicy błoto i furmanki, w dwa tygodnie dwieście lat do tyłu. Z płyt barykady prowizorycznie już otwarte, rozsunięte, ale pawimentów nikt na powrót nie poukładał.

Znowu dwóch Niemców, żołnierze. Płaszcze, pasy, furażerki. Ludzie gapili się na nich, jakby im matkę ci dwaj właśnie przed momentem zgwałcili, zabili i zjedli. Może i niektórym zabili. Może komu nawet zgwałcili, kto wie. Ale żeby zjedli, to nie sądzę. Ci zresztą pewnie nawet nie zabili, lotnik raczej zabił, samolot zabił, bomba zabiła. Żołnierzyki, młode takie, oczka trochę wystraszone, bez broni, no to po co chodzisz po mieście, co je twój generał zdobył, bo przecież nie ty zdobyłeś, zdobywa generał, a tyś tylko jechał na ciężarówce alboś lazł piechotą, potem biegł, krył się, strzelał, szarpał zamek, strzelał, do kogoś strzelał? Strzelałeś, do kogo kazali, a potem z drugiej strony strzelać przestali, generał dał wam wódki, a teraz tobie jeszcze da kto w łeb, bo przecież nie generałom Cochenhausenowi, komendantowi Warszawy, ani Brauchitschowi, ktoś nie wytrzyma, w łeb żołnierzykom da i będzie kłopot.

Więc idę. Na ścianie: „Bekanntmachung!". Po lewej szwabachą, po prawej: „Obwieszczenie!". A w środku orzełek czarny, gustowny. „Wird mit dem Tode bestraft*".

Zatrzymało mnie przed tym obwieszczeniem. Czytałem część po niemiecku. I nagle oświecenie. „Wird mit dem Tode bestraft". Tak mówił papa, to jest język mojego papy, że niemiecki to też, ale nie tylko, tak mój młody papa właśnie mówił. Nie kara śmierci, ale: Konstantin, wenn du unartig bist, wenn du dich schlecht benimmst, dann wirst du bestraft! Konstantin, sprich Deutsch!**

Zrobiło mi się niedobrze. Trzeba iść, trzeba iść po coś dla ducha.

Więc szedłem. Spaceru dwa kwadranse i już — Szpital Ujazdowski. Coś dla ducha. Pawilony pełne: leżą ranni, leżą, jęczą, leków brakuje, bolą ich te dziury po kulach i odłamkach. Źle to wygląda. Sam nie wiem, co mnie bardziej martwi: to, że tych wszystkich fajnych chłopaków boli, leżą tutaj i ich boli, niefajnych też boli, czy może to mnie martwi raczej, że Jacek może nie dać, bo go sumienie ugryzie. Żeby dawać na rekreację, zamiast tym chłopakom dawać ulgę. Fajnym i niefajnym.

---

* (niem.) Będzie karane śmiercią.

** (niem.) Konstantin, jak będziesz niegrzeczny, jak będziesz się źle zachowywał, to zostaniesz ukarany! Konstantin, mów po niemiecku!

A może mnie by sumienie ugryzie? Ale może jednak nie. Rozglądam się za moim doktorem, pytam ładnej blond pielęgniareczki z pupką tak krąglutką, jakby żadnej wojny nie było, mierzy mnie wzrokiem, pielęgniarka, nie pupka wzrokiem mnie mierzy, ale zbyt jest zmęczona, aby ją mężczyźni interesowali, szkoda tej jej pupki, marnuje się pupka od tej wojny. Głaskania, ściskania, klapsa i ukąszenia miłosnego jej trza, nie biegania z basenem i szarpiami. Ale — wojna. Trudno. Więc pytam pielęgniarkę i ta nie wie, gdzie doktor Rostański, i poszła dalej, ledwie przytomna.

Przysiadłem na parapecie pod oknem wysokim i w kieszeni marynarki ku zaskoczeniu wymacuję coś twardego: papierośnica, o której zapomniałem. Otwieram z nadzieją: w środku trzy papierosy! Poprosiłem przechodzącego rannego o zapałki i palę. Tytoń przeschnięty, drapie w gardło, ale dobry, z innego świata, trzy dni nie paliłem, bo myślałem, że nie mam już żadnych papierosów. I myślę: czy mnie ugryzłyby sumienie?

Przecież to jednak się tym wszystkim podziurawionym chłopakom należy, we mnie Niemce dziury zrobić nie zdołały, chociaż cała ta lawina stali i ołowiu we mnie wycelowana i wystrzelona spływała na mnie metalową strugą, ale nie dotarła, nie trafiła, nie zdołała, nie zdołali.

Gryzło mnie więc sumienie. Ale kiedy wypaliłem, to dalej szukałem doktora Rostańskiego po szpitalnych korytarzach i znalazłem. Widmo Rostańskiego znalazłem. Wycieńczony, schudł bardzo, może z dziesięć kilo, oczy podkrążone, cały białosiny, ale ucieszył się na mój widok. Jacek, mój Jacek.

Ucieszył się w pierwszej sekundzie, jak mnie tylko zobaczył, potem spojrzał drugi raz i zrozumiał, i zaraz zaperzył się, zamurował w oburzeniu.

— Wykluczone — rzucił najchłodniej, jak umiał, czyli bardzo chłodno, ale nie dość, nie tyle, bym się miał zniechęcić.

— Dzień dobry, Jacku.

— Ty mnie nie dzieńdobrzyj i nie wołaczuj, Kostek. Ja wiem, o co ci idzie. Nie dam, wykluczone. Nie mam nic a nic.

— Masz.

— Nie.

Odwrócił się i odszedł, jakby wcale nie chciał ze mną gadać. Wiedział, że sobie nie pójdę, wiedział. Ale da, wiem, że da. Więc ja za nim, do małego gabineciku, próbował zamknąć przede mną drzwi, ale się wbiłem do środka. Wiem, że ma, na pewno ma jakiś żelazny zapasik, na pewno ma poza ewidencją, słodkie buteleczki w żadnej księdze nieujęte. Zresztą pies jebał ewidencję, kogo teraz obchodzi ewidencja, Niemcy przyszli przecież. Koniec z ewidencjami.

— Daj, proszę cię. Nie mogę, nie wytrzymam już od tego, palnę sobie w łeb.

Patrzy na mnie badawczo. Jacek, mój Jacek. Jacuś. Rostański. Kochany. Myśli przez chwilę, że naprawdę mógłbym, że mógłbym palnąć?

— Pistolet gdzieś chowasz, idioto?

Milczę. Znacząco.

— Nie dam, nie strasz głupio, syna masz, żonę. Nie dałbym nawet, gdybym miał, ale nie mam. Nie dałbym, bo jest tutaj potrzebna. Dla rannych, do cholery jasnej.

— Chociaż ze dwie buteleczki daj, Jacusiu złoty, błagam — mówię, ale nie płaszczę się, słowa błagalne, ale ton stanowczy.

Westchnął.

— Pervitin mogę dać — odparł i wtedy już wiedziałem, że ustąpi. — Od Niemców kupiłem, na czarno.

— Nie chcę cholernego pervitinu.

— Ale tylko pervitin mam.

— Nieprawda. Na co mi pervitin? Na co tobie pervitin?

— Nie wiem. Sprzedawali tanio, to wziąłem. Nic innego nie mam!

— Masz.

Westchnął. Pomilczał. Już wiedziałem, że da. Wcześniej też wiedziałem, że da, ale teraz bardziej wiedziałem. Jeszcze chwilę pomilczał. Pokręcił głową.

— Idioto. Jedną ci dam. Ostatni raz. Aż się wojna nie skończy.

Uścisnąłem go, chociaż się wyrywał, ucałowałem w oba policzki, cudowną buteleczkę Jacek wyciągnął mi z sejfu, schowałem do kieszeni zaraz i uścisnąłem go jeszcze raz, po czym odwróciłem się, aby wyjść.

— Kostek... — zaczął, kiedy stałem już w drzwiach, głosem zmienionym.

Odwróciłem się, patrzył na mnie, zdanie rozpoczęte wisiało w powietrzu.

— Kostek... — powtórzył.

— No?

Bał się. Zdanie jeszcze chwilę wisiało w powietrzu, ale nie zdobył się, aby je skończyć, machnął tylko ręką.

— Rozejrzę się za nią jeszcze, druhu, przyrzekam ci — powiedziałem głosem bardzo dziarskim, jakbym przemawiał do żołnierzy na zbiórce. — I znajdzie się, znajdzie się na pewno. Ludzie teraz ciągle się znajdują.

Jacek jeszcze raz machnął ręką, a ja wyszedłem i już zza drzwi usłyszałem, że kładzie się na leżance, zaskrzypiały sprężyny nie pod ciężarem jego wychudłego, małego ciała chłopięcego, lecz pod ciężarem troski i strachu, i żalu. I tęsknoty.

Obiecuję sobie mocno, że dotrzymam przyrzeczenia, rozpuszczę wici, mogłem to zrobić wcześniej w Loursie, ale jakoś wyleciało mi z głowy, bo od rana skoncentrowałem się tylko na tym, że już koniec trzeźwości, więc wyleciało jakoś. Wstyd, że wyleciało, ale wyleciało z głowy, żona przyjaciela, Iga, Iga...

Ale rozejrzę się, poszukam, poszukam.

Więc trochę mnie gryzło sumienie, ale kiedy wyszedłem w miasto, miasto nie moje przybrało inne kolory: to buteleczka w mojej kieszeni promieniowała tymi kolorami, oświetlając domy o wyłupionych oczach, domy o oskalpowanych dachach i domy o mieszkaniach wypatroszonych. Wiedziałem: jeszcze dziś porzucę te wszystkie odcienie szarości, dziś ucieknę tam, gdzie nie dogoni mnie żaden Niemiec ani bolszewik, ani nasz pułkownik, ani patriotyczne matrony mnie nie dogonią, ani starcy, co pamiętają jeszcze powstanie styczniowe, mnie tam nie dojdą, chociażby galopem kuśtykali z tymi swoimi laskami, bekieszami i konfederatkami, nie dojdzie mnie przyszłość narodu ani jego przeszłość, nie dojdą mnie elektryfikacja, radia kryształkowe i anteny na wiejskich drzewach rozpięte, ani kwestia chłopska mnie nie dojdzie, ani parcelizacja, ani demokracja, nic. Ani ojciec mnie tam nie dojdzie, ten, którego pamiętam sprzed tamtej wojny, z jego jasnym, wątłym wąsikiem i z jego przez zaciśnięte wargi wysyczanym imieniem moim.

— Konstantin! — syczy mój młody ojciec.

Nie dojdzie mnie tam, nie sięgnie mnie zza grobu.

Szedłem więc lekko przez Szucha i Puławską, niedaleko biliśmy się dwa tygodnie temu, a dzisiaj sobie szedłem po grobach kolegów i po krwi naszych koni i gotów byłem nawet pogwizdywać. Pomyślałem, że trzeba sobie sprawić rower, i doszedłem w końcu na Mokotów, do Heli i Jureczka, pod naszą wedlowską kamienicę, nowoczesność i moderna, ściany gładkie, bezgzymsne, bez żadnych wolut i boniowań, nowoczesność jak aeroplan i luxtorpeda. Spojrzałem na zegarek, po ojcu zegarek, electa z czerwoną dwunastką, z poprzedniej wojny, ojca zegarek, mój nadgarstek: na cyferblacie siedemnasta.

Zdążę posiedzieć chwilę i zdążę wrócić jeszcze na czas. Stanąłem przed naszą kamienicą i pomyślałem, że Hela może obmacać mi kieszenie. Mógłbym buteleczkę gdzieś schować, w bramie albo na klatce schodowej, ale nie miałem odwagi się z nią rozstać, nie teraz. Popatrzyłem do góry. Na drugim piętrze paliło się światło, ciepłe światło, w tym świetle na kanapie siedzi Jureczek i ogląda album ze zwierzętami albo zamek z klocków układa. Kiedy zapukam do drzwi, Hela będzie wiedziała, że to ja, kto inny zadzwoniłby dzwonkiem elektrycznym, więc wzburzy się, że przyszedłem, bo to niebezpiecznie, wedle jej pojęcia jestem zbiegiem i każdy Niemiec w mieście nic innego nie robi, tylko mnie poszukuje, a Hitler z Himmlerem wrzeszczą do telefonu: „Łapać no tam tego Kostka Willemanna, ale szybko, bydlaki! Kerls! Łapać, potem męczyć, a potem rozstrzelać, a potem powiesić!". Śmieję się pod nosem, z własnych żartów się śmieję, bo dobre. Więc Hela najpierw się wzburzy, że w ogóle przyszedłem, potem pomyśli sobie, że przyszedłem pijany albo odurzony, wyjrzy przez judasz, zaraz pozna, że trzeźwy przyszedłem, i dopiero wtedy się ucieszy. Ucieszy się i zawoła: „Jureczku, tatuś, tatuś przyszedł!".

A Jureczek pobiegnie do drzwi, Hela otworzy, wciągnie mnie pospiesznie do środka, żeby mnie przypadkiem kto z sąsiadów nie zdybał, a ja Jureczka wezmę na ręce, wycałuję, wypytam o wszystko, on opowie mi po swojemu, sam chaos, pewnie o misiach, o mamie i o tym, co jedli dzisiaj na obiadek, dam mu zaraz czekoladę, a Jureczek ją całą zje, buzię sobie usmaruje.

W mieszkaniu ciepło, bo jeszcze w sierpniu załatwiłem, żeby dla całej kamienicy zrobić duży zapas węgla, gdzie indziej marzną, a u nas w centralnej kotłowni się pali i we wszystkich mieszkaniach ciepło. Ciepło, bo załatwiłem, żeby było ciepło, ja załatwiłem.

Więc jest ciepło. A jak jest ciepło, to będę musiał zdjąć marynarkę, pullover. Mógłbym buteleczkę do kieszeni spodni schować, ale Hela, kiedy Jureczek pobiegnie do innego pokoju, na pewno przylgnie do mnie całym ciałem, położy mi dłoń na piersi, po czym powędruje ta dłoń w dół, w dół, minie pasek, przejedzie resztę brzucha, potem w dół, niżej. I wyczuje buteleczkę.

Więc musiałbym ją schować. Ale jak wejdę, to potem trzeba już będzie prosto do Anieli iść i co, spać? Siedzieć w kuchni, w kuchni ze sobą samym, siebie samego słuchać, po co?

Jureczek. Hela. Kochana Hela. Nie widziałem ich tydzień, równy tydzień. Czekoladę dla Jureczka mam, młodemu przyda się czekolada, chudziutki taki. Jureczek tatusia wyściska. Wierszyk powie. Hela go uczy *Kto ty jesteś*, nawet nie chciało mi się protestować, chociaż to głupie przecież straszliwie, a w takich czasach to nawet nieodpowiedzialne, trzylatka takich kiczów potwornych uczyć. Żaden z trzylatka Polak, trzylatek to ledwie półczłowiek, półbestyjka kochana, małpiszon, nie żaden Polak. Ale Hela uważa, że to ważne, więc niech uczy, niech słucha ojca albo matki, którzy przychodzą do niej co drugi dzień i trują swoimi patriotycznymi nudziarstwami. Obowiązek. Kobieta polska, matka, higiena. Przyszłe pokolenia. Dzieci są najważniejsze. Dzieci to przyszłość narodu. Fizyka, eugenika i czarna Afryka. Nie że Jureczek, wnuczuś, słodycz w jasnowłosego cherubinka wcielona, nie — dzieci. Dzieci polskie, jebał je pies.

Macam się po kieszeni. Jest tam, jest, złoto moje, życie moje.

Robię w tył zwrot. Jeszcze zdążę przed siódmą na Powiśle, a przecież na pół godziny przed policyjną na ulicę mnie nie wyrzuci. Tyle mnie tam nie było, dwa miesiące, a jak pół życia, chciałem nie iść, ale pójdę wreszcie.

I znowu: Warszawa, miasto już nie moje, dobrze, że nie leje, bo nie tylko buty, ale i spodnie do kolan miałbym powalane. A jak to tak, w spodniach powalanych wejść.

Kwiaty bym przyniósł, ale gdzie teraz kwiatów dostać? Do niej bez kwiatów źle. Chyba chryzantemy.

Ale czemu nie chryzantemy, w zasadzie? Ona doceni, dwa razy doceni: raz, że kwiaty przyniosłem, dwa, że chryzantemy, cmentarne kwiaty, ponure kwiaty, doceniłaby i wcześniej, zanim się wszystko rozwaliło, a teraz doceni nawet bardziej.

I po brnięciu w błocie stanąłem w końcu przed jej domem. Chryzantemy mam, ukradłem z grobu, spod drewnianego krzyża ze sztachet, francuskim hełmem zwieńczonego, hełmem typu adrian, a na deseczce napis wydrapany niestarannie głosi, iż tu leży kpr. Głowiński, z 30. pp. Po cóż kapralowi chryzantemy? Pan kapral nie żyje.

— Pan jesteś łajdak — szepnęła mi drżącym ze wzburzenia głosem jakaś dama będąca nieco już zdeklasowaną, w palcie z futrzanym kołnierzykiem z tanich nutrii i z twarzą wychudłą. Z wychudzenia wnioskuję, że już niedługo zniknie ten kołnierzyk futrzany. Uśmiechnąłem się do niej szeroko, tak żeby wiedziała, że gdybym tylko się postarał odrobinę, do wieczora byłaby moją. A już na pewno wtedy, gdybym mój charme połączył z obietnicą obfitej kolacji. Na którą mnie stać, nawet teraz, a ją niekoniecznie.

Ale poszedłem dalej, i tak stanąłem przed stuletnią kamienicą na Dobrej, na rogu Dobrej i Radnej, stanąłem przed kamienicą z zewnątrz strojną, w środku zaś stropy i schody, i balustrady z drewna zmurszałego, kamienica pobielana, a środek toczą czerwie drzewne i ludzkie czerwie toczą korytarze w stęchłym powietrzu, wspiąłem się jednak po schodach spróchniałych na drugie piętro i stanąłem przed drzwiami. I zapukałem, krusząc po trochu płatki łuszczącej się farby.

Nigdy nie dzwonię, brzydzę się dzwonków elektrycznych, to dobre dla straży ogniowej albo alarmu przeciwlotniczego, nie dla człowieka kulturalnego, przychodzącego w odwiedziny. W odwiedziny do swojej kochanicy.

I kiedy zapukałem: sto pytań. Czy jeszcze tu mieszka? Na Boga, czy jeszcze żyje? Widzieliśmy się w sierpniu, dwa miesiące, a tak dawno. Może nie żyć. A jeśli żyje, to czy tu jeszcze mieszka? A jeśli mieszka, to czy jest w domu? A jeśli jest, to czy jest sama? A jeśli sama, to czy na kogo nie czeka?

Cisza.

Nowe pytania: a jeśli spojrzała przez judasz, ona potrafi tak cicho, że nie ma mowy, bym usłyszał, ujrzała mnie i nie chce otworzyć? Pukam jeszcze raz i przy drugim uderzeniu drzwi się uchyliły.

— Kostia, ty przyszedł... — szepnęła.

W tym szepcie były pożądanie, obietnica, radość, jak zawsze, kiedy do niej zachodziłem. Ale było też coś jeszcze i była to miłość.

Niestety. Po raz pierwszy miłość. Tak niewiele było potrzebne: dwa miesiące rozłąki i Hitlera pomysł, żeby najechać Polskę, i nasza klęska w dwa tygodnie, tak niewiele — i już Sala mnie pokochała. Niepotrzebną miłością. Wiem to na pewno, po tych trzech słowach wiem: miłość. Głosem niskim słowa powiedziane, z przydechem, więc miłość. Niepotrzebna. Ale teraz nie mam siły ani czasu, aby się nad tym niepotrzebnym uczuciem pochylić. Na pewno teraz nie będę go gasił, teraz potrzebuję tylko ukojenia.

— Sala — szepnąłem.

Wpuściła mnie. Tyle razy trzaskałem tymi drzwiami, tyle razy wyrzucała mnie z mieszkania, tyle razy skamlałem pod nimi, by mnie wpuściła, a u niej siedział jakiś gach, którego potem, Bogu ducha winnego, waliłem w mordę kastetem i spuszczałem ze schodów, tylko dlatego, że gust miał taki jak mój i się nurzał w wielkich oczach Sali, mojej Salome. A pewnie nie tylko w oczach.

Dałem kwiaty.

— Grobowe — powiedziała.

— Żyjemy na cmentarzu — odparłem.

— Tak. Piękne. Zachodź, siadaj.

Wszedłem. Kwiaty włożyła do czarnego wazonu, spojrzała na zegar, zrozumiała.

— Ostaniesz, na noc ostaniesz! — krzyknęła, klasnęła w dłonie.

Siadłem. Wyjąłem z kieszeni buteleczkę, położyłem na stole. Na dwójkę — trochę mało, ale Sala weźmie mniej i jakoś starczy. Nie chciałem sam. Samotnie, tak, z morfiną zawsze jest się samotnym, ale nie samemu.

Uśmiechnęła się.

— U mienia jest butyłka starego burgunda. Ale narysujesz mnie najpierw?

Wolałbym od razu pozwolić rozlać się w żyłach zawartości Jackowej buteleczki, ale nie odmówię, należy się jej.

— Skąd masz burgunda, dziwko? — zapytałem jednak, nastroszywszy się nieco, albowiem burgunda mógł jej był przynieść tylko jakiś inny gach.

— Z piwnic zamkowych przynieśli dobrzy ludzie. Prezydencki burgund. Lepiej, że my to wypijem, niżby mieli Giermańce wypić, prawda?

Wzruszyłem ramionami, bo kiedy mi odpowiadała swoim altem, zrozumiałem, że cóż mnie to obchodzi, piliśmy już to wino z prezydenckich piwnic, jeszcze w koszarach szwoleżerów, madery tak stare, że je nożem krajać. A że gach jej przyniósł, no to cóż?... On przyniósł, Kostek wypije.

— Ale narysujesz mnie? — pytała ze swoją miękką intonacją jak stepy od Dniestru po Don. — Tak? — Wskazała na wiszący nad drzwiami rysunek, pierwszy rysunek Sali, jaki zrobiłem, pierwszego dnia naszej znajomości, na moment przed tym, zanim została moją kochanką.

— Ciemno tutaj.

— Wtedy też było tutaj ciemno.

Było. Poznaliśmy się w Adrii, przy stoliku z Jarosławem, potem zaprosiła mnie do siebie, abym ją narysował. Myślałem naturalnie, że to niewybredny pretekst, pobiegłem za nią zaraz, chociażby dla jej pukli miedzianych, ale kiedy przyszedłem do jej mieszkania i bez wstępów zabrałem się do rzeczy, to powstrzymała mnie ze śmiechem, zaraz, to za chwilę, po czym po raz pierwszy posadziła na krześle, wręczyła mi deskę z kartonem pineskami przyszpilonym, dała do ręki sangwinę, a sama rozsiadła się na sofie, nie rozbierała się, tylko rozchełstała bluzkę, ściągnęła w dół stanik, odsłaniając piersi, i zadarła spódnicę wysoko, aż do bioder, obnażając krocze, majtek nie miała, tylko pas do pończoch. Jakby zeszła z kartonów Egona Schielego. A ja patrzyłem nie na nią samą, nie na dziwną, rudą Żydóweczkę czy Rosjankę, bo sam nie wiem, lecz nie na nią patrzyłem, to nie ona przede mną siedziała, to nie ta niby-artystka, muza i bachantka, menada, o której Witkacy kiedyś mówił mi, że jest ona świętą kurwą i że po żadnym ciele szampan nie płynie tak jak po jej ciele, więc nie ona przede mną siedzi, tylko siedzi przede mną stężona kobiecość, nie cień idei kobiecości, którym jest każda kobieta, lecz kobiecość sama w sobie, od stężenia przyjmująca kształt cielesny.

Rysowałem ją wtedy rudymi kreskami, tak wulgarnie rozkraczoną, piękną, bo przekraczającą wszelkie granice wulgarności, to nie był bezwstyd, lecz niewstyd i w tym niewstydzie była piękna, jakby w ogóle wstydu nie znała, jakby jej jednej nie dotknęło wygnanie z raju, jakby była jakimś osobnym plemieniem kobiecym, siostrą Ewy, która została w raju i potem dała ten rysunek oprawić, i powiesiła nad drzwiami, zadarta spódnica, ciemne krocze, Urheimat mężczyzn i dłonie na białych udach, blisko krocza, jakby sama sobie rozsuwała bezwładne nogi, ciężkie piersi niezdarnie wyłuskane ze stanika jak z pękniętych strąków, wszystko miękkie, twarz prawie niewidoczna, bo głowa odrzucona do tyłu jak w ekstazie.

To nie jest dobry rysunek — ani kompozycji, ani dobrze odrobionego detalu, ani dobrej kreski, ale jest w nim prawda o Sali. A skoro prawda o Sali, to w ogóle o kobietach.

Hela też jest jakoś w tym rysunku. Moja miłość do Heli nawet, do jej ciała zdrowego jak grecka rzeźba. Wszystkie moje kochanki są na tym rysunku, wszystkie, chociaż wcale nie było ich aż tak wiele, jak twierdziły plotki przedwojenne, przed którymi musiałem strzec moją żonę i zapewne nie ustrzegłem. Na Salę prawdziwe i fałszywe pogłoski o moich awanturkach działały jak afrodyzjak, Sala nie lubiła męskiej wierności, chociaż potrafiła docenić — ale nie praktykować — wierność kobiecą. Mężczyzn jednej kobiety uważała za niemężczyzn, za inwalidów męskości, nie pociągali jej, sama nie próbowała ich nigdy uwodzić, zaloty ich przyjmowała z pobłażaniem, jakby nauczyciel skrzypiec mógł spoglądać na uczniaka, co chciałby na drugiej lekcji sięgnąć po stradivariusa. Często za to stręczyła im swoje koleżanki, których miała wiele i którymi gardziła.

Inaczej Hela z jej obrazem miłości z pensjonarskich lektur, dla Heli mężczyzna wielu kobiet był bydlęciem, nie uznawała nawet powtórnych małżeństw wdowców, do białej wściekłości doprowadzały ją plotki, że taki a taki ojciec rodziny udał się do burdeliku, szczególnie zaś komentarze, że jak musi, to lepiej do burdeliku, niż miałby na jakąś flamę wydawać pieniądze o wiele większe, pieniądze, które się prawnej żonie i dzieciom należą. Potrafiła takiemu znajomemu, o którym plotkowano, zrobić nieprzytomną, weredyczną awanturę, parę znajomości z nami zerwano.

Gdyby dowiedziała się o moich kochankach, to cóż? Zostałbym dla niej bydlęciem, ale wiem, że dopiero wtedy zrodziłaby się w niej prawdziwa namiętność do mnie, wypełniająca ranę po obumarłej miłości, bo sądzę, że wszystkie kobiety są takie same, katoliczki, sufrażystki, kurwy, zakonnice, głupie chłopki, harfistki, Hotentotki i Szwedki różnią się tylko przygodnie, a nie w swej istocie, i Sali niechęć do wierności, i Heli niechęć do niewierności to jest jedna, ta sama emocja, ta sama zasada, esencja wielkiej wszechkobiety. Mężczyźni zresztą też są wszyscy tacy sami, ale nie o nich tu mowa. Hela robiła więc wszystko, żeby się o moich kochankach nie dowiedzieć, a ja kiedyś musiałem dać Sali w twarz, kiedy przy jakiejś awanturze zamawiała już w centrali numer naszego telefonu, aby przez aparat wszystko Heli wyznać. Rzuciła się na mnie wtedy z pięściami, a kiedy schwyciłem ją za przedramiona, przywarła do mnie całym ciałem, rozogniona jak kotka w rui, pogryzła mi wargi i do domu nie mogłem wrócić, bo jak wytłumaczyć wargi krwawiące?

I teraz Sala daje mi węgiel, karton, rekwizyty naszej namiętności. I czeka, widzę, że już podniecona, oczy jej się świecą, usta oblizane błyszczą.

— Rozbierz się, odwróć i pochyl — mówię.

Nigdy nie narysowałem jej twarzy, najwyżej zarys policzka i sam koniuszek nosa z tylnego półprofilu albo podbródek głowy odrzuconej.

Twarz Sali. Piękna pięknem Bejrutu, Jerozolimy i Damaszku, chociaż cerę ma jasną, więc może pięknem Kalabrii, Sycylii i Krety, jej twarz nie stanowi treści tych naszych rysunków. Nie rysuję jej twarzy, nawet nie lubię widoku jej twarzy, nie interesuje mnie jej twarz. I dzisiaj, po całej długiej rozłące, tak jej właśnie rozkazuję, bo Sala nie lubi, żeby ją pytać, prosić czy troszczyć się o jej wygody. Sala chce słyszeć polecenia, które mogłaby natychmiast spełnić, Sala może być tylko z takim mężczyzną, którego wolę i siłę słyszy w rozkazach. Mężczyzna proszący, błagający jest dla Sali niemężczyzną.

— Zostaw pantofle, pas i pończochy — mówię.

W mieszkaniu jest zimno, a mi rysowanie zajmie trochę czasu, ale Sala znosi takie niedogodności bez słowa sprzeciwu. A ja lubię, kiedy potem jej skóra jest chłodna, jakbym pieścił kamień.

Stoi bez ruchu, stopy szeroko. Okrągłe uda z dramatycznymi łukami koronek, zgrabne łydki, duże biodra, pośladki ciężkie, wklęsła linia kręgosłupa jak ślad rzeźbiarskiego dłuta, zastyga nieruchomo, tak samo jak zastygała na środku sali w akademii, otoczona studentami i studentkami, ale tamci rysowali kobietę, a ja rysuję kobiecość.

Kiedy węgiel zaczyna inaczej skrzypieć na kartonie, kiedy wykańczam rysunek — słyszy to i jej biodra zaczynają się poruszać, a mnie burzy się krew i na chwilę opuszczają myśli o buteleczce pełnej dobra i szczęścia, bo kawałek tego dobra i szczęścia, jego zapowiedź, spodziewam się znaleźć tam, między jej białymi, pulchnymi udami.

Potem, po wszystkim, Sala naga, piersiasta chowa siebie do grubej teki, na której wypisała drukowanymi literami moje imię: Konstanty. Jest też kilka innych tek, ale nigdy do nich nie zaglądałem. Tekturowy Kostek pełen jest różnych Salome: Sala pochylona, w pończochach, z pupą wypiętą, dołączyła do Sali na krześle, jak *Błękitny anioł*, tyle że nagiej, ale w moim kapeluszu, do Sali z profilu, leżącej na plecach i unoszącej biodra, piersi rozlewają się na boki, linia uniesionych w górę pośladków, gęstwa włosów wskazuje sens i temat tego rysunku, dołączyła do Sali w dramatycznej perspektywie, z podeszwami stóp na pierwszym planie, dalej uda rozchylone, między nimi brama do praojczyzny i potem pośladki, plecy odległe i dalekie łuki palców splecionych na karku. To są Salome różne, z węgla albo sangwiny, jedna z tuszu, wszystkie je pamiętam: zaś Salome z ciała, albo raczej z mięsa, ta Salome mniej lub bardziej prawdziwa bierze aluminiowe puzderko, znam je dobrze, we wnętrzu wyścielonym czerwonym aksamitem spoczywa szklana strzykawka z jelcem z nierdzewnej stali i igły pozłacane, podzielimy morfinę w buteleczce według wagi, dwie piąte dla Sali, trzy piąte dla mnie, najpierw część dla mnie, bo Sala zastrzyk zrobi sobie sama, czego ja nie lubię, najpierw jeszcze otwiera burgunda, podkłada mi pod plecy poduszki, pyta, czy mi wygodnie, ja piję, całkiem nagi, a ona zawiązuje na moim przedramieniu gumkę, ściska, jak dobra pielęgniarka znajduje żyłę, oklepuje, wpuszcza złotą igłę pod skórę i wolno wciska tłoczek. Widzę jeszcze, jak jej wargi mnie obejmują, jak całuje mnie tak, jak nigdy się Heli pocałować nie pozwoliłem.

Potem. Zanurzam się w cieple. Burgund wietrzeje. Obok mojego ciała własnego moje ciało Sali. Oba moje ciała nagie. Mój język Sali oblizuje igłę. Zawsze oblizuje igłę. Wpuszcza w moje ciało Sali płynne ciepło. Płynne szczęście i moje ciało Sali wraca do pocałunku.

A ja odchodzę. Moje dwa ciała Sala okrywa pierzynami, piernatami, tuli się do mnie, ja odchodzę w ciepłą, miękką ciemność, w ciemność jak miłosny spazm rozciągnięty w zegar Dalego, w ciemność jak mięknący, ciepły ołów, w dole brzucha mojego ciała rodzi się rozkosz, pęcznieje i pęka, i rozlewa się kaskadami lśniącej ciemności, do płuc, do gardła, do krocza, do chuja, w nogi, aż po czubki palców i wylewa się ze mnie i oblepia świat. I wszystko wyświetla się i wszystko gaśnie.

Gaśnie Warszawa. Gaśnie moje życie. Gaśnie matka, Jacek, Hela, Jureczek gaśnie. Gaśnie wspomnienie ojcowskiego „Konstantin!", gaśnie ojciec, pierwszy jego obraz, jaki pamiętam, gaśnie jego szary mundur i kask z ułańskim czworokątnym deklem, gasną ułańskie buty, strzaskana twarz, gaśnie matka, gasną ich głośne dwoma językami kłótnie, z czasów, w których jeszcze się kochali, i gasną uprzejme inwektywy w języku węży, z czasów, w których się nienawidzili, gaśnie Warszawa widziana po raz pierwszy, z okna przedziału wagonu pierwszej klasy, gaśnie pierwsze wejście do nowej szkoły i gaśnie Warszawa widziana po raz ostatni, przed godziną, gaśnie wszystko to, co pomiędzy, gaśnie szkoła średnia, matura, gasną studia i Grudziądz, konie, szable i praktyka w Trembowli, gaśnie wino pite z rusińskimi dziewczątkami pod pomnikiem Zofii Chrzanowskiej na trembowelskiej Górze Zamkowej i gasną wszystkie harce pułkowe, kiedy pułk był jeszcze pod Komorowskim, gaśnie nawet przedramię złamane przy próbie wjechania konno na mury trembowelskiego zamku, pucharek srebrny do szampana z moim nazwiskiem wyrytym, gasną Oaza, Paradis, Ziemiańska i Adria, gasną sławni ludzie, których znałem, a więc Jarosław robiący do mnie słodkie oczy u Simona i Witkacy robiący lubieżne oczy do Sali, gaśnie głupi pojedynek z Rostańskim i gaśnie farsa, w którą się zamienił, gaśnie Iga, którą Rostański mi odbił albo mu ją dałem, nie pamiętam, bo zgasło, i gaśnie nasz ślub z Helą, gasną głupie szable, pod którymi przechodzimy, i nasza pierwsza kłótnia, bo ja sobie tych szabel nie życzyłem, a Hela owszem i uprosiła kolegów za moimi plecami, gasną koledzy i gaśnie ryż, który na nas sypią, gasną narodziny Jureczka i gaśnie chwila, gdy biorę go po raz pierwszy na ręce i patrzę w tę siną, pomarszczoną mordkę, jakbym we własną twarz patrzył, gaśnie nowe mieszkanie w wedlowskiej kamienicy, gaśnie zjazd dziewiątaków w zeszłym roku w Trembowli, picie i w ogóle święto pułku z okazji dwudziestego jubileuszu odtworzenia pułku gaśnie, jakże pięknie wtedy było, kim to już wtedy człowiek nie był i nic nie zapowiadało tego, co nadchodzi, i to niezapowiadanie też zgasło, gaśnie mobilizacja sprzed miesiąca z okładem, gaśnie trzeźwość, gaśnie wojna, gaśnie kapitulacja, gaśnie okupacja, gaśnie rezygnacja.

Zgasło. Nic nie ma, ja jestem w środku ciemności, bez ciała, bez myśli żadnej, bez niczego, czysty ja, bierne ja, nieja, którego nie ma, nieja rozpuszczam się w ciemności jak kropla deszczu w oceanie. I nieja czuję, nie myśląc: dobrze jest niemi od niebycia, słodko jest niemi, ciepło jest, miękko jest, ciepło wilgocią rozkoszną jest, aksamitnie jest, białoskórnie matowo jest, Salome jest, a nie jest, bo niemnie nie ma, moje dłonie Sali na mojej własnej skórze, nieja jestem pusty w środku.

Nieja.

Nieja oczy otwieram. Oczy otwieram.

Ja otwarłem.

Zegar. Dwudziesta druga. Krótko to trwało. Obok: Sala.

Muszę stąd wyjść. Zaraz. Mimo godziny policyjnej. Patrzę na Salę, na moją niby Salę, i wydaje mi się odrażającą straszną: śpi, taka biała, ma otwarte usta i wnętrze jej ust jest ohydną raną, zęby jak odłamki kości. Wstaję, wkładam ubranie. Kiedy już przed drzwiami wiążę buty, Sala wychodzi z sypialni. Goła, oczy szparki, jakby bańki powiek nożem przeciął, goła, z potarganymi włosami, nawet nie próbuje zasłonić piersi czy krocza i strasznie mierzi mnie widok jej piersi, nabrzmiałe skórne worki, brodawki na tych piersiach jak łepki rozpalonych wrzodów, i mierzi mnie widok gęstwy włosów schodzących aż na uda i ciemną linią zbliżających się niebezpiecznie do obrzydliwego splotu pępka. Patrzy na mnie, nie rozumie, jest jeszcze trochę odurzoną i nagle widzi: wychodzę.

Dopadła mnie zaraz jak drapieżnik.

— Kostia, ty gdzie pójdziesz teraz? — skowyczała, wpijając się paznokciami w mój rękaw. — Kuda pajdiosz, Kostia, kuda?

Brzydziłem się jej, brzydzę się mojej Sali, nie chciałem jej więcej widzieć.

Warknąłem, że wychodzę.

— Nie pozwolę! Nielzia! Nie idź! — skamlała, chwytała mnie, ciągnęła za marynarkę, jeszcze podrze i nie potrafię, nie potrafiłem się jej wyrwać, otwarłem już drzwi, a ona dalej naga, na kolanach, czepiała się moich nogawek.

— Zabiją cię, Kostia, zabiją! — płakała. — Nie idź!

Strzeliłem ją w twarz otwartą dłonią, cios jak mój własny upadek. Salome na podłodze, miedziane włosy rozsypane dramatycznie na jej plecach i na parkiecie, jakby wyćwiczyła ten upadek, naga kobieta, ubrany mężczyzna, wychodzę.

— Ja ciebie kocham, Kostia… — wyszeptała.

Trzasnąłem drzwiami. Na korytarzu zza uchylonych drzwi wyglądała sąsiadka, babsko cudzych dramatów spragnione, dla takiej sąsiedztwo mojej Salome lepsze niż karnet do teatru, bo tragedie dzieją się naprawdę.

— A ty czego mordę wystawiasz, stara kurwo — splunąłem babie komplementem w gębę. Zniknęła.

Wyszedłem w noc. Chrystusie.

Chrystusie?

Tak się tylko mówi.

Po godzinie policyjnej mogą strzelać bez ostrzeżenia. Tak gadają na mieście, że mogą. A niech mnie zastrzelą. Tylko Jureczek, tylko dla Jureczka warto się życia trzymać, tylko jemu żywy się do czegoś przydam. Tylko jemu. A może nawet jemu nie.

Idę, idę, idzie, krył się po ruinach nie będzie, nie będę, ani się zaułkami przemykał nie będę. Idę 3 Maja, skręcam w Marszałkowską, głównymi ulicami idzie. Kroczę. Kroczy. Warszawa nie moja, nie jest moją Warszawa, nie jego, Warszawa podziurawiona, Warszawa w chłodzie, błocie i w śniegu z deszczem, Warszawa zgwałcona, Warszawa grobów, konnych wozów i ogłoszeń na płotach, Warszawa jak moja Salome, spoliczkowana, na podłodze, Warszawa rozkraczona, z gęstwą czarnych kudłów.

Ktoś idzie za mną, ktoś za nim idzie, znam go, on go zna, Kostek mnie zna, wie, kim jestem, nie odwraca się. Boi się mnie ujrzeć.

Ktoś idzie za mną. Za Konstantym idę. Później, później odejdzie, zawsze w końcu odchodzi i zawsze potem wraca, brat mój, kamrat, towarzysz.

Biegnę, biegnie do Heli, do Jureczka, byle szybciej do nich, byle dalej od jego Salome i od tego, który postępuje za mną, za nim jak lew ryczący.

Tracę oddech, przestaję biec, idę, znowu spokojnie idzie.

Z naprzeciwka idzie patrol. Bagnety na karabinach grożą niebu, hełmy zacieniają twarze, płaszcze. Będą legitymować, aresztują, zastrzelą, co zrobią?

Czuję, wiem: ten, który idzie za mną, zbliża się, synchronizuje krok z moim, jakbyśmy defilowali, zbliża się, kładzie mi dłonie na ramionach, ręce na jego ramionach i tak idziemy, moja lewa, jego lewa, moja prawa, jego prawa, jak w dziecięcej zabawie, na wyciągnięcie ramion, i otacza mnie tymi ramionami, jego otacza i idziemy, idzie prosto na patrol, prosto na nich, ten, który idzie za mną, sprawia, że rozstępują się przede mną, przed nim, przystają, zastanawiam się, czy zasalutują? Nie salutują, stoją tylko oszołomieni, zdziwieni, mijam, idę, idzie, ten, który idzie za mną, gdzieś się gubi i już idę sam, a jednak nigdy sam, samotny, nie sam.

Drzwi, dzwonię, czekam na stróża, otwiera, daję mu pięć złotych, coś mamrocze, nie słucham, schody, wspinam się, nasze drzwi, pukam, ale cicho.

Hela. Patrzy mi w źrenice jak szpilką wykłute. Wpuszcza mnie bez słowa, zamyka drzwi, starannie, zamki, zasuwki, łańcuszki. Dopiero wtedy się odzywa.

— Przyrzekłeś mi. Że do końca wojny.

— Wojna jest skończoną — odpowiadam, trochę bełkoczę. — Przegraliśmy.

— Mogłeś być aresztowanym!

Odwracam się, idę do pokoju.

— Obudzisz go! — protestuje Hela.

Ale idę i tak, chcę go zobaczyć, muszę go zobaczyć, tego małego, jasnowłosego mnie w dziecięcym łóżeczku. Jest, śpi, pulchne policzki, rączka pod policzkiem, długie rzęsy. Zobaczyłem, zacząłem głaskać, zaraz się obudzi ten mały ja.

Hela wyciągnęła mnie z pokoju, zaprowadziła do kuchni, posadziła przy stole i tak siedzieliśmy przy stole, milcząc. Po chwili znowu się odezwała.

— Masz jakieś wieści o Idze?

— Żadnych.

Jacku, Jacku, mój wyrzucie sumienia, Jacku, źródło szczęścia mojego zaklętego w cudowne buteleczki.

— Tatuś był wczoraj.

Wzruszyłem ramionami.

— Mówi, że jest możliwość przerzucić nas do Szwecji, a stamtąd to już prosto do Nowego Jorku, do wuja Alberta.

— I co?

— Pojedźmy, wszyscy, w trójkę. Byle dalej od tej wojny i strachu.

Wiem, czego Hela oczekuje. Żebym teraz odmówił. Żebym powiedział: jedźcie sami. Ty i Jureczek. Weźcie ojca twojego albo mamę i jedźcie, weź pieniądze, ja muszę tutaj zostać, dla mnie wojna się jeszcze nie skończyła, muszę zostać i walczyć, przedostać się do Francji albo się zakonspirować i walczyć, walczyć dla Polski. Tak się teraz mówi.

I wtedy Hela będzie mnie przekonywać, że rodzina ważniejsza, z nadzieją, że odmówię, że powiem, że kocham was najbardziej na świecie, ale Polska to obowiązek, że gdybym ten obowiązek porzucił, zaniedbał, to nie byłbym już tym Kostkiem, którego pokochała. Więc muszę. A ona wtedy mogłaby upozować się jak na obrazie Grottgera: skoro ty zostajesz, to moje miejsce jest u twego boku. Będę trwała przy tobie. Upoi się tym dziwnym i głupim kobiecym bohaterstwem, które właśnie nie jest kobiecym, tylko dziwacznym, bo polskim, i nic się nie zmieni, tylko Hela poczuje się trochę lepszą.

Wzruszyłem więc tylko ramionami.

— Co? — Hela wpatrywała się we mnie badawczo.

— Nic. Możemy pojechać, jeśli chcesz. Nauczymy Jureczka po angielsku i wychowamy na Amerykanina, będzie żuł gumę i chodził do klubów słuchać murzyńskiej muzyki — odpowiadam.

— Kostek, no czemu taki jesteś… Przecież nie przestaniemy być Polakami, wrócimy zaraz, jak tylko wojna się skończy.

Biedna Hela. Biedna Hela nic o mnie nie wie, biedna Hela mnie nie zna, biedna Hela sądzi, że wyszła za kogoś zupełnie innego. Nie chodzi już nawet o inne kobiety, o narkotyki, chodzi o mnie.

— Ale ja naprawdę wolę, żeby Jureczek został miłym amerykańskim chłopcem — powiedziałem. — Cóż złego w jazzie?

Hela patrzyła na mnie spojrzeniem Heli, tym zwykłym spojrzeniem Heli, jakby nic się nie zmieniło, jakby nie było wojny i jakbym tak zwyczajnie opowiadał jakiś paradoks, jakbym z powagą wygłaszał jakiś kontrowersyjny sąd, o którym Hela nie wie, co myśleć, więc patrzy na mnie tylko, tak jak się nauczyła, spojrzeniem takim: aby się nie zgodzić i aby się nie sprzeciwić.

— Muszę się położyć.

— Tato ma prośbę do ciebie. Trzeba zanieść paczkę do takiej jednej Łubieńskiej, na plac Zbawiciela. Boję się, wolałabym, żebyś nie niósł, bo to coś takiego jest, że jak cię z tym złapią, to rozstrzelają. Rozumiesz? Odmówisz, dobrze? Ja tatusiowi już odmówiłam, ale się upierał.

I znowu, znowu: małe próby Heli. Czy mój Kostuś okaże się godzien wspaniałych tradycji niepodległościowych naszej rodziny? Czy okaże się człowiekiem tak odważnym, jak odważny powinien być mąż Heleny Willemann de domo Peszkowskiej herbu Jastrzębiec? Czy nie boi się śmierci?

Czy mój Kostuś godzien jest nazywać się Polakiem? Pierdolenie.

Myślę, że Hela życzy mi śmierci. Chciałaby zostać wdową w czerń spowitą, pielęgnować mój grób z krzyżem brzozowym, wychowywać Jureczka w przekonaniu, iż jego tatuś był dzielnym Polakiem, potem pozwolić jakiemuś przystojnemu oficerowi opiekować się nią i Jurkiem, przyjmować jego pomoc, zakochać się w nim z wzajemnością, ale nie dać się oczywiście ani tknąć palcem, i potem w rozdzierającej serce scenie nie przyjąć oświadczyn. Przyznać: tak, kocham, ale nie mogę, ja już mam męża, Konstanty oddał życie za Polskę, nie mogę mu tego zrobić. Oficer oczywiście rozumie; tego się spodziewał, to nawet chciał usłyszeć, kobieta, w której się zakochał, a raczej Polka, w której się zakochał, tak właśnie winna odpowiedzieć, gdyby się zgodziła, rozczarowałaby go i ożeniłby się z nią, żywiąc skrywaną pogardę, potem może tłukłby ją szpicrutą za wszystkie klęski. Jacek mógłby w tej roli wystąpić, mój słodki, dobry Jacuś Rostański, ale on by Heli nie tłukł. Więc trwaliby przy jakimś oświetlonym świeczką stole, czy trzymają się za ręce, czy tylko tęsknią do siebie dłonie, palce Heli chciałyby poczuć mocny uścisk pewnej ręki Jacka, ale nie mogą, bo wszystko już zostało powiedziane, składają swoją cichą miłość na ołtarzu, czyni ich to lepszymi ludźmi, więc dłonie się nie dotykają, a oni siedzą i dumnie, spokojnie przeżywają swoją intymną tragedię. Potem Jacek ginie na jakiejś barykadzie albo w jakiejś powstańczej pikiecie, w jakimś powstańczym lesie umiera, ściskając medalionik z jej zdjęciem, i potem Hela pielęgnuje już dwa groby i jest świętą, czarno odzianą. Jest Polką.

— Niedobrze mi — jęknąłem przez zęby, zrywając się od stolika.

Pobiegłem do łazienki i wymiotowałem, znowu i długo. Hela podtrzymywała mi znużoną głowę, ocierała wargi mokrym ręcznikiem, a ja wyrzygiwałem z siebie Salę, wyrzygiwałem jej kobiecy zapach, jej wino, jej jedzenie i jej miłość.

Potem położyłem się spać. Byłem bardzo zmęczony, a nad moim miastem panowali Niemcy.

ROZDZIAŁ II

Otwiera oczy. Leży, leży obok żony, obok syna, a przecież leży sam, chociaż leży obok żony, obok syna. Ja stoję za nim. Jest noc, jest październik, jest zimno i pada rzadki pierwszy śnieg. Jest wojna, a nad miastem panują Niemcy.

Otwiera oczy i nie wie: przebudził się czy śni ich małżeńską sypialnię, mieszczańskie meble, żonę, okno, kiedyś jasny prostokąt, jasny światłem latarni gazowych, dziś prostokąt ciemny, ciemny nieświatłem zwyciężonego miasta. Jest noc. A więc przebudził się czy śni?

Przebudził się. Siada na łóżku, pulsują mu skronie i pulsują wyrzuty sumienia: zabrał morfinę, która należała się rannym. Polsce się należała. Zdradza żonę z tą kobietą, zepsutą, odrażającą, wspaniałą kobietą, która obnaża się przed nim jak menada, wypina krocze i całuje go tak, jak nie pozwoliłby się nigdy pocałować żonie.

Z wyrzutem sumienia wstaje z łóżka, w mieszkaniu chłodno trochę, palacz pewnie oszczędza węgiel. Otula się ciepłym szlafrokiem, czym jest teraz ten szlafrok, kiedyś był szlafrokiem, w którym pracował, którym się otulał, siadając przed deską albo przed ramą z woskiem, albo przed maszyną do pisania, a teraz jest szlafrokiem ukrywającego się podporucznika rezerwy z 9. pułku ułanów z Trembowli. Mobilizacja, z Warszawy do Trembowli, szlak bojowy, na zachód, na wschód, po lasach, kontakt bojowy, strzelanie, krycie, uciekanie i z powrotem do

Warszawy, kapitulacja, a teraz w szlafroku, w swoim ciepłym szlafroku, jakby wojny nie było, tylko okno zgaszone.

Jest to szlafrok skapitulowany. A co jeśli Niemcy przyjdą, aresztują?

Myśli o Sali. Myślę o Sali. Nie chcę myśleć o Sali.

Jednak myślę o Sali.

Sala. Salome. Potem: Hela. Helena. Zła Helena, podła Helena życzy mi śmierci, chce, żebym zginął dla Polski. Salome, moja Salome wielbi mnie jak Boga. Dla Salome święty jest nawet mój smród.

Bzdura, bzdura, bzdura. Helena mnie kocha naprawdę. Prawdziwą miłością. Salome to ruda wariatka. Salome wypije mi krew.

Tak mi powiedziała, kiedy widzieliśmy się po raz pierwszy, zanim ją narysowałem. Tańczyliśmy w rozmigotanej Adrii, żyrandole się kręciły, my wirowaliśmy, a ona przylgnęła do mnie całym ciałem, wyciągnęła się, aby dosięgnąć ustami do mojego ucha, i szepnęła: wypiję ci krew. A potem polizała mnie w ucho.

A wcześniej jeszcze wypijała ostrygi u Simona, siedzieliśmy z Iwaszkiewiczem przy jednym stole, Sala przy innym, za plecami Jarosława, i uwodziła mnie zza jego pleców. Iwaszkiewicz, piękny mężczyzna, patrzy na mnie, prawi mi jakieś tam komplementy, gada coś tam, o literaturze coś mówi, o Kopenhadze opowiada i o Brukseli, a Sala za jego plecami tylko bierze ostrygi z lodu i wysysa je, siorbiąc przy tym bezwstydnie. Widzi, że siedzę z Iwaszkiewiczem, a skoro z Iwaszkiewiczem, to nie jestem byle kto, pewnie dlatego mnie uwodzi. A ja go przecież ledwie znam. Widuję czasem. Czasem porozmawiamy. Ledwie. A oprócz niego to w ogóle żadnych sławnych ludzi nie znam. Kłaniam się paru, oni mi się odkłaniają, byliśmy nawet przedstawieni, ale to nie znaczy, że znam.

A ona, wysiorbując te ostrygi, wyciąga delikatnie języczek, sam koniuszek, wie, jak to wygląda, gość, z którym siedzi, zaczyna się denerwować, bo widzi, że Sala na mnie patrzy, nie na niego, oczu ode mnie nie odrywa i ssie te ostrygi, ja przy nim jestem nikt, a ona zamiast na niego to na mnie patrzy, dla mnie robi teatr. Ale za cienki w uszach, więc się żegna w końcu, wychodzi. Wygrałem.

I ona dołączyła do nas i poszło się do Adrii, tam brylował już Járosy, dosiadamy się, tam już alkohol, kokaina, wirujące żyrandole, orkiestra tusz i Sala przysiada się do mnie, a potem tańczymy, liże mi ucho i szepcze, że wypije mi krew, i fortuna na rachunku, wiem, że chcieliby, żebym zapłacił, ale wiem też, że jeśli zapłacę, to nie będą mnie szanować, więc patrzę na nich i daję jedną czwartą rachunku, jasno wskazując, że resztę niech zapłacą oni, jestem im równy, chociaż jestem nikt, i poddają się tej formie, tak się ukształtowała i tak jest, płacą resztę, niechętnie, kutwy jedne, ale płacą, i jestem im równy, Iwaszkiewiczowi, Járosy'emu, jestem im równy, zapłaciliśmy każdy swoją część, każdy swoje pięćdziesiąt dwa złote, Sala patrzy na mnie z podziwem, nie dałem się, nie jestem jeleń.

A teraz szlus, nic, koniec, null, czarna pustka, rozpacz i gówno.

Pójdę do tej Łubieńskiej, kimkolwiek jest, zaniosę ten przeklęty pakunek, cokolwiek by w nim było, i nie dam się wciągnąć w żadne idiotyczne, piekielne konspiracje. Po to mnie tam wysyła mój teść kochany, żebym ładnie dowiódł swojej polskości, strasznie są dumni z takich jak ja, ojciec Prusak, proszę bardzo, matka Polka raczej świeża, po polsku mówi pięknie, ale jej dziadkowie nie mówili ani słowa, a on tutaj, u nas, w Warszawie, wybiera bycie Polakiem. Och, jak cudownie! Cóż za historia! Jak wielką rzeczą jest ojczyzna i tym podobne pierdolenie.

Jak Járosy, co go mają za Węgra, a on sam rodził się w Pradze, po niemiecku gada i uważa się za Austriaka. I wyłazil w „Cyruliku" z tym swoim „prouszi panctwa", i wystarczyło, już go Grydz ogłosił Polonusem humoris causa, a teraz proszę, siedzi gdzieś i się ukrywa. Albo go zwinęli. Albo wyjechał. Cholera go wie.

Hela była drugiego września na przedstawieniu w Figaro i opowiadała mi potem, kiedy wróciłem już do domu z naszej śmiesznej wojenki, w której głównie kryliśmy się po lasach, opowiadała mi, jak Járosy nakazał, żeby zaśpiewać hymn, i cała sala płakała, i Járosy płakał.

A teraz się ukrywa, bo ma duszę polską. Albo go zwinęli. Albo wyjechał.

Gówno.

Stanąłem w drzwiach sypialni. Było ciemno, ale widziałem zarysy ich ciał: Hela i Jureczek pod pierzynami, moje ciała najbliższe, zdrowe, czyste, kochane.

— Pójdę do tej Łubieńskiej — powiedziałem. Jakbym ślubował wierność ojczyźnie. Już kiedyś ślubowałem. Słowa wypowiedziane w ciemność.

— Wiem, Kostusiu, wiem, że pójdziesz. Kocham cię, Kostusiu.

Odpowiedziała mi od razu, jakby nie spała. Pewnie nie spała.

— Czekają tam na ciebie, możesz przyjść jak ci wygodnie. Pukaj trzy razy, potem cztery, jak otworzą, podaj hasło: Czy zastałem pana Kazimierza? Jeśli odpowiedzą, że wyszedł, to znaczy, że musisz uciekać. Odpowiedź, że jest — wchodzisz. Zapamiętasz?

Mruknąłem na potwierdzenie.

Zrzuciłem szlafrok, położyłem się z powrotem do łóżka, zagrzebałem w piernatach, dotknąłem jej pleców, bioder. Hela była zupełnie innym ciałem niż Salome. Była ciałem sportowym, muskularnym tam gdzie można, o piersiach twardych i mocnych, miała inną miękkość niż tamta, była ciałem rasowym, a Sala miała urodę ładnego kundla.

Helena, pamiętam ją w apogeum jej piękna, dwa lata temu, w Paryżu. Pojechaliśmy na wystawę, Józek nas zaprosił, byliśmy potem na bankiecie, widziałem tam nawet Speera, ale tylko z daleka, oczywiście nikt nas sobie nie przedstawił. I stoimy z Józkiem, trochę zagubieni, do czego się oczywiście nie przyznawałem wtedy, i widzę, że na Helę gapi się cały czas jakiś facet z zaczesanymi w tył włosami, gapi się na nią z uporem, wodzi po mojej młodej żonie wzrokiem, miałem ochotę dać mu w pysk, ale bałem się skandalu, zapytałem więc, kto to, i zanim Józio odpowiedział, widzę, że facet idzie w naszą stronę. Podszedł, przedstawił się austriacką niemczyzną, że er Thorak heißt, er ist von ihrer Schönheit entzückt und bittet seine Kühnheit zu entschuldigen, aber würde die Dame ihm Modell stehen?*

Helena nie wiedziała, kto to, ale ja wiedziałem i Józek też wiedział. Potem były dysputy długie w hotelu, Józio był oczywiście przeciw, Helena się wahała, a ja ją namawiałem. W końcu zatelefonowaliśmy, że tak, że dobrze, że zgoda, ale w Paryżu zostajemy jeszcze tylko trzy dni.

Następnego dnia Hela stała naga na środku wielkiego hotelowego pokoju, wszystkie okna odsłonięte, żeby wpuścić więcej światła, mehr Licht i nawet lampy elektryczne zapalone, ja siedziałem w fotelu, chociaż Thorakowi najwidoczniej się to nie podobało, wolałby pewnie być z modelką sam na sam, ja bym ich chętnie zostawił, ale Hela się nie zgodziła,

---

* (niem.) ...nazywa się Thorak, jest zachwycony pięknem pani i proszę o wybaczenie śmiałości, ale czy pani zgodziłaby się mu pozować?

więc siedziałem w fotelu, noga na nodze, paliłem papierosa i patrzyłem, jak niemiecki rzeźbiarz szkicuje moją żonę. I widziałem ją wtedy na nowo: muskularne uda i łydki, wyrzeźbione plecy, ramiona miękkie, ale mięśnie na ramionach widoczne, wyrysowane, piersi twarde, wysokie, ku żebrom schodzące gładką linią, bez załamania, silne biodra i kark, ciało sportsmenki, ciało wyrzeźbione na nartach, na strzelnicy łuczniczej, na koniu. I światło z okien obmywało białą nagą Helę, była dumna, że tak na nią patrzymy — i ja, i rzeźbiarz. Dumna nie ze swojej kobiecości, nie było w niej kobiecości, był marmur, była dumna z marmuru swojego ciała albo z brązu, ze stali nierdzewnej, jak ze swoich ciał dumni byliby robotnik i kołchoźnica z rzeźb Muchiny w sowieckim pawilonie.

I patrzyłem, jak Thorak na nią patrzył: nie jak na kobietę, tylko jak na rzeźbę, którą w niej już wtedy widział.

Rzeźba jednak nie powstała. Tato Heleny, mój teść cudowny, endek zażarty, stracił w 1918 przednie zęby, które mu kolbą wybił niemiecki gefrajter i od tego czasu nienawidził Niemców nienawiścią ognistą i zabronił. I Hela nie pojechała do Berlina, napisała Thorakowi idiotyczny list, w którym odmawiała mu z powodów patriotycznych, nie zważając na moje zdanie, nie zważając na to, że tłumaczyłem jej przecież, że akurat teraz stosunki się bardzo ociepliły, od kiedy Hitler został kanclerzem, że rządu tak życzliwego Polsce Niemcy nie miały od stuleci, że Hitler to Austriak, nie ma pruskich uprzedzeń względem Polaków, nie lubi tylko Czechów i Żydów, nie to, co różne pruskie junkry. Ale Hela odmówiła. Powiedziała mi uroczyście, że da się wyrzeźbić albo namalować tylko Polakowi, zgłosiło się zaraz paru kolegów, którym wygadał to Józek Szanajca, ale na to ja się już nie zgodziłem, z czystej przekory. Thoraka nie chciała, nie będzie jej rzeźbił żaden z tych tutejszych glinolepów.

Ale że muszę sobie wziąć kochankę, zdecydowałem już wcześniej, już wtedy w wielkim hotelowym pokoju w Paryżu, gdzie Thorak szkicował moją żonę. Patrzyłem na jej piękne, sportowe ciało i pożądałem wszystkich pięknych kobiet świata, tylko nie mojej żony, pożądałem tłustych pośladków, krągłych ramionek, które nigdy niczego nie podnosiły, miękkich udek, które nigdy nie biegały, i ciężkich cycków, które nie zamierzały wcale karmić dzieci, chciałem kobiet miękkich, wyuzdanych, zepsutych, szczupła, sportowa czystość mojej żony mnie odstręczała.

Ale to było wtedy, dawno, w minionym świecie.

Teraz dotknąłem jej bioder. Przywarłem do jej ciepłego ciała, przesunąłem dłonie do przodu, dotknąłem piersi. Chciałem miłości czystej, nie zepsutej, jak z Salome, i chciałem nawet, aby z tego aktu narodził się nowy mały Polak albo mała Polka. Sięgnąłem pod jej koszulę nocną, zadarłem, dotykając nagiej skóry pośladków.

— Kostusiu, no przecież Jureczek śpi tutaj — powiedziała, odsuwając moje dłonie.

— Hela... — wyszeptałem.

Czuła moje podniecenie, musiała je czuć.

— Kostusiu, nie ma mowy. Idź spać na kanapę — powiedziała twardo głosem poznańskiego endeka, głosem swojego ojca, stary Peszkowski tak właśnie mówi, dominacja Żydów w zawodach prawniczych jest wielką tragedią naszej ojczyzny, Kostek, idź spać na kanapę.

— Ale przecież powiedziałem, że zaniosę tę paczkę do Łubieńskiej — jęknąłem. — I czekoladę mam dla Jureczka...

— Kostusiu, nie bądź żałosny — odparł głos mojego teścia z ust mojej żony.

Nie potrzebowała wiele miłości fizycznej. Miłość fizyczna była dla Heli elementem higienicznego trybu życia, a więc raz w tygodniu należy się oddać mężowi. Nie należy nierozważnie zachodzić w ciążę, a więc korzystała z broszurek Polskiego Towarzystwa Eugenicznego, to znaczy broszurki czytała, a z czego korzystała — nie wiem, nie pytałem, nie chciałem mieć z tym nic do czynienia. Po stosunku, jak to nazywała, udawała się do łazienki i coś tam robiła przez jakiś czas, woda szumiała w kranie. Decyzja, kiedy i ile będziemy posiadać potomstwa, była decyzją Heleny. I teścia, oczywiście. Teść przy obiedzie perorował, iż myślenie eugeniczne jest nieodzownym elementem higieny życiowej, jak regularna toaleta, dieta odpowiednia i dobre maniery. Oczywiście, papo, mówiła Hela. A jak u was z pożyciem, pytał teść przy obiedzie, ponieważ teść nie uważał, aby „te" sprawy należało stygmatyzować wyłączeniem ich z normalnej konwersacji. Wtedy ja rzucałem łyżkę i mówiłem, że sobie wypraszam i tak dalej, i wszyscy troje Peszkowscy przy stole patrzyli na mnie swoimi eugenicznymi, stalowymi oczami pełnymi pogardy.

— Kocham cię — wyskamlałem. Pomyślałem, że mógłbym ją zgwałcić, wtedy zaczęłaby się mnie bać i zaczęłaby mnie może naprawdę kochać.

— Ja ciebie też kocham, Kostusiu. Dobranoc, Kostusiu. Idź na kanapę — powiedział mój teść.

Poszedłem spać na kanapę. Myślałem, czyby nie wrócić do Salome, aby ulżyć męczącemu mnie podnieceniu, ale bałem się Niemców, więc ulżyłem sobie sam, w łazience.

A teraz nie mogę zasnąć. Nie mogę zasnąć. Nie mogę zasnąć.

Nie możesz zasnąć, nie możesz zasnąć, nie możesz zasnąć.

Nie może zasnąć. Leży na tej kanapie, zbrukany leży, pod kocem leży, leży samotny, mały, głupi, leży zdeptany. Leży. Wstaje, szuka papierosów, kładzie się z powrotem, zapala papierosa, leży pod kocem, myśli. Patrzę na niego, stoję za nim.

I nie śpię do rana. Zamiast snu: pytania. Kto ja jestem? Po co jestem? A może raczej, przede wszystkim: dlaczego jestem łajdak, świnia, zero moralne, podlec. Mógłbym być, kim chcę, mam wszystko, aby być wielkim, wytresowano mnie do wielkości, mógłbym być wielkim w połowie Europy, w Berlinie i Warszawie, dano mi szanse, których mało komu dano aż tyle, a ja tylko piję, piłem w Cristalu albo w Gastronomii, piję, odurzam się i rysuję gołe facetki, a każda goła facetka, którą narysuję, jest moją zwyciężczynią, zwycięża mnie, pokonuje, każda naga facetka, którą narysuję, ma mnie w swym posiadaniu. Dlatego prawie już nie rysuję. Nie jestem artystą, trochę tylko sobie udawałem. Jestem nikim tym więcej, tym bardziej, im więcej mi dano, im więcej otrzymałem, tym większa podłość moja, łajdactwo moje, nędza moja i klęska moja. Ja, nieja, niktja.

Ale dobrze, że już u siebie w mieszkaniu, do Anieli już nie wrócę. Psu na budę takie ukrywanie się. Po co się ukrywać?

Wstała Hela, wcześnie wstała, przygotowuje śniadanie, dla mnie przygotowuje, wstał i Jureczek, a ja, zbrukany, powalany, wstrętny, obrzydliwy, leżę na kanapie w półśnie, w nieśnie, leżę i się brzydzę, Jureczek podchodzi, do mnie przychodzi Jureczek, tatusiu drogi, tatusiu kochany, tuli mnie, ramiona moje niegodne objąć pierworodnego, ale obejmują, syneczek mój, obejmują, po czym zrywam się i wiem już, co mam robić, symuluję nagle męską dziarskość, męski pośpiech, konkretność, decyzja, decyzja, już, Hela, śniadanie, ta paczka czekać nie powinna, czekać ta paczka nie może, więc wrzucam szybko w siebie to, co tam jest do zjedzenia, niewiele jest, chleb jakiś, sam przyniosłem ten chleb, przypominam sobie, że przyniosłem, jem, piję kawę, kawa jeszcze jest, u Anieli nie ma, a u nas jest, bo kupiłem zapas, duży zapas, bo jestem mądry, a inni ludzie durnie, głupcy, a ja wiedziałem, przewidziałem i kupiłem, a oni, durnie, wierzyli, że pójdą pod Berlin, konie w Sprewie napoją, więc czemu w Warszawie miałoby zabraknąć kawy, węgla, a ja wiedziałem, wiedziałem, oni durnie, wszyscy durnie, a ja wiedziałem.

Więc teraz piję tę kawę, prawdziwą kawę, odziewam się, porządnie się odziewam i ciepło, pójdę do Łubieńskiej, zaniosę paczkę, a tam na pewno konspiratorzy nad stolikiem, przy świecy, bo u niej może nie być nawet elektryczności, jeszcze mogli na placu Zbawiciela nie przywrócić, nie wiem, czy już przywrócili, więc pójdę tam, a tam nad stolikiem konspiratorzy, wojskowe postawy, ale ubrania cywilne, niedopasowane, jakby szyk był w tych marynarkach zbyt ciasnych i spodniach zbyt obszernych, więc na stole świece, a oni przy świecach jak wileńscy jakobini, jak podchorążowie, jak Związek Trojnicki, jak Koło Oficerskie Sierakowskiego w Petersburgu, jak bojowcy Komendanta, przy świecach, przy świecach, rewolwery w kieszeniach i knują, i konspirują, a ja przynoszę im paczkę. Więc pójdę, a teraz piję tę kawę, Hela patrzy na mnie, dobrze na mnie patrzy, życzliwie na mnie patrzy, serdecznie, widzi we mnie niemnie, dlatego dobrze patrzy. A ja już postanowiłem, postąpię jak nieja i pójdę, zaniosę paczkę do Łubieńskiej na plac Zbawiciela. A teraz piję kawę i śmieję się do Jureczka, który pałaszuje swoją kromkę z masłem.

W końcu wychodzę. Po schodach, w dół, na Puławską i dalej na zgwałconą Marszałkowską, na chodniki zerwane, w miasto nie moje. Nie ma mojego auta. Sklepokawiarnia Wedel zamknięta. Nienawidzę tych, którzy zrobili to mojemu miastu. Zabrałem kastet, dziś nie jestem już żołnierzem, ale jestem tego miasta, mojej ojczyzny przybranej i jak warszawski apasz noszę kastet, będę tym kastetem mojego miasta bronił. Zabrałem też scyzoryk, maleństwo z perłową rękojeścią, ale to już nie broń.

Moja nienawiść przygasa, powoli przygasa, bo pojawia się pragnienie. Więcej myślę o scyzoryku niż o kastecie. Aby tak chociaż trochę moich dobrych buteleczek, aby jedną. Ale Jacek nie da, już na pewno nie dziś, dzień po dniu, wczoraj był jedenasty października, dzisiaj dwunasty, dziś powinienem się zarejestrować, wczoraj dał, dzisiaj nie da, dać nie może, w końcu jest moim przyjacielem, to bardzo wiele być czyimś przyjacielem, a być moim przyjacielem jest trudniej niż kogo innego, normalnego. Więc do Jacka nie ma co iść, chyba tylko aby coś o Igę zapytać, o jakiś szczegół, co miałby pomóc w poszukiwaniach, których nie podjąłem jeszcze wcale.

Dlaczego nie szukam Igi? On nie szuka, bo nie może, bo obowiązek, bo lekarz teraz, w dwa tygodnie po zakończeniu wojny, naprawdę nie może szukać swojej żony, bo mu ludzie na rękach umierają. Nie może, nie wolno, naprawdę nie wolno. Ale ja mógłbym. Ja powinienem. W końcu Jacek to mój przyjaciel najbliższy, najlepszy, najszczerszy.

I to, co między nami było, między mną a Igą. Dawno temu, dziesięć lat temu, ale było i niemałe to było, byłem jej pierwszym kochankiem i ona była moją pierwszą kochanką, chociaż nie pierwszą kobietą, bo wcześniej była prostytutka, ale ją trudno liczyć, skoro w akcie z nimi nie było elementu ulegania, legły przede mną, bom im zapłacił po dziesięć złotych, a Iga mi uległa, bo jestem, bo byłem mężczyzną, potwierdzając moją męskość w tym uleganiu. I myślę, że do dziś mi tego nie wybaczył, że wziął ją po mnie, że mój ślad nosiła w sobie jego Iga, moje zbrukanie. Chociaż przecie nie kazałem mu jej brać, nie swatałem mu jej, nie moją już była, kiedy ją brał, wziął sam, sam chciał, a uraza i tak jakoś w nim zakwitła, jakby to moją winą było to jego w Idze zakochanie.

Więc dzisiaj pójdę, dzisiaj będę Igi szukał, dziś już na pewno, dziś muszę Igę znaleźć. Dla tego śladu, który w niej pozostawiłem, bo przecież zostawia mężczyzna ślad w każdej kobiecie, z którą był. Nie fizyczny ślad, ale w jej aurze, w jej ektoplazmie może, w jej drugim ciele, w ciele duchowym, jak mówił Stach mojej matki. Nawet jeśli potem się znienawidzą, zobojętnieją, staną się sobie obcy, nawet wtedy śladu tego zatrzeć się nie da, nawet jeśli stosunek ów oboje uznali za pomyłkę, ślad jest, ślad zostaje, zostaje więź niematerialna między dawnymi, starymi kochankami. Po tej więzi będę Igi szukał, po więzi dawnych kochanków.

Ale najpierw z paczką do Łubieńskiej. Na plac Zbawiciela, róg 6 Sierpnia, do konspiratorów, do stołu ze świecami, do rewolwerów ukrytych w kieszeniach. Naprzód.

Naprzód. Z paczką. Z teczką.

Naprzód. Pluton dwójkami kłusem marsz. Rozwijam szyk. Lance na udo, szable do boju. Pluton — marsz-marsz! Marsz-marsz! I idą chłopaki szykiem rozwiniętym do szarży, idą, idą. Szli.

I ja szedłem. Idę. W teczce — paczka, którą muszę zanieść do pani Łubieńskiej, do mieszkania na placu Zbawiciela. Co jest w paczce? Za lekka, żeby była tam broń. Więc co jest w paczce?

Nie interesować się. Nie moja sprawa, nie interesować się, zanieść. Nie pytać, nie ciekawić się, nie dociekać, nie drążyć, wykonać. Wykonać.

Ale najpierw — do Loursa. Jednak najpierw. Tak? Tak. Mógłbym pójść co prawda przez plac Zbawiciela i zostawić paczkę, ale jakoś chce mi się nadłożyć drogi. Najpierw więc do Loursa, najpierw do Loursa. Żeby zapomnieć. Może wódki dadzą.

Więc prosto, na plac Piłsudskiego, prosto, prosto, jeszcze nie na Dobrą, jeszcze nie w prawo, najpierw do Loursa, tak popycha mnie ten, który idzie za mną, więc idziemy, idziemy, dzień zimny, dzień deszczowy, dzień zimny, jadą walizy i pakunki na dwukółkach, w dziecięcych wózkach jadą, lawirują między dziurami, między ruinami, między stertami gruzu lawirują, jadą furmanki, kurs dziesięć złotych, jedyne dziesięć złotych, kup pan, panie, panie, kup pan, kupisz pan? Nie kupię, idę, chwieję się, ale ten, który idzie za mną, podtrzymuje mnie za ramiona, upaść mi nie pozwoli, strzeże mnie i przez ciemną dolinę prowadzi.

Idę daleko, długo idę, pół godziny, nogi mnie dziś nie niosą, ale w końcu jestem, stoję przed Europejskim i wchodzę.

Do Loursa wchodzę. Obok, w budynku byłego Sztabu Głównego, powinienem się dziś zarejestrować, tak rozkazuje na afiszach komendant Warszawy generał porucznik von Cochenhausen, moje nazwisko Willemann, a więc jeśli się dziś nie zarejestruję, to narażam się na aresztowanie. Więc się narażam.

Wszedłem do Loursa, a tam to samo, cóż miałoby się zmienić.

Alkoholu nie podaje się w godzinach od południa do szesnastej, każdy zakład gastronomiczny, który podaje potrawy, jest bezwzględnie obowiązany przygotować dla swej klienteli dobrą i pożywną potrawę, gotowaną w jednym garnku. Potrawa ta nie może być zwykłą zupą, lecz musi bezwzględnie zawierać razem ugotowaną strawę gęstą i pożywną (kartofle, makaron, kaszę, jarzyny i mięso). Każda próba przyrządzenia tej potrawy jako cienkiej zupy zostanie ukarana zarówno karą osobistą, jak i całkowitym zamknięciem zakładu gastronomicznego. Cena potrawy w lokalu pierwszej kategorii: jeden złoty pięćdziesiąt groszy.

Tak na ścianie napisano, w obwieszczeniu napisano i u Loursa, pachnącego zwykle kardamonem, cynamonem, kawą, czekoladą i lukrem, i dymem z dobrych papierosów, u Loursa, w którym kobiety pachniały perfumami, a mężczyźni byli mężczyznami pierwszego sortu, dziś śmierdzi jak w robotniczej garkuchni potrawą pożywną gotowaną w jednym garnku po złoty pięćdziesiąt porcja.

I mężczyzn pierwszego sortu zdegradowano, z mundurów, epoletów i orderów odarto, z fraków i żakietów odarto i spodni sztuczkowych, z chusteczek fantazyjnie udrapowanych i z goździków w butonierkach odarto, z krawatów jedwabnych odarto, albo raczej sami się odarli, w uznaniu swojej klęski, sami się zdegradowali do kategorii ostatniej, nie wiem, z którym numerem, w kategorii pierwszej lokują się teraz oficerowie Wehrmachtu przechadzający się czasem ulicami z dziwną miną, niby tryumfują, ale nie wiedzą jeszcze, co z tym tryumfem zrobić, a tutaj jest kategoria piąta albo pięćdziesiąta, bez krawatów, bez kołnierzyków, moda à la Witos, buty kawaleryjskie, miny pokonane, upokorzone, zgięte karki.

A ja mam krawat. Mam chusteczkę jedwabną w kieszonce marynarki z tweedu angielskiego pierwszego sortu. Mam skarpety kraciaste i buciki niskie, wypastowane, lśniące. Bo mnie nikt nie pokonał, jam się nie poddał, jam rozkazu kapitulacji nie usłyszał.

Iga. Zapytać muszę o Igę, muszę jej szukać dla Jacka, Jacek szukałby dla mnie Heli, nie śpiąc i nie jedząc.

Nagle widzę: jest! Między oficerami siedzi przy stoliku Jarosław, Jarosław, z którym mam zaszczyt być na ty, i Jarosław ten jest smutnym, jest przestraszonym. Cóż się z tobą działo, Jarosławie, przez te smutne dni, siedziałeś w Stawisku? Co działo się z twoją piękną głową, z twoim wysokim czołem, z twoimi wytwornymi strojami? Coś robił, piękny Jarosławie, jak twoje dzieci?

Jarosław mnie zauważa, uśmiecha się szeroko, rozpromienia się, unosi swoje wielkie ciało znad stolika, kiwa na mnie swoimi pięknymi dłońmi, zaprasza do stolika. Przysiadam się.

Witam się. Jarosław siedzi, z nim dwóch jeszcze, wyglądają na oficerów, wielu wygląda dziś na oficerów, jak ofiary gwałtu. Spogląda na nich spojrzeniem jak szpicrutą, mamroczą coś pod nosem, jakieś tam usprawiedliwienia, że zaraz, że coś tam muszą, unoszą się znad stolika i wielka, szlachetna głowa Jarosława zwraca się już w moją stronę, jego czoło wielkie i wysokie celuje we mnie jak zwierciadło przeciwlotniczego reflektora.

— Kawa jest w dzbanku, podła lura, cienka — mówi Iwaszkiewicz. — Ale częstuj się. Głodnyś?

— Głodnym wieści — odpowiadam.

Kawy mi nalewa, spod marynarki piersiówka, chlup do kawy symbolicznie alkoholu w kolorze brązowym, mruga porozumiewawczo do mnie, ale nie wesoło, tylko z taką pozorną wesołością, wytwornie pozorną, a ja kawę duszkiem i powtarzam:

— No więc, Jarosławie, co słychać?

Milczy chwilę, uśmiecha się jakby do siebie, wielka pierś unosi się w tym jednym uśmiechnięciu i zaraz opada.

— Siódmego wyjechaliśmy ze Stawiska, potem tułaczki trochę, za dziećmi... Wróciliśmy tydzień temu — wyrzuca z siebie w końcu. — We dworze Niemcy siedzą, ale góra jest dla nas.

— No a po coś do Warszawy przyjechał? — pytam.

— EKD już chodzi, do Szczęśliwic. Dalej furmanką. Jakże ja tego miasta nie poznaję — odpowiada, ale nie na pytanie, które zadałem.

— Nikt nie poznaje przecież... — mówię, ale on nie słucha, przerywa mi bezceremonialnie, jakby mnie nie słyszał.

— Zaszedłem do Simona i Steckiego dzisiaj, myślałem, że tam cię spotkam. Ale tam sami Niemcy i Ludwik Simon przy stoliku, siedzi i je obiad jakby nigdy nic, pewnie myśli o Wyspiańskim. Niemcy dookoła, a on je sobie obiad, jakby nie był tym, kim jest.

Pozwoliłem mu mówić, lubię, lubiłem jego głos. Czy też raczej on nie pozwolił sobie przerwać.

— Ostatni raz byłem tam piątego września. Wtedy było pusto. Wcześniej jeszcze trzydziestego pierwszego sierpnia, wtedy było normalnie. Ciebie już nie było, już cię zmobilizowali. A dzisiaj — Niemcy i Ludwik Simon siedzi, je swój smutny eintopf i myśli o Wyspiańskim.

Zamilkł, zamyślił się, ale patrzył na mnie swoimi oczami wielkiej, smutnej ryby.

— A tyś jak wojnę przeżył? — zapytał, nie spuszczając ze mnie wzroku, jakby się na moment zażenował tym, że mówił cały czas o sobie.

— Zwyczajnie, z pułkiem... — Machnąłem ręką.

— W dziewiątym ułanów?...

— Tak.

— Nad Bzurą? — zapytał, oczy jego do mojej twarzy przylepione.

— Pod Parzęczewem, potem w Puszczy Kampinoskiej, gdzieśmy parę czołgów szkopom spalili, a potem do Warszawy i już do końca w Warszawie, od fortu Dąbrowskiego i Łazienek, aż do kapitulacji. Do niewoli nie poszedłem.

— Jechaliśmy przez pobojowisko nad Bzurą — mówi Jarosław, nie patrząc na mnie. — Pryzmy siodeł wysokie po kilka metrów, całe stogi karabinów, bagnety chrzęściły pod kopytami, pod kołami.

I chwilę milczymy obaj, jakby się między nami ta nasza wspólna przecież klęska nagle zmaterializowała, jakby stała się rzeczą i wykwitła na naszym stoliku, i nas sobą zajęła, zaaferowała.

— Iga zaginęła, Iga, to jest żona Jacka Rostańskiego, Iga Rostańska — mówię po chwili.

— Jacek Rostański... to ten sympatyczny, przystojny lekarz z Ujazdowskiego, któregoś czasem do Ziemiańskiej przyprowadzał?

— Ten sam. Iga zaginęła zaraz przed kapitulacją.

A gdyby to była Hela? Co wtedy? Ja biłem się z Niemcami przy Forcie Dąbrowskiego, potem na Parkowej i Górskiej już przy Łazienkach, Jacek zszywał dziurawych chłopaków w Szpitalu Ujazdowskim, a kilometr dalej Hela chowała się w piwnicy naszego domu. Jureczek był u teściów na wsi, Hela została, kopała rowy przeciwczołgowe jak pęknięcia w wyschłym błocie. Gdyby to ona zaginęła w drodze na jakieś tam roboty obywatelskie, co ja bym teraz robił?

Jacek od dwóch tygodni nie robi nic poza opieką nad rannymi, a ja, co ja bym robił?

— Zamyśliłeś się, Kostuś — mówi Jarosław.

— Tak. Przepraszam. Powinienem jej szukać, ale nie wiem jak.

I milczymy znowu.

— Martwiłem się, nie wiedziałem, czyś wojnę przeżył, nie widzieliśmy się prawie dwa miesiące — mówi Jarosław.

Takie wyznanie, a ja wzruszam ramionami, ale nie lekceważąco, lecz tak z wdzięcznością, że się martwił, a wzruszenie ramion to w kwestii, że nie było się o co martwić w ogóle.

— A co do tej Rostańskiej. Skoro nie odezwała się przez dwa tygodnie, to nie jestem dobrej myśli. Ale oczywiście nie należy tracić nadziei.

— Ale rozpuścisz wici, Jarosławie? Że szukamy? Igi Rostańskiej. Że mąż czeka.

Patrzy na mnie swoimi rybimi oczyma, rozumie czy nie rozumie, już wiem: muszę wyjść, zanim odpowie, odpowiedzią mógłby wszystko zniszczyć, więc krzyczę jakieś dzięki, dzięki wielki, jakiż jestem wdzięczny! Żegnam się pospiesznie i wybiegam z Loursa, nie zaniedbałem Igi, o Idze pamiętałem, Idze połączonej ze mną więzią podwójną, Idze żonie mojego przyjaciela i Idze kochance mojej dawnej. A więc rozpuściłem wici. Bo jakże inaczej mam jej szukać? Kamienie w ruinach odwalać?...

Teraz: do Łubieńskiej z paczką, obowiązek spełnić.

A co w sercu, co w sercu mojem — mojem, bo serce mam sprzed reformy ortograficznej, serce me jest zawsze mojem, nigdy moim — a więc: co w sercu mojem? Czy w sercu mojem gra trąbka szarż i marszów, gra trąbka obowiązku?

W sercu mojem nie gra żadna trąbka. W sercu mojem jedna tęsknota, jedno pragnienie. W sercu, ale przede wszystkim w brzuchu, który mdłościami się domaga. I w krzyżu, który rwie. We łbie, który ściśnięty jest jak ściskiem stolarskim za obie skronie.

Więc dlaczego mam się oszukiwać, dlaczego miałbym iść z tą przeklętą paczką do mieszkania pani Łubieńskiej na ulicy 6 sierpnia, na rogu placu Zbawiciela, dlaczego, skoro mogę pójść najpierw na Powiśle, na ulicę Dobrą, na dobrą ulicę na rogu Radnej, to jest dużo bliżej, i jest tam brzydka, stara kamienica, gdzie mieszka Sala, która będzie mnie dziś kochała bardziej, bo wczoraj dałem jej w pysk, więc dziś będę dla niej mężczyzną prawdziwszym, inaczej niż dla Heli, której nigdy nie uderzyłem, bo gdybym tylko, to wyniosłaby się z domu natychmiast, a stary pan Peszkowski zastrzeliłby mnie jeszcze tego samego dnia. Chociaż teraz broń oddał Niemcom, więc pewnie zatłukłby mnie laską.

Więc mógłbym pójść na plac Zbawiciela, lecz mogę też pójść najpierw na ulicę Dobrą na Powiślu, gdzie bliżej jest i gdzie Salome czeka na mnie, wyczekuje mnie. I kiedy powiem jej: „Idź!” — to pójdzie, dam pieniądze, to pójdzie w plugawe podwórka i wróci z buteleczkami bądź z proszkiem.

A pieniądze przecież wziąłem ze sobą, całe trzysta złotych, ileż to szczęścia za tyle pieniędzy można kupić! Z paczką pójdę później.

A więc teraz — na Dobrą, na Dobrą!

Idzie więc: taki żałosny. Idzie z nadzieją, że coś się wydarzy, coś, przez co mógłby stać się innym, coś, co zmieniłoby jego życie, coś, w ogóle, coś, cokolwiek. A przecież nic się nie zdarzy, idę więc za nim.

Ten, który idzie za mną, jest blisko, blisko.

Idę, idziemy, idzie. Blisko, blisko. Karową, skarpa, ślimak.

I już, już jest dobra ulica, parszywe kamienice, parszywe towarzystwo.

I już schody, i pnie się po nich, i już drzwi farbą złuszczoną pokryte. Puka. Kam. Pukam.

Nie dzwoni. Nie. Dzwonię. Nie dzwonię.

Drzwi się uchyliły, łańcuszek zapięty, za nim wielkooka, pospolita twarz Salome i jej loki miedziane. Na ramionach ma podomkę z jedwabiu, pod spodem jest naga, błyszczący materiał ślizga się na jej piersiach, rude włosy w kroczu. Widzę od razu, jest pijaną, bo twarz ma jakby nieostrą, mięśnie zwiotczałe i rysy się zacierają i oczy błyszczą. Lubię, kiedy jest pijaną. Nawet przez drzwi czuję, jak śmierdzi alkoholem. Ale śmierdzi też mężczyzną. Mierzy mnie wzrokiem, jakby nie poznawała, patrzy na mnie, patrzy, w końcu mruczy, słaniając się na nogach, wzrok się jej rozjeżdża:

— Kostek, paszoł won...

— Wpuszczaj, kurwo jedna — warczę i pcham drzwi. Łańcuszek, pamiętam, trzyma się na jednym gwoździku, musi puścić.

I puszcza.

— Kostia, idź ty stąd — bełkocze Sala, próbuje mnie zatrzymać, odsuwam ją i wchodzę. W kuchence maleńkiej pusto i puste butelki, teczkę odstawiam na stolik, dalej do pokoju, tam dwóch mężczyzn, butelka wódki, dużo dymu z dobrych papierosów.

Patrzą na mnie. Ja patrzę na nich. Prawica w kieszeni spodni, spocone palce wślizgują się w pierścienie kastetu jak robaki.

Obaj w podkoszulkach. Jeden chudy, na oparciu krzesła wisi kurtka feldgrau, oficerska. Ten na mój widok zrywa się od stołu natychmiast, prawą ręką narzuca na siebie kurtkę, lewą dopija kieliszek wódki, zbiera swoje graty — czapka, pas, kabura — w pośpiechu, ale bez strachu, bez obawy, po prostu nie chce być tutaj ani sekundy dłużej, ale przecież nie boi się mnie wcale. Wychodzi bez słowa. Mija mnie, blisko, blisko.

Oczy ma wodniste jak Jarosław, blade, duże, ciepłe, wilgotne. Oblizuje mnie lepko tymi oczami i widzę w nich, że mógłby mnie zabić między jednym a drugim łykiem kawy. Ja też mógłbym go zabić, ale tylko z daleka, z karabina, z kulomiotu, bombę spuścić z bombowca, szablą nawet chlasnąć mógłbym w szarży albo lancą przebóść. Ale on mógłby zabić mnie z bliska, oblewając mnie tym wilgotnym spojrzeniem.

Moglibyśmy spleść się w uścisku, a on zatopiłby mi zęby w krtani, przegryzłby mi tchawicę i tętnicę i kark, zaczerpnąłby duży haust krwi, a potem obnażył zakrwawione zęby, pokazałby je światu.

Prawicę mam w kieszeni obszernej jak w kaburze, prawicę stalą okutą, pięść pancerną, pięść w boksie ulicznym, apaszowskim zaprawioną.

Wyminął mnie. Bez słowa. Nie odwracam się za nim, kroki, zamyka drzwi, do Salome też się nie odezwał.

Patrzę na drugiego, ten też na mnie patrzy. Gruby. Oczka małe za okrągłymi, brudnymi szkłami, gęba nalana, szczeciniasta, znad drucianych oprawek brwi jak u marszałka, spod nich te oczka jak wiertła, wiercą.

I nic więcej, bo o czym tu myśleć, skoro widzę, że za nożem maca?

Więc pięść pancerna wyrywa się ze swej kryjówki, skaczę ku niemu i jednym gromem okutej prawicy zwalę go na ziemię, porażę za to, że pokalał moją Salome, czy też sprzedał ją Szwabowi, nie pytam. Pytał nie będę, zapytam może później, jak już Salome go ocuci. W mordę lać potrafię, nie to, co cały ten stolik z Ziemiańskiej. Pewnie dlatego mnie szanują, bo z nimi gadam jak równy, o Prouście czy Nietzschem, a potem pewnego razu zestrachani widzieli, jak się nie bałem postawić apaszom, co pewnego ubogiego poetę pozbawić chcieli ostatniego ubrania, jedynego, jakie posiadał. Pijany bywałem szlachetnym, uznałem więc, że nie mogę na to pozwolić, nie przestraszyłem się noża i apasza powaliłem na bruk. Podobało się im więc, że jestem jakby każdą nogą w innym świecie, chociaż to nieprawda.

Więc nie bałem się. Walczyć się nie boję. Więcej trochę niż w bitwie, więcej boję się boju na pięści i noże niż na kulomioty i armaty, ale nie tyle, bym nie skoczył na grubasa z pięścią pancerną, z pięścią jak grom.

A głowa grubasa uchyla się od mojej pięści gromowej i nagle jestem na ramieniu grubasa, który podnosi mnie ku niskiemu stropowi jak ja podnoszę Jureczka dla igraszki i następnie lecę, lecę powoli ku deskom podłogi i jęczą deski, kiedy przyjmują moje ciało i ja bym jęczał, gdyby tchu stanęło, ale tchu nie staje, a gruby nie pozwala, aby z tchem przyszła nadzieja, i spada na moją pierś kolanami, prawica moja jak martwe zwierzę zaplątane we wnyki kastetu, prawica moja biała i miękka jak morski głowonóg, prawica moja bezsilna.

Grubas wznosi do góry wielką pięść, czuję, jak śmierdzi od niego gorzałą, i pięść spada na mój policzek, czy to pękają kości? Pięść grubasa unosi się po raz drugi i po raz drugi spada i koniec, koniec, ciemno.

Gdzie jestem, gdzie leżę, w innym świecie.

Otwieram oczy.

Gruby stoi na środku pokoju, Salome obejmuje go za szyję i szepcze mu coś do ucha. Gruby spogląda na mnie, w tym samym czasie moja Sala całuje go w siwy szczeciniasty policzek.

Gruby stoi więc, Salome całuje go w siwy szczeciniasty policzek, ja też stoję, a on leży na podłodze i wracają mu zmysły. Salome całuje grubego, gruby ją odpycha, brutalnie, mocno, tak samo jak on ją odepchnął, chociaż gruby nie dał jej w twarz, więc gruby ją odpycha, odwraca się, idzie do kuchni i wraca z tej kuchni zaraz z tasakiem potężnym w ręce.

A on leży na ziemi jak martwa ryba, chciałby się podnieść, wspiera się na łokciach, miękka pięść kastetem spętana, gruby podchodzi, będzie mordował.

— Ta i pana pięknego ubijem za tyn abruch — bełkocze z kresowym akcentem i uśmiecha się obrzydliwie, szczerzy szczękę szczerbatą.

A on na podłodze otrzeźwiał już na tyle, aby zacząć się śmiać. I śmieje się: bo takie to śmieszne strasznie, straszliwie, że się nie dał Niemcom zabić, bo cały wrzesień przeszedł najrozważniej jak się da, żeby nie oberwać kulą, szrapnelem ani strasznym słowem „tchórz". A teraz przyszedł do dziwki i zabije go jakiś gruby alfons albo jej gach, albo apasz zwykły, czy baciar raczej, zabije kuchennym tasakiem. Nie dali rady czołgowie, stukasi, nie dali rady panowie Mauser, Messerschmitt ani Walther, a da radę pan Solingen.

Więc śmieje się, śmieje bez tchu, ale się śmieje.

I płacze, myśli o Jureczku. O Heli też myśli, ale już bez żalu: przekona się teraz, jak wiele utraciła, jak nisko go ceniła. Czyli jednak z żalem, bo szczerze należy przyznać, że tak wiele to Hela mimo wszystko nie utraci. Pół męża straci, pół mężczyzny. Ilu takich ziemia nosi? Półmężczyzn, pół-, a raczej niby-artystów, półojców, półmężów, wszystko po połowie, dość, by zwieść, dość, by wiarygodnie obiecać, nie dość, by obietnic dotrzymać. Więc pół mężczyzny, bo na tyle go było, żeby go pokochała, żeby jakoś wypełnił w niej to miejsce na mężczyznę, które jest w każdej kobiecie: w jej ciele, w jej sercu, w głowie, w duszy, ale nie na tyle, aby nie pozostało tam już miejsca na tęsknotę za czymś — właśnie, za czym? Za czymś więcej, kimś więcej, kimś większym, kimś bardziej, kimś bardziejszym.

Więc pół artysty, bo cóż zrobił: rysunki i grafiki na tyle dobre, aby nie był pacykarzem, i na tyle złe, aby nigdy nie być prawdziwym malarzem, ale na tyle dobre i złe jednocześnie, aby zaznajomił się z prawdziwymi artystami, tylko cóż to za przyjaźń, czy ktokolwiek w ogóle może przyjaźnić się z nimi? Żadna przyjaźń.

Więc pół ojca, bo owszem, począł Jureczka, ale czyż łożył dość na jego utrzymanie? Łożył, ale czy swoje łożył? Gdyby nie matka, w jakim mieszkaniu Jureczkowi przyszłoby mieszkać, w jakich szatkach chadzać, cóż by mu Hela do garnka mogła włożyć? Cóż z moich grafik by mu przyszło? Zapomnieć chcę o moich grafikach i rysunkach, bo świat o nich zapomnieć nie może, bo nigdy się o nich nie dowiedział.

Więc pół męża, bo tak, czasem byłem Helenie oparciem, raczej w zdrowiu niż w chorobie, bo choroby mnie brzydzą, więc częściej nie byłem, bo zbyt mnie własna melancholia chciała pożreć. Kiedy Hela była w ciąży z Jureczkiem, a ja wyjechałem na pół roku do Wiednia kształcić się i nie kształciłem się wcale, tylko wino w Heuriger piłem w wesołej kompanii, przesiadywałem po muzeach, a jesienią jadłem kasztany i zapijałem młodym winem, sturmem zapijałem wprost na ulicy i śpiewanie było, i tańce, i kobiety, a Hela z wielkim brzuchem jeszcze w starym mieszkaniu sama, tylko ściany i ojciec endek, wszyscy poważni, śliczni. Patriotyczni i eugeniczni.

Tak leży on, pół człowiek, pół bydlę, i śmieje się do swojej śmierci, śmieje się do pana Solingena, śmieje się do pana tasaka, wygląda pana tasaka, pana tasaka wyczekuje. Przyjdź, panie tasaku!

Gruby kresowiak traci rezon. Nie przywykł, żeby się śmiali. Salome zaś uwiesza się na prawicy grubasa, zawahał się, więc zdążyła i wisi na jego grubym przedramieniu, nie pozwala mu zamachnąć się tasakiem, wisi i wyje, jakby chciała ochronić coś cennego, a nie tylko to pół człowieka, które leży na deskach, śmieje się i płacze.

Dlaczego wyje Salome? O wyciu Salome myśli teraz, przez łzy i przez śmiech, nie rozumie wycia Salome, czy jego chce ochronić, cóż jej po nim, dlaczego nie chce pozwolić grubasowi rozrąbać łba tasakiem, tak piękną byłaby ta śmierć, na wojnie niedraśnięty, Krzyżem Walecznych udekorowany, chce walczyć dalej z Niemcami, panie pułkowniku, nie do niewoli iść, a teraz leży na deskach i grubas rozbije mu łeb tasakiem, którym Salome rąbała wołowinę z kością, aby przygotować wielki gar rosołu, by starczyło na parę dni morfinowego ciągu, a może gotowała taki wielki gar rosołu, żeby nakarmić cały legion odwiedzających ją gachów z artystycznych sfer, a teraz ten tasak rodem z pięknego miasta Solingen rozbije mu łeb, nie niemiecka kula, nie bomba, nie szrapnel niemiecki, lecz niemiecki tasak w rękach tłustego baciara.

Więc leży na podłodze i śmieje się, śmieje się jak wariat i jak wariat płacze.

Grubas strząsa z siebie wyjącą Salome, tłusta dłoń uderza ją w twarz, jednak już nie tak, jak się kobietę pieszczotliwie w twarz leje, żeby ją tylko przywrócić do porządku, lecz z całą mocą, tak że głowa Salome okręca się dookoła jak bąk i szarpie za sobą całe ciało, a on leży na ziemi, śmieje się i płacze, i pyta sam siebie, czy cios ten złamał jej kark, czy na ziemię padnie Salome już bez życia? A ona pada, jeśli z życiem, to na pewno bez przytomności, okręca się w piruecie i leży, wygięta.

Grubas zaś znajduje sytuację wysoce nieodpowiednią: nie lubi szaleńców, nie chce zadawać się z szaleńcami, szaleńcy brzydzą grubego baciara. Grubas nie zabije Kostka, grubas spluwa na Kostka grubą śliną, oto twój wyrok i kara dla ciebie, dla nieciebie, pół człowiecze, nieczłowiecze, szaleńcze. Ciska tasak na ziemię.

Odwraca się, chwyta swoje ubrania, które wisiały na krześle, niedopitą flaszkę z wódką chwyta i wychodzi, trzaska drzwiami, wychodzi, wychodzi, bluźniąc.

A on leży, leżę, ja leżę, obok niego leży Salome wygięta, Salome czy żywa? Patrzę na nią z miłością, której on dla niej nie ma, a ja kocham te kobiety, które on spotyka.

Dlaczego mnie nie zabił? Teraz będę musiał pójść z paczką na plac Zbawiciela.

Więc leży i płacze. Wolałby nie żyć.

Więc klękam przy nim i otaczam go ramionami, aby poczuł moją miłość, cała jestem miłością. A on płacze.

Płaczę. Dotykam twarzy własnej, a ten, który idzie za mną, jest przy mnie, klęczy nade mną, tuli mnie, broni i czuwa nade mną, dlaczego nie chciał mnie powstrzymać, kiedy tu szedłem, mógł mnie przecież zawrócić jeszcze z samych schodów, mógł wskazać drogę na plac Zbawiciela, mógł mnie w tę drogę pociągnąć, abym poznał dobre i złe. Ten czy ta?

Nikt.

Wstaję, podnoszę się. Chwila zastanowienia: Salome czy twarz? Wybieram lustro. Ja.

Ja-nieja. W lustrze. Policzek nabrzmiały, krwią podbiegający, puchną powieki na oku prawym, dotykam nosa, cały, niezłamany. Obmacuję gąbczaste, stłuczone tkanki, ja to czy nie ja, czy ten puchnący policzek to również ja, te powieki krwią powoli naciągające?

Salome wygięta. Leży na podłodze. Ja już przy niej, czy to ja przy niej?

A więc zbliża się do niej, pochyla się nad nią. Szlafrok rozrzucony na boki, leży naga, ciężkie piersi unoszą się, nogi rozrzucone, rude włosy w kroczu, pod pachami, zapach wódki, mężczyzny, spółkowania. Żyje. Jest przytomną. Zbitą, obolałą, ale żywą i przytomną jest.

— Sala.

— Kostia, ja tobie kazała: paszoł won, mówiła ja! — szepcze.

— Kto to był?

— Nie twoja rzecz — odpowiada mi hardo.

Wstaje, owija się szlafrokiem, nagle jest trzeźwą, nagle zawstydzoną własną nagością, nigdy nie wstydziła się nagości, nie była naturystką, zdawała sobie sprawę z jej siły, więc nie szafowała swoim nagim ciałem zbyt łatwo, ale nigdy niczego się nie wstydziła. Czekała na tej podłodze, czekała, aż podejdę, no i podszedłem, ale jeśli to był egzamin, to go nie zdałem. A może właśnie zdałem, nie podchodząc?

— Czego ty chcesz od mnie, Kostia?

— Mam pieniądze. Idź, kup morfinę na mieście.

— Ale gdzie? — dziwi się.

— Już ty wiesz gdzie. Ja poczekam tutaj.

Milczy, obmacuje szyję, żebra, przez jedwab szlafroka drapie się po kroczu.

— Pójdziesz? — pytam.

Patrzy na mnie i zmienia się jej spojrzenie, koniec spojrzenia jest innym spojrzeniem niż początek spojrzenia, spojrzenie zaczyna się od znużenia, upojenia, niechęci, bólu, kończy się spojrzenie w chuci, rozchylają się wargi, wiadomo przecież — wargi również należą do spojrzenia, spojrzenie to moje patrzenie na jej patrzenie, spojrzenie to nie tylko oczy, spojrzenie to miejsce, w którym spotyka się jej patrzenie i moje, spojrzenie to skrzyżowanie patrzeń i w moim patrzeniu są właśnie jej usta i z jej warg, które się rozchylają, odgaduję chuć, i tamtych mężczyzn, Niemca i grubego, już nie ma, a ja jestem.

— Pójdziesz? — pytam.

— Pójdę. Ale najpierw ty chodź ze mną, Kostia.

Chwyta go za klapy marynarki, pcha przed sobą, szlafrok się rozchyla, ona naga, on ubrany, pcha go na łóżko, on ustępuje, daje jej się prowadzić, idzie tyłem, na łóżko, ona rozpina mu guziki u spodni, kopulacja, deklasacja, abominacja, dehumanizacja, a ja stoję przy nim, patrzę, jak ociera się o niego, jak wciera w niego całą kurewską, kobiecą siebie, patrzę, jak się z nim parzy, jak się potem podmywa nad miednicą, jak wyciera się bez wstydu.

Po wszystkim czuję na sobie zapach jej i zapach mężczyzny, który musiał kopulować z Salome przede mną. Nie wiem, który to był, Niemiec czy gruby baciar, myślę, że Niemiec, Salome brzydziła się otyłymi mężczyznami.

— Z którym spałaś? — zapytałem.

— Jak to: z którym? — zdziwiła się, wciągając grube pończochy.

— Z którym, z grubym czy z Niemcem?

Zaśmiała się tylko.

— Dlaczego oni tu byli i kto to był w ogóle, co, Sala? — próbowałem drążyć.

Ale Salome nie odpowiadała, śmiała się, nie przerywając ubierania. Potem wyszła. A ja zostałem, zostałem z całym moim życiem niepotrzebnym.

Zostałem z tym, jak poszedłem do Grudziądza, chociaż nienawidzę koni i w ogóle wojska nienawidzę, mundurów, wężyków szamerowanych, guzików wypolerowanych, butów glancowanych, koników bułanych, szabli szmelcowanych, karabinków oksydowanych, mord zakazanych, przekleństw wyszukanych. A przecież mogłem nie pójść, wielu nie szło, nie było aż tak trudno się wymigać, odroczyć, aż potem przenosili człowieka jako nadmiarowego strzelca z cenzusem do rezerwy i tylko przez parę dni w roku się kopało rowy w towarzystwie żydowskich apaszy i innej swołoczy.

Z Grudziądza wyszedłem jako chorąży, na ćwiczeniach w Trembowli po dodatkowym kursie dla rezerwistów zostałem podporucznikiem, bo ważnym jest, aby być oficerem, oczywiście, więc zostałem oficerem, chociaż nienawidzę rozkazywać i przyjmować rozkazów też nienawidzę.

Wszystko dla ich oczu, dla obrazu, jaki się w tych oczach odbijał. Żeby pokazać, że jestem godzien. Dla oczu mojej matki, abym w jej bladych, jasnych oczach pokonał obraz mojego ojca, chłopaczka w kawaleryjskich butach, który blady jedzie na wojnę z Francuzami, jakby jechał bić się z Napoleonem, pałasz, zbroja, siodło, a w okopach nawałnice żelaza. I teraz u Salome z teczką dla Łubieńskiej, też dla mojej matki.

Próbuje sobie przypomnieć, leży w zmiętym barłogu, leży, Salome odeszła, więc nie jest ani uległa, ani władcza, nie ma jej, a on próbuje odtworzyć ostatni moment, w którym jeszcze wszystko było. Bo teraz co jest? Teraz nic nie ma.

I widzi, widzi siebie samego w lustrze. Swoją twarz widzi w lustrze, chudą szyję i chude ramiona. W dłoni drżącej pędzel do golenia. W drugiej dłoni drżącej tygielek z pianą.

Pędzel firmy Omega. Włoskiej. Włosie borsucze o srebrnych końcówkach, miękkie, piękne, w rozety układa się ślicznie, drapie pieńki zarostu, miękki krem do golenia, ubija pianę, kiedy Konstanty energicznie miesza pędzlem w tygielku. Trzon pędzla z hebanu, szlachetny. Dwanaście złotych kosztował.

A potem rozety borsuczego włosia na szczeciniastym policzku Kostka, w łazience nie ma okna, obok umywalki bidet, za bidetem na całą szerokość wanna, luksusowo, panie mądry, myśli Konstanty w świetle elektrycznym, a drapieżnika włosie tańczy mu na skórze i kładzie pianę marki Truefitt & Hill. Na bazie gliceryny. Piękna, mocna ta piana, nie posiada się z radości Konstanty, że wymienił mydło do golenia marki Omega na krem od Truefitta. Piana o wiele lepsza. Na bazie gliceryny. Piana gęsta i mocna. Zapach lawendowy.

Jest poranek. Letni poranek. Jest rok 1937. Jest sierpień. Pod skórę Konstantego przesącza się z włosia borsucza siła, borsucze drapieżnictwo. Jest rok 1937, jest sierpień. W Hiszpanii frankiści biją republikanów nieopodal Madrytu, donoszą gazety. W Sowietach Stalin urządza czystki, tak to się ładnie nazywa, czystki. Czyściutkie. Komuniści komunistów, donosi radio.

Radio Elektrim Gloria, prezent od teścia. Siedemset złotych. Kryzys gospodarczy. Teścia nie dotknął. Jego nic nie dotyka.

Radio donosi, że strajk chłopski. W Kasince Małej w powiecie limanowskim dziewięciu zabitych. Pisze Mikołajczyk: w tym czasie wszyscy chłopi w Polsce — z wyłączeniem Pomorza, Wileńszczyzny, Wołynia, Małopolski Wschodniej i Śląska Górnego — winni nic nie kupować ani nie sprzedawać. Nie wyjeżdżać do miast, pracować tylko przy koniecznych pracach na swych gospodarstwach. Wzywamy was, chłopi, do wykonania naszego wezwania. Bądźcie solidarnymi. Uświadamiajcie drugich — pouczajcie należycie łamistrajków. Zwracajcie się o współpracę i pomoc do innych warstw społecznych, a szczególnie do robotników.

A w Moskwie trójki rewolucyjne. Jeżowszczyzna, donoszą gazety. Dzisiaj ta, jutro tamta, śpiewa Bodo w nowej komedii *Piętro wyżej*. Drapieżnictwo wsącza się pod skórę Kostka, maszynka marki Merkur zdrapuje jasny zarost.

Sex appeal to nasza broń kobieca. Słaba płeć. Jakie piękne eł, ełllł, jakie piękne. Inna znowu pereł sznur. Ładne oczy, ładne brwi, nuci Kostek. Sex appeal. Adapadibidibamba.

I Kostek ma wszystko za nic. Kostek ma dwadzieścia osiem lat, Kostek goli się przed lustrem, w sypialni Hela bawi się z Jureczkiem małym, Jureczek mówi „abla-bla-bla", a Kostek się goli, śpiewa z panem Bodo, wklepuje w policzki wodę po goleniu, potem zapina koszulę, wiąże krawat, zakłada kremowy garnitur, lniany z polskiego lnu, reklama w gazecie: owoc pracy rąk ludzkich i pracy polskiego dworu, kupuj owoce pracy dworu polskiego, jakby to państwo z dworu osobiście ten len tkali. Zakłada biało-czarne golfy jeszcze nierozchodzone. Całuje Helę, którą szczerze kocha i której jest raczej wiernym, Hela mówi, że pójdą z małym na słonko, na taras na dachu, ależ idźcie, kochani, idźcie, całuje synka, którego strzeże i dogląda, dalej przed lustrem zakłada kapelusz, chwacko na prawe ucho na bakier. Sex appeal to nasza broń kobieca.

Jakże szczęśliwym jest, spokojnym, zebranym w sobie. Jeszcze nie patrzył na swoją żonę obmywaną wzrokiem Thoraka w Paryżu, do Paryża dopiero za parę dni jadą. Jeszcze wszystko jest dobrze.

Więc teraz pogwizdując, wychodzi z mieszkania, windą na parter, ach, jak nowocześnie, ach, jak corbusierowsko, dom na słupach, jakby płynął w powietrzu, sierpniowe słońce i gdzie tam kryzys, Franco, Jeżow, Witos, strajki chłopskie i policyjne czapki z paskami pod brodą, policyjne szable, karabiny i konie, gdzież to wszystko, skoro oczy przed słońcem skrywa jasne rondo kapelusza. Więc do sklepu na rogu ich kamienicy zachodzi, do sklepu firmowego, sklepokawiarni E. Wedel, na kawę, kapelusz lobem na wieszak, zakręci się na wieszaku, uszanowanie panience, panienka Jadzia płoni się, bo piękny jest pan Konstanty, jak co dzień, zasiada przy stoliku i strzepuje płachtę

„Kurjera", kawa i pączek na śniadanie, noga na nodze, nóżka na nóżce, kołysze się nowy, biało-czarny bucik w takt melodii porannej z radia płynącej, skarpetka w krateczkę, życie, panie dzieju, życie się żyje, piersią pełną, brzuchem pełnym, ciałem zdrowym, dłonią czystą, bystrym wzrokiem, ciętym dowcipem, jasną głową. Panienka Jadzia da jeszcze kawusi, proszę serdecznie, się robi, panie Kostku.

Przecież ma tysiąc zmartwień: bo i wstydu trochę, że za pieniądze matki, ale matka mówi mu: Konstanty, to nie są moje pieniądze, to są twoje pieniądze. I zmartwienia: że nikt grafik nie docenia. Ani kupić nie chce. Że konkurs Żórawskiego na program artystyczny dla sklepów Wedla przegrany, Żórawski po ramieniu klepał i mówił: „Następnym razem, panie Kostusiu, następnym". Że w Ziemiańskiej źle na niego patrzą na górce. Że Jacek jest ciągle po całej awanturze obrażony. Że w aucie w silniku coś gwiżdże złowieszczo. Tysiąc kłopotów.

A po kawie wychodzi Kostek na ulicę, przechodzi na drugą stronę Madalińskiego, z tarasu, z dachu, zza kratownicy, zza dwumetrowej litery C w słowie „CZEKOLADA" wychyla się Hela z Jureczkiem na rękach, machają tatusiowi i tatuś macha do nich, po czym otwiera Kostuś drzwi do swojego małego opla, dostał od mamusi w prezencie pieniążków na opelka olympię i kupił, żółtego, pogoda piękna, więc zwija dach w zgrabny rulon na kuperku automobila, zostają tylko ramy okienek i spokojnie toczy się Puławską opelkiem olympią oryginalnie karosowanym, bo jakżeby inaczej, skoro to konstrukcja mit selbsttragender Karosserie*, skromny samochodzik, ale własny i jest, tankuje na placu Zbawiciela, stacja Standard Nobel, do pełna, panie szefie? do pełna i dalej, Marszałkowską, potem w prawo Jerozolimskie, potem w lewo Nowy Świat i do

* (niem.) ...z karoserią samonośną

Simona, na śniadanie właściwe we właściwym towarzystwie. W silniku coś gwiżdże złowieszczo, słońce rozgrzewa tapicerkę na siedzeniach auta.

I gdzie to wszystko się podziało? Co zostało? Barłóg Salome, lepka pościel, smród. Automobil zarekwirowali drugiego września, tak twierdzi Hela, Konstanty został zarekwirowanym dwudziestego dziewiątego sierpnia, sklepokawiarnia działa nadal, tylko nastrój nie ten. Miasto ukradli mu Niemcy, Niemcy ukradli kawiarnie i restauracje, i bankiety, i dansingi, i wycieczki autem za miasto, i wszystko, ale przecież tego spokoju wnętrza pozbył się już wcześniej, na długo przed wojną.

W Paryżu coś się w nim przełamało. Po tym, jak Hela pozowała Thorakowi, wrócili razem do swojego pokoju i milczeli, potem Konstanty zamknął się w łazience i stał przed lustrem kwadrans, drugi kwadrans i w swojej twarzy próbował odczytać odpowiedź na pytanie: co się właśnie stało?

Nie rozumiał wtedy, że właśnie przełamało się jego wnętrze. Nie wiedział wtedy nawet, jak ważną jest ta zmiana, jak fundamentalną, nie spodziewał się, że wywróci jego życie na nice.

Jeśli w ogóle miał jakieś życie. Wcześniej czy później. Kiedy wrócili do Warszawy, nikt niczego nie spostrzegł, nikt nie rozumiał, co się stało, i tylko matka wiedziała.

Stara, mądra i szalona matka Konstantego, czterdzieści lat starsza od swego jedynego syna, a jeszcze postarzała przedwcześnie, wiedźma o siwych włosach, rozpuszczonych i w wąskich strumykach spadających na ramiona, na plecy, na zwiędłe piersi, brzuch i uda, śląska czarownica o kościstych kolanach skrytych pledem, zła królowa w fotelu na kółkach, Konstanty wrócił z Paryża, patrzył na swoją matkę i widział starego indiańskiego wodza: długie włosy rozpuszczone, pled na kolanach i fajka, krótka fajka, w której matka paliła mieszaninę tytoniu i ziół, dostarczanych jej przez cały zastęp ssących jej fortunę szarlatanów.

— Warszawa to nie jest słowiańskie miasto — szepcze, nie wiem, do mnie czy po prostu sobie szepcze. — Posłuchaj tylko: Wars-sawa. To nie są słowiańskie imiona. Myślę, że etymologia ich jest celtycka lub iliryjska, ale jeszcze jej nie zgłębiłam. Pracuję nad tym.

Fortuna jej zaś wydawała się nieskończoną; owoc pracy dwudziestu pokoleń Strachwitzów wydawany przez panią Willemann i owoc pracy państwa Willemannów, a matka po rozwodzie wróciła do panieńskiego nazwiska, kapitał w zarząd oddany spółce Federbusz, Rosmarin i Wspólnicy, kapitał zainwestowany bezpiecznie, w złoto i nieruchomości w Ameryce, żadnych interesów, żadnych papierowych pieniędzy, tylko rzeczy, złoto, domy na Long Island…

Matko, mówił Konstanty, matko. Katarzyno Willemann, primo voto Strachwitz von Gross-Zauche und Camminetz de domo Willemann, stary wodzu, Biała Orlico, jej twarz jak z kamienia, jak z piaskowca, deszcz wyżłobił zmarszczki, zmarszczki głębokie i jak w kamieniu nieruchome. Konstanty w drogim garniturze u jej stóp sam sobie wydawał się nagle maleńkim, nagle niegodnym, bo przecież z jej łaski ubranie to i inne, z jej łaski opelek żółciutki oryginalnie karosowany z brezentowym dachem, z jej pozwolenia, z jej szaleństwa, z jej porozumienia z teściem eugenicznym żył Konstanty życiem swoim i pięknym, życiem w mieszkaniu na czwartym piętrze czekoladowej kamienicy mokotowskiej i corbusierowskiej i żórawskiej w świecie nieprawdziwym, w świecie zmyślonym pieniędzmi znikąd. Ale jednak skądś.

I taki niegodny siada na zydelku u jej stóp, a oczy indiańskiego wodza patrzą w ścianę, na ścianie krucyfiks.

Proste drzewo krzyża z rzecznego dębu, dębu w wodzie rzecznej skamieniałego i twardego jak kamień, czarnego, na nim Chrystus ze srebra, zwyczajny, tylko zamiast Jezusowej głowy głowa ptasia, orla albo jastrzębia i nie zwisła na ramię, lecz uniesiona, wpatrzona w sufit.

Jej wzrok podąża za wzrokiem drapieżnego ptaka, w górę, ku sufitowi, z powrotem na Kostka, powoli, starannie maca spojrzeniem pokój, z którego nie wychodzi od dwudziestu lat, którego od dwudziestu lat nie pozwala odnowić, jakby w zszarzałych ścianach, w kłębkach kurzu i pajęczyn kryła się tajemnica, i to nie byle jaka, tajemnica ludzkiego bytowania...

A więc przezroczyste oczy utkwione w krucyfiksie, dwadzieścia siedem kości każdej dłoni obciągniętych zeschniętą, półprzezroczystą błoną skóry, żółte paznokcie drapią delikatnie karton na okładce książki i Konstanty widzi tytuł: *Histoire de l'oeil*. Konstanty zna tę książkę, nie czytał, bo jego francuszczyzna jest raczej marną, ale zna przecież, wie, o czym to jest, srebrne oczy wodza indiańskiego utkwione w krucyfiksie, perwersje na kartkach pod szorstkimi opuszkami palców. „Dojrzałeś, Konstanty" — powiedziała wtedy matka. Jajka w kobiecej waginie. Chłopiec w tobie złamał się wpół i zdechł.

Dojrzałeś, aby zostać Polakiem.

— Przecież jestem Polakiem, matko — mówi tamten Konstanty.

— Potencjalnym, synu — odpowiada matka głosem jak przez radio, głosem jak mantra buddyjskiego mnicha, niskim, bez modulacji. — Chociaż czaszkę masz celtycką, to masz zaródź polską, ale twoja gleba była jałową. A teraz użyźni ją to zdechłe dziecko i polskość w tobie wykiełkuje, wzejdzie i wytryśnie. Pamiętaj, abyś parzył się teraz z wieloma kobietami, wybieraj te, które są rozpustnymi, rozpustnymi i zepsutymi, te, których picze gościły wiele członków męskich, kobiet czystych nie dotykaj, dziewic się wystrzegaj niczym ognia, dziewice wypiją z ciebie twoją siłę męską. Polskość twoja potrzebuje gnoju, szamba jako nawozu, nie jałowej kobiecości dziewic.

Mówi swoje szaleństwa, ledwie otwiera usta, nie drgnie ani mięsień na jej twarzy i wpatruje się w płaskorzeźbę na ścianie: w brązie wytłoczył moją matkę Stach z Warty: jej żuchwa moim hełmem, pod jej podbródkiem wyrasta moja głowa mała, jestem w tej głowie maleńkim chłopcem o wielkich oczach bez źrenic. Kiedyś była nieprzytomnie piękna, zanim zamieniła się w siwowłosego indiańskiego wodza. Ale szalona była zawsze.

Spotyka się pierwsze spojrzenie jej i jego ojca, ona ma lat czterdzieści, a jego ojciec szesnaście, spotykają się na mieszczańskim przyjęciu w Kattowitz, O.S., które swoją obecnością zaszczyca graf von Strachwitz z synem, syn ma szesnaście lat i w jego młodych lędźwiach drzemie uśpione pół Konstantego, jakie szaleństwo w jej oczach, szepcze mu, kiedy spotykają się w hallu, szepcze mu do chłopięcego jeszcze ucha, palcami ślizgając się po jego szczęce, na której dopiero kiełkuje zarost, szepcze mu: „Komm morgen zu mir, in die Richard-Holtze--Straße 1, im ersten Stock, du erkennst es am Namensschild"*, jej straszliwa wtedy lubieżność, o której wie Konstanty, nigdy jej nie widział, ale wie, że była, dziś jej lubieżność jak wygaszona bryła węgla, która nie płonie i już nie zapłonie, ale jest. Widzi ojca oczami, jak drżący jego ojciec w uczniowskim mundurku wspina się po kamiennych schodach na pierwsze piętro katowickiej kamienicy, jak staje przed drzwiami z wizytówką Katarzyny Willemann i jak puka do tych drzwi, Konstanty puka, jakby sam był swoim szesnastoletnim ojcem o bardzo długim i bardzo starym nazwisku, jakby sam był własnym ojcem i sam miał się począć.

Bolko Strachwitz puka do drzwi, drży papierowa wizytówka w blaszanym uchwycie, drży nazwisko wypisane kursywą:

---

* (niem.) Przyjdź do mnie jutro na Richard Holtzestraße 1, na pierwszym piętrze, jest wizytówka na drzwiach.

Katharina Willemann i drży Katarzyna Willemann wypisana czterdziestoletnim, głodnym ciałem, ciałem, o którym sądzi, że jest jałowym, ciałem, którego nie zdołał zaspokoić żaden z wielu kochanków i w którym żaden z wielu kochanków nie zdołał począć nowego życia.

Skąd wie to Kostek, skąd wiesz, Konstanty, skąd wiesz o kochankach matki? Gładzę Kostka po twarzy i zadaję mu to pytanie.

Czyż nie opowiadała mi o tym, kiedy miałem lat dziesięć? Kiedy jechaliśmy pociągiem do Warszawy, czyż nie trzasnęła drzwiami pullmanowskiego przedziału pierwszej klasy sędziwa matrona, która najpierw nie mogła uwierzyć własnym uszom, a potem uwierzyła, wąchała sole trzeźwiące z małego flakonika i patrzyła, jak płonie jej świat, jak wali się w gruzy wiktoriańska scenografia jej życia: oto obok siedzi sucha, dystyngowana pięćdziesięciolatka w sukni zapiętej pod szyję i opowiada dziesięcioletniemu chłopcu, którego mogłaby być babcią, a jest matką, opowiada mu kostropatą, niezgrabną polszczyzną o swoich kochankach. Najgorszą była ta polszczyzna w swej niezgrabności, a ona opowiadała.

O tym, jak miała lat szesnaście i uwiodła dwudziestopięcioletniego Efika, jej pierwszego kochanka, przysadzistego chłopca, który zajmował się ojcowskimi końmi i powozem, bo ojciec utrzymywał konie i powóz, był to rok 1885 i mieszkali wtedy jeszcze w Gliwicach, w których nie było ani jednego samochodu.

Katarzynka uwiodła Efika, przy którym się wychowywała, od którego uczyła się polskiego, bo w domu mówiło się po wasserpolsku tylko ze służbą, ale dom był postępowy i służbą się nie gardziło, czasem nawet jadali posiłki przy jednym, mieszczańskim stole razem z państwem, dwa razy do roku, a dobra stara pani Willemann de domo Piontek wiele czasu poświęcała na uczenie tych biednych Wasserpolacków, na uczenie ich manier i kultury, w tym niemieckiego, i pouczała swoją jedyną córkę, Kasię, iż nie można gardzić człowiekiem, w ogóle gardzić nie można, gardzić można tylko grzechem i nieczystością, a na pewno nie można gardzić tym, że ktoś mówić umie tylko po wasserpolsku, bo jakże miałby nauczyć się mówić dobrze, skoro i mamulka, i tatulek mówili z nim po wasserpolsku? Mówiła po niemiecku, ale tak właśnie: „Mamulka und Tatulek". Gardzić nie wolno, trzeba uczyć niemieckiego, kultury, trzeba unosić w górę, nie spychać w dół pogardą.

Więc Kasia unosiła i nie spychała w dół pogardą. Nein, Fräulein, ich darf nicht, ich darf wirklich nicht, so geht es nicht, Fräulein*, mówił Efik, a Kasia trzymała go mocno za grubą wełnę kamizelki, do dziś pamięta szorstki splot tkaniny, trzymała go mocno i przyciągała do siebie i jej język znalazł jego usta. Nein, Fräulein. A ona rozpinała mu pasek, tak bardzo ciekawa tego, co tam znajdzie. I znalazła: nie był ani szczególnie wielki, ani szczególnie mały, ale o wiele, wiele większy niż na greckich rzeźbach, które w tajemnicy oglądała w ojcowskich albumach, co trochę ją zaskoczyło, a bardzo podnieciło, był zupełnie mięciutki i bezwładny, bo Efik bardziej bał się starego pana Willemanna, niż pożądał jego córki. Ale jednak wiedział przecież, po co idzie za nią do stajni. A Katarzynka badała ten zdrowy, męski członek z ciekawością przyrodnika i rósł od tej ciekawości i tak jej się spodobał, że aż go ucałowała i w końcu Efik przestał się na chwilę bać starego pana Willemanna, wziął dziewczynkę na ręce, położył na worki z owsem, zadarł, co miał zadrzeć, zdarł, co było do zdarcia i rozdarł to, co rozdziera się tylko raz.

---

* (niem.) Nie, panienko, nie mogę, naprawdę nie mogę, tak nie można, panienko.

Potem oddawała mu się wiele razy, aż nakrył ich w końcu ojciec, który od dawna podejrzewał, że córka jego jest chora psychicznie. Histeryczka. Nimfomanka. Widział ją przecież wiele razy przez uchylone drzwi, jak sama dotyka się pod kołdrą albo w kąpieli. A teraz ujrzał tłuste pośladki stajennego, jego szerokie plecy, a zza tych pleców twarz własnej córki i ona go ujrzała i wiedziała, co teraz będzie, ale postanowiła się nie bać i się nie bała. Patrzyła ojcu prosto w oczy znad Efikowego ramienia, położyła ręce na Efikowych pośladkach i przyciągała go do siebie, a ojciec stał jak zamrożony, stał w niemocy, wstyd warzący się w konfrontacji z bezwstydem jak sód na powietrzu.

I stary pan Willemann, mój ojciec, a twój dziadek, któregoś nigdy nie poznał, stary pan Willemann zareagował dopiero, kiedy Efik przerwał rytm kopulacji, wyprężył się i zawył, stłumił wycie, zaciskając zęby, ale zawył. A dlaczego zawył?

Ponieważ właśnie się spełnił, mój synu, po raz pierwszy wtedy mężczyzna złożył nasienie w moim łonie.

Wtedy stary pan Willemann, mój ojciec, chwycił orczyk i ciosami orczyka zrzucił tłustego pachoła ze zhańbionego ciała swojej córki. Jednak Efik podniecony obcowaniem płciowym czuł w sobie męską siłę i nie panując wcale nad swymi czynami, zerwał się z ziemi, wyrwał staremu panu, ojcu memu, rzeczony orczyk i uderzył nim ojca mego. Nie chciał zabić, uderzył w kolano, zwalając starego pana Willemanna z nóg — i zbiegł. Jednak stary pan Willemann zaraz umarł, bo serce nie wytrzymało.

A potem moją matkę, matkę Konstantego, zamknięto w nowo otwartym zakładzie dla umysłowo chorych w Rybnik, O.S., a rodzina przeniosła się do Kattowitz, do miasta nowego, do miasta, które dopiero rosło, więc w tym rośnięciu i rozwoju można było schować, zagrzebać i zapomnieć swój wstyd.

W Rybniku spotkała swojego drugiego kochanka: uwiodła młodego lekarza psychiatrę. Opowiadała mu o Słowianach, Germanach i Celtach, badała jego czaszkę, określając ją jako bardzo nordycką, badała i całowała całe jego szczupłe, lekarskie ciało i bardzo polubiła ten absurdalny, unoszący się członek, który Bóg dał między nogi mężczyznom na ich wstyd i zgubę, polubiła to, że samym spojrzeniem potrafiła go unieść, aż sterczał wyprężony jak zielony huzar na warcie, polubiła to, że biorąc go w dłonie, brała w dłonie całego mężczyznę, jakby chwytała wodze wierzchowca.

Wtedy też, po lekturze pętających się po szpitalu numerów „Gazety Górnośląskiej", zawleczonych tam zapewne przez niższy personel lub samych obłąkanych, postanowiła zostać Polką, poniekąd na cześć mężczyzny, który rozerwał jej hymen, trochę na przekór matce, własnemu pochodzeniu i własnej krwi; a nie było to trudne zostać Polką, więc została.

Lekarz psychiatra nazywał się Alfred Ritter von Koneczny i za jego sprawą, za sprawą jego oszalałej namiętności, za sprawą tego, że odmawiając mu swojego ciała, cynicznie i z wyrachowaniem mogłaby zmusić go do wszystkiego, samą obietnicą, że jeśli spełni jej żądanie, to ona dla niego się rozbierze i dopuści go do siebie. Nie było to dla niej łatwe, bo śniła o nim, pragnęła go i pożądała być przez niego wypełnianą, przyciskaną do pościeli, całowaną co noc; jednak bardziej chciała wyjść z tego domu dla obłąkanych i wyszła w końcu jako uleczona osiemnastolatka, on zaś za jej sprawą porzucił z nazwiska ojcowskiego za zasługi otrzymanego „Rittera" i „von" oraz dodał „i", zostając Alfredem Koniecznym, bo za sprawą szalonej dziewczyny został Polakiem, chociaż wiedział przecież, że słowiańskie nazwisko, jakie nosi, jest czeskie, nie polskie. Sama mu to zresztą powiedziała. Wtedy zaczęła się jej obsesja: czaszki nordyckie i alpejskie. Nazwiska słowiańskie, celtyckie obrzędy, bóg Taranis, palmy i obyczaje budowlane.

A teraz mówi, mówi, mówi o tych kochankach: o polskich działaczach, niemieckich oficerach, żydowskich kupcach i ich kuśkach obrzezanych, o wozakach i górnikach, o lumpach i grafach, i o tym, że żaden, żaden nie mógł począć w jej ciele nowego życia i żadnego nie chciała na dłużej, chociaż wszyscy chcieli się żenić. Lekarza porzuciła po dwóch miesiącach od wyjścia ze szpitala: zajmij się sprawą polską, nie moją dupą — nakazała mu.

I dochodzi do ojca. I Kostek widzi ją jego oczami: widzi ją na drżącej wizytówce, Katharina Willemann, i widzi ją, kiedy otwierają się drzwi, Kostek czuje, jak szyję ojca uwiera sztywny kołnierz mundurka, a ona otwiera mu drzwi, prowadzi go korytarzem do pokoju i prowadzi go korytarzami swojego ciała, a jakie widzi jej ciało?

Widzi jej ciało dojrzałe, ale bez znaków, jakie widywał, podglądając te służące, które miały już dzieci, bez perłowych znamion ciąży na brzuchach, inne są piersi, które nigdy nie karmiły, innymi wydają mu się nawet gęstwy włosów pod pachami i w kroczu, tak piękne i zwierzęco kobiece.

Kobiety wydają mu się najbardziej tajemniczym rodzajem zwierząt domowych: na wpół oswojonymi tylko, skłonnymi do dzikości, groźniejszymi niż niekastrowany ogier, straszniejszymi niż wściekły pies. Trzeba mężczyzny, żeby okiełznać te bestie, tak jak trzeba odwagi, wiedzy i pewności siebie, aby pewnie dosiąść wyścigowego folbluta.

I jej ciało wysportowane: jeździ na bicyklu, za nic ma zgorszone miny, a min tych niewiele, Kattowitz, O.S. to miasto nowe, miasto świeże, w Kattowitz, O.S. jest jak w Ameryce. Co innego w Gleiwitz, w dusznym, mieszczańskim Gleiwitz byłoby o wiele trudniej.

I za pierwszym razem niewiele się udaje, bo Fräulein Willemann jest pierwszą kochanką młodego Strachwitza i pierwsza ich cielesna miłość kończy się, zanim się w ogóle zaczęła, zanim jeszcze młody Strachwitz zdążył pozbyć się bielizny, ale panna Willemann prowadzi młodego chłopca wprawną ręką, to ona układa go pod siebie, jak układa się konia, i dosiada go tak, jak dosiada się konia, uczy go tempa, zebrania w sobie, uczy go wszystkiego. Nie próbuje uczynić go Polakiem, chociaż mogłaby, ale Polak do niczego nie jest jej potrzebny, Polaka już miała, woli więc młodego pruskiego arystokratę, to jej imponuje i pochlebia. I panicz Strachwitz w końcu jest u niej i w niej codziennie, to on jest domowym zwierzęciem, a panna Willemann jego panią, i wypija z niego całą energię, całą męską siłę, i staje się panicza Strachwitza całym światem, a rok jest 1909 po umownym narodzeniu Chrystusa, a ja tysiąc dziewięćset lat wcześniej patrzyłam, patrzyłam, jak się Chrystus rodził, a rodził się, jak rodzi się każde zwierzę, we krwi, i rodził się jak człowiek, trudniej niż rodzą się zwierzęta, których mózgi nie puchną w łonach tak groteskowo jak ludzkie, więc rodził się Chrystus w rozdartym kroczu, w krzyku i w bólu, siny, krwawy i śluzowaty, a ja patrzyłam i nic nie było tak, jak potem napisano, ale było.

W łonie Kathariny Willemann kiełkuje zaś Konstanty, tak jak Jeszua kiełkował w łonie Miriam, ale jednak inaczej. Stary pan Willemann dawno nie żyje. Efik, czyli Josef Szyndzielorz, jest paroma kośćmi zagrzebanymi w chińskiej ziemi, bez czaszki, bo czaszka powędrowała na sztych spisy chińskiego boksera, mały tryumf Chin nad barbarzyńcami z Europy, pomściły potem Efika maximy i mauzery, wielki tryumf Europy nad chińskimi barbarzyńcami, a czaszka stajennego z gliwickiego domu Willemannów, wraz z tkwiącym w niej grotem spisy, leży sobie na strychu brzydkiego, drewnianego domu na obrzeżach Pekinu. I nie wie tego Kostek, nie wie tego jego matka, ona wie tylko, że Efik uciekł z Gliwic i nigdy go nie złapano.

Ale ja to wiem. Mogłabym wyszeptać to Konstantemu do ucha, ale nie wyszepczę. Mogłabym opowiedzieć przerażoną eskapadę nędzarza über Breslau und dann weiter, bis nach Hamburg*, mogłabym opowiedzieć o ludziach, których poznał, o zawodach, jakich się imał, o wojsku, o rejsie i wreszcie o wojnie na chińskiej ziemi, ale nie opowiem. Cóż obchodzi Konstantego los pierwszego kochanka jego matki, rosłego gliwickiego pachołka, cóż obchodzi go miłosna afera sprzed pół wieku, kiedy stoi w plugawej kuchni Salome i skradziono mu teczkę, a z teczką paczkę, a z paczką godność, polskość, człowieczeństwo i wszelką cześć?

Ale dlaczego myśli teraz o swoim ojcu, którego prawie nie znał? Dlaczego patrzy nań oczami swojej matki, a na swoją matkę jego oczami? Czy jest w tych oczach jakaś miłość, czym jest miłość, Konstanty kochał Helę, może dalej kocha Helę, kocha swojego syna jedynego, ale czy między oczami matki i ojca pojawiła się jakakolwiek miłość, czy miłość się między nimi wydarzyła, czy się wydarzyć mogła?

Konstanty próbuje to zrozumieć. Ojciec dla Katarzyny Willemann porzucił wszystko: dobre imię, oczywistą dla pochodzącego z Uradel arystokraty karierę, zamiast berlińskiego pułku gwardii prowincjonalny, chociaż stary, gliwicki pułk ułanów śląskich, nienawiść rodziny, potem sławny, głośny proces, seria pierwszych stron gazet, sensacja głośna nawet w Berlinie: śląska mieszczka lat czterdzieści, śląski arystokrata lat szesnaście, potem lat osiemnaście, potem ślub, potem wszystko inne.

A potem ostatnie wspomnienie ojca: Kostek ma dwanaście lat, ojciec ma szary mundur, szesnaście lat więcej i bliznę na twarzy, straszną bliznę i straszniejszą bliznę niewidoczną, poniżej mundurowego pasa, i jeszcze straszniejszą w duszy.

---

* (niem.) ...przez Wrocław i potem dalej, do Hamburga.

Matka o wszystkim Kostkowi opowie. Kostek pyta o czarnego orła na mundurze. Freikorps Oberland. Konstanty jest przestraszonym dzieckiem, nie rozumie, co się dzieje z jego rodziną, ojciec jest pokonanym żołnierzem, kawalerzystą wciśniętym w błoto okopów i w tym błocie okopów utopionym, i nie rozumie, co się dzieje z jego rodziną, ojciec klęka przy synu, Kostek boi się tej młodzieńczej twarzy bez widocznego zarostu, zagniecionej blizny schodzącej z czoła, ściągającej w dół kącik lewego oka i zaburzającej gładką linię kości policzkowej węzłami lśniącej tkanki, policzek bezwładny i obwisły.

— Hüte dich vor der Mutter, mein Sohn, denn sie ist wie ein wildes Tier, ein ungeheueres Tier. Sie ist wie die fleischgewordene Sünde, eine Sünde, die in seidenen Strümpfen durch die Straßen schlendert* — szepcze.

A siedemdziesięcioletni wódz indiański, matka Konstantego, ciało zrośnięte z pokojem, gładzi Kostka po jasnej głowie. Szukalski Stach z Warty na ścianie, matka w fotelu, siwe włosy jak wodospad. Jest rok 1936 i Konstanty jest piękny i szczęśliwy.

— Pamiętaj, synu, że wchodząc w ich picze, nie tylko zaspokajasz swoje zwierzę, pamiętaj, że dokonujesz wtedy zjednoczenia z esencją Polski. Nie myśl o tych kobietach, one są mięsem: myśl wtedy o Polsce. Ja jestem Polską.

Chciałbym protestować, oszalałaś, matko, to szaleństwo, chciałby, ale jak protestować, skoro dwadzieścia siedem kości matczynej dłoni błoną skóry obciągniętych zwija się w kułaczek z czterema kośćmi palca wskazującego wyprostowanymi i wskazuje na sekretarzyk. I mówią usta matczyne:

— Podaj mi książeczkę czekową, chłopcze.

---

* (niem.) Strzeż się matki, synu, bo ona jest jak dzikie zwierzę, straszne zwierzę. Ona jest jak wcielony grzech, grzech, który w jedwabnych pończochach przechadza się ulicami.

Podaje: książeczka, pióro, a matka, poruszając tylko dłońmi zupełnie bez drżeń, wypisuje czek. Pocztowa Kasa Oszczędności Oddział Warszawski zechce wypłacić za tym czekiem z mej wierzytelności, atrament rozlewa się we włókna przezroczystego papieru, Konstantemu Willemannowi, moje imię i nazwisko na wykropkowanej linii, tysiąc złotych.

I wychodził, oblany jej szaleństwem, z czekiem na tysiąc złotych polskich w kieszeni marynarki, poklepywał się delikatnie po tej kieszeni i cieszył się cieniem papierowego szelestu, stłumionym miękką flanelą, a szaleństwo matki odklejało się od niego i odchodziło wielkimi płatami i spadało na trotuar jak martwe meduzy, a kiedy zachodził potem do Adrii, Pod Złotą Kaczkę, do Loursa, do Simona czy do Ziemiańskiej, był już z powrotem Konstantym Willemannem, o którym wiedziano, że wybrał Polskę, chociaż mógł być pruskim arystokratą, stryj hrabia major w niemieckiej dywizji pancernej, oficer kirasjerów i znany sportowiec. Ojciec zhańbiony swe hańby zmazał krwią na froncie pierwszej wojny i zginął od polskiej kuli pod św. Anną, podobno szukał śmierci z miłości do matki. Konstanty widział go, widziałem go kilka miesięcy wcześniej po raz ostatni.

Zamiast czarnego śląskiego orła na czapce nosił czaszkę i piszczele huzarów śmierci, tak twierdziła, a on, Konstanty Willemann, nosi jej nazwisko i jest Polakiem. Oto tryumf!

Pamięta tę czaszkę srebrną na czapce, pamięta czapkę na czaszce z kości ojcowskiej, pamięta kościaną czaszkę ojcowską na szczycie ojcowskiego ciała, czaszkę ukrytą w miękkich fałdach ciała, czaszkę schowaną za twarzą, a jednak wyziera ta czaszka tam, gdzie ją zaczepił angielski szrapnel, wygryzł kawałek, wyszarpał. Zarosło to uszczerbienie poetycką tkanką blizny, różową i bezwłosą, zbielało, stwardniało, ale jest, i czaszka jest pod nią, ukryta, lecz odsłonięta, bo blizna uszczerbienia powleka, ale ich nie ukrywa.

O, czaszki naszych ojców i ojców naszych ojców czaszki! — myśli Konstanty.

O czaszko starego pana Willemanna, o czaszko starego pana Strachwitza, o czaszki rycerzy, co poginęli pod Legnicą, o czaszki kupców bez nazwiska, co przybyli na Śląsk diabeł raczy wiedzieć skąd, z Frankonii czy z Walonii, czaszki barbarzyńców nasadzone na ostrokoły, z szacunku lub na przestrach, wszystkie czaszki zetlałe, w pył obrócone, czaszki kapiące w kapilarnym krwiobiegu pożerających je owadów, czaszki krążące w żyłach ptasich i z martwym ptakiem spadające w ugór i wschodzące żytem i rosnące chlebem i zjadane przez swoich potomków i w ich żyłach krążące i w ich kloakach i szambach i kanalizacjach, czaszki spływające ku morzu.

I czaszki płyną ku morzu, a rok jest 1937, dobry rok, szczęśliwy rok, Konstanty siedzi przy stoliku na górce w Ziemiańskiej i Zakopane, i Bałtyk, i Kraków, w kabrioletach, na nartach, pikniki, Stawisko, wszystko. Lockheedem srebrzystym do Wiednia, bo taki kaprys. Białe konie w wiedeńskiej ujeżdżalni.

A teraz to wszystko zgasło, te kawiarnie i aeroplany, a ja zostałem sam w pokoju z kuchnią na ulicy Dobrej, sam, ale nie sam, bo ja i ona, wiele jej w tekach na rysunki.

Wstałem więc w końcu, otarłem się prześcieradłem, wciągnąłem spodnie, zapiąłem szelki. Jeszcze raz przed lustro, twarz moja, opuchlizna.

Pierwszy raz zostałem sam u Sali, bo wcześniej po cóż miałbym być u niej sam, skoro nie potrzebuję jej wcale, to znaczy nie potrzebowałem jej kiedyś.

Kiedyś jej nie potrzebował, a teraz jej potrzebuje. Więc zostaje. I otwiera teki.

A w tekach ona. Ona. Zdjęcia. Różni ją fotografowali, to widać, trzy Salome na jednej odbitce, nie wiem, czy z trzech klisz, czy trzykrotnie naświetlonej kliszy jednej, trzy Salome i żadna ani trochę niepodobna do mojej. Moja Salome jest jak Lilith, niesie w sobie całą kobiecą diabelskość i demoniczność, cała jej seksualność jest piekielna, każdy jej orgazm jest grzechem i każde jej spojrzenie jest grzechem, każdy jej dotyk jest grzechem.

Salome na zdjęciach jest dziewczątkiem. Twarz, ciało — oczywiście to samo. Ale spojrzenie — nawet jeśli zepsute, to jest to zepsuta niewinność. W mojej Salome nie ma śladu niewinności ani wspomnienia. Salome sfotografowana nie przeżywa orgazmów, Salome oddaje się kochanemu mężczyźnie z miłości. Moja Salome potrzebuje mężczyzny dla samej siebie.

Więc następna teka.

Rysunki ołówkiem. Nie wiem czyje. Na teczce imię: Hermann. Przez dwa „n". Rysunki ołówkiem. Zakochany chłopiec: portreciki Salome, sylwetki Salome, życie codzienne, Salome czyta książkę, Salome pisze list, Salome je jabłko, Salome czesze włosy. Kobieta — pełna miłości i pełna życia. Taka, którą chciałoby się uczynić matką swoich dzieci — nie dla aktu czynienia, lecz po to, aby oglądać ją tulącą maleństwa w ramionach. Jakże kłamliwymi są te rysunki. Taką Salome być nie mogłaby, nie może, w Salome nie ma nic z kobiet, które pozwalają swoim kroczom pęknąć, aby dać światu kolejnego niepotrzebnego człowieczka.

Ludzie powinni raczej umierać, niż się rodzić, narodziny są niegodne, niskie, tak domagać się istnienia przez pojawienie się na świecie. Śmierć jest czynnością zarozumiałą, ale dumną, obracając się ku nieistnieniu, wybieramy to, co godniejsze, bo w istnieniu, w życiu jest coś immanentnie wstydliwego, istnieć to jak głośno puszczać wiatry przy kolacji, być jest żałośnie, być jest śmiesznie, być jest niedobrze. Nie być — to wyrafinowanie. Niebyt jest elegancki. Wstydzę się tego, że ciąży na mnie odpowiedzialność za gafę bycia mną, za nietakt narodzin, za niezgrabność tego, że ciągle żyję, zamiast się zastrzelić samemu albo dać się zastrzelić Niemcom i przez śmierć stać się człowiekiem eleganckim. Salome nie zna wstydu, ale zna i rozróżnia to, co wyrafinowane, od tego, co prostackie. Rodzić dzieci to prostactwo. Salome nie rodziłaby dzieci. Okłamała swoimi spojrzeniami, swoją dobrą — dla niego — twarzą, okłamała Hermanna przez dwa „n" swoimi lokami, sukniami i zamyślonym spojrzeniem przy lekturze, Salome taką nie jest.

Więc następna teka. Niepodpisana.

Otwieram, znowu zdjęcia. Wyciągam pierwsze i chowam natychmiast. Ale jednak ciekawość wygrywa ze strachem. W końcu jestem człowiekiem. Człowiek dlatego jest człowiekiem, że ciekawość wygrywa ze strachem.

Patrzy. Salome, zupełnie naga. Zdjęcia są pornograficzne, jednak nie tylko ku wyzwalaniu podniecenia je uczyniono. W studio. Salome i mężczyźni. Wielu. Salome i kobiety, do niej podobne. Seria zdjęć w osobnej kopercie opisanej jako „Dyjonizje". Koźlątko, nagie kobiety w wieńcach z liści winogronowych trzymają koźlątko za nogi, za głowę, kolejne zdjęcia, z kliszy prawie słychać skrzek mordowanego zwierzątka, jaki dźwięk, jaki krzyk rozpaczy wydobywa się z gardzieli mordowanej, męczonej kózki? Tego nie wie Kostek, ale jakiś wrzask z tych klisz słychać. Wrzask koźlęcia i wycie nagich kobiet. Kolejne zdjęcie, koźlę już rozerwane, Salome w naszyjniku z wydartych z koźlęcia jelit, nagie, umazane krwią kobiety spożywają surowe mięso, zębami odrywają je od kości. Potem biczowanie: nadzy mężczyźni sieką kobiety pejczami. Jednak to nie tak jak w pornograficznych historiach z życia angielskiej arystokracji, to nie jest kara, nawet udawana, nikt ani nic tych kobiet nie krępuje, same nadstawiają plecy i zadki pod bicz, to pośladki szukają bata, jakby ból przyczyniał się do ekstazy, którą widać na ich twarzach. Potem kopulacja.

Twarze. Na jednym ze zdjęć widzę twarz Igi Rostańskiej. Krew koźlęcia.

Nie chcę dalej oglądać tek, w których mieszkają różne Salome.

— Oglądałeś moje teki — mówi Salome.

Jak wróciła, kiedy wróciła, nie patrzył na zegar ani na zegarek, teki leżą złożone tam, gdzie ich miejsce, kiedy je odłożył, kiedy je uporządkował? Ja wiem. On nie wie, zapomniał. Nie wie nawet, jak znalazł się za stołem, na miejscu grubego baciara, siedzi, obmacuje opuchniętą twarz.

Ile minęło czasu? Nie wiem. Zmierzcha się za oknem. Iga. Iga Rostańska na zdjęciach razem z Salome.

— Znasz Igę Rostańską? — pytam.

Bo to przecież może być jakiś ślad, jakiś nowy kierunek poszukiwań, jeśli bywała na takich orgiach u Salome, na orgiach, które na dodatek ktoś pozował, fotografował, to może w tę stronę należałoby poszukiwać, czy powiedzieć Jackowi, czy chciałby dowiedzieć się czegoś takiego o własnej żonie? I to jeszcze ode mnie, którego Iga w sobie nosi niezacieralny ślad, znamię zostawione przez dawnego kochanka, czy ja mogę mu powiedzieć, że widziałem Igę na fotografii, nagą, szarpiącą zębami mięso koźlęcia, wyuzdaną, okrwawioną, spółkującą zwierzęco z mężczyznami i kobietami? Ode mnie dowiedzieć się tego nie może. Ale wystarczyłoby, abym tylko ja mógł się chwycić tego śladu, tej nici, Jacek wiedzieć nie musi. Więc pytam po raz drugi:

— Znasz Igę Rostańską?

Ale Salome nie odpowiada. Wyciąga za to z torebki brązową buteleczkę. Pełną. Daj Boże, że pełną morfiny płynnej, daj Boże, a będzie to i ze trzydzieści, może czterdzieści upojeń, zapomnień, odejść!...

— Co to? — pytam.

— Morfina — odpowiada Salome. Podaje mi buteleczkę, na niej brązowa aptekarska karteczka, oto moje płynne złoto, moje szczęście, buteleczka zawiera roztwór dwóch gramów *morphinum*, a więc jeśli oszczędnie używać, to dwadzieścia razy zapadnę się w ciepłe nic. Ale nagle wraca czujność.

— Po czemu ta buteleczka była?

— Sto złotych dałam — mówi i oddaje mi dwieście.

Ciepło i radość nagle więdną. Sto złotych, sto złotych! Sto złotych należących się mojej Heli, mojemu Jureczkowi, pieniądze, które na ich szczęście powinienem wymieniać, ich los tymi pieniędzmi poprawiać, sto złotych zamienione w buteleczkę mojego ciepłego szczęścia, mojego życia pięknego, mojej małej, karmelowej radości.

— Łżesz, dziwko! — wrzasnąłem, a opuchnięta twarz od tego wrzasku zaraz spłynęła bólem. — Pięćdziesiąt mogła kosztować najwięcej, resztę ukradłaś!

A ona śmiała się. A ja, wściekły, idę do kuchni schować resztę pieniędzy do pugilaresu, który spoczywał w teczce, obok paczki, którą zanieść mam do pani Łubieńskiej, na plac Zbawiciela.

Teczki jednak w kuchni nie było.

ROZDZIAŁ III

Nie ma teczki.

Mojej teczki nie ma. Stoję w plugawej kuchni mojej Salome, w kuchni, która nie zna zapachu jedzenia, bo Salome w domu nie gotuje, nie gotowała, teraz coś gotować przecież musi, więc w kuchni, która nie zna dotyku ciekawych palców dzieci, pieszczących kredensy w poszukiwaniu cukierków, bo Salome nie ma dzieci. Na krześle leżała moja teczka.

Czy zemdleje? Nie zemdleje. Coś jednak przesącza się z podłogi, drobnymi strużkami, przez pantofle i skarpetki, pod cienką skórę między palcami, jego ciało wciąga strach jak kapilara, strach wchodzi w niego. W żyłach, w nogach cienkie strużki łączą się i gęstnieją w czerni, wspinają się wyżej, przez uda i pachwiny, wyżej, do jamy brzucha, grubą macką przeciskają się między jelitami, znajdują żołądek, oplatają go i już to czuje, jak zaciska się na żołądku straszna pętla strachu.

Większego strachu niż przed śmiercią, bo przecież pamięta strach pod kulami. Straszny. W lesie między Grabiną a Roztoką, przyciśnięci do wrześniowych liści, a sto metrów za nimi, za nami, sto metrów za nami wyjeżdżają dwa czołgi, ze złej strony wyjechały, z innej strony wyjechać miały, i plwają na nas z automatycznych działek i kaemów, i rosną wokół nas małe wulkany śmierci, i pękają drzewa, a wachmistrz Kołodziejczak galopem przeprowadza naszego boforsa, a ja tulę się twarzą do liści i boję się, bałem się, ale nie tak jak teraz. Czego się wtedy bałem? Bólu? Umierania? Zniknięcia? Czego?

Pułkownik wykrzykuje rozkazy, jeden za drugim, dobry dowódca, wiem to przecież, rozkazy są jasne, proste, pod takim dowódcą chce się walczyć, ufa się mu, wierzy się mu. Można pod nim umierać, bo wiadomo, że ta śmierć jest wtedy komuś na coś.

I nie, że dla ojczyzny. Ojczyzna to głupstwo, mało kto to wie, ale ja wiem. A teraz, po przegranej wojnie, to już prawie wszyscy zapomnieli, ale ja pamiętam, że ojczyzna to głupstwo, i wtedy pamiętałem, i gotów byłem umrzeć, bo rozumiałem też wtedy śmierć.

To był dziwny czas, wtedy, w tej smutnej i bolesnej eskapadzie naszej wrześniowej, na tym naszym pożal się Boże szlaku bojowym, kiedy głównie czołgaliśmy się po lasach, nie byliśmy rozbitymi, ale i żadnemu związkowi nieprzyjacielskiemu nie mogliśmy zagrozić, nie ta siła ognia, mówi pułkownik Rudnicki. Artylerii za mało, mówi. Koniowodni nie stają w linii, marnuje się siła ludzka. Wszystko to tłumaczył nam w tych dniach najdziwniejszych otaczających kapitulację w Warszawie, w dniach między wojną a niewojną, niewojną, bo też niepokojem. Ale już do mnie nikt nie strzelał. Teraz też nikt do mnie nie strzela. Ale to gorsze, niż gdyby strzelali, to, że zgubiłem teczkę.

Zanim to się wszystko zaczęło, byłem gotowym na śmierć. Od kiedy wsiadłem do specjalnego pociągu, moja karta mobilizacyjna bez czerwonego pasa, rocznik: 1909, L.gł.ks (karty) ew.an., broń (służba): kawaleria, stopień: podporucznik, nazwisko, imię, imiona rodziców: Katarzyna Baldur, otrzymał przydział 9. pułk ułanów małopolskich w Trembowli (nazwa formacji), rozkaz podróży: patrz strona druga, powołany ma zawsze możliwość bezpłatnej podróży pociągiem, Hela na peronie z Jureczkiem, to chyba najszczęśliwsza chwila w jej życiu, jej mąż, Polak, oficer, taki piękny, wężyk na kołnierzu zaciska się na gardle, wsiada ułan, wsiada do pociągu na wojnę. Może zginąć ułan, może order przywieźć. Czarno-niebieska wstążka Virtuti jej się marzy, a nie dali i przecież kiedy wróciłem, wiedziała, że dali amarantowo-białą wstążkę Walecznych, ale chciała Virtuti. A wtedy notuje sobie Hela w pamięci każdą sekundę tego spotkania, maleńki zegarek na jej nadgarstku zaznacza te sekundy, a Hela notuje w pamięci, a potem zanotuje w swoim dzienniczku maleńkim, maleńkimi, eleganckimi literkami, napisze, że pożegnała dzisiaj Kostka, napisze o rozdarciu, jakie odczuwała, że z jednej strony miłość, a z drugiej Polska, że chciałaby mnie zachować, ale musi mnie oddać Polsce. Potem zamknie notatniczek, zakręci swoje wieczne pióro marki Pelikan z zielonego bakelitu i zakręci swoje oczy z ciała białego i zielonego, jasny prostokąt okna będzie świecił nawet przez zamknięte powieki, a ona będzie czuła samą siebie, taka ze swojej dramatyczności zadowolona, taka z sobą Polką szczęśliwa, jej czyste łono dało Polsce Jureczka, a jej czyste serce oddało Polsce mnie. Jest gotową już teraz, w tej chwili zostać piękną czarną wdową o surowej twarzy, gdyby jakieś niemieckie czarne ptaki spadły na wiozący mnie do Trembowli pociąg, tak jak spadały na Guernicę. Tak szczęśliwa, w swym przerażeniu i autentycznie przerażona i autentycznie szczęśliwa, że mogę zginąć, że ona mogłaby pozostać wtedy samą, więc teraz stoi na peronie i płacze, a każda jej łza jak diament. Jak ostrze wiertła.

Nie czułem do niej wtedy nienawiści; była mi obojętną. Żałowałem tylko Jureczka, wiedziałem, jak go wychowa, jeśli zginę. Zresztą wiedziałem, że wychowa go tak samo, jeśli nie zginę. Już po Jureczku.

A kiedy w jej twarzy przestałem widzieć ją samą, a widzę już tylko poznańską twarz mojego teścia i obowiązki polskie?

Więc gotowym byłem na śmierć. Nie dbałem o nic.

Wysiadłem w Trembowli, śmiejąc się z paroma poznanymi w pociągu ułanami, żeśmy akurat na święto pułku przyjechali, bo to przecież 31 sierpnia. Dokładnie rok wcześniej byłem w Trembowli, też 31 sierpnia, z żoną, z Jureczkiem, święto pułku, jakże dumna była wtedy ze swojego podporucznika! Poza Helą wszyscy widzieli we mnie cywila w mundurze, nikt nie miał o to pretensji, bo w końcu byłem tylko rezerwistą wtedy. A miesiąc temu z okładem ja, Kostek, ja artysta nieudany rezerwista zmobilizowany pomaszerowałem do koszar, dostałem przydział i byłem na śmierć gotowym: wtedy i kiedy się pułk zawagonował dwanaście godzin później, i kiedy wyładowaliśmy się pierwszego września pod Neklą, nieopodal Poznania, całą Polskę przejechawszy.

Widziałem wtedy siebie nie jako oficera, patriotę, gotowego położyć głowę za ojczyznę, lecz postrzegałem siebie, jakbym patrzył na liść niesiony prądem rzeki. Było to rozkosznym: nie myśleć za siebie i rzecz nie w tym, że podlegałem rozkazowi. Rzecz w tym raczej, że niosła mnie historia, byłem jej cząstką, molekułą wody w strumieniu, który nagle przewalił się przez skalny próg i zwala się w dół. Kiedy wtulałem twarz w trawę, to Armia Poznań wtulała twarz w trawę. Kiedy do mnie strzelali, to strzelali do generała Kutrzeby, a kiedy strzelali do Kutrzeby, to strzelali do Polski. Byłem masą ludzką.

Dziś bałem się inaczej. Czego się było wtedy bać, że Krzyż Walecznych dadzą pośmiertnie? Losu Heli owdowiałej i synka osieroconego? W glorii będą chodzić, mały rosnąć będzie w cieple ojca martwego, ale lepszego, niż byłby żywym.

Bo co ze mnie byłby dla niego za ojciec, nawet gdybym żył?

Lepiej mi było wtedy umrzeć. Szczęśliwi, co w piekle; w końcu nie muszą już cierpieć świata.

Lepiej mi było wtedy umrzeć.

Ale nie umarłem i teraz paczka dla Łubieńskiej stracona, co tam być mogło, pieniądze na pewno, pieniądze, które zniknęły.

Wiadomo, co o nim pomyślą. Że skradł. Bo kto mógł skraść, jak nie on? Hela: zaciśnięte usta i uda, wyjdź. Jureczek nic nie rozumie. Endek teść poznański syczy: wisieć powinieneś i wisieć będziesz, łajdaku, nicponiu, zdrajco. Wszystko stracone. Skradł, na kurwy i narkotyki wydał. Skradł, bo mógł skraść, a tak w niego wierzyli, pozwolili mu być Polakiem, dumni byli, że chce być Polakiem, a on paczkę dla Łubieńskiej skradł, sucze nasienie, sucza krew.

Odrętwiała twarz boli mniej. Ból znika, wszystko znika. Nawet Salome znika. Co zostaje?

Wstyd. Konsekwencje. Zaciśnięte usta i uda.

Kiedy to się zaczęło, myśli, kiedy?

Kiedy stał się takim człowiekiem, jakim się stał? Gorszym czy nie gorszym? Jaki jestem, kim jestem, co się ze mną dzieje? Kim jestem? Czy jestem...? Co ze mną jest? Dlaczego nie jestem...?

Stoi jak dureń, z obitą twarzą w kuchni Salome, stoi i patrzy w boleśnie puste miejsce na krześle, w miejsce, w którym położył teczkę, i dalejże, rzuca się do głupich poszukiwań: pod stół, pod kredens zagląda, łeb posiniaczony przy każdym skłonie nabiega krwią i pulsuje, jakby miał pęknąć. Ale przecież wie, że nie ma. Skoro nie ma, to nie ma.

— Zabrał ją, Kostia, zabrał — mówi Salome.

Więc stało się, stało. Stało się to, przed czym uciekałem całe życie, przed czym próbowałem się schować i czego się bałem: skreśliłem sam siebie. W ich oczach. Jam niegodzien! Uniknąłem wcześniej kuli i słowa „tchórz”, bardziej bojąc się tego ostatniego, uniknąłem słowa „zaprzaniec”, „nie-Polak”, to mi się nawet podobało w polskości, że tak łatwo do niej awansować, że łatwo się stać Polakiem, każdego przyjmą, to i mnie przyjęli. Pochlebstwem dla ich polskości był każdy Niemiec, który chciał stać się Polakiem, bo przecież skrycie sami sobą gardzą, gardzimy, a jednak stałem się Polakiem.

A teraz zgubiłem powierzoną mi paczkę. Dlaczego zgubiłem? Przez kobietę zgubiłem? Przez moją krew zgubiłem? Czy przez to, żem jej niegodzien?

Kiedy to się wydarzyło, kiedy Konstanty Willemann z miłego, przyzwoitego chłopca stał się Konstantym Łajdakiem, kiedy stał się cyniczny? Bo to przecież doprowadziło mnie tutaj, do mieszkania tej wyuzdanej kurwy, u której niemiecki oficer spotyka bandytę.

Co sprowadziło mnie do jej piczy, w której kiszą się soki tylu mężczyzn, dlaczego uciekłem do tego szamba od czystego łona mojej eugenicznej żony, od jej lędźwi czystych jak polski ołtarz, od jej łona przypominającego kwietną łąkę, od tej lęgni Polaków, która przyjmowała moje nasienie chętnie, aby wzrosnąć Polakiem, ale przecież mojego chuja przyjmowała z odrazą, bo czyż to przystoi, aby Polce ktoś chuja wkładał między nogi? Ciężką, ponurą koniecznością było dla niej moje ciało. Wolałaby, abyśmy ciał nie mieli. Ale dla Polski znieść mogła i to.

Hela podczas kopulacji: na plecach, twarz odwrócona na bok, obejmuje mnie rękami za szyję, żadnych pocałunków, bo pocałunki są czyste, a więc należą do świata innego, nogami obejmuje moje biodra i przyjmuje mnie, taka bezwolna, czysta i bierna, nie drgnie nawet, Hela raczej pozwalała mi coś ze sobą zrobić, niż cokolwiek robiła ze mną i tylko czasem, na sam koniec dreszcz, który powstrzymywała, szedł przez jej ciało jak wspomnienie innej kobiecości, którą stłumiło w niej przeklęte wychowanie.

I na początku mnie głupiemu to wystarczało, a potem zaznałem kurewskich sztuczek, kurewskich wić i jęków, kurewskiego tyłkiem kręcenia i kurewskich pieszczot, kurewskich zgrabnych rączek na moim ciele, wszystko to oszustwo, ale jakże dobrze być tak oszukiwanym.

A teraz zgubiłem teczkę. Zgubiłem teczkę, nie ma teczki.

Siebie zgubiłem w ich oczach.

Nie przyjmą go, wypchną go. Jak mu pomóc? Obejmuję go, ukoję jego skołataną głowę.

Łeb mi pęknie.

Całe moje życie, wszystko w gruz. W pył. Niemcy rozwalili. Rydz rozwalił. Hitler rozwalił. Warszawę rozwalili. Sam wszystko rozwaliłem, nie ma Warszawy, nie ma Heli, nie ma Jureczka, nic nie ma, tylko teczkę ukradli, ja to wszystko wiązałem w jedno, we mnie zbiegały się wszystkie nici historii, a ja się rozpadłem i wszystko się rozpadło, kiedy ja się rozpadłem.

Miałem wszystko, co zostało? Nic. Teczkę utracił, w teczce jego cześć Polaka i honor oficera, w teczce cały on, gruby baciar skradł teczkę i kradnąc teczkę, ukradł Konstantego, Konstantego już nie ma, Konstanty został skradzionym.

Więc cóż robić, już wie i nie wie jednocześnie. Matka. Ale to nie jest dobre wyjście, to nie jest żadne wyjście, ale wie, a ja chciałabym go powstrzymać, chciałabym mu powiedzieć: nie idź, Konstanty, do niej, ona ci nie pomoże, ona cię nie uratuje, ona wessie cię w przestwór swojego szaleństwa, nie idź, Konstanty, nie idź, chciałabym wyjść z cienia, objąć cię, powstrzymać, dlaczego idziesz, Konstanty, głupcze, nie idź do niej! Ona już nic dać ci nie może.

Więc wychodzę i jest tak, jakby ona szła za mną, nie Salome, nie matka, tylko ona. Idzie za mną, postępuje za mną powoli, niechętnie, ale przecież oderwać się ode mnie nie może, musi za mną iść i wiem, wiem, że jest kobietą, a raczej kobiecą jest, w żywiole żeńskim zanurzoną, w żywiole ziemi, wilgoci i księżyca. I nie słucham jej, tak samo jak nie słuchałbym w tej chwili Salome, gdyby nawet nie milczała, i wybiegam, drewniane schody, ulica Dobra i nagle w tył zwrot! Przecież u niej, u Salome, została moja dobra buteleczka, buteleczka pełna szczęścia za sto złotych, jakże ją zostawić, jakże ją porzucić, jakże nie zabrać?

Poza tym przypominam sobie: godzina policyjna. Przypominam sobie: zegarek mam na nadgarstku, sprawdzam godzinę, dziewiętnasta trzydzieści dwie. Pół godziny już.

Więc wracam z powrotem po schodach, roztargniony i roztargany, jakby na strzępy, jakby w kawałkach wracam, jakby tylko ubranie trzymało mnie w całości, teczka utracona, jestem, jestem, drzwi już zamknięte, teczka utracona, zakluczone na klucz, więc walę w drzwi, teczka utracona, walę w drzwi, gryzłbym cienkie drewno, ale ona otwiera, otwiera, stoi przede mną, ona kurwa, Salome, więc daję jej w twarz już w przedpokoju, bo tak z nią należy rozmawiać, nie zapomniałem bicza, skoro idę do kobiet, jestem Konstanty Willemann i moja jest moc, moja jest władza, a ona, Salome, tę władzę uznać musi i uznaje, znowu jestem takim Konstantym, jakiego zna, jakiego zdobyła i omotała i jakiemu jednocześnie, zdobywając, się poddała. Teczka zgubiona.

Idziemy na łóżko, łóżko jest naszym, strzykawka złotojelca, igła i płynne szczęście w mojej żyle już płynie, a ona, z twarzą pobitą, z twarzą załzawioną robi to, co do niej należy, szczęśliwa w swoim poddaństwie. Czy raczej stoję na ulicy? Co się z tobą dzieje, Konstanty?

— Co się z tobą dzieje, Kostia? — pyta Salome.

A więc jestem u niej, jej ustami jestem objęty, jestem nagi na skalanej pościeli jej kurewskiego łóżka, płynne szczęście pieści mi mózg i ona mnie pieści, jej dłonie na moich biodrach.

Tak jest dla niego bezpieczniej, dobrze, że nie poszedł do matki, strzegą go moje chude ramiona, strzeże go mój przezroczysty wzrok, strzegę go ja sama, ale nie ustrzegłam go przed tą kobietą, która go narkotyzuje i pieści, nie ustrzegłam go przed jego matką i nie ustrzegłam go przed Polską.

A ja zapadam się w puch, tonę w melasie, moja piękna, dobra Salome, moja brudna, zbrukana, skalana Salome, ilu mężczyzn w twoim ciele znalazło małą śmierć? I umieram śmiercią niemałą, umieram po stokroć w jej ustach, a ona się śmieje, bo wie, że jestem jej, nie Heli, nie Polski, jestem jej, bo trzyma mnie między zębami i zgnieść by mogła, gdyby chciała tylko.

Świat otula mnie jak ciepła piana, owijają się wokół mnie mury stuletnie niczym jedwabny szal, cegły jak pieszczoty, tynk jak wargi do ciała przyłożone tak lekko, że nie ugina się ich różowa, cienka skóra.

I pytam spomiędzy pościeli, z prześcieradeł i piernatów: kim on jest, Salome? Gdzie uszedł z moją teczką ten grubas ze Lwowa? Wielkiej wartości rzecz w niej miałem, paczkę, którą Polska kazała mi dostarczyć na plac Zbawiciela, na pierwsze piętro domu przy ulicy 6 sierpnia, gdzie mieszka pani Teresa Łubieńska, i to jest ważne mieszkanie, moja piękna, dobra kurwo, musisz to zrozumieć, moja wspaniała Salome, więc muszę odzyskać teczkę i paczkę, która w jej ciemności spoczywa, czy to rozumiesz, Salome?

A ona śmieje się, krztusi i śmieje.

Gdzie twój humorek, co z tobą, Florek?

— Co? — pytam.

— Gdzie twój humorek, co z tobą, Florek? — śpiewa Sala głosem Adolfa Dymszy.

Zasypiam, wsiąkam w pościel, wokół mnie prześcieradła, stęchłe powietrze mieszkania Salome, mury starej kamienicy na Dobrej, wokół mnie Warszawa, w Warszawie gdzieś grubas i moja teczka skradziona, a ja zasypiam, zapadam się, spadam, spadanie nie boli.

Budzi. Go. Mnie. Poranek. Otwieram.

Oczy. Otwiera. Obok ona. Potworna. Zegarek. Ósma dwanaście. Datownik: trzynastka. Ósma czy dwudziesta? Okno: jasno. Ósma. Październik.

Uśmiecha się. Kostek też.

— Ty kurwo.

Mówi. Kostek. Ja mówię. Ona się uśmiecha.

— Jestem twoją kurwą — mruczy.

Jak to brzmi, aż się burzy krew w żyłach, jak brzmi to „jestem twoją kurwą" w świecie pełnym kobiet, które nie jedzą, nie wydalają i prawie nie oddychają, są eterycznymi zjawami nieledwie i nie zaryzykują nawet spaceru z mężczyzną, aby nie prowokować plotek. Jak dobrze, że jesteś moją kurwą, moja piękna, lepka Salome.

Mruczy. Cudownie. Zasypia. Zasypiam ja. Kostek zasypia. Ja prawie. Opiumowo zsuwa się, zsuwam się w dół, w miodową słodką melasę cukrzaną mdlącą karmelową.

Teczka. Nie ma teczki. I nagle wszystko dotarło, dociera do mnie, wszystko się pojawia, o Boże, o dobry Boże, który jesteś, i ty, Boże, którego nie ma wcale, o do diabła, wszystko uderza we mnie jak Panzerdivision, a ja nagle znajduję w sobie siłę, wszystko wiem i nad wszystkim panuję: teczka grubas adres pistolet, zdjęcia orgie bachanalia Iga Jacek szpital, morfina Hela Jureczek mój słodki i dobry przyszłość narodu teść, endecja endecja korporacja Welecja, kamienica Puławska Madalińskiego Rostańskiego Żórawskiego, handlowanie gotówki wybieranie pekao, plac Zbawiciela Łubieńska Jarosław i dłoń piękna, akcja okupacja konspiracja rejestracja, Lours Ziemiańska jadłodajnia zupa pożywna pułkowa stajnia, i wszystko. Wszystko. Wszystko ogarniam umysłem, nad wszystkim panuję. Mam siłę.

Nie wie Kostek, nie wie, że żadnej siły nie znalazł. To ja mu ją dałam, to ja go nią wypełniłam. A skąd ja ją biorę, skąd ją mam?

Rozglądam się po mieszkaniu. Salome śpi, naga, obnażona obok mnie obnażonego. Nogi rozrzucone, pęknięcie białych pośladków, w czarnym gąszczu skryte miękkie fałdy złowieszczego sromu, wrota małej śmierci i wrota życia, otchłań, w której mężczyzna niknie, jądro ciemności, do którego płynie się straszną rzeką kobiecego ciała, w górę tej rzeki, na zatracenie w tym, co przed- i pozaludzkie.

Ja też nagi, członek męski jak martwy szczur. Smród ludzkich ciał w źle ogrzanym pokoju układa się inaczej niż w upalnej duchocie i jest chyba bardziej przykry. Siadam na łóżku, odwracam się od skóry Salome.

Więc teraz plan, oficer zawsze działa według planu.

Po pierwsze, odziać się.

Odziewam się. Jak zimno, nie ma węgla w Warszawie.

Co dalej? Koszula zapięta, krawat zawiązany, buciki zasznurowane, szelki równo zapięte, kamizelka zapięta bez dolnego guzika, marynarka wymięta paskudnie, ciśnięta w kąt, trudno, jest wojna, nie pora płakać nad wymiętą marynarką. Kastet na podłodze, więc do kieszeni. Co dalej? Teczka. Po teczce — Iga. Iga — na zdjęciach w tekach Salome. Ale najpierw — teczka, w niej paczka.

Aby odnaleźć teczkę, muszę dowiedzieć się, kim jest gruby lwowski baciar i gdzie może przebywać.

Tak działa oficer, właśnie tak: żadnych emocji, racjonalny, opanowany, spokojny, i takim jestem: racjonalnym, opanowanym, spokojnym.

Salome może być jedynym potencjalnym źródłem informacji o baciara whereabouts, jak mówią Anglicy. Whereabouts, piękne słowo, baciar, Szczepcio i Tońko w jednym tłustym ciele, przeklęty, niech go piekło… Jak mówią Anglicy?

Nie. Tak nie działa oficer. Nie unosi się. Emocjami. Teraz jestem oficerem. Rezerwy, ale oficerem przecież. Podporucznik rezerwy Konstanty Willemann, dziewiąty pułk ułanów małopolskich, czwarty szwadron, dowódca trzeciego plutonu, odznaczony Krzyżem Walecznych.

Jestem już odzianym. Dobrze. Plan: gdzie jest baciar? Salome. Sama nie powie. Mnie nie powie? Nie powie.

Sterroryzować. Tak jest.

Kuchnia, kuchenny nóż, nie ma noża, jest tasak, na podłodze leży tasak solingen, którym grubas zamierzał mnie zabić, ale Salome mu nie dała. Z tasakiem na Salome okrakiem. Nagle robi mi się niedobrze, robi mi się mdło i rzygam, wymiotuję na podłogę, sam nie wiem czym, resztki jakieś całkowicie strawione, żółć, zawrót głowy, opieram się o łóżko, dalej siedząc okrakiem na tej pięknej, podłej kurwie.

Kurwa budzi się, odwraca się pode mną na plecy, jakby wąż wił się w mokrej dłoni, jakbym żadnej nie miał nad nią władzy. Naga, piękna, jej piersi pełne cudnie rozlewają się pod pachy, ale teraz jestem oficerem i muszę odzyskać teczkę. Smród jej ciała wciera się, wsiąka w materiał mojego zimowego ubrania.

— Gdzie znajdę tego grubego? — pytam najkonkretniej, najprościej, tak jak pytać należy, tak właśnie.

Salome patrzy mi prosto w twarz i nic nie rozumie, jeszcze się nie przebudziła i nagle rozumiem, szukam wzrokiem buteleczki pełnej szczęścia, dobrej buteleczki, i jest, jest, widzę, jedna trzecia ubyła, ileż morfiny zmarnowała ta ciemna, plugawa sucz, pytam sam siebie, ile w swoje żyły brudne wpuściła?

Ale, ale, ale, nie czas na takie pytania, takie pytania są nie na czasie teraz, teraz jestem oficerem, teraz mam plan. Do planu dopisać: skąd wzięła Salome dobrą buteleczkę pełną słońca, tęczy i radości, ten kontakt Salome wyjaśnić, ale to nie teraz, to potem, po teczce, paczce oraz Idze.

Uderzam ją w twarz, mocno, głowa podskakuje i się przekręca, drżą piersi miękkie, jakbym w lustrzaną toń stawu kamień wrzucił. To nie po dżentelmeńsku, nie po oficersku, oficer nie daje w twarz nawet dziwce, dziwce tak pięknej i mądrej jak Salome, ale teraz ona nie jest kobietą, teraz jest w posiadaniu informacji, a ja jestem oficerem ją przesłuchującym, a poza tym w twarz dałem jej, aby ją przebudzić, toż to prawie nie jest przemocą, tak w twarz dać dla otrzeźwienia. Więc dałem. Więc obudziła się. Tasak w mojej lewej ręce i nagle mi wstyd tego tasaka, czyżbym tasakiem rąbać zamierzał moją piękną, dobrą Salome? Przecież to niemożliwe, sama groźba wyda się tak głupią... Więc tasak niknie gdzieś w pościeli, ja biorę ją za twarz, ściskam jej policzki, trzymam ją w dłoni i pytam, każde słowo rozdzielając pauzami złowrogimi:

— Gdzie — znajdę — grubego — mów!

Syczę, nie mówię, muszę być straszniejszy od grubasa, musi się mnie bać bardziej niż jego, mną musi być przerażona.

A ona jęczy coś, nieartykułowanym jest ten jęk, ona jeszcze spada, ona jeszcze głęboko w melasie słodkiej miodowej karmelowej.

Biorę więc dzban z umywalni i chluszczę na nią chluszczę. Budzi się budzi.

Konstanty, dlaczego mówisz to wszystko na głos?

Kto pyta, czy to Salome pyta, Salome nie pyta, milczy Salome, czy ja mówię na głos, cały czas mówię?...

Ja pytam. Konstanty mnie słyszy. Mówisz swoje myśli, Kostek, cały czas, na głos.

— Czy ja cały czas mówię?

Werbigeracje, natręctwa, mówię, życia codziennego psychopatologia, słowa powtarzam, słowa.

— Werbigeracje, natręctwa, życia codziennego psychopatologia.

— Kostia, ja nie panimaju nicziewo, co ty, Kostia, co? Ten jęk jest artykułowany, konkretny, ten jęk rozumiem.

— Gdzie znajdę grubego, jak się nazywa, mów, kobieto! Odwraca się, twarz w poduszkę, jęczy.

— Pić mnie daj — szepcze przez pierze, przez poszewkę. Dam ci ja pić, kurwo jedna plugawa! Wściekłość i rzucam się na nią, twarz jej wbijam w poduszkę, trzymam za kudły na potylicy, plecy przyciskam kolanem, a głowę wbijam w poduszkę, w materac. Dusi się.

Tak nie postępuje oficer. Dałem się ponieść emocjom, Kostek dał się ponieść emocjom, tak nie wolno, ale skoro już się tu znalazłem, to teraz wycofać się nielzia, verboten, nie można się wycofać, więc wrzeszczę, gdzie gruby, wrzeszczy Konstanty Willemann, podporucznik rezerwy, dziewiąty pułk ułanów małopolskich, czwarty szwadron, trzeci pluton, trzy sekcje liniowe, sekcja ręcznych karabinów maszynowych, goniec, koniowodny jeden na sekcję, tylko jeden, wszyscy ludzie na linię, pluton spieszony bagnet nocą tyralierą szeptem tyralierą nisko nocą w las ułanów dwudziestu siedmiu, Hawryluk, Nowak, rudy Kowalczyk, starszy ułan Bociąga z erkaemem, za to bez górnych siekaczy, elegancko spluwa przez tę szczerbę i bardzo cicho szeptem klnie kurwa wasza mać hitlerowska psy jebane szkopy niemieckie, celowniczym jest w sekcji szczerbaty starszy ułan Bociąga, karabinowym gruby Hajke, Ziemba, Kiniewicz, idą wszyscy, mój pluton, granaty kto niesie? Śpij, kolego, w ciemnym grobie, niech się kurwa przyśni tobie. Cicho. Tyralierą. Gałęzie i liście.

Teraz, teraz, dlaczego teraz? Salome?

Szwadron cekaemów, rotmistrz Chochoł i cekaemy, cekaemy wz. 1930, Grudziądz, w Grudziądzu podchorąży Willemann, a z nim wachmistrz rodem z carskich ułanów, czym jest cekaem wz. 1930, pażausta, melduję posłusznie cekaem wz. 1930 jest bronią samoczynną zespołową, przeznaczoną do wspierania piechoty i kawalerii w ich działaniach za pomocą ognia pośredniego i bezpośredniego, no niech wam będzie, charoszo, Willemann, siadajcie, pluton na jukach pluton na taczankach tłuste lufy stroczone na koniach jucznych wedle regulaminu, jeden koń karabin wraz z podstawą dwie skrzynki amunicji drugi koń cztery skrzynki amunicji wodnik niezbędnik zapasowa lufa kolba do strzelań p-lot trzeci koń sześć skrzynek amunicji podoficer luzak goniec koniowodny karabinowy.

Boże, co się ze mną dzieje, co się z tobą dzieje, Kostek, Salome ciężko łapie oddech, Konstanty oddycha ciężko obok, puścił ją, oddycha oparty o kredensik, jaki las, jaka tyraliera, nieprzyjaciel na lewym skrzydle, na Boga, załadować, zabezpieczyć, niesie się nocą cichą nocą leśną zgrzyt złotawych śmierci wsuwających się miłośnie w komory, wyskoczą z nich wypalone, dymiące i nasieniem lufy spluną, szczękają skrzydełka bezpieczników, na Boga, co się z tobą dzieje, Konstanty? Hawryluk, podajcie granaty do pierwszego szeregu, szeptem.

Salome już na łóżku, od kiedy na łóżku, Salome wciśnięta plecami między poduszki, zupełnie otrzeźwiała, zupełnie przebudzona, zupełnie przytomna, obiema dłońmi ściska tasak i wyciąga go przed siebie, a przecież tasak nie posiada sztychu, który ostrym swoim punktem odgradzałby Konstantego od niej. Jej twarz czerwona, posiniała prawie, odciśnięta mapa poduszki na tej twarzy, nagą jest Salome, przerażoną i tłustą, ciężkie cyce, okrągły brzuch, a nad moją głową, wysoko, cyknięcia cykad mosiężnych, jęczą dziurawione drzewa, lecą nam na głowy gałązki igły liście jak zielony śnieg, jak dziecięce figle, co się dzieje, nie wiem, nie wiem? Ale kapral z mojego plutonu wie. Cekaem, krzyczy razem ze zgrzytem odległej serii jak darte prześcieradło, teraz rozumiem, teraz wiem, kryć się, krzyczę, kryć się, szarpię się z kaburą, po co, po co, po co? Dajcie erkaem tutaj erkaem!

— Kryć się!

— Kostia, z uma ty zszedł, Kostia, co z tobą? — mówi niby zwyczajnie, a jednak krzyczy, boi się, dobrze, dobrze, dobrze. Salome.

Wracam. Nie ma lasu. Nie ma cykad. Jest kamienica, Dobra ulica.

Już bliżej, już jestem bliżej. Siebie, jej bliżej. Już na miejscu.

— Ty mnie dusił! — płacze z wyrzutem Salome. Ale tasak odłożyła.

— Gdzie znajdę grubego? — pytam.

Nagle wytrzeźwiałem, zupełnie, czysto.

— Gdzie znajdę grubego?

Boi się mnie. Boi.

— Ulica Leszno, numer sześćdziesiąt, naprzeciwko sądu grodzkiego. Obok pogotowia. Mieszkanie numer trzynaście, czwarte piętro. U siostry się tam zatrzymał — mówi nagle trzeźwo, bez oporu, jakby podawała mi adres nic nieznaczący, i podaje go konkretnie, jak trzeba, precyzyjnie.

— Jak nazwisko?

— Tumanowicz.

Śmieje się. Śmieję.

— Głupio.

Salome wzrusza ramionami.

— Kajetan. Kajetan Tumanowicz, ze Lwowa.

Wiem! Czyli wiem już, co wiedzieć mam. To, co ważne. Teraz: wyjść!

Drzwi za mną zatrzaśnięte, zbiegam po drewnianych schodach, wybiegam na ulicę, łapię oddech, jestem, jestem, wyszedłem. Morfina została u niej. Nie chcę morfiny.

ROZDZIAŁ IV

Witaj, Warszawo zgwałcona!

Poranek.

Plan: Tumanowicz Kajetan, rodem ze Lwowa.

A buteleczka pełna słońca i tęczy, płynny uśmiech dziecka, płynne lody malinowe dożylnie, co z moją butelką pełną dobra i ciepła?

Zostawiłem u Salome. Wziąć jej ze sobą nie mogłem, musiała tam zostać, mam przecież plan. Jestem oficerem, oficer swoje musi wykonać, swoje ma do zrobienia, inaczej być nie może, a z buteleczką w kieszeni byłbym jak zakochana pensjonarka, buteleczka musiała zostać u Salome.

Zdziwiła mnie siła własnej woli, jakże jestem dzielny, oddany krajowi i obowiązkom, w końcu Salome najpewniej odurzać się będzie za moje pieniądze tak długo, aż w jej żyłach czarnych całe moje szczęście przepadnie, w nią wsiąknie, na zawsze mnie odebrane. A jednak nie zabrałem buteleczki ze sobą, jednak została u niej.

Co teraz?

Do domu iść nie mogę, bo Hela zapyta, co z paczką, czy odniosłem, co mówili, czekać będzie odpowiedzi. Więc muszę wrócić.

Dzień jest piękny.

I nagle samo wraca. Mundur, pistolet, rozkazy. Dwa tygodnie temu, no, niecałe trzy, stoimy na Górskiej, nieprzyjaciel w odległości szturmowej, fort Dąbrowskiego już stracony,

Antek Wieniawski z drugiego szwoleżerów miał odbić, ale przecież wszystko już stracone, Sowieci weszli, Niemcy już w Warszawie, a tutaj Rudnickiemu szwadron przydzielili z brygady, żeby nasz pułk wzmocnić i tym szwadronem Wieniawski fort miał odbić. Ale nie odbił, zmietli go po drodze, szwadron się rozsypał pod ogniem, więc stoimy. Całą drogę do Trembowli pociągiem i z Trembowli pociągiem i konno i pieszo, żeby wojnę skończyć o kilometr od własnego mieszkania. Ludzie pochowani po piwnicach. Trup kobiety rozerwany na wysokości bioder na dwoje, strzępy wnętrzności, czarne włosy łonowe na tym ochłapie ludzkim, dwie tłuste nogi, na jednej pończocha i pantofel, obok trupa dziecko, dwuletnie może, nietknięte, zupełnie nagie, żywe, płacze bezgłośnie, usta szeroko otwarte, dziecko całe białe, jakby kredą natarte, próbuje jakieś wycie z tych ust wydobyć, ale mu się nie udaje. A za nim dom — pochodnia, trzy piętra, z okien trzeciego powiewają sztandary rudego ognia, czarne kity dymu.

Ktoś zabierze to dziecko, pytam, ktoś je zabierze? Ksyk bierze je w ramiona, biegnie z nim gdzieś, mundur cały powalany na biało, oczy otwarte bardzo szeroko. Nie pytam.

Takie wojowanie na Mokotowie, kawaleria w Warszawie. Na Polu Mokotowskim ląduje jakiś samolot, ostatni polski samolot, jaki widziałem, dziwnego typu, ale podobny do karasia.

Jak to brzmi, wojować na Mokotowie, jak to brzmi, wojować na Czerniakowie, jak to brzmi, kiedy wróg naciera przez Wilanów, od południa, żaden wróg nie powinien nacierać przez Czerniaków, żadne walki nie powinny toczyć się na Mokotowie, na Mokotowie się mieszka i pije kawę w sklepokawiarni firmowej Wedla i czekoladę na gorąco, dom z czekolady, Jureczek macha do mnie zza C w wielkim słowie „CZEKOLADA" na dachu naszej wedlowskiej kamienicy, na ulicy stoi mój żółty opelek, opelek mój zaparkowany stał, jak może po tej ulicy iść niemiecki żołnierz, jak mogą po niej jechać niemieckie małe czołgi, skoro stał na niej mój żółty opelek olympia z rozkładanym dachem, mój kabriolecik, w którym woziłem żonę i różne kurwy też w nim woziłem?

A jednak jechały małe niemieckie czołgi Czerniakowską i Puławską, jechały też i większe, ze wschodu jechali Sowieci, więc nawet lepiej, że czołgi niemieckie, nie bolszewickie jechały Czerniakowską, a moim opelkiem pewnie jakiś generał albo inny inspektor tłusty nawiał do Rumunii, daj Boże, że go po drodze szkopy z samolotu rozwaliły, pociski z lotniczego kaemu dziurawią brezent na dachu mojego opelka, a może jeszcze lepiej, ciepło było, więc jechał z otwartym dachem, więc seria tak się ułożyła, że dziurki zrobiła tylko w grubym generale i jego kurwie, którą zabrał ze sobą, żonę i dzieci jeszcze w sierpniu do Paryża albo gdzieś tam odesławszy, więc sczezł generał z głową na kierownicy, a mój opelek po prostu zwolnił, zatrzymał się na szosie i czeka na jakąś życzliwą duszę, która się jego żółtą blachą czule zaopiekuje, kabinę wymyje z krwi.

Albo może gdzieś pod Buczaczem albo Tarnopolem generała z opelka wyciągnęli Sowieci, obdarli do cna, kurwę generalską zgwałcili i zabili albo uczynili z niej kurwę komisarską, i dalej kurwa moim opelkiem jeździ, na przedniej kanapie u boku czerwonego komisarza... Tego im wszystkim życzę. Był już mój opelek pod Buczaczem i Tarnopolem, taki rajd mieliśmy, mój opel, dwa chevrolety i trzy polskie fiaty, dwie pięćset ósemki i jedna pięćset osiemnastka, dokładnie pamiętam, przez automobilklub organizowaliśmy i nawet w gazecie było, skład niezbyt luksusowy, niezbyt elegancki, ale rajd i tak był piękny, pumpy mieliśmy i kaszkiety, a panie nawet czapki skórzane, pilotki i okulary lotnicze, Hela miała okulary lotnicze i głównie z otwartym dachem jechaliśmy, szosą numer osiem, ale do Rumunii nie wjeżdżaliśmy, chociaż najpierw był plan, żeby pojechać do Chocimia, ale nie pojechaliśmy, zwiedziliśmy tylko Okopy Świętej Trójcy, a później z powrotem, wizyta w pułku w Trembowli, Tarnopol, Lwów, Tomaszów, piękna szosa do Lublina i Warszawa.

Ale kiedy to było, kiedy?

Trzy tygodnie temu w Warszawie pojechałem z Rudnickim do generałów, co radzili, jak tu ładnie poddać stolicę i układali sobie w głowach ładne zdania do biogramów w encyklopediach i słownikach biograficznych, podobno ten samolot ostatni przywiózł rozkazy, rozkazy aż z Rumunii od Rydza, a potem znowu do pułku, na Górską, między sterczącymi fiutami pelotek i między spojrzeniami celowniczych i słupami reflektorów, u nas jakaś zwyczajowa strzelanina i wtedy pojawia się pomysł, żeby jakąś broń zakopać, podpowiadam: u nazaretanek. Tak pięknie jak z powieści: broń i w klasztorze. Zakopać. Co prawda to również szkoła, a to trochę mniej jak z powieści, bo jednak życiem uczennic czy przystoi ryzykować?

Ale jakoś zostają te nazaretanki. Ksyk, mały, wąsaty Ksyk nie chce o niczym słyszeć, jak to, broń zakopać, on z bronią umrze, nie zakopie, ale z resztą się dogadujemy, Rudnickiemu ani słowa, bo po co.

Znajduje się skrzynia, bardzo godna, blaszana, zalutujemy ją, potem długie dyskusje, co do środka? Czy na wojnę, czy na partyzantkę, czy na konspirację? W końcu, ruskim targiem, ustaliliśmy, że karabinków nie dajemy, bo szkoda miejsca, do środka idą trzy erkaemy, trochę pistoletów różnych, kto co miał, parę visów, kilka parabelek, w tym moja, z długą lufą, jakiś hiszpan i duży brauning trzynastostrzałowy, ale tak wybraliśmy, żeby wszystko dziewiątki, bo tylko dziewiątek mamy jeszcze kilka pudełek, Bielecki się uparł, żeby jeszcze dołożyć parę damek, szóstek i siódemek, takich, co się w kieszeni zmieszczą, że w robocie konspiracyjnej bardzo potrzebne, tak mu starzy bojowcy z POW mówili, więc daliśmy kilka damek, głównie astry i jakieś walthery, ale amunicji do nich mało, razem może setka szóstek i siódemek. Poza tym granaty. Chcieliśmy jeszcze jeden długi karabin przeciwpancerny schować, nowiutki, dali nam dopiero przy mobilizacji, ale do skrzyni się nie zmieścił, więc postanowiliśmy go zakopać obok, luzem, trudno, długo tak nie przetrwa, ale może chociaż trochę, zakonserwowaliśmy smarem, brezent nieprzemakalny, sznur, smar, znowu brezent, może przetrwa.

Mieliśmy się czym zająć przynajmniej. Paru ułanów się wzięło do pomocy, uroczyście zaprzysiężeni do tajemnicy, skrzynię zalutowali, przysiędze nikt nie dowierzał oczywiście, więc wybraliśmy tych, co i tak wracali do Trembowli, za sowiecki kordon, do rodzin. Łazikiem zawieźliśmy do nazaretanek przy Czerniakowskiej i poszliśmy gadać z siostrzyczkami. Oczywiście siostrzyczki zachwycone, coś się tam poobawiały trochę, ale tak pro forma, ułani tacy piękni proszą, szarmanccy, oficery, w imieniu Rzeczpospolitej, jakże tak Rzeczpospolitej odmówić, siostrzyczkom drżały kolanka jak każdej Polce na widok oficera ułanów, a jakże, więc nie odmawiają, w ogrodzie dół kopiemy, skrzynia w dół, zakopujemy, jest noc, stoimy nad tym dołem, jakbyśmy coś chcieli w nim pochować, jakiegoś trupa, stoimy w zielonych mundurach, wężyki na szyjach się wiją, smycze, pasy, koalicyjki, kabury, mapniki, oficerki, ostrogi, rogatywki i napletki, wszystko tak, jakby znowu upadało jakieś powstanie, jakaś insurekcja, a my, polskie oficery, zakopujemy broń na przyszłość.

Może zresztą tak właśnie było, może te dwadzieścia jeden lat Polski było właśnie taką przedłużoną insurekcją, mówimy o tym wtedy melancholijnie, smutnie, Ksyka nie ma między nami, więc nie zagłusza nas dziarskim pohukiwaniem i wtedy czuję się, czułem się Polakiem, byłem Polakiem, potem przenoszą nasz pułk na Piusa XI, potem kapitulacja, szaleństwo Ksyka, który chce wziąć szwadron i zginąć, bohatersko zaszarżowawszy pozycje nieprzyjaciela. A może wcale nie chce, tylko uznał, że tak wypada, żeby oficer chciał. Rudnicki mu perswaduje, Ksyk szarpie kołnierz munduru, jakby miał haftki rozerwać, czochra się po wąsach, rotmistrz Chochoł mówi, że też broni nie złoży, będzie się przebijał z ochotnikami zbrojnie do Rumunii, na południe, a Rudnicki potem każe mi iść do domu, przebrać się w cywilne łachy — tak mówi o moich strojach: łachy! — i przypomina tylko: Willemann, nie puszczam pana, aby przestał pan być żołnierzem, puszczam pana, żeby mógł pan być żołnierzem dalej, walczyć na innym froncie. Pańskie umiejętności, panie Willemann, będą teraz na wagę złota, nie możecie gnić w obozie i ja też zresztą nie zamierzam. Ale pan, z pana niemieckim, ze znajomością nieprzyjaciela, pan musi dalej walczyć dla Polski. Wedle rozkazu, panie pułkowniku. Uścisk dłoni męski bardzo.

I może wtedy tak myślałem, wtedy bardzo byłem Polakiem, w klęsce polskość mnie przyjęła, w brudnym mundurze z gwiazdkami podporucznika po jednej na każdym epolecie, myślałem, że pójdę do domu i będę walczył dalej.

Warszawa oddycha ciężko, w spalonych, zbombardowanych zakładach Rektyfikacji Warszawskiej pryzmy węgla sypią do elektrowni, ziemia unosi się i opada w rytm oddechu Warszawy, Wisłą Warszawa podmywa obolały srom.

Skąd, dlaczego takie porównania cały czas? Co się z tobą dzieje, Konstanty? Chciałabym otoczyć cię ramionami, chciałabym cię tulić jak matka, całować twoje płowe włosy, jak matka nigdy nie całowała, ale nie mam ramion i nie mam ust, mogę tylko iść za tobą.

Ulicą Dobrą, moją dobrą ulicą suną wszy ludzkie, mendy rowerów i jedna pluskwia dorożka konna z grubym dorożkarzem. Nie ma tramwaju, który zwykle jeździł po Dobrej, nie ma mojego opelka tak bardzo, jakby go nigdy nie było, cóż więc robić? A Warszawa jest wielką, piechotą wszędzie pójść nie sposób.

— Pana pięknego gdzie zawieźć?

Coś na kształt rykszy. Rower, z przodu dwa koła i całkiem towarowa paka, wygląda bardzo niewygodnie i całkiem niebezpiecznie, chwiejnie, ale mięśnie zasiadającego na siodełku jakoś dopchały wehikuł aż tutaj.

Ogon roweru obsadzony chudym kierowcą w pumpach, brudnych podkolanówkach i w cyklistówce.

— Na Czerniakowską do nazaretanek — komenderuję, jakbym wsiadał do taksówki, i włażę na pakę, siadam jakoś, podciągnąwszy kolana pod brodę, i siedzę jak Żyd na wozie, nie jak dżentelmen w podróży. Ale dżentelmenów już nie ma dawno.

Więc pojechaliśmy.

— Se pan szanowny poczyta — zajęczał ponuro cyklista, głosem jak z kanalizacji. Podał mi „Dziennik Urzędowy Miasta Stołecznego Warszawy". No to czytam, oparłszy gazetę o kolana. Zawiadomienie o wykonaniu wyroku śmierci na kierowcy samochodowym Karolu Leszniewskim. Za ukrywanie broni w mieszkaniu.

— Widzisz pan, niemieckie porządki. Dwadzieścia lat temu tak samo było, młody byłem, ale pamiętam, panie. Teściowi mojemu świętej pamięci kuzyna rozstrzelali. Szabrował, po prawdzie, ale żeby tak rozstrzelać od razu? Te Niemce, panie kochany, zawsze tak do rozstrzeliwania chętne.

A więc nie żyje Leszniewski Karol, kimkolwiek był, cóż mnie po tym, cóż mnie to obchodzi, że nie żyje, tyleż mnie to obchodzi, że informuje o niebezpieczeństwie posiadania broni i chodzenia z bronią, ale kto tu będzie chodził z bronią?

Minęliśmy stojących przy ulicy sprzedawców wszystkiego, karteczki na murach, nie czytam, bo mnie nie interesuje, kto tam kogo szuka.

— Pięknemu panu jakiejś sierotki nie trzeba, żeby się nią zaopiekować w celu mniej lub bardziej matrymonialnym za niewielką opłatą? — zajęczał mi nad uchem rykszarz głosem kanalizacyjnym, dysząc i sapiąc i cisnąc na pedały.

Wzruszyłem ramionami, jakby mi tego właśnie teraz brakowało, sierotek, aby się nimi opiekować.

— Różne są — ciągnął rykszarz. — Żydóweczka jedna jest, słodka jak miód, tylko brać, cycuszeńki, panie miły, jak brzoskwinki. I tylko by się pieściła, taka jest. Temperament, wisz pan. I naszych dziewczynek parę, brunetki, blondynki, sam pan wisz, panie dobry. Na godzinkę albo na stałe, jak se pan chcesz. Może zawieźć, pokazać, wypróbować?

— Na Czerniakowską zawieź — odparłem, bardzo dumny z mojej moralnej przewagi nad wojenno-cyklistowskim monsieur Alphonse.

A ten deptał pedały i dalej dyszał mi do ucha swoją mantrę:

— Świeże, zdrowe, żadne tam kurwy, panie szefie, sierotki, mama w bombardowaniu zabita, tata na froncie zginął, trzeba się zaopiekować, to się zaopiekowało, żeby toto nie poginęło w zawierusze, a jaka skóra, panie piękny, bielusie, pachnące, gładziuteńkie, cycuszki, panie, dupcie tłuściutkie.

— Panie, weź pan, co mi pan tu rajfurzysz, mnie kurew nie trzeba, dość mam kłopotów — odburknąłem w końcu.

— A wołowiny pan nie chcesz kupić? — sapał, niezrażony. — Pierwsza klasa. Świeżusia. Prosto z krówki. Cymes. Żadna tam konina, mięsko, panie, jak przed wojną.

— Panie, jedź pan — uciąłem.

Zamilkł w końcu, tylko sapał i wysapał się z Solca w Ludną, obok gazowni, a z Ludnej w Czerniakowską i dalejże sapać Czerniakowską, domki drewniane, kamienice murowane, wiele spalonych w bombardowaniach, rowery, wózki, na wózkach wyrównują się klasy jak ciecz w naczyniach połączonych, dobra zmieniają właścicieli, rodziny zmieniają mieszkania ze zbombardowanych na nory w suterenach, obok terkocze łazik niemiecki z samotnym kierowcą w okrągłych okularach, dorożki konne, obok dorożek wozy czternastoosobowe, ludzie zgwałceni na zgwałconej Czerniakowskiej, rykszarz i ja.

A na ścianie wypalonego domku podarte papiery: obwieszczenie o mobilizacji, które mnie samego tak niedawno, wieki temu, zawiodło do Trembowli, plakat z łapą hitlerowską i dźgającym ją dzielnym żołnierzem, „Wara!", i podarty afisz jeszcze sprzed wojny — teatr letni, *Serce w rozterce*. Nawet na to poszedłem, dwa razy, raz z Helą, a raz z Salą.

Ja: cywil. Ja: niezarejestrowany oficer rezerwy, pokonany Kostek, rozbity Kostek, Kostek, który zgubił paczkę, którą powierzyła mu Polska, Kostek kurwiarz, Kostek morfinista, Kostek pusty w środku, wydrążony Kostek, Kostek kurczowo ściskający wątłe poręcze rykszowej ławeczki, ucho wypełnione sapaniem rykszarza rajfura.

Mijamy koszary szwoleżerów, tu nas przenieśli po kapitulacji z Piusa XI, cała kawaleria tam stała w koszarach, jeszcze z bronią, bo kapitulacja honorowa, wszyscy powtarzali to jak zaklęcie, honorową jest ta kapitulacja, honorowa nasza kapitulacyjka, z honorem, honorowo kapitulujemy, oficerowie do obozów z bronią białą, na znak, że kapitulacja jest honorową, rzygać mi się chciało już wtedy, a co dopiero teraz.

Po honorowej kapitulacji w koszarach dostałem swoją wstążkę i krzyżyk blaszany, po salach oficerskich i żołnierskich straszne picie, nawet podobno jakieś baby były, diabeł wie gdzie znalezione, ale jam ich nie widział, potem ostatnia zbiórka i do domu, jak kazał Rudnicki, do domu, mundur spalony, smród straszny od palonych oficerek.

I za koszarami zaraz: zakład sióstr nazaretanek. Wysiadłem, zapłaciłem, obciągnąłem marynarkę, poprawiłem kapelusz i poczułem nagle, jakie straszne mam dreszcze, jakby to cały świat mną trząsł, ale nic to, poszedłem, trzeba iść.

Na dziedzińcu zakładu wesoła krzątanina. Siostrzyczki w czarnych habitach uwijają się, uczennic nie widać, jakiś kleszka młody też się krząta, wszedłem krokiem pewnym, tak trzeba iść.

— Słucham pana?... — zagadnęła mnie siostrzyczka w białym welonie, zapłoniła się zaraz pod moim spojrzeniem, ja też pomyślałem sobie zaraz, że, ech, marnuje się liczko takie...

Ale nic to, nie czas na takie bzdury teraz, nie czas! Teraz trza się zająć poważnymi sprawy, naprawić, co się zepsuło!

— Z siostrą Eulalią muszę mówić — rzekłem bardzo pewnym głosem, jak nie ja, albo raczej jak ja dawny, ja sprzed wojny, ja w olympii żółtej i w Ziemiańskiej, bon vivant i bywalec, nie ten drugi ja, morfinista, kurwiarz i zdrajca, ani trzeci ja, oficer pokonanej rezerwy.

Więc rzekłem, co rzekłem, patrząc w oczy tej małej siostrzyczce w białym weloniku. Herbaciane, wielkie oczęta, leniwe i wilgotne, jak nie zakonnicy, piękne oczy, aż mi krew trochę zawrzała.

— Bo od pojutrza lekcje zaczynamy. Posprzątać należy — powiedziała, jakby się tłumaczyła z tej krzątaniny przed inspektorem z samego Watykanu.

Wzruszyłem ramionami i tak się pięknie odbijałem w jej oczach: taki piękny Konstanty Willemann.

— A, siostra Eulalia, tak... Proszę.

Poszedłem za siostrzyczką, spod habitu usiłowałem domyślić się kibici i bioder, i czegóż tam ona pod tym habitem nie miała, jednak się nie domyśliłem, a ona wprowadziła mnie do budynku i do pokoiku, gdzie, jak się okazało, siostra Eulalia raczyła urzędować za skromnym biureczkiem, sama w wieku nieokreślonym, z bezurodą starych wyschniętych na wiór panien, o których nie sposób rzec, że brzydkie, ani że ładne, ani stare, ani młode, bo z innego świata, jakby nigdy nie były kobietami, półmęskie, honorowi mężczyźni w habitach i z płcią zwiędłą w barchanach.

Wszedłem do pokoju z kapeluszem w dłoni, siostrzyczka w weloniku białym stała za mną.

Siostra Eulalia wpatrywała się we mnie, nie rozumiejąc, czego mogę chcieć, nie poznawała mnie, ale nagle coś przeskoczyło:

— To pan — powiedziała cicho.

— Tak jest, siostro — powiedziałem tak, aby brzmiało jak najbardziej po wojskowemu.

— W sprawie, no... pakunku?

— Tak jest, siostro.

Siostra Eulalia odesłała nowicjuszkę gestem bardzo dobrze wyćwiczonym. Siostrzyczka w białym welonie zareagowała sprawniej, niż moi ułani reagowali na moje komendy.

— Czy to nie za wcześnie? — zapytała.

A więc siostra Eulalia jest nie tylko władcza, ale również inteligentna. Bo przecież rozumie dobrze, że dwa tygodnie po kapitulacji erkaemy nikomu do niczego potrzebne być nie mogą, nawet Niemcom na wiele się te nasze całkiem dobre erkaemy nie zdadzą.

Ale dzięki Bogu, w którego nie wierzę, bo jestem człowiekiem nowoczesnym, potęga form, w jakie układają się relacje międzyludzkie, jest po mojej stronie. Przecież zakonnica nie zarzuci kłamstwa oficerowi. Przecież nie odmówi mi dostępu. Zwłaszcza że nie powiem jej, po co mi broń.

— Racja stanu — powiedziałem. Głupio, ale powiedziałem.

— Słucham?... — zdziwiła się siostra Eulalia.

— Polska — brnąłem. — Polska potrzebuje teraz tej broni.

— Ale już, teraz? I pan tak sam...

— Proszę siostry — uciąłem, bo czas najwyższy. — Tajemnica. Ręczę honorem polskiego oficera.

Eulalia milczała, siostra Eulalia. Najpewniej wiedziała, jak tanio chodzi teraz honor polskiego oficera. Może miała już do czynienia z jakimś generałem. Dębem-Biernackim chociażby. Albo innymi legionistami. Więc wpatrywała się we mnie, jakby widziała przeze mnie na wskroś, jakbym skórę miał przezroczystą i jakby całe moje plugastwo stało przed nią obnażone.

Ale forma relacji międzyludzkich jest potężniejsza od logiki podejrzeń!

— Dobrze — powiedziała po prostu.

Należało więc działać.

— Broń zostanie tam, gdzie jest. Potrzebuję tylko wyjąć ze skrzyni jeden pistolet. Taki dostałem rozkaz. Mało tego: będę potrzebował pomocy przy wydobyciu, otwarciu i ponownym zamknięciu skrzyni, bo nie dysponuję żadnymi ludźmi w tej chwili.

Eulalia wpatrywała się w moje plugastwo, jakby patrzyła w kloakę. Widziała: miała oczy tak przenikliwe, tak potężne, że widzieć musiała.

Ale forma jest potężniejsza od jej oczu.

— Dlatego w imieniu Rzeczpospolitej żądam od siostry udzielenia mi pomocy przy odsłonięciu, otwarciu, ponownym zamknięciu i zakopaniu skrzyni.

Milczenie. Plugastwo. Kloaka.

— Rzeczpospolitej już nie ma... — zauważyła Eulalia.

— Rzeczpospolitej nie może nie być, proszę siostry. Rzeczpospolita jest wieczna — odparłem z niejakim polotem.

Eulalia skinęła głową, uznanie w odpowiedzi na polot.

— Ale to wykopywanie to chyba w nocy, prawda?

— Tak jest, siostro. W nocy.

— Więc przyjdzie pan wtedy czy woli pan tutaj zaczekać?

— Zaczekam.

— Proszę się rozgościć w którejś z klas i proszę nie chodzić po korytarzach.

A więc wyszedłem, nacisnąłem pierwszą klamkę na korytarzu, rozsiadłem się na nauczycielskim krześle za biurkiem i dalejże czekać.

Czekałem. Po dwóch minutach opadły mnie straszne wątpliwości, czy doczekam. A potem wyobraziłem sobie siostrę Eulalię, jak teraz rozsyła po mieście wici: oto podporucznik z dziewiątego ułanów przyszedł sam i zażądał broni. Może chce sprzedać? Może wydać Niemcom?

I wici mnożą się, wyciekają z ludzkich ust do ludzkich uszu, przeciekają do Loursa, do Simona, gdzie życie kawiarniane kwitnie, gdzie siedzą nierejestrowane oficery, idzie nazwisko, podporucznik Willemann, no, proszę pana, z takim nazwiskiem toż to nic dziwnego przecie, czemu się tu dziwić?...

W jakim świecie będzie żył mój Jureczek, jaki świat dlań gotuję, ja sam, do spółki z Hitlerem, Śmigłym i Stalinem?...

Jureczek. Jureczku: dlaczego tatuś ci to robi, dlaczego wlewa sobie w żyły płynne szczęście, płynne pieniądze, złotówki płynne, które powinien raczej na twoją przyszłość zachować, zaoszczędzić, złoto kupić, w ustronnym miejscu zakopać, a tatuś kochany w swoje żyły i w żyły tej ciemnowłosej kurwy płynną radość i ukojenie wlewa ze strzykawki złotoigłej i złotojelcej, pięknej strzykawki.

A do klasy zapukała, po czym weszła siostrzyczka pięknooka i pięknolica w białym welonie nowicjuszki. Przyniosła kromkę chleba i blaszany kubek herbaty gorącej i nawet osłodzonej.

Podziękowawszy, zjadłem, po czym umościłem się pod ścianą i postanowiłem wykorzystać ten czas na odzyskanie sił. Tak zachowuje się oficer: optymalizuje czas i swoje postępki.

Więc spać. Skuliłem się pod ścianą, za ławkami, ściągnąłem z grzbietu marynarkę i nakryłem się nią jak kocem. Zamykają mi się oczy moje, nasączone nagością plugawej Salome, nasączone bitwami wrześniowymi, nasączone obroną Warszawy i zgwałconym miastem i ponurymi ścianami mieszkania Anieli.

Ktoś mną potrząsa.

— Panie poruczniku!

— Pod — odpowiadam machinalnie.

— Słucham? — Głos siostry Eulalii zdradza zdziwienie.

— Podporuczniku.

Otwieram oczy. Za głosem siostry Eulalii stoi siostra Eulalia, pogardliwie potrząsa moim ramieniem.

— Już czas.

Zerwałem się. Już czas. Przypominam sobie wszystko: gdzie jestem i po co, klasztor broń zakopana Polonia grottgerowska.

Potarłem twarz dłońmi. Dreszcze. O, płynna radości, szczęście moje płynne, gdzież jesteś, dlaczego już wyszłoś ze mnie, gdzie się udałoś, gdzie mnie opuściłoś, czy płyniesz teraz w żyłach plugawej Salome?

Otrząsnąć się muszę z myśli o mojej buteleczce, nie czas teraz na nie.

Wyszedłem za siostrą Eulalią na dziedziniec. Dwie siostrzyczki z łopatami, jeden mężczyzna nieokreślonej dla mnie profesji, ale z ubrania wnoszę, że ktoś w rodzaju stróża bądź woźnego.

— Proszę kopać — zarządziła siostra.

— Nikt tu nie przyjdzie niepowołany? — upewniłem się.

— Zarządziłam czaty na ulicy i przy wejściu, gdyby kto nadchodził, zostaniemy uprzedzeni.

Ucieszyłem się, że ciemno, nie widać, że się spłoniłem ze wstydu. Oficer ze mnie.

Ale nie, nie tak, Konstanty, nie należy się tak kłopotać samym sobą, nie należy się zadręczać, teraz ważne, aby wydobyć ze skrzyni pistolet i za jego pomocą odzyskać paczkę. To ważniejsze.

Łopaty zazgrzytały o stal, odsłonięto wieko, siostra Eulalia wydała polecenia i siostrzyczki i proletariusz proletariacko odziany przystąpili do otwierania zalutowanego wieka za pomocą dłuta, młotów i łomu.

Ja stałem obok, po prostu stałem, nawet rąk sobie nie brudząc.

Skrzynia stanęła otworem. Zszedłem do dołu, zważając, aby nie pobrudzić sobie nogawek, z żelastwa zgromadzonego w naszym depozycie wygrzebałem małego brauninga, szóstkę, sprawdziłem magazyn, był pełen. Sześć kul. Więcej mi raczej nie trzeba, ale dla pewności wygrzebałem jeszcze pięć z magazyna innej szóstki, którą następnie kul pozbawioną cisnąłem z powrotem do skrzyni.

Schowałem pistolecik do kieszeni kamizelki, zapasowe pięć nabojów do drugiej, wygrzebałem się z dziury nawet niezbyt mocno powalany.

— Gotowe — powiedziałem mocnym głosem.

— Jak mamy teraz zamknąć skrzynię? — zapytała Eulalia.

— Nie macie lutlampy? — zdziwiłem się głupio.

— A skąd?...

Rozejrzałem się po twarzach zgromadzonych nad skrzynią dwóch zdrożonych kopaniem siostrzyczek i ciecia, jeszcze raz spojrzałem na siostrę Eulalię.

— Myślę, że sobie siostra jakoś poradzi z zabezpieczeniem naszego depozytu — uśmiechnąłem się pewnie. — Tymczasem z Panem Bogiem! Ku chwale ojczyzny!

I poszedłem, zostawiając siostrę z problemem, do którego rozwiązania przyczynić się nie mogłem, nie posiadając ni sił, ni środków, ni czasu.

Wyszedłem na Czerniakowską. Poklepawszy się po kamizelce, poczułem radość i siłę płynące z tego, iż jestem uzbrojonym. Człowiek uzbrojony to zupełnie inny człowiek niż człowiek bez broni.

To nic, że naprzeciwko, w koszarach szwoleżerów, pełno Niemców. Nie muszę ich nawet widzieć, wiem, że gnieżdżą się tam, żołnierze i oficerowie zwycięzcy, może między naszymi, a wcześniej carskimi budynkami zaparkowali swoje czołgi duże i małe, działa i samochody pancerne, pies ich drapał, ja mam w kieszeni damkę szóstkę, jedenaście maleńkich śmierci, jeśli strzelać z bliska, i jestem Konstanty Willemann, syn hrabiego von Strachwitz i szalonej Katarzyny Willemann, która podobno od siedmiu lat nigdy nie zasnęła, tak twierdził Stach z Warty zaraz przed wojną, kiedyśmy poszli na obiad raz do Simona, bo matka wielce chciała, abym go poznał, więc poznałem, ale to był szaleniec. Twierdził w każdym razie, iż matka moja nie wstaje z fotela, nie śpi, nie wydala — tak, opowiadał mi o pracy kiszek mojej matki — bo nie je ani nie pije, pali jedynie papierosy i swoje zioła i opanowała tajemną wiedzę joginów indyjskich, więc siedzi, pali zioła i myśli o Polsce, albo, mówił Stach, myśli Polskę.

A ja jestem jej syn, jestem z jej łona zrodzony, z łona szalonej starej Katarzyny Willemann.

I mam w kieszeni damkę i tą damką odzyskam, com utracił.

A teraz jest godzina policyjna i pełno Niemców w okolicy. Poszedłem szybkim krokiem w osiedle sieleckie, schowałem się gdzieś między domkami, kamieniczkami i ogródkami warzywnymi, niedaleko stąd się walczyło o Warszawę i właśnie tutaj się Warszawę przegrało, ale będzie się walczyć dalej, broń jest w kieszeni. W końcu zatrzymałem się, schowałem w bramie kamieniczki przy Kaszubskiej i dalej obmyślać dalszy plan.

Na Leszno, na Śródmieście, całe miasto do przebycia. Godzina policyjna jest, ryzyko zbyt wielkie, a z bronią w kieszeni ryzykuję rozstrzelanie. Do domu blisko, kilometr może, ale dziś do domu wrócić nie mogę. Co robić? Przecież nie spędzę nocy w bramie, ani do sióstr, które ze wstydem i czym prędzej opuściłem, nie wrócę, cóż więc czynić? Przede mną przekrzywiony szyld: golenie 25, strzyżenie 50. Gdzie się podziało golenie, strzyżenie? Jak bardzo samotny jestem w mieście, które mi odebrano?

Konstanty, biedny, bezwolny Konstanty. Bezradny Konstanty. Bezecny.

Pamiętam cię, chłopczyku, jak jechałeś do Warszawy po raz pierwszy, ze swoją pięćdziesięcioletnią matką, jechałeś w ciemnym, przyciasnym ubranku i ćwiczyliście akcent i mocne „r", żeby nie mówić jak Niemcy. Kordegarda. Król Karol kupił królowej Karolinie korale koloru koralowego. Ojciec już nie żyje, więc nie jesteś już Niemcem, nie nazywasz się Strachwitz, jesteś Polakiem i nosisz moje nazwisko, które chociaż brzmi niemiecko, jest nazwiskiem polskim, bo nosi je Polka i mały Polak — ty, Kostusiu. Mówiła do ciebie, a była całym twoim światem, taka wysoka, chuda, surowa i mądra nieskończenie, i byłeś wtedy inteligentnym dzieckiem, więc spodziewałeś się może, że ta jej mądrość wyda ci się kiedyś mniejszą, kiedy dorośniesz.

A przecież nie wydała się, mądrość i szaleństwo twojej matki siedemdziesięcioletniej, zrośniętej z fotelem, indiańskiego wodza, czyni cię ciągle dziesięciolatkiem, małym chłopięciem, śmiesznym, słabym, głupim i w jej rękach.

I taki właśnie jesteś, mój biedny Kostusiu, kiedy stoisz w bramie i nie wiesz, co ze sobą zrobić. Czuję twój strach, kiedy trzeźwiejesz, kiedy opium odchodzi z twojego ciała i kiedy powoli wracasz do kawałka prawdy o sobie, mój kochany, teraz rozumiesz. Z pistolecikiem w kieszeni kamizelki, słaby, bezwolny. Już zapomniałeś? Przez cały wrzesień chowałeś się pod zgniłozielonym mundurem, pod rogatywką i pod francuskim hełmem, więc mogłeś zapomnieć.

Chodź ze mną, aniele, chodź, ja cię poprowadzę.

Chodź.

Przecież masz łzy w oczach, chłopczyku, więc chodź, ja cię poprowadzę, Kostusiu, chodź. Chodźmy na Czerniakowską. Nie bój się, Kostusiu, nie bój. Ja cię poprowadzę.

Ociera łzy, pociąga nosem jak mały, mały chłopiec, więc wychodzimy, prowadzę go, ciągnę prawie, idziemy ku Wiśle, w stronę Czerniakowskiej, ulice puste, zupełnie puste, światło się też prawie nigdzie nie pali, ciemno, Kostek zapomniał nawet o broni w kieszeni kamizelki, idzie, nie myśli o niczym, zaufał mi.

Dochodzimy do Czerniakowskiej. Tutaj zaczekamy, Kostusiu.

Więc czekamy. Stoi, ufa mi, zupełnie mi ufa.

Słyszy hałas nadjeżdżającego od Czerniakowa samochodu i już za moment obok jedzie wanderer pomalowany burą wojskową farbą w bure plamy, reflektory zmrużone w wąskie kreski, zaciemnienie.

Kostuś robi, co mu każę.

Zamachaj na nich, Kostusiu. Macha. Nie zwalniają. Zastąp im drogę. Zastępuje. Zatrzymują się. Przyglądamy im się przez szybę: dwóch Niemców w mundurach, ale nie armia, nie mają orłów na piersi, od razu widać. Policja jakaś, tajna albo jawna, albo inne SS. Kostuś robi to, co mu każę.

Puka w szybę. Obitą twarz kryją ciemności, zacienia rondo kapelusza.

— Was? — warczy Niemiec, korbką opuszczając szybę w dół na pięć centymetrów.

— Bringt mich jetzt in die Leszno Straße, aber schnell* — mówi Kostuś swoją niemczyzną bezbłędną, z akcentem lekko wiedeńskim, bo wiedeńską wymowę w rodzinie tatusia uznawano za najdoskonalszą i z Wiednia dla latorośli morganatycznego związku sprowadzono guwernantkę. A przecież boi się straszliwie: bo dokumenty ma, ale polskie. Oficer rezerwy, który się nie zarejestrował. Broń w kieszeni. Przecież mogą zagadnąć chociażby o jakiś papier, jak się połapią, że Polak, to rozstrzelają od razu, nic nie pomoże.

Nie ufa mi Kostuś. Bo się boi. A może właśnie ufa, bo mimo strachu robi to, co mu każę?

Niemcy w aucie patrzą po sobie. Jacyś podoficerowie, przywykli do tego, że wydaje im się komendy tonem zdecydowanym i pewnym. Człowiek jest dobrze ubranym, po niemiecku gada jak wiedeńczyk, jest też pewny siebie jak, nie przymierzając, pułkownik co najmniej.

Młody blondyn zajmujący siedzenie pasażera wychodzi z auta, wciska się na tylną kanapę, kierowca wskazuje Konstantemu miejsce obok siebie.

— Ich bitte Sie vielmals um Entschuldigung, aber wer sind Sie überhaupt?** — pyta Niemiec za kierownicą, ale pyta tak, że nawet Konstanty już się uspokaja, bo to nie jest pytanie w istotny sposób sprawdzające tożsamość przygodnego

---

* (niem.) Zawieziecie mnie teraz na Leszno-Straße, tylko szybko.

** (niem.) Bardzo przepraszam pana, ale kim pan w ogóle jest?

pasażera, to raczej pytanie mające zabezpieczyć przed posądzeniem o zbytnią naiwność. Jest to pytanie wartownika, który żąda hasła od wizytującego generała, nie dlatego, by go nie rozpoznał, lecz właśnie rozpoznawszy wyższego oficera, chce popisać się swą służbistością.

I Kostuś, mój Kostuś znów robi, co mu każę. Spogląda na kierowcę wzrokiem lodowatym, spode łba, kątem oka, wraca spojrzeniem na ulicę i warczy:

— Das ist ein Staatsgeheimnis!*

I nie odrywa już oczu od przedniej szyby, zamiast tego wygrzebuje z kieszeni papierosa, nie pytając oczywiście o pozwolenie. Nie mają odwagi spytać o obitą twarz. Może zresztą nie zauważyli w ciemności. Blondynek z tylnego siedzenia już spieszy z ogniem, kierowca szarpie się ze skrzynią biegów, jadą.

A ja nie umiem w to uwierzyć. Nie w to, co się dzieje, bo przecież widzę, jak to się dzieje, rozumiem mechanizm. Nie mogę uwierzyć, że zdobyłem się na taką brawurę.

Gdzie znalazłem w sobie taką odwagę, rzucić swoje życie na szalę, pistolecik w kieszeni, droga na stryczek?

Spoza mnie przyszła ta odwaga, z zewnątrz.

Ale jedziemy.

Niemcy nie znali Warszawy, więc wydawałem krótkie polecenia, tu skręcić, teraz tu, Jerozolimskie, Żelazna, Leszno, jest sąd, jest numer 60. Jechaliśmy w milczeniu i w dymie papierosowym.

Kazałem się zatrzymać na moment, zlustrowałem kamienicę przez okno, Niemcy czekali cierpliwie. Cztery piętra, parter, na parterze jakaś cukiernia, w której nigdy nie byłem, a w której zapewne sądowe klęski osładzane były ciastkiem

---

* (niem.) To tajemnica państwowa.

i kawą, a sukcesy opijane koniakiem. W paru oknach paliło się światło, widać prąd już jest.

A raczej: tu był sąd, bo jakie to teraz będą sądy?

Zresztą pewnie będą normalne, więc ciastka, kawa i koniak będą dalej, jak zawsze.

Kazałem jechać dalej, minęliśmy Solną i dopiero wtedy kazałem zaparkować, przed kinem Femina. Wysiadłem bez pożegnania, trzasnąłem drzwiami, władczo machnąłem dłonią: Los! Los!*

I pojechali. Zanim się wojna zaczęła, byłem na otwarciu tej Feminy w nowej, modernistycznej kamienicy, a teraz co? Ostałem się na ulicy Leszno z pistolecikiem w kieszeni i sercem w piersi, które prawie przestało bić, i z kiszkami ściśniętymi, zwiniętymi w straszny supeł.

I co teraz, skoro już tutaj dotarłem, co teraz? Cóż zrobić mogę?

Szedłem w dół ulicy Leszno i nie wiedziałem, co począć, dobry-Boże-w-którego-nie-wierzę, podpowiedz mi coś ty albo wszyscy twoi diabli, co robić, co robić?

Kiszki nagle uderzyły strasznym gorącem, już wiem, że nie wytrzymam, wbiegłem więc w pierwszą bramę. Chciałem załatwić potrzebę w bramie, ale pchnąłem wrota — i były otwartymi, tak pozostawił je nierozważny stróż. Może to przez wojnę, a może uciekł? Wbiegłem więc w dziedziniec kamienicy z numerem 52, schowałem się w ciemnościach za skleconą z desek budką i z całej siły zaciskając pośladki, mocowałem się z sześcioma guzikami szelek, następnie z haftkami i kolejnymi guzikami spodni, w końcu udało mi się spodnie rozpiąć i zsunąć, razem z gatkami, w trzewiach mi wrzało, ale pomyślałem jeszcze, że powalam sobie marynarkę, więc zdjąłem

* (niem.) Jazda! Jazda!

i zawiesiłem na wystającym z desek gwoździu i w ostatniej chwili zdołałem kucnąć i ulżyć kiszkom. Nie mając wyboru, podtarłem się chustką do nosa, cisnąłem ją w kąt i odziawszy się z powrotem, ze wstrętem stwierdziłem, że ocaliwszy marynarkę, powalałem sobie spodnie.

A mówiąc precyzyjnie, spodnie sobie obsrałem.

Matka natarłaby mi usta mydłem za takie słowo, ale to właśnie zrobiłem — spodnie sobie obsrałem. Nie bardzo, ale jednak, tryskającym z dupy mokrym gównem. Obsrane. Gównem.

Miąłem w ustach ordynarne słowa, jakby mogły coś na to powalanie pomóc, ale oczywiście nie mogły. Chustka do nosa już do niczego się nie nadawała, cisnąłem ją przecież na to, com pozostawił po sobie na dziedzińcu kamienicy przy ulicy Leszno 52.

Wyjąłem zapałki, zapaliłem, rozejrzałem się po otoczeniu: niczego przydatnego.

— A pan czego tutaj srasz, co to, szalet? — wrzasnął męski głos z okna.

Poczułem się nie tylko brudnym, ale jeszcze w tym brudzie skompromitowanym, zawstydzonym, obnażonym.

Zaatakuj, Konstanty, inaczej uciekniesz stąd jak uczniak przyłapany na onanizmie. Musisz zaatakować, mój kochany, musisz!

— Schnauze halten, du Schwein! — odwrzasnąłem. — Ich habe den Krieg gewonnen, also werde ich auch scheißen, wo es mir passt!*

Trzasnęła zamykana okiennica.

Oto więc stoję, ja, Konstanty Willemann, nocą na dziedzińcu kamienicy przy ulicy Leszno numer 52, stoję ja, oficer rezerwy, rentier i bon vivant, stoję z obitą gębą w obsranych

---

* (niem.) Zamknij ryj, wieprzu! (...) To ja wojnę wygrałem, więc będę srał, gdzie mi się spodoba!

spodniach z angielskiego tweedu i udaję tryumfującego Niemca, który może srać, gdzie mu się podoba.

W zasadzie czułem się tutaj bezpieczny teraz, Niemca przecie nie ruszą, wyjąłem więc z brustaszy chusteczkę z jedwabiu i tarłem nią spodnie jak oszalały, aby w końcu cisnąć ją tam, gdzie pozostawiłem już chusteczkę do nosa.

Miałem wrażenie, jakbym cały powalany był gównem, jakbym gówno miał w nosie nawet i pod paznokciami. Pod paznokciami zresztą mogło się znaleźć, przecie i tak nie było tutaj gdzie umyć rąk.

Wyszedłem z powrotem na ulicę i ruszyłem w swoją stronę, śmierdzący oraz w zasadzie nieco całą sytuacją rozbawiony, dalej bez planu i pomysłu, co robić dalej.

Minąłem pogotowie ratunkowe.

Stanąłem przed adresem Leszno 60. Witryna kawiarni wciąż zaklejona paskami papieru, może właściciel uciekł, w każdym razie przybytek wyglądał na nieczynny.

Spróbowałem: brama jest zamkniętą.

Co robić, co robić?

To proste!

Jąłem dobijać się do drzwi, jakby się paliło. Po chwili z daleka dobiegł głos dozorcy.

— No już, do jasnej cholery, co to, pożar, wiecie, która godzina jest, ludzie?

Łypnęło na mnie duże, kwadratowe oko wizjera. Staję profilem nieobitym ku niemu.

— Ktoś pan, do cholery? — zapytał cieć.

— Aufmachen, Polizei!* — syknąłem.

Och, jak się łajdak przestraszył od razu!

A dlaczegom pomyślał, że łajdak? Łajdacką gębę miał, czyż to nie dość? Ja też mam gębę łajdacką, obitą.

---

* (niem.) Otwierać, policja.

Brama stanęła przede mną otworem.

— Proszę, proszę bardzo... — szeptał dozorca uniżenie.

Machnąłem tylko ręką i ruszyłem po schodach w górę, smród gówna za mną. Minąłem trzecie piętro, było we mnie bezwzględne zdecydowanie, pewność siebie bezwzględna, ale przecież nie wiedziałem wcale, co zamierzam uczynić.

Wyjąłem z kieszonki brauninga, pociągnąłem zamek ku sobie, ładunek wskoczył z magazyna do komory. Drzwi numer trzynaście.

Przyłożyłem ucho. Cisza. Najciszej, jak można, nacisnąłem klamkę. Drzwi zamknięte.

Myślę: gruby Tumanowicz nie słyszał dobrze mojego głosu, a na pewno nie skojarzy, że mówię po niemiecku jak wiedeńczyk rodowity. Salome mu tego nie mogła powiedzieć, bo nie wie o tym Salome, nigdy przy niej po niemiecku nie mówiłem. Skoro więc zadziałało dziś już trzy razy, może zadziałać i czwarty. Judasza w drzwiach nie ma, i dobrze.

Przełożyłem damkę do lewej dłoni, prawą wymacałem kastet w kieszeni marynarki, oblekłem weń palce. Mam nadzieję, że obejdzie się bez strzałów.

Ale może jednak nie? Może jednak nie kusić losu, nie udawać weder eine öffentliche noch eine geheime Polizei*, tylko zaatakować z zaskoczenia, zastać go w łóżku, trzasnąć w łeb...

Drzwi wyglądały na wątłe, postanowiłem więc je wyważyć. Jeden zamek, wyglądający raczej marnie, na wysokości klamki.

Musisz być szybki, Kostusiu. Musisz być bardzo szybki. Nie chcesz strzelać. Strzelanie z pistoletu w nocy w samym środku Warszawy to nie jest dobry pomysł. Nie strzelaj, Kostusiu, posłuchaj swojej jedynej przyjaciółki, pamiętaj, abyś nie nacisnął spustu. Pistolet niech będzie tylko groźbą.

---

* (niem.) ...jawnej ani tajnej policji.

Muszę być bardzo szybki. Jak blitzkrieg. Inaczej się nie uda.

Więc cofam się o krok.

Wyważało się już przecie w życiu różne drzwi.

Kiedy się uznało, że życie gentlemana nie jest życiem prawdziwym, i zaczęło się czasem przestawać z apaszami z Kercelaka, pić tani bimber w żydowskich knajpach na Nalewkach i tłuc się na ulicach z oenerowcami z dobrych domów, ramię w ramię z chłopakami z Miłej, z Dobrej, niby na złość, na przekór teściowi endekowi, który sam nosił mieczyk Chrobrego w klapie, ale przecież polityką się nie interesowało wcale, socjalizm się miało w dupie, tak samo jak wszystko inne, lubiło się po prostu to socjalistyczne, gangsterskie środowisko, lubiło się ciężar w kieszeni: kastetu, noża, brauninga...

Lubiłem bić endeków, pić z żydowskimi złodziejami i grać z nimi w karty, z polskimi apaszami chodzić na kurwy i w tango, i na robotę nawet, chociaż tutaj to jedynie na szofera mnie brali, mnie — a może bardziej mojego opelka żółtego, bardziej niż ja był im potrzebny.

Ale drzwi się wyważało, jednemu oenerowcowi z drugim na stancję zęby wybić, zanim się chuj rybi zerwie z łóżka. Tak było.

Wiem, jak kopnąć, żeby otworzyć.

Dlaczego więc ciągle stoję?

Dlaczego nie kopię z całych sił w zamek, pryśnie na pewno, drzwi marne, wątłe...

Musisz, Kostek. Musisz, Kostusiu, drogi mój, musisz, nie masz wyjścia, nie bój się. Ja będę za tobą stała, nie obawiaj się. Będę cię strzegła.

Kopię. Drzwi pryskają. Łatwo. Wpadam do środka. Ciemno, ale oczy już przywykły. Przedpokój, płaszcz na gwoździu. Kuchnia. W pokoju ktoś się zrywa z łóżka. Już go widzę. Gruby. To on.

Maca za okularami.

— Stój, bo strzelam! — krzyczę.

— Skurwysynu!... — słyszę w odpowiedzi.

Już nie szuka okularów, leci na mnie.

Strzeliłem, w brzuch. Trafiłem w bok, ale to go nie zatrzymało, szóstka słaba, grubas wielki. Strzeliłem po raz drugi, na oślep prawie, w białą plamę podkoszulka, trafiłem, ryknął, przewrócił się na ziemię.

— Nie ruszaj się! — warknąłem.

Jęczał, próbował się podnieść, kopnąłem więc z mocnego zamachu w łeb, jakbym piłkę kopał. Zachrupały kości, przewalił się na bok i na plecy trochę. Zamilkł.

Zakląłem, na cóż mi on martwy!...

Ale podejść się bałem. Bo nawet ranny, jak w te mocarne ramiona schwyta, zgniecie... Przy umywalni stał dzban z wodą, chlusnąłem. Otworzył oczy.

— Teczkę żeś mi skradł, łajdaku! — warczę.

— Pierdol w ucho twoją mać — syczy przez skrwawione usta.

— Gdzie jest moja teczka, skurwysynu? — znowu warczę, stoję nad nim z pistoletem. — Gadaj, jeśli ci życie miłe.

— Urżnę ci chuja i dam twojej żonie na obiad — odparł.

I nagle jestem bezradny. Oto leży, dwukrotnie postrzelony, u moich stóp, w mojej władzy, bezradny, skrwawiony, i nie boi się mnie ani trochę. Czym mogę mu zagrozić, skoro nie ma w nim strachu przed niczym?

Musisz teraz być Niemcem, Konstanty. Żeby odnaleźć teczkę, ocalić siebie jako Polaka, musisz stać się teraz Niemcem. Zaufaj mi, Konstanty, jestem twoją jedyną przyjaciółką.

Kajetan Tumanowicz śmieje się na podłodze, dyszy ciężko, nie próbuje wstać, nie boi się, niczego się nie spodziewa, nie próbuje się bronić, na nic nie czeka. Leży, śmieje się.

Bądź Niemcem.

Mam pięć lat. Ojciec ma dwadzieścia jeden i szarozielony mundur, dwa rzędy guzików, kwadratowa płytka ułańskiego czaka. Siedzę na jego kolanach, mam krótkie spodenki, obok moich kolanek mosiężna rękojeść szabli.

Ojciec ma w ręku kartkę, czyta z tej kartki nabożnym i drżącym głosem:

— Wie vor tausend Jahren die Hunnen unter ihrem König Etzel sich einen Namen gemacht, der sie noch jetzt in Überlieferung und Märchen gewaltig erscheinen läßt, so möge der Name Deutscher in China auf 1000 Jahre durch euch in einer Weise bestätigt werden, daß es niemals wieder ein Chinese wagt, einen Deutschen scheel anzusehen!*

Matka przypatruje się nam obojętnie, siedzi w fotelu, co dzieje się między nimi, między moją matką a moim ojcem, czy jest między nimi miłość?

I ojciec tłumaczy: czternaście lat temu Jego Cesarska Mość wygłosił tę mowę. Do żołnierzy wyruszających do Chin.

Czy matka Konstantego wie, że tych samych słów, których teraz ona słucha z odrazą, słuchał też jej pierwszy kochanek, Efik, słuchał z karabinem na ramieniu i w pikielhaubie? Nie wie, skąd mogłaby wiedzieć, jest tylko szaloną, katowicką mieszczką, która poślubiła niemieckiego arystokratę młodszego od niej o dwadzieścia cztery lata, wywołując tym ein Skandal vom gesamtdeutschen Rang und Bedeutung**.

Więc nie wie, ale ta niewiedza nie ma tutaj znaczenia. Ważne, że te słowa brzmią w jej uszach tak, jak brzmiały w uszach Efika, a między kochankami powstaje więź, której nie zabije

* (niem.) Jak tysiąc lat temu Hunowie pod przywództwem swojego króla Attyli zdobyli okrutną sławę, którą się cieszą do dzisiaj w przekazach historycznych i legendach, tak niech imię Niemców zapisze się dzięki wam na następne tysiąc lat w taki sposób, żeby już nigdy żaden Chińczyk nie odważył się spojrzeć krzywo na Niemca.

** (niem.) ...skandal o ogólnoniemieckim zasięgu.

ani czas, ani śmierć, i teraz cesarz Wilhelm i młody Leutnant ułanów Strachwitz, mówiący te same słowa, brzmią razem z Efikiem i Katarzyną Willemann w jednym akordzie, tercja wielka huńskiej mowy cesarza i ojcowskiego aktu wychowawczego. Konstanty też tego nie wie, nie wiedział tego wtedy, na kolanach ojca, ani nie wie tego dziś, stojąc nad rannym Kajetanem Tumanowiczem. Ja mu tego nie powiedziałam i chyba już mu tego nie powiem.

Ojciec w szarym mundurze tłumaczy. Żeby żaden Chińczyk więcej nie śmiał spojrzeć na żadnego Niemca z góry. Żeby zostało po nas w Chinach tylko przerażenie i strach. Tak jak dziś ciągle pamiętamy o Hunach. Mamy być Hunami.

— Ich gehe jetzt, mein liebes Söhnchen, in den Krieg. Um der französischen Arroganz endlich ein Ende zu setzen. Damit sie für immer Angst vor uns haben, bis in die Ewigkeit*.

Taki musisz teraz być, Konstanty. Pamiętasz niemieckie słowa ojca, ale pamiętasz je po polsku, chociaż przecież ojciec nigdy się do ciebie po polsku nie odezwał. Ale musisz być Niemcem, musisz być niemieckim pilotem strzelającym z kaemu do kobiet kopiących kartofle. Widziałeś sam te kobiety, przecięte równym, podwójnym szlakiem małych kraterów, kosz na kartofle obok nich też przecięty, już pusty, bo inne kobiety przesypały urobek tamtych przeciętych do swoich koszy, odkładając z powrotem do ziemi kartofle przedziurawione i schlapane krwią.

Młoda, niedojrzała jeszcze dziewczyna patrzy na was z nienawiścią: strudzona kolumna podwarszawską ścieżką, pierwszy szwadron, drugi szwadron, znużone, wychudłe konie, znużeni ludzie, o wiele bardziej znużeni niż konie, konie są dobre, wojskowe, do takich marszy chowane, do takich

---

* (niem.) Ja teraz, kochany synku, na wojnę. Żeby w końcu ukrócić francuską arogancję. Żeby zawsze się już nas bali, na wieki wieków.

marszów przeznaczone, cały naród od dwudziestu lat się na takie konie składał, a na koniach siodła i niepotrzebne szable pod tybinkami, a na taczankach cekaemy, a dalej kolarze, boforsy w zaprzęgach, trzeci szwadron, czwarty szwadron, w nim ja, patrzymy sobie w oczy, ja i ta dziewczynka nad zastrzeloną matką, i nienawidzi mnie to dziecko bardziej niż tego latającego Niemca, który teraz wylądował sobie gdzieś daleko na lotnisku i pije sobie kawę i koniaczek albo sznapsa pije i dłonie w indyjskim tańcu lotników opowiadają kolegom wojenne historie: lotem koszącym tak, bach-bach-bach tak, dłoń goni dłoń, on mnie tak, ja przez skrzydło z kciuka tak, bach-bach-bach. O strzelaniu do kobiet na polu raczej nie opowiada. Czy wiedział, do kogo strzela?

Wiedział. A może nie wiedział.

Ale teraz ty, Kostusiu, musisz być jak ten niemiecki pilot, który wiedział, do kogo strzela. Albo jak angielski strażnik z obozu koncentracyjnego dla Burów.

Albo taki musisz być, jaki za cztery lata będzie wielooki marszałek Harris, marszałek o wielu ciałach skrytych jak raki pustelniki w płóciennych skorupach samolotów, marszałek bombardujący Drezno, tysiące jego oczu angielskich, polskich, kanadyjskich, wszelkich oczu w bombardierskich celownikach, tysiące jego palców na spustach, tysiące bomb wysranych z komór bombowych, płonące mury, ulice i płonąca rzeka.

Albo jak niemiecki strażnik w obozie koncentracyjnym, którego jeszcze nie ma, ale SS-Oberführer Arpad Wigand właśnie teraz stoi gdzieś nad Wisłą, gdzieś nad Sołą i myśli sobie, że tutaj byłoby dobrze. Tu byłoby pięknie, mądrze, ekonomicznie i logistycznie.

Albo jak ten, kto czarną pecynę spuszcza na japońskie miasta z papieru. Albo jak ten, co staje do zawodów: kto mieczem szybciej pozbawi chińskich głów szereg klęczących?

Albo jak Juliusz Cezar i jego martwi Galowie, jego w sensie posesywnym, ich śmierć i ich martwe ciała należą do niego tak, jak nadmuchana żaba należy do chłopczyka, który ją nadmuchał, jego jest, kiedy tak śmiesznie pływa po powierzchni stawu.

Jak matka zabijająca własne dziecko: dusząca je pledem, albo rozkładająca nogi w klinice, Kosteczku, albo zostawiająca nagie niemowlę w lesie, jak lwica pozostawia lwiątko, aby je pożarł jej nowy lew, tysiąc i pięć tysięcy lat temu, i wczoraj, i pojutrze, i za tysiąc lat. Z płaczem lub z obliczem ze stali. Z obliczem jak rzeź Pragi. Jak lisowski jeździec pustoszący okolice po bitwie pod Humiennem, zabijający mężczyzn, kobiety, dzieci i psy. Zwłaszcza psy.

Powinieneś widzieć ostrza ich szabel jak wahadła zwisających z nadgarstków, obijających się o kolana i końskie boki, powinieneś widzieć, Kosteczku, jak jedzie rysią, jedzie i nabija krócicę, a przed nim kurczy się dystans między jego podkutymi kopytami a bosymi stopami tych, co przed nim uchodzą, i w końcu już jest, krócica w olstro, szabla z temblaka wskakuje w dłoń i krew zaschniętą obmywa krew świeża, niewieścia.

Musisz być jak ludzkie zęby i pazury, jak ludzka broń, jak miecz, dzida, karabin i bomba, bo taki właśnie jest człowiek.

Musisz być ludzki, Kosteczku. Musisz być człowiekiem. Posłuchaj mnie, posłuchaj swojej jedynej przyjaciółki i nie bój się swojego człowieczeństwa, Kosteczku. Bądź człowiekiem.

Opasłe ciało na podłodze jak płetwal na plaży, tak samo cichy i obojętny, nie boi się ciebie, bo nie wie, do czego jesteś zdolny, pokaż mu więc, do czego jest zdolny zdeterminowany Niemiec. Bądź teraz Niemcem, Konstanty. Bądź człowiekiem.

Klęka nad Kajetanem Tumanowiczem Konstanty Willemann.

Pochyla się nad nim, pięść żelazna, pięść ognista.

Jesteś człowiekiem, Kosteczku. Bądź człowiekiem.

Kajetan Tumanowicz wyje. Długo trwa to wycie. Konstantego twarz stalowa jak twarze matek porzucających nagie niemowlęta w lesie. W słowiańskim lesie. W celtyckim lesie. W germańskim, iliryjskim, trackim, helleńskim, romańskim lesie. Widzę te twarze, Kosteczek ich nie widzi, ale ja widzę.

W wyciu Kajetana Tumanowicza wyświetla mi się jego życie, jak kinowy obraz rzucony z projektora w dymy płonącego miasta.

Wyświetla mi się dom polski i ormiański we Lwowie, dom, z którego Tumanowicz ucieka, bo jako czternastolatek już rozumie, że nienawidzi mieszczaństwa.

Wyświetla mi się Rosja, wielka, piękna, wspaniała Rosja, pełna bogactw, po które wystarczy się schylić, Rosja pełna możliwości, Rosja, która rozkwita bogactwem, Rosja jak Ameryka, dla takich jak Tumanowicz, Irkuck, Władywostok niczym miasta wyrastające w amerykańskiej prerii.

Potem rewolucja, więc ucieczka, więc powrót, w czeskim pociągu, ze złotem zaszytym gdzie trzeba, Wilno, świat noża i maszyny — nagana, świat nioski, granicy i kokainy, oficerów wywiadu zakordonowego i przemytników, nagłe bogactwa i twarde serce Kajetana, jeszcze twardsza pięść, miłość do żydowskiej kurwy i wszystko, z czego składać się może awanturnicza biografia pierwszej połowy dwudziestego wieku w Europie Środkowo-Wschodniej, wszystko to wyświetla się w tym wyciu jak w dymie, wyświetlają się również powody, dla których Kajetan Tumanowicz siedział przy jednym stole z niemieckim oficerem w mieszkaniu na Dobrej, wyświetla się dobrze jego relacja z tymże oficerem o wodnistych oczach i jego relacja z piękną kurwą z Powiśla, ale tylko dla mnie, nie dla Konstantego.

Konstanty teraz jest człowiekiem i dąży do celu.

A Kajetan Tumanowicz wyje, kiedy Konstanty scyzorykiem w perłowej okładzinie wyjmuje mu oko. Wyje dalej, kiedy oko już jest wyjęte. I tak się kończy jego życie, a przecież mógłby zająć miejsce Konstantego w moim sercu, mógłby pod moją znaleźć się opieką, moją mógłby karmić się miłością, ale to Konstanty siedzi na nim okrakiem, nie on na Konstantym. Jemu zabrakło człowieczeństwa. Dość może widział w życiu trupów, nie chciał widzieć kolejnego, posłuchał pięknej kurwy z dobrej ulicy Dobrej, pięknej kurwy z Powiśla, darował frajerowi życie.

— Chcesz stracić drugie? — pyta już nie frajer, pyta Konstanty, siedzący okrakiem na frajerze.

Czego dotknąłeś, Kosteczku, wyjmując mu to oko? Czyżbyś dotknął tego, kim albo czym jesteś naprawdę, albo przeciwnie, czyżbyś się od siebie samego bardzo oddalił? Czy może dotknąłeś człowieczeństwa, czego nie wiesz i do czego się nie przyznasz, bo chociaż przecież masz się za cynika, to tej prostej prawdy o człowieku nie potrafiłbyś przyjąć, ta prosta prawda cię brzydzi, Kosteczku. Gdybyś tych czasów dożył, to brzydziłbyś się człowieka ze zdjęć z Oświęcimia, prawda? Jednak nie dożyjesz.

Brzydziłbyś się pilotów wysiadających z czarnych bombowców, pilotów nieświadomych tego, co zdziałali, ale to bez znaczenia, czy człowiek jest świadom, czy nieświadom, bez znaczenia. Brzydziłbyś się sowieckiego żołnierza w fartuchu, przestrzeliwującego przegrane i głupie polskie łby, brzydziłbyś się, gdybyś widział skwarki, które zostały z dzieci po bombardowaniach Drezna, ale nie dożyjesz.

Pytam.

Ja.

— Gdzie jest moja teczka? — powtarzam pytanie.

Kajetan Tumanowicz odpowiada.

— A paczka z teczki?

Odpowiada znowu.

A ja pięścią ognistą pozostawiam na jego czole okrągły pocałunek.

To znaczy strzelam mu w łeb z brauninga, skoro już były dwa strzały, trzeci nie zawadzi. Moja dłoń płonie, plunęła ogniem i teraz płonie. Przyglądam się jej: nie, nie płonie. Więc raczej strzelam mu w łeb z brauninga. Zrobiłem, co zrobiłem.

I od razu skląłem na czym świat stoi: a jeśli mnie okłamał? Głupi, głupi, głupi! Biegnę, sprawdzam, trzeba się już spieszyć. Damka nie hałasuje tak jak duże pistolety, ale strzał to strzał.

Pobiegłem do pokoju, w którym spał. Sięgnąłem pod łóżko. Jest, jest!

Dalej: sięgnąłem za piec kuchenny. Jest!

Paczka, którą miałem oddać Łubieńskiej. Papier, sznurki rozcięte. W środku paszporty. Rzeczpospolita Polska. Wyciągnąłem jeden: pusty blankiet. A więc nie pieniądze.

Kajetan Tumanowicz martwy i nieruchomy. Plama krwi na podłodze, na twarzy jedno oko, wielka czerwona dziura i mała czerwona dziurka w czole, jak tilaka.

Tilaka?

Aryjczycy po podboju Indii, chociaż zdegenerowali się rasowo, to jednak zachowali czystego ducha naszej prakultury, rozumiesz, Kosteczku?

Dlaczego właśnie teraz słyszę jej głos? Mamo? Mutti?

Strząsam z siebie ją i jej Aryjczyków, Indie, kszatrijów i praojczyzny. Urheimat. Wracam na ulicę Leszno, do życia, które jest.

Czyli gdybym utracił paczkę, nie oskarżono by mnie o kradzież. Ale może jednak?... W końcu mógłbym paszporty za morfinę przehandlować...

Nie, nie, nie. Wyrzuć tę myśl z głowy, Kosteczku!

Ale zapytają: dlaczego paczka jest otwarta? Tedy odpowiesz dlaczego, odpowiesz mocno i tę odpowiedź uznają, uznać będą musieli, przed tą odpowiedzią się ugną.

Wybiegłem z teczką w dłoni i potknąłem się o zwłoki Kajetana Tumanowicza, upadłem, moja twarz przy jego dziurawej twarzy.

Boże, człowieku, coś ty właśnie zrobił? Pytam sam siebie. Nagle zrozumiałem. Co zrobiłem? Siedziałem chwilę wcześniej okrakiem na rannym człowieku, który niczego się nie bał, i wiedziałem, że muszę sięgnąć tam, gdzie on nie spodziewa się, że sięgnę, muszę zrobić coś, czego będzie się bał, udowodnić, że umiem. I udowodniłem, mój scyzoryk zakrwawiony.

Zwymiotowałem. Rozpłakałem się.

Nie płacz, Kosteczku, nie płacz już, mój drogi, mój ukochany, mój jedyny. Nie brzydź się człowieka w sobie, Kosteczku.

Czy ja naprawdę zrobiłem to, co zrobiłem? Kto prowadził moją dłoń, małe ostrze dotyka czerwonego kącika spojówki, wsuwa się pod powiekę, skąd mam tyle siły, Tumanowicz szarpie się przecież, a ja lewą dłonią ściskam jego czaszkę, ani drgnie, a małe ostrze krąży, drapie o kość i zrywa wątłe włókna, skąd mam siłę taką, aby pode mną ani drgnął?

Rzygam dalej, pusty żołądek szarpie się i skręca, wymiociny moje mieszają się z krwią Tumanowicza.

Wstań, Kosteczku. Wstań i idź.

Wyszedłem z mieszkania, schodami w dół. Niektóre drzwi trwożliwie się przymykały, ale twarzy mojej, skrytej pod rondem kapelusza, nikt nie mógł widzieć. Świat wiruje.

Na dole dozorca.

— So endet es, wenn sich jemand mit uns anlegt, blöde Polacken* — warknąłem niemieckim głosem.

---

* (niem.) Tak to się kończy, jak ktoś z nami zadziera, durne Polaczki.

Cudownie, Kosteczku, cudownie to załatwiłeś. Przysłużyłeś się Polsce podwójnie: trup z wyłupionym okiem i przestrzeloną głową obarczy Niemców, oni będą winni tej bolesnej śmierci.

ROZDZIAŁ V

Wyszedłem na ulicę Leszno, teczka w garści, w teczce paczka, teraz tylko pójść na plac Zbawiciela i wszystko, wszystko już będzie dobrze.

A ja widzę więcej, Kosteczku. Widzę sznury przy stalowej balustradzie balkonu na tej samej kamienicy, liny napięte jak struny kontrabasów, napięte pod ciężarem ciał, widzę ulicę przedzieloną wpół, widzę was po stronie nieparzystej i widzę stronę parzystą. Ale to jeszcze nie dziś. Ale ich umieranie zmiesza się z umieraniem twojej ofiary.

Stoję na ulicy. Stałem na ulicy. Stoi na ulicy. Stał. Nic nie widzi. Ja widzę.

Na ulicy Leszno. Ja. Pada.

Ściągnął kapelusz, na mokry bruk popłynął strumyczek wody, która zebrała się na rondzie i zagłębieniu główki kapelusza. Czuł, jak moknie, mój miły.

Moknę. Chciałbym położyć się w swoim łóżku w domu z czekolady, chciałbym, żeby jedyna kobieta, którą kochałem i kocham, siedziała u wezgłowia tego łóżka, gładziła mnie po włosach i mówiła do mnie cichym, niskim głosem, że wszystko będzie dobrze, chciałbym, żeby zniknęły moja matka, moja Salome, morfina, wojna, Polska i wydłubane oko, i paczka z paszportami w mojej teczce.

Chciałby też pewnie, żebym ja zniknęła, ale z tego po prostu nie potrafi sobie zdać sprawy. Albo się boi.

Zapłakał. Zapłakałem. Płaczę. Kiedy?

Październik leje się z nieba, godzina policyjna wisi w powietrzu, pistolecik w kieszeni ciąży jak kara śmierci przez rozstrzelanie. Płynie woda po bruku, płynę ulicami, których nie poznaję. Miasto wygaszone. Potykam się, przewracam.

Wyrzuć pistolet, Kosteczku, teraz go nie potrzebujesz, wyrzuć go do rynsztoka, gdziekolwiek, nie noś go ze sobą, bo niesiesz w kieszeni wyrok śmierci, Kosteczku.

Nie wyrzucę.

Przecież nie obronisz się tą damką przed nikim, nawet nie uzupełniłeś kul w magazynie, przecież nie będziesz do Niemców strzelał z szóstki, dość żeś się już nastrzelał do Niemców, wyrzuć, Kosteczku, wyrzuć.

Nie wyrzucę, bo nie do Niemców chcę strzelać, przekleństwo moje, tylko do siebie, jeśli przyjdzie ku temu czas i konieczność. Nie wyrzucę.

Płynę ulicami, nie idę, stopy nie dotykają bruku ani asfaltu, płynę. Żelazną: Chłodna, Krochmalna, Grzybowska. Płynę. Ulica pusta. Niemieckie auto. Niemiecki patrol.

— Halt!

No i co teraz, Kosteczku, co teraz? Mówiłam: wyrzuć!

— Halt? — zapytałem wściekle, odwracając się. — Halt?

Ruszyłem w ich stronę. Dwaj chłopcy, nie więcej niż po dwadzieścia lat, hełmy, płaszcze, po hełmach cieknie deszcz.

Karabiny lecą z ramion, żołnierzyki szarpią się z zamkami.

Przecież cię zastrzelą, idioto, co robisz?

Niech strzelają.

— Halt! — wrzeszczy przerażony żołnierzyk. Widzę: strzeliłby, gdyby był starszy, mądrzejszy, gdyby lepiej znał życie. Albo strzeliłby też, gdyby był młodszy, głupszy, gdyby gorzej znał życie. Ale ten jest akurat na tyle głupi i na tyle zna życie, że nie strzela.

Dlaczego?

— Halte lieber deine Schnauze, du Drecksack! — radzę wściekle. — Ich bind doch ein Deutscher!*

Ale nie, nie, to nie może się udać. Przecież. Nie po raz drugi, trzeci, czwarty. Nie tym razem. Karabiny wędrują do ramienia, nie będą strzelać, ale nie odpuszczą. Jeden celuje we mnie czarnym okiem lufy i ostrym jęzorem bagnetu, drugi zbliża się powoli, żąda papierów, uprzejmie, ale w sposób zdecydowany:

— Sind Sie Deutscher? Dann zeigen Sie bitte Ihre Kennkarte**.

Oczywiście nie mam żadnej Kennkarte, ale wiem, co to Kennkarte. Niemcy z Rzeszy mają takie od roku, w pułku nam to objaśniono przy mobilizacji, na wypadek gdybyśmy mieli do czynienia z niemieckimi cywilami. Dobre sobie. Ale ja nie jestem Niemcem z Rzeszy, jestem Konstanty Willemann i mam tylko polski paszport, nic więcej.

Tym właśnie był: Konstantym Willemannem z polskim paszportem. Ale nie miał racji, iż był Konstantym Willemannem z polskim paszportem i niczym więcej: miał jeszcze wyrok śmierci w kieszeni i swoje niezarejestrowane oficerstwo.

— Ja, natürlich — mówi Konstanty i sięga za pazuchę, jakby wyjmował portfel.

„Teraz!" — krzyczę mu do ucha.

I szarpnął nagle niemieckim żołnierzykiem, pchnął go z całej siły na drugiego. Tamten uniósł broń z bagnetem, aby kolega się nie nadział.

A Konstanty już biegł.

Strzelili za nim i drugi raz, ale Konstanty biegł, a ja niosłam go, poruszałam jego ramionami, udami i kolanami, podtrzymywałam jego krzyż, prowadziłam go. Strzelali za nim, chybiali, biegli, strzelali, chybiali, odpuścili.

---

* (niem.) Zamknij się lepiej, bydlaku! (...) Przecież jestem Niemcem.

** (niem.) Jest pan Niemcem? W takim razie proszę pokazać kenkartę.

Płynę. Płynąłem ulicami, kołysałem się na fali oddechu. Filtry. Koszykowa. Zamiast pójść zwyczajnie Polną, poszedłem w Szucha. Flagi niemieckie na naszych ministerstwach ślepo wiszą w mroku. Uwijają się Niemczyki, ale w dzień, a teraz jest noc, a ja płynę. 6 sierpnia i do portu docieram, biegłem czy szedłem?

Plac Zbawiciela. Koszula lepi się do pleców, cieknie po plecach pot, obita twarz pulsuje. Ale jestem, dobiegłem i nikt za mną nie biegł. Tweed przemókł do szczętu.

Jest róg 6 sierpnia. Patrzę na zegarek: prawie piąta nad ranem. Czternasty października. Brama do kamienicy zamknięta na głucho. Na co liczyłem? Spoglądam w górę: parter i cztery rzędy okien, a jeszcze wyżej czarne niebo i deszcz mi w oczy.

Jak wejść, przecież nie będę udawał Niemca. Więc może zwyczajnie.

Załomotałem. Po chwili uchyliły się drzwi, w szparę dozorca wetknął swoją ospowatą gębę. Dałem dziesięć złotych. Wpuścił.

Po schodach, do góry i stanąłem przed drzwiami, za którymi czekano na moją paczkę.

Zapukałem trzy razy, przerwa, potem cztery razy. Na klatce paliło się światło. Po paru minutach drzwi rozchyliły się jak brama do innego świata, w ciemnościach ujrzałem oczy.

Prezentować się musiałem nieszczególnie, obitym będąc, przemokłym, pokrwawionym nieco.

— No, słucham pana? — zapytała ciemność.

Zawahałem się.

— Paczkę przyniosłem...

— Panie, nam tu nie trzeba żadnych paczek — odpowiedziała ciemność o jasnych oczach, odpowiedziała stanowczo i opryskliwie.

— Czy to mieszkanie pani Łubieńskiej? — zapytałem, skonfundowany.

— A co pana to obchodzi, panie? Idź pan stąd! — powiedziała ciemność bardzo głośno, krzycząc prawie.

A potem z tej ciemności o jasnych oczach wypłynął szept, brzuchomówczy nieledwie, jakby nie ustami ludzkimi wymówione: „Hasło, panie...".

Tak, przypomniałem sobie: oczywiście. Konspiracja. Hasło. Odzew. Jakie było hasło?

Głowę mam pełną przemocy. Spoliczkowałem Salome. Torturowałem Tumanowicza. Strzelano do mnie. Hasło. Hasło. Hasło. Jestem smokiem. Forma duchowa naszej prakultury zachowała się najczyściej w staroindyjskich eposach. Milcz, matko.

Ciemność milczy.

Pan Kazimierz, Kosteczku. Pan Kazimierz. Rozumiesz?

— Czy zastałem pana Kazimierza? — pytam, olśniony.

— A owszem, tak, zapraszam.

Ciemność niknie, rozpala się światłem. Zaproszony, wszedłem.

Oczy należały do mężczyzny w wieku średnim. Może trochę starszy był ode mnie. Duży nos, policzki obwisłe, oczy zaspane, ale dziwnie przy tym czarowne. Odziany w piżamę.

— A, to pan... — powiedział, dostrzegając mnie. — Proszę siadać i proszę też pozwolić mi się przebrać.

Zniknął. Rozsiadłem się w fotelu. Nie znałem człowieka, a ten znał mnie, jak widać, dobrze. Wiedział, że przyjdę. Co nie jest dziwnym, jednak sprawia, że czuję się nieswojo.

Siedziałem długo sam. Słyszałem dochodzące z sąsiedniego pomieszczenia odgłosy toalety porannej: mycie zębów, chlapanie wodą, gwizdanie przy goleniu. Wklepywanie wody kolońskiej w policzki. Długo to trwało.

W końcu wrócił do salonu. Odstawiony: czarna kurtka skórzana, bryczesy, wysokie buty. Dziwnie. Wstałem. Wyciągnął do mnie rękę. Skóra matowa i sucha od pachnącej lawendą wody kolońskiej. Ogolony bardzo starannie.

— Witkowski jestem.

Uścisnąłem jego miękką dłoń i zanim zdążyłem odpowiedzieć swoim prawdziwym nazwiskiem, Witkowski zaczął mówić.

— Podaję panu moje prawdziwe nazwisko. Wbrew zasadom konspiracji. Pan się nie musisz przedstawiać, ja wszystko wiem. Tu mówi się na mnie Inżynier i tak będziesz się pan do mnie zwracał. A nazwisko prawdziwe podaję, żebyś mógł pan wyrobić sobie do mnie zaufanie na podstawie rekomendacji osób, które znają mnie jeszcze sprzed wojny. Pani Teresa, oczywiście, ale też inni. W każdym razie, proszę pana, walczymy z Niemcami, walczymy z Sowietami, nikomu się nie damy!

— Ach tak — powiedziałem kwaśno.

— Tak, tak, drogi panie Willemann — mówił, przechadzając się po pokoju sprężystym krokiem, z rękami założonymi na plecach.

Znam dobrze ten sprężysty krok i te ręce na plecach założone! Ktoś kiedyś wymyślił, że tak powinien przechadzać się dziarski oficer. Podejrzewam, że wymyślił to jakiś Anglik, jako że to oni są najbardziej skłonnymi do wymyślania takich wzorców, którymi zatruwają potem całą Europę. Jak zatruli ją słowem „gentleman", grą w golfa czy angielską flegmą, czy marynarkami z tweedu, jak moja.

A co wymyślił Anglik, to z durnym uwielbieniem skopiowali Niemcy — narodek tak ślepo w Anglików zapatrzony, że mógłby zostać w drodze specjalnego edyktu niemieckich w końcu królów Anglii uznany w nagrodę za Anglików honorowych.

Od Niemców zaś nauczyli się tego Polacy. Tej angielskości, którą sam przecież kopiuję: te moje tweedy wszystkie, tenisy, automobilizmy i dandyzmy. I futbole.

Ale kiedy widzę je w lustrze — szczęka gładko ogolona, włos na pomadzie — wtedy mnie nie rażą. A kiedy widzę ten krok dziarski... Każdy oficer w moim pułku chodził tak dziarsko, a najbardziej Ksyk. Ksyk potrafił tym krokiem dziarskim i sprężystym iść nawet do ustępu i iść też w taki sposób pod niemieckim ogniem, do dziś pamiętam.

I on chodzi tak samo, ten Witkowski, ale przecież widzę po nim: jeśli zeń oficer, to najwyżej rezerwy, jak ja. Cywil, słowem.

— Walczymy z Niemcami i z Sowietami — ciągnął Witkowski. — Organizujemy wywiad. Będziemy dostarczać naszym sojusznikom wiadomości zza linii wroga.

— Paczkę mam dla pana — powiedziałem.

— Ach, no tak, paczka, głupstwo, dajże pan!

Sięgnąłem do teczki, podałem.

— Rozpakowana?

— Panie Witkowski. Ja wiem, że to się z savoir-vivre'em i w ogóle z cywilizowanymi zasadami nie zgadza, ale wojna jest. Musiałem wiedzieć, co niosę. Na zaufanie jeszcze za wcześnie, przecież skądże miałem wiedzieć, czy to nie prowokacja jaka?

Słowa same się pojawiły.

Nie same, Kosteczku.

Słowa same się pojawiły, po prostu je powiedziałem i już wiedziałem, że dobrze, że celnie, że o to właśnie chodziło. Tak to miało zabrzmieć.

Zamyślił się. Wpatrywał się we mnie oczyma, w których nagle dostrzegłem coś więcej niż tylko bufonowatego zawadiakę, jakim wydawał mi się wcześniej.

Tak, Kosteczku, dostrzegłeś i przestraszyłeś się przenikliwości tych oczu. Chciałabym zasłonić cię jakoś przed takimi przenikliwymi oczami, przed oczami takimi, jak oczy twojej matki.

Trwał w tej przenikliwości. Nagle jednak to zamyślenie pękło, równie nagle jak się pojawiło — pękło i zniknęło.

— Słuszność pan ma! Przecież ani zaprzysiężenia, nic, dobrześ pan zrobił — wyrzucił z siebie nagle, uśmiechając się szeroko.

Nagle znowu zmierzył mnie wzrokiem, jakby zaskoczony, jakby dopiero teraz zauważył.

— A twarz to gdzie pan tak pokancerowałeś?

Nie wierz mu, Kosteczku, nie wierz, że dopiero teraz zauważył. Musiał zauważyć od razu. Nie bez powodu pyta dopiero teraz. Komediant.

Wzruszyłem ramionami. Uznał to za odpowiedź.

— Będę już szedł — powiedziałem.

— Ależ wykluczone, niech pan siada, mamy tyle do omówienia!

Siadłem posłusznie. Dlaczego siadłem posłusznie, chociaż chciałem już wyjść, chciałem pójść do mojej Heli, złożyć głowę na jej kolanach, ja, który dostarczyłem pakunek do mieszkania pani Łubieńskiej, której wcale tu nie ma, ja, godny mojej Helenki, pozwolić jej gładzić się po głowie i zapomnieć o wszystkim.

Dlaczego więc siadłem?

Bo głos Witkowskiego zabrzmiał jak głos twojej matki, Kosteczku drogi, nie umiesz oprzeć się takiemu głosowi, wiesz to tak samo dobrze, jak ja to wiem. Mój kochany.

Inżynier wyjął butelkę wódki, dwie szklanki, nalał, stuknęliśmy się, do dna, obrzydliwa i ciepła, nalał znowu, swoją odłożył na stół. Nie siadał.

I zaczął mówić, przechadzając się cały czas. Lewa dłoń obejmuje nadgarstek prawej. Palce prawej dłoni w nieustannym tańcu, dotykają opuszki kciuka palce wskazujący, środkowy, serdeczny i mały i z powrotem, do wskazującego i z powrotem. Niespiesznie, zgodnie z rytmem zdań.

Mówił o sobie najsampierw.

Jest inżynierem. Zna Mościckiego, prezentował mu pewien wynalazek. Pracował w Szwajcarii. Wrócił do Polski. Założył firmę. Wynalazł silnik na dowolne paliwo. No, prawie wynalazł, prototyp był, ale niedopracowany.

Mówił o sobie bezwstydnie, albo raczej jakby w ogóle nie znał wstydu, bez tej niezgrabnej, zawsze udawanej skromności, z jaką mówią o sobie pyszałkowie, umniejszaniem swoich zasług, zmuszając słuchaczy do zapewniania, iż zasługi te są prawdziwe. Inżynier mówił tak, jakby referował życiorys kogoś innego: konkrety, ten projekt się nie powiódł, ten się powiódł doskonale, prezentacja dla Mościckiego katastrofa, ale potem firma z powodzeniem.

Zna się dobrze z Sikorskim. I z Paderewskim, jeszcze z Morges w Szwajcarii. Stosunki z dwójką. Pan rozumie, dwójka, prawda?

Rozumiem, czytało się przecież gazety. Dwójka, wywiad wojskowy.

Podobno Niemcy całe archiwum przejęli. Potem obrona Warszawy. Walczył.

Mówi: „Walczyłem". A mi to ciągle przechodzi z trudem przez usta. Bo czy ja walczyłem? Krzyczałem jakieś rozkazy, co tam człowiek z Grudziądza pamiętał, wymachiwałem parabelką, nacieraliśmy na Sieraków, czy jak się tam ta dziura nazywała, w każdym razie tam zginął rotmistrz Poborowski, mój dowódca, wcześniej pod Grabiną Ksyk leży za tarczą boforsa, czarne wąsy przy gumie okularu, łokieć na oponie, celuje, strzela i rozwala czołg, a ja, a ja, a ja co?

A ty, Kosteczku, nie byłeś tchórzem. Nikt ci tego słowa nie może w twarz rzucić. Nie dałeś się zabić, ułani z trzeciego plutonu czwartego szwadronu dziewiątego pułku szanowali cię na tyle, na ile ułan może szanować trzydziestoletniego podporucznika rezerwy.

Strzelali do mnie, wtulałem głowę w ziemię, ale ze swojego pistoletu nie wystrzeliłem ani razu.

Nie było potrzeby.

— A pan walczył w dziewiątym ułanów, tak? — przerywa nagle swój wywód Witkowski.

Jakby czytał moje myśli.

Może czyta, mój kochany, mój miły, ja też w końcu czytam całego ciebie, jakbyś był afiszem na ścianie. Ale ja nie jestem z ciała, wiem. Jestem atman, jestem oddech, jestem Ewą, Heleną, Marią i Zofią i nie ma mnie wcale. Jestem powietrzem.

— Panie Konstanty?... W dziewiątym, dobrze mówię?

Jakby czytał moje myśli.

— Przepraszam. W dziewiątym. Ale ani razu nie wystrzeliłem. Nikogo nie zabiłem. Więc nie wiem, czy walczyłem — mówię nagle w przypływie jakiejś głupiej szczerości. Albo szczerej głupoty. Chociaż przecież sądzę, że zabiłem, jednego. Dlaczego kłamię, czyżbym się teraz wstydził, że zabiłem?

— Panie! Co pan mówisz! Oficer nie jest od strzelania! U was przecie rzeźnia była! A pistolet oficer ma, żeby se w łeb palnąć albo dezertera zastrzelić, nieprawdaż?

Prawdaż.

— Panie! Pan strzelałeś swoimi ułanami! Całym swoim plutonem!

Niech będzie. Milczę. Inżynier kręci głową z niedowierzaniem, no tak, co za dureń mu się trafił, głupek taki, nie walczył, jakby walka to było naciskanie spustu. I nagle dociera do mnie: Inżynier wie o mnie nawet to, że dowodziłem plutonem.

I zaczyna mówić znowu, dalej. Mówi. Ja nie słucham, myślę. Walczyłem.

Nie pytam, ale wiem: walka to jest naciskanie spustu. Bagnet w bebechy. Oko wydłubać. To jest walka. Ja dowodziłem, przekazując rozkazy z góry, rozkazy Śmigłe i Rydzowe płynące przez brygadę, przez nasz pułk, przez nasz szwadron, aż do mojego plutonu, kryłem się przed kulami, parabelka w dłoni i u szyi uwiązana, wymachiwanie, szabla pod tybinką a jakże, ale czy ja walczyłem? Nie walczyłem. Nie wiem.

A on mówił dalej: z Warszawy po kapitulacji przedostał się do Kleeberga i tam dowodził grupą dywersyjną, zbrojną w karabiny przeciwpancerne, takie jak u nas w pułku były, takie długie bardzo i Kleeberg ochrzcił ich muszkieterami, od tych karabinów.

A teraz w Warszawie organizuje. I kto go może polecić: ten i ów, nazwiska sypią się jak z rękawa, niektóre znam, innych nie. Pułkownik Godlewski. Teraz nazywa się Suchodolski. Pseudonim Buława. Coś tam wymienia, kierunki wywiadu, łącznicy, agendy, bolszewicy, Berlin, a najważniejszy jest Budapeszt.

— Budapeszt, drogi panie, jest najważniejszy. Tam jest marszałek, na którym wszystko oprzemy, ściągnie się go w końcu do nas, tylko niech to się wszystko jakoś unormuje. Ale wszystko zmierza w dobrym kierunku, samochody dwa mamy, chevrolecik master zielony kabriolet i opel kapitän bardzo piękny, zielony.

Och, jakże chciałem mieć takiego opla, i już nawet rozmawialiśmy o tym z matką o tym, że olympia ciasna, że kapitän mocniejszy, szybszy, nowocześniejszy, karoseria samonośna, opływowa jak luxtorpeda, nowoczesność jak niemiecka Autobahn. Ale potem mi się kapitän przestał podobać i raczej buick karosowany u Lilpopa, i o tych buickach było dużo gadania. Ale potem przyszła wojna i nie ma nawet mojej małej, żółtej olympii, a ten ma od razu tutaj dwa auta, chociaż tydzień temu jeszcze się strzelał pod Kockiem.

Mówił coś cały czas: Niemcy, Sowieci, Anglicy, jak lawirować, ale ja nie słuchałem, ja myślałem o samochodach.

— A tak, proszę pana, będziemy się prezentować, jak już wojnę wygramy! — ogłasza, pokazując na siebie. — Bryczesy, długie buty, kurtka skórzana i ryngrafik według wzoru, który już zamówiłem. Taki będzie mundur nasz. Wywiadowców.

Nie wiem: czy to szaleniec?

I jakby wyczuł moją wątpliwość, opowiadał dalej: o tym, jak rozesłał grupy, co broń zbierają — nad Bzurą i pod Kockiem leży jeszcze karabinów i wszystkiego po lasach, więc zbierają, konserwują, zakopują, będzie na strzelanie do Niemca, jak czas nadejdzie, na polowym lotnisku samolot znaleźli, rozebrali i schowali w stodole nawet, a jakże, a jakże! Kontakty z policją polską i niemiecką są bardzo dobre, wszystko super, szczególnie o kontakty z Niemcami dbają, bo bez tego ani rusz.

— Patrz pan, panie!

Sięgnął do kieszeni, podał mi zwitek jakiegoś materiału. Na materiale podpis: Sikorski. Oddałem.

I udało mi się nawet ponownie wzruszyć przy tym ramionami, tuszując jakoś wrażenie, które na mnie tym podpisem zrobił. Nagle, wzruszywszy ramionami, poczułem siłę, aby wstać. I wstałem.

— Będę się żegnał, pan wybaczy — powiedziałem, kłaniając się, jakbym wychodził z proszonej herbatki. — Było mi bardzo miło poznać pana.

— Panie Konstanty. Ja chcę, żeby pan ze mną pracował. Dla Polski.

— Polski już nie ma, panie Witkowski. Ja chcę po prostu pójść do domu — odpowiedziałem.

Dobrze odpowiedziałeś, Kosteczku mój. Z mocą. Z siłą, jak mężczyzna.

— Ale pan jest mi potrzebny! Pan jest Polsce potrzebny!

No proszę, nagle gdzieś zniknęła ta nazbyt moim zdaniem poufała druga osoba. Nie „pan jesteś", ale „pan jest". Tak trzeba grać.

— Pan mówi po niemiecku jak rodowity Niemiec. Ma pan niemieckie korzenie. Na tym wiele możemy ugrać! Czy pan wie, że pana stryj, graf Strachwitz, dowodzi batalionem czołgów w niemieckiej pierwszej dywizji pancernej?

Nie wiem. Przecież nie utrzymujemy kontaktów. On wie o tobie zbyt wiele, Konstanty! Więcej niż ty sam o sobie wiesz! Bądź czujny!

— Słyszałem o tym. — Wzruszyłem ramionami.

— Jest teraz w Polsce, drogi panie. Mógł pan do niego strzelać, bo walczyli pod Bzurą...

I milknie, zostawia te słowa zawieszone w powietrzu, jakby coś miały oznaczać. Nieść jakąś treść, pod której wagą muszę się ugiąć.

Ale nie ugnę się. Nie ma znaków, są tylko przypadki; bo nic nie oznacza niczego poza sobą samym, desygnat równa się znakowi.

— No dobrze, ale cóż z tego, panie Witkowski?

— Niech pan nie używa w konwersacji mojego nazwiska, proszę.

Milknie. Zganił mnie jak sztubaka.

— Więc jak pan sobie życzy, abym się do pana zwracał? — pytam lodowato.

— Po prostu: Inżynierze. Mówiłem przecież. Panować mi pan nie musi, wie pan, co mówią na ulicy? Że panowie skończyli się na szosie zaleszczyckiej!

I zaczął się śmiać, zaraźliwie, głośno, mocno. Ja też zacząłem się śmiać. Ale przecież rozumiałem: zmienił temat. Specjalnie zmienił temat. Przez to moje pytanie wpadło w pustkę, nie wybrzmiało. Ale ja się nie poddam. Nie interesują mnie konspiracje, abominacje, niemieckich linii penetracje. Zaniosłem paczkę, jak się okazało, z paszportami — i koniec, koniec, koniec.

— To, że mój stryj jest niemieckim oficerem, nie ma żadnego znaczenia. Jestem Polakiem, nie noszę nawet nazwiska mojego ojca, Niemcy mnie nie interesują! — wygłosiłem bardzo zdecydowanym tonem i wstałem. — Będę się żegnał.

Witkowski jakby tego wstępu do pożegnania nie słyszał.

— Oczywiście, że jest pan Polakiem, panie Konstanty. Pan jest nawet bardziej Polakiem niż ja czy ktokolwiek inny, bo pan nie musiał być Polakiem, a jednak pan nim został.

To bzdura, Kosteczku, wiesz o tym bardzo dobrze. Musiałeś być Polakiem, bardziej nawet niż z krwi czy czegokolwiek innego musiałeś być Polakiem, bo taka była wola twojej matki. Jej wola cię ulepiła, wlała twoją miękką tkankę do formy polskości i wypaliła w piecu, i teraz jesteś w Polaka zastygły, wypalony jak cegła. Jej wola to sprawiła.

Ona cię teraz czuje i słyszy, mój kochany, ona wie o tobie, patrzy twoimi oczyma, podąża za tobą. Ale nie tak jak ja.

— Polska pana potrzebuje, panie Konstanty — perorował dalej Inżynier. — Bardziej niż potrzebowała pana te kilka tygodni temu, przed pierwszym września. Muszę kogoś do Budapesztu wysłać i pan się nadaje doskonale, niech to tylko przemyślę. Polska potrzebuje pańskiej niemczyzny, pańskiego stryja w Wehrmachcie, pańskich więzów krwi z niemiecką arystokracją.

— Polska potrzebuje nagrobka, panie Inżynierze. Nie moich więzów. Do widzenia.

Wyciągnąłem ku niemu prawicę. Chwycił ją, ale zamiast potrząsnąć i puścić, chwycił mnie od razu też za łokieć.

— Pan się nie zarejestrował, prawda? U Niemców, jako oficer?

Potwierdziłem.

— A więc potrzeba panu nowych papierów. Nie może być pan dalej Konstantym Willemannem. Oni mają pana w papierach, panie Willemann. Pan jest przecież synem starego frajkorpsera z Freikorps Oberland, przecież tam służyli Himmler, Dietrich...

— Nie wiem, kto to Dietrich — przerwałem mu.

— Sepp Dietrich. Duża figura. Ale to teraz nieważne. Jest pan bratankiem wybitnego oficera wojsk pancernych. Abwehra ma pana w stu tysiącach papierów. Jak tylko ogarną się po wojnie, a ogarną się szybciej, niż pan myślisz, niedługo, zaczną pana szukać — mówił cicho, prowadząc mnie za łokieć ku oknu wychodzącemu na plac, w tym jedynym szyby ocalały, ciągle zaklejone na krzyż, w innych tylko dykta i tektura.

— Mój ojciec nie żyje — powiedziałem.

Witkowski ostentacyjnie przewrócił oczami, na znak zniecierpliwienia chyba, nie wiedziałem, co to miało oznaczać.

— Zginął pod Anabergiem — ciągnąłem. — To znaczy pod Górą Świętej Anny. Zginął od polskiej kuli, od naszej kuli, zginął w walce z moimi rodakami.

— Dobrze, dobrze, panie Konstanty — przerwał mi. — Nie w tym rzecz. Ale to też ma znaczenie. I ten skandal z małżeństwem pańskiej matki, znana przecież sprawa, pan nie jest anonimowy. Stara szlachta, Uradel. Mają pana na oku, panie Willemann. Będą pana szukać. I znajdą. Miasto nie jest dla pana bezpiecznym.

Wzruszyłem ramionami.

— Chce pan iść do obozu? Trzeba było od razu, pana koledzy z dziewiątego ułanów już dawno gdzieś siedzą. Bez powodu pan się nie ulotnił.

— Pułkownik kazał iść — odparłem.

— Bez powodu pana nie puścił. Puścił pana, bo wiedział, że pan będzie potrzebny, panie Willemann.

Stanęliśmy przy oknie. Dniało. Plac Zbawiciela już w części uprzątnięty, smutny trup spalonego klombu na środku, pozrywany bruk, leje po bombach, zasieki, kościół spalony, zwalona jedna z wież, jak wielkie, niezgrabne cielsko końskie, wiele takich widziałem, pogruchotanych, zwęglonych z jednej i gnijących z drugiej strony.

— To jest Polska, Inżynierze.

Milczał przez chwilę, patrzył na smutny widok za oknem.

— Ma pan rację. I tej Polski pan potrzebuje, panie Willemann — odparł. — Dam panu mocne papiery na fałszywe nazwisko. Jeśli będzie trzeba, to załatwimy świadectwo zgonu Konstantego Willemanna, nawet trupa znaleźć nie będzie trudno, przecież nikt pańskiej żony i syna nie będzie niepokoił.

Teraz ja milczałem. A on mówił dalej, tym głosem cichym i słodkim jak karmel, wlewał mi słowa do ucha, jakby karmił smakołykami domowe zwierzątko:

— A przede wszystkim dam panu zajęcie. Żeby się pan nie rozmienił na drobne, żeby pana talent przyczynił się do czegoś większego. Polska potrzebuje pana, pan potrzebuje Polski.

Całe życie rozmieniasz się na drobne, Kosteczku, wiesz o tym. Te twoje obrazki, których nikt nie chce, sam ich nawet nie chcesz, wysiadywanie po kawiarniach, romanse, to wszystko jak struganie duszy, strugasz ją, wióry lecą na podłogę, a dusza ci cienieje, Kosteczku, aż w końcu zestrugasz się cały, nic nie zostanie.

Mruknąłem coś nieartykułowanie, bo przecież nie mogłem się zgodzić tak po prostu. A sam nie wiedziałem już, czy powinienem odmawiać. Czy umiem mu odmówić.

Żeby to wiedzieć, musiałbyś wiedzieć, kim jesteś, Kosteczku. A ja ci tego nie powiem, bo ja sama tego nie wiem, patrzę na ciebie tak długo, mój kochany, i widzę szarą plamę, chaos.

Pamiętasz, kiedy miałeś dwanaście lat, zanim wyjechaliście z matką do Warszawy, parę dni wcześniej poszliście z wizytą do dalekiej kuzynki, tak dalekiej, że nawet matka sama nie wiedziała dokładnie, jakie łączy je pokrewieństwo lub powinowactwo, i kwestia ta stanowiła główny przedmiot konwersacji.

Ty miałeś bawić się z synem owej matczynej kuzynki, był to mały, chudziutki chłopiec, który mówił tylko po niemiecku i bał się ciebie jak zarazy, bo był młodszy i słabszy, a ty postanowiłeś potwierdzić swoją wyższość od razu, kiedy się poznaliście, parę lat wcześniej, jeszcze w czasie wojny, przy pierwszej wizycie, i sprałeś go wtedy trochę, a potem jeszcze upokorzyłeś, ściągając mu spodenki i gatki i wymierzając kopniaka w goły tyłek.

Więc teraz bał się ciebie dalej, pytał, czy chcesz poczytać jakąś książkę, a ty, rozbudzony już w swej polskości, odburkiwałeś mu, że jeśli będzie do ciebie mówił po niemiecku, to dostanie w pysk. Chłopiec, na imię mu było Heinrich, po polsku nie mówił, ale rozumiał przecież wszystko, więc siadał na krześle, wbijał spojrzenie w podłogę i siedział, przerażony.

A ty stałeś, Kosteczku, przy oknie i patrzyłeś. Ciotka mieszkała w kamienicy przy Schulstraße i kiedy wyjrzałeś przez okno, na tej Schulstraße karlusy od powstania rozbrajają niemieckich grenszuców. Widziałeś z bliska szarpaninę: dwóch chłopców starszych od ciebie niewiele, może pięć, może trzy lata, dwóch chłopców w ciasnych westach szarpie starego, siwowąsego dziada w hełmie stalowym. Dziad jest wściekły, widziałeś, że chętnie by ich pozabijał, bo dla niego reprezentują pewnie wszystko to, czego nienawidzi: Polaków, komunistów, pacyfistów — chociaż przecież chcą mu zabrać ten karabin nie po to, by go cisnąć o bruk, lecz by z niego strzelać. Reprezentują tych, którzy nie obawiają się szarpać Niemca w mundurze, nie szanują munduru, nie szanowali więc państwa, cesarza ani niczego, co jest temu siwowąsemu dziadowi drogie. Przez takich przegrali wojnę, przez takich mają od tygodnia republikańską konstytucję.

Więc dziad chętnie by ich pozabijał, dziad ich nienawidzi: ale boi się strzelać. I chłopcy zabierają mu karabin i nie boją się walnąć go kolbą w brzuch, dla nich ten mundur i te wąsy oznaczają wszystko to, czego nienawidzą: Niemców, którzy przywykli traktować ich jak śląskich dzikusów, zdatnych tylko do roboty na grubie i niczego więcej. Panów, do których te kopalnie należą i którzy wypłacają im marne dniówki, żrąc kawior i popijając szampanem. Chociaż siwowąsy dziad raczej kawioru nie jada.

Zdzierają zeń oporządzenie: pas, ładownice, zdzierają hełm. Dziad klęczy na bruku, na bruku klęczą z nim całe wilhelmińskie Niemcy. Wtedy pada pierwszy strzał, pamiętasz, Kostusiu? To pierwszy strzał, jaki słyszałeś w życiu, ten strzał na Schulstraße w Szopienicach. Do dziś nie wiesz, kto strzelił wtedy — karlusy czy grenszuce. Potem słyszałeś jeszcze wiele strzałów, na strzelnicach, na polowaniach i na wojnie, ale ten był pierwszym, a ostatnim ten, którym zrobiłeś dziurę we łbie Tumanowicza w domu przy ulicy Leszno.

Kiedy padł ten pierwszy strzał, Kosteczku, to wszystko się zaczęło, zaczęli strzelać ci grenszuce, których chłopcy jeszcze nie zdążyli rozbroić, i zaczęli strzelać ci chłopcy, którzy już mieli jakieś karabiny albo nulachty, i posypało się trochę strzałów. Słyszałeś krzyki:

— Erich dostoł! — I do dziś nie wiesz, czy to krzyczał grenszuc, czy powstaniec.

Nie miałeś cienia wątpliwości, po której jesteś stronie. Albo raczej przeciwko której jesteś: przeciwko szaremu mundurowi, okapowi hełmu stalowego i siwym wąsom. Mimo że wiedziałeś, wiedziałeś: taki mundur i taki hełm nosi twój ojciec. Którego kochałeś przecież, tak jak każdy dwunastolatek kocha swojego ojca, jeśli tylko nie zaznał od niego krzywd. A tyś od niego krzywd żadnych nie zaznał nigdy.

Wtedy wpadły z krzykiem matka i kuzynka i zabrały cię od okna.

I co dziś możesz odpowiedzieć, Kosteczku? Czy wiesz cokolwiek więcej niż wtedy, kiedy usłyszałeś te pierwsze strzały na Schulstraße w Szopienicach?

— Nie wiem — odpowiedziałem głucho, patrząc w szybę.

Witkowski poklepał mnie po plecach.

— Ja pana dobrze rozumiem, panie Willemann. Nie jest łatwo się pozbierać po tym wszystkim. Cały kraj, dwadzieścia lat pracy przesrane w trzy tygodnie. Ja to dobrze rozumiem, że pan nie wie. Ale trzeba się wziąć w garść! Trzeba pracować!

Więc nie odpuści, to wiem. Nie da się inaczej.

Myśl, Kosteczku. Możesz się zgodzić, możesz — ale tak, żebyś zachował godność, musisz zachować godność. Niegodnego bym cię nie chciała.

— Więc dobrze. Pod warunkiem... — zgodziłem się.

— Słucham — rozpromienił się Witkowski.

— Zaginęła żona mojego najlepszego przyjaciela. We wrześniu, pod koniec. Pan pomoże mi ją znaleźć, to ja będę dla pana pracował.

Witkowski klepnął mnie w plecy, skinął głową, krzyknął:

— Na bank! — I podał mi dłoń, splunąwszy w nią uprzednio, miałem nadzieję, że symbolicznie tylko. Jakbyśmy końmi handlowali właśnie.

Nawet nie zapytał o nazwisko, o sytuację, o nic.

Czy zachowałem godność?

Spojrzałem na zegarek: wpół do siódmej. Półtorej godziny jeszcze do policyjnej, a ja nagle poczułem, jak strasznie jestem zmęczony.

— Wrócimy do tej rozmowy — powiedziałem. — Idę teraz do domu.

Witkowski zastanowił się chwilę, nie wypuszczając mnie ciągle ze swoich objęć.

— Może pan iść. Jeszcze pana nie szukają, jeszcze na to nie mieli czasu. Parę dni może pan pomieszkać w domu, ale potem z tym koniec, niestety.

Skinąłem głową. Witkowski nagle pomacał mój brzuch.

— Ma pan broń?

Potwierdziłem, co było robić.

— Proszę oddać — rozkazał.

Rozkazał ci, Kosteczku. Czy przyjmujesz od niego rozkazy? Czy sądzisz, że chciałabym, żebyś przyjmował od niego rozkazy?

— Nie oddam — zaprotestowałem.

Dobrze, Kosteczku!

Dłoń Witkowskiego zacisnęła się na moim przedramieniu, mocno.

— Proszę oddać, do depozytu, dla własnego dobra — powiedział tym strasznym, cichym głosem, w którym była i perswazja, i groźba, i nieustępliwość.

Wyjąłem brauninga, wyciągnąłem magazyn, sprawdziłem komorę, oddałem. Z kieszeni spodni wygarnąłem jeszcze zapasowe kule. Też oddałem. Witkowski poklepał mnie po ramieniu.

— A pokwitowanie jakieś?... — zapytałem i już wymawiając to pytanie, wiedziałem, że palnąłem głupstwo.

Witkowski się zaśmiał tylko, jak z dobrego żartu. Klepnął mnie jeszcze raz w plecy.

— No, cieszę się, cieszę się. Proszę się tutaj u mnie zameldować za kilka dni.

I nagle zapytałem sam siebie: to już?

To ja cię zapytałam, głupcze.

Wyszedłem.

Stanąłem na placu. Na placu Zbawiciela. Bez broni. Trzeba było wyrzucić do studzienki.

Pod spalonym kościołem wynędzniały apasz w kraciastej czapce na migi rozmawiał z dwoma zmęczonymi żołnierzami. Bóg jeden i diabeł raczą wiedzieć, co te żołnierzyki tutaj robiły o tej porze, bo bez broni i hełmów, więc nie na patrolu. Chudy miglanc najwyraźniej próbował żołnierzom coś sprzedać.

Idąc w swoją stronę, musiałem ich minąć. Apasz sprzedawał zegarki — miał ich kilkanaście przypiętych do podszewki lichej marynarki, ale nie potrafił się nijak z zainteresowanymi kupnem Niemcami dogadać.

Pomóż mu, Kostusiu.

— Wie könnte ich helfen?* — zapytałem moją wiedeńską niemczyzną.

Niemcy i handlarz popatrzyli z zainteresowaniem na moją obitą gębę.

Po co ich zapytałem?

— Mówię po polsku.

I pomogłem. Apasz sprzedał dwa zegarki, Niemcy zadowoleni poszli sobie, z radością przyglądając się swoim nowym sikorom.

— Pan jesteś kto? — zapytał.

— Pomóc bliźniemu lubię.

— I dobrze.

Podał mi rękę.

— Rawicz. Moje nazwisko.

Dłoń uścisnąłem.

— Mojego nazwiska panu wyjawić nie mogę.

— Gra, panie dobry, nie trzeba. Jakby co, pytaj pan o Jurka Rawicza na Tamce, wskażą. Adresu nie podaję, bo się zmienia. Jakbyś pan chciał co kupić albo sprzedać.

---

* (niem.) Jak mógłbym pomóc?

Był bardzo chudy, twarz jak czaszka obciągnięta skórą, ale nie wyglądał na głodnego, oczy mu błyszczały niebiesko.

— Pan tak z Niemcami handluje? — zapytałem.

— A handluję. Na ulicach. I komis prowadzę. Bo ja, powiem panu, Niemców bardzo lubię. Porządek w mieście będzie. Panów pogonili, kapitalistów zasranych. Alem się cieszył, jak wiali, skurwysyny, pan wybaczy, ale skurwysyny, jak wiali tymi swoimi autami tłuściochy i te ich kurwy, i te ich pokurwieńce w gimnazjalnych mundurkach, jak to wszystko pięknie spierdalało, panie, ech!

I co, Kosteczku, będziesz bronił własnej kasty? Powinieneś. O tobie mówi, o twoich ludziach, takich jak ty. Jak twoja żona. Jak Jacek Rostański. Jak Iga.

— Racja — powiedziałem.

Uchyliwszy kapelusza, poszedłem do domu.

Poszedł do domu. Poszedłem.

Nie do Salome. Nie do mojej buteleczki pełnej dobra i szczęścia. Do domu, do domu, spać. Tam, w domu, nie ma wojny. Nie ma Niemców. Nie ma trupów ani strzałów, jest tylko Hela, moja Helena, moja wspaniała Helena, która kocha mnie ponad wszystko i którą ja kocham, i jest Jureczek, któremu jestem ojcem.

Minąłem plac Unii Lubelskiej z pomnikiem lotnika, wiele nie polatał, minąłem Rogatki Mokotowskie i już idę ulicą Puławską, daleko w tyle za mną moja Dobra ulica, ze złego Powiśla na dobry Mokotów idę, daleko za mną i coraz dalej złe ciało Salome, idę ku czystemu ciału Heli, ku małemu życiu mojego Jureczka, idę na Mokotów.

I jestem, jest mój dom czekoladowy, jest sklepokawiarnia zupełnie zamkniętą, jest brama, jest klatka schodowa, drzwi do mojego mieszkania zamknięte i nie mam kluczy, pukam i otwiera mi Hela.

O nic nie pyta. Ani o twarz obitą, ani o dwie noce, kiedy mnie nie było, ani o garnitur powalany, chusteczki białej w kieszonce brak. O nic nie pyta. Od razu wie, widzi, że paczkę dostarczyłem, ale teraz rozumiem: wcale jej to nie obchodzi. Poprosiła mnie o to, bo prosił ją o to jej ojciec, mój teść eugeniczny higieniczny, więc cieszy się, że to zrobiłem, że dostarczyłem, ale przecież nie dlatego mnie kocha.

Jak źle ją oceniłeś, Kosteczku, oczerniłeś ją przed sobą samym, zbrukałeś miłość tej dobrej kobiety nie tylko obcowaniem z brudem Salome, ale zbrukałeś ją złymi myślami, a ona teraz ściąga z ciebie marynarkę, rozsupłuję krawat, rozpina koszulę i guziki rozporka i zsuwa ubrania z twojego ciała, które pachnie jeszcze złą kurwą, i widzi, że nie spałeś, więc wiedzie cię delikatnie do łóżka, składa twoje zbolałe ciało w zimną pościel, zimno w mieszkaniu, Jureczek śpi jeszcze, a ona ciebie brudnego, z krwią Tumanowicza pod paznokciami kładzie na świetliste prześcieradła, zakrywa cię jasną pierzyną, głowę twoją składa na bieli poduszki, oto jesteś, Kosteczku. Zamykasz oczy.

A ona siada u wezgłowia łóżka i gładzi twoją zmęczoną, steraną głowę, a ty zasypiasz i już wiesz: koniec. Nigdy więcej.

Nie ubierasz tego w słowa, Kostusiu kochany, już za późno, głowę masz zbyt zdrożoną, ale czujesz to i wiesz: koniec. Nigdy więcej.

Nigdy więcej kobiet, żadnych. A już na pewno nigdy więcej Salome. Nigdy więcej cynizmu, zbrodni, podłości, Kosteczku. Nigdy. Nigdy więcej morfiny.

Wszystko przez morfinę. Buteleczka nie jest pełna dobra i szczęścia i tęczy. Buteleczka pełna jest przekleństwa, zdrady i zła. Buteleczka, która czeka na mnie u Salome — w niej mieszka tylko demon.

Nie, nie tak, ta buteleczka już na ciebie nie czeka, Kostusiu. Tak, nie czeka na mnie. A może i czeka, niech czeka, nie zakończę tego czekania, nie pójdę do Salome ani nie zatonę w ciepłym karmelu, nie zanurzę się w lepką słodycz już nigdy.

Teraz będę dla Polski. Nie dlatego, że Hela chce tego ode mnie. Przecież to nie tak. Helena kocha mnie jako mnie, Helena nie jest jej ojcem eugenicznym higienicznym. Helena kochałaby mnie zdrajcą, zaprzańcem. Kochałaby mnie Niemcem nawet.

A może Niemcem by mnie nie kochała, ale to nieważne. Już nieważne. Nie będę już rozmieniał się na drobne, teraz będę już żył naprawdę.

Będziesz żył naprawdę? Ja będę naprawdę żyła z tobą, za tobą, przy tobie, dookoła ciebie.

Będę konspirował, będę knuł, jeśli będzie trzeba, to będę zabijał, jeśli będzie trzeba. Dla Polski.

I nie, nie, nie dlatego, abym nagle uznał, że tak muszę. Nie muszę. I nie dlatego, bym nagle uwierzył, że jestem to Polsce winien. Nie jestem. Co byłem winien, to oddałem we wrześniu z nawiązką. Będę teraz dla Polski, bo potrzebuję tego, potrzebuję być dla niej. Potrzebuję służby, jeśli nie będę służył, umrę.

Prawda, Helu? Prawda?

— Tak, mój kochany. Śpij. Dobrze, że już jesteś, mój kochany.

Zasypiam. Zasypiam w mieszkaniu moim, Helena głaszcze moją głowę, a potem ja już śpię i czuję, jak ona wślizguje się pod kołdrę. A co z Jureczkiem, myślę?

Nie myślisz, śpisz. Ja myślę, czy możesz teraz posmakować żony, czy syn nie przyjdzie, ja się o ciebie troszczę, Kosteczku. Kostusiu.

Więc wślizguje się pod twoją kołdrę twoja żona, Kostusiu. Dlaczego tak źle myślałeś o niej? Dlaczego tak jej nienawidzisz,

Kosteczku, pięć lat małżeństwa to nie jest mało, czyż nie dała ci tak wiele dobrego?

Jej dłonie wąskie, szczupłe na twoim nagim brzuchu, na podbrzuszu, dotykają twojej męskości wątpliwej, wymęczonej, unurzanej w kurwich ciałach, i czy wie ona, czy nie wie, przecież ty jej nie mówiłeś, ale tyle razy wracałeś do domu ze szramami kurewskich paznokci na plecach, ze znakami kurewskich ust na szyi, a Hela w domu, nad Jureczka kołyską, i tak długo nie chciałeś jej w ogóle dotknąć, Kostusiu, brzydziło cię jej piękne, dobre, czyste ciało, bo było dobre i czyste, ale najbardziej dlatego, że ci to ciało oddała, że było to ciało twoje, że zachowała je dla ciebie. Dała ci to swoje przestraszone, niebolesne dziewictwo, dała dopiero po ślubie, ale dała, złożyła ci swoje czyste ciało w ofierze, a ty ją tak zbrukałeś, śpiąc z tymi dziwkami wszystkimi, z którymiś spał, Kosteczku.

A ona ci to wybaczyła, wybaczyła, nawet o tym nie wiedząc, i ty sam sobie również wybacz, mój miły, mój podporuczniku Konstanty Willemannie, mój kochany, mój boże.

I jak ona ci się oddawała, pamiętasz? Nie było w tym brudnego poszukiwania własnej rozkoszy, nie było. Ona dawała ci całą siebie, przyjmowała cię w siebie, nie szukała niczego, nie chciała niczego od ciebie, chciała ci tylko dawać siebie i dawała.

A ty myślałeś o tym, jakbyś w łóżku miał jej ojca, którego nienawidzisz, i jego eugenikę. Czy ona odwracała swoją twarz od twojej? Odwracała. Ale nie dlatego, że uważała cię za zbrukanego, chociaż przecież byłeś zbrukanym. Odwracała twarz z rozkoszy, może cielesnej, ale raczej w pierwszej kolejności, przede wszystkim z rozkoszy dawania samej siebie tobie, Kosteczku. I dlaczego myślałeś wtedy, że nie dawała ci pocałunków, skoro przecież jej usta szukały twoich ust, Kostusiu? Dlaczego myślałeś o niej kłamliwie?

Nieprawdziwie, źle?

Wybacz mi, Heleno, jedyna, która mnie kochałaś. Wybacz mi, dobry duchu mojego życia, żem cię tak skrzywdził. Od dziś nie skrzywdzę cię już nigdy.

— Wybacz mi, Hela — szepczę. — Wybacz mi. Nie jestem ciebie godzien, Hela.

— Cii... Cicho, Kosteczku.

Jej dłoń na mojej podłej głowie, na moim łbie plugawym, przeczesuje moje włosy.

— Dlaczego mnie tam wysłałaś z tą paczką, Hela? — szepczę, nie śpię.

— Bo oni są ci potrzebni, Kostek. Bezczynność cię zabije.

— Wciągnęli mnie do konspiracji. Zgodziłem się.

— Wiem.

— Ale nie dla Polski się zgodziłem. Mam w dupie Polskę. Obiecali, że pomogą znaleźć Igę. A Jacek mnie o to prosił, rozumiesz... Dlatego się zgodziłem.

— Rozumiem, Kosteczku. Śpij.

— Zabiłem człowieka, Hela.

— Na wojnie? — zapytała, nie przerywając pieszczoty.

— Nie. Wczoraj.

Jej dłoń zatrzymała się na sekundę, zastygła w ciężkim bezruchu, czy był ten bezruch pytającym, czy ledwie zdziwionym?

— Widocznie musiałeś. — Dłoń ruszyła znowu. Jakbym powiedział, że wydałem sto złotych.

— Musiałem.

Skinęła głową. Wierzy, akceptuje, uznaje.

— Myślisz, że Iga żyje? — pyta bez nieśmiałości, nie boi się wymówić tego słowa.

Wtuliłem głowę w jej bok, w jej biodro, gdzieś tam, gdzie mogłem ją wtulić.

— Nie wiem, Heluniu, nie wiem.

— Biedny Jacek. — Hela pociąga nosem, jakby zbierało jej się na płacz. — Biedna Iga.

Biedna Iga.

Moja pierwsza kochanka, pierwsza kobieta i ja byłem jej pierwszym mężczyzną, a był to rok dwudziesty siódmy i byliśmy na letnisku nad jeziorem Miadzioł w postawskim powiecie, we dworze Rochacewiczów, i byłem wtedy chłopcem osiemnastoletnim, głupim, bardzo czułym na punkcie własnego akcentu, który często był jeszcze śląskim lub niemieckim, więc często byłem po prostu milczącym i wyglądało to zwykle tak, że mówiłem surowo, bardzo poprawnie, ale w tych rzadkich chwilach, w których zaczynałem swobodnieć, „a" mi się pochylało albo, w zależności od dziwnych i niepoznanych prądów w mojej głowie, akcent przechylał się ku niemczyźnie, ku rolującemu „r", i słyszałem to, widziałem zdziwienia lub uśmieszki i milkłem.

Był tam ze mną na letnisku Jacek, mój dobry, kochany Jacek, mój anioł buteleczek pełnych dobra i tęczy, albo raczej zła i śmierci, mój kolega z gimnazjum, starszy dwa lata, z którym wcześniej nie przyjaźniłem się i dopiero tam, w majątku Rochacewiczów, pomiędzy sosnowymi borami, jeziorem i spacerami i pływaniem kanadyjką, tam dopiero narodziła się nasza przyjaźń.

I była tam też Iga. Jacek był wtedy śmiertelnie zakochany w pewnej warszawiance, więc na Igę uwagi nie zwrócił. A Iga była tam bardzo mocno, jakby cały ten letnikowy świat kręcił się wkoło niej.

Przyjechała później, dwa dni po nas i po raz pierwszy zobaczyliśmy ją na śniadaniu. Do tego momentu byliśmy rozczarowani towarzystwem. Dwóch starszych urzędników z Poznania, nudnych niczym wielkopostne kazanie, jeden z nich z żoną, zasuszoną, jakby wyjął ją z zielnika. Oprócz tego surowa panna Alicja, bez wątpienia wielkimi krokami zmierzająca ku bezdennej rozpaczy staropanieństwa. Jednak w jej ciele żar jeszcze płonął; może i spojrzałaby przychylniej na niewtajemniczonych w arkana miłości gimnazjalistów, gdyby nie usłyszała przypadkiem naszych drwin z jej tuszy. Były to przy tym drwiny niezasłużone, bo panna Alicja, chociaż tęga, niewątpliwie była niezwykle kobiecą, a drwiąc z jej wielkich piersi i tęgiego zadka, próbowaliśmy raczej, nie do końca tego świadomi, obśmiać to, co dla nas niedosiężne.

Tak, Kosteczku, gdybyś wtedy więcej wiedział o kobietach! Gdybyś wiedział, jak rozwijają się ich ciała, kiedy wyzwolić je ze skorup sukien. Ale panna Alicja nie potrafiła swego ciała użyć tak, jak potrafi wiele innych kobiet. Nie miała właściwego tęgim damom ciepła i serdeczności, których źródła biją w jakiś tajemniczy sposób w obfitości cielesnej. Panna Alicja była kostyczną i kościstą starą panną w ciele zażywnej kobiety w średnim wieku. Nie wiedziała, że mogłaby być całkiem ponętna, gdyby tuszy owej nie ściskała tak strasznie ciasnymi, letnimi toaletami, które sprawiały, że jej plecy przypominały tłusty, opięty plecionką baleron.

Tak, Kostusiu, kochany, a czy pamiętasz, że i ja byłam już wtedy z tobą i za tobą, ja, twoja szara, cicha przyjaciółka bez twarzy, Ta, Która Idzie za Tobą, czy pamiętasz, Kosteczku? Nie pamiętasz, bo jestem przyjaciółką tak szarą i tak cichą, że przecież jestem dla ciebie tylko cieniem, jeśli czujesz moją obecność, to zaraz pod progiem świadomości, nigdy ponad.

Nigdy nie staję w świetle. Więc wspominaj, Kosteczku, z głową na kolanach żony, twojej dobrej żony, wspominaj.

— Pamiętam, jak się poznaliśmy, Iga, Jacek i ja — szepnąłem.

— Tak, tak, na letnisku u Rochacewiczów. Była twoją pierwszą kochanką. Słyszałam to tyle razy, że już ci dawno wybaczyłam, że Iga i ty, kiedyś... — odpowiedziała Hela ni to drwiąco, ni poważnie.

Czy mi wybaczyła? Nie wiem. Czy w ogóle było co wybaczać?...

Na letnisku zaś, oprócz poznańskich urzędników, żony, tłustej panny i państwa Rochacewiczów bezdzietnych byli jeszcze dwaj bliżej nieokreślonego sortu bon vivanci warszawscy około trzydziestki, znudzeni raczej towarzyskimi niedostatkami źle zapowiadającej się kanikuły.

Z nudów i z grzeczności emablowali pannę Alicję, bez większego przekonania do tych zalotów; ta zaś, niezręczna i niezgrabna w swej kobiecości, zbyt mocno trzymała się wymaganego przez formę towarzyską dystansu. Nie wiedziała, że budując wokół siebie mur dobrego imienia, musi pozostawić w nim furtki subtelnych dwuznaczności, spojrzeń i gestów, furtki, przez które za mur dobrego imienia prześlizgnie się miłość, chociażby na jedną noc. Pragnęła, aby komuś za mur ten udało się przedostać, nocami dotykała swojego ciała i starała sobie przypomnieć na wpół zatarte już wspomnienia ostatnich męskich dłoni, które jej dotykały, i zmagała się z tym wielkim przerażeniem, rosnącym w niej z każdym samotnym zaśnięciem, strachem przed samotną śmiercią, strachem przed tym, że tamte dłonie były ostatnimi w jej życiu, i straszne słowa, które usłyszała potem, były ostatnimi słowami miłosnymi, jakie usłyszała od mężczyzny. Ta straszna obelga, to słowo „kurwa" z ust łajdaka, było słowem złym, ale było również słowem miłosnym.

Więc leżała i marzyła, że pod czarnym płaszczem dyskrecji z pokoju do pokoju powędrują perfumowane liściki. Czekam dziś w nocy. Przyjdę do Ciebie. Drżę z oczekiwania. Moje życie w Twoich rękach. Twoja. Twój. Z oddaniem. Dobre kłamstwo uczuciowego, romantycznego zaangażowania uczyni spotkanie możliwym, ubiera w możliwy do zaakceptowania konwenans zwierzęcą prawdę o potrzebie zaspokojenia, ale też równie zwierzęcą prawdę o potrzebie ciepła drugiego ciała, tego, by skóra dotykała skóry i by ręce obejmowały za szyję i by w objęciach kochanki i kochanka szukać wspomnienia objęć matczynych i wspomnienia ciepła matczynego łona.

I marzyła, że za listami pójdą ciche kroki nagich stóp, bo obcasy mogłyby zbudzić innych gości, że drzwi się otworzą i stanie w tych drzwiach mężczyzna, i ona przyjmie go do siebie, w siebie i odda mu swoją zetlałą, więdnącą kobiecość. Chociaż raz. Zanim zapadnie się nieodwracalnie w starość, co jest śmiercią kobiety. Panna Alicja uważała, że nie ma starych kobiet, kobieta umiera wraz z własną młodością, zostaje staruszka bez płci. Tak bardzo chciała, żeby któryś z nich przyszedł. Przyjęłaby nawet ciebie, Kosteczku, albo Jacka.

Jednak nikt nie przyszedł, bo nikomu na to nie pozwoliła, i z letniska wyjeżdżała martwą, przekonaną, że kobieta, którą kiedyś była, już nie żyje.

A jednak myliła się, bo zaznała jeszcze mężczyzny.

Zazna mężczyzny siedem lat po letnisku w postawskim powiecie. Kiedy ty leżysz z głową na kolanach żony, w Wilnie Sowieci są po raz pierwszy, a ona drży w nieopalonym mieszkaniu. Za niecałe dwa tygodnie przyjdą Litwini, a potem, w czerwcu przyszłego roku, znowu Sowieci, i pewnego dnia do jej mieszkania przyjdzie sowiecki starszyna o żółtych włosach. Zgwałci ją bez okrucieństwa, nie zbije jej nawet, tylko wtargnąwszy do mieszkania, pchnie na otomanę, ona nie będzie się bronić, on zadrze jej suknię, rozchyli tęgie uda, komplementując po rosyjsku ich bladość i krągłość, zrobi swoje i odejdzie, zabrawszy jeszcze wyścielone aksamitem pudełko ze sztućcami srebrnymi, które dawno temu panna Alicja otrzymała od swojej babki, z nadzieją wniesienia ich w posagu.

Dwa miesiące później, w pociągu na wschód, zorientuje się panna Alicja, że jest w ciąży, zdrowe nasienie kazańskiego chłopa zakiełkowało w jej łonie, które miała już za wyschłe. Dziewczynka o czarnych włoskach narodzi się już w Kazachstanie i tam umrze w miesiąc po porodzie, kiedy wychudła na wiór panna Alicja nie będzie mogła wycisnąć ze swych zwiędłych piersi już ani kropli mleka. Dziewczynka umrze, ochrzczoną imieniem Nadzieja, mądry, bardzo chudy i pewnie dlatego mądry ksiądz nie kręcił nosem, że imię niekatolickie, umrze dziewczynka, najpierw płacząc głośno przez dni parę, odżywiana rozrobionym z brudną wodą krowim mlekiem, którego było zbyt mało i którego nie trawiły jej niemowlęce jelita, umrze potem, jedynie cicho już kwiląc, wielkie oczy w wychudłej główce, i spowije ją panna Alicja w białe prześcieradełko, kilofem kruszyć będzie zeschłą jak skała, popękaną w piękne wzory ziemię pustyni, i przykryje małe ciało pyłem z gleby skruszonej. I będzie żyć dalej, i wypłynie z tej kazachskiej ziemi egipskiej do domu nadziei, z bandą schorowanych obszarpańców, dla porządku nazwaną wojskiem, popłynie statkami przez Morze Kaspijskie, ku gościnnemu brzegowi Persji, z Persji pójdzie razem z tym wojskiem ku Palestynie, będąc jednocześnie matką, pielęgniarką, niańką i nauczycielką dla kilkunastu przerażonych, zdziczałych polskich sierot, i kiedy sieroty te w Jerozolimie będą miały już swój dom, a w nim łóżeczka, białą pościel i trzy posiłki dziennie, panna Alicja, szpitalnowojskowa pielęgniarka Alicja skradnie rewolwer marki Webley spod łóżka leżącego w gorączce oficera, skryje się w szpitalnej piwnicy, tam rozbierze się do naga, strzepnie i odwiesi biały fartuch, starannie złoży ubrania, dotknie swojego brzucha i piersi, jakby chciała upewnić się, że w istocie jest już nagą, po czym odwiedzie kurek i popełni męskie samobójstwo, odstrzeli sobie sklepienie czaszki, nie troszcząc się wcale o to, jak będzie wyglądać po śmierci.

Huk strzału stłumią kamienne mury; dwa tygodnie miną, zanim odnajdzie się panna Alicja, którą posądzono już o to, że odkrywszy w sobie żydowskie korzenie (których nie posiadała), zbiegła z polskiego wojska ku rodzącemu się w bólach żydowskiemu państwu. Za milczącą zgodą Andersa czyniło to wielu z tej schorowanej i wychudzonej armii. Ale odnaleziono ją po dwóch tygodniach, nagą i martwą, szczury miały już na jej ciele swoją szczurzą ucztę i muchy złożyły już w niej swe jaja i nikogo jej śmierć nie zdziwiła, bo ludzie raczej dziwili się wtedy temu, że się żyje.

Ale tego nie wiedziałeś, Kosteczku. Nie wiedziałeś wtedy, na letnisku, i nie wiesz tego również dziś, bo dziś jeszcze panna Alicja ciągle poleruje srebra w swoim mieszkaniu wileńskim, które na krótki czas właśnie staje się niedługo litewskim z łaski i kpiny bolszewików. Dopiero za drugim przyjściem Rosjan przyjdzie do niej ten starszyna sowiecki, srebra zabierze i zostawi swoje dziedzictwo.

I nigdy nie spotkasz już panny Alicji, Kosteczku, ale Jacek spotka, chociaż nie spotka, będzie ich dzieliło tak niewiele, kiedy ciemna substancja, pulsująca pod cienką skórą świata tego, rzuci go nocami i chyłkiem przez front do tego obozu obszarpańców, miną się w odległości dwóch metrów, dzielić ich będzie tylko zmrożone płótno namiotu, para z jej oddechu krystalizuje się między włóknami brezentu, ale cóż z tego, skoro wtedy i tak nie poznałaby go panna Alicja, Kosteczku, a nawet gdyby poznała, cóż z tego? Śmiech tylko, jak dziwne są koleje losu, z dworu państwa Rochacewiczów do obozu w Buzułuku.

Więc wspominaj dalej letnisko sprzed dwunastu lat, na wpół śpiący na kolanach twojej żony, w domu z czekolady, w zgwałconej Warszawie, a pannie Alicji poświęcasz ułamek tego wspomnienia tak mały, że jeszcze trochę, a zapomnisz o niej zupełnie, zniknie z twojej głowy tak, jak zniknie z twego świata i kiedyś, niedługo, umrą wszyscy, którzy ją kiedykolwiek znali po imieniu i pamiętali, nie zapomni i żył będzie tylko sowiecki starszyna: jeszcze długo za Breżniewa i Andropowa będzie starczym krokiem wchodził do reżymowych cerkwi, będzie pokutował i każdego dnia będzie się modlił za tę Polkę o tęgich i białych udach, a za Gorbaczowa ucieknie na Wyspy Sołowieckie i zostanie milczącym anachoretą, którego inni niesłusznie będą mieli za mędrca, a on sam słusznie będzie miał siebie jedynie za niegodnego pokutnika. Za Jelcyna zabierze stare czółno i popłynie w Morze Białe, popłynie daleko ile sił w starczych ramionach i ciśnie w toń swój jedyny majątek — srebrne sztućce, i położy się w tym czółnie i umrze, morze nieść go będzie jak normańskiego pirata w drakkarze, siwożółte, jasne włosy, watowana tiełogrejka i zużyte walonki. I pójdzie do starczego nieba i spotka tam swoją kobietę z przestrzeloną głową, i spotka swoją córeczkę umarłą z głodu, Nadieżdę, bo tak ją zapisał sowiecki biuralista, i razem będą cieszyć się tym bardziej, im bardziej tego nieba nie będzie i im bardziej oni sami nie będą.

Ale tego nie wiesz, Kosteczku, to wiem tylko ja, twoja szara przyjaciółka, która trzyma dłonie na twoich ramionach i idzie za tobą, złączywszy swój krok z twoim. Nie wiesz nic o sowieckim starszynie, na imię było mu Ławr, ale na wyspie przybrał sobie nowe, pokutne imię: Awksientij. I nie wiesz nic o niebie, ani o piekle, gdziekolwiek by trafił, bo przecież po tylu latach pokuty będzie mógł udać się tam, gdzie zechce swoją ostatnią myślą, ku Bogu, którego nie ma, i do piekła, które jest.

Więc wspominaj teraz, wspominaj swoje letnisko sprzed lat, pozwalam ci na to ja, twoja szara, cienista kochanka.

Wspominam więc to letnisko sprzed lat, kiedy poznałem Igę. Jacek i ja zbliżyliśmy się do siebie szybko i może nawet moglibyśmy jakoś zaprzyjaźnić się z panami kawalerami, gdyby nie okazywali nam tak jawnej pogardy, traktując w najlepszym razie jak wyrostków. Rostański szybko zaufał mi na tyle, aby opowiedzieć o swoim sercowym kłopocie i jego beznadziejne zakochanie stało się głównym tematem naszych konwersacji.

I dwa dni po przyjeździe naszym na śniadanie weszła Iga: miała wtedy osiemnaście lat, tyle co ja, i nie była oszałamiającą pięknością. Miała zgrabną figurę, słomiane włosy, przeciętną twarz i skromną, letnią sukienczynę.

Ale jej wejście do jadalni na śniadanie oznaczało, że pojawiła się między nami młoda kobieta, czyli sytuacja towarzyskiej nudy zmieniła się zasadniczo. Jacek tylko na Igę spojrzał i powrócił do swego tęsknienia za niedostępną warszawianką. Panna Alicja spojrzała na Igę i musiała ją pewnie od razu znienawidzić, bo sama jej obecność przekreślała i unieważniała całkowicie nawet te zdawkowe zaloty, jakie względem niej podejmowali do tej pory obaj kawalerowie. Jasnym było, że do dalszych zalotów już dojść nie może i nie dojdzie: zalecać się do panny Alicji w obecności promieniującej młodością Igi byłoby towarzysko i w ogóle międzyludzko niemożliwym.

Ja popatrzyłem na Igę z zainteresowaniem o wiele większym, jednak szybko dostrzegłem spojrzenia, jakimi obdarzyli ją zblazowani kawalerowie z Warszawy, i zrozumiałem, że jestem całkowicie bez szans. Chociaż zapewne forma nakazywałaby jakoś do tego wyścigu stanąć, udawszy, że nie wyklucza się możliwości zwycięstwa.

A czy gdybyś wtedy wiedział, Kosteczku, jak skończy się ten wyścig prawdziwy, jeden z kawalerów nazwiskiem Płeszczyński z przestrzeloną czaszką w lesie na wschodzie, a drugi martwy nawet bardziej, Kornicki Leopold, jak zapisywano go w różnych socjalistycznych zestawieniach i listach, członek POP PZPR, dogorywający strzęp człowieka na niskiej, ministerialnej posadzie, zginie, jak żył większość powojennego życia: w ciemnym, brzydkim garniturze, z teczką urzędniczą w dłoni i z poczuciem bezsensu, zginie banalnie, bo wpadnie pod warszawski tramwaj, a w kraju nad Wisłą panować będzie Gomułka. Ale wspominaj sobie, wspominaj zdrów, Kosteczku. Tego przecież nie wiesz i ja ci tego nie powiem, bo nie słyszysz mojego głosu.

Nie chciałem startować w tym wyścigu. Byłem przecież tylko osiemnastoletnim wyrostkiem obdarzonym przez los niemałą ilością pryszczy, a oni byli dojrzałymi mężczyznami, dość przystojnymi, pewnymi siebie, co przyznawałem ze smutkiem. Znali życie. Ja nic nie znałem.

Więc nie myślałem więcej o pannie Idze. Wkrótce nas przedstawiono i zdarzało nam się rozmawiać, jednak obaj letnicy nadskakiwali panience tak zdecydowanie, że ja nawet nie ośmielałem się tego wyścigu rozpoczynać. Bo gdzież mi do tamtych mężczyzn?

Iga również nie zwracała na mnie uwagi więcej, niż wymagałyby tego zasady dobrego wychowania — a wychowana była bardzo dobrze, starannie, ze ścisłą znajomością form, taką, która zapewnia pewność siebie i swobodę w dowolnej sytuacji.

Przez pierwszy tydzień letniska miałem pannę Igę za osobę bardzo interesującą, ale całkowicie mi niedostępną. Potem Płeszczyński, człowiek o niezbyt wyszukanych manierach, nastawał na cnotę dziewczyny zbyt nachalnie i niegrzecznie; chociaż przecie wcale nie była wobec niego niechętną. Jednak tempo, w jakim zmierzał do jej ciała, determinacja, aby dłoń z kolana przesunąć jednak wyżej, na udo i dalej, jeszcze wyżej, zmusiły ją, aby w sposób zdecydowany wyrzucić go z pokoju i jednoznacznie zakończyć znajomość, ograniczywszy się do chłodnego porannego „dzień dobry". Nie chciała tego, podobał jej się, ale nie mogła inaczej. A gdyby tylko poczekał jeszcze dzień lub dwa przed tą wędrówką na udo i jeszcze tydzień, zanim sięgnąłby po wszystko, przecież byłaby mu uległa. Ale nie poczekał: zamiast tego zrugał ją w sposób niegodny dżentelmena i wyszedł, trzasnąwszy drzwiami. Dowiedział się o tym pan Rochacewicz od swojej żony Rochacewiczowej, która nie posiadając potomstwa, całymi dniami zajmowała się śledzeniem i podglądaniem gości. A kiedy Rochacewicz się dowiedział, to wziął ze ściany dubeltówkę.

Nie znalazłszy do niej ładunków, sięgnął następnie po pogrzebacz, jednak tutaj pani Rochacewiczowa, zażywszy soli trzeźwiących, otrzeźwiała i legła Rejtanem w drzwiach małżeńskiej sypialni, zapowiadając, że jeśli Rochacewicz Płeszczyńskiego zabije i pójdzie do więzienia, to ona weźmie z nim rozwód i pojedzie do Wilna łajdaczyć się z kim popadnie, chociażby z Żydami, a nawet z dziennikarzami, zmiłuj się dobry Panie Boże. Rochacewicz po takim dictum zbastował, bo był człowiekiem niezbyt skłonnym do przemocy, a przy tym tchórzem, żona zaś dała mu do tej rezygnacji powód.

Sprawą zajęła się dalej Rochacewiczowa i z rana, otrzymawszy lodowate ultimatum, warszawski bon vivant Płeszczyński wyjechał, nie pożegnawszy się, za to zabrawszy ze sobą przyjaciela.

Uszli ku swoim życiom, ku ich kolejom, które doprowadzą ich tam, gdzie już mówiłam, że ich doprowadzą. Do lasu na wschodzie i pod warszawski tramwaj. Ale czy mam opowiadać o tym, o tym jak Płeszczyński skończył w lesie gdzieś w środku polsko-rosyjskiego kontinuum, a Kornicki pod tramwajem na ulicy Puławskiej, niedaleko twojego czekoladowego domu, który sobie dalej stał wtedy tam, gdzie stał, chociaż miasto dookoła niego trochę jakby zapadło się pod ziemię? W tych historiach jest prawda, ale czy sądzisz, Kosteczku, że mnie obchodzi prawda? Przecież nie mogłabym i tak opowiedzieć historii życia wszystkich, których kiedykolwiek spotkałeś.

Zostaliśmy więc na letnisku sami: Iga i ja, panna Alicja ze swoją rozpaczą, Jacek ze swoją tęsknotą i miłością do niedostępnej warszawianki, niemi i bezbarwni urzędnicy poznańscy i obmacujące nas ciągle czujne oczy pani Rochacewiczowej.

Więc czy spojrzałaby na mnie wtedy, zanim wyjechali Płeszczyński z Kornickim? Zapewne nie, byłoby to tak niemożliwe, jak owi kawalerowie zalecający się do panny Alicji pod obecność Igi. Chociaż mógłbym się jej wydać bardziej interesujący, jednak przecież taka jest potęga formy towarzyskiej, która nie wynika z tego, że w nią wierzymy, lecz z tego, że jest prawdziwą, jest substancją życia, lub przynajmniej — nie chcę wdawać się w rozważania filozoficzne — odpowiada tej substancji w taki sposób, w jaki litery alfabetu odpowiadają głoskom.

Więc krążyliście wokół siebie, bo musieliście krążyć: Iga, na wakacjach u ciotki własnej, bo tym była dla niej pani Rochacewiczowa, i wy dwaj, Jacek i ty.

Więc nie było już tych, co byli od nas mocniejsi. Niezdarnych, zdawkowych zalotów próbował jeden z poznańskich urzędników, tym niezdarniejszych, iż czynione były w niezbyt odległej obecności szpetnej żony.

Był on więc słabszy ode ciebie, Kosteczku. Czy kwitnąca osiemnastolatka nie mogłaby oddać się urzędnikowi, który miał lat pięćdziesiąt dziewięć, Kosteczku, i urodził się w 1868 roku, był czyimś synem, miał dzieci i umarł potem, ale przecież o nim również ci nie opowiem, bo dlaczego miałabym ci o nim opowiadać, Kosteczku, skoro bez znaczenia jest jego życie, jak każde?

Więc mogłaby się mu oddać, jednak nie w takiej sytuacji, nie kiedy chodziło o kanikułową aferę, nie temu otyłemu biuraliście, kiedy obok byli chłopcy być może jeszcze nie piękni, ale młodzi i gibcy i z zapowiedzią przyszłego piękna, bo przecież wątek materialny nie miał tu znaczenia, bo było lato, płonęło powietrze i płonęła krew.

Mogła się też oczywiście nie oddać nikomu i było to ambicją ciotki Rochacewicz, która nie rozumiała tego elementarnego prawa — że zabraniając, kontrolując i prześladując, tylko popycha Igę ku temu, przed czym chciałaby ją ustrzec.

I nie ustrzegła. Iga pierwsza dojrzała w tobie to, czego ty sam nie dostrzegałeś, Kosteczku. Pamiętasz?

Dostrzegła w tobie mężczyznę, ona jako pierwsza. Nie w sensie dojrzałości, do dojrzałości brakowało ci przecież jeszcze bardzo wiele i dalej ci brakuje, ale w sensie płci. Wcześniej nie miałeś płci, jej spojrzenie ci ją dało.

Kim byłeś wcześniej? Dzieckiem byłeś, byłam już wtedy z tobą, z samotnym, cichym gimnazjalistą, który wlókł się ze szkoły do domu warszawskimi ulicami, mieszkaliście już w tej kupionej w latach dwudziestych willi na Żoliborzu, byłeś chłopięciem zanurzonym w książkach zbyt niepoważnych jak na twój wiek i marzenia miałeś niepoważne, o podróżach morskich i eksploracji zakazanych miast Tybetu z książek Ossendowskiego, w które zdawałeś się wierzyć, i marzyłeś o Nepalu i o dżunglach, o wielkich połaciach wilgotnej, nabrzmiałej zieleni, pełnych egzotycznych owoców, groźnych zwierząt zdanych na łaskę twego sztucera i półnagich dzikusek, które raz ujrzane na fotografiach w magazynie ilustrowanym, na zawsze zamieszkały w twojej kulawej chłopięcej wyobraźni, zamieszkały w niej, zadomowiły się, rozwinęły i wyobrażałeś sobie, jak zostajesz królem-bogiem dzikiego plemienia i z mężczyzn formujesz swoją małą armię, od handlarzy bronią kupujesz najnowsze karabiny i kulomioty, aeroplan na twoje osobiste usługi i armaty, a kobiety, te półnagie dzikuski, wszystkie są na twoje usługi, na Konstantego usługi, służą ci swoimi ciałami, a ty nimi władasz, i wyobraźnia podsuwała ci coraz śmielsze obrazy tych śniadych, śliskich od potu ciał.

Byłeś inny niż twoi rówieśnicy, Kosteczku, bo oni często nie znali przecież anatomicznych szczegółów kobiecej budowy, więc powstawał między nimi spór, toczony z wykorzystaniem bardzo skromnego aparatu pojęciowego na podstawie fragmentarycznych obserwacji służących, niań i — co przyznawano z pewnym zażenowaniem — sióstr. A więc: piczka, ile ma otworów? Osobny do sikania, bo przecież dziewczyny też sikają, osobny do rodzenia dzieci i osobny do tego, aby weń włożyć chuja?

Pamiętasz, Konstanty?

Rozwiewałeś ich wątpliwości tonem człowieka znużonego wiedzą anatomiczną.

Czyli to wszystko w jednym otworze? I wkłada się tam, gdzie sikają? Obrzydliwość. Ty swoją kuśką też sikasz, idioto. No niby tak, ale to różnica, bo to dziewczyna.

A skoro jeden otwór, to jak ułożony? Przecież jak się na kobiecie położysz, to chuj ci celuje w dół, jak pion geodety, więc anatomicznie rzecz biorąc, panie kolego, jak kobieta leży, to ten otwór też musi być z przodu, w dół, żeby się włożyć dało. Głupiś, popatrz sobie, o tutaj — Wenus z Milo. Widzisz jakiś otwór, idioto? Samżeś idiota, chuju rybi, przecież to tylko rzeźba. Rzeźba to jest, jak twoją matkę stangret w stajni rzeźbi.

Idą w ruch pięści, ale ty potem wyjaśniasz. Wszystko wyjaśniasz.

A wolałbyś przecież nie wiedzieć, jak oni, a wiedziałeś. I ta wiedza wcale nie czyniła cię doroślejeszym, Kosteczku. Taką wiedzą nie mogłeś zaimponować dziewczętom z pensji, a skądże. Mógłbyś taką wiedzą zaimponować kurwie, że taki młody, a wie co i jak, gdybyś miał na kurwę pieniądze, a nie miałeś przecie, pieniędzy nie miałeś ani wcale nie wiedziałbyś co i jak, wręcz przeciwnie, wiedza cię paraliżowała. Inni, co nie wiedzieli, że to trudne, robili i już co rusz to któryś przychodził do szkoły dumny jak paw i wyznawał: służąca, prostytutka albo jakaś inna jeszcze kobieta sprawiła, że jestem już mężczyzną! I to wszystko bardzo proste, się wkłada, pompuje, potem schodzi z krzyża i już.

Wiedziałeś, ile spraw może się nie powieść, więc bałeś się bardziej niż oni.

A z Igą zaczęło się od rozmów, od spacerów oficjalnych w dzień i od konspiracyjnych spacerów w nocy, ty po prostu wychodziłeś, a ona wymykała się gibko ze swojego pokoju na piętrze, wymykała się przez okno i szliśmy nad jezioro Miadzioł albo na cmentarz tatarski w wiosce i rozmawialiśmy, a ja po raz pierwszy w życiu toczyłem wtedy takie rozmowy, intymne, ciepłe i bliskie.

Potem się pocałowaliśmy po raz pierwszy, nad jeziorem i nawet przy księżycu w pełni, i do dziś pamiętam niesłychany smak jej ust i pamiętam jak, całując ją, zbłądził mój język w końcu między jej wargi i dotknął jej zębów, a ona go przyjęła i odpowiedziała swoim językiem, a potem moje dłonie na jej plecach, długo zajęło im przebycie ostatniego centymetra powietrza dzielącego je od tych pleców, nie mogły się na ten ostatni etap podróży zdobyć, ale się w końcu zdobyły i spoczęły na plecach, a od skóry dzieliła je tylko wełenka sweterka, który wtedy założyła, pamiętam tego sweterka fakturę, szorstką i miękką jednocześnie.

Iga wtedy zadrżała.

A dwa dni później noc była tak ciepła, że prawie upalna. Po kolacji Iga szepnęła mi do ucha, abym zabrał ze sobą koc, i już wiedziałem, co się wydarzy.

Bałem się, że nie podołam, że nie będę potrafił zrobić tego jak należy, bo przecież nie wiedziałem jak i po tysiąckroć rozważałem anatomiczne szczegóły, których znajomość wcale nie czyniła mnie śmielszym, bo od matki znałem również takie słowa jak eiaculatio praecox i inne, niezbyt ośmielające. Ale pocieszałem się, że ona też nie wie — wyznała mi, że nigdy nie była z mężczyzną, nie brałem zresztą pod uwagę tego, by mogło być inaczej.

A potem, na kocu, ślubowaliśmy sobie wszystko, co można sobie ślubować, kiedy kocha się tak naprawdę po raz pierwszy, a więc ślubowaliśmy sobie zupełnie wszystko: to, że nie rozstaniemy się nigdy, do końca życia będziemy ze sobą. Każdy z tych ślubów został złamany.

A potem to się stało, rozbieraliśmy się osobno, każdy ściągał swoje ubrania, potem się dotykaliśmy, a ona bała się mojego membrum virile, który był tak nabrzmiały, i kiedy go dotknęła, to oczywiście wszystko się skończyło od razu, a ja się tego wstydziłem, ale Iga była mądra, chociaż niedoświadczona, i równie ciekawa i spragniona, jak cierpliwa, i miała kobiecą intuicję, która dyktowała jej, co należy zrobić.

Potem był jej ból, krzyk i pocałunki. I potem leżeliśmy na kocu i kocem okryci, wtuleni w siebie, i znowu obiecywaliśmy sobie wszystko, wieczność, że się nigdy nie rozstaniemy.

A potem się rozstaliśmy, przed dworem Rochacewiczów, Iga poszła do siebie, ja do siebie, a potem spotykaliśmy się znów i znów obiecywaliśmy sobie wszystko, a potem się rozstaliśmy ostatecznie, ale przecież każde z nas wróciło do Warszawy.

W Warszawie skłóciliśmy się straszliwie, obiecała, że nie odezwie się do mnie już nigdy, i rzeczywiście nie odzywała się przez czas długi, a potem znów się spotykaliśmy, już o wiele bardziej oficjalnie, a potem już nie obchodziło nas zbyt wiele, co powiedzieć o tym mogą rodzice Igi, a potem się rozstaliśmy, bo zakochałem się w Helenie, Iga mnie znienawidziła i wziął ją sobie Jacek i szybko oduczył ją nienawiści do mnie i żyliśmy już w doskonałej komitywie przez całą drugą połowę lat trzydziestych, które właśnie teraz, kiedy leżę z głową na kolanach Heli, dobiegają swojego smutnego końca czternastego października roku 1939. To ciągle brzmi jakoś dziwnie, powiedzieć to na głos, „lata trzydzieste".

— Co lata trzydzieste? — pyta Hela.

— Wiesz, Hela, w sierpniu Iga próbowała... — zaczynam. Lecz Hela zamyka mi dłonią usta.

— Niczego nie wiem i wiedzieć nie chcę. Milcz, Konstanty, milcz.

Próbowała mnie uwieść. I czy mam teraz powiedzieć mojej żonie, że akurat wtedy się oparłem, skoro przecież nie oparłem się ze względu na Helę, lecz ze względu na Jacka, bo mówili w Trembowli: nie uwodzimy żon kolegów oficerów, podporuczniku Willemann! I ja sobie to zapamiętałem, akurat to zapamiętałem, chociaż innych rzeczy nie zapamiętałem.

Więc miałbym jej teraz mówić, że się oparłem, skoro poza tym nie oparłem się tyle razy?

Ale próbowała, próbowała, na imieninach Jacka, które mu wyprawił Wedel w sklepokawiarni u nas w domu z czekolady, ile to było, dwa miesiące temu, a jak wieczność, dwa miesiące temu, było lato, a myśmy z Jackiem tak się martwili, że nie mamy białych marynarek do smokingów, i w końcu sobie białe obstalowaliśmy obaj, i martwiliśmy się, czy będą na czas. Ale były. Wisi teraz ta marynarka w mojej szafie, mógłbym tę szafę otworzyć i sięgnąć po tę cienką białą wełnę, tylko po co?

Z Igą wiele wtedy rozmawialiśmy, przez telefon i osobiście, wspominaliśmy wiele i była między nami ta niepowtarzalna w innej konfiguracji bliskość dawnych kochanków, dalej sobie życzliwych, na nowo względem siebie tkliwych, ponad zgasłą już nienawiścią. A na imieninach Jacka z płyt leciał slow-fox z filmu *Włóczęgi*, śpiewał Mieczysław Fogg i grała orkiestra Syreny.

I szliśmy kręgiem po uprzątniętym na potrzeby tych imienin parkiecie sklepokawiarni, a ty szeptałaś razem z Foggiem, miałaś jasnoniebieską suknię o długich rękawach i szeptałaś, Iga...

Nic o tobie nie wiem, skąd przywiał ciebie wiatr, nie znam twoich zalet, nie znam twoich wad, jedną rzecz jedyną o tobie tylko wiem, że coś zrobiłaś z sercem mem.

Tańczyłaś cudownie, Igo Rostańska, ja też przecież niezgorzej i tacy byliśmy piękni, dawni kochankowie w slow-foksie, szybko, szybko, wolno, moje udo między twoimi, moja stopa między twoimi stopami, nasze biodra się dotykają, twój tors i szyja cudna odchylone, ale oczy nam się spotykają i szepczesz z Foggiem, słowo w słowo, w rodzaju męskim.

Jedną rzecz jedyną o tobie tylko wiem, że coś zrobiłaś z sercem mem.

Hela na nas patrzy, Igo, Hela, na której kolanach teraz leżę, Hela patrzy i co sobie myśli, co myśleć sobie może, tylko tańczymy przecież, moje udo spowite w jedwab twojej sukni.

Potem odprowadziłem cię do stolika i rozmawialiśmy, pijąc wermut, a kiedy Hela poszła doglądnąć Jureczka na górze, ty wyszeptałaś, że nigdy z Jackiem nie było ci tak, jak ze mną na tym kocu.

Było to bardzo piękne kłamstwo i sprawiło mi wielką przyjemność, a potem polizałaś moje ucho. A ja ujrzałem Jacka, który mnie nie widział, i uciekłem, uciekłem do Heli, marynarkę białą rzuciłem na krzesło i poszedłem spać obok żony, bardzo z siebie dumny.

Więc teraz milczę, leżę na kolanach Heleny, biała marynarka absurdalnie wisi w szafie. Myślę o tym, co robi teraz Jacek, mój jedyny przyjaciel, człowiek, który oprócz Heli jest mi najdroższy.

— A co u Jacka? — pyta Hela. A więc myśli o tym samym.

— Nie wiem.

— Kiedyś go widział?

— W środę.

— W szpitalu?

— W szpitalu.

— Po morfinę byłeś.

— Tak.

Przecież i tak już wie, widziała mnie wtedy, trzy dni temu, widziała, przecież kłamał nie będę.

— I dał ci, tak?

— Dał.

Milczy, i ja milczę.

— Zadzwoń do niego. Telefon działa już. Powiedz mu... Powiedz, że znajdziesz Igę.

— Już będę dobry, Hela. Już nie będę się narkotyzował. Ani pił. Zajmę się konspiracją, niech mnie zabiją, przynajmniej moje życie będzie na coś, ku czemuś, przynajmniej się do czego przydam.

Nie widzę, ale słyszę i czuję: uśmiecha się, uśmiecha się delikatnie, nie wiem — czy z powątpiewaniem, czy z nadzieją, czy z radości, nie wiem, nie wiem.

— Ale do Jacka zadzwoń. Numer ten sam.

Więc podnoszę się z jej kolan, zmierzam do aparatu, wykręcam numer, jest sygnał.

— Z doktorem Rostańskim proszę. Willemann mówi.

I o co ja go zapytam, co mu powiem?

— Słucham.

— To ja, Konstanty.

— Nie mam, nie dam, koniec. Nie proś, nie dzwoń, nie przychodź — odpowiada twardo.

— Ale ja nic nie chcę, Jacku.

— Nie czaruj.

— Nie czaruję. Skończyłem. Koniec.

Milczymy.

— A co u ciebie? — pytam po chwili.

— Umierają, jeden po drugim.

Znowu milczymy.

— Masz jakieś wieści o Idze?

— Nie mam jeszcze — mówię cicho. — Ale szukam. I mam człowieka, który ją znajdzie, ma kontakty w policji naszej i niemieckiej. Znajdzie ją.

— Dziękuję, Kostek.

— Nie dziękuj.

W trzeszczącej słuchawce jakieś głosy.

— Muszę iść, wołają.

— Idź. Do widzenia, Jacku.

Słuchawka na widełki, drżę w swoim mieszkaniu, w domu z czekolady, Hela patrzy na mnie, dobra Hela, kochana Hela, zniknęła Hela zła, której nienawidziłem i której się bałem, przecież wcale nie jest ona jak jej ojciec eugeniczny. Wcale nie.

— I co z nim? — pyta.

— Nic. Pracuje. Ranni mrą.

Dzielny, dzielny Jacek, dzielny na studiach medycznych, dzielny korporant, dzielny ze szlagierem w dłoni i dzielny przy stole operacyjnym.

Był dzielny także wtedy, kiedy naprawdę chciałem go zabić. Kiedy w połowie lat trzydziestych staliśmy z pistoletami o gładkich lufach i Jacek miał strzelać pierwszy i demonstracyjnie strzelił w powietrze, a potem odwrócił się ku mnie swoją szeroką piersią i uśmiechnął się do mnie przepraszająco i wybaczająco, po czym zamknął oczy.

Naprawdę chciałeś go zabić, Kosteczku, dobrze to pamiętam, stałam za tobą i podtrzymywałam twoją dłoń z pistoletem, i wycelowałeś, aby go zabić, i strzeliłeś, i nie trafiłeś, Kosteczku. I ty dziś sądzisz, że spudłowałeś celowo, ale to nieprawda. Spudłowałeś, bo pistolet był do niczego, bo sekundanci za porozumieniem stron przestawili przyrządy celownicze, strzelaliście się w ujeżdżalni szwoleżerów na trzydzieści pięć kroków, pistolety niegwintowane bez muszek. Ale celowałeś w jego pierś, w pierś jedynego człowieka, którego mogłeś i możesz nazwać przyjacielem, jego twarz widziałeś nad czarną belką lufy, jego biały gors koszuli — bo nie chcieliście się strzelać w mundurach, chociaż obaj przecież mogliście, jako oficerowie.

Ale brzydziły was te mundury, obydwu, bo ta niechęć do mundurów również nas łączyła, tak, wszystko nas łączyło i tylko ona, Iga, ona nas podzieliła.

Iga was podzieliła, Iga nas podzieliła.

Byłeś byłem zakochany w Heli już czy byłem zakochany byłeś w Heli już wtedy? Jak to było, nie pamiętasz, Kosteczku, nie pamiętam. Ale jednak strzeliłeś. Nie chciałem go trafić i nie trafiłem, nie mógłbym przecież zabić Jacka. Niech będzie, Kosteczku, pamiętaj to sobie, jak chcesz.

Kochałeś Helenę i widziałeś, że Jacek i Iga zbliżają się do siebie, i wszystko było przecież w najlepszym porządku, póki nie ujrzałeś, jak się całują. Całowali się dyskretnie przecież. Ale wtedy zrozumiałeś, że oto Iga wymyka ci się z rąk.

Nie widzisz tego, Kosteczku, ale ja to widzę. Z ciał kochanków wyrastają wielkie czarne kolumny, z tej samej materii co pulsująca pod skórą historii ciemna substancja, i spotykają się ze sobą, przełamują w gotyckich łukach, złączone na dłużej niźli życia tych kochanków, ich ciała umierają, a kolumny trwają dalej, przechadzają się między nimi czarni bogowie, lecz ty nie wiesz nic ani o kolumnach, ani o czarnych bogach, Kosteczku, to nie twoja rzecz, kolumny i bogi nic cię nie obchodzą. Ale ja ich widzę i widzę kolumnę z twojego ciała i kolumny z ciał tych wszystkich kobiet, z którymi byłeś, widzę, jak łączą się w sklepieniu, a siedzi na nim czarny zły bożek.

Kiedy zobaczyłeś Jacka z Igą, to nie zrobiłeś nic, Kosteczku, pamiętasz?

Dlaczego myśmy się wtedy strzelali, nie umiem sobie przypomnieć nijak. To znaczy pamiętam przecież, że chodziło o Igę, ale jak, w jaki sposób o nią, przecież ja byłem już wtedy z Helą, cóż mi było do Igi?

Nie pamiętasz, Kostek, głupcze, zapomniałeś, boś chciał to zapomnieć, wyrzuciłeś z głowy.

A było tak: siedzieliście w Ziemiańskiej, pijani. I zdawałoby się, kwitła między wami przyjaźń i wszelka komitywa. Obejmowaliście się nawet, wypijając kolejne kieliszki koniaku, duszkiem, jak wódkę.

Były tam też Iga i Hela, były obie, już zaprzyjaźnione, przyglądały się wam na górce z dołu, od stolika architektów, siedziały z Żórawskim i resztą, a ty wtedy szepnąłeś, Kosteczku: „I jak ci smakują ochłapy po mnie?".

O czym myślałeś, mówiąc to w oczy Jackowi, który był w Idze zakochany, o czym myślałeś, mówiąc to Jackowi, który był ci życzliwy?

Nie wiem, czy myślałeś o czymkolwiek. Szedłeś tropem tygrysa, byłeś smokiem, znalazłeś miejsce, gdzie był najmiększy. Potem więc był mały skandal, napisali o pojedynku nawet w „Kurjerze", bez nazwisk, za to w tonie drwiącym, iż był to pojedynek, jakich wiele, kiedy najczęstszą ofiarą jest dach, który duellanci z wielkim upodobaniem dziurawią, jakby to dach rzucał te wszystkie obrazy i wyzwania i odbierał bileciki.

A potem się pojednaliście, łatwo się pojednaliście...

— Śpij już, Konstanty — mówi Hela.

Więc zasypiam. A potem się budzę, wieczorem. Hela zrobiła kolację, skromną. Jakaś zupa, chleb. Jureczek dostaje mięso, je i patrzy na swojego tatusia, na pokonanego żołnierza, który ani razu nie wystrzelił, patrzy, na morfinistę patrzy, na życie moje patrzy, na moje rysunki nieudane, szanse zmarnowane, na całe moje życie, mojego ojca martwego, na moją matkę Białą Orlicę, na wszystko patrzy i nie widzi.

Po kolacji Hela położyła Jureczka spać, a ja w ubraniach odnalazłem czekoladę sprzed paru dni, tę, którą kupiłem w Hali Mirowskiej. Zaniosłem do pokoju Jureczka.

— Śpi już.

— Na stoliku mu położę, ucieszy się rano.

Hela spojrzała na mnie i była miłość w tym spojrzeniu. Poszliśmy do łóżka. Jej ręce na moim ciele, moje na jej piersiach. Nie odwracała głowy. Potem tuliłem ją, a ona płakała bardzo cicho.

Potem zasnąłem.

ROZDZIAŁ VI

Patrzę na niego, na Konstantego Willemanna, spoglądam na niego z wysoka, patrzę, jak śpi przy swojej żonie, w domu z czekolady, śpią obok, złączeni niedawną miłością, bliscy, przecież ona wie wszystko i wszystko mu wybacza, śpią, patrzę na nich i widzę, jak ciemna substancja, pulsująca pod cienką skórą świata, wypuszcza swoje macki. Oplatają słupy, na których stoi czekoladowy dom, wślizgują się na klatkę schodową, wchodzą, pną się wyżej, szukają go.

Czy mogę je pokonać?

Jestem czarna bogini. Mówię językami ludzi i aniołów.

Pozwalam macce wspiąć się po schodach, pozwalam jej prześlizgnąć się pod drzwiami, pozwalam jej wejść do sypialni Konstantego, wpełznąć pod kołdrę, w domu zimno, ale ciemna substancja o tym nie wie, nie szuka pod kołdrą ciepła.

Pozwolić jej czy ją zatrzymać?

Jestem czarna bogini.

Pozwalam.

Ciemna substancja dotyka Konstantego.

Dzwoni telefon.

Ciemna substancja oblewa Konstantego, rozchyla mu wargi, przepycha się między zębami, wlewa się w przełyk i w tchawicę, i głębiej, wypełnia płuca i żołądek.

— Konstanty, telefon — mówi ledwo przebudzona żona jego Helena.

Wstań, Konstanty, odbierz. To telefonuje Inżynier, to telefonuje twój los i twoje życie, musisz odebrać. Wstań, Konstanty, wstań.

Ciemna substancja wije się jelitami Konstantego, roztysięcznia w płucnych pęcherzykach, przesącza do krwi, wypełnia odbyt, wnętrze pośladków i wnętrze ud, otula Konstantego od zewnątrz i od wewnątrz.

Dzwoni telefon.

— Konstanty, telefon — mówi Hela.

Otwarłem oczy. Otwieram oczy. Otwarłem oczy.

— Idź, odbierz, proszę. To musi być coś ważnego. — W ciemności głos Heli jak wróżby.

Wstałem, wstaję, wstałem. Przez zimne mieszkanie do telefonu.

— Halo — szepnąłem do słuchawki matowym głosem, odebrałem, nie paląc światła, w ciemności, ścieram ciemność z oczu.

— Mówi Trzydzieści Siedem — powiedział głos Stefana Witkowskiego, poznałem bezbłędnie.

— Kto?

— Trzydzieści Siedem — powtórzył Witkowski.

Mruknąłem coś w odpowiedzi.

— Proszę przyjść dzisiaj o jedenastej do Ziemiańskiej. Już otwarta. Punktualnie jedenasta.

— Dzisiaj? — zapytałem nieprzytomnie.

— Tak, tak.

Chrupnęło. Odłożył. Spojrzałem na zegarek: czwarta nad ranem. Boże.

Wszystko wróciło do mnie, wszystko i nic. Poszedłem spać dalej, ale już nie zasnąłem, zaprzyjaźniłem się z sufitem, póki po paru godzinach, rankiem, nie przybiegł do naszego łóżka Jureczek, cały umazany czekoladą.

— Jadłem! — powiedział z dumą.

Przez parę kwadransów wszystko było tak, jak być powinno, mój syn jedyny, pierwszy i ostatni, moja żona, ja, kołdry, jego buzia i zaschnięte resztki czekolady na niej. Żarty, szturchańce, łaskotania.

To moje pierwsze wspomnienie. Moja matka nie uczestniczyła w tych zabawach, czesała włosy, czesze włosy przed toaletką, czesze je szczotką o bardzo miękkim włosiu, którego uwielbiałem dotykać, chociaż karciła mnie, jeśli mnie na tym przyłapała. Mój ojciec w kraciastej piżamie — teraz to wiem, dwudziestoletni, wtedy nie wiedziałem — i ja w małżeńskim łożu moich rodziców, ojciec mnie łaskocze, ja krzyczę po niemiecku: „Nein, Vati, hör auf Vati, es reicht, kitzele mich nicht!"* — i śmiejemy się obaj, który może być rok? Wojna jeszcze nie rozkwitła, ale ptaki już śpiewały i drzewa miały liście, a więc wojna już kiełkowała, ale nie wiedziałem o tym niczego, a i chyba mój ojciec wiedział niewiele, natomiast z tego, co wiedział, wynikały tylko radość i ostrzenie ciężkiej szabli, jej dramatyczne wybrzuszenie ku sufitowi, patrzę na ten niesymetryczny łuk zza drzwi, ojciec opiera sztych szabli o siedzisko taboretu, osełka ślizga się z mokrym zgrzytem od połowy głowni w dół, w dół, w dół, a potem ojciec ogląda ostrze na tle okna.

A teraz ja, mój syn pierwszy i ostatni, i Hela, zimne mieszkanie, mury z czekolady i ciepło pod kołdrami, i przez chwilę jest tak, jak być powinno, nie ma wojny, nie ma przegranego życia, życia z cudzej łaski, nie ma niepotrzebnego podporucznika, który nigdy nie wystrzelił do wroga, za to zamordował człowieka i scyzorykiem wyjął mu oko. Tego nie ma.

Więc łaskoczemy się z Jureczkiem i śmiejemy się z Jureczkiem, ale ja zadaję sobie to pytanie: jakim cudem tak

---

* (niem.) Nie, tatusiu, przestań tatusiu, już dość, nie łaskocz!

potrafię? Jakim sposobem, jaką siłą ta sama dłoń, która wyjęła oko Kajetanowi Tumanowiczowi, teraz przesuwa cienką skórę na chudych żebrach mojego syna, i on wije się od śmiechu, a Tumanowicz wił się z bólu, który nie ma imienia.

Kto wyjął oko Kajetanowi Tumanowiczowi, Kosteczku, byłeś to ty, byłże to kto inny, Kosteczku?

A potem śniadanie, chleb z resztką masła i kawa. Patrzę na nich, znowu. Na Helę, na Jureczka. Jestem innym człowiekiem. Nie takim.

Potem wychodzę, do Ziemiańskiej.

A jednak nie do Ziemiańskiej, przecież.

Opuściłem dom z czekolady przed dziesiątą, chciałem być w Ziemiańskiej wcześniej, a to cztery kilometry spaceru. Szedłem Marszałkowską, kamienice jak stały, tak stoją, ktoś łata chodniki, ktoś wykleja okna ślepą dyktą.

W irracjonalnym strachu, że Inżynier może mnie ujrzeć z okna, minąłem plac Zbawiciela i szedłem dalej i, na Boga, w którego nie wierzę, i na bogów wszystkich, w których też przecież nie wierzę, przywykłem, przywykłem do tej ulicy warszawskiej — nowej, innej, ulicy po klęsce wszystkiego.

Dwa tygodnie i przywykłem. Że nie zobaczę zielonych mundurów i okrągłych czapek szwoleżerskich i tych pięknych koników szwoleżerskich gniadych i białych w orkiestrze, to mi nawet żal nie było, chociaż szarych szkopskich mundurów i motocykli nienawidzę jednak trochę bardziej, a przecież za bardzo aż ich na tej ulicy nie widać.

I do reszty przywykłem. Do przemielonego miasta, przemielonych ludzi, poszarzałych trochę, do karteczek na ścianach i płotach, do ślepych okien i handlarzy wszystkim, i do zimy w październiku, zimy, która nigdy się nie skończy i Bekanntmachungen na murach.

Ludzie są dziwni. Młodzi chodzą przybici, ci co mają lat naście i dwadzieścia, tym runął świat. Ale reszta — starcy przeżyli Ruskich, Niemców, jedną małą rewolucję, jedną wojnę, przeżyli endeków i socjalistów, zamach majowy i Piłsudskiego, kryzys i wszystko, więc cóż im tam teraz Niemcy?... Za Beselera nie było źle, dało się żyć przecie. Porządek był. Teraz też się przeżyje. Niemcy to kulturnyj narod przecież, tak Konstanty usłyszał, ktoś powiedział to po rosyjsku.

No, a że się Żydki boją, to się słusznie boją, jeszcze zatęsknią Żydki, Żydóweczki i Żydzięta do naszych pałkarzy studenckich.

Minąłem Prudential, zupełnie teraz niestosowny w swej amerykańskiej, fallicznej dumie, po klęsce tych, którzy go zbudowali.

Nie wiesz, Kosteczku, ile jeszcze klęsk przed wami, którzy ten Prudential zbudowaliście, bo tyś także go budował, wszyscyście go budowali, cienka skorupko cywilizowanej polskości na tłustym, tępym cielsku chłopskiego słowiaństwa. Wiedziało cielsko, że nim pogardzacie, i nienawidziło was za tę pogardę tym bardziej, iż wiedziało, że jest tej pogardy godnym. I to wyście przegrali, nie to cielsko nienawistne, cielsku nienawistnemu wasza klęska w wojnie z Niemcami jest miłą, bo wam, panowie, ta wojenka niepotrzebna była. A najdziwniej mają się te tkanki pomiędzy cielskiem a wami, już do was przylepione, ale jeszcze nie wy, już nie oni, do cielska już nie wrócą, wy nimi gardzicie tak samo, jakby wciąż kładli słomę w wysokie buty na niedzielę, więc gdzie im pójść, do Niemców? Pójdą do Niemców, jeśli będzie trzeba, do samego diabła by poszli.

A na Mazowieckiej, na której widywałem, jak Tuwim ciągnął Wieniawę z Ziemiańskiej Pod Wróbla, żeby go jak najwięcej osób z nim widziało, na Mazowieckiej, po której należało się przechadzać w sławnym towarzystwie, na Mazowieckiej, gdzie Konstanty Willemann był dandysem bawiącym się laseczką, satelitą artystów dopuszczonym przez Jarosława jakąś tajemniczą siłą międzyludzkiej formy do kontaktów z najpierwszymi, ku zazdrości tych przecież prawdziwych artystów i twórców, w przeciwieństwie do mnie obdarzonych talentem takim lub innym, których jednak na górkę nie zapraszano, a mnie zapraszano. Nie zawsze i nie za każdym razem, ale zapraszano.

No, ale ja miałem opelka z brezentowym dachem i byłem przystojnym i zamożnym młodzieńcem z niemieckich hrabiów śląskich, miałem piękne garnitury, tańczyłem jak diabeł, byłem podporucznikiem ułanów rezerwy z dobrego, chociaż prowincjonalnego pułku, grałem w tenisa, znałem języki i zwyczajnie pasowałem do świata, w jakim oni wszyscy chcieli samych siebie widzieć.

Więc nienawidzili mnie szczerze ci wszyscy poeci i poetki i malarze i artyści drugiej ligi, drugiego sortu, już nie tacy nieistniejący, już tacy, co są, piszą, publikują tu i ówdzie, od „Prosto z Mostu" po „Wiadomości", chwali się ich albo gani, żyją, są.

Ale jak żyją, ubogo, w jednym paltociku, w wyświechtanych, niezgrabnych marynareczkach, wełna przeświecona na kolanach i łokciach do przezroczystości, tak żyją, a jakież tam auta! Jakież tam podróże, do Wiednia czy Mediolanu, jak jadą do Paryża, to gnieżdżą się po jakichś pokoikach z robotniczym robactwem z Bułgarii i Rumunii, na hotele, w których sypiam, sypiałem ja i mnie podobni, nawet nie spojrzą.

A ci, co nie ubogo, jak ten młody wileński przyjaciel Iwaszkiewicza, co lubił komunistów i co nie pamiętam jego nazwiska, ten z kwadratową szczęką, poeta na posadzie, zmęczony, zdruzgotany pracą, czuje, jak talent wycieka mu przez palce strudzone miesięcznymi raportami i sprawozdaniami, ten, chociaż ma dobry garnitur (ale auta oczywiście nie), to jest jeszcze biedniejszy niż tamci, co czasem nawet głodują, bo nie ma nawet swojej godności i nienawidzi takich jak ja jeszcze bardziej.

Dobrze pamiętasz jego nazwisko, Kosteczku, dobrze pamiętasz, Jarosław go uwielbiał, wiesz dobrze, udałeś tylko to zapomnienie, sam przed sobą udałeś, po co ci ten teatr?

Wiem dobrze po co. On był poetą, a ty byłeś człowiekiem, który miał miesięczny dochód, pochodzenie i samochód.

On był i będzie poetą, a ty, Kosteczku, gdzie twój dom i samochód?

Więc gardzili mną, Jackiem, naszymi żonami, garniturami i autami, gardzili tymi, których łask pożądali, Jarosławowi mieli za złe, że nas dopuszczał do kręgu w Ziemiańskiej, a potem to już częściej w IPS-ie albo w SIM-ie na Królewskiej, nawet nie musieliśmy się wkupywać w ich łaski, nie musieliśmy stawiać obiadów, bo przecież oni nie pożądali naszych pieniędzy bezpośrednio, nie chcieli moich czeków czy rentierskich dochodów Jacka, chcieli obcowania z nami.

A teraz przyszedłem tutaj, do Ziemiańskiej, a jednak nie do Ziemiańskiej przyszedłem. Nie było ani jednej znajomej twarzy. Przy stoliku na górce siedział jakiś obszarpaniec i siorbał zupę, rzecz niewyobrażalna nie tylko przed wojną, ale nawet jeszcze przed kapitulacją niewyobrażalna — żeby ze stolika pod wymalowaną na ścianie filiżanką kelner nie przegonił przygodnego gościa. A ten nie wyglądał nawet na warszawiaka, tylko na przyjezdnego uchodźcę. Godziły weń wściekłe, oburzone spojrzenia, ale to przecież tak niewiele wobec tego, że jeszcze dwa tygodnie z okładem temu najroślejszy z kelnerów spuściłby natręta ze schodów, a następnie wyrzucił w ogóle z kawiarni, kopnąwszy uprzednio w dupę.

Siadłem przy pustym stoliku.

— Uszanowanie wielmożnemu panu — powiedział kelner, kłaniając mi się w pas, jakbym był co najmniej Radziwiłłem. — Nareszcie jakaś twarz znajoma i szlachetna, wielmożny panie.

Ukłoniłem się z pełną szacunku wdzięcznością.

— Jest kawa?

— Marna, ale jest.

— Wódka?

Skinął głową.

— To pół czarnej i dalekobieżny.

— Się robi.

Sięgnąłem po gazetę, wisiała przy ścianie w drewnianym uchwycie. Nowy „Kurjer Warszawski", numer piąty. Już piąty! Cztery mnie ominęły. Przeglądam, przerzucam skromne strony, parę artykułów, mapka, dziesiątki ogłoszeń, kolegów podchorążego Kasperskiego Ignacego o wszelkie wiadomości o losie syna proszą rodzice, numer domu ulica telefon.

I nic.

Tylko na drugiej stronie tytuł: *Straszliwy mord na ulicy Leszno!* Napastnik żydowskiego pochodzenia morduje lwowianina Tumanowicza, oślepiwszy go uprzednio za pomocą noża, najpewniej aby ten ostatni wyjawił, gdzie przechowywał pieniądze.

Dlaczego żydowskiego?...

Myśl, Kosteczku, myśl. Nie mogli cię wziąć za Polaka, mówiłeś po niemiecku. No?...

Nie mogli mnie wziąć za Polaka, mówiłem po niemiecku. Nie mogli napisać, że Niemiec albo niemieckiego pochodzenia. A skoro nie Niemiec, nie Polak, a mówił po niemiecku, to Żyd. Bo przecież nie Szwajcar.

I dobrze. Zresztą jedno piszą, a Niemca szukają. Zapewne. Zresztą gdzie by teraz szukali, w takim chaosie. Nie szukają. Nie ma się co bać.

Nie ma się co bać. Tylko boję się cholernie, dlaczego się boję, dlaczego. Nie ma się co bać. A jednak.

Posiedziałem tak trochę w dziwnym poczuciu bycia nigdzie, w świecie, którego nie ma, w wielkim pomiędzy.

Wypiłem wódkę, popiłem niedobrą kawą. Wstałem, aby odwiesić gazetę na miejsce. Rozejrzałem się znowu po kawiarni. Profan kalający swoją zupą stolik na górce już zniknął. Stolik pamiętający łokcie Wieniawy i Tuwima stał pusty, ja przy nim nie siądę. Przy innych stolikach na dole siedzieli już inni goście, na których kelner spoglądał nieco życzliwiej: odziani dziwacznie, nastała moda turystyczna, zauważyłem już wcześniej na ulicy, ale składałem to na karb tego, że każdy ubiera się, jak może, byle cieplej. Ale tutaj, widzę, był to ewidentnie świadomy wybór garderoby. Górskie buciki z podkówkami. Narciarskie czapki, anoraki. Pumpy i skarpety kraciaste, nawet plecaki ze dwa zwisały z krzeseł.

Oparłem się o kontuar, poprosiłem o jeszcze jeden dalekobieżny. Kelner nalał od razu i od razu też zauważył, że nie wracam do stolika, tylko czegoś odeń chcę.

— Panie starszy — zapytałem. — Czego oni tak poubierani wszyscy, jakby na wycieczkę w Tatry szli?

Wzruszył ramionami.

— Taka moda, okupacyjna. Że niby już, już do drogi na Węgry się gotują. Patrz pan, tamten nawet szalika nie ściągnie. Lada chwila, a narty będą mi tu pod ścianą ustawiać.

— A nie boją się, że będą aresztowania?...

— No widać nie. Niemcy przecież tu nie zaglądają. Dla Niemców podobno Adria ma być zarezerwowana, jak otworzą. A może już otworzyli, nie wiem.

— Coś takiego? — zdziwiłem się uprzejmie i postałem chwilę jeszcze przy kontuarze, po czym wróciłem do stolika i w tej samej chwili, kiedy usiadłem, otwarły się drzwi i wszedł Witkowski. Skórzana kurtka, bryczesy z oficerkami, angielski wełniany krawat w grochy, cyklistówka. Zwracał na siebie uwagę, nawet na tle turystów przy stolikach.

Przy tym już od progu zachowywał się przedziwnie: stanął w drzwiach i rozejrzał się po całej sali spojrzeniem jakby przenikliwym, badawczym, obmacując wzrokiem wszystkich. Trwał tak chwilę w taksującej pozie, a prawicę bardzo jednoznacznym gestem trzymał w kieszeni skórzanej kurtki, ręka nie luźno oparta, lecz naprężona, łokieć odsunięty od ciała sygnalizował jasno: w kieszeni mam broń! Może i miał, może nawet mojego brauninga, ale raczej myślę, że to teatr.

I nagle, tak samo nagle jak wszedł — rozluźnił się. Okrągła twarz rozlała się w uśmiechu, czapkę zdjął, zabrzmiało gromkie „dzień dobry!", domniemana broń spała słodko w kieszeni, nienarodzona, a może urojona.

Nie odpowiedziałem, ciągle zdziwiony teatralnym zachowaniem Inżyniera. Spojrzałem po twarzach innych gości kawiarni, która już tylko z nazwy przecież była Ziemiańską: byli wniebowzięci! No tak, jakże wspaniale pasowała do ich turystycznych strojów — a więc przecież patriotycznych, w tym rzecz! — ta kabotyńska pokazówka, kowbojskie gesty, te bryczesy i buty wysokie.

Tymczasem Witkowski był już przy moim stoliku.

— Dzień dobry — powtórzył. — Dobrze, że pan już jest.

Usiadł, kelner bez pytania podał mu kawę i — rzecz ciekawa! — koniak.

— Dla mojego towarzysza to samo — zaordynował, jakbym był wygłodzoną panienką, którą zabiera się do cukierni, napycha ciastkami, a chwilę potem pierdoli w brudnym pokoiku na godziny, póki dziewczątko pamięta jeszcze słodki smak nadziewanych makaroników od Herbaczewskiego.

— Mam dla pana dokumenty.

Niby w magicznej sztuczce na stole pojawił się przedwojenny dowód osobisty.

— Na nazwisko Machura. Machura Jan. Zamieszkały w Warszawie, bezrobotny. Proszę obejrzeć.

Obejrzałem. Kelner przyniósł mi koniak i pół czarnej.

— Skąd pan ma moje zdjęcie?... — zdziwiłem się.

Machnął tylko ręką.

— Proszę mi dać — powiedział. Oddałem dokument, a Inżynier ku mojemu zdziwieniu schował go do z powrotem do skórzanej kieszeni. Powąchałem koniak. Dobry, chyba Martell.

— Martell? — zainteresowałem się uprzejmie.

Inżynier popatrzył na mnie bez szacunku. Postanowiłem więc powrócić do tematu dokumentów.

— Ale chyba potrzebowałbym tych papierów, prawda? — zapytałem raczej nieśmiało.

— Chyba tak. Ale jeszcze nie teraz. Mam dla pana lepsze rozwiązanie, dużo lepsze. Otóż pójdzie pan na Fredry 6, kamienica Wawelberga. Wie pan, gdzie to jest?

Trzecia osoba, nie druga. A więc nie stracił szacunku. Szanuje mnie. Szanuje.

— Wiem. Bank Zachodni.

— Otóż to. Świetnie. Tam jest Klub Niemiecki, pójdzie tam pan i zadeklaruje się jako Niemiec. Wróci pan nawet do nazwiska ojca, czemu nie. Konstanty Strachwitz von Gross-Zauche und Camminetz.

Zastygłem przy stoliku, z kieliszkiem w połowie drogi od blatu do ust. W nozdrzach wiercił aromat koniaku, a ja nie potrafiłem odzyskać głosu, treść tego, co powiedział Inżynier — i co to było, właśnie: prośba, rada, rozkaz?... — treść tego, co powiedział, nie zdążyła się jeszcze rozlać po świadomej części mojego skołatanego umysłu, ale już zdążyła mnie sparaliżować.

Kosteczku, Kosteczku, dlaczego miałbyś to zrobić?

— Drugą, fałszywą tożsamość również będzie pan miał do swojej dyspozycji, bo może być potrzebna. Ale najbardziej potrzebny jest pan organizacji jako Niemiec. I, swoją drogą, musi pan złożyć przysięgę.

— Inżynierze, ale ja nie chcę być Niemcem! Ja jestem Polakiem! — zajęczałem żałośnie. — Kosztowała mnie ta polskość, walczyłem za tę polskość, nie mogę teraz zostać Niemcem, jeszcze pod moim nazwiskiem!...

Witkowski uśmiechnął się ciepło.

— No, musi być pod prawdziwym nazwiskiem. Pan będzie naszymi oczami u nich, ale też naszym kontaktem, pan będzie być może najważniejszym ogniwem naszej organizacji, najpotrzebniejszym. Pan nam jest potrzebny nie jako jakiś tam Niemiec, ale jako Strachwitz.

— Ja jestem Willemann! — krzyknąłem. Rozejrzałem się po sali, przestraszywszy się tego krzyku. Kelner patrzył na mnie badawczo. Witkowski cały czas uśmiechał się ciepło, jakby to, co się stanie, już dawno zostało postanowione, a teraz musi tylko przeczekać moje żale i dąsy.

— Ale jeszcze dziś zostanie pan Strachwitzem. I proszę sobie nie wyobrażać, że będziemy puszczać jakieś plotki. To, że pan będzie naszym agentem, pozostanie najściślejszą tajemnicą, będzie pan musiał znieść pokornie wszelkie szykany towarzyskie.

— Moja żona tego nie zniesie — zajęczałem.

Witkowski zawahał się chwilę, przez jego okrągłą twarz przebiegły kolejno sprzeczne grymasy, najpierw chłód i bezwzględność, a nagle, zaraz — ustępliwość i serdeczność. Rozłożył szeroko ręce:

— Żonie może pan powiedzieć. — Uśmiechnął się. — Zrobimy ten wyjątek. Znam pańskiego teścia, kobiecie z takiej rodziny można zaufać.

— Inżynierze, ależ ona nie uwierzy.

— To ja jej powiem sam. Nie mam wątpliwości, że ona będzie potrafiła dotrzymać tajemnicy. Tylko wie pan co, będziemy tutaj musieli zrobić pewną komedię.

Zadrżałem.

— Tak. Bo widzi pan, że pan zostanie Reichsdeutschem, to każdy łatwo uwierzy, z pańskim pochodzeniem... — powiedział swobodnie, jak gdyby nigdy nic, a jednak widziałem, czułem się obserwowany, interesowała go moja reakcja na te słowa i pewnie dostał to, czego szukał, bo wzdrygnąłem się wyraźnie. Uśmiechnął się i mówił dalej:

— Tak, w to uwierzy każdy. Ale pańska żona przecież się nie poda za Niemkę. A skoro nie może się podać za Niemkę, to nie może też przy panu zostać jako Polka. Będziecie musieli się rozstać. Oczywiście na niby. Będą nawet możliwe jakieś tajne spotkania co jakiś czas.

Nie byłem w stanie już na to odpowiedzieć. Bo jak?

Protestować, Kosteczku, walczyć o swoje, o swoją godność, o siebie samego, o swoją tożsamość, z takim trudem zbudowaną, wywalczoną. Spróbuj, kochany chłopcze, spróbuj.

— Ale przecież ja z nimi walczyłem dopiero co — zaprotestowałem więc, skoro poczułem taką potrzebę.

— No przecież pan nie strzelałeś, prawda? Mówiliśmy o tym ostatnio — powiedział, ani na chwilę nie przestając się uśmiechać, uśmiechem jak pysk rekina.

Zabrakło mi tchu, zabrakło mi tchu. Znowu mówi do mnie w drugiej osobie.

Kosteczku, śmieszna kulko mięsa i skóry, biedna maleńka zabawko moja, zabawko ciemnej substancji pulsującej pod skorupą świata, Kosteczku, mój ukochany, jedyny...

Witkowski szturchnął mnie w ramię.

— To przecie żarty, miły panie. Walczyłeś pan z nimi, a oni za to będą pana szanować. Słyszałeś pan o Guderianie?

No, słyszałem, słyszałem. Generał. Skinąłem więc głową.

— No, a więc jacyś niemieccy kuzyni jego, z Chełmna, też walczyli jako nasi oficerowie, i to walczyli dobrze podobno, a teraz uznali się za zwolnionych z przysięgi, jako że, wystawi pan sobie, uznali, że Polski już nie ma, więc przysięga nieważna...

— No bo nie ma przecież — przerwałem mu. — Więc może rzeczywiście nieważna.

Inżynier zaśmiał się bardzo głośno, klepiąc się po udach.

— Dobre, dobre!... Tak masz pan im mówić, jak będą pytać. Bardzo dobrze!

Nagle spoważniał, a ja nagle zrozumiałem, że Witkowski po prostu kocha aktorstwo, te nagłe kontrasty w nastrojach.

Niczego nie zrozumiałeś, Kosteczku, niczego nie wiesz, nie potrafisz czytać ludzi, których spotykasz, bo jesteś ślepy, bo nie rozumiesz człowieczeństwa.

— Ale tak naprawdę to pan wie: Polska jest tutaj! — Inżynier huknął się w pierś szeroką, aż zagrzmiało. — I u pana też jest. Ja wiem.

Wstał.

— Jak się pan zamelduje i zapisze u nich, proszę do mnie zatelefonować, zaprzysięgniemy pana i dostanie pan dalsze rozkazy. No, to tymczasem.

Klepnął mnie w ramię. Wstałem, ciągle oszołomiony.

— Matce muszę powiedzieć prawdę.

Uśmiechnął się szeroko, znowu, znowu, znowu, radosny jak jowialny pan domu w lekkiej komedyjce.

— Nie będzie potrzeby, zobaczysz pan. No, na mnie czas. Ojczyzna czeka. Czołem!

Odpowiedziałem jakimś pomrukiem niewyraźnym, znowu nie umiałem się znaleźć w tym nowym decorum kontaktu ni to towarzyskiego, ni służbowego, co powinienem mówić: „Tak jest, Inżynierze"? „Ku chwale ojczyzny"?...

Nie powinieneś po prostu przyjmować tych rozkazów, Kosteczku. A skoroś już przyjął, to to już nie ma żadnego znaczenia, jak teraz zareagujesz, mój miły.

— A, zapomniałbym, przecież. — Witkowski zawrócił w pół drogi. — To dla pana.

Położył na stoliku maleńki, ale gruby kwadracik papieru, kartkę wielokrotnie złożoną. I wyszedł, zniknął, a czy był tu naprawdę? Dziwne spojrzenie kelnera dowodziło, że był.

Rozprostowałem zwitek. Wypisany po polsku zielonym atramentem głosił: „Iga Rostańska, aresztowana pod Radzyminem dnia pierwszego października, aktualnie przebywa w tymczasowym areszcie na ul. Szucha 25, może zostać przeniesiona do więzienia przy ulicy Dzielnej 24/26".

Pierwsza myśl: co robiła pierwszego października pod Radzyminem? Dlaczego uciekała z Warszawy, zamiast być przy boku Jacka?

Druga myśl: zatelefonować do Jacka, do szpitala, przecież to znaczy, że Iga żyje, żyje! Opowiedzieć mu o wszystkim, ale czy o zdjęciach od Salome?...

Trzecia myśl: jeden dzień, dowiedział się tego w jeden dzień. To nie jakaś lipna, kanapowa organizacyjka, w której może są i chęci do działania, ale nie ma ku niemu możliwości ni środków. Witkowski może. Więc czy nie jest godnym współpracować z nim w tym dziele? Nawet kosztem przybrania niemieckiej tożsamości, oto najwyższe poświęcenie dla ojczyzny, pozbyć się dla niej nie życia, co potrafi byle żołnierz, ale zaprzeć się samego siebie, własnego imienia i honoru, przyjąć nie tylko kule, ale gorzej, przyjąć dumnie obelgi i plwociny, które na mnie niechybnie zlecą.

Tak, jestem na to gotów?

Czy tylko z myślą o tym, jak wielka będzie moja chwała już po zwycięstwie? Kiedy maski spadną i publiczność szeroka dowie się z ust godnych i zaufanych, że oto Konstanty Willemann nigdy nie zaparł się swej ojczyzny, a jedynie wykonywał zadanie, jakie ta ojczyzna nań nałożyła, na barki jego.

Przecież nie tylko dlatego.

Tak, Kosteczku, nie bój się myśleć o tym, bo przyjmując to zadanie, okazujesz bohaterstwo, nie wstydź się o tym bohaterstwie myśleć, niech cię ta myśl napędza, bo co innego może cię napędzać? Tak, Kostusiu, ukochany mój, jedyny mój.

Więc nie tylko dlatego. Gdybym nawet miał zginąć jako Niemiec, stracić życie i straciwszy je, dobrego, polskiego imienia już nigdy nie odzyskać, czy nie zgodzę się na to chętnie?

Zgodzisz się, Kosteczku, bo to właśnie gra w twojej głowie, tak cię wychowano, ojciec i matka bez różnicy, abyś był gotowym na wszelkie poświęcenia tego rodzaju, abyś się ich nie bał, bo są to poświęcenia metafizyczne, nie wymagają społecznej sankcji, wystarczy, że dzieją się w tobie, dotyczą twojej intymnej relacji do tej przedziwnej, tajemniczej cudowności, jaką jest ojczyzna.

Ojczyzna.

Dopijam koniak i po dwóch dalekobieżnych i tym kieliszku czuję już lekki rausz.

I z tego rauszu pojawia się myśl, nie, nie myśl — cień myśli zaledwie, jak ukłucie maleńką igiełką, gdzieś bardzo głęboko.

Buteleczka pełna szczęścia i tęczowej radości i zapomnienia i ciała mojej słodkiej Salome, jak biała miękka skóra i fałdki i smak i gorąco jej kobiecości i spierzchnięta skóra jej piersi...

Ale nie, nie, tłumię to uczucie. Nie jestem już tym Konstantym. Gdzież mnie zaprowadziło bycie Konstantym morfinistą i dziwkarzem, do tego, że z konieczności wydłubałem człowiekowi oko, aby potem go z zimną krwią zamordować, chociaż ten wcześniej darował mi życie. Nie, już nie. Żadnych narkotyków, żadnych kochanek.

Teraz liczy się tylko Polska.

Przy barze zamawiam jeszcze jeden koniak, wypijam jednym haustem, za nic mając obyczaj. Chcę płacić — kelner nie pozwala.

— Ale jak to, panie starszy? — dziwię się.

Kelner uśmiecha się z życzliwością i pewną konfidencją.

— Panowie piją tu za darmo — mówi, jakby wszystko wiedział i rozumiał.

Nie sposób z tym dyskutować przecież, cóż więc mogę zrobić?

Przypominam sobie o Jacku.

— Można od was zatelefonować?... — pytam.

Kelner skłonił się uprzejmie i spod lady podał mi bakelitowy, czarny aparat na długim sznurze. Sygnał był. Wykręciłem numer do szpitala i poprosiłem o doktora Rostańskiego.

— Nie ma — odparł smutny głos pielęgniareczki, który jakoś kojarzył mi się z tą zmęczoną i dupiastą panienką, nad której marnowaniem się w służbie chorym ubolewałem, odwiedzając Jacka ostatnim razem.

— Do domu poszedł, spać, wypocząć, bo na nogach był od siedemdziesięciu dwóch godzin — dodała, jakby była uprawniona do podawania wszelkich detali z życia doktora Rostańskiego. — Poszedł i go nie ma, wcale.

Podziękowałem, odłożyłem słuchawkę.

A więc gdzie teraz?

Napiłbym się jeszcze, ale się nie napiję. Do domu? Wytłumaczyć, zapytać Helę, co myśli o tym? Do matki?

Ale nie. Winien jestem to Jackowi. Igę jestem mu winien przecie.

Niesie mnie do mieszkania Jackowego, niosą mnie nogi, ale czy to ja idę po ulicach, czy to ja stawiam kroki, buciki błotem powalane, czy to ja idę? Co mnie pcha ku niemu?

Mieszkanie ma Jacek duże, lekarskie, w kamienicy na Wilczej, lecę Marszałkowską, idę — nie idę, czy będzie w mieszkaniu, tego nie wiem, ale idę, niesie mnie przekonanie, że to jednak możliwe, aktem woli zmienić swoje życie. Zostawiłem tamtego siebie w mieszkaniu Salome albo w kamienicy przy ulicy Leszno, nad trupem Kajetana Tumanowicza zostawiłem, nie ma tamtego mnie.

Jestem ja inny: gotów do poświęcenia wszystkiego, ja jestem, który pomógł przyjacielowi, odrzucił pokusy odurzania się, jestem godnym, odważnym, jestem polskim oficerem, jestem Polakiem, jestem człowiekiem, jestem mężczyzną, jestem, jestem, jestem, schody, niesie mnie do góry po tych schodach i dalej przed drzwi Jacka, bilecik w ramce na drzwiach przedwojenny, Dr med. Jacek Rostański, więc dzwonię, prądu nie ma, dzwonek milczy, więc pukam, Jacku, Jacku, Jacku, przyjacielu jedyny mój, bądź w domu.

Pukam.

— Jacek, otwórz, to ja! — krzyczę w ślepe drzwi.

I otwiera w końcu, jest, jest w domu, Jacuś mój.

Stoi w drzwiach w piżamie w pasy, oczy zupełnie nieprzytomne, włosy potargane, i ja stoję, nie przekroczywszy jeszcze progu, i tak czuję jego oddech nieświeży. Zakłada okulary, druciane zauszniki nie chcą się dobrze zawinąć, ale założył.

— Kostek — mówi cicho, nic więcej, żadnego „dzień dobry", żadnego „morfiny nie dam, nie mam", żadnego „idź precz".

Wpuszcza mnie do mieszkania, wielkie to mieszkanie i piękne, bałagan straszliwy i brud. Nie ma Igi, nie ma służącej, Jacka też nie było, ale kto tak nabałaganił, nie wiem.

Idę do salonu, Jacek człapie za mną, jakbym to ja był tutaj gospodarzem.

Siadam w fotelu, nie czekając na zaproszenie, bo po co.

— Nie mam morfiny — wyrzuca z siebie wreszcie głosem martwym jak martwymi są uschłe kwiaty w pokoju, kwiaty przedwojenne, kwiaty ręką Igi posadzone, a więc jakby moją ręką, skoro to jej ręką.

— Nie chcę morfiny, mówiłem ci.

— To czego chcesz? — To nie jest lodowate, to po prostu pytanie zużytego, wyczerpanego człowieka.

— Wiem, gdzie jest Iga.

Jacek zachwiał się, zatrząsł, zatoczył, oparł o ścianę i po ścianie zsunął się na podłogę jak plwocina.

— Żyje?...

— Żyje. Aresztowana. Na Szucha 25, tam jest policja niemiecka teraz. Albo mogli ją przenieść na Pawiak.

— Ale za co aresztowana, moja Iga, za co? — zajęczał, już przez łzy, łzy, na które nie miał siły, zmęczony, wyczerpany, pusty.

— Nie wiem za co, Jacek. Teraz posłuchaj. Wyciągnę ją.

Nie słuchał, płakał, nawet plecy osunęły się po ścianie, leżał teraz na brudnym parkiecie i płakał, wielkie dziecko z tytułem doktora nauk medycznych.

A ja zacząłem mówić, o wszystkim. Żadnych tajemnic. O Witkowskim, organizacji i o tym, że dla organizacji zostanę Niemcem.

To znaczy nie o wszystkim. Przecież nie mógłbym opowiedzieć mu o mordowaniu Tumanowicza, o tym nie mógłbym opowiedzieć nikomu, do tego nie przyznałbym się nawet samemu sobie. Przecież prawie już o tym zapomniałem.

I zapomnisz o tym zupełnie, Kosteczku. Zapomnisz, wyrzucisz z głowy, będzie do ciebie ten Tumanowicz przychodził we snach, ale tylko takich, które wprost nie przesączają się do świadomości, ale jednak przesączają się ich soki, skapują i zatruwają, i zatruwać cię będą. Tak jak zatruwają cię wspomnienia z przeszłości, Kosteczku. Nie pamiętasz, ale ja pamiętam, byłam wtedy przy tobie, zawsze byłam przy tobie.

Nie pamiętasz, zapomniałeś, jak doniosłeś na kolegę, który lubił innych kolegów, nie pamiętasz, jak powiodłeś woźnego za rękę, grube sukno granatowe, rękaw, mosiężne guziki, powiodłeś go na strych szkoły, a tam chłopcy stali nadzy i całowali się, a woźny, mieszczańsko i szczerze oburzony, powiódł ich nagich, za ucho, ich dłonie wstydliwie przykrywają przyrodzenia porosłe świeżym włosem, podtrzymują je, jakby próbowały podtrzymywać życie, które właśnie się rozpada, woźny wielki z wąsami powiódł ich do gabinetu dyrektora i dopilnował, osobiście dopilnował, aby tej sodomii nie udało się zatuszować. Stracił za to pracę, bo dyrektor chciał sprawę załatwić polubownie, był człowiekiem bywałym i wiedział, że wśród inteligencji miłość taka nie jest rzadkością. Lecz woźny nienawidził chłopców z inteligenckich rodzin, nienawidził ich każdego dnia coraz bardziej, bo każdego dnia patrzył na swoich lumpenproletariackich synów, jak ich życie toczy się tymi samymi torami, jakimi toczyło się jego życie, i poszedł z tym do prasy nawet, wiedząc, że za tę nielojalność utraci posadę, i utracił, lecz sprawy nie udało się zatuszować i chłopców wydalono z gimnazjum i naznaczono ich piętnem, za twoją sprawą, Kosteczku, nie pamiętasz tego, ale to twoje dotknięcie, Kosteczku, dotknięcie rękawa woźnego, twoje słowa zepchnęły ich w dół równi pochyłej.

Pamiętasz za to, jak się nad tobą znęcali obaj, ciągle ich nienawidzisz za to, jak wyśmiewali twój akcent, jak bili cię w ciemnych jaskiniach szkolnych korytarzy, jak pluli ci z okna na głowę, silniejsi od ciebie, starsi i nieświadomi tego, do czego jesteś zdolny, nieświadomi twojej cierpliwości i twojej nienawiści, Kosteczku. I nie dowiedzieli się nigdy, że to ty zburzyłeś ich życia, że to za twoją sprawą nagich korytarzami szkoły przeprowadził ich do dyrektora i do kronik kryminalnych woźny, który bardziej niż chętnie rozmawiał potem z dziennikarzami, nie dowiedzieli się, bo tobie na tej ich wiedzy o tym nie zależało, bo nie na tym polegać miała twoja zemsta.

Twoja zemsta nie miała być wtedy relacją ciebie do nich, nie chciałeś osobiście zatryumfować, chciałeś po prostu zniszczyć ich małe, podłe życia, chciałeś po prostu im zaszkodzić, a ja ci w tym pomogłam, powiodłam cię ich ścieżkami i ich śladem, aż ich wyśledziłeś, aż odnalazłeś miejsce ich miłosnych schadzek, i widziałeś, że kochali się naprawdę, że kochali nie tylko swoje młode ciała, ale kochali się prawdziwie, tak jak potrafią kochać piętnastolatkowie, kochać się wbrew wszystkiemu i wszystkim.

Spotykałeś ich potem, jeden z nich obracał się gdzieś w niższych rejonach artystycznych sfer, coś tam publikował nawet w „Prosto z Mostu", drugi zniknął z horyzontu, podobno wyjechał do Berlina, tyle o nim wiedziałeś. I siedząc nawet przy jednym stoliku z tym, który do Berlina nie wyjechał, nie myślałeś o twojej zemście, boś zapomniał, zupełnie zapomniał, a on nie myślał o tym, jak cię dręczył, boś go złamał, boś tą denuncjacją odebrał mu całą samczą siłę. Kiedy go prowadzono nago, samczą siłę gubił z każdym padającym nań spojrzeniem, nawet jeśli nie były to spojrzenia szydercze, a większość nie była, większość spoglądała nań ze współczuciem, bo dzięki znanemu zamiłowaniu do dręczenia słabszych był chłopcem powszechnie w szkole lubianym.

A ten, co wyjechał do Berlina, tego już nie wiesz, Kosteczku, został kochankiem pewnego Sturmführera z SA, cudem uniknął śmierci podczas Nocy Długich Noży po to tylko, by trafić do Dachau i tam umrzeć. Na tyfus.

Ale ty o tym nie myślałeś i nawet gdybyś wiedział, tobyś nie myślał, Kosteczku, bo nie siebie chciałeś tą zemstą nasycić, Kosteczku, nie siebie.

Więc opowiadałem Jackowi o Inżynierze, o tym, że mam zostać Niemcem i po co mam zostać Niemcem, i o tym, że jako Niemiec na pewno Igę uda mi się wyciągnąć, bo też przecie

Niemcem będę nie byle jakim, więc uda się na pewno, nie martw się, Jacku, nie bój, nie martw się.

A on płacze, płacze, potem zasypia na moment, potem budzi się, już jakby otrzeźwiały.

A ja myślę, czy zapytać go o fotografie, które widziałem u Salome, Jacek wie o Salome, więc tłumaczenie wszystkiego nie byłoby przesadnie skomplikowane, ale czy potrzebna mu ta wiedza?

Nie, niepotrzebna, jeszcze nie teraz, niech ją najpierw wyciągnę z tego więzienia, nie wiem jak, ale niech ją jakoś wyciągnę, potem zapytam o to Igę, z nią to wytłumaczę, odzyskam w tym tłumaczeniu ślad dawnej intymności, nie będę oceniającym ani sądzącym, ale wyrozumiałym i życzliwym, Iga znajdzie we mnie wybaczającego wszystko powiernika.

Więc mówię Jackowi o tym, że Witkowski chce, żebym został Reichsdeutschem. Że dla Polski. Że organizacja potrzebuje. I tak dalej. Ale Jacek nie słucha.

— Wyciągniesz ją? — pyta cały czas. — Wyciągniesz?

Więc uspokoiłem go, uśpiłem, jak się usypia dziecko. I wyszedłem.

Do domu, do Heli, do Jureczka. Idę, a jakbym nie szedł, bo miasto mnie niesie tak, jakby mnie nie było we własnej głowie, miasto półmartwe, a jednak żywe, Warszawa.

Mój domu z czekolady, kim jestem, kiedy wspinam się po twoich schodach, pukam do drzwi, Hela i mój syn, kim jestem?

A potem w nocy rozmawiamy.

Przypominam sobie, dobrze sobie przypominam, kim jest dla mnie ta cudowna kobieta, którą prawdziwie pokochałem, a potem o tej miłości zapomniałem, bo pojawiły się inne ciała, a potem pojawiła się Salome z jej ciałem białym i kurewskim, ciałem, którego nie wyrzucę już z głowy z jego miękkością i obfitością, ale przecież nie była dla mnie Salome nawet w części tym, kim jest dla mnie Hela.

A ja tak chętnie oskarżam i osądzam ją w swojej głowie, jakbym jej nienawidził, a przecież kocham. Oskarżam o to, że jest córką swojego ojca, a przecież wcale nie jest nią bardziej, niż każdy jest dzieckiem swoich rodziców.

I kocha mnie bardziej niż Polskę.

Czy kocha cię bardziej niż Polskę, Kosteczku?

Nie wiem.

Mówię, że zostanę Reichsdeutschem i że będziemy musieli zerwać, że będzie musiała się mnie wyprzeć. Żeby legenda była prawdopodobna. Że niewykluczone, że będą chcieli odebrać jej Jureczka, ale postaram się temu zapobiec.

— Powiemy, że Jureczek nie jest twoim synem — radzi Hela. — Tylko owocem romansu z jakimś Polakiem.

Przełykam to, przełykam te słowa bardzo głośno.

A ona, kochana ona, ona to widzi wszystko i rozumie. Jureczek już śpi, a Hela, kochana Hela bierze mnie w objęcia, prowadzi do łóżka i przecież wiem, że wie o moich zdradach, ale wie też, że kocham ją prawdziwie, więc mówi mi słowa najsłodsze, szepcze mi je do ucha, jedna kostka cukru za drugą, będziemy się spotykać potajemnie, po wojnie wszyscy dowiedzą się prawdy i będę bohaterem, ona nawet nie spojrzy nigdy na innego mężczyznę, ją też to boli, boli ją to jak rana od sztyletu w samym sercu, ale rozumie, że tak trzeba, że to wojna i przecież to logiczne, że z moją niemczyzną i niemieckim pochodzeniem będę w ten sposób mógł Polsce przysłużyć się najbardziej, najlepiej, rozpina moją koszulę, trzeba ponieść tę ofiarę, jakbym jej nie poznawał, całuje moją szyję, żaden mężczyzna jej nie dotknie, będziemy się spotykać, Kosteczku, a co z Jureczkiem, Jureczkowi powiemy małe kłamstwo, że tatuś wyjechać musiał, a jak mu dzieci powiedzą na podwórku, że tatuś został szkopem, nie puszczę go na podwórko, Kosteczku, całuje mój brzuch, tak jak nigdy nie całowała, pieści moje ciało, jak nigdy nie pieściła, pieści mnie tak, jakby była mężczyzną i jakbym ja był kobietą, którą trzeba rozpalić, ale będziesz mógł go widzieć, kiedy będzie spał, Kosteczku, będziesz go okrywał, a potem, po wojnie, mu wszystko powiemy i będzie miał ojca bohatera, rozpina mi spodnie, ściąga je delikatnie, ściąga moją bieliznę, zastanawiam się, czy będzie mnie całować tak, jak do tej pory całowała mnie tylko Salome, bierze mnie w dłoń i jej spojrzenie odnajduje moje oczy, gdybym ją tylko teraz zachęcił, to pocałowałaby, ale ja nie chcę, chcę, żeby jej usta pozostały czyste, więc przyciągam ją do siebie, wyżej, całuje mnie w usta, kochałabym cię, Kostek, nawet gdybyś naprawdę został Niemcem, bo jesteś moim światem całym, nie mogłabym cię nie kochać, jesteś całą mną, mnie poza tobą nie ma, Konstanty.

Ja jestem nagi, ona ubrana. Odrywa się ode mnie i obnaża tak, jak nigdy się przede mną nie obnażała, nie rozbiera się, jakby rozbierała się w celach higienicznych, nie rozbiera się też wstydliwie, aby wślizgnąć się zaraz pod kołdrę, bo nie wstydziła się nigdy mojego erotycznego dotyku ani nieerotycznego spojrzenia, ale nie lubiła, abym patrzył na nią w świetle w erotycznej sytuacji, a teraz właśnie na to mi pozwala, jej piersi, brzuch, jasne włosy w kroczu, i kiedy ściąga sukienkę, to jeszcze złota, ledwie widoczna mgła jasnych włosów pod pachami, opiera dłonie na mojej piersi i siada na mnie, i kochamy się tak, jak się jeszcze nigdy nie kochaliśmy, Hela ma otwarte usta i zamknięte oczy.

— A teraz idź tam — mówi potem, kiedy leżymy skryci już pod kołdrą.

— Nigdy nie kochaliśmy się tak często — odpowiedziałem. — Bo wczoraj w nocy i teraz znowu.

— Nigdy nie kochałam cię tak bardzo jak teraz, Konstanty. To dlatego. A teraz idź, weź dokumenty, są w gabinecie, w dolnej szufladzie biurka, weź dokumenty i idź.

Całuję ją, jej język wślizguje się w moje usta jak zwiad pożądania i może chciałbym, może byłbym gotowy połączyć się z nią jeszcze raz, ale Hela odpycha mnie delikatnie, ze śmiechem, całuje, ale odpycha.

— Idź, idź, nie ma na co czekać, idź, Konstanty.

Więc napchałem teczkę papierami, świadectwa szkolne, papiery z wojska, wszystko, odziałem się i poszedłem, i myślałem o tym, że po raz ostatni idę ulicami Warszawy jako oficjalny Polak, ale i tak jakoś nie miał mi się kto ukłonić, zaszedłem więc jeszcze na kawę do Lardellego, siadłem pod palmą i wypiłem pół czarnej, ale nawet tam nie spotkałem nikogo znajomego, więc wypiwszy, ruszyłem dalej.

Czego szukasz, Kosteczku, czego szukasz na mieście w swoim garniturku tweedowym, z mordą obitą przez tego, którego zgładziłeś?

A może sama siebie powinnam zapytać, dlaczego ciągle jestem z tobą, dlaczego za tobą podążam, dlaczego cię nie porzucę?

Czy mogłabym cię porzucić, Kosteczku?

Nie mogłabym.

Na Marszałkowskiej wskoczyłem na zaprzężony w haniebną szkapę wóz, wolne było tylko miejsce stojące, twarde ławki przy burtach wozu zajęte były co do jednej. Mógłbym pewnie wyperswadować wiejskiej babinie, że moje ciało bardziej zasługuje na siedzenie na ławce niż jej koszyk z jajami, ale nie miałem nastroju na awantury z chłopstwem, milczałem więc i kołysałem się niezdarnie, kiedy wóz podskakiwał na wybojach.

Przypomniałem sobie, z czym kojarzy mi się podróż na konnym wozie na stojąco: z drzeworytami z okresu rewolucji francuskiej, przedstawiającymi wiezionych na szafot.

Wysiadłem na końcu trasy, przeszedłem Ogród Saski, zapłakałem krótko nad zgliszczami Teatru Letniego, z którego miałem tyle dobrych wspomnień, tyle kobiet! Wyszedłem na Fredry i stanąłem przed bankiem Żyda Wawelberga, który podobno walczył w powstaniu styczniowym. A w kamienicy tej — Klub Niemiecki.

Wszedłem. Nie miałem pojęcia, gdzie się kierować, ale otworzywszy drzwi, już wiedziałem.

Korytarz był już pełen. Pełen kandydatów na Niemca, jak się od razu zorientowałem.

Towarzystwo bardzo kolorowe, cały przekrój społeczny, bardzo się tłoczyło toto u drzwi, z których nie zdjęto jeszcze dwujęzycznego napisu.

Drzwi otwarły się i natychmiast wlało się przez nie do siedziby klubu kilka osób różnej płci i autoramentu.

Stanąłem przy ścianie, postanowiłem uzbroić się w niezłomną, żelazną cierpliwość i czekać, ile trzeba.

Polska tego ode mnie żąda, Polska tego ode mnie chce.

Na tłoczących się spoglądałem z pogardą: oto zdrajcy, konformiści, żałosne kreatury, w których żyłach często pewnie ani kropla krwi niemieckiej nie płynie, a przyszli tutaj tak, jak przyszliby do każdego, kto silniejszy. Łajdactwo. Menażeria. Żulia prawdziwa i żulia mieszczańska, inteligencka w garniturach, ale przecież żulia.

Drzwi otwarły się ponownie i wyszedł z nich wzburzony dżentelmen, bardzo kanciastą niemczyzną wykrzykujący, że zna kogoś z otoczenia samego Himmlera i zamierza się doń odwołać, bo to, co się tutaj dzieje, jest zaiste haniebnym!

Co dodał już po polsku.

Za nim zaś ujrzałem moją matkę.

Zadrżałem.

Jakże się zmieniła! Wódz indiański Biała Orlica nie siedziała już w fotelu, okryta welonem siwych włosów, włosy były ciasno spięte w cieniutki warkocz, zwinięty na potylicy w zgrabne gniazdko. Twarz ta sama, starcza, starcze dłonie, ale odziana w coś, co było chyba kobiecym mundurem z ciemnozielonego sukna, pozbawionym dystynkcji i odznak.

I ona też mnie ujrzała, uśmiechnęła się, skinęła na mnie dłonią i tłum rozstąpił się jak morze przed laską Mojżesza, chociaż w tym kontekście pewnie należałoby unikać żydowskich porównań, i wszedłem, stanąłem przed nimi.

Było to coś na kształt komisji, przyjmującej, jak się szybko zorientowałem, pisemne wnioski o uznanie niemieckości zgłaszających się tutaj mieszkańców Warszawy. Za stołem siedziało więc dwóch cywili, których być może nawet kiedyś widziałem, bo twarze wydawały mi się znajomymi, siedział człowiek w mundurze proweniencji dla mnie nieznanej, za to z monoklem w oku, źle współgrającym z niechlujną fryzurą i niedbale ogoloną szczęką. I siedziała moja matka, jakby Katarzyna Willemann była powołana tutaj do oceniania niemieckości mieszkańców Warszawy.

— Das ist mein Sohn* — powiedziała moja matka po prostu.

A twoja pogarda dla tłoczącego się przed drzwiami tłumu rozpadła się w pył i proch, twoja pewność, że to właśnie należy zrobić — dla Polski — również zniknęła.

Jeśli Biała Orlica jest tutaj w tym zielonym mundurze bez dystynkcji, to znaczy, że Polski już nie ma, po prostu.

Twoja matka była dla ciebie Polską, Kosteczku. Może w ogóle była Polską, nie tylko dla ciebie, może Polska się w niej skoncentrowała i wyraziła najpełniej.

Stanąłem przed nimi.

Matka uśmiechnęła się do mnie serdecznie. Nie pamiętam tego uśmiechu.

---

* (niem.) To mój syn.

— Cieszę się, że przyszedłeś — powiedziała po polsku. — Ale to nie było konieczne, załatwiłam już za ciebie wszelkie formalności. Aktualna sytuacja polityczna wydaje mi się w pewnym sensie tryumfem przedindoeuropejskiego substratu nad aryjskimi najeźdźcami, rozumiesz? Znasz teorię Sigmunda Feista, prawda?

Oczywiście, że nie znam, nie rozumiem, nie słucham nawet, bo znowu, znowu, jak to tak, jak to załatwiłaś za mnie formalności, nie pytając mnie o zdanie, a gdybym chciał zostać Polakiem, przecież chcę być Polakiem, co wtedy?

Czeki, czeki, czeki łaskawe, czeki miłosierne, czeki matczyne, opel olympia, dom czekoladowy, smokingi, rajdy, samolotem do Wenecji, wszystko.

— Tutaj podpisz, proszę.

Dokument po niemiecku, matczyna dłoń koścista podsuwa, Deutsches Reich, Kennkarte, orzeł taki jak na mundurach, w środku Konstantin Michael Eduard Willemann i zdjęcie Konstatina, to samo, które miałem w polskim paszporcie, przedziurkowane w dwóch miejscach.

— Odciski palców tutaj zrób. — Matka w ogóle nie krępuje się mówić tutaj po polsku, dlaczego mówi po polsku, przecież moglibyśmy rozmawiać po niemiecku, a jednak mówi po polsku.

Przysuwa mi puzderko z tuszem, odciskam kciuki i palce wskazujące obu dłoni, nie odezwałem się ani słowem. Matka składa dokument wpół, podaje mi z promiennym uśmiechem.

— Ich begrüße Sie in den Reihen des deutsche Volkes, Herr Willemann*.

A ty niczego nie rozumiesz i wszystko pozwalasz ze sobą zrobić, Kosteczku. Wpatrujesz się w znaczek tkwiący w klapie żakietu twojej matki. NS-Frauenschaft. Niczego nie rozumiesz.

* (niem.) Witam w szeregach narodu niemieckiego, panie Willemann.

Nie opowiem ci, że dla niej to wszystko jest bardzo proste. Pozwolę ci myśleć o tym, jak chcesz, będziesz posądzał swoją matkę o podłość, o niskie motywy, o strach, potem walczył będziesz z tymi myślami tak, jak potrafisz, innymi myślami — a może ona również robi to na czyjeś polecenie, jak ty, tak samo.

Ona po prostu zrobiła to, co chciała.

Taka jest twoja matka, Kosteczku, a ty nigdy jej nie poznałeś. Kiedy przyjechaliście do Warszawy, a ona zamknęła się w pustelni własnego pokoju, do którego wstęp miałeś tylko ty i Stach, ty przychodziłeś do niej po czeki, a Stach na wielogodzinne audiencje, na których ona mówiła, a on słuchał, i on znał ją przecież o wiele lepiej, niż ty kiedykolwiek ją poznałeś.

Dlaczego teraz została Niemką?

Z jednego powodu: bo właśnie tak postanowiła, taką podjęła decyzję pewnego ranka. Czas słowiańskości się skończył, nadszedł czas zostać znowu Germanką. Tak samo jak kiedyś postanowiła, że zostanie Polką, zamknięta w rybnickim domu wariatów postanowiła zostać Polką, bo polskość uznała za transgresję absolutną. Postanowiła również zrobić Polakiem swojego lekarza, młodego psychiatrę von Konecznego, aby tę transgresję jeszcze zwielokrotnić, a ponieważ jako zakwalifikowana do leczenia wariatka, nie miała ku temu innych środków, zrobiła to za pomocą swojego ciała.

A ja byłam wtedy z nim, z von Konecznym, i pamiętam jego szaleństwo. Pamiętam jego czarne noce, czarne noce młodego psychiatry: młoda żona w łóżku z niemowlęciem i jego czarne noce. Żona z dzieckiem wyjedzie potem do Berlina, dziecko zginie później pod Cambrai i tyle znaczy całe jego życie, rozrzucone w błoto, ojcowska zdrada, Niemcy, wojna, odłamek, koniec, robaki. A kiedy Martin, który potem zginie pod Cambrai, jest jeszcze maleńki, jego ojciec siedzi przy stole, lampa naftowa kopci, a on siedzi i patrzy. Linia, którą sznaps wycina na ściance butelki, przemieszcza się ku dnu z każdym kieliszkiem. Wódką próbuje zabić wspomnienie ciała swojej pacjentki. Potem spowiada się księdzu, potem spowiada się przyjacielowi, a ciało młodej Willemann wślizgnęło mu się w mózg przez oczy i przez dłonie, i przez usta, którymi ją poznał, i przez kutasa, który nagle wcale nie pożąda już młodej i pięknej żony, pożąda tylko osiemnastoletniej pacjentki, i w końcu to ciało wygrywa wszystko.

Złamany, porzuca żonę i syna, złamany wyciąga Katarzynę Willemann ze szpitala, złamany zostaje Polakiem i nawet próbuje uczyć się języka, złamany kocha ją do szaleństwa, złamany wpada w obłęd, złamany strzela sobie w łeb z rewolweru, kiedy ona oznajmia mu, że nie mogą się więcej widywać, bo chce, aby Alfred Konieczny poświęcił swoje życie walce o sprawę polską, a nie przepierdolił je z nią pod pierzyną.

Oznajmiła mu to, czując w sobie jego nasienie, zaraz potem, jak zsunął się z niej w brudną, zmiętą pościel, a on ją znał i wiedział, że nie żartuje, że nie zmieni zdania, ubierał się pospiesznie, czując w sobie jeszcze ostatnie dreszcze spazmu, wspomnienie po martwej rozkoszy, odział się więc, pobiegł do domu, wyciągnął z szuflady rewolwer marki Mauser i przestrzelił sobie głowę pociskiem kalibru 6 mm.

Siedziałam wtedy jeszcze chwilę nad nim, gładziłam jego białą, polską głowę, patrzyłam, jak krew, która trysnęła na rewolwer, wsiąka w zygzaki na bębnie, po czym porzuciłam go, zostawiłam go martwego w gabinecie i długo czekałam na kogoś godnego, aż stanęłam za twoim ojcem i jego również porzuciłam, chociaż nie czekałam wcale na jego śmierć, bo porzuciłam go, kiedy miałeś pięć lat, i stanęłam za tobą, Kosteczku.

Zawsze patrzyłam na ciebie polskimi oczami twojej matki, Konstanty. Teraz za to patrzę na ciebie niemieckimi oczami twojej matki, Konstanty, a ty nie wierzysz, że ona w ogóle nie sypiała, a ja wiem, że nie sypiała. Trochę jestem nią, Konstanty, a ty, biedaku, nie tylko tego nie wiesz, a mnie tylko wyczuwasz, biedaku.

I nie zrozumiesz, a ja ci nie wytłumaczę, nie mogę. Między tamtą decyzją, aby zostać Polką, a tą decyzją, aby zostać Niemką, jest prosta linia: twoja matka jest czystą wolą, twoja matka dotyka boskości, Kosteczku, gdyby chciała, mogłaby zatrzymać swoją wolą Hitlera, mogłaby zatrzymać słońce za horyzontem.

Ale nie zrozumiesz, nie możesz.

A teraz idź, idź stąd.

— Idź teraz, potem porozmawiamy — mówi twoja matka w ciemnozielonym mundurze, warkocz spleciony na potylicy jak główka wielkiego gwoździa.

Żegnasz się i idziesz, idziesz, oszołomiony, wychodzisz po prostu, Kennkarte w dłoni, w kieszeni polski paszport, wychodzisz. Zgromadzeni w korytarzu kandydaci na Niemców rozstępują się przed tobą. Patrzą na dokument w twojej dłoni i patrzą na ciebie z jakąś pogardą, zdrajcy potencjalni na dokonanego arcyzdrajcę, a może patrzą na ciebie z podziwem, szacunkiem, strachem?

Z naprzeciwka przepycha się jakiś Niemiec w mundurze szarym, bez orła na piersi, kołnierz otwarty, czarny krawat, koszula brązowa, a nad krawatem i koszulą twarz, którą znasz, ale której nie poznajesz. Kłania ci się ten Niemiec, uśmiecha się. Już wiesz, wiesz już, Sym! Widywaliście się czasem, nawet raz was przedstawiono, na jakiejś pijackiej kolacji Pod Wróblem, Hela była zachwycona, że może poznać bożyszcze swoich lat pensjonarskich.

Przeraziło cię to spojrzenie: uchylił czapki porozumiewawczo, poufale, jakbyście swoją obecnością w Klubie Niemieckim weszli w komitywę: on w mundurze szarym i czarnym krawacie, ty z kenkartą Reichsdeutscha w dłoni. Jakby mówił: popatrz pan, jak nas, Niemców, niesie historia. Jej duch.

I niesie was, Kosteczku, niesie was ciemna substancja pod skórą świata, siła, o której nie wiesz, Kosteczku, wyrastają z niej czarni bogowie jak kłącza w pęknięciach między ludźmi, między tobą a każdym z przechodniów w tym pokonanym mieście.

Więc może miał rację z tym spojrzeniem.

Wychodzisz oszołomiony, Kosteczku, wychodzisz na ulicę Fredry, zaczęło padać, wychodzisz w deszcz, jakby wcale nie padało, nie myślisz o deszczu. Idziesz oszołomiony przez park, idziesz ulicami, Kennkarte wsunąłeś do wewnętrznej kieszeni marynarki i idziesz, Kosteczku.

Wracasz do domu marki E. Wedel, schody, drzwi do twojego mieszkania uchylone. Wchodzisz. Nie ma.

Nie ma ich. Nie ma Heli, nie ma Jureczka. Czyżbyś się tego nie spodziewał? Czyżbyś myślał, że będzie inaczej?

Ile razy, Kosteczku, uciekałeś od jej ciała, uciekałeś od dziecięcego płaczu, od rodzinnych kolacji, uciekałeś dokądkolwiek, do Ziemiańskiej albo do Salome, albo w Tatry, do przygodnych kochanek i do przygodnych kamratów, byle dalej, dalej, byle zrzucić z siebie ich głosy i twarze, głosy i twarze tych, których kochałeś najbardziej, a jednak nie mogłeś ich znieść.

A dziś ich nie ma. I nagle brak ciała Heli jest bardziej dojmujący, niż była rozkosz, jaką dała ci ostatniej nocy, nie ma tutaj jej ciała, jej piersi nie ma, jej brzucha, pleców, jej pośladków, jej jasnych włosów, zabrali ci Helę, kto ci ją zabrał, Polska, źli ludzie, Witkowski, kto?

List na waszym łóżku, a co w liście, a cóż w nim być może, czytasz i nie rozumiesz ani słowa, brzmią jak muzyka, poruszają, ale nie znaczą, ale przecież rozumiesz.

Odeszła. Zabrała pieniądze, będziesz musiał sobie poradzić, ale tobie będzie prościej, więc zabrała wszystkie. Będziecie się spotykać w tajemnicy, oczywiście, ustalicie, co i jak i kiedy godzina policyjna, ojciec nie może wiedzieć, uwiarygodni legendę, tak być musi, inaczej być nie może.

A ciebie godzina policyjna przecież nie dotyczy. Co cię dotyczy więc, Kosteczku?

Kim jesteś, wciśnięty między ścianę i łóżko, płaczący jak dziecko morderca, kurwiarz, trzeźwy morfinista, kim jesteś, Kosteczku?

Jesteś mój.

Taki właśnie: mój i zapłakany, samotny, przegrany, bez pieniędzy, pełen nadziei zasypiasz między ścianą i lustrem, nie rozebrawszy się do snu.

ROZDZIAŁ VII

A rano, rano jest już siedemnasty dzień października, budzisz się obok łóżka, budzisz się i pragniesz.

— Sitio — mówię do pustego mieszkania.

Czyżbyś parodiował Jezusa, Kosteczku? Czy raczej nauczyciela łaciny z gimnazjum? Za kogo ty siebie masz? Za nikogo siebie masz, oto twoja tragedia.

Pragniesz wody, jakbyś miał kaca, ale przecież niczegoś nie pił, pragniesz morfiny, ale przecież przyrzekłeś trzeźwość, przynajmniej typu em, przyrzekłeś po raz drugi i tej przysięgi nie chcesz złamać. Pragniesz ciała Heli, ale wiesz, że długo go nie zaznasz, a nie wiesz, że w ogóle nigdy już go nie zaznasz. Pragniesz kurewskiego ciała twojej Salome, ale zbyt się jej boisz, aby teraz do niej pójść, prawda? Pragniesz wszystkich ciał, których kiedykolwiek zasmakowałeś, od Igi po Helę.

Nie pójdę do Salome. Wygrzebuję się z podłogi, zwlekam z siebie ubranie, idę do łazienki, jest woda, więc mycie, golenie.

W lustrze moja twarz. Nie moja.

Twoja, Kosteczku.

W lustrze twarz zdrajcy? Ale przecież nie zdrajcy, nie zdrajcy, w lustrze twarz bohatera raczej, czy bohatera?

Wkładasz w maszynkę nową żyletkę, zdrapujesz zarost. Zakładasz świeżą koszulę, inny krawat, garnitur z dnia poprzedniego szczotkujesz tak, jakby nie było wojny, i odwieszam do szafy. Odwieszasz, tak. Odwieszam.

A w szafie nie ma sukien Heli, nie ma jej spódnic, bluzek ani bielizny. Jej półki jak twoje wnętrze puste, ale przecież pełne nadziei.

Zamykam szafę.

Iga. Szucha 25, w ministerstwie. Blisko.

Idę.

Ministerstwo Wyznań Religijnych i Oświecenia Publicznego, jak cudownie. Oświeciło polską publiczność, nie ma co.

Strażnikowi pokazałem swoją Kennkarte i wiedeńską niemczyznę. Głos spod hełmu wskazuje mi drogę, gdzie iść, którędy iść. Pokój numer dwieście siedemdziesiąt pięć.

A spod stóp twoich rozlewa się ciemna substancja spod skóry świata, jakbyś szedł po mokrym dywanie. To tutaj dzieje się historia.

Czym jest historia, Kosteczku? Nawozem, pożywieniem czarnych bogów, sumą jęków i łez, pyłem i prochem.

Historia dzieje się, kiedy wchodzisz do gabinetu tego Niemca w szarym mundurze za polskim, mahoniowym biurkiem, przy którym jeszcze niedawno referent nazwiskiem Kopczykiewicz spisywał raporty o sytuacji Cerkwi Prawosławnej w województwie nowogródzkim, a teraz, właśnie w tej chwili, w której ty, Kosteczku, wchodzisz do tego gabinetu, właśnie w tej chwili referent Kopczykiewicz siedzi w zimnym lwowskim mieszkaniu u swojej matuli, do której ubieżał z wojennej Warszawy, i patrzy przez okno na potulny, sowiecki patrol snujący się pustoszejącą na jego widok ulicą.

I siedzi Niemiec za jego biurkiem, w którego szufladach spoczywają jeszcze Kopczykiewicza pióra, bibuły i papiery z jego podpisem, bo Niemiec nie bardzo się zawartością tych szuflad interesował.

No, zaczynaj, Kosteczku.

Więc zaczynam. O powód aresztowania nie pytam. Dalej mocno, na serio, z wielką pewnością siebie, jakbym miał mocne przekonanie, że samo bycie Reichsdeutschem uprawnia mnie do żądania zwolnienia żony mojego przyjaciela, a mojej byłej kochanki.

A przecież to oczywista bzdura, ale cóż innego mogę zrobić?... Liczę, że może się to powieść w chaosie pierwszych dni okupacji, zanim jeszcze wszystko okrzepnie, uleży się, ustoi.

Niemiec słucha uważnie, a ja ciągle żądam. Ich verlange*.

Niemiec słucha uważnie, kiwa głową. Notuje sobie nazwisko, prosi o przeliterowanie.

— Sie sind sicher, dass sie hier interniert ist, ja?

— Ja.

— Aber woher wissen Sie das eigentlich?...

— Ich weiß es ganz einfach.

Te słowa czy inne, nieważne, prawda, Kosteczku? Ważne, jak na niego patrzysz.

A Niemiec przechodzi do kontrofensywy.

— Wenn sie verhaftet wurde, dann bedeutet es, mein Herr, dass sie was angestellt hat. In welchem Verhältnis steht sie zu Ihnen? Sie haben in Warschau vor dem Krieg gewohnt, Sie sind nicht aus dem Reich, oder?**

Odbij, Kosteczku, tylko w którą stronę mam odbić? Czy dalej żądać i grać ostro, czy raczej w drugą stronę, poszukać komitywy? Przecież podoba ci się okrągła, ciepła twarz tego urzędnika w szarym mundurze, skromnym mundurze ze skromną wstążką Żelaznego Krzyża na guziku, twój ojciec, Kosteczku, miał taką samą, pamiętasz, pamiętam. Ten też za pierwszą wojnę, na pewno, bo za co innego, za tę jeszcze dać

---

* (niem.) Żądam.

** (niem.) Pan jest pewien, że ona jest tutaj internowana, prawda? (...) Tak. (...) Ale skąd pan to niby wie? (...) Po prostu wiem. (...) Skoro została aresztowana, to znaczy, że coś przeskrobała, mój panie. Kim ona jest dla pana? Mieszkał pan w Warszawie przed wojną, nie jest pan z Rzeszy, prawda?

im nie mogli, chociaż tobie już dali inne krzyże, a jest niewiele starszy od ciebie, Kosteczku, może dziesięć lat, więc pewnie, myślisz sobie, zmobilizowano go w 1918 i dobrze sobie myślisz, bo tak właśnie było, a potem była zwykła historia takich jak on żołnierzy, freikorpsy, pucz Kappa, Stahlhelm, lata ciemne Weimaru, SA, potem SS, Geheime Staatspolizei, służba, w której niczym się nie wyróżniał, ani w złym, ani w dobrym, i ty tego nie wiesz, Kosteczku, ale jakoś to rozpoznajesz przecież, jakoś domyślasz się tego z tej okrągłej twarzy o dobrych, niebieskich oczach.

Więc jednak w stronę komitywy, prawda? Więc najpierw mówię krótko o sobie, o tym, jak ciężko Niemcowi w Warszawie, i nagle coś mi podpowiada, ktoś mi podpowiada, i wspominam w jednym zdaniu o moim ojcu, który walczył w wielkiej wojnie i potem kämpfte mit den polnischen Aufständischen um Oberschlesien*, a ja walczyłem nad Bzurą w polskim mundurze i odznaczono mnie Krzyżem Walecznych.

I mam już jego uwagę.

— Also Sie sind Deutscher...?** — pyta zaaferowany.

Potwierdzam, oczywiście, ja, natürlich, natürlich, ich war polnischer Staatsbürger***, spełniłem swój obowiązek do końca — teraz Polski już nie ma, więc uznałem moją przysięgę za wypełnioną i mogę wreszcie połączyć się z moim prawdziwym, narodowym vaterlandem. Widzę jak w nim rozgrywa się ta sprzeczność: Niemiec, ale walczył przeciwko nam, ale retoryka taka, jaką rozumie, jaka do niego przemawia. Zainteresował się rozmową ze mną, a to najważniejsze.

Ale żebym tylko nie zapomniał, kim naprawdę jestem, czuję, że mogłoby przyjść mi to zbyt łatwo.

---

* (niem.) ...walczył z polskimi powstańcami o Górny Śląsk.

** (niem.) Czyli jest pan Niemcem?...

*** (niem.) ...naturalnie, byłem obywatelem polskim.

Nie zapomnisz, Kosteczku.

Więc do rzeczy, Kosteczku, do rzeczy. Skoro jesteśmy już w takiej komitywie, to porozmawiajmy jak żołnierz z żołnierzem. To moja kochanka. Polka, ale zupełnie apolityczna.

— In Zeiten des Krieges ist alles politisch, jeder ist politisch* — słusznie zauważa mój rozmówca.

Zgadzam się, ale zaraz odwołuję się do doświadczenia, które powinno mu być bliskie, czy pan nie dołożyłby wszelkich starań, aby ratować dziewczynę bliską pana sercu, byłaby Polką czy kimkolwiek innym?

— Sie denken doch nicht vielleicht, dass ich mich in eine Judenbraut verlieben könnte, oder? — śmieje się szary mundur. — Andererseits, richtet sich das Herz nach parteilichen Reden?** — dodał ściszonym głosem, mrugając okiem.

A więc jest, był lub będzie zakochanym, skoro takie subtelności miłosnych przygód nie są mu obce.

Sturmführer Merkel, tak brzmi jego nazwisko, którego nie może ci wyznać, bo takie są przepisy. I Sturmführer owszem, rozumie. Ale Sturmführer Merkel ma również swoje zasady. Ma też swoje potrzeby, ma w Berlinie dziewczynę, której nie może zaproponować małżeństwa, bo już jest żonaty z kobietą, o którą nie dba. A na dziewczynie o czarnych włosach i niebieskich oczach, na dziewczynie imieniem Bernadette zależy mu bardziej niż na czymkolwiek na świecie i jest o nią zazdrosny jak szaleniec, tym bardziej że był jej pierwszym kochankiem i jak głupiec uważa, że może sobie kupić jej wierność słanymi z frontu prezentami.

Z frontu, bo ciągle nie powiedział jej, że pracuje w Gestapo. Bo jest głupcem, bo sądzi, że mogłaby się tego brzydzić,

---

* (niem.) W czasie wojny wszystko i każdy kojarzy się z polityką.

** (niem.) Nie sądzi pan chyba, że mógłbym zakochać się w Żydóweczce, co? (...) Z drugiej strony czy serce słucha partyjnych przemówień?

a sądzi tak, bo Bernadette istotnie nienawidzi nazistów i kocha jazz, więc jak mogłaby kochać gestapowca?

Jak już wspominałam, Sturmführer Merkel jest głupcem i nie rozumie miłości: Bernadette kochałaby go jako nazistę, komunistę albo Żyda, a jeśli nie będzie mu wierna, to dlatego, że przestanie go kochać, a nie dlatego, że nie zaspokoi jej słanym wojskową pocztą złotem.

Złotem, którego ona nie potrzebuje i o które nie dba, dba tylko o jego oczy, ciepłe miękkie usta i niski głos, o to, jak szepcze jej do ucha, kiedy leżą nadzy w zmiętej pościeli, w jej maleńkim pokoiku przy Sedanstraße na Schönebergu.

Ale Sturmführer Merkel jest głupcem i tego nie wie, a może jest po prostu mężczyzną i dlatego tego nie wie, nie rozumie i dlatego okłamuje małą, biedną Bernadette, okłamuje ją, że nie ma żony, że nie pracuje w Gestapo, bo nie wierzy w jej miłość, nie wie, że kochałaby go tak samo z żoną, gestapowskim dyskiem identyfikacyjnym w kieszeni i pistoletem, które zawsze zostawia w domu lub w biurze, kiedy planuje schadzkę ze swoją małą Bernadette, jej oczy jasnoniebieskie świecą w nocy przy jego twarzy.

Dlatego Sturmführer Merkel potrzebuje pieniędzy, na prezenty, których przecież wcale nie pragnie jego mała telefonistka Bernadette.

I dlatego Sturmführer Merkel teraz milczy, patrząc intensywnie na tego dziwnego, przystojnego mężczyznę w dobrym garniturze z białą chusteczką w brustaszy i z bezbłędną wiedeńską niemczyzną, o twarzy zdradzającej Sturmführerowi pewność siebie, ale także skłonność do kompromisu i brak skrupułów. A Sturmführer Merkel wierzył w twarze, wierzył w sekretny alfabet proporcji oczu, nosów, ust.

Ty tego wszystkiego nie wiesz, Kosteczku, a jednak jakoś wiesz.

— Die Liebe hat Ihren Preis, Herr Willemann* — mówi Sturmführer Merkel.

Już rozumiem. No tak, dlaczego, jakim cudem o tym nie pomyślałem? Zgadzam się z uśmiechem. Tak, ma swoją cenę i wszyscy ją ponosimy w taki lub inny sposób, das ist unabwendbar**.

— Ja, also wieviel?... — pytam z uśmiechem.

A Sturmführer Merkel gorączkowo liczy, rozważa, żeby nie przestrzelić, a tym bardziej nie chciałby niedostrzelić, w końcu podaje kwotę, proszę bardzo.

— Zwei tausend Dollar müssten reichen***.

Dopiero teraz zaczyna rozważać: czy zdoła załatwić to zwolnienie? Nawet gdyby połowę łapówki posłał dalej, wyżej, czy zdoła? Nie chciałby oszukać tego miłego, warszawskiego Niemca o szczęce jak wyrzeźbionej nożem, o bladych niebieskich oczach, które przypominają mu oczy Bernadette. Więc obiecuje sobie, że nawet gdyby trzy czwarte łapówki miało pójść dalej, to i tak załatwi to zwolnienie.

A jednak obiecujemy według naszych nadziei, a dotrzymujemy według naszych obaw. Zapisał to pewien francuski książę, który nie żyje od trzystu lat, ale cóż z tego, skoro rozumiał was, ludzi pierwszej połowy dwudziestego wieku, lepiej, niż wy rozumiecie sami siebie.

— Wird gemacht**** — mówi mój piękny, kochany Kosteczek i wstaje z konkretnością wojskowego, wstaje, nie przedłużając niepotrzebnie rozmowy, skoro wszystko, co potrzebne, zostało już powiedziane.

---

* (niem.) Miłość ma swoją cenę, panie Willemann.

** (niem.) ...to nieuniknione.

*** (niem.) W takim razie ile?... (...) Dwa tysiące dolarów powinno wystarczyć.

**** (niem.) Załatwione.

Sturmführer Merkel podnosi się od razu, uprzejmie, żegnają się, uścisnąwszy sobie ręce.

Kiedy Konstanty jest już przy drzwiach, Sturmführer wyrzuca w górę rękę w Deutscher Gruß, wyprężonym jak erekcja.

I co teraz mam zrobić, myśli Konstanty, myślę, co mam zrobić, czy to nie będzie kolejne ogniwko w moim łańcuszku zdrady, nie zapomnieć, nie zapomnieć, kim naprawdę jestem, na Boga, przecież Niemca udaję od kilkunastu godzin, a już boję się, że zapomnę, kim jestem, kolejne ogniwko, łańcuszek.

A cóż to jest zdrada, żeby zdradzić kogoś albo coś poza samym sobą, musielibyśmy najpierw uwierzyć, że istnieje jeszcze ktokolwiek poza nami samymi, a w to uwierzyć trudniej nawet niż w Boga, bo tak dojmująca i uderzająca jest samotność człowiecza, samotność każda, samotność pustelnika, samotność matki pięciorga dzieci, samotność otoczonego przyjaciółmi bon vivanta i żołnierza w okopie.

Kto to myśli? Ja to myślę czy ty, Kosteczku? Raczej ja, ale przecież jesteśmy połączeni, bardziej niż możesz połączyć się z jakąkolwiek inną kobietą, więc ty trochę też to myślisz, czyż nie?

Wyrzucam rękę w pozdrowieniu, jak podnosi się lufę zenitówki.

— Heil Hitler — mówię, nadawszy jednak głosowi pewien ton sarkazmu, w końcu właśnie dogadaliśmy się co do łapówki, trudno tak hajlować na serio.

Uroczy gestapowiec zdaje się wszystko rozumieć, bo siadając, puszcza do mnie oko.

Wychodzę w Warszawę, która nie moją jest już podwójnie.

Z domu zatelefonuję do Jacka z dobrymi wieściami, więc wracam do domu, wracam niespiesznie i inaczej idę ulicą, inaczej przecinam Puławską, inaczej.

W drodze jednak zapragnąłem coś przekąsić, w mieszkaniu moim nic nie ma, sklepokawiarnia zamknięta, więc idę do Lardellego, nadłożę drogi nawet.

W środku okrągło i palmowo, jakby wojny wcale nie było, siedzą już przy stolikach, konferują, chłepcą kawę. Cały czas to: jakby wojny wcale nie było, kiedy tylko zejść z ulicy.

Dla ciebie wojna dopiero kiełkuje, dopiero rośnie, Kosteczku.

Pod palmą blisko kontuaru zauważyłem Rudzika i on też mnie zauważył. Wcale nie uśmiechało mi się jego towarzystwo, bo mam go za durnia i nudziarza, ale przecież niegrzecznym byłoby, zauważywszy znajomego, wcale doń nie podejść, nie przywitać się i wreszcie nie usiąść.

Podchodzę zatem, uśmiecham się zdawkowo i wyciągam rękę. Rudzik zaś wstaje jak rażony piorunem i nagle rozumiem: widzę, jak od nagłego uderzenia gniewu drżą mu kolana i dłonie, ale ma się tę siłę woli, jest się tym oficerem, chociaż w cywilu, więc się jest opanowanym, a jakże, więc się wstaje i mija mnie, jakby mnie tam nie było, moja ręka wisi w powietrzu i nagle staje się centrum całej kawiarni, na tej dłoni prawej zawieszają się wszystkie spojrzenia, Rudzik próbuje być jeszcze odważniejszym, chce spojrzeć, jakby przeze mnie patrzył, przez moje oczy, żeby pokazać mi, że się nie boi.

I teraz ja czuję, jak gniew nagle wysączył mi się do krwi.

Widzę, że Rudzik chciałby coś do tego jeszcze dodać: splunąć mi pod nogi, a może w twarz, a może nawet mnie spoliczkować.

Ale Rudzik dostrzega w twoich oczach, Kosteczku, wycie Kajetana Tumanowicza i krew płynącą z jego pustego oczodołu, Rudzik dostrzega to i nagle zaczyna się bać, mało tego, jest przerażony tym, co zrobił, przerażony tym bardziej, że już przecież nie wycofa się, jakże teraz wycofać się, szwabską prawicę zaprzańca uścisnąć, skoro wszyscy patrzą, skoro z hałasem odsuwając krzesło, przyciągnął do tej demonstracji wszystkie spojrzenia. Ale w twoich oczach widzi krew: wie, że nie może już niczego dodać do tego nagłego wstania i niepodania ręki, porywa więc z oparcia krzesła sportową kurtkę taternika i wychodzi, wybiega, ucieka prawie.

Spojrzenia odklejają się od twojej ręki, bo wszyscy widzieli, że Rudzik uciekł. Nie tak będą mówić, oczywiście. Mówić będą, że nie podał ci ręki, że dzielny, że odważny, ale teraz nie stać ich na żadną demonstrację — póki nie wyjdziesz — na żadne okazywanie pogardy ich nie stać, bo się boją jego strachem, strachem majora Rudzika się boją.

A ty, Kosteczku, poniesiesz ten krzyż. Czy raczej ten toporzeł poniesiesz na swoich barkach, oto twoja ofiara dla ojczyzny. Bo przecież to nie krzyż jest, to nie dla Boga, którego nie ma, będziesz to brzemię niósł, lecz dla Polski.

Ale nie musisz przy tym poniżać się bardziej niż to konieczne.

Jebał Rudzika pies. Jebał pies was wszystkich. Kelner przybiega i stara się balansować między usłużnością, która jest przeznaczona dla mnie — Niemca, a dystansem, który przeznaczony jest dla kawiarnianej publiczności, biedak między młotem a kowadłem. Nie ułatwiam mu tego, nie zamierzam niczego nikomu ułatwiać.

Siadam przy cienkiej kawie i chlebie z masłem, bo na ciastka — są już ciastka! — ochoty nie mam, a z konkretnego jedzenia tylko chleb jest.

Biorę drewniany wieszak z „Nowym Kurjerem", co spotyka się ze spojrzeniami pełnymi zrozumienia: sprzedajny Niemiec, to i „Kurjer" czyta. A jebał was pies. Sami czytacie, bo coś czytać trzeba. Przeglądam gazetę, głównie ogłoszenia, nic ciekawego, kawę dopijam, wychodzę. Idę do Jacka.

Znajduję go tam, gdziem go zostawił, w mieszkaniu, w piżamie, jakby wiadomość o tym, że Iga żyje, wcale nie postawiła go na nogi.

— Wypuszczą ją. Za dwa tysiące dolarów. Masz? — zapytałem od razu w progu.

Jacek, otworzywszy drzwi, nie odpowiedział na moje pytanie, tylko bez słowa poszedł do salonu, otworzył sekretarzyk, wyjął stamtąd spory pugilares, przewertował przegródki, wyjął z nich dwa banknoty po pięćdziesiąt dolarów. Z prezydentem Grantem. I pięćset polskich złotych.

Usiadłem w fotelu, Jacek położył pieniądze przede mną.

— Tyle mam.

I zapadł się z powrotem w kanapę, na której bez wątpienia spędził ostatnie dni. Sufit blaknący pod jego tępym wzrokiem.

— Jacek, trzeba ją stamtąd wyciągnąć, trzeba zdobyć pieniądze.

Odwrócił się ku oparciu sofy.

— To kara dla mnie — powiedział głosem stłumionym przez pluszowe oparcie. — Bóg mnie karze za moje występki.

Byłem bezradny. Powinienem zapewne starać się go pocieszyć, powinienem wybić mu z głowy głupie myśli o karze, powinienem zmusić, skłonić go do działania.

Powinienem, powinienem... Kosteczku, komu ty jesteś winien cokolwiek? Kosteczku, ludzie nie spotykają się, ludzie są osobni, każdy człowiek jest osobnym, małym światem, nikt niczego nikomu nie jest winien.

Nie jesteś winien niczego Heli, Jureczkowi, nie jesteś winien niczego Jackowi i nikt nie jest winien niczego tobie. Urodziłeś się sam i umrzesz sam. To, że ktoś kiedyś wyrządził ci jakieś dobro, to tylko złudzenie. To, że karmiła cię matka, kiedy byłeś malcem, cóż z tego? Karmiła cię, bo nie mogłaby patrzeć na twoje głodowanie. A co tobie z tego przyszło lepszego, żeś nie umarł dziecięciem? Jakaż wartość w każdym dobru nam wyświadczonym, skoro jedynie przyczynia nam cierpień, wzmacniając złudzenia, iż za życia zaznać można szczęścia?

Za zło zaś nie jesteś winien żadnej odpłaty, żadnej pomsty, bo czego zło ci wyrządzone może dotknąć? Pozorów, iluzji, Kosteczku.

Wstałem.

— Zatelefonuj do mnie, kiedy będziesz w stanie — powiedziałem bez pewności, że słowa w ogóle mogą go dosięgnąć.

I poszedłem do domu, a Jacek nawet nie trudził się, by zamknąć za mną drzwi.

Wspiąłem się po schodach, drzwi do mieszkania uchylone. Zmroziło mnie. Wyobraziłem sobie, że w środku czeka na mnie mój poznańsko-endecki teść z rewolwerem. Albo niemiecki policjant z kajdankami, aby aresztować mnie za okrutny mord na Kajetanie Tumanowiczu.

Czekał na mnie jednak tylko Inżynier, o czym przekonałem się, kiedy pokonawszy strach, w końcu wszedłem do mieszkania. Siedział rozparty w moim fotelu, nogę założył na nogę i kiwał stopą i łydką spowitą w chromową skórę oficerskiego buta.

Przywitałem się, starając się nie okazać zaskoczenia. Inżynier przeszedł od razu do sedna.

— Zarejestrował się pan na Fredry? — zapytał i dziwnie zabrzmiało mi to pytanie, kiedy wspomniałem jego uprzednią wszechwiedzę.

W odpowiedzi pokazałem Kennkarte. Witkowski przestudiował cały dokument tak, jakby zawarta była w nim co najmniej jakaś narracja.

— Miało być nazwisko Strachwitz przecież! — żachnął się. — Poza tym jakim cudem masz pan ten dokument po dwóch dniach?

Czy brzmiał w tym pytaniu ton podejrzliwy? Tego nie wiem. Ale może brzmiał.

— A to już nie pana sprawa, proszę wybaczyć — odparłem z mocą ku swojemu zaskoczeniu. — Zadanie wykonałem.

I nawet zdołałeś nie dodać niczego, co by jakoś złagodziło tę odpowiedź, Kosteczku. Jakże się cieszę.

Witkowski zmilczał chwilę, poruszając ustami, jakby coś przeżuwał, mięsiste wargi wiły się jak dżdżownice w kałuży. Nagle wstał, podszedł do okna, wyjrzał i machnął ręką.

— Zaprzysięgniemy pana — powiedział.

I zaprzysięgli. Do mieszkania wszedł szary, szczupły człowiek w czapce pilotce i staroświeckim pudermantlu spiętym wojskowym pasem. Nosił również okrągłe okulary w drucianej oprawce, Witkowski przedstawił go jako Kierowcę.

Dłoń miał w kieszeni płaszcza, znowu z tą napiętą sugestią palca na cynglu, trzymał cały czas, kiedy przysięgałem, patrząc na mnie badawczym wzrokiem, i sam już nie wiedziałem, czy to teatr, czy rzeczywiście czeka, aby mnie zastrzelić.

Wiedziałeś, wiedziałeś, Kosteczku. Wszystko to teatr, wojna to teatr, przysięga to teatr, konspiracja to teatr, Niemcy to teatr.

A jeśli to teatr, to cóż jest prawdziwe, pytałem siebie, przysięgając w imię Boga Wszechmogącego w Trójcy Jedynego i Świętej Maryi Matki Bożej, cóż jest prawdziwe, ja jestem prawdziwy?

A czy ja jestem prawdziwa? Jesteśmy kręgami na wodzie.

Przysięgałem więc walczyć, nie spocząć, rozkazy wykonać, życie położyć, wszystko to przysięgałem, co się przysięga w takich sytuacjach, zwykłe pierdolenie, ojczyzna, wojna, niezłomnie, nie szczędząc do ostatniej kropli krwi, organizacji, niepodległość, granic jedność.

A co jest prawdziwe? Nie ma świata i nie ma mnie, przysięga w teatrze cieni, kręgi na wodzie, słowa w powietrzu.

— Pięćdziesiąt Sześć, to twój kryptonim — szepcze Witkowski. — W organizacji jesteśmy na ty.

Wzruszam ramionami.

— Mam dla ciebie pierwsze zadanie. Trzeba pojechać do Krakowa, niejaka Rochacewicz ma tam dla nas pieniądze. Sto tysięcy dolarów. Sto tysięcy! W twoich rękach będą najbezpieczniejsze.

Bezpieczne w moich rękach. Bezpieczne? Tak. Przecież jestem innym człowiekiem. Rochacewicz? Jak dwór, gdzie poznałem Igę.

— Jak ją tam znajdę?

— Jesteś teraz oficerem wywiadu. Więc znajdziesz — uśmiechnął się Inżynier. — Powiedzmy, że masz to potraktować jako trening, zanim wyślemy cię do Budapesztu.

— Kiedy? — zapytałem.

Witkowski spojrzał na zegarek.

— Za pół godziny odchodzi wojskowy pociąg z Głównego. Pasażerskie jeszcze nie chodzą, ale z Kennkarte może ci się udać, Pięćdziesiąt Siedem.

— Sześć — poprawiłem go.

Spojrzał na mnie obłędnym wzrokiem i wzruszył ramionami.

— Z pieniędzmi zamelduj się w mieszkaniu Łubieńskiej, ale nie zostawiaj ich tam, tylko czekaj na mnie.

Po czym zniknęli.

A ty, Kosteczku, zrobiłeś to, co do ciebie należało, spakowałeś do aktówki bieliznę i pobiegłeś na dworzec ze swoją niemieckością w dłoni, i czekałeś, czekałeś, czekałeś, a czas ciekł, a to ni dworzec, ni ruiny, ty czekałeś, a na dworcu hordy Niemców i Niemczyków, mundury szare, kołnierze ciemnozielone z belkami białymi zapięte, kołnierze, oficerki i saperki, ładownice, a ty czekasz i wypytujesz po wiedeńsku i załatwiasz i uśmiechasz się po wiedeńsku, czekasz czternaście godzin, wszystko cię boli, Kosteczku, masz dużo erotycznych myśli, o Salome, o Heli, o Idze i dużo myśli o tym, że Igę należy wyciągnąć z więzienia, dobrze, że wziąłeś płaszcz, bo robi się chłodno coraz chłodniej ciemno coraz ciemniej pod pierzyną ciepło, ciepłe ciało Salome, jej ciepły, słonawy smak, jej miękka skóra i buteleczka pełna ciepła kolorowego, rozlewa się kolorowe ciepło po twoich żyłach, podgrzewa cię kolorowe ciepło, podgrzewałoby, Kosteczku, gdybyś tylko poszedł do swojej małej słodkiej kurwy, która ma dla ciebie buteleczkę, ale nie pójdziesz, o nie, nie pójdziesz, bo już nie jesteś tym Kosteczkiem, który chodzi do kurwy Salome czarnej złej fałszywej, nie jesteś tym Kosteczkiem, w którego żyłach płynne szczęście, ciekły spokój, płynny spazm i ty w jej ustach, Kosteczku, prawda?

A potem myślisz o tych lepszych, innych kochankach, myślisz o tej, której dałeś na imię Niespodzianka, bo tak niespodziewanie pojawiła się w twoim życiu, ale nie myśl o niej zbyt wiele, Kosteczku, skoro ją zabiłeś, to o niej nie myśl, zabiłeś ją ze swojego życia, zabiłeś, płacząc, słowami, więc już jej nie ma.

I nie wiesz, że nosiła twoje dziecko, Kosteczku, nie wiesz, że zabiłeś to dziecko swoimi słowami i ona też tego nie wie, strzęp krwawy na płóciennej podpasce, zawinięty w papier i do kosza na śmieci, a czy miało to dzieciątko duszę, jakbyś zapytał, chociaż nie wierzysz w duszę, to byłoby głupie pytanie, bo nawet kamień ma duszę, więc to był twój pierwszy syn z nieświadomego ciała twojej pierwszej zdrady. Jeśli w ogóle można kogoś zdradzić. Ja uważam, że nie można, bo żeby się zdradzić, ludzie musieliby się najpierw spotykać, a ludzie się wcale nie spotykają, ale ty myślisz inaczej, Kosteczku, bo jesteś głupi i nie wiesz, że każdy jest zupełnie sam.

A ta dziewczyna nie wiedziała, a przecież patrzyła z miłością na to, jak rosną jej małe piersi, myślała, że rosną od księżyca, który się po jej piersiach ślizgał w garsonierze, którą wynajmowałeś wtedy do spółki z paroma kamratami właśnie na okazję takich schadzek. A rosły od tego zlepka, który próbował się wczepić w jej ciało, ale jednak się nie wczepił.

I przestajesz o niej myśleć, skoro cię o to proszę, to już o niej nie myślisz, kołysany swoim nie swoim pociągiem jedziesz do Krakowa, na południe, w przedziale siedzą żołnierze, zwykli strzelcy i gefrajtrzy, karabiny wiszą, kolejarz polski, chciałbyś mu coś powiedzieć, wytłumaczyć, zabrać do ustępu i wyjawić: jestem Polakiem, oficerem tajnego wywiadu, jestem na misji. Ale jednak nie mówisz.

Potem wysiadasz po nocy całej z żołnierzami i karabinami, wysiadasz na dworcu w Krakowie albo w Krakau, na dworcu bombą nietkniętym, jakiś kolejarz wyławia twój brązowy garnitur z potoku szarych mundurów i sądząc, że możesz być Polakiem, zagaduje: jak wyglądają zniszczenia na Górnośląskiej, ale ty wzruszasz ramionami, „Ich weiss nicht!" rzucasz mu, w końcu są sprawy ważne i ważniejsze, przecież nie możesz ulec współczuciu, ojczyzna blizna nienaruszalność granic i kresowych stanic samowystarczalność organizacja konspiracja mózgów inseminacja.

Idziesz więc, mijasz Basztową, przecinasz Planty, jakże dziwne to miasto, jaki dziwny Kraków, kracze wronami Krakau, idziesz i nie wiesz, gdzie iść, nie wiesz, jak oficer wywiadu powinien szukać niejakiej Dzidzi Rochacewicz, ciekawe, czy zbieżność nazwisk z gospodarzami pamiętnego letniska przypadkowa czy nieprzypadkowa, albo wszystko jest przypadkiem, albo nic nie jest przypadkiem, albo wszystko, albo nic, co to za imię w ogóle: Dzidzia, więc idziesz przez Rynek, miasto nietknięte wojną, za to tknięte Niemcami, wszędzie

Niemców pełno i ciebie pełno, mój Niemcze, mój Kosteczku, kiedy tak idziesz po Krakowie, co pamiętasz z Krakowa, co pamiętasz, mieszkanie u Goździejewskich, w którymś bywał, w którymś żonę gospodarza uwodził nieudolnie i bez sukcesu, pamiętasz to mieszkanie i te rajdy samochodowe w trzy auta szosą na Grójec, Końskie i Miechów, twoja olympia, chevrolet Jacka i fiat jednego takiego, którego nazwiska zapomniałeś, otwarte dachy, szaliki i samochodowe gogle, a potem wódka i ciała i recytowanie wierszy, palec Jarosława uniesiony przy recytacji, życie, życie było, Kosteczku, a teraz depczesz bruk po niemiecku i po niemiecku zachodzisz do cukierni Maurizia, bo to miejsce pierwsze przyszło ci do głowy, bo gdzie, jak nie do cukierni, kawiarni, knajpy, gdzie znaleźć cokolwiek, ale u Maurizia pustawo, jednak ktoś tam jest, twarzy znajomej żadnej, masz znajomych w Krakowie, ale widać nie dość wielu, zamawiasz jak zwykle pół czarnej i dalekobieżny, poznajesz jednego kelnera, ale on nie poznaje ciebie i nie wiesz, nie wiesz, co dalej, ale przecież masz pieniądze Jacka, Jacka, który leży teraz na kanapie, owinięty w absolutną melancholię, i myślisz: a może już sobie palnął w łeb, chociaż nie, nie ma broni w domu, nie ryzykowałby, a inaczej się nie zabije, znasz jego przesądy, żył sobie nie podetnie, z okna się nie rzuci, nie Jacek, nie on.

Więc leży, owinięty melancholią, a ty jego pieniądze, część jego pieniędzy, ale jednak jego pieniądze wsuwasz w łapę kelnerską, więc bydlęcą, chociaż prawie ludzką, i pytasz o niejaką Rochacewicz, przecież nie będziesz mu się legitymował, ale nie może wiedzieć, żeś Niemcem, boś nie Niemcem przecież, więc tylko wysyłasz mu sygnały, sugestie, że właśnie bynajmniej nie Niemcem, tylko raczej konspiracja organizacja mózgów inseminacja, i wsuwasz dwieście złotych w łapę prawie ludzką, lecz bydlęcą, i kelner szepce coś do jednego i drugiego i trzeciego, niesie się ta fala szeptów, wylewa z Maurizia, fala szeptów płynie dalej, tracisz ją z oczu, kelner poleca ci czekać i nalewa jeszcze jeden dalekobieżny na koszt firmy i podaje chleb i ser, i piję wódkę, jem i czekam.

Po paru godzinach fala szeptów wraca i wyrzuca na brzeg: pojawia się chuda, bardzo kobieca baba z długim nosem, odziana skromnie, ale widać, że bogato, wygląda na mocną arystokratkę, nie taką lipną, jakich pełno, tylko mocną, stare rody, hodowle i tresury ludzi, fermy ludzkie, kniaziowstwo giedymińskie, sądząc po nazwisku, ale może jednak nie, może ruskie, może Ruryk i inni Normanowie, Kurcewicze, Czetwertyńscy, Woronieccy, Żyżewscy i inni tacy, więc czemu nie Rochacewicze, więc pojawia się, przysiada się bez pytania do mojego stolika, nóżka na nóżkę i pyta o hasło, a ja przecież żadnego hasła nie znam, skoro mi nic o haśle Inżynier nie wspomniał.

Ale wiem, że tutaj kręceniem nic nie załatwię. Szepczę jej więc do ucha: jestem z organizacji, od Inżyniera, żadnego hasła mi nie podano, kryptonim mój Pięćdziesiąt Sześć...

Rochacewicz się rozpromienia na ułamek sekundy i zaraz znowu chmurnym jest jej oblicze.

— Chyba Pięćdziesiąt Siedem?... — pyta.

Zaciskam zęby, bo czy mam przyznać, że sam nie wiem? Tak będzie najlepiej. Żadnych kłamstw. Zaprzysiężono mnie wczoraj. Inżynier podał dwa kryptonimy. Podał najpierw, że Pięćdziesiąt Sześć. Ale potem zwrócił się do mnie per Pięćdziesiąt Siedem. Wyjaśnić niczego nie chciał.

Rochacewicz kiwa głową, zafrasowana, no, tak, tak, taki on jest właśnie, tak to z nim wygląda niestety.

W końcu decyduje, nagle, rzutem.

— Wierzę panu. — Rozpromienia się w uśmiechu.

A ja patrzę na nią z pożądaniem, które nie wiem skąd się pojawiło, ale tak właśnie na nią patrzę, z pożądaniem.

A ty patrzysz na nią z pożądaniem, które nie wiesz skąd się pojawiło, ale tak właśnie na nią patrzysz, bo tak patrzysz na wszystkie kobiety, bo nie umiesz inaczej patrzeć na kobietę niż z pożądaniem, bo od każdej chciałbyś dowodu na to, że ma cię za mężczyznę, bo sam nie jesteś tego pewien, możesz za to podziękować matce, Kosteczku.

Więc patrzysz na nią z pożądaniem, ale wiesz, Kosteczku, wiesz, że jest dla ciebie całkowicie niedostępną i to nie dlatego, że jest niedostępną absolutnie, dla nikogo, nie, jest niedostępną dla ciebie, nie tkniesz jej, bo ci na to nie pozwoli, bo jest poza zasięgiem, Kosteczku, mowy nie ma.

Jest w niej coś, czego nie znasz i nie rozumiesz, coś, czego kształt wyczuwasz i przewidujesz, wewnętrzna moc, spójność, siła, coś fascynującego i przerażającego jednocześnie, coś, czego nigdy wcześniej nie widziałeś.

Nagle zamiast być w kawiarni Maurizia, idziecie z panną Rochacewicz do jej mieszkania, zapłaciłeś, idziecie, a potem panna Rochacewicz daje ci teczkę z pieniędzmi, po toś tu przyjechał, i przechodzi z tobą na „ty", wszyscy mówią do mnie „Dzidzia", i radzi, że lepiej tego nie zgubić, i jesteście sami w jej mieszkaniu, savoir-vivre na to nie pozwala, przysiągłeś sobie, że żadnych kobiet, że tylko Hela, Helunia, kiedy mówicie ze sobą, mówisz wiele o Heli, mówisz „moja żona Helena", a jednak uwłacza ci, że Rochacewicz zaprosiła cię do swojego mieszkania tak, jakbyś był kobietą, jakbyś był całkowicie niegroźnym, jakbyś nie miał między nogami chuja, z którym jesteś w serdecznej przyjaźni, i Rochacewicz ścieli ci w pokoju gościnnym łóżko, i potem czekasz całą noc, aż przyjdzie, ale wiesz, że nie przyjdzie, i nie przychodzi, a ty i tak czekasz, głupcze, czekasz i wiesz, że przegnałaby cię, gdybyś to ty do niej poszedł, przegnałaby cię ze śmiechem, nie z oburzeniem, śmiech tysiąc razy gorszy od oburzenia.

Czego nie wiesz, czego nie słyszysz, to łzy Dzidzi Rochacewicz, łzy kobiety, która nikogo się nie boi, dla sportu jako sanitariuszka kręciła się po zapleczach wszystkich frontów w Polsce, dla sportu bawi się w krakowskie liberum conspiro, odważniejsza od mężczyzn, bardziej od nich zdeterminowana, pewna swojej dobrej krwi, pewna swojej wartości, bałkańskimi szlakami będzie chodzić tak samo, jak przed wojną zjeżdżała na nartach i prowadziła hispano-suizę potężną jak przedpotopowa bestia, jakby ujeżdżała mastodonta, tak prowadziła swoją hispano-suizę o dwunastu cylindrach i każdym kole ukrytym pod błotnikiem jak łza, aż w końcu pochwycą Dzidzię bałkańscy bandyci, będzie to rok czterdziesty trzeci, pochwyci ją malownicza banda złożona z paru Serbów i jednego muzułmanina z Bośni, pod wodzą Węgra, więc pochwycą Dzidzię, zatnie się jej pistolet i zanim zdąży szarpnąć zamkiem, już będzie w ich mocy.

Serbowie uderzą ją tak, jak jej nikt jeszcze nie uderzył, zwłóczą z niej męskie ubranie i zgwałcą ją, każdy po kolei, nie wiedząc nawet, kogo gwałcą, ich serbskie członki w niej tak samo jak w kobietach, do których nawykli, bo przecież nie zauważą nawet, jak gładka i nieskalana jest skóra Dzidzi Rochacewicz, jak piękne są jej gotyckie dłonie i jak szlachetne małe piersi. A kiedy oni będą ją gwałcić, Węgier przeglądać będzie jej bagaż, znajdzie to, co niosła, i postanowi uzyskać za to dobrą cenę. A kiedy skończą ją gwałcić, Węgier, który widział tak wiele, że nic go już nie porusza, zastrzeli ją z jej własnego pistoletu i nagi, skalany trup Dzidzi Rochacewicz leżeć będzie w nocnym bałkańskim lesie, ale niedługo, bo szybko znajdą go wilki, którym ludzkie wojny służą o wiele lepiej niż samym ludziom.

A kiedy ty, Kosteczku, czuwasz w półjawie w jej pokoju gościnnym, Dzidzia płacze za mężczyzną, który ją porzucił, płacze za swoim pierwszym kochankiem, jej małą wielką tajemnicą, o której nie wie nikt, nawet jej najbliższe przyjaciółki z pensji, nawet rodzice, nawet ksiądz spowiednik, któremu Dzidzia przestała się spowiadać z czegokolwiek właśnie wtedy, kiedy porzucił ją jej pierwszy kochanek, wielka, czarna dziura w jej dzielnym sercu, które mocno potem stwardniało, ale dziura nie zarosła, Dzidzia dzielna sufrażystka wypełniała ją sportem, samochodami, konspiracją, innymi mężczyznami, którzy przepływali przez jej życie, mężczyznami wyłącznie pierwszego sortu, żadnych głupców, żadnych brutali, żadnych łajdaków, żadnych tchórzy, wszyscy w czymś jakoś lepsi od tamtego pierwszego, ale żaden nie dość dobry, aby dziurę po nim zabliźnić, więc porzucała ich, a oni kochali ją już na zawsze, czekali, aż wróci, a ona nigdy nie wracała, a teraz, Kosteczku, kiedy ty czuwasz, pragnąc jej, czuwasz w jej pokoju gościnnym, w głowie Dzidzi Rochacewicz oprócz łez jest również sieć jej dawnych kochanków, z nich splecie konspiracyjną organizację mężczyzn, którzy nigdy nie przestali jej kochać, a ona tę ich miłość weźmie i rzuci Polsce.

I nie czeka na ciebie, od kiedy spojrzała na ciebie po raz pierwszy, od razu wiedziała, że nie jesteś dla niej dość dobry, i przecież to nie idzie o tytuły hrabiowskie i inne, nawet gdyby wiedziała o twoim ojcu z najstarszej Uradel, to i tak nie byłbyś dla niej dość dobry, a był dla niej dość dobry pewien automobilowy mechanik, który zajmował się jej hispano-suizą tak samo pieszczotliwie, jak pieścił ją samą, a teraz będzie konstruował bomby do zabijania hitlerowców, potem go hitlerowcy złapią i zastrzelą, a Dzidzia nie będzie go opłakiwać, bo opłakuje tylko jednego mężczyznę.

Ale dla mnie jesteś dość dobry, Kosteczku, dla mnie jesteś tym, kim dla niej był jej pierwszy kochanek, bo dla mnie każda moja miłość jest pierwsza, bo każdy mężczyzna, za którym idę, rzuca mnie, swój cień, w inny sposób, przy każdym jestem nowa, zupełnie nowa.

I tak rano Dzidzia częstuje cię śniadaniem, ale nie spożywa tego śniadania z tobą, więc samotnie zjadasz chleb i jajecznicę i czarną kawę pijesz, a potem wychodzisz z teczką pełną banknotów znowu pięćdziesięciodolarowych z Grantem, pokazała ci je, wychodzisz obrażony, upokorzony, nawet podała ci rękę na pożegnanie, uśmiechnęła się i powiedziała:

— Jeszcze się zobaczymy, na pewno.

Ale to nie uleczy upokorzenia i rannej dumy.

Więc z kamienicy przy ulicy Długiej na dworzec i tam czekanie i obawy o teczkę, czy kto nie zwędzi, najchętniej przykułbyś ją sobie do ręki, i kontroli się boisz, bo Kennkarte nie wytłumaczy cię z dolarów w teczce, skąd tyle dolarów, po co tyle dolarów, więc czekanie i strach, aż w końcu pociąg i dyskusje z oficerem niemieckim, który pociągiem zarządza, i nienawiść w oczach polskiego konduktora, i znowu nocą, nocą, na północ, nocą. Tym razem pusty przedział, Polaków do pociągu nie puszczają, ale ciebie puścili, do Warszawy żadni żołnierze nie jadą, z Warszawy tylko wyjeżdżają, Francja, Francja, nekromancja, a dlaczego by, korzystając z Kennkarte, nie przekraść się do Rumunii, na Węgry i nie pojechać do Francji, do wojska polskiego, czemu by nie pójść z Francuzami na Berlin, skoro raz już wojnę z Niemcami wygrali, to wygrać mogą znowu.

Ale nie, nie chcę żadnej Francji, mam moją teczkę z pieniędzmi, muszę ją oddać, wojna jest tutaj, tutaj będę ją walczył, tutaj się odbędzie moja wojna i tutaj się, jeśli trzeba, zakończy. Ofiarę z życia, ojczyzna, powinność, nie spoczniemy, nienaruszalność granic.

Wysiadłem bardzo wczesnym rankiem na Gdańskim, bo tutaj z tajemniczego, niemieckiego powodu zatrzymał się mój pociąg, była jeszcze godzina policyjna, ale przecież cóż mnie godzina policyjna obchodzi, skoro mogę bez żadnej obawy poruszać się po mieście, przecież jestem Niemcem z niemieckim akcentem i niemieckimi papierami.

Jeśli teraz pójdę do Łubieńskiej, to będę musiał oddać teczkę. A w niej pieniądze, dużo pieniędzy. Iga. W więzieniu. Jeśli pójdę do domu, może mnie tam Witkowski zastać, teczkę trzeba będzie oddać.

A więc nie.

Jak to nie, Kosteczku? Ida to prywata, żona przyjaciela, kochanka dawna, Iga to nie ojczyzna, te pieniądze należą do ojczyzny, Kosteczku, ja wiem, że to kłamstwo, tak jak wszystko to kłamstwo, bo niczego nie ma, tylko nic jest prawdą, ale ty tego nie wiesz, więc nie możesz zdradzić tego, w co wierzysz, Kosteczku, nie możesz.

Ale przecież zdradzisz, bo tym jesteś, jesteś mężczyzną-zdradą. Gdybym mogła ci tylko powiedzieć, że nie możesz być zdrajcą, bo jesteś zupełnie sam! Ale nie mogę.

Nie i już, w niemieckim areszcie ciało, które pieściłem, nie mogę jej tam zostawić, nie teraz, kiedy porzuciła mnie Hela.

Wychodzę więc po chwili na miasto i cóż widzę — tramwaj! Chodzi tramwaj, trójka. Wsiadam, szczęśliwy, na wiadukcie nad dworcem i jazda. Niestety tylko do placu Krasińskich. Nie byłem tu od początku wojny, tak jakoś się złożyło, teraz część placu już uprzątnięta, tam gdzie tramwaj, ale gruzu leży jeszcze sporo, wozy połamane i Kiliński wygraża niebu szablą.

Motorniczy pouczył mnie, że na Nowym Świecie chodzi już autobus, Nowym Światem, Jerozolimskimi, aż do placu Zawiszy, ale to nie jest kierunek mojej marszruty. Żadnego wozu nie znalazłem, pozostało więc powędrować pieszo i wędrowałem Nowym Światem i Alejami, aż po paru kwadransach przybyłem przed gmach, który połknął Igę.

I całą drogę myślałeś o Idze, Kosteczku, wspominałeś wszystkie wasze noce i lśnienie jej ciała i ust i smak jej wspominałeś i ani razu nie pomyślałeś o Heli, Heluni, Kosteczku.

Hela cię nie porzuciła, Kosteczku, Hela odeszła, ale to tylko teatr, wiesz dobrze, wiesz, ale jednak poszedłeś na Szucha i chowasz się teraz w bramie, otwierasz teczkę, odliczasz dwa tysiące nie twoich, bo ojczyzny, dolarów i dalejże, ministerstwo oświecenia publicznego, idziesz, po prostu, na Szucha, na Szucha, wyjąłeś z teczki dwa tysiące dolarów, po prostu je wyjąłeś i idziesz na Szucha. Na Szucha 25, monumentalizm Mączyńskiego bardzo monumentalny, wartownik, Kennkarte, pokój dwieście siedemdziesiąt pięć, sympatycznego Niemca w szarym mundurze jeszcze nie ma, więc trzeba poczekać, więc czekam, czekam, na długiej, drewnianej ławie w korytarzu czekam, aż w końcu nadchodzi.

Wita się z tobą serdecznie, jakby witał się z przyjacielem, a ty masz w dłoni teczkę, a w niej tak dużo nie twoich dolarów, więc jakby jesteś jego przyjacielem, a te dolary, któreś z teczki uszczknął, masz w kieszeni, jakie kłamstwo wymyślisz na potrzeby Witkowskiego i reszty, a jeśli cię ktoś by zobaczył, jak wchodzisz tutaj, potem będą mówić — „na Gestapo", jak wchodzisz na Gestapo, ale teraz jeszcze tak nie mówią, więc gdyby ktoś cię zobaczył, jak wchodzisz do budynku byłego ministerstwa, cóż by pomyśleli?

Ale nikt cię nie zobaczył.

Przywitałem się z policjantem w szarym mundurze bardzo uprzejmie, bo czym po prostu wyciągnąłem dolary z kieszeni i położyłem na blacie biurka. Niemiec nie liczył pieniędzy, natychmiast wrzucił je do zamykanej na kluczyk szuflady, ani na chwilę nie ścierając uśmiechu z ust.

— Was jetzt? — zapytałem.

— Warten Sie einen Augenblick — odpowiedział uprzejmie. — Sie wird gleich entlassen*.

I myślał o swojej małej telefonistce Bernadette, kiedy załatwiał to zwolnienie, czekając na pieniądze, i wydała mu się bardzo romantyczną cała ta historia. Ale tego nie wiesz, Kosteczku, tego wiedzieć przecież nie możesz.

I stałeś rankiem październikowym na Szucha, czekałeś na swoją dawną kochankę. Ulicą człapał samotny chłopiec z tornistrem, albowiem wznowiono naukę w szkołach powszechnych, dlań wojna naprawdę się skończyła, skoro trzeba iść do szkoły, to nie ma już wojny. Zginie w sierpniu za pięć lat, zdobywając dom Schichta w szeregach jednostki nazwanej kompanią, chociaż zbrojna będzie wszystkiego w trzy pistolety i kilkadziesiąt granatów, i on nie będzie miał ani pistoletu, ani granatu, będzie krył się za murem, a potem go zastrzelą i nikt nie będzie go pamiętał, takie będzie jego wojowanie.

A na innym murze inny młodzieniec w cyklistówce nalepił afisz, smarując go klejem za pomocą wielkiej szczotki. Miękkie, lepkie włosie ślizga się po papierze, gnie się leniwie w łuki jak biodra orientalnej tancerki. Na afiszu przeczytałeś, iż prezydent miasta Starzyński wzywa ludność do współdziałania z delegatami aprowizacyjnymi, do przeciwstawiania się spekulacji i nadmiernemu podnoszeniu cen, które to zagadnienie będzie prawnie uregulowane, ale dobra wola obywateli i stanowcza opinia społeczna mogą dużo w tej dziedzinie dokonać.

Tylko wykonywanie obowiązków przez wszystkich może zapewnić przywrócenie normalnych warunków, odbudowę stolicy i coraz większy stopień zatrudnienia w mieście.

---

* (niem.) Co teraz? (...) Proszę poczekać momencik. (...) Zaraz zostanie zwolniona.

Myślisz sobie ciepło o prezydencie Starzyńskim, nigdy wcześniej o nim nie myślałeś, a teraz myślisz, inni wiele mówili o jego audycjach, ale ciebie nie było wtedy w Warszawie, a przed wojną — cóż cię obchodził jakiś komisaryczny prezydent, w ogóle nie obchodzili cię żadni prezydenci.

A teraz, chociaż zostałeś Niemcem, to jakoś lepiej myśli ci się o Warszawie, Kosteczku, skoro on tu jest, prowadzi z Niemcami jakąś politykę, rządzi miastem. To dobrze. Dobrze, że został, że nie uciekł jak reszta łajdaków.

I nagle, tak samo jak jej nie było, tak samo się pojawia. Nie było jej, a nagle jest. Iga. W cienkim jasnym paltociku, jest. Nie było jej, a jest. Stoi tutaj. Nie stała, a stoi. Z małą walizeczką w dłoni.

— Konstanty... — szepcze. — Wybacz mi.

— Chodźmy stąd — mówisz.

Bierzesz ją pod rękę, zabierasz walizkę, mówisz, że Jacek czeka na nią, chociaż to nieprawda, bo kiedy Jacek leży na kanapie, patrząc w sufit, to nie czeka na nic, ani na Igę, ani na nikogo innego, Jacka wtedy prawie nie ma.

A Iga Rostańska, mała, czarnowłosa Iga Rostańska, żona twojego przyjaciela i pierwsza twoja kobieta, nagle jakby tknięta przeczuciem, pyta, czy on znowu... A ty nie przeczysz, nie masz ochoty jej okłamywać.

— W takim razie nie chcę do niego iść. Proszę, nie zabieraj mnie do niego, nie dziś. Nie mogę dziś się nim opiekować. Zaopiekuję się nim od jutra, ogolę go, wykąpię go, zajmę się nim, przywrócę go życiu, wszystkiemu. Ale nie dziś. Proszę cię. Zabierz mnie do was.

Milczysz. Ona nie wie, że Heli nie ma. A może wie? Może jakoś inaczej wie, wyczuwa kobiecym czuciem, że jej nie ma?

— Heli i Jureczka nie ma — mówisz, a co przez to mówisz, co chcesz przez to powiedzieć, Kosteczku?

Iga mocniej przywiera do twojego boku.

— Zabierz mnie do siebie, Kostek.

I chyba rozumiesz, Kosteczku, czego jej potrzeba po trzech tygodniach aresztu. Ciepła, spokoju, ciemności i snu niezakłóconego. Ale może ty myślisz, że to obietnica wspólnej nocy, Kosteczku?

Nie znasz tego, co widziała, a widziała niewiele, nikt jej nie bił, nikt jej nie dręczył, chociaż paru innych dręczyli, ona jednak po prostu siedziała w kobiecej celi z przypadkowymi kobietami, z jedną prostytutką i z jedną damą, nikt jej nie uderzył nawet, nic takiego, i tylko bała się piekielnie, bo Iga to nie Dzidzia Rochacewicz, Iga Rostańska to inny gatunek kobiety, Kosteczku, ale tego nie zrozumiesz, bo ty, biedny głupcze, nie rozróżniasz kobiet wcale. Ale to, że jej tego potrzeba, to jakoś rozumiesz. Że dziś mogłaby nie znieść Jacka w piżamie, wpatrzonego tępo w sufit. Dziś nie mogłaby znieść tego, że to ona jest mu potrzebna.

Więc idziecie, Kosteczku, pod rękę, plac Unii Lubelskiej, Puławska, dom z czekolady, październikowe słońce, może już ostatnie w tym roku, rozgrzewa jego ściany i miękną, i pachną, i znaczą palce brunatnym, słodkim śladem.

Tak?

Stoicie przed domem. Nie wiesz, dlaczego się zatrzymałeś, ale Iga cierpliwie, powolnie zatrzymuje się razem z tobą.

— Dlaczego cię aresztowali?

— Stawiałyśmy opór.

— Opór?

— Auto nam rekwirowali, a ja nie chciałam oddać. I aresztowali.

— Zastrzelić cię mogli przecież.

— Mogli.

Nie odpowiadasz. Boisz się odpowiedzi, więc nie odpowiadasz.

— Chodźmy na górę — mówisz.

Wspinacie się po schodach, w górę, w górę, do drzwi twoich, Iga nie na miejscu w tym mieszkaniu, chociaż tyle razy w nim była.

— Chciałabym wziąć kąpiel — mówi.

Sprawdzasz — jest ciepła woda, więc dobrze, lejesz wodę do wanny, zasnuwa się matowo lustro, przeglądasz kosmetyki Heli i znajdujesz jakiś środek do kąpieli, łazienkę wypełnia zapach lawendy, Iga w tym czasie siedzi w salonie z dłońmi na kolanach, nawet nie zdjęła jeszcze płaszcza, siedzi, jakby na coś czekała.

Sama nie wie, na co czeka, zaglądam w jej głowę i widzę, że sama nie wie.

Wychodzisz z łazienki, prosisz ją, proszę, Iga, kąpiel gotowa, a ona idzie w płaszczu do łazienki, zamyka za sobą drzwi, zasuwa haczyk, co cię trochę uraża, prawda, Kosteczku?

Bo nie rozumiesz, jak bardzo może pożądać prywatności ktoś, kto spędził właśnie trzy tygodnie w czteroosobowej, do tego improwizowanej celi.

Nie rozumiesz, ale szanujesz, prawda?

W mieszkaniu jest bardzo cicho, nie słychać Jureczka, nie słychać nikogo, słychać tylko, jak Iga rozbiera się za drzwiami łazienki. Słyszysz, jak wchodzi do wody, słyszysz, jak się zanurza, i sądzisz, że jest naga, tak sobie ją wyobrażasz, pamiętasz przecież jej ciało.

Tymczasem ona wcale naga nie jest, Kosteczku, zanurzyła się w wodzie w bieliźnie, bo bieliznę ma brudną, majtki i staniczek zdejmie dopiero za chwilę, po tym, jak ty wyjdziesz z mieszkania.

A ta myśl właśnie w tobie kiełkuje, Kosteczku. Żeby teraz odnieść pieniądze Witkowskiemu. Więc może jakoś usłyszałeś moje słowa o tym, czego potrzeba dziś Idze, twojej pierwszej kochance Idze, Idze za ukradzione Polsce pieniądze, Idze żonie Jacka, Idze ze zdjęć u Salome.

— Igo, ja wyjdę na półtorej godziny. Czuj się jak we własnym domu — powiedziałem przez drzwi.

Mruknęła coś w odpowiedzi.

Włożyłem więc palto i poszedłem na plac Zbawiciela, zabrawszy teczkę z uszczkniętą nieco pulą dolarów, poszedłem, szybkim krokiem poszedłem. Poszedłem. Tak.

Wspiąwszy się po schodach do mieszkania Łubieńskiej, nie wiedziałem, jak powiem Inżynierowi o mojej defraudacji.

To nic, Kosteczku, to nic, bo ja przecież wiedziałam, ja wiem, co powiesz, i tę wiedzę przepuści ta cienka błona między nami, to jak dyfuzja między mną a tobą, Kosteczku, jakoś to wszystko przecieknie, przesączy się. Nic się nie martw, mój miły.

Więc wchodzisz do mieszkania Łubieńskiej i pierwszy raz spotykasz samą Łubieńską i jedyne, co swoim męskim duchem potrafisz zanotować, to jej niekobiecość, bo ma w końcu pięćdziesiąt pięć lat, więc dla ciebie nie jest już kobietą, tak patrzysz na nią.

Gdybyś wiedział, ile ja mam lat! Ale nie wiesz.

Gdybyś wiedział, że w jej własnych oczach ciągle jest dla siebie kobietą, kiedy przegląda się w lustrze w łazience, kiedy myje swoje ciało, wcale jeszcze niezwiędłe, ma się za kobietę. Gdybyś to wiedział, może sam mógłbyś w niej kobietę dostrzec? Ale nie wiesz.

A Łubieńska za lat osiemnaście będzie już stara, będzie miała lat siedemdziesiąt trzy i kawał historii na barkach, wielka część tej historii będzie również twoja, a wiek nie uchroni jej od strasznej śmierci: od dwunastu ciosów nożem w stare, zwiędłe ciało, i ona nie zdąży już tego pomyśleć, ale gdyby miała więcej czasu, to pomyślałaby, że to największa intymność, w jaką weszła z mężczyzną od momentu ostatniego pocałunku.

A ten mężczyzna wyszepcze po polsku: „Zdychaj, stara kurwo!", wyszepcze te słowa, obejmując Łubieńską lewym ramieniem za szyję, dłoń zatyka obumarłe ze strachu usta, jej zwiotczałe pośladki i plecy dotykają jego mocarnych ud i płaskiego brzucha, wyszepcze te słowa do przykrytego siwymi włosami ucha i będzie dźgał stare ciało Łubieńskiej sztyletem Fairbarn-Sykes, sztyletem obosiecznym jak język Chrystusa, sztyletem bardzo pięknym, jaki w czasach waszej ostatniej wojny nosili angielscy spadochroniarze i surowe ostrze podziurawi nerki, śledzionę, poszarpie jelita, przetnie macicę i wtedy mężczyzna zwolni miłosny uścisk i stare ciało Łubieńskiej, ciało herbu Pomian, ciało dziurawe i martwą krwią krwawiące opadnie na angielską ziemię i w angielskiej ziemi je zakopią i angielskie robaki je zjedzą.

Ale to dopiero za osiemnaście lat, w 1957 roku, Kosteczku, jeszcze dojrzeć zdążą ciała dziewcząt, które teraz się rodzą, widziałeś je we wrześniu jeszcze w szpitalu położniczym, pamiętasz? Widziałeś je ewakuowane do piwnic, po co byliście w szpitalu położniczym? Już nie pamiętasz. Ja pamiętam, ale to nieważne. Ale pamiętasz, widziałeś je w piwnicznych korytarzach, na brzuchach i piersiach na biało odzianych matek, same też białe, a kiedy na ziemię opadać będzie dziurawe ciało Łubieńskiej, one pierwszy raz się zakochają. A kiedy ciało Łubieńskiej pogrąży się w ziemi, właśnie wtedy kochać się będzie z mężczyzną po raz pierwszy jedna z tych wtedy nowo narodzonych dziewczynek, które teraz, kiedy wchodzisz do mieszkania na placu Zbawiciela, mają miesiąc, a niektóre nie mają, bo umarły pod gruzami. Z głodu albo od grawitacji, kiedy mur zgniatał ich małe ciałka. Ciała chłopców również zgniatał, ale teraz myślę tylko o ciałkach tych dziewczynek nowo narodzonych i o ich ciałach gotowych na przyjęcie mężczyzny, kiedy w powietrzu uniesie się październikowy zapach odwilży, i będzie się mówiło wiele o Gomułce i wolności, i myślę o podziurawionym ciele Łubieńskiej, jak przykrywa je ziemia, w której rozpuszczeni krążą Piktowie, Celtowie, Anglowie, Sasi, Normanowie i tysiąc innych plemion i ludów, które rozpuściły się w angielskiej glebie, i razem z nimi krąży Teresa Łubieńska z przebitą mieczem byczą głową w herbie i sama też przebita obosiecznym ostrzem, krąży w podziemnych rzekach, wylewa się źródłami, paruje w chmury, skrapla się w deszczu i wraca do ziemi. Tak krąży, jak wy wszyscy krążyć będziecie.

A teraz wytwornie podaje ci dłoń. Jest wojna, pozwoli pan, że sama się przedstawię, Teresa Łubieńska jestem, podporucznik Łubieńska, Konstanty Willemann, również podporucznik, dziewiąty pułk ułanów, chociaż nie wiem, jak tam ze stopniami w organizacji, więc nie wiem, jaki stopień teraz...

Na to wpada Witkowski, łapie się za głowę, cóż to, cóż to, krzyczy, kochani, to jest konspiracja, a wy tutaj nazwiska jak na balu u ambasadora, tak nie wolno, co by było w razie wpadki, same kryptonimy, to jest Pięćdziesiąt Siedem, a pani — Dwanaście.

— Pięćdziesiąt Sześć chyba... — mówisz niepewnie, a Inżynier spogląda na ciebie jak na idiotę.

Łubieńska uśmiechnęła się tak, jak potrafią się uśmiechać jedynie arystokratki, w uśmiechu zawarłszy jednocześnie życzliwość, ciepłą drwinę i wyraźną nutę pogardy dla bredni o konspiracji, skoro przedstawić się nie wolno, to po cóż taka konspiracja.

Potem to się wszystko zmieni, Kosteczku, kiedy padną pierwsze prawdziwe, to znaczy bliskie trupy, ale na razie nikt w to nie wierzy, w żadne trupy, stąd to lekceważenie.

— Udało się? — zapytał Witkowski.

— Tak.

Podałem mu teczkę.

— Zabrałem z niej trzy tysiące dolarów.

Och, jaka zapadła cisza, jak bardzo, bardzo cicho się zrobiło, jak zmroziło się oblicze Łubieńskiej, jak zdziwił się Witkowski, szukał żartu, podstępu, a kiedy ja nie wyjaśniałem, zapytał w końcu:

— Jak to?

— Wziąłem, bo musiałem wyciągnąć z niemieckiego więzienia Igę Rozstańską, o której mówiłem ci wcześniej.

Specjalnie w drugiej osobie, skoro mamy się tykać, to się tykajmy, proszę bardzo, a to ma i musi wzmocnić moją wypowiedź.

Zadrgały Witkowskiemu mięśnie przy zawiasach szczęk, szukał słów, ale znalazła je Łubieńska.

Nie czuła jeszcze ciepłego ostrza, jak dziurawi jej ciało, ostrza ciepłego ciepłem męskiego ciała, bo jej morderca niósł to ostrze obosieczne pod kurtką, ciepłe było ciepłem jego ciała już dojrzałego, a jeszcze młodego, sprężystego jak z twardej gumy.

Ten, który je za osiemnaście lat poniesie, zmierza teraz przez francuską prowincję do Lyonu, gdzie gromadzą się polscy lotnicy, zmierza do Lyonu, żywiąc się ludzkim współczuciem, ma teraz ciało nastolatka, wątłe i niepewne swej rodzącej się dopiero siły. Ale ciało urośnie, napije się mocy tych, których zabije, a zabije wielu, najpierw oczami zrośniętymi z celownikiem bombowym Mark XIV, a potem palcem wskazującym na spuście brauninga, a potem wdychając zapach ich śmiertelnego potu, nożem, stalową linką i dłońmi.

Ostrza obosiecznego zaś jeszcze nie wykuto.

Łubieńska więc go jeszcze nie czuła, skóra nie rozstąpiła się jeszcze tam, gdzie rozstąpi się pod naporem stali. I ponieważ nie czuła ostrza, to znalazła słowa.

— Tak się nie godzi... — wyszeptała najstraszniejszą z klątw.

Jakże ja tego nienawidzę, tego „nie godzi się", ile razy to słyszałem, „nie wypada", „nie można", ten niemy szantaż bez konkretnej groźby. Jak chciałbym trzasnąć drzwiami, powiedzieć: „a pocałujcie mnie w dupę", a potem pójść do mojego szarego przyjaciela w szarym mundurze z orłem na lewym rękawie i opowiedzieć mu wszystko o tym zebraniu, ale przecież nie pójdę, bo jestem Polakiem.

— Drugi hrabia Zawidowski... — mówi jeszcze niby z czarnym przerażeniem, niby z troską, ale w jej ustach brzmi salwa, która życie hrabiego Zawidowskiego zakończyła.

Pamiętam to, dobrze to pamiętam, całą tę historię, chociaż nie byłem jeszcze wtedy dorosłym, miałem szesnaście lat i wielkie, niezaspokojone libido, ale pamiętam. Sprzeniewierzył setki tysięcy marek z armijnej kasy, wydał na przyjęcia i konie.

Orzeczenie biegłych: jest zdrowy umysłowo i rozumie znaczenie swych czynów, choć mieści się w nich megalomania pseudoarystokracji, która pod wpływem alkoholu, morfiny, kokainy i złego otoczenia przybiera konkretne formy zewnętrzne chorobliwego działania jako wielkiego pana rozrzucającego pieniądze bez chęci zysku osobistego.

Tak powiedzieli o Zawidowskim, a ja pomyślałem, że musiał to być cudowny człowiek, ten podchorąży Zawidowski. Na pewno miał tyle kobiet, ile chciał.

A potem salwa, trzask, strzał, koniec. I właściwie po co komu cokolwiek więcej, byle pożyć trochę, prawdziwie, a potem — koniec, szlus...

Czas wyjaśnić, Kosteczku, wyjaśniaj teraz, zanim cię przepędzą, albo raczej zastrzelą po jakimś wojskowo-konspiracyjnym obrządku sądowym, który jeszcze nie zyskał precyzyjnie opisanej liturgii, ale zyska, z formułą „W imieniu Rzeczpospolitej" jak słowa i intencja przeistoczenia, więc do dzieła, wyjaśniaj. I nie o słowa tutaj chodzi, słowa nie mają znaczenia, musisz promieniować prawdą, siłą i słusznością, i ja cię nią natchnę.

Więc wyjaśniam. Głos spokojny, jestem pewien siebie, swoich czynów i swoich słów. Musiałem podjąć decyzję samodzielnie, nie było czasu do stracenia. To kłamstwo, ale to nieważne, ważne, że wypowiadasz to jak prawdę, tylko to się liczy. Więc musiałeś podjąć decyzję samodzielnie, bo nie było czasu, a podjąłeś ją nie ze względu na prywatę, lecz ze względu na doktora Jacka Rostańskiego. W tej chwili jest pogrążony w melancholii, nie stanowi więc żadnej wartości dla organizacji. Jednak powrót żony pozwoli mu się z tejże melancholii wyrwać. A Jacek w sobie zwarty i silny byłby dla organizacji nabytkiem więcej niż cennym. Wielka wiedza medyczna, chirurg, to po pierwsze. Przecież gdyby ktoś został postrzelony, nie można udać się z nim do szpitala, Niemcy bez wątpienia będą kontrolować szpitale.

— Już teraz szperają w poszukiwaniu ukrywających się oficerów — zauważył trzeci głos, głos Kierowcy, nie zauważyłem go wcześniej. Siedział za mną. Łapa w kieszeni, oczywiście. Nie wiem, czy trzymał ją tam od początku, czy włożył tam, kiedy powiedziałem o defraudacji.

Włożył, kiedy powiedziałeś o defraudacji.

— Wiem, że postąpiłem wbrew zasadom. Jednak jestem oficerem, więc z braku innych możliwości działania oceniłem sytuację i przejąłem inicjatywę. Jestem kawalerzystą, tego nas uczono. Reagować na zmieniające się warunki i podejmować decyzje — powiedziałem z mocą, z prawdą, z przekonaniem. — Tylko u Sowietów oficer nawet się nie wysra, jeśli nie było rozkazu. U nas inaczej. Była tylko jedna szansa, aby wyciągnąć Rostańską z więzienia, więc podjąłem decyzję samodzielnie. Nie ukrywam jej, stoję tutaj przed wami, gotów ponieść wszelkie konsekwencje, jeśli mój dowódca... — tu zwróciłem się wprost ku Witkowskiemu — ...uzna, że postąpiłem niewłaściwie.

Stopniał lód na twarzy Łubieńskiej? Patrzę i nie jestem pewien.

Witkowski patrzy na mnie z lekceważącym uśmiechem, coś się w nim gotuje, coś się w nim waży. Ciepłe, złe, czujne oczy, okrągła twarz, krawat między skórzanymi wyłogami kurtki.

Patrzy i milczy. Czy może zastrzelą mnie na miejscu?

Tak sobie to wyobrażam: kierowca wyciąga z kieszeni stalowy wyrok, trzy strzały, wszyscy głuchną na chwilę, wibrują szyby w oknach, a moje ciało na podłodze, podziurawione, i zamyka się moje życie, urodzony w Gliwicach dwunastego listopada 1909, zmarły tragicznie dziewiętnastego października 1939 w Warszawie.

Ale dziś moja jest moc i prawda i przekonanie, nie boję się tego spojrzenia. Tym razem ja wygram. Moja jest słuszność. Nie upadnie moje ciało podziurawione na skrzypiący parkiet. Nie dziś.

— Sprawdzimy to — mówi.

— Naturalnie — mówię ja, bez strachu. Niech sprawdzają.

— A więc dobrze. Uznaję to za działanie usprawiedliwione. — Wraz ze słowami mięknie mu twarz.

A ja stoję za tobą, Kosteczku, obejmuję cię za ramiona i stoję za tobą, Kosteczku i myślę o tym, jak upadał będzie Witkowski, podziurawiony, i jak ludzie w niemieckich mundurach przypną mu karteczkę z napisem „największy polski bandyta", do tej samej kurtki skórzanej przypną, do tej samej, w której stoi teraz przed tobą.

— W takim razie musisz przyprowadzić tego Rostańskiego. Kiedy tylko stanie na nogi — powiedział Inżynier, jeszcze bez dziur po kulach w tym dużym, mocnym ciele.

A potem mówi, mówi wiele, o kierunku przyszłej infiltracji, o zakładanych właśnie przedsiębiorstwach, w które zainwestuje pozyskane przeze mnie pieniądze, wiele, wiele mówi, gestykuluje, mówi o wywiadzie w Rzeszy, który ja będę prowadził, i każe mi wystarać się o jakąś godną Niemca pracę.

A czy to jest zgodne z zasadami konspiracji, że Łubieńska i Kierowca znają moją niemiecką tożsamość, pytam sam siebie i sam sobie nie umiem odpowiedzieć, przecież nie znam się na żadnej konspiracji.

W końcu więc wychodzę. Wracam do domu, schody czekoladowe, buty zapadają się w czekoladzie, otwieram drzwi, korytarzyk, salon, pusto.

Wchodzę do sypialni. Iga w naszym małżeńskim łóżku. Nagie ramiona wystają spod kołdry, śpi, zupełnie śpi. Okrywam ją po szyję, bo w mieszkaniu raczej chłodno, znowu nie palą. Mówi tylko coś nieartykułowanego.

A ty chciałbyś się rozebrać, Kosteczku i wślizgnąć się pod tę pierzynę, poczuć na udach i brzuchu ciepło jej skóry.

Chciałbym wślizgnąć się pod tę pierzynę. Poczuć ciepło jej ciała. Ale nie, nie, nie jestem już takim Kostkiem, jestem już przecież kimś innym, jestem oficerem, mężem mojej żony, nie zrobię tego. Więc siadam na krześle i patrzę, jak śpi Iga, moja pierwsza kobieta, jak śpi naga w moim łóżku, w łóżku moim i Heli, ale na moim miejscu, po mojej stronie. I myślę sobie, że będę tak siedział i patrzył na nią, aż się zbudzi.

Ale głupio się tak siedzi, kiedy członek ma się wzwiedziony, głupio się siedzi przy nagiej kobiecie pod moją własną pierzyną.

A nie kładziesz się z nią, Kosteczku, bo jesteś taki silny i tak panujesz nad sobą? Czy może jakaś mała część twojego tępego umysłu doradza ci, że zostałbyś przegnanym, że fizyczna miłość to musi być ostatnia rzecz, na jaką Iga mogłaby mieć teraz ochotę. A przecież nie zniósłbyś odrzucenia, prawda, Kosteczku?

Więc wychodzę do salonu, łażę po pustym mieszkaniu, łaziłem.

Włóczę się po pustym mieszkaniu, włóczyłem. Szukając czego? Heli? Jureczka? Igi? Czułości? Siebie samego.

Długo stałem w łazience, Iga uprzątnęła ją po sobie na błysk, więc stałem długo w łazience, patrzyłem w lustro, na swoją twarz, szczęka, trzy dni zarostu na twarzy, bo przecież nie było się kiedy ogolić, więc wykąpałem się szybko, a potem dalejże nacierać się olejkiem, pienić pianę, skrobać zarost.

Założyłem świeżą koszulę, zmieniłem garnitur na szarą flanelę. Iga dalej spała. Postanowiłem zatelefonować do Heli. Aparat u jej rodziców działał, odebrał mój endecki teść.

— Dzień dobry. Konstanty mówi. Mógłbym rozmawiać z Helą?

— Ścierwo — syknął. — Kanalia. Menda. Spróbuj jeszcze...

Odłożyłem słuchawkę. Zatelefonowałem do matki, ale jej aparat nie działał. Wziąłem z półki książkę, ale nie byłem w stanie czytać, rzuciłem na stolik. Zjadłbym coś. Sprawdziłem w spiżarni — pusto. Trzeba pójść po coś do jedzenia, ale nie chciałem jej już zostawiać samej.

Obijałem się jeszcze po mieszkaniu, w końcu zajrzałem do Igi.

Wstaje na mój widok, jakby zbudziło ją moje spojrzenie, bo przecież byłem bezszelestny. Ma na sobie koszulę nocną Heli, owija się w podomkę Heli, podchodzi do okna Heli, za oknem Warszawa czarna.

— Zabierz mnie gdzieś — mówi, ciągle patrząc w czerń.

— Gdzie? — pytam szczerze.

Iga odwraca się do mnie, oczy jej płoną.

— Nie wiem. Gdzieś, gdzie jest alkohol i muzyka. Zabierz mnie tam dzisiaj, tej nocy, a rano pójdę i zajmę się Jackiem. Będę dobrą żoną.

I co, boisz się teraz, Kosteczku, prawda, boisz się? Boisz się. Pragniesz jej i boisz się. Jakbyś miał jej nie pragnąć, pragniesz przecież wszystkich kobiet świata, Kosteczku, głupi kurwiarzu. Żeby ci powiedziały, potwierdziły, że jednak jesteś mężczyzną. A z Igą wiąże cię jeszcze ta więź, która to twoje uniwersalne pożądanie wzmacnia, czyni prawie nieodpartym...

Czarne kolumny waszych ciał, czarne kolumny z ciemnej substancji płynącej pod skórą historii, połączone, zespolone.

Stoicie teraz przed sobą, dawni kochankowie, w pustym mieszkaniu, na zewnątrz są Niemcy, ale między wami nie ma nic, tylko pytanie o to, co się między wami dzisiaj stanie.

Czy nie powinienem zaprowadzić jej po prostu do Jacka, tam przecież jej miejsce. Ale Jackowi nic nie będzie, przecież dożyje jutra, na pewno dożyje jutra, a jej przecież coś należy się po trzech tygodniach aresztu.

— Zatelefonuję do niego — mówię.

I idę do gabinetu, gdzie telefon. Odbiera po dłuższej chwili.

— Jacku, Kostek mówi. Iga już jest wolna.

— Mhm.

— Zająłem się nią, wszystko w porządku, tylko jest bardzo zmęczona. Ale wszystko będzie dobrze, jutro będzie już w domu. Dobrze?

— Tak.

Wracam do salonu, wchodzę, Iga półnaga, w bieliźnie, Iga rozwija jedwabną pończochę na nodze, na łóżku walizeczka otwarta, Iga przypina pończochę do pasa, pamiętam jej ciało, nie umiem oderwać wzroku, wtedy Iga patrzy na mnie przez ramię, jej plecy i biodra. Wycofuję się, speszony.

— Przepraszam... — rzucam przez ścianę.

— Nic, czego byś już nie widział.

Po chwili wychodzi, już ubrana, założyła zieloną sukienkę. Nie jest to suknia wieczorowa, acz jest elegancka, za kolana, w talii ściśnięta, rękawy nieco bufiaste, tak jak należało się nosić przedwojennym latem.

— Ucieszył się, bardzo — mówię.

Nie uwierzyła.

Oczywiście, że nie uwierzyła, Kosteczku, przecież nie jest idiotką, przecież zna go w takim stanie, wie, jak to wygląda, nic nie jest w stanie go ucieszyć, w sumie niewiele również zasmucić, bo otchłań rozpaczy nie jest przecież smutkiem, tylko absolutną obojętnością.

Znasz te czarne przestworza, Kosteczku? Znasz przecież. Inaczej w nie spadałeś, nie tak jak twój przyjaciel, ale przecież znasz, wiesz, jak to jest, kiedy czerń napiera na gałki oczne, wciska się pod powieki i przesącza do mózgu, do środka, i obezwładnia jak absolutny narkotyk, jak morfina stężona ostatecznie.

I to przecież przed tym mrokiem ratowałeś się buteleczkami pełnymi szczęścia, dobra i tęczy.

— Więc chodźmy gdzieś — powiedziała Iga.

— Dziewczyno, jest wojna... — odparłeś, jakby niepomny na to, że Iga nigdy nie pozwalała ci zwracać się do siebie per „dziewczyno". „Jestem kobietą" — mówiła, od kiedy spaliście ze sobą. A wcześniej nie pozwoliłbyś sobie na taką poufałość.

Uśmiechnęła się blado.

— Proszę cię, Kostek. Wymyśl coś. Chcę pić i tańczyć.

I cóż możesz zrobić, cóż możesz zrobić teraz, Kosteczku? Wiesz, co możesz zrobić.

Wiem, co mogę zrobić. Mogę ją zabrać i pójść do Salome, na Dobrą ulicę, nie wchodzić nawet do tego plugawego mieszkania, tylko zapytać moją słodką kurewkę o to, gdzie teraz w stolicy można pić i tańczyć. A Salome będzie to wiedzieć, ona wie takie rzeczy, zawsze wie takie rzeczy.

Być może jest już gdzieś takie miejsce, gdzie mógłby Niemiec wejść z kobietą, popić i potańczyć. W końcu to już z górą trzy tygodnie od kapitulacji. W końcu niemiecki oficer, zwycięski niemiecki oficer musi się gdzieś napić sznapsa albo wina, przygarnąć dziwkę, pomacać, potańczyć i pojebać. Po to w końcu zwyciężał, po to się żołnierz prawdziwie bije, jeśli idzie do ataku, bo jeśli się broni, to bije się po coś innego.

Ale boisz się pójść do Salome, prawda? Boisz się.

Bo przecież nie zapomniałeś.

Boję się pójść do Salome, bo tam czeka moja buteleczka. Pełna kolorów. A przecież tęsknię do niej coraz bardziej, do mojej buteleczki. A nawet jeśli moja słodka, biała kurwa tę buteleczkę zużyła, to na pewno może pójść po inną, a ja mam przecież pieniądze, mam pieniądze Jacka, mam swoje, mógłbym kupić.

Przecież to krąży nade mną, za mną, to już tydzień trzeźwości typu em.

To już tydzień, Kosteczku, a ty ciągle myślisz, że podołasz.

Podołam.

A może ci wcale nie zależy?

A może mi wcale nie zależy?

Więc co, pójdziemy do mojej słodkiej kurwy, ja i moja pierwsza kochanka?...

Pójdziecie, przecież wiesz, nie umiesz jej odmówić, niczego nie umiesz jej odmówić.

Powinienem mieć broń. Ale nie mam. A nie pójdę teraz do Witkowskiego, nie zażądam pistoletu. A do nazaretanek...

Też nie pójdziesz. Nie poszedłbyś nawet jako Polak, przecież potraktowałyby cię jak szaleńca.

No, i co, Kosteczku, załapałeś już?...

Nagle coś przychodzi mi do głowy. Coś strasznego.

Bo kiedy do klasztoru dojdzie wieść, że zostałem Niemcem, na siostry padnie blady strach. Będą bały się aresztowania, same pobiegną skrzynie wykopać, przenieść gdzieś. A jeśli nic się nie wydarzy, to moja legenda jako Niemca może stać się słabsza. Cóż to za Niemiec, pod koniec września zakopywał broń, a teraz co, stał się Niemcem i milczy?...

Ale czyż nie wolałbyś istotnie, żeby twoja legenda jako Niemca osłabła?... Przecież do Niemców z natury rzeczy ta wieść dotrzeć nie może i nie dotrze.

Do Niemców ta wieść dotrzeć nie może i nie dotrze. Ale zaraz, kto wie?... Mogą z czasem kogoś pojmać, uwięzić i złamać i ten ktoś powie, że niejaki podporucznik Willemann zakopał broń u nazaretanek. A oni wtedy, to znaczy my wtedy, albo raczej oni sprawdzają — mamy tu takiego, Konstantin Willemann, został Reichsdeutschem.

A dlaczego o broni nie powiedział?

I się zacznie. Albo i nie.

Więc co robić?... Powiedzieć Inżynierowi jak najszybciej, niech się z tym upora.

Ale to nie rzecz na telefon. A do Łubieńskiej nie pójdę z Igą, na pewno nie. Więc nie. To zaczeka do jutra.

— Kostek?... — Iga patrzy na mnie wyczekująco.

— Chodźmy, dobrze, chodźmy... znajdziemy coś.

Spojrzałem na zegarek, była piąta. Wyszliśmy z domu z czekolady, lepiła się do butów, czy lepiła się do butów? Czy to głowa płata mi figle, dobry Boże. Na Puławskiej udało się złapać rykszę z platforemką, na której niewygodnie siedzieliśmy w kucki, trzymając się kurczowo poręczy.

Jadą na dobrą ulicę Dobrą, jadą.

Konstanty, trzymając się metalowego uchwytu na improwizowanej rykszy, myśli o tym, jak to wygląda, żeby Niemiec z Polką jechali rykszą po ulicy.

A bardziej, głupiec, myśli o tym, jak dramatycznym jest jego życie, rozdarte między polskością a niemieckością, och, jakież to straszne w tym świecie zdeklarowanych, totalnych narodowości być rozdartym między niemieckim ojcem a polską matką, teraz już nie polską, jak to strasznie mieć dwie Muttersprache, dwa serca bijące w piersi, jak ciężko być Polakiem, kiedy jest się z krwi i pochodzenia Niemcem, jakaż to katorga!

A teraz, myśli sobie mój głupi Kosteczek, ojczyzna, którą wybrał, Ojczyzna wielkim „o" pisana, wystawia go na najtrudniejsze próby, jak w rycerskiem romansie, każąc się w imię miłości publicznie tej miłości zaprzeć, znosić obelgi i upokorzenia, podać się za tego, kogo najbardziej nienawidzi, wszystko dla jej dobra, dla wyższego dobra. Cóż za historia, Kosteczku, prawda?

Mój kochany, głupi Kosteczek, mój miły czuje się tak tragicznie rozdartym, tak cudownie wzniosłym w tym tragizmie, dwa serca, dwie dusze, ale przecież wybiera tylko jedno, drugie sobie z piersi wydziera, wyrzuca, nie ma drugiego.

Wyobraża sobie Kosteczek, jakże łatwiej byłoby mu żyć w świecie, w którym narodowości nowoczesne i nowoczesne nacjonalizmy jeszcze się nie narodziły, w świecie sprzed francuskiej rewolucji, o tym właśnie teraz myśli, głupiec, jakby bał się myśli o nadciągającej katastrofie, woli nie myśleć o tym, do czego zmierzają na napędzanym siłą żydowskich mięśni pojeździe, nie wie nawet Kosteczek, że pedałujący na rykszy młodzieniec jest Żydem, bo nie noszą jeszcze gwiazd na rękawach, jeszcze nie czas. Ten czas nadejdzie niechybnie, moje szkliste oczy już widzą tę opaskę, ale jeszcze nie nadszedł.

Ale gdzieś w głębi, pod głupimi myślami o Polakach i Niemcach, wie Kosteczek, że z każdym obrotem pedałów zbliżają się do mieszkania jego strasznej, słodkiej kurwy Salome, do buteleczki pełnej dobra i szczęścia i wie, że się nie oprze, ale wierzy, że się oprze.

Wierzy bardzo cichutko, bo łatwiej mu rozkoszować się myślami o własnym tragizmie. Jakby czerni, która zionie między nim a światem, winien był fakt istnienia narodowości i jego między tymi narodowościami rozdarcie.

Tak jakby jego kurwiarstwu winne było istnienie płci.

Głupi Kosteczek szuka źródeł bólu, głupi Kosteczek nie rozumie, że czerń po prostu jest, że to, o co obwinia Polaków i Niemców pospołu, jest po prostu zwykłym człowieczeństwem. Kostek nurza się w czerni, bo jest człowiekiem.

Wiem to dobrze, bo ja nie jestem człowiekiem.

Jestem czernią.

Ze mnie rodzą się czarne bogi, ze mnie rozlewają się oceany rozpaczy, to ja przygniatam Jacka Rostańskiego do jego kanapy.

Kim jest ten trzeci, kto zawsze idzie obok ciebie?

Skąd ta myśl, przecież jest nas dwoje, ja i Iga, czy ten chłopiec, który napędza rykszę?...

Gdy liczę nas, jesteśmy tylko ty i ja. Lecz gdy spoglądam przed siebie w biel drogi, zawsze ktoś jeszcze idzie obok ciebie. Stąpa spowity płaszczem brunatnym, w kapturze. Nie wiem, czy jest to kobieta, czy mąż. Kim jest ten, który idzie po twej drugiej stronie?

Czyje to słowa, tego poety, którego nazwiska zapomniałeś, Kosteczku, jego to słowa, przeczytał je w innym języku, ale te są jego, a brzmią ci w głowie, bo ja je właśnie wymawiam.

Więc czy to ja przygniatam Jacka Rostańskiego do kanapy? Jednak nie ja, ja tylko idę za Kosteczkiem, jemu towarzyszę, z tej czerni przychodzę i wiem dobrze, że nie ma nic poza czernią, i wiem, że Kosteczek mój miły również to kiedyś zrozumie. Przyjdzie na to czas.

A teraz ochraniam go moimi skrzydły czarnymi, chociaż pióra mam szare.

Jestem miejskim wróblem.

Śpiewam: śanti, śanti, śanti. Tak jak mówiła ci matka, a ty zapomniałeś.

Kosteczku, głupcze, gdybyś tylko wiedział o tym, jak nieważne są twoje polskości i niemieckości, jak nieważne są płcie, jak nieważne są twoje honory i godności i wartość własna i odzwierciedlona... Jak wolnym by cię to uczyniło, jak wysoko, daleko mógłbyś się wzbić, dalej i wyżej, niż kiedy byłbyś ledwie narodowo uporządkowany...

Jak to źle i jak to dobrze, Kosteczku, że nie możesz mnie usłyszeć, że tylko echo mojego głosu trafia gdzieś do tych miejsc pod twoją czaszką, gdzie się dopiero zaczynasz, czarne krople mnie roztapiają się gdzieś tam, gdzie się rodzisz, Kosteczku, gdzie rodzisz się TY, w każdym kawałku każdej sekundy, i dlatego jestem tobą, Kosteczku.

Teraz, kiedy z Igą jedziesz rykszą na ulicę Dobrą, kochaną, słodką.

I teraz, kiedy wysiadacie przed kamienicą numer 52.

I teraz, kiedy wspinacie się po schodach.

Śpiewam: śanti, śanti, śanti. Ćwir, ćwir, ćwir.

Iga nie zadaje pytań, Iga przyglądała się Warszawie ze zdziwieniem, nie rozumiała nowej Warszawy, więc nie dziwi się temu, że wspinacie się po zmurszałych, skrzypiących schodach do plugawego mieszkania na Powiślu.

I w końcu stajesz przed tymi drzwiami i boisz się, Kosteczku.

Boję się. Boję się tego, jak spojrzy na mnie Salome, kiedy ujrzy, żem przyszedł do niej w towarzystwie kobiety. Mało tego — w towarzystwie damy. Salome rozpozna damę bez trudu, jej oko jest bezwzględne, jej spojrzenie celne.

Boję się buteleczki pełnej dobra i szczęścia.

Nie pukam.

— To tutaj? — pyta Iga.

I zanim zdążę odpowiedzieć, przeszkodzić jej, zapobiec — bo wie przecież, że tutaj, skoro stoimy przed tymi drzwiami — puka, puka, puka.

Rozpadam się w panice, teraz już wszystko przepadło, teraz już nie ucieknę, chociażby ze wstydu nie ucieknę, teraz już musimy tam wejść.

I Salome otwiera drzwi, otwiera drzwi, otwiera drzwi.

Werbigeracje abominacje duszy wibracje mózgu inseminacje, rozlatuję się w panice wywracam na nice, histeria życia materia, zimno źle jej spojrzenie w pustce.

Ona patrzy.

— Czy możemy wejść? — pyta Iga.

— Proszę — odpowiada uprzejmie moja słodka kurwa, trzęsą mi się ręce, pocę się, pot płynie po plecach strumieniem, w parę sekund czuję, że kalesony mam całe mokre i koszulę też.

Wchodzimy. Siadamy przy stole. Na podłodze są jeszcze ślady krwi mojej. Na twarzy mojej są jeszcze ślady Kajetana Tumanowicza.

Chciałbym powiedzieć Salome, że go zabiłem.

No to jej powiedz, głupi Kosteczku.

— Zabiłem go — mówię i wzdragam się nagle, Iga przecież słyszy.

Salome patrzy na mnie wzrokiem mocnym i zimnym, jak nie ona.

— Kogo? — pyta.

— Tumanowicza.

Iga drży. Salome uśmiecha się, lód w jej spojrzeniu taje, ociepla się. Wierzy mi. Znów jest moją dobrą, słodką kurwą, która za krew Tumanowicza wybaczy mi nawet to, że przyszedłem do jej mieszkania z damą.

— Znam panią — mówi Salome.

Iga drży, ale kłania się na potwierdzenie. Znasz mnie, kurwo.

Zdjęcia, w teczce zdjęcia, bachanalia.

— Chcemy się napić, potańczyć... — mówię bez sensu.

— Masz pieniądze? — pyta Salome.

— Jestem Niemcem — mówię bez sensu. — Zostałem Niemcem.

— Brawo — śmieje się moja słodka kurwa. — Masz pieniądze?

Iga nic nie rozumie.

— Jakim... Niemcem?... — pyta.

I co, miałbym jej tłumaczyć, konspiracja dekonspiracja degeneracja kolaboracja.

— Potem wyjaśnię — rzucam. Idze wystarczy, dla Igi ważni są mężczyźni, kobiety i dzieci, nie Polacy i Niemcy, Iga nie zważa na politykę, Iga naprawdę jest kobietą.

— No to masz pieniądze czy nie?... — dopytuje się Salome.

Czy ja mam pieniądze?

Kosteczku, teraz jest czas na to, abyś się przyznał przed sobą, nieprawdaż? W końcu w twojej kieszeni spoczywa tysiąc dolarów. Niemcowi na Szucha dałeś dwa, zgłosiłeś wydanie trzech. Coś sobie wtedy myślał? Nic nie myślałeś, po co miałbyś coś tam myśleć, zrobiłeś co zrobiłeś, a ja szeptałam, że ci się należy, za pieniądze, które zabierze Iga, nie słyszałeś moich szeptów, ale słyszałeś tembr mojego głosu, słyszałeś.

— Mam — odparłem.

No, mam pieniądze. Tysiąc dolarów mam. Mam, cóż poradzić. Należały mi się, nie mogę być bezpieniężnym, nie ma nic gorszego niż bezpieniężna bezsilność.

Salome nagle stała się miękka, ciepła, słodka jak karmel, leje się powoli jak karmel.

Jej miękkie, białe łapki dookoła mojej szyi, odpycham ją, szukam spojrzenia Igi, spodziewam się ujrzeć w nim pogardę i wstręt, ale znajduję jeno zakłopotanie, zawstydzenie, zawstydzenie takie, jakby to ona właśnie na moich oczach tuliła się do jakiegoś gacha.

— Skoro masz pieniądze... To chodźmy. Zatelefonuję po samochód.

Zdębiałem.

— Masz aparat w mieszkaniu?

Wcześniej nie miała.

— A jakże. Bez telefonu ciężko.

— Ale kto ci założył, teraz?... — krzyknąłem prawie.

Uśmiechnęła się.

— Ty przecie też radzisz sobie, Kosteczku, nieprawdaż?

Nie umiałem o tym myśleć teraz.

— Weź... wiesz co — powiedziały moje usta, powiedział mój głos, ja nie powiedziałem.

Skinęła głową, potem poszła do telefonu i przemówiła do słuchawki po rosyjsku.

Iga stała przy drzwiach, zawstydzona, oszołomiona.

— Iga, ja... — zacząłem, słaby, nieśmiały, biedny, podły.

— Mnie to nie obchodzi, Kosteczku. Nic mnie nie obchodzi — powiedziała. I zamknęła mi usta pocałunkiem.

Właśnie — zamknęła. To nie był pocałunek kochanków. Chociaż był pocałunkiem w same usta, to był pocałunkiem, który warg nie rozwiera, lecz je skleja ku sobie i ze sobą. I kiedy zamknęła moje wargi, to jej wargi nie oderwały się od moich od razu, ale trwały przy nich na tyle długo, że Salome zdążyła powrócić i zobaczyć nasze wargi zetknięte.

Zaklaskała w dłonie i śmiała się.

Boisz się jej, Kosteczku, bardzo się jej boisz.

— Tylko się przebiorę i jedziemy. Wóz będzie za moment.

I zniknęła za drzwiami. Staliśmy więc z Igą w niezręcznym milczeniu, uciekałem wzrokiem od jej oczu.

— Kosteczku, raczyłbyś tu przyjść, zapiąć mi suknię — zabrzmiał kurewski głos strasznej Salome zza drzwi jej sypialni, w której tyle razy smakowałem jej białego, kurewskiego ciała.

I cóż odpowiesz, czy masz woli tyle, aby jej odmówić? Płonisz się, chciałbyś zniknąć przed spojrzeniem Igi, a Iga odwraca wzrok, czy z niesmakiem, czy ze wstydem.

Idziesz.

W sypialni Salome stoi całkiem naga, tyłem do ciebie. Spogląda na ciebie przez ramię.

— Może figle małe przed wyjściem, co, Kosteczku? Pofiglowałbyś ze mną? Możesz zaprosić znajomą, znamy się.

Podchodzi, jedną ręką obejmuje cię za szyję, druga jej dłoń prowadzi twoją dłoń do wilgotnego krocza.

— Dość tego — powiedziały moje usta, powiedziały moim głosem.

A moja dłoń uderzyła Salome w twarz, znowu, znowu dałem jej w twarz, mojej złej, podłej Salome dałem w twarz. Niezbyt mocno. Zaśmiała się, chwyciła się za policzek.

— Kiedyś cię za to zabiję, Kosteczku — wyszeptała słodkim głosem i spoglądała spojrzeniem słodkim.

I szybko się odziała, pomogłem zapiąć suknię, wyszliśmy i na ulicy Dobrej stanęliśmy, a tam czekał na nas już biały adler diplomat. Usiedliśmy w trójkę na tylnej kanapie. Za kierownicą siedział bardzo chudy człowiek w czymś, co przypominało zniszczoną liberię służby hotelowej, dawno spłowiałe bordo. I czapka szoferska okrągła jak czapki szwoleżerskie.

— Do Adrii — zakomenderowała Salome.

— Do Adrii? — zdziwiłem się. — Myślałem o jakimś innym miejscu...

Innym? Zbyt wiele czasu w Adrii, prawda, Kosteczku, znają cię tam kelnerzy, a teraz masz tam wejść jako Niemiec, jak zaprzaniec masz tam wejść.

— Tam jest teraz nur für Deutsche. Co oczywiście nie dotyczy pań — wyjaśniła Salome, kładąc rękę na moim kolanie.

Szofer z fasonem ruszył Dobrą, skręcił w Tamkę, między jej domami i kamienicami zwykły ruch, Konserwatorium, kręci się hołota, pomyślałeś, Kosteczku, pomyślałeś zza szyb adlera, że to hołota się kręci, tak pomyślałeś.

Kręci się hołota — pomyślałem.

Zza kamieniczek po lewej stronie straszyła spalona kopuła cyrku przy Ordynackiej i w Ordynacką zjechaliśmy, przeskakując Kopernika, na rogu Ordynackiej i Nowego Światu kamienica wypalona...

— Halt! — wrzasnąłem. — Halt!

Iga zadrżała na dźwięk niemieckiego słowa, ale nie zważałem na to. Wyskoczyłem z samochodu. Łeś. Wyskoczyłeś z samochodu. Łem. Wyskoczyłem, gruz już uprzątnięty, bruk uprzątnięty żydowskimi dłońmi i łopatami, sprzątali Żydkowie, pilnował ich gefreiter starszy wiekiem i gruby, ze starym karabinem ciążącym mu na ramieniu, bruk uprzątnięty, bruk poraniony, bruk dziurawy. Dopadłem, dopadłeś domu, wypalone dziury po oknach, ani śladu okiennych ram, ani śladu futryn, mur okopcony.

Na ścianach krew. Płynie z okien, jakby z ran płynęła, z ran w boku chrystusowym, jak z oczodołów oczu pozbawionych, płynie krew po osmalonym tynku, po cegłach płynie, dotykam, dotykasz, dotykam jej dłońmi i brudzi mi dłonie, ci, brudzi ci dłonie. Ludzie idą, przechodzą, człowiek w długim palcie, kobieta z wózkiem dziecięcym pełnym garnków i rondli mosiężnych, Polak, Żyd, Niemiec, Bóg wie, ja wiem kto, ty nie wiesz, ja nie wiem, krew brudzi mi dłonie, brudzi, dobry Boże, czarne bogi chylą się nad miastem jak gięte wiatrem topole przydrożne, ciemny chłód zimna czerń bogów krew cieknie z wypalonych okien narożnej kamienicy Nowy Świat 60, Ordynacka 16, krew na twoich dłoniach nie ma krwi na twoich dłoniach nie ma.

Szofer i Salome chwytają cię delikatnie za łokcie, podnoszą cię z klęczek, Salome usłużnie otrzepuje kolana twoje z pyłu ulicy, Kosteczku, troskliwa jest ta twoja mała, słodka kurewka, dobra jest ta zła kurewka z ulicy Dobrej, Salome, spalone okna, Salome.

Werbigeracja degeneracja stanu racja. Ściany malowane sangwiną.

— Konstanty, co z tobą?

Igi głos, Igi głos. Iga.

— Kostek, Kosteczku... — szepcze Iga, jej dłoń na twojej, na mojej twarzy jej dłoń.

I wracasz wracam wracasz wracam.

Wróciłem do zmysłów, stałem na ulicy, ludzie przyglądali mi się z umiarkowanym zainteresowaniem i zdziwieniem umiarkowanym.

— Wyleczę cię, Kosteczku, wnet cię wyleczę. A teraz jedźmy, mój piękny.

Kto to mówi, czy to mówi Salome? Kto to mówi? Czy mówi to Iga?

Ja to mówię, Kosteczku.

— Ja mówię — powiadam.

Więc jedziemy, Warecka, Poczta Główna, plac Napoleona, Prudential, ludzie chodzą szarobrązowi, za kamienicą Goldstanda skręca orzeł w Moniuszki, opon pisk, kościół imienia Jezus, jakie to imię Jezus, czy ono wisi tutaj, czy wrosło to imię

Jezus tu w ziemię, która inne imiona nosiła, orzeł obraca się na skrzydło, aby zmieścić się między kamienicami a filharmonią spaloną i krwawą, pióra muskają krwawe mury, jednak mieści się, dziób rozwarty, język gadzi różowy w tym dziobie, zatrzymujemy się przed Adrią stanął przed Adrią adler Adria adler Adria Adriatyk.

Kosteczku!

Wysiadam, opony białe na bruku krwawym, w kałużach krwi opony krwawe, krew płynie z okien filharmonii, z okien zwisają sine girlandy gigantycznych jelit, ich krew płynie z okien.

Wysiadam, chwiejny wysiadam, wysiadasz, Kosteczku, trzymaj się, Kosteczku, podołasz, Kosteczku, wracaj do siebie, Kosteczku.

Płacę szoferowi, hojnie płacę, obficie płacę, dolarami płacę.

Iga po mojej lewicy, Salome po mojej prawicy, z ronda kapelusza wiszą sople, gluty tężejącej krwi, czy wiszą, Kosteczku? Nie wiszą. Wkraczamy do Adrii. Za nic mamy kawiarnie na górze, za nic bar amerykański, okazuję die Kennkarte und mein Wiener Deutsch*, spływamy po schodach ku parkietom, ku żyrandolom, Iga po mojej lewicy, Salome po mojej prawicy, uczepione wełny mojej marynarki, spływamy ku loży zacisznej, uprzejmie nam wskazanej, dolar amerykański wskazał nam drogę, in God we trust.

Zasiadamy dookoła stolika szklanego, jest jeszcze wcześnie, jest jeszcze pusto, nie ma orkiestry, płynie muzyka z płyt gramofonowych, muzyka amerykańska płynie, saksofon i kontrabas płyną z głośników i zamawiamy wódkę i podają zmrożoną i siną i zamawiamy do wódki paprykarz z wołowiny gorący

---

* (niem.) ...kenkartę i swój wiedeński niemiecki.

i palący bardziej niż wódka, zaś Salome z torebeczki wyciąga buteleczkę szczęśliwą i tęczową i strzykawkę złotojelcą i igłę numer 19, bądź pochwalona, Salome, moja złotojebna kurwo dobra i piękna!

I czy tylko zdaje mi się, czy po ścianach podnosi się linia krwi, wzbiera krew? Paprykarz krwawoczerwony.

Wszystko ci się zdaje, Kosteczku. Rozfalowana linia krwi ci się zdaje, Adria ci się zdaje, Iga ci się zdaje i Salome i Warszawa i życie twoje całe od Katowic po Grudziądz i Trembowlę i dom czekoladowy i Warszawę i matka twoja ci się zdaje, mój kochany, i twoje ciało ci się zdaje. To wszystko ułuda, Kosteczku.

Ty jesteś ułudą, tylko ja jestem naprawdę, może więc jesteś moją ułudą tylko? Może to ja ciebie śnię, mój miły, może jesteś moim koszmarem, snem cienia, snem tego trzeciego lub tej trzeciej, który lub która idzie za dwojgiem białą drogą?

A kim jestem ja, Kosteczku, kim?

Cieniem, jak wszystko jestem, cieniem cienia w świecie cieni. Kręgi na wodzie. Tchnienie wiatru. Zimno.

Pijemy szampana, prawdziwego szampana, wśród złota i bąbelków pływają maleńkie strzępki drożdży jak plankton i okiem ostrym od kokainy widzisz jeden z nich, Kosteczku, jak zawija się i wiruje wstępującym ku powierzchni tańcem, potrącany unoszącymi się balonikami, spływa złoto, szampan w gardła wasze i tak, tak, białe proszki kokainy, Iga nie odmawia i oczy im się świecą, kobietom, z którymi tu przyszedłeś, oczy świecą się im w kokainowym pobudzeniu i jest muzyka i są inni ludzie w mundurach i w garniturach i spływają Niemcy i ich damy i ich kurwy polskie i inne, jakie tylko nosiła warszawska ulica, i spływa orkiestra w białych smokingach, jakby ten zawrót głowy i szampan wirowały na balowym pokładzie tropikalnego transatlantyku, a nie w październikowej

Warszawie, i wy też wirujecie, Kosteczku, ale twoja biała marynarka smokingowa w szafie, mogłeś założyć, myślisz, ale nie, nie w październiku biała marynarka nie w październiku może w lipcu ale nie w październiku w październiku tylko czarna, czarna, klapy atłasowe lampasy atłasowe, wiruje parkiet, Adria, Adria nur für Deutsche, niebieska woda Adriatyku, Iga w twoich objęciach, jej usta rozwarte, wirujecie razem z fortepianem i perkusją, Kosteczku.

I wiesz już, wiesz, że buteleczka czeka na ciebie, cóż tam kokainowe odurzenie, cóż tam szampan, złotojelca strzykawka i loża zaciszna i kiedy Salome gotuje płynne szczęście, ty zwracasz się do Igi:

— Widziałem zdjęcia… U Salome widziałem.

A Iga uśmiecha się. I nie ma w niej wstydu. Ani odrobiny. Czy to przez szampana z kokainą nie ma w niej wstydu? A jest jedynie rumieniec podniecenia?

Nie ma w niej wstydu, bo się wstydu oduczyła, Kosteczku, po to tam pojechała, do majątku pod Kobryniem, po to dała się odrzeć z sukien i po raz pierwszy oglądały ją oczy inne niż twoje i twojego Jacusia, a oczy Jacka były dla niej zawsze oczyma jak twoje, Kosteczku, czegoś nie wiedział, głupcze, i nie wiesz, boś głupi, a ja wiem, bo jestem mądra, mądra i cierpiąca. Cierpienie sprawia, że moja mądrość jest nieskończoną.

Więc pozwalała się oglądać innym oczom, pozwalała się dotykać innym rękom, słuchała głupich przemów, które miały tę orgię bezkarnej kopulacji uczynić czymś więcej niż to, czym w istocie była, głupiec o siwej, capiej bródce bredził o menadach, o dionizjach i wyzwalającej ze złych fluidów mocy płciowej.

A gdybyż kiedyś zobaczył ten pełen uczonych głupot cap prawdziwe dionizja, w których dotykałyśmy palców u stóp czarnych bogów, w których spływałyśmy w świat, w których z naszych brzuchów i naszych łon rodził się świat nowy, ustami pożerałyśmy świat stary, a czarni bogowie przechadzali się między nami i dotykali naszych ciał, Kosteczku, gdyby takie dionizja zobaczył ów głupiec, umarłby ze strachu, umarłby, bo może by zrozumiał, czym są czarne bogi, Tytani i jak przemykamy się między słupami ich nóg.

Ale takich dionizji nie ujrzał, chciał jedynie ujrzeć wiele nagich ciał kobiecych, nie dziewczęta chciał oglądać, nie kurwy zawodowe, lecz ciała żon i matek przed nim obnażone, przed nim i przed innymi, którzy łożyli na te zabawy pieniądze, Kosteczku, a by te głupie matki i żony do majątku pod Kobryniem zanęcić, musiał dać im coś, czego chciały one same. Niektóre chciały właśnie stać nago przed obcymi mężczyznami i lepić się od ich spojrzeń i palców i nasienia, lecz te były nieliczne, więcej było takich, które chciały nadać więcej znaczenia swemu życiu pustemu, między dziećmi, służbą, domem otwartym w czwartki albo poniedziałki, między herbatkami u państwa takich lub innych, między balami karnawałowymi, między niezapowiedzianymi odwiedzinami i balami debiutantek, na których pokazywały swoje doroślejące córki.

Te matki i żony chętnie godziły się na to, by je rozbierać, obmacywać jak zwierzęta, traktować jak przedmioty i jak przedmioty kopulować, jeśli za tym szła wiara, że doświadczają czegoś ważnego w życiu, że te orgie, biczowania i tańce na wzór antycznych fresków pompejańskich nadają ich życiu jakieś znaczenie, że jeśli nie wysłuchają tych bredni o duchu i materii, jeśli nie uwierzą w niemądre popłuczyny po teozofii, w poszukiwania seksualnych czakramów, w wyzwolenie jeśli nie uwierzą, to znikną, rozpłynąwszy się w swoich dzieciach, w życiu towarzyskim, zakopane, znikną w grobach i rozpłyną się w ziemi i nie pozostanie po nich nic, nawet cień, niczyja pamięć, znikną nawet z fotografii.

I myliły się, oczywiście i poznikały wszystkie, tak jak ty znikniesz, Kosteczku, jak zniknie Iga i Salome zniknie, nie pozostawiwszy nawet cienia, kręgi na wodzie, tchnienie wiatru, puste skorupy, tylko skała i piaszczysta droga bezwodna.

I jak różnie znikały, przeżywszy wojnę albo jej nie przeżywszy, od ognia albo od kuli albo od raka, umierały szczęśliwymi lub nieszczęśliwymi, spełnionymi w swoim mniemaniu lub w swoim mniemaniu niespełnionymi, zaspokojonymi lub do smutnego końca niezaspokojonymi.

Smutnego, bo każdy koniec jest smutnym, a raczej może istotą smutku jest koniec i przemijanie.

I tylko ja nie przemijam, ja — cień, ja, twoja mała kochanica, wieczne nic, ja, która idę za tobą, cień cienia.

Dwadzieścia było tam tych kobiet, różne: brunetki, blondynki, grube i chude, takie o wielkich, ciężkich cycach i takie o piersiach dziewczęcych, maleńkich, wszystkie jeszcze powabne powabem kobiet dojrzałych i robiły, co im kazano: śpiewały pieśni w nieudolnej, gimnazjalnej grece, rozdziewały się, czciły członek męski siwobrodego capa i nazywały go bezsensownie Panem Priapem, rozszarpywały koźlę, a niełatwym jest rozszarpać koźlę, więc pomagały sobie nożami, a koźlę było wcześniej zabite, bo Pan Priap bał się, że nie zdołają go same zabić, i piły krew koźlęcia i nawet same siebie potrafiły oszukać, iż czynią to w ekstazie, w czym pomagało im wino, hojnie serwowana kokaina i to, że samemu się oszukać najłatwiej.

Tych właśnie było najwięcej.

Poza nimi były jeszcze dwie, które chciały po prostu zwierzęcej kopulacji, kopulacji, w której nie będzie nawet cienia intymności, takiej kopulacji, jakiej nie mogły doświadczyć z ospałym mężem lub czułym, młodym kochankiem, i taką zwierzęcą kopulację w majątku pod Kobryniem im zapewniono, ale czy wypełniając mężczyznami jamy swego ciała, wypełniły pustkę w sobie, bo tej strasznej kopulacji pożądając, chciały, aby ktoś wypełnił raczej ich dusze, chciały być zwierzęco pożądane, chciały przyciągać magnetyzmem nieodpartym, tak jak wilcza suka w cieczce przyciąga basiora, tak chciały pociągać, a nie pociągały. Pustka pozostała niewypełnioną.

Bo przekleństwem waszym, Kosteczku, prawdziwym wygnaniem z raju jest to, że pełną, kosmiczną zwierzęcość odebrano wam na zawsze, zostawiając popędy i instynkty.

I dziwnym zbiegiem okoliczności żadna z tych dwóch kobiet spragnionych zwierzęcości nie przeżyje wojny, dziwnym zbiegiem okoliczności obie zginą we wrześniu 1944 roku, cywilne, ciche ofiary fizyki, chemii i historii, przywalone gruzami z domów walących się od artyleryjskich pocisków.

Tak byś powiedział, Kosteczku: dziwnym zbiegiem okoliczności. Bo czy wiesz, mój miły, że nic nie jest dziwnym i nie ma zbiegów okoliczności, świat jest chaosem, okoliczności się nie zbiegają, lecz płyną obok siebie, będąc doskonale obojętnymi, tak jak obojętnymi są względem siebie gwiazdy i kamienie?

W majątku pod Kobryniem były jeszcze cztery kobiety, którym za obecność zapłacono: Salome i trzy jej towarzyszki.

Iga natomiast chciała pozbyć się wstydu, Kosteczku, i mówi ci teraz o tym, mówi ci, jak chciała wystawić na uciechę podłym spojrzeniom to, co do tej pory chowała najgłębiej, to, co miała tylko dla ciebie i dla Jacka. Was dwóch stanowiło dla niej jedno, byliście dla niej jedynym jej mężczyzną, jednym w dwóch ciałach, dlatego nie była o ciebie nigdy zazdrosna — skoro miała Jacka, miała też ciebie.

Pozbyła się wstydu, nabrała zaś wstrętu do samej siebie, do mężczyzn i do surowego mięsa.

I o tym ci teraz mówi, Kosteczku.

Mówi ci również o tym, dlaczego to zrobiła, dlaczego...

I cieszy cię początek tej opowieści, zrobiła to, co zrobiła, bo chciała zmyć z siebie upokorzenie, jakiego doświadczyła od Jacka.

— Jacek mnie zdradził — szepcze odurzona Iga.

A to znaczy, że rozpadł się jej wspólny mężczyzna, nagle jest was dwóch, ty jesteś osobnym i Jacek osobnym mężczyzną.

Jakże cię to cieszy, Kosteczku, jakże to raduje twoje kurwiarskie, narkomańskie serduszko, jakże cię to rozchmurza, mój miły, oto Jacuś, twój kochany Jacuś, ten żywy wyrzut sumienia, on również zadaje się z dziewczynkami, słowa „zdradził" nie lubisz w tym kontekście, jakoś zdaje ci się nieadekwatnym, zdradzić można ojczyznę, przyjaciela i nawet żonę też, ale przecie nie tym, że się wrazi chuja w dziwkę, żonę można zdradzić, kiedy się ucieknie z jaką flamą, albo nawet w sensie nieerotycznym, na przykład intrygując przeciwko niej, ale to, że się jakąś pannę przygarnie, to zdradą być może w kategoriach kobiecych lub kleszych, co na to samo zresztą wychodzi, bo klecha to niewiasta honoris causa.

A ty, Kosteczku, od razu założyłeś, oczywiście, kiedy Iga powiedziała o zdradzie, że Jacek po prostu miał jakąś awanturkę ze służącą czy inną pielęgniarką, prawda?

Bo nie wydało ci się możliwym, aby Jacek Rostański mógł zdradzić Igę naprawdę, według twoich osobliwych kategorii zdrady.

Ale cieszysz się tym jego upadkiem, przecie to ten sam Jacuś, który z taką pobłażliwą wyrozumiałością patrzył na twoje, Kosteczku, kurwiarskie przygody, z wyrozumiałością człowieka silniejszego, z innego żelaza wykutego, z wyższością człowieka, który jest tak potężnym, że nie musi ganić słabych — bo też nigdy cię nie zganił.

Ale skoro dowiadujesz się o tym od pijanej, odurzonej kokainą Igi, to znaczy, że cudowny, kochany, święty Jacek

Rostański od miłości, wierności i uczciwości małżeńskiej zdradził przede wszystkim waszą przyjaźń, coś ty uczynił wiele razy wcześniej, ale Jacuś, święty Jacek, wspaniały Jacek nie zdradził waszej przyjaźni nigdy wcześniej, a proszę — zdradził ją teraz, nie mówiąc ci o swoim kłopocie, prosząc jedynie o odnalezienie Igi.

A ty odnalazłeś Igę i odnalazłeś też tajemnicę, jaką skrywał przed tobą.

I nawet jego szlachetne przygniecenie czernią stało się w świetle tych zdrad mniej szlachetnym, twoja niewypowiedziana, nieuświadomiona nawet zazdrość o tę jego melancholię rozpaczliwą, szlachetną jak gruźlica Norwida, nagle zniknęła: Jacek pogrążał się w czerni nie dlatego — jak myślałeś do tej pory — że jego wrodzona dobroć co jakiś czas nie wytrzymywała konfrontacji ze światem, lecz dlatego, że to budziła się jego wewnętrzna czerń.

Oczywiście nie myślisz o tym w te słowa, słowa się w twoim umyśle nie pojawiają w żadnym, ani polskim, ani niemieckim brzmieniu, i zapytany, zaprzeczyłbyś każdej z tych emocji i zaprzeczyłbyś szczerze.

A gdybyś tylko, głupcze, wiedział…

Mój miły, gdybyś wiedział.

Był piąty września, a więc z górą miesiąc temu. Warszawa jeszcze żyła, a oni, Iga i Jacek, właśnie umierali.

Iga stała z listem w dłoni. List nie był do niej. Nigdy wcześniej nie przeczytała listu, który nie był do niej zaadresowany, bo tak ją wytresowano, nie była do tego zdolna tak samo, jak nie potrafiłaby defekować w towarzystwie. Ten jednak list Jacek pozostawił na blacie sekretarzyka w ich wspólnej sypialni. Otwarty, bez koperty, kremowe karty przecięte dwoma załamaniami, koperta była podłużna.

Nagłówek listu brzmiał: „Miłości moja, życie moje, miły mój…". I po tym nagłówku chwilę wcześniej prześlizgnęło się przypadkowe spojrzenie Igi, musnęło zaledwie te słowa spisane zielonym atramentem i wtedy pękło serce Igi.

Zniknęła wojna, zniknęły rowy przeciwczołgowe, armaty przeciwlotnicze, zasieki przeciwpiechotne, działa przeciwpancerne. Zniknęły niemieckie tanki i aeroplany i polskie tanki i aeroplany i zniknęły nazwiska generałów, wszystkie Rommle i Rómmle i Guderiany i Śmigłe, wszystko zniknęło, Polska i Niemcy zniknęły.

Jacek kąpał się właśnie, Iga słyszała, jak leje się do wanny woda, jeszcze żyło się normalnie, chociaż inaczej, to normalnie, ostatnie dni normalnego życia Warszawy, wojna grzmiała za horyzontem i minęła właśnie ostatnia sekunda życia Igi. Pomyślała, że list spisany jest pięknym charakterem pisma i na gustownej papeterii, i sięgnęła poń i przeczytała cały, umierając w każdym zdaniu, które zakochana młoda lekarka nazwiskiem Trześniewska pisała do Jacka. Nazwiska jednak z listu Iga nie poznała, poznała jedynie imię: Adela, i z tego, co tamta pisała o pracy w Szpitalu Ujazdowskim, domyśliła się, że kochanka jej męża jest lekarką, co głęboko Igę uraziło, gdyż Idze rodzice wyperswadowali jakiekolwiek studia, jako dobre dla dziewcząt z domów raczej podupadających, nie dla Igi z domu prosperującego znakomicie. Jesteś piękna, córeczko, a tatuś ma dobrą posadę, nie musisz studiować. Studia są dla biednych albo brzydkich.

Głęboko uraziło Igę spokojne, smutne piękno tego listu zakochanej kobiety. Zakochanej, porzuconej kobiety, bo z listu dowiedziała się, że Jacek zerwał z tą kobietą relację, jakąkolwiek by była. To musi być wspaniała kobieta, skoro zakochał się w niej Jacek, który jest dobrym człowiekiem. To, że nie potrafiła czuć nienawiści do tej Adeli, uraziło ją jeszcze bardziej.

Nie uraziło Igi to, czego nie wiedziała: że młoda lekarka jest z Jackiem w ciąży, że za siedem miesięcy, w roku 1940 urodzi chłopczyka, który wychowa się bez ojca i nigdy ojca nie pozna, zostanie sławnym chirurgiem i wyjmie serce z jednego człowieka i włoży w człowieka drugiego, a potem umrze, bo jego własne serce mu pęknie, kiedy do publicznej wiadomości podana zostanie wiadomość o jego miłości do chłopców, o miłości ciągle żywej, mimo siedemdziesiątki na karku, a ja, któraś ze mnie, któraś ja będę klęczała u jego siwej, mądrej głowy i głaskała go będę po tej głowie, kiedy zapadać się będzie w czerń, kiedy niknąć będą jego kręgi na wodzie.

Jego istnienie, syna Jackowego, który nigdy nie otrzymał jego nazwiska, uraziłoby Igę głębiej niż wszystko inne; gdyż ona sama nie mogła, nie potrafiła dać Jackowi dziecka, chociaż było to wielkim ich marzeniem. Lecz o tym Iga nie wiedziała i nigdy już nie miała się dowiedzieć.

I głęboko uraziła Igę Jackowa niedbałość, bo jakże mógł taki list zostawić na sekretarzyku?... Nie pomyślała nawet, że to może coś więcej niż niedbałość, że może chciał zostać przyłapanym, on sam nawet tego nie pomyślał, że chciał być przyłapanym.

Iga odłożyła list miłosny z powrotem na blacie, sięgnęła po pióro i bilet, starannie napisała na wizytowym bilecie parę słów, litery eleganckie jak zawsze:

„Mój miły, wybacz mi tę potworną, niegodną damy niedyskrecję, jednak po lekturze listu, który tak okrutnie pozostawiłeś tutaj, nie mogę dłużej przebywać z Tobą pod jednym dachem. Na zawsze Twoja, Iga".

Po czym spakowała walizkę, wyszła z mieszkania i skorzystała z otrzymanego dwa dni wcześniej zaproszenia do majątku do Kobrynia, gdzie siódmego września odprawiano i dokumentowano fotograficznie dionizje w intencji powstrzymania niemieckiej ofensywy, i oddała swoje ciało obcym mężczyznom, którzy wiedzieli, że Polski już nie ma, a to Polska określała ich wartość i znaczenie, Polska, którą sami budowali i za którą dwadzieścia lat wcześniej nawet niektórzy walczyli i tak świętowali koniec swojego życia, a potem uciekali do Rumunii, na Węgry i albo wpadali w ręce Sowietów, albo im się udawało i uciekali dalej, do Francji i do Londynu, i tam dokonywali swojego życia bezwartościowego, bo tej Polski, która określała ich wartość jako mężczyzn i ludzi, nie było już nieodwołalnie.

Igę zaś upokarzano, bito, biczowano, niezbyt boleśnie, bo wartość tego biczowania była jedynie symboliczna, kopulowano z nią, ściskały jej ciało, jej smukłe uda i małe piersi miękkie, upierścienione dłonie mężczyzn brzydkich, brzuchatych, penetrowały ją członki, które często odmawiały swym właścicielom posłuszeństwa, wtedy biczowano ją dalej, trzaskała migawka leiki, a ona posłusznie nadstawiała pośladki i uda, i plecy do bata, otwierała usta i rozsuwała uda i śpiewała pieśni w złej, gimnazjalnej grece.

Potem zaś, lepka, obmyła się z ich nasienia, potu i śliny, potem odziała się, a potem nie przyłączyła się do innych pań, już odzianych, zasiadających w salonie. Kobiet płatnych do salonu nie zaproszono, albowiem to nie wypada, zaproszono jedynie kobiety bezpłatne i te sobie w salonie siedziały z zachowaniem wszelkich towarzyskich form, oddawały się uprzejmej rozmowie, której głównym zagadnieniem było „co robić dalej", między nimi siedziało jeszcze paru mężczyzn, którzy wcześniej uczestniczyli w orgii, ale większość sposobiła już do drogi swoje fiaty, ople, chevrolety i buicki i hispano-suizy i sportowe alfy romeo i mercedesy i konne powozy również, i ujeżdżali ku szarej reszcie swoich zwijających się żyć.

Iga nie dołączyła ani do dam zasiadających w salonie, ani do sposobiących się do ucieczki mężczyzn, lecz dołączyła do czterech kobiet płatnych, które lepiej rozumiały historię i wojnę i wracały do Warszawy. Ponieważ nie było innych środków transportu, skradły z majątku samochód, niedużego fiata, którego poprowadziła Iga, szofer wyborny, zabrały też klisze, które fotografujący porzucił razem z aparatem, słusznie podejrzewając, że w życiu, które przed nim, do niczego już nie będą mu potrzebne. Najwyżej jakiś archeolog odkopałby zardzewiały aparat w Piatichatkach, ale klisz i tak nie dałoby się wywołać, więc nie doszłoby do żadnego skandalu.

A one przejechały przez dziwną, pustą nie-Polskę z Kobrynia aż pod Warszawę, do Radzymina i aż do tego Radzymina nikt ich nie zauważył po drodze i nie widziały po drodze ani jednego żołnierza: ani polskiego, ani niemieckiego, ani sowieckiego, w ogóle ludzi niewielu, przejechały, jakby jechały przez kraj poza historią, czasem i poza światem, aż w końcu w Radzyminie je zatrzymano, Salome zbiegła na sam widok żołnierzy i nie wiedziała, co dalej działo się z Igą, zbiegła, bo się bała, że ją zastrzelą, Iga zrobiła Niemcom taką awanturę, że się bali ją zastrzelić, Salome piechotą wróciła do Warszawy, Iga ciężarówką trafiła do aresztu.

I o tym wszystkim opowiadały mi teraz obie, Iga i Salome, pijane i odurzone, opowiadały mi o tym, chichocząc jak szalone, jakby to był kabaret, zabawa płocha, pensjonarskie wybryki.

Nie opowiadały ci oczywiście o wszystkim, Kosteczku, bo żadna nie patrzy tak daleko i ostro jak ja, jednak opowiadały prawie o wszystkim, o czym wiedziały i co widziały, nagle zaprzyjaźnione, bezwstydne obie, w znakomitej komitywie.

Ja już jednak nie słuchałem, chociaż w każdej innej chwili słuchałbym jak dewotka księżych bełkotów.

Ty już nie słuchałeś. Odtrąciłeś nawet dłoń Salome, która właśnie wstrzykiwała płynną tęczę, wstałeś, z twojego przedramienia zwisała strzykawka złotojelca, zwisała smutno jak przetrącona noga kulawego psa.

Ale ja już nie słuchałem, nie zauważyłem nawet, że Salome jeszcze nie skończyła wstrzykiwać kochanego szczęścia w moje zmęczone, pełne nieczystej krwi żyły.

W loży naprzeciwko naszej rozsiadło się towarzystwo bardzo niemieckie, a więc dwóch oficerów w mundurach, ciemnoszare spodnie steingrau, kurtki feldgrau, ciemnozielone kołnierze, świeże wstążeczki żelaznego orderu przy guzikach. Do tego trzy całkiem polskie kurwy, wyfiokowane, cyce wylewają się z dekoltów. Do tego dwóch mężczyzn w cywilnych, ciemnych garniturach, do których oficerowie, rzecz u mundurowych niebywała, odnosili się z wyszukanym, swobodnym szacunkiem, z jakim, powiedzmy, bywały major rozmawiałby z cywilnym urzędnikiem ministerstwa wojny w randze co najmniej sekretarza stanu, do tego dawnym żołnierzem.

Nie to mnie jednak interesowało, nie to mnie obchodziło. Wstałem i zbliżyłem się do niemieckiego towarzystwa. Pili wódkę, ja ciągle byłem odurzony szampanem i kokainą, ale nie było śladu po euforii, która wstrząsała mną jeszcze chwilę wcześniej.

Zbliżyłem się więc do stolika z niemieckim towarzystwem, a oni zamilkli milczeniem nie wrogim, lecz zdziwionym moim milczącym najściem i moim spojrzeniem, które musiało być bez wątpienia szalone.

Potem zauważyli, w co się wpatruję tak intensywnie, i zdziwione milczenie nagle natychmiast zamieniło się w otwartą, wściekłą wrogość.

— Das ist das Gesicht eines Kriegshelden, du Mistkerl! Verpiss dich![*] — warknął siedzący najbliżej mnie oficer i wstał, nieco już pijany. Wstał, aby nauczyć cię moresu.

W co się zaś wpatrywałem?

* (niem.) To jest twarz bohatera wojennego, gnojku! Spieprzaj!

Wpatrywałeś się w twarz kłamstwa, wpatrywałeś się w swoje życie nieprawdziwe, wpatrywałeś się w pustkę w życiu swoim, którą odczuwałeś po cichutku, jako źle mówiący po polsku chłopiec, wpatrywałeś się w nazwisko, którego nie masz.

Wpatrywałeś się w twarz człowieka w ciemnym garniturze z kamizelką, w twarz człowieka siedzącego w najgłębszym kącie loży, człowieka, dla którego zabrakło polskiej kurwy, bo też zdawał się być kurwami niezainteresowanym.

Była to twarz straszna. Na lewym policzku zaczynała się blizna, wyrosła w dół, ku kącikowi ust, pożarła duży kawałek nosa, z którego pozostała tylko prawa dziurka i zawinięta fałda tego, co kiedyś było nosa resztą. Niżej blizna pożarła też dużo twarzy i tam gdzie znajdował się kiedyś kącik ust, ziały nagie, pozbawione zębów dziąsła, niewielki ich kawałek obnażony. Poniżej blizna ześlizgiwała się na szczękę w strasznym urwisku kości, zakłócając jej równą, mocną linię.

Była to twarz straszna. Była to twarz, którą znałeś.

Była to twarz mojego ojca.

Major zamachnął się i uderzył mnie w policzek, wierzchem dłoni, mocno, aż głowa odskoczyła mi na ramię.

Ty jednak nie dostrzegłeś tego ciosu, nie dostrzegłeś go wcale.

Baldur Strachwitz wpatrywał się w ciebie swoimi jasnoniebieskimi oczyma, z których jedno, lewe, wwiercało się w ciebie zza złotem oprawnego monokla.

— Vati... — wyszeptałeś.

Wtedy zerwał się nagle, zrozumiał, bliznę i resztę twarzy wykrzywił straszny grymas, wtedy rzucił się ku tobie, odtrącając kurwy i oficerów i towarzyszy w garniturach, strącając ze szklanego stolika butelkę ze sznapsem, depcząc po sofach i kolanach, drąc pończochy i brudząc spodnie feldgrau.

Rzucił się ku tobie i tonąłeś w jego objęciach, obejmował cię z wielką mocą, ty obejmowałeś jego, twój policzek przy jego zdrowym policzku. Strzykawka wysunęła się z twojej żyły i upadła na podłogę, wbijając się w parkiet złoconą igłą jak perwersyjny oszczep, morfina już płynęła w twoich żyłach. Ojciec obejmował cię, jakbyś był jedynym człowiekiem na świecie.

— Mein Söhnchen, mein geliebtes, verschollenes Söhnchen* — szlochał, słowa wypadały skancerowane z ust pokaleczonych.

A ty osunąłeś się w jego ramiona, osunąłeś się w ciemność.

* (niem.) Mój synek, mój kochany, zaginiony synek.

CZĘŚĆ II

ROZDZIAŁ VIII

Chciałbyś spojrzeć na siebie, na was jego oczami. Ale nie możesz, Kosteczku. Wiele macie wspólnego, ale to ciągle zbyt mało.

Jesteś żołnierzem, to już coś. Byłeś. Czy jesteś dalej?

Ale jakże inne było twoje wojowanie, Kosteczku. Twoje oficerzenie, Grudziądz, Trembowla, ułani.

Mimo że on, człowiek o zjedzonej wojną twarzy, również był ułanem, ale to tylko słowo, nic więcej. Twój pułk ułanów i jego pułk ułanów — mundury inne, chociaż jakoś podobne, bo z tej samej tradycji, u nich nawet bardziej ułańskie, kurtki jak trzeba dwurzędowe, a u was zwykłe. Twój ojciec urodził się, aby być konnym oficerem, pałaszem wskazywać cele szarż; do czego ty się urodziłeś, Kosteczku?

Tak mało wiesz, Kosteczku. Pamiętasz tylko tę twarz, pamiętasz ją, jakby wypaliła ci się w dziesięcioletnim mózgu: oto wraca ojciec. Przez te pięć lat twojego życia każdy jego powrót był świętem. Kilkudniowe urlopy, czasem parę tygodni, a potem ołtarzyk ku jego czci, do którego prowadziła cię matka, zdjęcie brązowożółte: dwurzędowa ułańska kurtka, dłonie zaciśnięte na rękojeści pałasza. Pamiętałeś, jak wcześniej ostrzył ten pałasz, i tkwiłeś przed zdjęciem i próbowałeś dotknąć spojrzeniem twarzy ukrytej za płaską emulsją fotografii.

A potem on wracał do domu, na urlop. Najpierw dzwoniła na schodach blaszana pochwa, dzwoniła o ostrogi, a potem otwierał drzwi, długo całował twoją matkę, albo to raczej ona długo całowała jego i mówiła: „Mój chłopczyk wrócił". On był jej chłopczykiem, a w domu wszystko było odświętnie, regulamin domowy się rozluźniał i nawet mogłem się do ojca odzywać niepytanym.

Nocami, przy łóżku, opowiadał mi swoje przygody, dziś wiem, że były zmyślone. Ale cóż miał mi opowiadać z tej wojny, która nie była taka jak trzeba? Z tej wojny, w której nie było szarż, których cel młody porucznik mógłby swojemu plutonowi wskazać pałaszem. Miał opowiadać o tym, jak to jest tonąć w okopowym błocie, o nawałnicach żelaza? Więc opowiadał historie zmyślone.

Cały świat jest zmyślonym, Kosteczku. Jest tak, jak są kręgi na wodzie.

Vati prowadził patrol, aż tu nagle wyskakuje dwustu strasznych włoskich bersalierów. Bersalierzy to tacy żołnierze z piórami na hełmach. I oni tratatatatata z kulomiotów! A Vati wyciągnął szablę i ciach! Ściął pierwszy pióropusz! I ciach! Ściął drugi pióropusz. I tak ciach, ciach, ciach, pościnał im wszystkim pióropusze i oni się tak zawstydzili, że porzucili kulomioty i uciekli. I tak Vati zdobył trzy włoskie kulomioty i dwieście pióropuszy, za co Jego Wysokość Kaiser dali mu Eiserne Kreuz. Tatuś pokazuje Eiserne Kreuz Erste Klasse.

W szkole koledzy nie wierzyli i jeden walnął mnie w nos za opowiadanie takich bajek. Nie oddałem, bo był ode mnie mocniejszym, tylko na drugi dzień przyniosłem zdjęcie ojca w mundurze ułanów, dwurzędowa kurtka, ułański kask, rękojeść pałasza. Zazdrościli. Przyniosłem też czarne pióro z pióropusza bersaliera, które Vati specjalnie dla mnie przywiózł aż z wojny.

Vati jedzie sobie na koniku, aż tu nagle… Angielski tank! I pruje ze wszystkich luf! A miał tych luf piętnaście, kulomioty i armaty! Stalowe! No to Vati szablę w garść i ciach, ciach, ciach, wszystkie lufy poobcinał! I Anglicy w płacz!

Albo jechał Vati po polu, a tu na niego — lotnik! I tak pikował, tak pikował, że skrzydłem zrzucił ojcu czapkę. A drugi raz przeleciał i tak zawadził skrzydłem, że bach! — w łeb i Vati spadł na ziemię i walnął się o kamień i zemdlał. Rapaport, czyli ojca wałach — tak się nazywał, Rapaport — wrócił do pułku sam i wszyscy koledzy dalejże opłakiwać ojca, że zabity. Ale, ale, co się dzieje! Rapaport nie chce się dać rozsiodłać, wierzga, rży, aż w końcu zrywa się i biegnie, ułani go próbują łapać, a on pięćdziesiąt kroków odbiegnie i stoi, a ułani za nim. I tak długo — aż ich do tatusia doprowadził! A tam się właśnie zaczynała francuska ofensywa! I biegły czarne jak noc Negry z wyszczerzonymi zębiskami! I z bagnetami! Ale koledzy zdążyli, ojca na Rapaporta posadzili i zdołali Negrom uciec!

A jak już im uciekli, to się okazało, że tatusiowa czapka na polu została! A jak to tak — oficer ułan bez czapki! I jak to tak, żeby Niemcy przed Negrami uciekali? Więc wzięli Maschinengewehr i dalej po tych Negrach! Ratatatatatatata! I Negry uciekały, aż się kurzyło, a oni za nimi, aż czapkę znaleźli, chociaż przestrzeloną z kulomiotu.

Pokazał ci czapkę wtedy, na potwierdzenie tej historii, pamiętasz? W czworokątnym deklu na szczycie kasku była dziurka, na wylot, taka, że akurat mieścił się w niej twój paluszek.

Więc kolegom w szkole pokazywałem: zrobiłem paluszkiem dziurę w kartce podręcznika i pokazywałem: taką miał tatuś w swojej czapce ułańskiej! Za to mię potem nauczyciel ukarał. Ale Negrów tatuś pogonił i jednemu nawet głowę szablą uciął! I wtedy już wierzyli, wierzyli bez zastrzeżeń, chociaż uciętą szablą głowę dodałeś już sam, z własnej fantazji. Ojciec nie wspominał o uciętej głowie Negra. Do domu również jej nie przywiózł.

A potem ojciec wrócił bez twarzy i nie opowiadał żadnych historii, w ogóle nic nie mówił.

Nie pozwalali mi go zobaczyć, ale przekradłem się i widziałem zza uchylonych drzwi tylko jego sylwetkę, nagle szczuplutką i wątłą, nieomalże dziewczęcą. Nigdy nie był rosły — był żylasty jak górnicy pracujący na grubie, niscy, szczupli i pełni gruzłowatych mięśni, wąskie biodra, szerokie, chociaż smukłe ramiona. Ale teraz był chudy jak panienka, wąziutki, maleńki. Wspierał się na ramionach matki i służącej, każda z nich od niego była potężniejszą, roślejszą, szary mundur wisiał na nim jak na strachu na wróble. Usłyszałem, że składają go do łóżka, i słyszałem jego oddech, słyszałem całą noc, jak świszczy i charczy, jak grają pobliźnione organy w gardle.

A potem jeszcze raz zajrzałem przez dziurkę od klucza i ujrzałem.

W pokoju paliło się światło, matka odwijała szarpie, jakimi pokryta była twarz ojca, odwinęła je do końca, a on wtedy się odwrócił i zobaczyłem tę straszną maskę, która zastąpiła znaną, ukochaną twarz: piękną, niemiecką, złotowąsą i niebieskooką.

I krzyknąłem.

Twój ojciec usłyszał ten krzyk. I zrozumiał.

Twoja matka usłyszała ten krzyk. I wiedziała, że jej kochany chłopczyk, jedyny, który zdołał uczynić ją brzemienną, jej mały Baldur o złotych włosach i rozerwanej twarzy, też słyszał ten krzyk i rozumiał.

Matka wybiegła z sypialni ojca, chwyciła mnie za kołnierz piżamy, brutalnie zaciągnęła do mojego pokoju i tam zbiła strasznie: obnażywszy moje pośladki, siekła rózgą, a dom wypełniło wycie na dwa głosy: wycie moje oraz głuche, charczące mojego ojca.

Obrywałem czasem w skórę, więc lanie nie było dla mnie nowością, ale tak mocno nie dostałem nigdy ani wcześniej, ani później.

Ale nawet kiedy mnie biła i kiedy wyłem, to wyłem bardziej ze strachu przed tą twarzą potwora niż z bólu. Z bólu wył zaś mój ojciec i wył cicho, albo raczej chcąc wyć, jęczał swoim nowym, strasznym głosem, świszczał, charczał do niej: „Schlag ihn nicht, hör sofort auf ihn zu schlagen, schlag ihn nicht!"*, bo wiedział, wiedział, że ona mnie nie kocha, że kocha tylko jego samego, nie kocha owocu swych lędźwi, bo kochać może tylko to, co te lędźwie wypełnia, a nie to, co te lędźwie wydały.

A potem leżałem pustą nocą sam, z piekącym tyłkiem i próbowałem ich nie słyszeć i w ciemności widziałem tę jego straszną, nieludzką już-nie-twarz, opuchniętą nie-twarz, blizno-twarz, rano-twarz, dziuro-twarz, wąska kreska strasznych ust i czarne nitki chirurgicznych szwów.

Słyszałem, jak rozmawiali w nocy, w ich głosach gniew, nowy gniew, dziwny gniew.

Następnego dnia nie poszedłem do szkoły. Nikt mnie nie wysyłał, więc nie poszedłem. Kiedy matka wyszła, wślizgnąłem się do sypialni ojca, tak niewiele starszego ode mnie, przytuliłem się do jego chudych pleców. Wyszeptałem: „Ich liebe dich, Vati..."**.

Wstrząsnął nim niemy szloch, drgał tak chwilę, jakby miał konwulsje, ale nie odwrócił się do mnie, nie dotknął mnie. Wyszedłem. Przez trzy miesiące nie wszedłem do pokoju, gdzie leżał mój ojciec. Słuchałem tylko jego świstów, charkotu i jęków.

Trzy miesiące później zobaczyłeś go znowu, Kosteczku, pamiętasz, zobaczyłeś go znowu. W niedzielę. Padał pierwszy śnieg, topniał na ciepłym jeszcze bruku.

---

* (niem.) Nie bij go, natychmiast przestań go bić, nie bij go!

** (niem.) Kocham cię, tatusiu.

Stał w mundurze przy drzwiach wyjściowych, chwiał się. Wyszedłeś z pokoju w swojej piżamie w kratę.

— Der Kaiser hat abgedankt* — powiedziała matka, szczupła jak sopel lodu, suknia zasznurowana po szyję. Nie kochała już Baldura.

Co z tego, że Kaiser abdykował? Ojciec zapiął na brudnym, ułańskim waffenrocku pas. Zwykły, żołnierski, przy pasie drewniana kabura w skórzanej uprzęży, z niej wystaje krągła rękojeść pistoletu. Bardzo chciałem zobaczyć ten pistolet. Obok, na żabce, bagnet, a ja chciałem zapytać: „Vater, wo ist dein Degen?**.

Potem zrozumiesz, że skończył się czas szabli i karabinu, zaczął się czas noża i rewolweru.

Twarz miał obwiązaną bandażami, na bandażach gumka apteczna trzymała okulary w drucianej oprawie, których nie mógł zaczepić o uszy.

Założył czapkę.

— Hau ab — powiedziała matka.

— Ich will mich nur verabschieden — wyświszczał ojciec spod bandaży.

— Na dann verabschiede dich, und dann raus.

Chciał podejść do mnie, uścisnąć, bałem się go, ale pragnąłem tego uścisku. Zastąpiła mu drogę.

— Sage deine Abschiedsworte und dann verpiss dich, aber sofort*** — warknęła.

Patrzył na mnie, chociaż zza szkieł i spomiędzy bandaży nie widać było jego oczu.

---

* (niem.) Cesarz abdykował.

** (niem.) Ojcze, gdzie twój pałasz?

*** (niem.) Wynoś się (...). Chcę się tylko pożegnać (...). No to się żegnaj, a potem wynocha (...). Powiedz „do widzenia", a potem spieprzaj, ale już.

— Leb wohl, mein Söhnchen. Auf Wiedersehen* — szepnął do mnie.

Bał się jej, bał się ją nawet wyminąć, aby mnie uściskać. Miał na waffenrocku Eiserne Kreuz Erste Klasse und Verwundeteabzeichen, klejnoty męstwa, a bał się ją ominąć, aby uściskać swojego jedynego syna.

Wyszedł, nie uścisnąwszy mnie.

A ty zostałeś, Kosteczku, zostałeś z nią w tym pustym mieszkaniu, teraz bardziej pustym niż wcześniej. Parę miesięcy później byliście już w Warszawie, zniknęło złotobrązowe zdjęcie z prawdziwą twarzą twojego ojca, zniknęły wszystkie pamiątki po nim, zniknęły z łazienki jego brzytwa, pędzel do golenia i krem marki Truefitt & Hill, bezwstydnie angielski w czasie wojny z Anglikami, ale wiesz sam, że każdy Niemiec tamtych czasów chciałby być Anglikiem, nawet jeśli nie chce się do tego przyznać, to marzy o angielskości, do angielskości ucieka, angielskość udaje i wszystko, czym udaje mu się stać, to marna kopia, zostaje wice-Anglikiem, nic więcej. Niemieckość to środkowoeuropejska, kontynentalna, chtoniczna tęsknota do atlantyckiej, morskiej angielskości — jednak brak jej miejsca, aby zyskać angielski rozmach. Nie ma oceanicznego tchnienia, stąd jej szaleństwa zawsze będą podszyte poczuciem winy. Niemiecka nienawiść do słowiańszczyzny czy żydowskości zawsze pławi się w poczuciu winy, maskuje nieudolnie nienawiść do samej siebie: Anglik głodzi Burów w obozie koncentracyjnym bez mrugnięcia okiem nie dlatego, że odmawiał im człowieczeństwa: odmawia im angielskości. Prusak nienawidzi Polaków, bo wie, że sam jest powierzchownie zniemczonym Słowianinem. Austriak nienawidzi Czechów, bo sam nie jest niczym więcej niż ledwie polukrowanym niemieckością Czechem.

---

* (niem.) Żegnaj, synku. Do zobaczenia.

Wszystko to, cała ta niemiecka samonienawiść, zaczęła rozkwitać mniej więcej wtedy, kiedy twój ojciec stracił twarz. Chociaż może zaczęło się to wcześniej jeszcze, tak, na pewno wcześniej: huńska mowa Wilhelma, który teraz, kiedy żyjesz swoje życie, Kosteczku, mieszka w małym domu w Holandii, małym jak na cesarza. Chodzi sobie po holenderskim ogrodzie taki, jakim był zawsze: głupim, pysznym, szlachetnym, melancholijnym, w garniturze w prążki i w koszuli z kołnierzykiem niezłamanym. Żałosny, przegrany monarcha jak z operetki.

Albo raczej zaczęło się jeszcze wcześniej, wśród brodatych mężczyzn zgromadzonych w Wersalu, między mundurami granatowymi i białymi, między kirysami i wzniesionymi ku górze ostrzami kirasjerskich pałaszy, gdy proklamowano powstanie Rzeszy i nagle niemieckość straciła swoją formę: bo wcześniej realizowała się w dążeniu do zjednoczenia, taka była jej naturalna dynamika, a potem — kim miał być Niemiec w Rzeszy?

Niemiec musiał sobie znaleźć nowe formy bycia Niemcem i znalazł je w Anglii. Każdy niemiecki szlachcic był kiepską kopią szlachcica angielskiego, od Anglików cesarz Wilhelm nauczył się tego, co poprowadziło głowę Efika, pierwszego kochanka twojej matki, z Gleiwitz pod pekiński bruk. Pamiętasz? Nie pamiętasz, a jemu głowę ścięło szerokie ostrze chińskiego dwuręcznego miecza dadao, ty jednak nie pamiętasz, Kosteczku.

Wiesz, co się z nim działo wtedy, z twoim ojcem?

Wyobrażałeś go sobie potem często takim, jakim go widziałeś na zdjęciach. Bawarskie wełniane pończochy i krótkie spodenki, pióra na kapeluszu, śmiesznie, czy śmiesznie? Trochę; ale jednak ordery, skrzyżowane piszczele i szarotka zamiast czaszki — znaczek Oberlandu.

Wyobrażałeś go sobie już w Warszawie, w gazetach czytając o walkach na Śląsku, i wyobrażałeś sobie ojca Baldura w tajemnicy przed matką, bo nie wolno ci było go sobie wyobrażać. A jednak wyobrażałeś: jak z pistoletem w dłoni prowadzi atak na linie polskich bojowców. Nie byłeś pewien, po której ty jesteś stronie.

Wyobrażałeś go sobie z twarzą skrytą w cieniu okapu rozłożystego hełmu, z twarzą niewidoczną, jak biegnie, krzyże męstwa i odwagi na jego piersi, i pojawia się czerwona plama celnej kuli, twój ojciec pada najpierw na kolana, a na jego piersi pojawiają się kolejne uderzenia kulomiotu i twój ojciec upada twarzą w mokrą skibę, jest dwudziesty trzeci maja 1919 roku i jest to licha wieś Lichynia, nieopodal jest okop, a w okopie rytm: hełm bagnet hełm ostrze przy szerokim okapie hełmu kolba na ziemi czekają na gwizdek widziałeś na zdjęciach płytkie hełmy angielskie głębokie hełmy nasze grzebieniaste hełmy francuskie i zawsze rytm hełm bagnet hełm a pod Lichynią okop płytki hełm bagnet hełm czekają przykucnięci przykurczeni grzbiety okrągłe hełm bagnet hełm gwizdek, rytm się łamie i wysypują się z okopu okapy igiełki bagnetów wielopalczasta dłoń państwa i kraju i narodu Polacy i Niemcy walczą na ulicy między domami drewnianymi i domami z cegły, walczą na bagnety kolby saperki noże i pistolety i pięści i na klątwy i na łzy i na wołania: „Mutti!", „Mamulko!". Tak ci się wtedy mądrze wydawało, a kiedy ty byłeś na wojnie, nikt nie krzyczał „mamo".

Jakże piękna jesteś, wojno domowa, bez zbędnej obcości między wrogami, między wrogami jak bracia. Obcy ludzie nie powinni się zabijać, zabijać się powinni tylko bliscy, tylko bliscy zabijać będą z czułością, okrucieństwo jest pewnego rodzaju czułością, okrucieństwo jest bardzo ludzkie, tylko zwierzęta zabija się tak, żeby nie cierpiały, okrucieństwo jak pieszczota kijami tłuką jak pieszczota na placu rozstrzelają młodzieńców płowych albo czarniawych jakby obsypywali ich pocałunkami.

Lubię wojny domowe, Kosteczku. Twoja szara przyjaciółka lubi wojny domowe. Sycę się wojną domową bardziej niż taką, w której zabijają się obcy ludzie.

A twój ojciec leży z policzkiem na czarnej ziemi, nie żyje i nie woła nikogo.

Takie były twoje dziecięce wyobrażenia.

A teraz masz trzydzieści lat, jesteś pijany, jesteś odurzony i chutliwy, jesteś z Salome i z Igą, jesteś w Adrii i jęczy klarnet i on tu jest.

„Ganz leise kommt die Nacht"*. Śpiewaczka altem twarde „r", naśladuje szwedzką wymowę i niski głos Zarah Leander. Twój ojciec kłania się obu damom. Wirują światła. Przedstawiasz.

— Es ist eine große Ehre, die Damen kennenzulernen** — świszczy ojciec.

— Ich kann allem wiederstehen...*** — śpiewa twardy alt w nowej wesołej piosence.

— Tańczymy! — krzyczy pijana Salome i podaje ci rękę Igi. Podaje ci rękę Igi, dysponuje ręką Igi i Iga poddaje ci się bezwolnie, albo raczej to jej się poddaje.

Masz tańczyć, teraz masz tańczyć! Salome przegina się ku twojemu ojcu.

— Herr Graf, ich weiß, dass es sich eigentlich nicht gehört, aber ich halte es nicht länger aus: darf ich Sie zum Tanz bitten?****

---

* (niem.) Noc nadchodzi całkiem cicho.

** (niem.) To niezwykły zaszczyt poznać panie.

*** (niem.) Wszystko mogę znieść.

**** (niem.) Panie hrabio, ja wiem, że właściwie nie wypada, ale dłużej nie wytrzymam: czy mogę prosić pana do tańca?

Dostrzegasz jego zażenowanie, za tą straszną maską zmasakrowanej twarzy, bo Salome prosi go do tańca tak, jakby tej maski nie było, jakby widziała jego poprzednią, prawdziwą i piękną twarz, jakby zapraszała go do łóżka.

Jakże tak, jakże to być może, że zwraca się do mnie kobieta, myśli twój ojciec, bo wie o sobie coś bardzo ważnego, czego ty nie wiesz.

Wtedy, dwadzieścia lat temu, w Kattowitz, w kamienicy pod adresem Richard Holzerstraße 1, nad niemieckim Kaiser Café, które potem stanie się polską Astorią, w mieszkaniu na pierwszym piętrze jest twój ojciec, wrócił z wojny przemielony szrapnelami.

A twoja matka go chce, chce go na nowo, całego go chce. Ty śpisz, śpisz jak małe zwierzątko, śpisz schowany w norze łóżka, ukryty przed spojrzeniami i wiedzą świata.

A oni w sypialni. Muszę ci coś powiedzieć, Katarzyno, mówi Baldur, ale nie słowami, mówią to jego oczy, kiedy Katarzyna Strachwitz de domo Willemann rozpina guziczki wysokiej, wiktoriańskiej sukni. Muszę ci coś powiedzieć, Katarzyno.

Jesteś moim życiem, Katarzyno, mówią jego oczy i dłonie, kiedy pomagają sukni spaść z jej ramion.

Porzuciłem dla ciebie wszystko, Katarzyno. Wszystkiemu zaprzeczyłem, wszystko przekreśliłem, porzuciłem jedenastu braci Strachwitzów zabitych siedemset lat temu pod Legnicą i tego jedynego, który przeżył, naszego przodka Wojsława z dziczą głową w herbie, jego też porzuciłem. Porzuciłem cesarza i jego konnych lejbgwardzistów. Tytuły i senioraty. Blut und Ehre habe ich auch aufgegeben.

Alles*.

---

* (niem.) Krew i honor też porzuciłem. Wszystko.

Wszystko.

A teraz muszę ci coś powiedzieć.

Twoja matka nie słyszała słów, jakie wypowiadały oczy twojego ojca, Kosteczku.

Muszę ci coś powiedzieć.

A ty z Igą w slow-foksie. „Laß mich gehen"*, śpiewa wokalistka kolejny przebój Zarah Leander. „Laß mich gehen". Salome ciągnie twojego ojca na parkiet, Kosteczku, a on idzie, nagle bezwolny, odurzony, idzie, powłócząc długimi, chudymi nogami, idzie niezgrabnie, jakby Salome ujęła tę samą smycz, na której trzymała go kiedyś twoja matka.

— Die Mutter ist in Warschau, Vater**! — krzyczę przez cały parkiet, Iga powinna skrzywić się od niemczyzny w moich ustach, ale nie krzywi się, nie słyszy.

Moja matka, która nie śpi, Biała Orlica, w granatowej spódnicy i granatowej kurtce, srebrny orzeł na lewym ramieniu, opaska, malutka swastyka na kieszeni na odznace partyjnej i trójkąt odznaki NS-Frauenschaftu.

Skąd znam znaczenie tych odznak, czy tylko je wymyśliłem, wyobraziłem sobie, czy naprawdę oznaczają to, co wydaje mi się, że oznaczają? Co teraz robi, czy wie, że ja wiem, że Vati jest w Warszawie?

Więc krzyczę, przekrzykuję orkiestrę i wszystkim wydaje się, że to wesołe okrzyki dobrej zabawy, przecież jest co świętować, więc się świętuje, w zdobytej restauracji Niemcy tańczą z kurwami, jest muzyka, jest sznaps, wszystko jest. Więc krzyczę. Matka jest w Warszawie.

Czy on słyszy, czy słyszy, co krzyczę?

Słyszy.

---

* (niem.) Pozwól mi odejść.

** (niem.) Matka jest w Warszawie, ojcze.

Dwadzieścia lat temu na Richard Holzerstraße, nad Kaiser Café pomaga zsunąć suknię z ramion twojej matki, która ma lat pięćdziesiąt i jest ciągle piękna, suche ciało w ciasnym pokrowcu wilgotnej, sprężystej skóry, więc pomaga zsunąć suknię z tego ciała, a ty śpisz snem zwierzątka.

Muszę ci coś powiedzieć, mówią oczy ukryte za szarpiami, pod którymi już świeże blizny, nie otwarte rany, muszę ci coś powiedzieć, mówią oczy Baldura Strachwitza, rotmistrza w drugim pułku ułanów śląskich von Katzlera. Katarzyna mogłaby kochać go dalej, jej usta nie szukają jego rozerwanych ust, ale dotykają jego szyi, zdrowej szyi, śledzą rozpięcie koszuli, obojczyki, mostek, Katarzyna mogłaby dalej kochać swojego chłopca, nawet jeśli ten nie ma twarzy. Muszę ci coś powiedzieć, mówi jego ciało.

Jej dłonie przy guzikach spodni.

Muszę ci coś powiedzieć, mówią jego ręce i powstrzymują te dłonie przy guzikach spodni, a ona wie, już wie, nagle słyszy i rozumie te słowa.

Muszę ci coś powiedzieć, mówi do Salome niezgrabne, sztywne ciało mojego ojca, ale ulega.

I tańczą. Ojciec raczej tylko idzie po parkiecie, straszny, sztywny, a wokół niego wije się Salome, jakby tańczyła wokół zawołanego dansera, jakby cały świat tańczył z nią wokół niego.

Mój ojciec coś mamrocze. Salome się śmieje.

Iga w moich ramionach. I nagle myśl: wychodzimy. Wyjść, musimy wyjść. Ja muszę wyjść.

— Igo, chodźmy stąd — szepczę.

— Ależ skąd, Konstanty! Chcę pić i tańczyć! — odpowiada, śmieje się.

Suniemy slow-foksem, a ja nagle wiem: nie wytrzymam tutaj ani sekundy dłużej. Ale wytrzymuję, jedną sekundę, dwie, trzy.

Nagle w twarzy, w oczach Igi widzę twarz mojej guwernantki, pani z Trąbeckich Czesławowej Bielskiej, jak sama się przedstawiała. Sucha, zapięta pod szyję, kostyczna dama, fundamentalnie zbiedniała arystokratka, która wyszła za skromnego urzędnika z Ministerstwa Finansów i aby zachować jakiś kontakt z dawnym życiem, nauczała dobrych manier na prywatnych lekcjach.

Lekcja pierwsza. Człowiek dobrze wychowany ma pewność, że potrafi się odnaleźć w każdej okoliczności życia. Nie znać na nim przeto nigdy zakłopotania ani zmieszania. Mało czym można tak zaimponować ludziom, jak dobrą, pełną godności postawą.

Nie mogę zaczerpnąć tchu, Iga śmieje się kryształowo. „Laß mich gehen", śpiewa warszawska naśladowniczka Zarah Leander, a może sama Leander to śpiewa?

Patrzysz na scenę. Leander. To ona. W Warszawie? Tak krótko po wojnie? Czy to ona? Ona czy nie ona?

Ja wiem, Kosteczku, a ty nie wiesz i się nie dowiesz, a ja ci nie powiem. Bo nie umiem.

Ojciec nagle się zmienia. Zaczyna prowadzić Salome przez parkiet, prowadzić ją ku mnie i Idze, jakby był wytrawnym lwem salonowym. Jest. Kiedy jesteśmy blisko, podaje mi adres, Szucha, szesnaście, nie tłumaczy, ale rozumiem.

— Dom generalski? — zdołałeś się zdziwić, zanim rytm tańca was rozłączył.

Iga śmieje się kryształowo. „Laß mich gehen". Chcesz uciec.

Lekcja o wiele późniejsza. Rola kobiety na balu jest bierna — czeka, aż ją poproszą do tańca. Pod żadnym pozorem tancerz nie pozostawia swej damy na środku sali, lecz odprowadza ją do krzesła.

Wyrywam, wykręcam się z objęć Igi.

Wielkim nietaktem, chłopcze, nietaktem i dowodem złego wychowania jest prowadzenie cynicznych rozmów lub mówienie dwuznaczników przy kobietach, nawet nieznajomych. Kto prawdziwie ma w sobie duch polski, takich rozmów nie prowadzi.

Was ist... cyniczne? Mówimy tutaj po polsku, chłopcze. Czym to są cyniczne rozmowy, pani Bielska? Dowiesz się w swoim czasie i na pewno będziesz wiedział. Najpierw jednak nauczysz się poprawnie mówić po polsku. Na blacie biurka leży linijka.

Rozpycham się między tańczącymi, potrącam Salome, potrącam oficera w szarym mundurze, który — pijany — krzyczy coś za mną, bardzo niegrzecznie, nie przejmując się wtuloną weń damą, czy raczej damulką.

Dobiegam do drzwi, schody, ulica.

A Bielska na to: z dawien dawna Polacy wśród innych narodów słynęli z rycerskiego stosunku do kobiet. Możemy być dumni z takiej opinii o nas, ale tym bardziej powinniśmy rozwijać w sobie tę zaletę, jako jedną z tych, którymi górujemy nad zagranicą.

— Odejdź ode mnie, stara wiedźmo! — krzyczysz, Kosteczku, przyciskając pięści do skroni twojej zbolałej, skołatanej głowy.

Przyglądając się tej publiczności, nietrudno skonstatować, że nie ma w tym gronie ludzi prawdziwie dobrze wychowanych, żaden bowiem z takich nie pozwoli sobie naruszać tradycji narodowej, choćby nie był człowiekiem religijnym, mówi pani Bielska w mojej głowie.

Skąd ona teraz, przecież nie była żadnym przekleństwem mojego dzieciństwa, miałem z nią tylko kilka lekcji, nie katowała mnie, nie dręczyła, nie wspominałem jej od sam nie wiem ilu lat, a nagle się pojawia, nagle mnie dręczy, słyszę jej głos tak wyraźnie, jakby jej usta wypowiadały te słowa w środku mojej czaszki. Biegnę.

Kobieta nie ofiarowuje mężczyźnie swojej fotografii, o ile jej z nim nie łączą bliższe stosunki.

Potykam się, przewracam, wyrwa na ulicy, lej po bombie, wpadam w błoto, cały się powalałem. Pisząc do osób znajomych w jakiejś sprawie wymagającej odpowiedzi, nie wypada załączać znaczka pocztowego na tę odpowiedź. Można to uczynić tylko w korespondencji z osobami z niższej sfery.

Wygrzebuję się z leju, wstaję, a w oczy patrzą mi dwa bagnety.

Krzyki po niemiecku. Kto się prawdziwie przejmie duchem polskim, wie, iż musi być dumnym z wielkich osiągnięć naszej ojczyzny. Gdynia jest dumą każdego Polaka, powtórz.

— Gdynia jest dumą każdego Polaka — mówię.

Czarne oczka luf za ostrzami bagnetów, które widzę w niesłychanej perspektywie. I dalej ciemne postacie, płaszcze, hełmy. Krzyczą po niemiecku.

— Podporucznik rezerwy Konstanty Willemann, dziewiąty pułk ułanów małopolskich, melduje się.

Krzyczą.

O Boże, to przecież Niemcy!

Sięgam do kabury, nie ma kabury, musiałem zgubić kaburę, zgubić pistolet to wstyd, wielki wstyd, chociaż pistolet mój prywatny, to nie Rzeczpospolita mi go kupiła, tylko sam sobie kupiłem.

— Ognia! — krzyczę.

Pluton nie strzela. Może nie mają już amunicji. Będziemy szarżować.

Gdy pluton dojdzie do miejsca, skąd ma wykonać natarcie, dowódca plutonu daje komendę: „Pluton do natarcia — kłusem — marsz!"; jeźdźcy ruszają chodem nakazanym, mając lance na udo i szable do boju. Zbliżając się na odległość około 200 metrów do przeciwnika, dowódca plutonu daje komendę: „Pluton — marsz-marsz!"; na tę komendę jeźdźcy, biorąc lance do boju, z okrzykiem „hura" rzucają się cwałem na przeciwnika.

— Pluton... do natarcia — kłusem — marsz!

Niemieckie krzyki coraz głośniej, muszą być już blisko, wygramoliłem się już z leja po bombie, nie wiem, dlaczego nie jestem w siodle, musiałem być ogłuszonym od pocisku.

Mężczyzna zdejmuje kapelusz w windzie, jeśli jedzie w niej z kobietami, nawet nieznajomymi. Kobieta nie nalewa mężczyźnie wina, wódki ani piwa, natomiast może mu nałożyć na talerz potrawę, jeśli nie ma w pobliżu służby. Łopatki razem, Konstanty!

— Pluton — marsz-marsz! — krzyczę i rozglądam się za moim koniem.

Jeden z bagnetów nagle znika sprzed moich oczu, Niemiec przykryty hełmem zwija się w dziwnej pozie, widzę, jak tańczy i w piruecie zwija się kolba, jak powoli sunie w moją stronę i w końcu muska moją skroń, jakby całowała mnie matka.

Upadam. Zabili mnie. Śpij, kolego, w ciemnym grobie, niech się Polska przyśni tobie.

Stoi nade mną dwóch Niemców w pogańskich hełmach, a do hełmów przykręcone śruby zakończone oczkami, jak do cumowania jachtu. A do oczek przyczepione łańcuszki, nie — łańcuchy — i mkną w górę w eleganckich łukach, uginając się nieco pod własnym ciężarem, jak potężne smycze, i nikną w wielkiej, czarnej dłoni zaciśniętej w pięść.

Nie jestem na wojnie, jestem w Warszawie. Nad Warszawą wyrasta olbrzymia postać, czarnoszara, wielka niczym drapacz chmur, większa od Prudentialu nawet, większa niż amerykańskie wieżowce z żelaza i betonu, a z jej dłoni niczym promienie spływają na ziemię tysiące srebrnych łańcuszków i delikatne drgnienia tych dłoni kierują tymi łańcuszkami tak, jak drgnieniem wodzy powoduje się koniem.

Jeden z łańcuszków spływa do mnie, przyczepiony do mojego kapelusza.

— Das ist ein Deutscher, hört ihr es? Er ist Deutscher!* — krzyczy.

Ktoś. Krzyczy. Iga. Szarpie mną, jej dłonie na mojej piersi, pod marynarką, czegoś mnie pozbawiają.

— Hier, bitte, das sind seine Papiere. — W jej ręku moja Kennkarte, podaje ją kukiełkom na łańcuszku. Spomiędzy jej włosów łańcuszek.

— Blöder Säufer! — przemawia do mnie kukiełkowy hełm. — Nimm ihn ins Bett, Weib!**

Iga podnosi mnie, trzyma pod ramię, idziemy.

Mówię coś po niemiecku, ale nie rozumiem ani słowa z tego, co mówię. Zapomniałem niemieckiego.

— Nie znam niemieckiego, Konstanty — odpowiada Iga.

— Nie jestem Niemcem. Nie jestem Niemcem, rozumiesz?

Podzwaniają nasze łańcuszki srebrzyście, tysiące innych nikną w czarnych oknach domów i oknach jasnych również, niektóre naprężają się nagle, drgają, inne zwisają rozluźnione. Nie ma nic naprawdę. Wszystko mi się wydaje.

Wsiadamy do adlera, który czeka pod Adrią, na nas czeka.

Płyniemy miastem, fruniemy na orlich skrzydłach między kamienicami, których nie poznaję, między fantastycznymi domami, które zaprzeczają prawom fizyki, unosząc się nad ziemią, przejeżdżamy przez kałuże krwi, rozchlapują ją

---

* (niem.) To Niemiec, słyszycie? To Niemiec!

** (niem.) Tutaj, proszę, są twoje dokumenty (...). Głupi pijaku! (...) Zabierz go do łóżka, kobieto.

białe opony adlera, a krew chlapie na samochodowe szyby, patrzę na Warszawę przez te krwawe kropelki i piękna jest ta cynobrem i sangwiną rysowana Warszawa.

Czekolada. Wysiadamy. Szofer żąda pieniędzy. Płacę.

Wspinamy się po schodach, ja i Iga. Zlizuję czekoladową płynność ze ścian, chciałbym zlizywać ją z Igi.

Mieszkanie. Wchodzimy. Sypialnia, Iga ściąga mi buty, Iga rozpina mi spodnie, pcha mnie na łóżko, ściąga skarpetki. Chciałbym zanurzyć się cały w jej ciele, zamknąć usta na jej ustach albo na jej kroczu, wepchnąć w nią język i połykać ją od środka. Leżę.

Jakież piękne mamy szafy z intarsją z czeczoty, a jednocześnie przecież bynajmniej nie po mieszczańsku ociężałe, tylko właśnie lekkie, modernistyczne, funkcjonalne, bez zaduchu mieszczańskich kredensów. Bardzo piękne.

Leżąc, próbuję objąć ją w talii. Wyślizguje mi się.

— Dobranoc, Konstanty — mówi.

A mnie nie słyszysz, w ogóle mnie nie słyszysz, Kosteczku. Więc milczę, niech będzie, mogę milczeć. Niech inni mówią w tobie.

Jeśli konieczną jest najwyższa ostrożność przy zaznajamianiu mężczyzn, tym bardziej należy ją zalecić w tym wypadku, gdy w grę wchodzi kobieta, i nie narażać na szwank jej opinii wskutek znajomości z człowiekiem niepewnym. Wszak taki przygodny znajomy czy znajoma mogą się już potem całe życie kłaniać, zagabywać, a nie sposób się od nich uwolnić.

— Proszę pani, a czym jest ta opinia, którą można wystawić na szwank?

— Opinia jest wszystkim, Konstanty, opinia to człowiek.

— Igo! — krzyczę w czterech ścianach pustej sypialni. — Igo, błagam cię, przyjdź do mnie, pragnę cię, kocham, chcę cię mieć teraz! Igo!

— Śpij, Konstanty — mówi mój ojciec po polsku albo Iga to mówi, albo pani Bielska.

Kobiecie nie uchodzi palenie na ulicy.

Mów, Konstanty. Co mam mówić? Kto ty jesteś? Polak mały. Polak mały. Krwią i blizną.

Czarno.

A potem budzę się i jest już ranek, ale jeszcze bardzo szary i ta szarość wlewa się oknem do pokoju, cieknie po ścianach, wsiąka mi w oczy i w mózg, poddaję się jej i zasypiam znowu.

I znowu się budzę, szarość jest już jaśniejsza, a ja nagle przypominam sobie wczorajszą noc. Wszystko.

Iga. Salome. Narkotyki, znowu. Ojciec.

Dobry Boże, w którego nie wierzę, ojciec. Mój ojciec żyje.

I co z tego?

Bardzo wiele z tego, Konstanty. Na nieboskłonie nad tobą zrobił się tłok. Twoja matka w mundurze NS-Frauenschaftu, twoja matka, która jest teraz znowu Katherine Willemann, taką, jaką się narodziła w domu gliwickiego mieszczanina, musi ustąpić trochę jasnego niebios sklepienia temu kalekiemu, zdeklasowanemu arystokracie, musi zrobić mu miejsce nad tobą, Kosteczku.

Czy chcesz ich oboje tam, czy nie chcesz: są.

Ale może po prostu mógłbym udawać, że go nie ma. Czy chcę udawać, że go nie ma, cóż mam z nim wspólnego? Nic.

Iga. Gdzie jest Iga?

Wstaję i rozpadam się jak rozbity dzbanek, więc siadam na łóżku. Chcę wody i aspiryny, więc wstaję znowu, powoli, opierając się o ściany, idę powoli do łazienki. Nudności, więc wymiotuję do umywalki. Głowa jakby skręcona w imadle, tępy, równy ból, piję wodę z kranu, obrzydliwa, ruda, ale jest, więc piję, zjadam dwie ostatnie przedwojenne aspiryny, słoiczek ciskam do umywalki, dzwoni szkło w porcelanie, w mojej czaszce dzwoni echem jak igły.

Wypiłbym kawę, ale nie ma kawy. Woda ciepła? Jest. Więc biorę wrzący dusz, stojąc w wannie, stoję pod wrzącą wodą i stoję, aż skóra płonie na czerwono, a potem zimna woda, aż krzyczę, tak zimna.

A potem w negliżu raczej niechlujnym wychodzę do kuchni, a tam jest Iga, krząta się i z niczego robi śniadanie. Marmolada, cienka herbata, kawałek chleba tnie nożem na dwoje.

— Dzień dobry, Kosteczku — mówi, a ja już wiem.

— Dzień dobry, Igo.

Wiem, przypominam sobie: wołałem ją wczoraj, pragnąłem jej wczoraj, pożądałem jej i pragnę i pożądam dalej.

Zbyt słaby jestem, zbyt zmęczony, aby się z tym samotnie zmagać: bo Hela, bo Jacek, bo wszystko, bo nasza wspólna, dobra i zła przeszłość. Więc mówię, tak po prostu:

— Kocham cię, Iga. Pragnę cię.

A ona patrzy na mnie, w ogóle nie zaskoczona.

— Mówiłeś to wczoraj.

— Tak.

— Myślałam, że to przez alkohol i opium.

— Nie.

Więc patrzy dalej, w ogóle nie zaskoczona, patrzy bardzo mocno, jakby chciała mnie tym spojrzeniem przycisnąć do ściany, jakby chciała mnie tym spojrzeniem rozgnieść.

— Dlaczego to robisz, łajdaku? — pyta strasznym głosem, a ja rozumiem.

Tak po prostu, zrozumiałeś, Kosteczku, zrozumiałeś, że ona cię kocha. Że zawsze cię kochała, ale zdołała wyzwolić się z tych okowów, ale tak, kocha.

Jemy w milczeniu. Niedużo tego jedzenia.

— Muszę wracać do Jacka — mówi Iga.

Kiwam głową, tak, musisz wracać do Jacka, Jacek cię potrzebuje, Jacka musisz wyciągnąć z tej czarnej dziury, w której tonie, któż inny, jeśli nie ty, Igo, może z moją nieudolną pomocą?

— To ja pójdę już, Konstanty. Muszę iść już — mówi Iga.

Wstaję, żeby ją odprowadzić do drzwi, i kiedy jestem przy niej, blisko, ona patrzy na mnie, a ja znam, pamiętam to spojrzenie.

Obejmuję ją, obejmuję ją w talii.

— Nie — mówi Iga. — Proszę, nie.

— Powiedziałaś mi, że z nikim nigdy nie było ci tak dobrze jak ze mną, wtedy, na letnisku. Nad jeziorem.

— To było dawno.

— Dwa miesiące temu.

— Letnisko było dawno. A te dwa miesiące jeszcze dawniej.

— Kłamałaś wtedy?

Milczy przez chwilę. W końcu mówi:

— Nie.

— Wcześniej, przed tym Kobryniem, byli inni, poza mną i Jackiem? — wypytuję się głupio.

— Nie.

— Chcesz mnie teraz? — wypytuję dalej, jeszcze głupiej.

— Nie chcę — szepcze.

Jednak nie odpycha mnie.

Całuję ją. Nie oddaje pocałunku, ale nie zamyka ust, pozwala mi się całować. Musi czuć wstrętną woń przetrawionego alkoholu, sama też nim śmierdzi, ale nie dbam o to.

— Nie rób tego, Konstanty, proszę — mówi, kiedy moje dłonie przez materiał sukienki dotykają jej pośladków i piersi.

Biorę ją na ręce. Jest lżejsza od Heli, Hela ma ciało marmurowe.

— Nie — mówi Iga. — Nie.

Szepcze to swoje „nie" jak mantrę, jak zaklęcie. Niosę ją do sypialni, kładę delikatnie na łóżku i zaczynam rozpinać sukienkę.

— Nie — prosi Iga. — Proszę, nie...

Całuję ją. Obejmuje mnie za szyję, oddaje pocałunek. Całuję dalej, twarz, ucho, szyję, obojczyk i piersi, które obnażam.

— Nigdy ci tego nie wybaczę, łajdaku. Sam też sobie tego nie wybaczysz — szepcze.

Całuję jej piersi, brzuch, jej dłonie w moich włosach. Rozpinam spodnie.

— Nienawidzę cię, Konstanty — szepcze.

Wracam do jej ust, jednak odwraca ode mnie głowę. Zamyka oczy.

— Nienawidzę cię — płacze. I jęczy, z rozkoszy jęczy. — Nienawidzę cię, łotrze...

Ktoś puka do drzwi.

We mnie coś pęka, przełamuje się, jakby ktoś ścisnął mój żołądek jak rybi pęcherzyk i jakby prysnął z cichym trzaskiem, więc zrywam się z łóżka i plącząc się w spodniach, które podciągam i zapinam, biegnę do drzwi. Pukanie nie ustaje, otwieram na długość łańcuszka.

Jacek, szary, złamany, złachmaniony Jacek, policzki porośnięte szczeciną wielodniową, zapadnięte.

— Ona jest u ciebie? — pyta.

— Nie — kłamię.

Jakże głupio kłamiesz. Przecież mogłaby być u ciebie, gdybyś mu powoli otworzył, Iga zdążyłaby się doprowadzić do porządku. Ale ty wolałeś skłamać.

Dlaczego wolałeś skłamać? Żeby odnieść ten mały tryumf nad Jackiem, pokazać mu, że nie tylko zbiera po tobie używane kobiety, Kosteczku, ale również że ma je tylko warunkowo, o tyle, o ile ty ich nie chciałeś, to chcesz mu udowodnić, w całym tym paśmie klęsk odnieść przynajmniej jedno małe zwycięstwo, cóż z tego, że nad bezbronnym, najbliższym ci człowiekiem?

On ci nigdy nie wybaczy, Kosteczku. Nie to, co ja: ja od razu ci wybaczyłam, ja ci wszystko wybaczam, bo moja miłość do ciebie, mój miły, nie zna kresu.

— Iga! — krzyczy Jacek. A potem zaraz do mnie:

— Wpuszczaj mnie!

Jakby coś wiedział, jakby się domyślał, co tu się rozgrywa! Bo wie, Kosteczku. Wie.

— Wiem, że ona tu jest! — skamle Jacek.

Otwieram. Spomiędzy guzików mojego niedopiętego rozporka wystaje rąbek koszuli niezapiętej. Widać, że ubierałem się w pośpiechu. Jacek nie wpada do środka krokiem rozjuszonego męża, nie jest buhajem, który chciałby ukarać niewierną żonę i jej gacha. Jacek jest zmiętym strzępem człowieka, wchodzi do mieszkania jak nawiany przez wiatr liść, miękko, cicho, szeleszcząc prawie.

Idzie prosto do sypialni, ja za nim. Iga na łóżku, przykryła się kocem, nawet nie próbowała się ubrać, zatuszować wszystkiego.

— Dlaczegoś go wpuścił?... — pyta.

„Bo to mój przyjaciel", mam na końcu języka, ale się powstrzymuję i milczę.

— Iguś, kochana... — płacze Jacek, osuwa się na kolana u wezgłowia łóżka, przy głowie Igi kładzie na poduszce swój ciężki, zmęczony łeb.

Iga odwraca się od niego, owija sobie głowę kocem.

— Dajcie mi spokój... — mruczy spod tego koca.

Zabieram Jacka do kuchni, siada przy stole, bezsilny.

— Spałeś z nią? — pyta.

— Nie — odpowiadam, zgodnie z prawdą przecież.

— Nie wierzę.

Wzruszam ramionami. Jacek milczy, dłonie złożył na blacie, czoło oparł na tych złożonych dłoniach.

— Zabierz ją do domu, Jacku. I weź się w garść.

— Ja ci tak nie powiedziałem, kiedyś przyszedł żebrać o morfinę.

— Nie powiedziałeś — zgadzam się.

— Nienawidzę cię, Kostek. Chciałbym umieć cię zabić — mówi, nie patrząc na mnie, nie odrywając czoła od splecionych dłoni.

— Herbaty ci zrobię — odpowiadam.

A gdzieś głęboko w tobie, Kosteczku, znów pojawia się maleńki punkcik czerni, maleńka kropka.

Na kredensie w kuchni stoi konik Jureczka.

I nagle ten drewniany konik wypełnia mi wszystko. Drewniany konik, który miał jeszcze drewnianego dżygita z drewnianym mieczem, prezent od gruzińskiego oficera, zaprzyjaźnionego z domem moich teściów. Czy raczej: eks-teściów, w ich pojęciu przynajmniej.

Ostatnia wigilia Bożego Narodzenia, u nich właśnie, i ten oficer z nazwiskiem kończącym się na -adze, ale nie pamiętam, od czego się zaczynało, czarnowąsy i w ogóle przypominający Ksyka, gdyby tylko Ksyk miał w sobie chociaż ślad romantycznego polotu. I zachwyt Jureczka tym konikiem, wydobytym spod kolorowego papieru, i opowieści najpierw śmieszną, rosyjską polszczyzną, opowieści tego oficera o Gruzji i jej wojowniczych tradycjach, potem wszyscy przeszli na niemiecki, tak wygodniej, oficer studiował jeszcze przed pierwszą wojną w Getyndze, więc po niemiecku opowiadane braterstwo szabli i konia, i walki z Rosją nieco naciągane, ale jak pięknie naciągane, piękny człowiek, do diabła z nim. Emablował Helę, wzruszałem na te zaloty ramionami, teść patrzył na mnie znacząco, do diabła z teściem, nawet nie próbowałem rozszyfrować znaczeń tych spojrzeń, czy może przypomina mi, że proszę, oto kogoś takiego mogłaby mieć jego córka, czy raczej ostrzega, abym natręta skarcił jakoś, może chciałby, żebym się z tym przeklętym, pięknym Gruzinem bił o jego córunię, siekł się szablami o wstęp do jej piczy? Niedoczekanie jego. Czyli jednak próbowałem to spojrzenie rozszyfrować, tylko nie rozszyfrowałem.

Konik. Na zielono wymalowane siodełko, nogi przednie i tylne zrośnięte w mocne słupy, pysk durnie uśmiechnięty. „Eto dla synoczka kawalierzisti polskiego od kawalierzisti gruzinskiego — eto dżigit. Z Sakartwelo! I po naszemu, prosie państwa, na zdrowie: gau-mar-dżos! Do dna!"

Ledwie wystają zza tego konika Jacuś, Iga i ich problemy.

Czy chciałbyś wiedzieć, jakie były dalsze losy tego smutnego Gruzina, który na dodatek bardzo cierpiał ze względu na swoje osobliwe preferencje erotyczne, które bał się zaspokajać, i strach ten próbował tłumić seryjnym uwodzeniem mężatek, które nie dawały mu zaspokojenia ani zapomnienia, ani nic poza reputacją, wiwatami kolegów z pułku i szeregiem pojedynków? Gdybyś chciał, mogłabym ci o tym opowiedzieć, ale czymże jest dla ciebie, Kosteczku, ten Gruzin, co chociaż urodzony w Tyflisie, wychowanym był w Petersburgu, więc zupełnie zruszczonym. Gruzińskość własna była dlań odkryciem równie zaskakującym, jak dla pruskiego szlachcica Adalberta von Winklera zaskakującym było wymyślenie siebie od nowa jako Wojciecha Kętrzyńskiego.

Jest dla ciebie nikim. Twarzą, śmieszną polszczyzną, niczym więcej. Więc cóż mnie obchodzą jego losy? Tylko ty mnie obchodzisz, Kosteczku. Ale jednak nie tylko ty.

Cztery dni Jureczka nie widziałem. To niedługo. Ale nagle jego brak, z chwilą gdy spojrzałem na tego gruzińskiego konika, stał się tak dojmujący, jakby był synem, którego nie widziałem nigdy. Jakbym właśnie minął pierwszy przystanek żmudnej podróży dookoła świata i nie miał go zobaczyć wcześniej niż za rok albo i dłużej. Czy to jest tęsknota? Nie wiem. Zdarzało mi się doń tęsknić, kiedy wyjeżdżałem wcześniej na miesiąc czy dłużej, ckniło mi się do tych małych rączek, pyzatych policzków i jasnych loków, ckniło mi się w ciągu samotnych popołudni, kiedy towarzystwo rozchodziło się do pokojów, odsapnąć nieco przed wieczornym balem czy inną atrakcją, i siedziało się na biedermeierowskiej otomanie, trochę się tęskniło do Heli i do Jureczka, i nawet czasem się telefonowało.

A teraz, teraz to nie tęsknota. Teraz to przerażenie, strach o moje dziecko, o tego małego mnie, o moją krew, że ten mały ja został bez ojca.

Tak jak ja zostałem bez ojca. Chociaż mam ojca. Bałbym się go Jureczkowi pokazać.

Ale muszę się z nim zobaczyć, muszę go zobaczyć czym prędzej, teraz, już. Nagle wstaję od stołu, Jacek się zrywa, ciągle myśli, że to chodzi o niego, że to przez niego tak się zerwałem, ale ja nie dbam teraz o Jacka, nie dbam o łkającą w moim małżeńskim łożu Igę, rzucam się szukać dżygita. I szukam, w salonie, w sypialni, włażę pod łóżko, aż Iga wystawia głowę spod koca i patrzy na mnie jak na wariata, szukam w szafach, w kuchni, w spiżarce nawet i nagle: jest. W spiżarce jest, zajrzałem za puste skrzynki i jest. Długo szukałem.

Jureczek zgubił go jeszcze przed wojną, jeszcze zanim mnie zmobilizowali i zanim wyjechałem do Trembowli, dżygita już nie było i był o niego wielki płacz, musiałem Jureczka uspokajać, pokazywać mu moją szablę, tatuś ma lepszą, niż miał dżygit, bo prawdziwą, proszę bardzo, możesz sobie podotykać, a potem pucowanie mosiądzu i polerowanej stali, żeby odciski małych rączek nie zostały, a teraz szabla i tak gnije w mokrych gruzach, nie tak daleko od domu, może by ją znaleźć, ale na Boga, po co mi szabla, po co mi szabla, skoro już nie mam Jureczka, żeby mu tę szablę pokazywać.

Więc mam dżygita. Iga i Jacek wodzą za mną nierozumiejącymi spojrzeniami, nie tłumaczę. Do telefonu. Telefonuję do teściów, liczę, że odbierze Hela. Ich telefon nie działa, chociaż wczoraj działał.

A więc dobrze. Ubieram się pospiesznie, niedbale, zabieram pieniądze, dokumenty. Zabieram dżygita i konika do kieszeni.

— Wychodzę — rzucam do Igi i Jacka, których połączyło całkowite niezrozumienie sensu mojego postępowania.

To dlatego, że ciągle próbują je czytać przez siebie, przez to, czy spałem, czy nie spałem z Igą, przez mój stosunek do Jacka, jakby to oni byli i musieli być centrum mojego świata! W tej chwili nienawidzę ich szczerze i mam dosyć ich widoku.

— Idę zobaczyć się z Jureczkiem — rzucam.

— Czy ty... — zaczyna Jacek.

— Co?

— No, czy ty... Z Niemcami?... Ale tak naprawdę, tak? Tak naprawdę?

Wszystko jest w tym pytaniu, wszystko. Nie wierzy w moją historyjkę wallenrodyczną, w historyjkę o Witkowskim. I wszystko jest w tym pytaniu, wszystko. To jak mnie bronił przed łajdakami, co jeszcze w gimnazjum nazywali mnie Szwabem, jak razem biliśmy się z tymi, co ośmielali się odmawiać mi polskości, to za młodu. Ale wszystko to, co później również: te dojrzałe już, dorosłe rozmowy, jego inteligentną ciekawość moich korzeni, poznał moją matkę, wiele mówiliśmy o moim ojcu i w ogóle o Strachwitzach, o których rozmawiałem zawsze jak o jakimś zupełnie obcym mi rodzie, pod każdym względem obcym, nigdy nie myślałem o sobie jako o Strachwitzu, noszę nazwisko mojej matki i ono odpowiada stanowi faktycznemu, jestem Willemann i nazywam się Willemann. Nie jestem Strachwitz. I to też jest w tym pytaniu. Ja siebie pytam, kto mu powiedział, najpewniej Salome, bo kto inny, ale to teraz nieważne. Oto proszę, czyżby wszyscy, z którymi Jacuś zrywał znajomość, bo odmawiali mi polskości, jakby ta moja polskość była jednocześnie honorem ultymatywnym i warunkiem koniecznym mego człowieczeństwa, a teraz, czyżby wszyscy ci oszczercy i głupcy mieli rację? Oto Willemann nagle potwierdza wszystkie te oskarżenia, na które Jacek wcześniej pukał się w czoło. Ale mało tego: oto Willemann, którego Jacek Rostański ma za przyjaciela, nagle okazuje się małym łajdakiem. Oportunistą. Oto kiedy to tylko zaczyna się opłacać, zdradza swoją przybraną ojczyznę, nie bacząc na świetlany przykład wielu innych Polaków niemieckiego pochodzenia, którzy wykazują się jakże dzielną, wybitnie niezłomną postawą od pierwszych dni września. A tu Kostek dołączył do gnid..

I Jacek, oczywiście, czuje się tym osobiście dotknięty. To nie rzecz tylko w tym, czy ja, Kostek, okazałem się kanalią, rzecz w tym, że zbrukałem tym jego, bo on ofiarował mi swoją przyjaźń, a kim jest teraz, przyjacielem kanalii?

Więc powinienem wytłumaczyć. Przecież jemu akurat mogę. Powinienem usiąść, przecież nigdzie mi się nie spieszy, usiąść i mówić mu o Wallenrodzie, mówić mu, przekonywać, aż uwierzy, i jednocześnie wciągać go do organizacji, zabrać go za frak i zaprowadzić na plac Zbawiciela, do Łubieńskiej, zapoznać z Inżynierem, wciągnąć do tej roboty, uściskałby mnie, wycałował, pomogłoby mu to odrzucić melancholię, może i przestałby się zadręczać, czy spałem teraz z jego Igą, bo Jacek przecież musi czuć się potrzebnym, koniecznym, i jeśli tylko takim by się poczuł, to mógłby jeśli nie wybaczyć, to przynajmniej wszystko zapomnieć.

Ale nie. Nie zrobię tego. Bo on to powinien wiedzieć. Jeśli jego przyjaźń… jeśli nasza przyjaźń była prawdziwą, to nie powinien mieć żadnych wątpliwości, powinien wiedzieć od razu, że nie mógłbym tak postąpić, bo powinien mnie znać na tyle. Powinien wiedzieć, jakim potrafię być łajdakiem, przecież zwierzałem mu się ze wszystkich moich awanturek z kurwami, a jakim łajdakiem na pewno bym nie był, jakiego łajdactwa w moim sercu nie ma. Powinien raczej zapytać: jaki to ma sens, że udajesz Niemca. Powinien mi wierzyć, w Witkowskiego powinien wierzyć i w Wallenroda.

A on nie wierzy. Więc dobrze.

— Wynoście się, oboje — mówię lodowatym tonem. — Jak wrócę, ma was tu nie być.

Wychodzę, trzaskam własnymi drzwiami, schodzę na Madalińskiego i dalej, na Puławską. Poszedłbym do Lardellego na kawę, żeby jakoś zabić resztę kaca, ale boję się spojrzeń, więc nie idę. Pogoda podła, ale nie pada. A w zeszłym roku o tej porze było jeszcze babie lato, ciepło jak w czerwcu.

Na Podwale, gdzie mieszka teść, pójdę piechotą, chcę się uspokoić, pozbierać myśli. Po drodze widzę na Chmielnej między rozwalonymi kamienicami paskudnie wymalowany szyldzik: jadłodajnia W oficynie. Wchodzę w bramę, jest. Tu nikt mnie nie zna, na pewno. Lada, za ladą babsko bardzo grubo ciosane sieka cebulę. W lokalu pachnie ordynarną zupą. Zupskiem. Nie będę tego jadł.

— Jest kawa?

— Ni ma — odpowiada babsko.

— Mam dolary.

Patrzy na mnie rozbawiona.

— No za dulary się znajdzie.

Płacę paskarską cenę i po chwili dostaję kawę w blaszanym kubku, od którego gdzieniegdzie poodpryskiwała emalia. Kawa — zaskakująco smaczna, chociaż z rąk baby przeniósł się do napoju, albo przynajmniej na kubek, ledwo uchwytny zapach cebuli i kapusty. Siadam przy brudnym stoliku, krzesło się chwieje, blat klei mi się do rąk. Piję.

— Starzyński i ten Niemiec u niego ogłaszają, żeby się na zimę z Warszawy wynieść, kto ma krewnych albo znajomych na wsi — zagaduje babsko, nie przerywając swojego siekania.

Wzruszam ramionami, ale jej to wystarcza.

— Sam niech się wyniesie, mądrala jeden z drugim. Już widzę, jak się te krewne ucieszą, jak im się warszawskie gołodupce na zimowe wywczasy zjadą — gada dalej, ni to do mnie, ni do siebie.

Nie odpowiadam.

— A węgiel po dziesięć złotych za pięćdziesiąt kilo. Kogo na to stać, panie?

— Niemców — odpowiadam nagle ku własnemu zdziwieniu.

— No właśnie. Ale podobno mają za dwa czterdzieści sprzedawać w Zrzeszeniu.

— To dobrze — godzę się potulnie.

— Ale tylko po pięćdziesiąt kilo na mieszkanie. Widzisz pan?

Potakuję posłusznie, dopijam kawę, wstaję i ruszam ku drzwiom. Kiedy mam już wychodzić, babsko nagle odrywa się od cebuli i zagaduje:

— Pan byłeś na wojnie?

Wzruszam ramionami.

— No powiedz pan. Byłeś pan czy nie?

— Byłem.

— Oficyjer?

— Rezerwy.

Milczy przez chwilę, przypatruje mi się, jakby chciała przyłapać mnie na jakimś kłamstwie.

— Panie oficyjer, czemu myśmy tę wojnę przegrali?

— Nie wiem.

— Mój Jerzyk nie wrócił jeszcze. W ułanach był.

— Który pułk? — pytam, żeby stworzyć iluzję życzliwości. Pomocności.

— A bo ja to wiem, który pułk. Ułan. W mundurku ślicznie wyglądał, jak malowany.

— Mąż?

— Syneczek, jedyny. Ojciec jego nie żyje, odumarł mnie, kanalia, bo pił. A chłopak dziewiętnaście lat, piękny, silny, oglądały się za nim, że ho! Ile on tych panien tam popsuł już, to długo by gadać, chwat mój. A one kurwy.

Kiwam głową z podziwem, baba przyjmuje mój podziw.

— Kurwy. A on wróci jeszcze — mówię, bo polubiłem tego jej chwackiego Jerzyka.

— Nie wróci. Sen miałam.

Kiwam głową.

— Do widzenia — mówię.

Kobiecisko bez słowa wraca do cebuli, wychodzę, trochę oszołomiony tym Jerzykiem.

A dlaczego Jerzykiem, o którym wiem wszystko, bo od tego jestem, aby wszystko wiedzieć, a nie tymi wszystkimi, których śmierć widziałeś, czemu nie Hawrylukiem, zabitym w Warszawie przy szturmie, mała dziurka w czole, czemu nie grubym, pyskatym Bociągą, który zniknął w wybuchu bomby, czemu nie myślisz o nich? Ich śmierć widziałeś, resztki Bociągi starłeś ze swojego hełmu francuskiego, krwawy ochłap zmieszany z tkaniną munduru i jakimś parcianym paskiem, czemu nie jego śmierć cię prześladuje?

Albo tego Niemca, którego wydaje ci się, że zabiłeś, a nie zabiłeś, więc wcaleś wtedy Inżynierowi nie kłamał, kiedyś mówił, że nikogo nie zabiłeś na wojnie, bo nie zabiłeś — zabił go rudy Kowalczyk, strzelaliście obaj, tyś spudłował, a Kowalczykowi nie zależało, więc chociaż wiedział, że to on trafił, to pogratulował tobie, dostał go pan, panie poruczniku! Potem nawet sobie tego Niemca obejrzałeś, starszy był od ciebie, szarozielona kurtka, szare spodnie, krwawa pierś, rozbita kulą lornetka na tej piersi.

A teraz idziesz sobie Marszałkowską i martwi cię Jerzyk, co nie wraca z wojny, a matce się śniło, że zabity.

Więc martwi mnie ten Jerzyk, co nie wraca z wojny.

Zgwałcona Warszawa już mniej drażni, przywykłem. Czy gdyby mi żonę zgwałcili, gdyby w jej brzuchu nie moje dziecko pęczniało, też bym przywykł?

Gdybyś tylko mógł mnie usłyszeć, to chętnie odpowiedziałabym ci na to pytanie, głupi Kosteczku. Ale nie możesz, nie możesz… Jeszcze nie możesz. Jeszcze nie czas, byś mnie słyszał, mój miły.

Więc idziesz dalej, Marszałkowską, idziesz powoli, jakbyś spacerował, obok szarozielone mundury pędzą Żydków do roboty i wcale ci ich nie żal jakoś specjalnie, ani Żydków, ani poganiaczy, bo i samego siebie nie byłoby ci żal, gdyby to ciebie pędzili, ani gdybyś to ty pędził. Trzęsą się pejsy i brody czarne i rude, pewnie pierwszy raz wezmą się do fizycznej roboty chałaciarze. Naprawiają torowisko zniszczone, rozkopane, siłują się z łomami i kilofami. Nieudolnie, niezgrabnie, żadnych mięśni. Widzisz tych wszystkich handełesów i ich cienkie rączki, przywykłe do liczenia dularów i dyjamentów, do procentów, udziałów i ofrankowań, jak dostają taczkę i łopatę i dalejże sprzątać ruiny, w których jeszcze niedawno strzelałeś się z Niemcami. Dalejże prostować tory, niech Herr Willemann pojedzie sobie znowu tramwajem.

Problem nadreprezentacji Żydów. Czy to jest polska gazeta? Ano tak, zapomnieliśmy, panie redaktorze, że interesy Polski nie są u pana na pierwszym miejscu, pisze stary

Peszkowski do „Prosto z Mostu" jeszcze w lipcu 1939, obok reklamy zbiórek na FON i gramofonów, z przodu Mosdorf, obok Dobraczyński, wszystko dzielni, mocni ludzie, a jednocześnie tak żałośnie jojczący jest ich ten antysemityzm. Hitlerowcy są lepsi. Hitlerowcy nie płaczą, że Żydzi zabrali im wszystkie gazety, hitlerowcy Żydom zabrali wszystkie gazety.

Ale może wcale nie są lepsi, z tym ich całym Horstem Wesselem, co to niby został ofiarą, też jojczą, z tym całym Dolchstossem, Gustloffem i tym podobnymi. Wielka wojna jojczących. O, jakie krzywdy nam się dzieją!

I przecież zawsze mnie to brzydziło, ten zawodowy antysemityzm Peszkowskiego, nie na tle rasowym, ale kulturowym i ekonomicznym rozwijany, jak już, to wolałbym antysemityzm krwi, który odwołuje się przynajmniej do jakiejś metafizycznej rzeczywistości, a nie do bojkotów żydowskich sklepikarzy. I przyjaźniłem się przecież z Żydami, w moim środowisku nie sposób byłoby nie przyjaźnić się z Żydami, wystarczyło spojrzeć, ilu obrzezanych siedziało na górce w Ziemiańskiej. Śmieszna sprawa to wszystko, śmieszna.

A potem nagle stajesz przed domem na ulicy Podwale, numer 21, dom czysta moderna, funkcjonalizm, ale bez luksusów jak u ciebie na Madalińskiego i bez smaku i bez wyrafinowania, endek poznański i oszczędny mieszkanie kupił skromne, patrzysz w ich okna — i tak, za tą szybą jest twój Jureczek, którego tak bardzo pragniesz uściskać, ucałować w pyzate policzki, pogładzić po białej główce i powiedzieć, że tatuś kocha, tatuś teraz będzie rzadziej widywał, ale przyniesie przecież prezenty, wszystko przyniesie.

Będzie dobrze, będzie dobrze, nie martw się niczym, nie trzeba się martwić.

Brama, schody, już są. Bilet wsunięty w uchwycik na drzwiach. Karteluszek kremowy. Bilet wspólny. Opiewa na

„Czesławostwo Peszkowscy", jak zwykle. I jakże celnie oddaje niewidzialność twojej teściowej, kobiety, której nie ma, która nawet nie tyle kryje się w cieniu męża, lecz jest do niego milczącym, skromnym dodatkiem. Jak parasol czy kapelusz. Bardzo jest szczęśliwą w swoim zniknięciu. Przez to, że jej nie ma, nie musi martwić się wojną, twoją zdradą martwić się nie musi, Kosteczku, niczym w ogóle.

Wpatrujesz się głupio w ten bilet i nawet odruchowo dotykasz kieszeni marynarki, aby sprawdzić, czy masz tam swój wizytownik z biletami, aby zostawić, gdyby państwa nie było w domu, i masz, jest, ale komu byś zostawił? Można zagiąć róg na znak, żeś był osobiście, i wsunąć pod drzwiami. I bilety są, tkwią tam od przed wojny, kiedyś je ostatnio wyciągał? W sierpniu. I nie sięgasz przecież po nie i w zasadzie masz nawet pewność, mój miły, że już nie sięgniesz. Wojna unieważniła bilety wizytowe.

Pukasz. Pukasz jeszcze raz. I jest ci otworzone, teść otwiera drzwi i nie wierzy własnym oczom, ale tak, to ty, to nikt inny, tylko mój Kosteczek do ciebie przyszedł, ty żywa klęsko ludzka, martwa za życia, tępa, głupio samozadowolona ludzka bestio.

Mija chwila, zanim zdoła znaleźć odpowiednie słowa.

— Bezczelność!... — udaje mu się w końcu coś wydusić.

Chce zatrzasnąć ci drzwi przed nosem, ale w szparę wtykasz but.

— Chcę zobaczyć Jureczka!

— Precz, zdrajco! — warczy teść.

— Hela! — krzyczysz za jego plecy. — Hela! Chcę tylko zobaczyć Jureczka! Jestem jego ojcem!

Na pewno cię słyszy.

— Wynoś się, łajdaku! — ryczy poznański teść. — Jureczek nie ma ojca! Miał, ale teraz nie ma!

Próbuje wykopać twoją nogę spomiędzy drzwi i framugi, co cię rozwściecza, bo łatwo cię rozwścieczyć, więc napierasz na drzwi barkiem, łańcuszek pęka i stoją już otworem.

— Jurek! — krzyczę. — Jureczku!

— Tatuś! — odpowiada ci z głębi mieszkania. — Tatusiu! Tu jestem!

Głos Jureczka wybuchnął mi w brzuchu, w piersiach, jak granat.

Teść stoi w korytarzu. Gdyby miał broń, dawno by mnie zastrzelił, widzę to w jego oczach.

Nie zastrzeliłby, ale rozumiem, że tak myślisz. W końcu nie jesteś mądry.

— Ani kroku — syczy teść. — Bo zabiję!

— Chcę zobaczyć mojego syna — odpowiadam głupio.

— Mamusia mnie nie pusca do ciebie, tatuś! — krzyczy zza drzwi Jureczek.

— Hela! — krzyczę ja.

A teść stoi przede mną i jest nastroszony niczym wściekły pies, endecko-poznańska morda zmarszczona we wstrętnym grymasie.

Pies cię jebał, staruchu, idę! Próbuję go ominąć, kiedy on nagle wali mnie w łeb lewym sierpowym i trafia w samą szczękę.

Trafia na dodatek tak celnie, że z miejsca cię zamroczyło, Kosteczku, i straciłeś przytomność. Po prostu — zawodowy knock-out.

Hela wybiegła z pokoju i krzyczy do swojego ojca, krzyczy, żeby cię ratować, krzyczy głupio, a stary Peszkowski nagle wezbrał fizycznie, wezbrał jako mężczyzna, mimo sześćdziesiątki na karku, nagle wzbiera w nim siła, jak już dawno nie wezbrała i jak już nigdy nie wzbierze (o czym on jeszcze nie wie, ale ja wiem) i chwyta cię nieprzytomnego za kołnierz, na twojej kochanej szczęce, Kosteczku, kwitnie wielki krwiak, przysłaniając szarożółte ślady sprzed ośmiu dni.

A stary Peszkowski ciągnie cię i od tego ciągnięcia odzyskujesz przytomność, chociaż dalej zamroczony, odzyskujesz ją po to tylko, aby nie połamać się zupełnie, kiedy stary Peszkowski całkiem zwyczajnie spuszcza cię ze schodów.

Staczasz się z hukiem, Kosteczku, biedaku, i słyszysz płacz Jureczka i krzyki Heli, Hela zbiega za tobą, płacze.

— Kostek, Kosteczku... nic ci się nie stało?

— Precz! — warczę, plując krwią. — Zabiję go!

— Musisz zrozumieć, kochany — szepcze przez łzy. — Zrozum, nie mogę mu powiedzieć prawdy, tatuś nie potrafi dotrzymać tajemnicy, zrozum...

Odpycham ją. Szczęka pulsuje rwącym bólem, w całym ciele pulsuje adrenalina, szarpie mną całym.

To nie adrenalina tobą szarpie, nie tylko adrenalina. To ja tobą potrząsam, abyś stał się tobą, jakiego kocham, abyś stał się znowu mocnym, silnym mężczyzną, który jest takim, jakim być powinien. Takim, jakim ty nie jesteś.

Płonę więc z wściekłości, wściekłość we mnie pulsuje, ale nie pójdę przecież tłuc starego Peszkowskiego ani nie pójdę go przepraszać i tłumaczyć, kim naprawdę jestem.

I nagle coś przejmuje mnie przerażeniem, bo wiem, że to właśnie zrobię, że do tego ciągnie mnie ta moja wściekłość, ciągnie i zaciągnie.

Odpycham więc Helę, zrywam się ze schodów, ocierając krew z nosa chusteczką, wybiegam na ulicę i biegnę dalej, robiąc z siebie oczywiście widowisko, bo chustka przy nosie zakrwawiona, a ja lecę jak na skrzydłach, Miodowa i jej drżące ruiny, pałac biskupi, pałac Teppera, rozwalone, spalone kamienice przy Senatorskiej, plac Teatralny, Bogusławski na cokole w głupim fraku, smutny i nędzny, Oaza zamknięta, nie ma już steków w grill roomie, biegnę cały czas, ludzie patrzą na mnie jak na szaleńca, jakiś policjant w granatowym mundurze gwiżdże, ale nie słucham go, biegnę dalej, a jemu nie chce się biec za mną i już, już jestem, Fredry, kamienica Wawelberga i Klub Niemiecki.

Dobrze, Kosteczku, dobrze, jesteś smokiem. Jesteś tygrysem. Żyj jak smok. Żyj jak tygrys. Dobrze.

W korytarzu pusto, nikt nie aplikował na Niemca. Może przyszedłem poza godzinami urzędowania. Na fotelu drzemał, pochrapując, jakiś zabiedzony człowieczyna w wytartym garniturze i z nowiutką opaską na ramieniu, czerwoną ogniście i z pogańską swastyką w białym kole.

— Entschuldigung… — Pchnąłem go w ramię.

— Naturalnie, panie profesorze, naturalnie — przemówił po polsku do własnego snu i budził się przez chwilę, zaaferowany, tarł oczka w oprawie z pomarszczonej skóry, w końcu mnie dojrzał.

— Gdzie znajdę panią Willemann? — zapytałem po polsku.

— Pan wejdzie po schodach, na piętro, tam są biura.

Wszedłem. Wszedłeś, sądziłeś nawet, że może od tego wchodzenia po schodach, zbliżania się do matki, wściekłość ci minie, ale nie minęła. Myślałeś, że się wycofasz, ale się nie wycofałeś. Wszedłeś bez pukania. Biedaku.

Matka za biurkiem. W lewej dłoni papieros, w prawej pióro, wpisuje coś na kartkach zeszytu podzielonych na tabele. Przy oknie, tyłem do ciebie, stoi wysoki, potężny mężczyzna w czarnym stressemannie.

— Matko, ja potrzebuję… oni… — zacząłeś od progu bezładnie.

Uniosła wzrok znad kartki.

— Konstanty. Wyjdź, zamknij za sobą drzwi i wejdź jak należy.

Orlica zasyczała gadzio, sztywny pręcik języka między ostrymi krawędziami dzioba. Orlica bije skrzydłami, straszne pazury drą sukno, którym wyłożony jest blat biurka. Tygrys kładzie po sobie uszy i wycofuje się powoli, bijąc ogonem o podłogę i framugi drzwi.

Smok pełznie między tygrysimi łapami, łuski ocierają się o rudą sierść, wychodzisz.

Zamykasz drzwi za sobą, posłusznie, ocierasz twarz z krwi, porządkujesz ubranie, następnie pukasz.

— Herein* — słyszysz głos matki.

Wchodzisz, jakby tym głosem wprowadzała cię na powrozie. Tygrys i smok zostają na zewnątrz. Kłaniasz się jak należy.

— Erlauben Sie, dass ich vorstelle: mein Sohn Konstantin**. — matka dokonuje należytej prezentacji.

Mężczyznę przy oknie gdzieś już widziałeś. Matka oczywiście ci go nie przedstawi, to wykluczone, bo to jakaś znaczna persona.

Kłaniasz się dość głęboko. Postawny, ponury mężczyzna podchodzi do ciebie i wyciąga dłoń do uścisku.

— Ich habe viel von Ihnen gehört***.

Ponieważ z sytuacji jasno wynika, że o swoim rozmówcy musiałeś słyszeć, nie odpowiadasz tym samym... I nagle widzisz, że jest głęboko zażenowany obrzydliwym popisem twojej matki, tym strofowaniem dorosłego mężczyzny przy obcych. Ty też jesteś tym zażenowany. Chciałbyś znaleźć z tym postawnym mężczyzną jakąś nić porozumienia, chociażby dlatego, że i jego, i ciebie żenuje zachowanie twojej matki. Ale nie znajdziesz.

---

* (niem.) Proszę wejść.

** (niem.) Pozwoli pan, że przedstawię: mój syn Konstanty.

*** (niem.) Wiele o panu słyszałem.

I przez jego zażenowanie zachowaniem mojej matki, dopiero przez jego spojrzenie pełne litości i pogardy, dopiero przez to budzi się w tobie sprzeciw, Kosteczku.

— Zu unseren Angelegenheiten kommen wir später zurück, Frau Willemann. Auf Wiedersehen* — mówi, kłaniając się mojej matce.

— Auf Wiedersehen, Herr von Moltke.

I nagle — wiesz. Już wiesz. Twarz znasz ze zdjęć, z gazet, hrabia Hans-Adolf von Moltke. Niemiecki ambasador w Warszawie, jego wyjazd dziesiątego sierpnia zapowiadał wojnę.

Twoja matka w niemieckim mundurze patrzy na ciebie zimno, usta zaciśnięte w cienką, białą linię. Ale w środku mogłaby wywijać z radości hołubce. Oto po raz kolejny udało jej się zaprezentować jej koneksje i władzę tobie, który jesteś jej jedyną ambicją, jedynym zainteresowaniem, jedynym celem jej życia. Oto upokorzyła cię, a ty przyjąłeś to upokorzenie potulnie, a to znaczy, że wędzidło między twoimi zębami trzyma się pewnie.

Więc teraz, skoro już ma cię pewnie na wodzy, teraz należy ci się pieszczota.

— Wiesz, kto to był? — pyta na wszelki wypadek. Mimo że wymieniła nazwisko. Jakby miała cię za idiotę, Kosteczku. W pewnym sensie ma cię za idiotę, dlatego przewiduje dla ciebie najwyższą karierę, która będzie jej karierą, największe zaszczyty.

— Wiem — odpowiadasz.

— Czego chciałeś?...

Czego chciałeś? Chciałeś policjantów w szarych kurtkach, z karabinami, chciałeś zabrać ich ze sobą na ulicę Podwale,

---

* (niem.) Do naszych spraw wrócimy później, pani Willemann. Do widzenia.

wejść z hukiem do mieszkania starego Peszkowskiego, krzyczeć: „Hände hoch!" i zabrać twojego syna. I zobaczyć klęskę eugenika-higienisty. Słabszy gatunek ludzki przegrywa z silniejszym. Wszystko ślicznie eugenicznie higienicznie. Bach Peszkowskiego kolbą w endecki łeb, Lebensraum, poprawić to, co niedorozbite, Drang nach Osten.

Tego chciałeś. Tego chciała twoja wściekłość. Albo chociaż pistoletu, żeby wejść tam, wyważyć drzwi, zaszachować bronią i zabrać Jureczka.

Ale odszedł tygrys i odszedł smok.

Jesteś sam, przed obliczem twojej matki, nie ma już przy tobie ani w tobie nawet odrobiny smoka ni tygrysa, jesteś sam. Orlica przegnała smoka i tygrysa.

— Mów, Kostek, mów, o co chodziło — syczy do ciebie, sztywny, wąski język między ostrymi krawędziami żółtego dzioba.

— Wyrzucił mnie... zrzucił ze schodów.

— To widzę. Kto?

— Peszkowski. Stary Peszkowski. Chciałem zobaczyć Jureczka.

Patrzy na ciebie z pogardą. Patrzy na mnie z miłością. Patrzy na ciebie z miłością. Patrzy na mnie z pogardą. Kocha cię, bo tobą gardzi. Gardzi, bo kocha. Jestem jej synem. Jesteś nią. Jestem nią. Jesteś jej synem. Kim jesteś?

Jesteś strzępem na wietrze. Jesteś zlepkiem komórek. Jesteś zmielonym przez jej spojrzenie, jesteś na wpół człowiekiem, a na wpół pustką, a kiedy patrzy na ciebie, to bardziej cię nie ma, niż jesteś. Jesteś kawałkiem mięsa posiekanym jej czekami, jej pieniędzmi, jesteś wrakiem, toczonym przez jej spojrzenia, raczej nie jesteś, niż jesteś.

Kręgi na wodzie.

Dlaczego cię kocha? Czy mnie kocha? Co to znaczy, kiedy ona kocha? Jak kocha? Kiedy ona kocha, to posiada, i ciebie posiada, Kosteczku, posiada, jak posiadała tych wszystkich mężczyzn, młodego psychiatrę i twojego ojca, a twojego ojca porzuciła, bo już go nie potrzebowała, i ciebie też porzuci, kiedy uzna, że potrzebuje zastępcy, a przecież znajdzie zastępcę.

Czego nie widziałeś, kiedy twój ojciec wrócił z wojny, czego nie rozumiałeś i nie rozumiesz, ale wnet zrozumiesz, to powodu, dla którego go wygnała. Wygnała go, bo nie tylko twarz twojego ojca była okaleczoną.

Nie powiedział jej, odkryła to sama. Mimo jego wątłych protestów, wątłych jak cały on był zawsze wątłym, chciała od niego zaspokojenia. A wątłym był tak, jak wątłymi wewnętrznie, przy całej zewnętrznej sile, byli wszyscy jej mężczyźni, i jak ty jesteś wątłym.

Chociaż ty nawet zewnętrznej siły nie posiadasz, jesteś wątły wewnętrznie i zewnętrznie, bo jesteś jej synem, nie kochankiem.

A od twojego ojca Baldura chciała zaspokojenia. Nie brzydziła się jego okaleczonej twarzy, nie brzydziły jej łzy, bandaże, drżące dłonie, nocny skowyt i szloch. Brzydziłoby ją to, gdyby wrócił złamany wojną, ale wiedziała: Baldur nie płakał ze strachu ani z żalu za utraconą młodością, ani z nienawiści do tej strasznej wojny, Baldur płakał z nienawiści do klęski swojej, Niemiec i cesarza. Kaiser był Baldurowi bliższy i droższy niż własne ciało i własny strach, Niemcy były częścią Baldura jak ramię czy śledziona, tylko o wiele ważniejszą. Baldur był falą, rozchodzącą się w eterze Niemiec, tak widział sam siebie. Te Niemcy właśnie poddawały się haniebnie, a Baldur nie wiedział wiele o sytuacji Niemiec, a tego, co wiedział, nie rozumiał, bo przecież twój ojciec Baldur, Kosteczku, był tylko głupim oficerem kawalerii, nikim więcej. I dlatego płakał.

Nie z żalu: płakał z nienawiści. Chciał walczyć, chciał zabijać, a nie mógł.

Orlica to wiedziała i ten płacz ją porywał, ten płacz ją uskrzydlał i chciała, aby posiadł ją ten mężczyzna okaleczony, ale niepokonany, chciała, żeby ją posiadł, aby od tajemnej energii jej ciała wyzdrowiał i poszedł znowu walczyć.

A on wtedy przez chwilę sądził, że Katherine Willemann kocha go naprawdę, kocha prawdziwie i właśnie jego, i myślał przez chwilę, że dla jej miłości nic nie może być i nie będzie przeszkodą, więc pomógł jej rozpiąć guziczki wysokiej, wiktoriańskiej sukni.

A potem ona sięgnęła do jego piżamy i odkryła krajobraz po strasznej bitwie. Po dziwnej bitwie.

Rittemeister Strachwitz nie wiedział, kto go pokonał. Długo nie wiedział nawet, że został pokonany. Pełnił spieszoną służbę infanterzysty, landsera, zwyczajnie, w okopie. Żadnych szarż do wskazywania pałaszem. Lornetka, złe spojrzenia żołnierzy, wilgoć. Gadanie o pizdach, dupach i cycach. Sznaps. Czytanie wierszy, Rilke, Verlaine po francusku, William Blake, z którego niewiele albo nawet nic nie rozumiał. Czytanie listów z domu, z których niewiele albo nawet nic nie rozumiał. Czytanie rozkazów dziennych, z których na pewno nie rozumiał nic. I pewnego razu nałożył hełm i wyszedł ze schronu, by przejść się zygzakowatą, długą transzeją ku wysuniętej w pole pikiecie.

Ten, kto pokonał Strachwitza, kanonier Spivet, który dojrzewał w rozbrzmiewających muzyką pijackich bójek slumsach Londynu, również nie wiedział, że pokonał kogokolwiek, odpalając nabój w komorze ośmiocalowej haubicy, a była to pierwsza salwa przygotowania artyleryjskiego, nie wiedział o tym obserwator artyleryjski, który potem przez polowy telefon podawał poprawkę, nie wiedział dowódca baterii, nie wiedział kierowca gąsienicowego ciągnika marki Holt, który zaciągnął haubicę na pozycje bojowe, i w ogóle nikt o tej klęsce i zwycięstwie nie wiedział, pocisk kalibru 203 mm wytrysnął z lufy, która kiedyś pływała na okręcie, przeleciał swoje pięć mil, bo tyle miał do przelecenia, uderzył w ziemię, bo taki był jego los, i eksplodował, bo takie było jego przeznaczenie, a podmuch wyszarpnął szczupłego oficera ułanów z odeskowanej transzei i wyrzucił w powietrze, mały fragment tego pocisku zrzucił mu hełm stalowy i pozbawił przytomności i twarzy. Grawitacja niedelikatnie cisnęła chłopięce ciało w szarym mundurze na zasieki, na których spoczęło w pozie aż nadto dramatycznej. Gdyby był w pobliżu fotograf, gotowy uwiecznić ciało Baldura na kliszy, fotograf obdarzony talentem na przykład Endre Friedmanna, znanego jako Robert Capa, tylko od niego starszy, to jeszcze wiele lat później zdjęcie takie mogłoby obrazować grozę wojny: szczupły, szary ułan rozpięty na drucie kolczastym jak zapomniana marionetka, jasne włosy zmieszane z krwią, ramiona rozrzucone, zwisająca kabura z pistoletem jak metafora „kto mieczem wojuje…". Ale fotografa tam nie było. Tak Baldur stracił twarz i nie zyskał sławy.

I to nie był koniec tej klęski, bo niedługo później na nieprzytomne ciało Baldura spadł płat białego fosforu. Wiele ich spadło w okolicy. Ten spadł i przykleił się do brzucha i krocza i nie zbudził Baldura, płonąc, i to niczyje zwycięstwo nad nieświadomym swojej klęski byłoby całkowite, gdyby do Strachwitza nie dotarł na czas Sänitatssoldat rodem z Poznania, który uratował mu niepotrzebnie życie, za co Baldur nigdy nie był mu wdzięczny: ani wtedy, bo był nieprzytomny i nie mógł czuć wdzięczności, ani później, kiedy przytomność odzyskał i tym bardziej do wdzięczności nie był zdolny, bo zdolny był tylko krzyczeć, ani jeszcze później, kiedy już nie krzyczał, a zdolny był już tylko do nienawiści.

Sanitariusz znał się na białym fosforze: zdrapał go z Baldura, zdarł ostrzem długiego bagnetu. Zdjął chudego rotmistrza z drutów i zabrał na tyły, a podróż tam była długa. W szpitalu życie Baldurowi uratował Stabsartz nazwiskiem Zweig. Najpierw — jak umiał — zajął się twarzą. Gdyby zajmował się tym specjalista od chirurgii, która wtedy nie nazywała się jeszcze plastyczną, deformacje głowy Strachwitza nie byłyby tak potworne; jednak takich specjalistów w całej Rzeszy było wtedy niewielu i akurat żaden z nich nie znajdował się w polowym szpitalu na froncie zachodnim, bo mieli lepsze rzeczy do roboty niż znajdowanie się w polowych szpitalach na froncie zachodnim. Nie mówiąc już o wschodnim.

Kiedy Zweig głowę uznał za załatwioną, dłuższą chwilę poświęcił innym rannym, potem wrócił do Baldura i zajął się poparzeniami trzeciego stopnia na brzuchu i w kroczu, co nie było zgodne z sztuką, bo twarz przecież goi się świetnie, a okolice krocza goją się bardzo źle, dlatego pierwsze powinny były zostać zaopatrzone. Zweig nie był jednak dobrym lekarzem. Był kiepskim lekarzem. Usuwał punktowo zwęgloną tkankę i przy pomocy ponurego Sänitatssoldata opatrywał i oczyszczał resztę oparzeń. Nie zastanawiał się, jak wielką stratą będzie dla Strachwitza utrata członka, bo gdyby się nad czymś takim zastanawiał, to nawet wódka nie uratowałaby go przed szaleństwem. Przez trzy sekundy zastanawiał się, czy penisa nie da się uratować, tak samo jak próbowałby to zrobić z dowolną przydatną częścią ciała — i po trzech sekundach właśnie podjął decyzję, że się nie da, amputował go więc u samej nasady, zręcznie wypreparowując cewkę moczową na zewnątrz i następnie przez dwie sekundy czuł nawet dużą dumę ze zręczności i precyzji, z jaką dokonał tej niełatwej przecież operacji.

— Chuja byłoby szkoda, ale kalece z taką mordą to nawet żydowska kurwa za pieniądze nie da — zażartował wesoło

Sänitatssoldat, który był z Poznania i nienawidził Niemców i cieszył się, kiedy działa im się krzywda, bo też niemało od Niemców wycierpiał upokorzeń. Jednak Stabsartz nie znał polskiego, więc sanitariusz sam musiał cieszyć się swoim żartem i cieszył się niezbyt długo, bo dwie godziny później z karabinu maszynowego zastrzelili go Anglicy, ale przynajmniej umarł rozbawiony. Zweig cieszyłby się chętnie żartem Sänitatssoldata, bo chociaż sam był Żydem, to żydowskich kurew nie cenił, ponieważ często bywały pyskate, najbardziej lubił pokorniejsze Słowianki. W latach trzydziestych wyjechał do Nowego Jorku i tam się wzbogacił, rozpił i ożenił z szarą Ukrainką, spłodził małego szarego Żydo-Ukraińca, po czym umarł, bo żona otruła go arszenikiem, nie mogąc już znieść bicia. Ale cóż ma wspólnego z tobą ta historia, Kosteczku, poza członkiem, którym cię dziewięć lat wcześniej poczęto, a który, zwęglony, ojciec twój utracił?

Nic. Nigdy później los twój nie przeciął się z nikim, kto miałby cokolwiek wspólnego ze Stabsartzem Zweigiem, ani z jego ukraińską żoną, ani z żydo-ukraińskim synem, ani z Sänitatssoldatem z Poznania, którego nazwiska nie mam ochoty wymieniać. Więc nic, poza amputacją prącia Rittemeistera Baldura Strachwitza. I wszystko: bo oni wszyscy i ty sam i twój ojciec i wszyscy ludzie i całe wasze życia i życia waszych przodków i małpoludów i potomków waszych, wszyscy układacie się w mozaikę z drobniutkich, kolorowych kamyków i nikt, nawet ja, nie stoi od tej mozaiki dość daleko, aby spojrzeniem objąć ją całą, aby wtedy zrozumieć jej rytm, porządek i piękno, które z nich wynika. Nikt albo prawie nikt.

Bo jakiś porządek, rytm i wynikające z nich piękno są bez wątpienia w tym ostatecznym, wielkim dziele sztuki.

Zwęglony penis, który łączy ciebie, mój kamyku, z tamtymi kamykami, spoczął w kuble razem z różnymi częściami różnych ludzi, żywych i martwych: były tam ręce dwóch sierżantów, którzy i tak umarli pod nożem, ale przynajmniej umarli bezręcy, była noga kapitana piechoty, dolna szczęka Landsera Mazura, palce głupiego hanowerczyka, który bawił się granatem i trzeba było mu te palce obciąć, było kilka stóp, w tym dwie obute, a na wierzchu spoczął upieczony członek Baldura von Strachwitza, który nie znał żadnej kobiety poza twoją matką. Przez całą wojnę ani razu nie zaszedł do burdelu, ani razu nie wziął sobie żadnej kochanki, fizyczną żądzę zaspokajając samodzielnie w ustępie, zachowując, jak mu się wydawało, swoją czystość dla Katheriny, jego Katheriny, dla kobiety, w której zniknął, w której się rozpuścił, w której żył, dla kobiety, poza którą nie istniał.

Baldur nie odczuwał niczego jeszcze przez parę dni, bo tyle minęło, zanim odzyskał przytomność. Potem przez dwa tygodnie wył z bólu, kiedy tylko nie był odurzony morfiną i nie zdawał sobie sprawy, że nie ma już penisa.

Potem zdał sobie z tego sprawę i długo nie wiedział, co o tym myśleć, leżał w szpitalu i myślał o samobójstwie, a Niemcy przegrywały wojnę i przegrały i Kaiser abdykował, czym Baldur przejął się bardziej niż utratą członka, lecz w liście do domu nieośmielił się o tym napisać, a potem wrócił do domu i liczył, że odpowie mu na to jego Katherina.

Więc kiedy siadła u jego łóżka, pomógł jej rozpiąć guziczki wiktoriańskiej sukni, a ona sięgnęła do jego krocza i odnalazła pobojowisko.

Kiedy zrozumiała, że jej więcej nie posiądzie, przestał dla niej być mężczyzną. A kiedy przestał dla niej być mężczyzną, zrozumiała, że Niemcy przegrały wojnę, że Baldur przegrał wojnę i przegrał życie, eunuch-kaleka, tak o nim myślała, chociaż akurat moszna z jądrami uniknęły losu członka i nie trafiły do głębokiego dołu razem z wapnem i kawałkami innych żołnierzy i już zaczynały przesączać się do osłabionego krwiobiegu Baldura straszne mikstury, które przypominały mu, boleśnie przypominały, że był kiedyś mężczyzną. Miał fantomowe erekcje.

Ale jej nie były w stanie przekonać: skoro nie mógł jej podbić, skoro nie mógł w nią wejść i zapanować nad nią, nie był już mężczyzną. Nie miał dla niej sensu; był bardziej niż martwy, bo martwego pamięć mogłaby czcić, był pokonany i wstrętny. Więc po prostu wstała od łóżka swojego byłego męża, zapięła suknię, bardzo starannie i bez nienawiści powiedziała, że może tu jeszcze trochę zostać, ale kiedy dojdzie do siebie, to ma się wynosić, i od tej pory nie spojrzała ani nie przemówiła do niego już ani razu, poza impertynenckimi słowami pożegnania dwa tygodnie później, kiedy żegnał się z Kostkiem. Bo po co mówić do trupa? Baldurem zajmowała się dalej służąca, póki nie wydobrzał, a Kostek nie miał wstępu do jego sypialni.

A teraz stoisz przed nią, Kosteczku, a ona bije skrzydłami. Wąski, twardy język między ostrymi skorupami dzioba.

— Dam ci żandarmów — syczy.

Złote szpony obejmują czarny bakelit, skrzeczy do słuchawki. I co miała wysyczeć, wysyczała, moja matka, przekleństwo moje, narodziny moje w niej i śmierć moja w niej.

— Teraz wyjdź — mówi. — Poczekaj na zewnątrz, aż przyjdą.

Wychodzę, wychodzę, dobry Boże, czarne bogi śmieją się ze mnie, kiedy staję przed nową, modernistyczną fasadą brühlowskiego pałacu. Na dziedzińcu pałacu widziałem po kapitulacji stada pokonanych cekaemów, wszystkie te tłuste cielska patrzyły cyklopimi oczyma w jedną stronę. I samochody pancerne stały i stosy naszych mauzerów i siodła, wiele siodeł, z naszego pułku siodła.

A teraz, teraz co, co dalej?

Chciałbyś uklęknąć na pawimencie, uklęknąć na bruku ulicy Fredry i chciałbyś płakać, Kosteczku, nad sobą, nad swoją obitą gębą i posiniaczonymi żebrami, nad swoim życiem, nad wrześniową klęską, nad koniem, którego Niemcy ci zabrali, a którego polubiłeś w ciągu tego miesiąca, kiedy cię nosił, a teraz nosi jakiegoś Niemca. I nad ciałem i duchem, którego zabrali ci Niemcy, również chciałbyś płakać, a jednak nie płaczesz, bo gdzieś tam, w oknie którymś rozpościera się twoja matka orlica i patrzy na ciebie ptasim okiem, dozoruje cię, śledzi cię, widzi cię.

Więc stoję, ręce wbiwszy w kieszenie, albo nie, zapalę sobie, więc papierośnica, więc zapałka w drżących dłoniach, więc palę, po co palę, nie wiem.

Co chcę zrobić?

A oni idą, znużeni służbą, idą, dopinają pasy na wielkich płaszczach, karabiny na ramieniu, idą, a o czym myślą, Kosteczku, czy to ma znaczenie? Czy ważnym jest, czy myślą o swoich żonach i dzieciach w domach, gdziekolwiek by te domy były, w Hesji, w Bawarii czy w Hamburgu, czy myślą o posiłku dzisiejszym, czy myślą źle o swoich przełożonych, czy raczej dobrze, czy myślą o trudach służby, czy o tym, że ciśnie w łydkę lewy but. Ja to wszystko wiem, dotykam tysiącami moich palców, taką pieszczotą niewidzialną, niewyczuwalną, i mam ich wnętrza przed sobą jak na dłoni, ale czy to ma znaczenie, o czym myślą ci dwaj żandarmi w wielkich szarych płaszczach?

Oczywiście, że ma, w chaosie życia wszystko ma znaczenie, wszystko się liczy, ze wszystkiego składa się kosmos tego chaosu, wszystko jest ważne, lot wróbla i lot bomby, śmierć pchły i twoja śmierć, Kosteczku, którą również widzę jak na dłoni i twój strach i strach konia i zmęczenie i tęsknota tych, którzy wywołani wrzaskiem orlicy, właśnie idą do ciebie, oddadzą się w twoje posiadanie na trochę, bo tak im rozkazano, i to wszystko jest wzorem wielkiego kobierca, w który ciebie wpleciono i w który mnie również wpleciono, Kosteczku.

— Also was tun wir?* — pyta starszy z żandarmów, wyższy stopniem.

Stoją, karabiny na ramionach, ładownice na pasach, wszystko do twojej dyspozycji, czarne mauzery i złote naboje do dyspozycji twojej i ich, pełne politowania spojrzenia twoje i ich, niechęć do ciebie twoja. Twoja gęba obita w ich spojrzeniu też twoja i to spojrzenie, jego barwa i temperatura twoje, pogarda w tym spojrzeniu twoja, pogarda, jaką zbrojny czuje do kogoś, kto potrzebuje zbrojnego, aby wyjaśnić, załatwić swój kłopot, pomścić obitą gębę. Zrób z tym, co chcesz, Kosteczku, wszystko twoje, wszystko dała ci twoja matka, orlica.

— Folgt mir** — mówisz. Powiedziałeś.

Odwracasz się i dalejże, dalejże iść! Więc idziesz pierwszy, przez plac Teatralny zbombardowany sumiennie i Senatorską, kroczysz z rwącą szczęką i w powalanym ubraniu, a za tobą kroczą dwaj żandarmi z karabinami na ramionach, niech no tylko cię kto teraz ujrzy, Kosteczku!

Ale nikt cię nie ujrzy, wszyscy, których spojrzenie ma swoją wagę, pochowali się w październikowych mieszkaniach, gromadzą się przy wstawianych naprędce piecykach, grzeją pokonane dłonie i z wolna zapominają o wojnie, zapominają o Niemcach, myślą o życiu: o jedzeniu i o tym, jak je zdobyć, o pieniądzach i o tym, skąd je wziąć, albo — niektórzy — jak je wydać z głową, o interesach, jak je prowadzić, z Polakami, z Niemcami i z Żydami, i o Żydach myślą, którym pewnie będzie teraz ciężko, i Żydzi też myślą o tym, jak im będzie ciężko, ale i o kobietach myślą, o biodrach i piersiach,

* (niem.) No to co robimy?
** (niem.) Chodźcie za mną.

i o tym, że najlepiej schować się pod pierzyną przed zimnym mieszkaniem i złym światem, a kobiety myślą o męskich dłoniach, które teraz pieszczą ciepło promieniujące z rozgrzanej blachy kóz, a mogłyby pieścić ich ciała, twarde ręce, mocne ręce, a ulice puste i tak idziecie, Kosteczku, ty powalany i zbity i wściekły i żandarmi zmęczeni, którzy wcale nie są żandarmami, ale jak masz ich nazywać, skoro mundury mają wojskowe i hełmy, nie jak wasza policja, i karabiny mają, idą za tobą krokiem patrolowym wzdłuż Ministerstwa Rolnictwa spalonego i zburzonego, wzdłuż wypalonego pałacu Małachowskich, a buty maja podkute i skręcacie w lewo, w Podwale, oto twoja defilada, Kosteczku, oto i Podwale 21 i modernizm skromny patrzy na twoich żandarmów-nie-żandarmów kwadratowymi oknami bez opasek i gzymsików.

— Und was nun?* — pyta starszy.

A ty nie wiesz wcale was nun. Zmęczyłeś się drogą i zwietrzała ci chęć zemsty. Ale jak się teraz wycofać? Więc rzecz toczy się sama, jak wszystko w twoim życiu, pchane nie twoją wolą, tylko wewnętrzną grawitacją każdej społecznej sytuacji, w jakiej się znajdziesz, a której przeciwstawić się nie umiesz, bo musiałbyś być mężczyzną, a kim jesteś, mierzwo ludzka?

A teraz społeczna grawitacja ciągnie cię w dół swoją własną, wewnętrzną logiką rozpoczęcia i konsekwencji: skoroście już tu przyszli, skoro Orlica dała ci dwóch żandarmów, skoro oni mają na ramionach karabiny, to trzeba wejść po schodach, trzeba wejść do mieszkania starego Peszkowskiego, a co potem? Co potem?

Potem stanie się to, do czego ciążyć będzie sytuacja, bo przecież nie ty zdecydujesz, Kosteczku, tylko sytuacyjna grawitacja.

---

* (niem.) Co teraz?

Więc wspinacie się po schodach. Ty pierwszy, oni drudzy i trzeci, kolejność jest ważna. Więc stajecie przed drzwiami, przez które wyrzucono cię tak niechlubnie. Nie chcesz tego robić, nie chcesz tego robić, ale aby tego nie zrobić, musiałbyś teraz powiedzieć tym żandarmom, iż szli tu nadaremnie, iż trudzili się nadaremnie, do czego masz oczywiście prawo, ale nie masz siły, aby znieść ich spojrzenia, które stałyby się ciężkimi, musiałbyś mieć moc, aby te spojrzenia wytrzymać, czy kiedykolwiek miałeś taką moc?

Na wojnie miałeś. Z pistoletem w dłoni krzyknąłeś: „Starszy ułan Bociąga na stanowisko!", karabinowy Hajke już nie żył i celowniczy erkaemu starszy ułan Bociąga, chociaż przyciśnięty bezpośrednim ogniem, zaczął zsuwać się po rumowisku ku życiu, ku bezpieczeństwu, a tyś ryknął: „Na stanowisko!", a on wspiął się z powrotem, do śmierci, do erkaemu wz. 28, a ty ryknąłeś znowu: „Krótkimi seriami ognia!", cały pluton patrzył na ciebie z nienawiścią, że człowieka na pewną śmierć wysyłasz, a on zaczął strzelać, na oślep oczywiście, ale strzelał, nisko głowa we francuskim hełmie, a potem dostał w czoło i koniec, mózgiem chlapnęło mu na plecy i nawet nie zmienił pozycji, tylko znieruchomiał, przedziurawione czoło na przedramię, tyle było starszego ułana Bociągi celowniczego w sekcji erkaem.

Wtedy było cię na to stać. Złożyć ofiarę z życia starszego ułana Bociągi. I komu ta ofiara, Polsce? Polsce nic z tego nie przyszło, że starszy ułan Bociąga posłał jeszcze kilkanaście pocisków w stronę niemieckich stanowisk. To była ofiara, jaką ze starszego ułana Bociągi złożyłeś wojowaniu.

Wtedy było mnie na to stać. Orlica była daleko, miałem mundur i stopień.

Dzisiaj jestem nikim w powalanym, podartym ubraniu i z gębą obitą. A oni są oddani mi warunkowo, tylko na chwilę.

Więc pukam i modlę się do tego, co poza światem: oby nie otworzyli. Niech milczą. Oby wyszli, niech mieszkanie będzie puste, niech zostanie mi to oszczędzonym. Pukam dlatego po cichu, głupio po cichu, ale po cichu.

I liczę w ciszy sekundy, aby tylko dotrzeć do momentu, w którym będę mógł powiedzieć po niemiecku: „Nie ma ich, chodźmy".

Ale to się nie może udać, to się nie udaje.

Drzwi otwierają się z trzaskiem na szerokość łańcuszka. Peszkowski najpierw zauważa mnie i wściekłość unosi mu wargi i zwiera oczy jak u wściekłego psa, a potem zauważa szare płaszcze moich żandarmów i wściekłość ustępuje miejsca przerażeniu i bezradności.

— Ty, ty... — syczy, jąka się. — Ty gnido...

— Ruhe!— warczy leniwie żandarm i wymija mnie tanecznym krokiem, jakim fizyczny wykonawca woli mija tego, kogo wolę właśnie realizuje i kogo wyręczał będzie w przykrych obowiązkach. Wymijając, szarpie pasek zawieszonego na ramieniu karabinu, a karabin zeskakuje z ramienia, jakby to nie zręczność żandarma tym kierowała, lecz jakby broń była żywą, wytresowaną i posłuszną.

Peszkowski cofa się przed szarą postacią z bronią, cofa się przerażony, a ja jestem przerażony jeszcze bardziej i cóż powinienem czynić, przecież żandarm właśnie utorował mi drogę, więc coś uczynić powinienem, wejść, wyjść, trzasnąć Peszkowskiego w twarz w zemście albo zabić go w zemście jeszcze mocniejszej, czy pozwoliliby go zabić, tego nie wiem, ale mógłbym spróbować, ale czy istnieje tutaj jakikolwiek sposób, w jaki mógłbym zarobić na czyjkolwiek szacunek, nie muszą mnie wszyscy szanować, niech szanuje mnie żandarm albo Peszkowski, niech szanuje mnie ktokolwiek, czy mi się ten szacunek nie należy? Czy szacunku godzien jest każdy, tylko nie ja, Konstanty Willemann, dlaczego nie ja, dlaczego, cóż uczyniłem, kogo zdradziłem, w sposób, który pozbawiałby mnie szansy na szacunek bliźnich, dlaczego?

Żandarm utorował mi drogę przez barykadę Peszkowskiego i zwraca do mnie swą twarz hełmem ocienioną, bitte sehr, ich habe hier meine Pflichten erfüllt*, a teraz ty, Kosteczku, czyń, co twoje, czyń to, co niskie, to, co podłe, to, co niegodne człowieka, mężczyzny, Polaka, Niemca, niegodne nikogo, tylko ciebie, Kosteczku.

A Orlica krąży nade mną i czeka, kogo by pożreć.

Wchodzę. Peszkowski jest czystą pogardą i czystą nienawiścią, jak awers i rewers jednej monety, pokazuje mi obie swoje twarze, wstręt i niechęć.

I radość, zapewne radość, chyba radość, bo przecież widzi ślady swych pięści na mojej twarzy; nie, na mojej mordzie je widzi. A na nim koszula bez kołnierzyka, ale nieskalana i zapięta pod szyję, twarz wygolona, szelki zapięte, spodnie odprasowane z dobrego kamgarnu, wojna nie wojna, a ja powalany, potargany, obity i nędzny, podły, niegodny nieczłowiek.

Stoimy w sieni: on, ja, żandarm starszy, żandarm młodszy i wszyscy w zawieszeniu, bo co robić, co robić, to ja muszę wiedzieć, a ja chciałbym stąd uciec, wybiec na ulicę Podwale i pobiec ku najbliższemu śladowi po bombie, do wygryzionej bombą dziury w bruku, wskoczyć do niej i póki ziemia jeszcze nie jest zamarzniętą, kopać, wkopać, wgryźć się w ziemię jak czerw, ziemią się zasłonić jak czerw, jak kret, jak dżdżownica wkopać się głęboko w archeologiczne warstwy, wkopać się poniżej Polski, poniżej Słowian, poniżej Gotów, poniżej Celtów, poniżej azjanickich ludów, które były tutaj przed nami i krzesały ogień z kamienia.

---

* (niem.) ...proszę bardzo, ja dopilnowałem tutaj swoich obowiązków.

Chciałbyś schować się tam, gdzie nie sięga nawet wspomnienie po człowieku, chciałbyś stać się przedludzki i nieludzki i pozaludzki, Kosteczku, a jednak stoisz w sieni mieszkania na Podwalu, stoją żandarmi i stoi Peszkowski pełen nienawiści i pogardy, i otwierają się drzwi kuchenne i staje w nich Hela.

Hela.

Helena Willemann de domo Peszkowska, twoja żona. Córka starego Peszkowskiego, który nienawidził cię od zawsze, Kosteczku, a teraz w końcu jego nienawiść uzasadniłeś i usprawiedliwiłeś.

Hela. Matka twojego syna.

Staje w drzwiach, w ramionach trzyma twoje dziecko, a ty stoisz w sieni zbrojny w dwóch żandarmów, ich karabiny, hełmy, szelki i ładownice. Szelki na plecach. Bagnety śpią w pochwach. Mógłbym je zbudzić.

Jureczek na jej rękach. Jasne loczki. I buzia, która powoli wykrzywia się w wielką ranę płaczu, ranę w twoim brzuchu i w twojej głowie.

— Kostek?… — Hela nie wierzy w żandarmów, nie wierzy, że przyszedłeś do mieszkania jej ojca z dwoma Niemcami w mundurach.

A ty chciałbyś, żeby wiedziała, żeby rozumiała, że przecież nie jesteś z nimi naprawdę, jesteś z nimi tylko na niby, nie jesteś Niemcem, jesteś szpiegiem organizacji, jesteś bojownikiem, jesteś polskim żołnierzem zaczajonym w zasadzce.

Ale czy ona wie? Przecież ona wie. Wie. Powiedziałeś jej, a ona była gotowa ponieść tę ofiarę. Znieść bycie żoną zaprzańca. Jureczek wychowuje się bez ojca. Nie mam już męża, mówi Hela wszystkim, mój mąż umarł, na wieki pozostanę wdową, mówi, ale przecież wie, że po zwycięstwie wszystko się wyjaśni, wszystko zostanie powiedziane, prawda zostanie ujawniona i wszystko będzie już wiadomo: bohater, nie zaprzaniec. Bohater, który gotów był ponieść ofiarę większą niż ofiara z życia, bohater, który gotów był ponieść ofiarę ze swojego dobrego imienia. Będą odczyty, na których on, Konstanty Willemann, podporucznik Konstanty Willemann, kapitan, pułkownik Konstanty Willemann opowiadał będzie, jak przez ten rok czy dwa zgodził się uchodzić za zdrajcę i zaprzańca, w służbie zwycięstwu Polski, a ona siedzieć będzie w pierwszym rzędzie i bić będzie brawo, a na innych krzesłach siedzieć będą inne kobiety o wilgotnych oczach i obmyślać będą swoje intrygi, jak odebrać tej posągowej Heli takiego wspaniałego bohatera. Będą przesyłać mu liściki, a on, bohater, nie będzie ich nawet czytał i odjedzie z Helą lśniącym buickiem, na bankiet do Adrii na przykład, na bankiet na jego cześć, i będą tam na przykład pan prezydent i prezydentowa. I na przykład uczynią go ministrem. Minister Konstanty Willemann, w uznaniu wojennych zasług, nadzwyczajnej dzielności i odwagi, pierwszy syn ojczyzny. Pierwszy?

Więc ona wie, musi wiedzieć. I ona zrozumie, ona musi zrozumieć, że przyszedłem tu z Niemcami, bo nie mogłem inaczej, dla uwiarygodnienia, i tak, szanowni państwo, pamiętam tę straszną chwilę, kiedy przyszedł do naszego mieszkania z dwoma niemieckimi żołnierzami, mój ojciec, który nic nie wiedział, bałam się, że może dostać ataku ze zdenerwowania, ale przecież nie mogłam powiedzieć nawet ojcu i to było, szanowni państwo, takie przerażające, kiedy przyszedł z niemieckimi żołnierzami do naszego mieszkania na Podwalu, ale wiedziałam, przecież wiedziałam, cały czas, więc załagodziłam sprawę. Wiedziałam.

— Wynoś się! — krzyczy Hela, Jureczek płacze.

Jej krzyk wypycha cię z tej sieni. I płacz Jureczka. Ale walczysz.

— Ja chciałem tylko zobaczyć się z Jurkiem... — jęczysz cicho.

A ona stawia dziecko na podłodze i zamyka za nim drzwi, zamyka je za swoimi plecami i idzie ku tobie, nie boi się żandarmów, a czy wie? W jej oczach widzisz tylko wściekłość, wściekłość matki i wściekłość Polki, nie mruga porozumiewawczo, nie szepcze ci do ucha słów porozumienia, o nie, ona odpycha cię z wielką siłą, Hela być może jest nawet silniejsza od ciebie, w końcu chciał ją rzeźbić Thorak, jej mocarne ramiona pływaczki, mięśnie prawie jak u mężczyzny, obie dłonie jak zderzaki pociągu uderzają cię w pierś i lecisz do tyłu. I wiesz już, co będzie najstraszniejszą konsekwencją odwagi, jakiej pełna jest twoja Hela.

Żandarm, ten starszy, wykonuje gest dłonią. To w końcu jego obowiązek, jest twoim psem, musi bronić swojego pana, więc karabin nagle zawisa martwy w dłoni lewej, a prawą żandarm wykonuje gest, niezbyt szeroki, ale jasny, gest jakby prezentował mieszkanie wizytującym gościom, bitte, und hier haben wir den Salon* i wierzch dłoni uderza twoją silną Helę w twarz, w policzek prawy, uderza, jakby ledwie musnął, a Hela skręca się jak w piruecie, jakby ktoś ją ujął dwoma palcami olbrzymimi za głowę i zakręcił nią, jak Jureczek kręci bączkiem, więc głowa skręca kręgosłup, kręgosłup skręca biodra i w tym piruecie, zostawiając w powietrzu i na ścianie ślad krwi z rozbitej wargi, Hela upada.

I w tym momencie ruszacie obaj do żandarma, który uderzył Helę, obaj, ty i stary Peszkowski. Młodszy żandarm tkwi w miejscu, a ja na was patrzę, na wszystkich, z góry, unoszę się ponad wami, ja.

Peszkowski jest przy żandarmie pierwszy, jednak żandarm to nie ty, i kiedy upadała Hela, kolba karabinu wróciła do

---

* (niem.) ...proszę, a tutaj mamy salon.

prawej dłoni i z Peszkowskim żandarm nie obchodzi się z taką elegancją, z jaką obszedł się z Helą, Peszkowskiego żandarm traktuje kolbą. Krótkim łukiem znad biodra spiętego pasem i spowitego płaszczem, znad biodra żandarmiego, po przekątnej ku górze, kolba uderza Peszkowskiego w szczękę.

Żuchwa eugeniczna zaciśnięta tym samym grymasem wściekłości, który zmrużył poznańskie oczy, tym samym, który wywołał skurcz mięśni jarzmowych większych i mięśni dźwigaczy wargi górnej, obnażając zaciśnięte zęby Peszkowskiego.

Przez te zęby zaciśnięte energia ciosu przeszła wyżej, krusząc dwa trzonowce i gnąc jeden złoty, przeszła wyżej i potrząsnęła mózgiem i padł Peszkowski obok swej córki higienicznej, padł na bordowy bieżnik kryjący eleganckie deszczułki dębowego parkietu, padł Peszkowski bez przytomności, padł bez winy i złości, padł z rodzicielskiej miłości, padł Peszkowski, spełniwszy to, o czym od zawsze marzył, jak los chciał, tak się wydarzył, padł Peszkowski bez przytomności z ręki Niemca, niepotrzebny już rozjemca, spór zażegnany, bo Peszkowski pokonany, a Hela leży i płacze, a Konstanty już ku niej bieży, choć to za jego sprawą wydarzyło się to, co wydarzyć się musiało.

A ja na was patrzę i nucę sobie moją balladę, moje istnienie blade, moje istnienie błahe, moje istnienie niepewne i waszemu niepokrewne, ja nad wami i w was, ja zła, ja wściekła, z krwią na wargach nierozbitych, z krwią na rękach, ja bez winy i wstydu i bez miłości i bez litości, patrzę i wszystko widzę, a wy widzicie nie wszystko, chociaż patrzycie tak mocno, to nie widzicie, a ja widzę skurcze mięśni i twoje bezradne przerażenie widzę, Kosteczku, widzę przerażenie Konstantego i skurcze mięśni w twarzy Peszkowskiego, i czuję jego mózg bardziej niż on sam go czuje, to straszne wiedzieć, że się ma mózg, prawda, Kosteczku, to straszniejsze niż wiedzieć, że ma się gruczoły, które jednym wytryskiem swoich strasznych trucizn mogą zamienić cię w zwierzę wściekłe albo zaszczute, zatrują twoje człowieczeństwo i pobiegniesz jak pies za suką, jak pies rzucisz się do gardła, kiedy oczy zajdzie ci czerwona mgła wściekłości i rzucisz się kopać w ziemi jak robak, jak kret, jak czerw, kiedy oczy zajdzie ci czarna mgła wstydu i ryczeć będziesz, i rzęzić jak ryczy i rzęzi kudu w szczękach lwa, kiedy oczy zajdzie ci biała mgła przerażenia, i otworzysz wtedy usta bardzo szeroko, bardzo szeroko otworzysz oczy i może wtedy właśnie jesteś człowiekiem, Konstanty, kiedy biegniesz jak pies za suką do swojej Salome, kiedy cały jesteś swoim sterczącym kroczem i wszystko, czego chcesz, to jej krocze, jakby nie było świata, i jej usta, jakby nie było świata. Nie może, nie może, Konstanty, ja wiem: ja nie mam gruczołów ani mózgu ani ciała ani duszy nic nie mam nie ma mnie, więc ja wiem, Konstanty, ja wiem, że wtedy jesteś człowiekiem, wyjąłeś oko grubemu Tumanowiczowi, bo nie mogłeś inaczej, to musiało być oko i to musiał być jego ryk zwierzęcy, ale właśnie człowieczy, bo w tym jesteście naprawdę sobą, Konstanty, ty i tobie podobni, w waszych ciałach.

Żandarm młodszy mnie powstrzymuje, obejmują mnie jego mocne ramiona niemieckie jak pieszczota, obejmują mnie razem z moimi rękami, żandarm młodszy krzyczy, za drzwiami wyje Jureczek.

— Mamo, mamo, mamo, mamo! — krzyczy, przerażony.

Żandarm starszy cały jest pogardą. Mną gardzi. Nie gardzi Peszkowskim, nie gardzi kobietą, którą uderzył, ale mną — owszem.

A czy wiesz, Kosteczku, co będzie dalej?

Wiesz.

— Raus hier, raus, ihr Schweine!* — krzyczy Hela, wstając.

* (niem.) Wynoście się stąd, świnie!

— Raus! — potwierdzasz.

Więc żandarmi potwierdzają, tak, raus, skoro raus to raus, wychodzimy, wychodzimy, idziemy, czemu nie, oczywiście to całkowicie nie ma sensu, przyszliśmy, poszarpaliśmy, wyszliśmy, ale czy świat rozkazów i obowiązków ma jakikolwiek sens? Zwykle nie ma, więc idziemy, a jakże, karabiny pogardliwie na ramię i idziemy. I ja też idę.

Już na ulicy Podwale odprawiam ich. Odchodzą i tak bardzo tobą gardzą i ta pogarda dotrze wyżej, opowiedzą o tym, co się wydarzyło, opowiedzą jakiemuś swojemu oficerowi albo feldweblowi, on przekaże dalej, a pogarda zawarta w pogardliwych uśmiechach i pogardliwych spojrzeniach, pogarda wobec ciebie przepływać będzie z człowieka na człowieka razem z tą relacją, jak mikrob jakiejś zarazy, każdy kolejny referent tych słów będzie powtarzał to samo pogardliwe wydęcie ust i spojrzenie, aż w końcu trafi do twojej matki, Kosteczku, do Orlicy, a od niej wróci do ciebie, zwielokrotnione, wzrastające wykładniczo przy każdym nosicielu, wróci do ciebie ta pogarda żandarmów wielka jak niemiecki pancernik, a zaczęła się mała jak bagnet u boku żandarma. I co możesz zrobić, nic nie możesz zrobić, mógłbyś ją zdusić w zarodku, gdybyś ich teraz obydwu zabił, lecz nie masz nawet broni.

I stoję sam.

Dobry panie boże czarny boże, co ze mną będzie?

Wiesz, co będzie.

Zabiją cię. Zastrzelą, ziarno tego zabójstwa już złożone w ziemi, teraz je ktoś podleje, ono wykiełkuje i będzie żyć, rozkwitnie w trujące pnącze, które w końcu cię dotknie i zabije.

Ale nie myśl o tym, mój kochany, nie myśl, za wiele myślisz, żyj, po prostu żyj, bezmyślnie żyj.

Idę. Nie widzę miasta. Widzę ludzi, albo raczej ich cienie, Polaków, Żydów, Niemców, a przede wszystkim tych, którzy mogą być każdym: bo czasem widać, na pierwszy rzut oka: oto

Niemiec, oto Polak, oto Żyd. Ale ten pan w brązowym garniturze i w jasnym prochowcu i kapeluszu dostatnim, czy jest to Polak, na którym społeczna degradacja nie odcisnęła jeszcze swego piętna, czy jest to raczej zasobny Niemiec, urzędnik albo tajny agent policyjny, albo człowiek interesu, czy jest to może zasymilowany Żyd, bo przecież i wśród Żydów na kogoś o tak rosłej postawie można trafić, czy Rosjanin biały, czy może raczej agent bolszewicki, czy Węgier, czy może Fin?

Ale przecież i w mundurze niemieckim nie trzeba być Niemcem. Nie trzeba, Kosteczku, nie trzeba, tylko się nie denerwuj, idź, po prostu idź, do godziny policyjnej jeszcze daleko, poza tym masz przecież niemieckie papiery, nikt ci krzywdy nie wyrządzi. Idź.

Bruk, bruk zerwany, błoto, wyrwy po bombach, wyrwy zasypane, Żydek z łopatą szufluje piach aż miło, ryksza improwizowana, wóz-tramwaj, stoisko z papierosami własnoręcznie zwijanymi, obwieszczenie, że sprzedaż papierosów fabrycznych i własnoręcznie zwijanych jest najsurowiej wzbronioną, niemiecki patrol patrzy na mnie pogardliwie.

I nie wiem, czy mam się cieszyć tą pogardą, bo patrzą na mnie jak na Polaka, czy mam się nią martwić, chciałbym przecież powiedzieć im: Mistkerle! Ich bin ein genauso guter Deutscher wie ihr, ein noch besserer als ihr! Mein Vater ist Graf, Ritter, Kriegsheld und wer sind eure Väter, ihr Arschlöcher?*

Dziury w dupie.

Moja dziura w dupie pali. Popuściłem trochę ze wzburzenia i pali, paprykarz żmudnie przedarł się przez układ pokarmowy i jego ostrość żre teraz delikatny naskórek dookoła odbytu.

* (niem.) Łajdaki! Jestem tak samo dobrym Niemcem jak wy, lepszym niż wy! Mój ojciec jest hrabią, rycerzem, bohaterem wojennym, a wasi ojcowi niby kim są, dupki jedne!

Trzeba pójść do domu, umyć się, zrobić z sobą cokolwiek. Idę, wzrok wbity w ziemię, idę przez galerię brudnych butów. Ponieważ jest wojna, to większość niewypastowana. Wojna, nawet skończona, zwalnia z pastowania. A więc brązowe wiedenki pod szarymi spodniami minęły mnie szybkim krokiem. Dalej trzewiczki wiązane, odpowiednie dla służącej, nad nimi pończocha gruba i biedna, oczko poszło już dość dawno temu. Dalej czarne lotniki, brudne bardzo i stare i z fabryki, nie od szewca. Dalej but turystyczny, narciarski, pewnie wybiera się dumnie za granicę, walczyć za Polskę, nad nim skarpeta w kratę, nad nią pumpy, wyżej nie patrzę, aż nagle z wysoka spada bomba śliny i spada mi pod nogi, więc pewnie ktoś mię rozpoznał i tak sobie splunął odważnie, ale nie podniosłem wzroku, acz krata skarpet i kolor pumpów sugeruje mi parę nazwisk, ale nie chcę o nich myśleć, dalej znowu wiedenki marne, potem trzewiki bezkształtne męskie rozczłapane popękane, na sznurówkach gruzełki, węzełki, zimy te buty nie przetrwają, ilekolwiek by ich zelować, dalej kobiece czółenka bardzo śliczne, acz powalane, nóżka nad nimi niczego sobie, ale wzroku nie podnoszę wyżej kolan, kolana za spódnicą, bom nie w nastroju, dalej, buty, buty, opony rowerowe, kopyta końskie, opony samochodowe, wzór poszarpanego, pozrywanego bruku, przecięte linie torów tramwajowych i buty, buty, buty, nie podnoszę wzroku, ulice i place i znowu ulice, godzina, długo, nogi bolą, nie podnoszę wzroku, nawiguję po mieście na pamięć, ale nie gubię się, aż w końcu mój róg, Puławska, Madalińskiego, klatka schodowa czekoladowa, dzwoni, po schodach, dzwoni, drzwi, dzwoni, mieszkanie, drzwi za sobą zamykam, dzwoni, dzwoni.

— Jacek? — pytam w szarość mieszkania. — Iga?

Cisza. Przestało dzwonić. Poszli sobie. Dzwoni znowu. Oczywiście, że sobie poszli, na cóż mieliby tu czekać. Dzwoni.

Siadłem w kuchni, przy stole. Co to w kieszeni?

Konik Jureczka. I dżygit. Nie dałem mu go, bo kiedy miałem dać?

Postawiłem na stole konika. Posadziłem dżygita w siodle. Dzwoni. Jedź, dżygicie, prowadź swojego kaukaskiego konika, ze stołu hop na krzesło, z krzesła hop na podłogę, po schodach, na ulicę, Madalińskiego, Puławska i w górę, place rozgwieżdżone i Marszałkowska pod drewnianymi kopytkami, aż w końcu dojedziesz na Podwale i do mojego Jureczka, ależ się ucieszy chłopczyk.

Dlaczego nie dałem mu konika?

— Halo! — wrzasnąłem do słuchawki.

Kiedy odebrałem telefon, tego nie wiem, nie przypominam sobie, nie pamiętam, żebym odbierał, siedziałem przy stole, a nagle ryknąłem do słuchawki.

— Pięćdziesiąt Siedem? — pyta Inżynier.

— Sześć... — prostuję odruchowo.

— Tak, tak. Bądź jutro w mieszkaniu na Zbawiciela. Rano. Czwarta trzydzieści.

Koniec. Już nie dzwoni. Nastawiłeś budzik, posłusznie nastawiłeś budzik, bo w tym posłuszeństwie chcesz znaleźć ukojenie, godność i człowieczeństwo, a nie ma człowieczeństwa.

W ubraniu, w butach, z konikiem w jednej dłoni i z dżygitem w drugiej położyłeś się spać. Mój biedny, mój drogi, mój miły, śmieszny, marny, mały Konstanty.

ROZDZIAŁ IX

Dzwoni. Budzik. Ciemno. Co?

Na plac Zbawiciela. Do Inżyniera.

Z łóżka. Łazienka. Światło? Jest. Woda? Jest. Ciepła? Tak. Golenie: gorąca, olejek, piana, żyletka, piana, żyletka, woda zimna po goleniu, ałunem zacięcie pod nosem, wredne zacięcie pod nosem. Toaleta ogólna. Proszek do zębów? Jest. Szczotką. Brylantyna? Nie. Szczotką. Włosy przygładzić. W lustrze — nienawiść.

Kuchnia. Jedzenia — nie ma. Zegarek? Już czas.

Ubranie. Płaszcz.

Nie myśleć. Drzwi — na klucz.

Po schodach. W dół.

Na ulicy policyjna godzina. Dnia — nie ma.

Piechotą. Ulice i place. Latarnie — nie.

A zanim dotrzesz do mieszkania Łubieńskiej, kurczowo zaciskasz oczy: nie widzieć świata, nie widzieć ludzi, podajesz swoją nową Kennkarte żołnierzowi z patrolu, żołnierz uprzejmie salutuje i coś mówi, ostrzega życzliwie, ale nie słuchasz, on odchodzi, a ja za tobą, Kosteczku, zawsze za tobą, nawet wtedy, kiedy idziesz taki potrzaskany, taki rozsypany jak dziś, kiedy idziesz taki słaby, głupi i zły jak dzisiaj, kiedy myśleć potrafisz tylko o nadziei na coś, ale na co, na co w ogóle jeszcze masz nadzieję, Kosteczku, że coś się poukłada, teraz, po tym, co się stało?

Nie wiesz tego, mój kochany, ale pewne sprawy już się dzieją.

Pojawiła się już pewna dynamika wydarzeń, której jeszcze nikt nie zna, bo dzieje się ona teraz po raz pierwszy i ludzie w nią wprzęgnięci nie wiedzą jeszcze, że poruszają się wewnątrz bardzo konkretnej formy, być może zdaje im się, że działają sami, działają, bo tak chcą, bo tak pragną, bo tak trzeba. Nie wiedzą, że to moje siostry nimi kierują.

Ta konkretna dynamika rządzić będzie w tym mieście jeszcze przez dobre pięć lat, Kosteczku, i w końcu zaczną ją dostrzegać, przynajmniej niektórzy, ale czy to będzie znaczyło, że widząc ją, potrafią ją pokonać? Sprzeciwić się jej?

Nie.

Więc teraz Hela, po całej nocy przeszlochanej, gotuje owsiankę dla Jureczka, patrzy na swojego syna i myśli o tym, że cię jednocześnie kocha i nienawidzi, że nie wie, kim jesteś, jest chwiejna, waha się, bo zna twoją słabość, Hela wie, że nie jesteś silny, Hela wie, że jesteś jak trawa na wietrze, ona wie. Więc próbuje myśleć o tobie jak o Wallenrodzie, ale nie potrafi w tym obrazie zmieścić żandarma, który ją uderzył, i kiedy wraca do piekącego śladu na swojej twarzy, to przypomina sobie twój nienaganny, wiedeński akcent, kiedy mówisz po niemiecku. Przypomina sobie to, jak bardzo starałeś się być Polakiem. Tak bardzo.

Ach, gdyby opowiedziała o tych wątpliwościach swojemu ojcu, czy to by coś zmieniło? Czy zawahałby się w zamiarze, który już w nim się zasiał i już zakiełkował i już pnie się ku górze, powoli, ale niechybnie?

Mógłby się zawahać; nie wiem, pozostaje to dla mnie ciemnym, bo w końcu Hela uznała, że jej wątpliwości pozostaną tylko jej wątpliwościami, że tajemnica, którą mężowi przyrzekła, jest ważniejszą od tego, czy czuje się spokojną, więc milczy.

Obok zaś, w kuchni, siedzi stary Peszkowski z pękniętą, prowizorycznie opatrzoną szczęką, siedzi, milczy i czasem tylko gładzi jasną główkę swojego wnuka. I myśli eugenicznie, ile twojej parszywej germańskiej bękarciej krwi płynie w Jureczku, w jego Jureczku, który nie zna słowa po niemiecku. Przecież nie wierzą w krew endecy, nic o krwi nie było w „Prosto z Mostu", ani u Mosdorfa, ani u Dobraczyńskiego, ani u pana Romana, mówi sobie, naród to wspólnota kultury, historii i ziemi, nie krwi, czy Mosdorf to jest polskie nazwisko? Jest Mosdorf, może być i Willemann. Jeszcze dziadek Mosdorfa był zwykłym lutrem, a młody — ho, ho! Więc krew nieważna, mówi sobie stary Peszkowski, krew nieistotna, ważne wychowanie, ważna kultura, a jaki on, łajdak Willemann, miał wpływ na wychowanie Jureczka, żadnego wpływu nie miał, Peszkowski wie dobrze, czym się Willemann zajmował przed wojną, żadnej pracy, niczego z siebie nie dawał społeczeństwu, tylko kurwy i kawiarnie, wódka i narkotyki, byłby przynajmniej tworzył cokolwiek, ale te jego nieudolne rysunki nie były nic warte, w domu go nie było i zdradzał, zdradzał jego piękną córkę higieniczną eugeniczną, z kurwami zdradzał, wszyscy wiedzieli, tylko ona nie wiedziała, ale Jureczka nie wychowywał, Jureczek jest ich, kto ty jesteś Polak mały jaki znak twój czym zdobyta twą ojczyzną krwią i blizną kocham szczerze w Polskę wierzę.

Więc siedzi i myśli, patrzy na wnuka, patrzy na posiniaczoną twarz córki i rośnie w nim pewna szczególna nienawiść, która jest zbyt mądra i zbyt spokojna, żeby szukać ujścia w nierozsądnych wybuchach.

Więc Peszkowski nie wali pięścią w stół, nie tłucze talerzy, nie chwyta noża i nie biegnie do domu z czekolady w poszukiwaniu ciebie, Peszkowski gładzi jasną główkę Jureczka Willemanna i patrzy na twarz Heleny Willemann z domu

Peszkowskiej, a jest ona dla niego wcieleniem Polski, spłodził ją ze swoją żoną, która prawie nie istnieje, i stworzył ją całą tak, jak stworzył swoją Polskę, i Helena Willemann jest Polską naprawdę, nie jest jej alegorią, jest jej wcieleniem, Polska w niej jest tak, jak Chrystus jest obecny w Eucharystii, chociaż przecież stary Peszkowski nie wierzy w Chrystusa, wcale nie wierzy, nie z tego pokolenia jest stary Peszkowski, Peszkowski wierzy tylko w Polskę, bo jego endeckość jest nowoczesnością, cóż, że postarzałą nieco, więc myśli o swojej młodości wiele i patrzy, patrzy na ślad żandarmskiej ręki na twarzy swojej córki-Polski i rośnie w nim mądra nienawiść.

Więc w końcu wstaje Peszkowski i sięga po telefon, jednak telefon nie działa. Więc spogląda na zegarek i uznaje, że już czas, więc mówi Heli, że wychodzi, a ona pyta, czy lekarza nie trzeba by najpierw, ale stary o lekarzu słyszeć nawet nie chce, ciało ma poddawać się jego żelaznej woli, więc odziewa się, przypina kołnierzyk do koszuli, wiąże krawat, zapina spinką, zakłada kamizelkę, ściąga nawet z nadgarstka zegarek naręczny i do kieszonki wpuszcza pamiątkową złotą cebulę, dla wieloletniego, na dwudziestopięciolecie, z wyrazami szacunku, Roman Dmowski. I marynarka, szarpie za klapy, żeby dobrze leżały, a jakże inaczej odziewa się ten mieszaniec znikąd! Willemann odziewa się demonstracyjnie, Peszkowski chce być ubrany właściwie. Nie zależy mu na tym, aby być pięknym. Zagadnienia męskiego piękna nie interesują Peszkowskiego. Nie przejmuje się w ogóle tym, jak jego strój jawi się estetycznie, ubranie ma być czystym, odprasowanym i dostosowanym do sytuacji, strój ma być odpowiednim: do pozycji społecznej, sytuacji społecznej, ubranie jest mundurem cywila, więc Peszkowski teraz zapina guziki swojego munduru cywilnego, zakłada palto, zapina palto i wychodzi w Warszawę, której nigdy nie polubił, bo jest dla niego miejskim ucieleśnieniem wszystkiego tego, czego nienawidzi w Polsce, bo przecież Peszkowski kocha Polskę miłością pana Romana, a więc nienawidzi tej, która jest, a kocha tylko tę, która być może, jeśli stworzą ją tacy ludzie jak on, ludzie o woli ze stali, o woli wytrenowanej tysiącem małych treningów i wyrzeczeń, wstawanie zbyt wcześnie, prysznic za zimny, jedzenia za mało, uczuć nie okazywać, milczeć, kiedy chce się mówić, upokorzenia znosić w milczeniu i upokorzeń nigdy nie zapominać, kobietom nie oddawać serca, serca w ogóle nie mieć najlepiej. Kolegami z partii też pogardza, bo nawet nie próbują być tacy.

I nie myśli o Warszawie Peszkowski lepiej, bo widzi już zalążki tego, czym miasto to stanie się na nadchodzące cztery lata, aż zniknie. Widzi, jak kohabitować będzie z Niemcami, jednocześnie spalając się w walce, i wie, wie, bo Peszkowski jest bardzo mądry, więc wie, że tak to już teraz będzie, niepotrzebne kurewstwo i bohaterstwo niepotrzebne, i wie nawet, że właśnie on, poznański endek i higienista, rychło stanie się tego bezsensu nieodłączną, immanentną częścią.

I kiedy idzie przez miasto, to mijacie się w odległości wcale niedalekiej, bo kiedy ty idziesz Puławską ku Zbawicielowi, to on jedzie na wozie, trzymając ręce na kolanach, jedzie z robotnikami z północy na południe, tyle że bliżej Wisły.

W końcu dociera do mieszkania, do którego zmierzał, dzwoni do drzwi i zostaje mu otworzone, zapraszają do środka, częstują herbatą i sadzają na fotelu przy okrągłym stole przykrytym serwetą koronkową i pytają o cel wizyty, a ten, który go pyta, zdaje sobie sprawę, że stary Peszkowski nie przyszedłby, gdyby nie miał ku temu przyjściu powodu, a więc słucha z tym większą uwagą. Znają się od dawna, jeszcze z wojny bolszewickiej.

A kto słucha?

Słucha ten, kto ma po co słuchać, Kosteczku, i gdybyś tylko wiedział, kto słucha, drżałbyś.

Słucha ktoś, kto ma wielkie nazwisko, znasz to nazwisko, a niedawno do nazwiska dodał sobie szereg pseudonimów, a oprócz pseudonimów jeszcze funkcję w organizacji, która na razie nazywa się Służba Zwycięstwu Polski, ale zniknie już niedługo, za trzy tygodnie zniknie, poszybuje do Paryża i zniknie, bo zły wódz dowiedział się o niej przed dobrym wodzem o ptasim nazwisku, więc w Paryżu zostanie rozwiązaną, a na jej miejsce powstanie organizacja o nazwie groźniejszej, Związek Walki Zbrojnej, ale nierozpoznanej jeszcze przez jej przedmioty, dynamice wydarzeń jest to obojętne. Nie interesują jej nazwy i stanowiska, interesuje ją tylko łańcuch niewypowiedzianych powinności, przekazywanych spojrzeniami, przekazywanych wspólną ich świadomością, uściskami rąk, i nikt nie podejmuje decyzji, decyzja podejmuje się sama, na długo przed tym, zanim ktoś ku temu uprawniony podpisze jakiś papier, będący tej decyzji formalnym wyrazem.

Więc stary Peszkowski mówi. Sieje. Ten, który słucha, ufa Peszkowskiemu. Ufa mu od dawna, od dwudziestu lat. A Peszkowski mówi.

Oto jest człowiek, Konstanty Willemann, czyli ty, Kostecz-ku. Oto jest on pół-Niemcem, a może i całym Niemcem, bo kto tam wie, jak liczyć jego matkę, co i tak lepiej po niemiecku niż po polsku mówi. Otóż człowiek ten zbałamucił mu córkę i ledwie udało się go zmusić do małżeństwa.

I zarówno ten, co mówi, jak i ten, co słucha, wiedzą, że to nieprawda, że nikt tam wtedy nikogo nie bałamucił, ale logika historji wymaga takich małych kłamstw, aby historia, stanowiąca kiełkujący zarodek dynamiki, o której mówię, była prawdziwą. A więc Peszkowski czyni swoje ziarno bardziej pulchnym, gotowym do kiełkowania przez te małe kłamstwa.

Tak, oczywiście wspomni o tym, żeś walczył przez cały wrzesień, wspomni o tym w tonie rzekomo neutralnym, co nawet wzmocni jego wypowiedź, bo nada jej pozory bezstronności, owszem, walczył i tyle, nawet order dostał, ale samym tonem głosu, timbrem tegoż podda to w delikatną wątpliwość, a delikatna wątpliwość jest równie dobra w takiej sytuacji, jak całkowita negacja, więc dostał order, ale jak go dostał, za co mu go dali, mało to słyszy się opowieści o tym, za co dają ordery niektórym?

A potem powie, jak zdezerterowałeś przed kapitulacją. Czasem oprócz małych kłamstw, czasem obok wątpliwości równie dobrych jak całkowite negacje, historie takie kiełkujące potrzebują kłamstw potężnych, powiedziałbyś, Kosteczku: wierutnych. Byle to kłamstwo wierutne, potężne jakoś odlegle odnosiło się do tego, co było. Więc czyś naprawdę odszedł z jednostki przed kapitulacją? Tak. I tyle wystarczy, bo reszta to interpretacja.

A po co? Bo twoja narodowa transgresja musi mieć bardzo konkretną dramaturgię, a więc zaprzaństwo nie może pojawić się nagle deus ex machina, strzelba musi zawisnąć na ścianie odpowiednio wcześniej, nawet jeśli powiesi się ją tam post factum.

Peszkowski tego wszystkiego nie wie, ale instynktownie wyczuwa. Wyczuwa, ponieważ jest we władzy mojej siostry, ona nim kieruje, to ona wie, co czynić, aby ziarno to zasiane w generale ze Służby Zwycięstwu Polski stukrotny dało plon.

Więc mówi tak, jak trzeba, z koniecznym dramatyzmem, i w końcu dochodzi do sedna. To, że widziano cię, Kosteczku, w Klubie Niemieckim, to, żeś przyjął kenkartę, to przecież nic, to zbrodnia, ale taka, którą generał jedynie zapisałby w rejestrze zbrodni do ukarania, kiedy już zwycięstwu Polski dość się przysłużą i to również będzie wzorzec, według którego układać się będą kolejne cztery lata.

Ale to nie o tę dynamikę chodzi. Więc teraz z suchych higienicznych wyproszkowanych niepalących i niepijących ust Peszkowskiego pada to, co decyduje o wszystkim, puenta: oto przychodzisz do ich domu z żandarmami, oto nakazujesz żandarmom pastwić się nad twoją polską żoną, oto z rozkoszą przyglądasz się, jak żandarmi kolbami biją twojego polskiego teścia, a wszystko to po to, aby polskie dziecię wydrzeć z rąk matczynych, wszystko po to, by je zabrać i uczynić niemieckim.

— A czy go zabrano? — pyta generał, który będzie następną po Peszkowskim sekwencją tej dynamiki.

Peszkowski odpowiada, że nie zabrano, że matka własną piersią zagrodziła. To ważne, ta pierś, pierś ma znaczenie nie tylko macierzyńskie, ale i erotyczne, a patriotyczna historia, co się pomsty domaga, nie może obyć się bez elementu erotycznego. Więc matka dziecię własną piersią zasłoniła, ciągnie Peszkowski, a ty, kompletny degenerat, ty, Kosteczku, byś zapewne pogwałcił także jej ciało i życie, ale za wiele było tego złego dla prostych żandarmów, którzy są co prawda Niemcami, ale jakimś cudem mimo bycia Niemcami nie stracili tej najprostszej, najniższej przyzwoitości prostego człowieka, która nie pozwala krzywdzić matki na oczach jej dziecięcia i oni, Niemcy, nie spełnili twoich nienawistnych rozkazów i wyszli, nie zabrawszy dziecięcia na zmarnowanie, zostawili je przy matce. Tak to człowieczeństwo, które tli się przecież w każdym prostym człowieku, wygrało w nich z niemieckim barbarzyństwem.

Generał słucha. Generał nie ma munduru, generał z dumą nosi cywilne ubranie, które nań nie pasuje, zbyt obszerną marynarkę, zbyt krótkie spodnie. Generał jest przystojnym, spokojnym mężczyzną. Generał nie jest endekiem, generał z endekami nie ma nic wspólnego. Generał był w PPS-Frakcji Rewolucyjnej. Generał nosił odznakę „Parasol" na mundurze. Generał był legionistą, chociaż w przeciwieństwie do większości swoich późniejszych kolegów, legionowych polityków, generał miał pewne, chociaż ograniczone pojęcie o wojsku, bo generał ukończył austriacki kurs oficerów rezerwy.

Generał jest również wysoko wtajemniczonym masonem. Generał jest też księdzem Liberalnego Kościoła Katolickiego i chociaż wcale w to nie wierzy i tego nie wie, to święcenia, które przyjął z ręki anglikańskiego księdza, z ciekawości, trochę dla hecy, trochę dla artystycznej prowokacji, te święcenia wycisnęły na nim piętno, unosi się nad nim szara, kapłańska mgła, generał, chociaż tego nie wie, jest otwarty na takie jak ja, na mój świat. Może dlatego generał tak dobrze rozumie moją siostrę.

— Tam za ścianą mieszka czterech z Geheime Staatspolizei — mówi z bardzo lwowskim akcentem. Ale oczywiście nie jak baciar, generał jest szlachcicem, a nie lwowskim zabijaką. Zabijaką był Tumanowicz, któremu wyciągnąłeś oko, i o tym oku również bardzo silnie nie myślisz teraz, kiedy idziesz Marszałkowską, tak niedaleko, ulice i place i tektura i karteczki i kramy i buty, buty.

— Tam za ścianą mieszka czterech z Geheime Staatspolizei — mówi generał do Peszkowskiego, kiedy ty tak sobie idziesz na Mokotów. — Jeden był chory na grypę, ale oni nie mogą się leczyć u polskich lekarzy, a niemieckich jeszcze nie sprowadzili. Wyleczyłem go, a za milczenie, o proszę, dostałem karburator do chevroleta, bez którego byśmy auta nie uruchomili.

Stary Peszkowski słucha, kiwając głową, z niezbyt zainteresowaną uprzejmością, ogląda gaźnik, jakby to była jakaś ciekawostka, popija trochę herbaty, herbata podana w cienkiej, przezroczystej porcelanie, wzór oczek na nicianej koronce serwety jak mandala, której nie da się zetrzeć, której wiatr nie rozsypie, ale ogień tak.

Pan generał, chociaż piłsudczyk, sanator i w ogóle świnia, to przecież Polak, Polak to coś znaczy, szczególnie teraz, zwłaszcza teraz, nienawiść Peszkowskiego do ciebie, Kostecz-ku, jest silniejsza niż nienawiść do piłsudczyków, sanatorów i tym podobnych świń, którzy od zamachu majowego rozsiedli się tłustymi, masońskimi dupami na Polsce. Peszkowski wie, że generał jest masonem, ale to też już nieważne.

Peszkowski ufa generałowi. To też już nieważne.

Ważne, że dzieje się już, co ma się dziać, ważne, że dynamika wydarzeń już działa. Bo generał już usłyszał, co miał usłyszeć. Już nie może tego pozostawić samemu sobie. Bo jaką by mu to wystawiało cenzurkę, gdyby tak jawnego aktu gwałtu na polskości nie próbował przynajmniej ukarać?

I nawet kiedy kurier z Paryża przyniesie generałowi wyrok za bycie sanatorem, lub raczej „sanacyjną świnią", jak wolałby Peszkowski, tylko sformułowany inaczej, i zlikwiduje Służbę i na jej miejsce powoła Związek, w którym generał będzie odpowiadał za okręg lwowski, to nieubłagana konsekwencja wydarzeń już się dokona i ustali na te pięć lat, które są jeszcze przed wami. Generał wyjedzie za kordon, do sowieckiego Lwowa, ale co się miało stać, to już się stanie.

Peszkowski wstaje znad herbaty i serwety, ściskają sobie ręce, endecki pałkarz i sanacyjna świnia, Polak z Polakiem, i już się rozchodzą, już Peszkowski wraca na Stare Miasto do nowego domu, do mieszkania w modernistycznej kamienicy, prostej i skromnej, a generał zajmuje się już swoimi sprawami, kłania się słońcu, którego nie widać, siada do pracy i sprawy się toczą.

Jeszcze nie odcisnęły się na papierze, maszyna, która powstanie zbudowana na barkach mojej siostry, jeszcze nie ma swoich pieczęci i podpisów, ale wzbogaci się o pieczęcie i podpisy niedługo, niedługo wszystko będzie miała i wtedy twoje nazwisko z przedrostkiem kanalia odciśnie się na papierze i papiery rozpoczną swoją wędrówkę, potem będzie teatrzyk i proces, potem będzie wyrok i pistolet, który starszy oficer da młodszemu zaraz po tym, jak go zaprzysięgnie, i to będzie dopiero początek wszystkiego, moja siostra nie rozpasła jeszcze swojej żarłoczności, nie połyka jeszcze małych dzieci, więc ten młodszy oficer, który jest lekarzem, włoży pistolet za pasek, w spodnie, zimna lufa blisko chuja, i wyjdzie ci na spotkanie, a jak już będzie po wszystkim, to poczuje taką potrzebę kobiety, że pójdzie na kurwy, chociaż nigdy wcześniej tego nie robił, położy pistolet na stoliku nocnym w lepkim od ludzkich wydzielin pokoju i będzie kopulował z obojętną kurwą, aż wezgłowie metalowego łóżka uderzać będzie o zmurszały tynk, krusząc go po drobince, i osypywać się będą te żółte drobinki na stare podłogowe deski, każda jak jeden ludzki los w naszych, moich rękach. Moich i moich sióstr.

Czy możesz to jakoś zatrzymać, czy możesz cokolwiek zrobić? Oczywiście, tak, mogą zacząć się piętrzyć kontrpapiery z kontrpieczęciami, może zacząć działać Inżynier, wysyłać monity, sprzeciwy, kurierzy do Paryża i z powrotem bez ustanku, oprzeć to się może o instancje najwyższe, sam Sikorski nada papierom i kontrpapierom i pieczęciom i kontrpieczęciom wagę mniejszą lub większą, ale abyś mógł działać, musiałbyś spodziewać się czarnego cienia mojej siostry, który się na ciebie nasuwa, a ty się nie spodziewasz, bo jesteś głupi, nie wiesz nic i się nie dowiesz, kiedy tak idziesz na plac Zbawiciela czarnym świtem czarnego dnia czarnego roku w czarnym kraju i kiedy pniesz się po schodach i kiedy otwiera ci Łubieńska, którą kiedyś obejmie młody mężczyzna ze sztyletem Fairbarn-Sykes w dłoni.

Prowadzi cię do salonu, tam Inżynier w fotelu.

— Pięćdziesiąt Siedem! — cieszy się na twój widok.

Siadacie.

— Nie zaczynajcie beze mnie — krzyknęła z kuchni Dzidzia Rochacewicz.

Krzyknęła i nagle sytuacja zmieniła się całkowicie. Dlaczego jest tutaj Dzidzia Rochacewicz, co ją tutaj sprowadza, dlaczego właśnie ona?

U Inżyniera. U Łubieńskiej.

Cieszysz się, że ona tu jest.

Co w niej było takiego, że się cieszysz, Kosteczku? Ileś ją widział? Ile ci powiedziała? Przecież nic prawie. Co ci z niej przyjdzie? Ja wiem, ty nie wiesz, dlatego ja się frasuję, a ty nie.

Wchodzi z tacą, na tacy dzbanek i filiżanki. Zrywasz się z krzesła, żałosny szarmancie. Dzidzia jest żywą kpiną, żywym szyderstwem w ciele kobiety.

— Zrobiłam herbatę — wygłasza oczywistość z namaszczeniem.

Odkłada tacę na stolik. Siada na fotelu, obok Inżyniera. Niezbyt ładna, ale za to bardzo piękna. Długonosa. Szczupła. Dłonie jak skrzydła jaskółcze. Łubieńska siedzi na kanapie obok.

— Pięćdziesiąt Siedem, pani Dzidzia się u pana zatrzyma. Ma sprawy do załatwienia w Warszawie — mówi promieniejący Inżynier.

Dzidzia się u mnie zatrzyma. Patrzę na nią. Uśmiecha się kpiąco. „Do łóżka z takimi jak ty nie chodzę" — mówi jej uśmiech.

— Tak jest — odpowiedziałem.

— Zwerbowałeś tego doktora? Rostańskiego? — zapytała Łubieńska.

Oskarżycielsko.

Nie odpowiedziałem, spojrzałem pytająco na Inżyniera. Dzidzia zaś spojrzała na mnie z uznaniem. Bo się postawiłem. Taki ze mnie pistolet, nie boję się postawić starej arystokratce.

Inżynier ani nie słyszał pytania Łubieńskiej, ani nie zauważył mojego pytającego spojrzenia.

— Słyszałem o tej aferze u Peszkowskich — powiedział spokojnie.

Nastroszyłem się. Napiąłem. Dzidzia się śmieje, jej długi nos celuje we mnie, jakby wytykała mnie palcem

— Bardzo mnie ucieszyła — ciągnął. — Twoja legenda jako Niemca została teraz całkowicie uwiarygodniona. Nikt nie może mieć wątpliwości.

Wstał z fotela, założył ręce na plecach i zaczął przechadzać się po pokoju, patrząc w przestrzeń, przed siebie.

— A tego potrzebujemy najbardziej. Najbardziej — mówił do wszystkich i do nikogo i do siebie. — Karaszewicz-Tokarzewski organizuje Służbę Zwycięstwu Polski, mają już jakieś kanały do Paryża, ale to wszystko głupstwo, głupstwo. Oni nie rozumieją: Niemcy wygrali wojnę.

Stanął na chwilę przy oknie, patrzył w ciemność, jakby coś w tej ciemności mógł ujrzeć.

— Wygrali — powtórzył. — Nie znaczy to, że mamy się poddać. Ale wygrali. Mościcki nie chciał moich silników, moich ogniw, nic nie chcieli, więc przegrali.

— Wojna nie jest przegraną, póki żyje chociaż jeden Polak, któremu płonie serce — wydeklamowała Łubieńska. — Więc co też pan mówi, panie Stefanie?

— Bzdura, bzdura — wymamrotał Inżynier.

— Słucham pana?!... — żachnęła się gospodyni i nawet wstała z fotela, jakby miała zaraz zażądać od Witkowskiego satysfakcji.

Ale ten nie zwracał na nią uwagi. Wpatrywał się zajadle w ciemność.

— Z Niemcami musimy się dogadać — szepnął w szybę.

— Panie Stefanie — grobowym głosem Łubieńska zmroziła powietrze w pokoju. — Niech pan przestanie, bo to brzmi jak zdrada. Przecież Francja, Anglia...

Inżynier dalej stał, wpatrując się za okno, krótkie palce splatały i rozplatały się na plecach, jakby obracały jednocześnie tuzin różańców.

— Inżynierze! — uniosła się Łubieńska. — Nasz rząd we Francji organizuje wojsko, urzędy, na wiosnę będzie wojna, której Niemcy wygrać nie mogą, bo przecież linia Maginota, flota angielska... Francuzi pójdą na Berlin, Sikorski z nimi. Jak pan może mówić...

— Bardzo szanowną panią proszę! — wrzasnął nagle Witkowski, wcale nie odwróciwszy się od okna. Wszyscy w pokoju podskoczyli jak ukłuci szpilką, tylko Dzidzia pozostała niewzruszona.

— Zdrada, zdrada, tyle potrafią gadać! Taka sama ona jak i tamci, Polskę przesrali, a teraz zdrada, zdrada. Sama jesteś zdrada, cholero! — wyrzucił z siebie szeptem wściekłym i głośnym, tak by Łubieńska mogła udawać, że nie dosłyszała.

Dzidzia zaczęła się śmiać, jak mężczyzna, głośno, odrzucając głowę do tyłu i zaśmiewając się z szeroko otwartymi ustami. Matka kiedyś nie pozwalałaby ci się tak śmiać, ale teraz jej nie ma, Białej Orlicy, więc śmiejesz się razem z Dzidzią, głośno, mocno.

Nie powinienem tak się z nią śmiać, ale się śmieję.

Łubieńska waha się. Mogłaby zrobić scenę, awanturę, wyrzucić nas z mieszkania. To w końcu jej mieszkanie. Ale przecież to zaprzeczyłoby całemu jej zaangażowaniu. Poza tym Inżynier nie wygląda, jakby miał się tak po prostu pozwolić wyrzucić. Więc zamiast tego sama przyłącza się do śmiechu.

Witkowski się nie śmiał.

— Żeby z Niemcami wygrać, musimy się z nimi dogadać. Im szybciej, tym lepiej. Żeby się z nimi dogadać, musimy wiedzieć o nich co najmniej tyle, ile oni wiedzą o nas. Pięćdziesiąt Sześć, ty będziesz naszym głównym atutem. Zyskałeś już nienawiść wszystkich porządnych Polaków i to jest świetne, a teraz jeszcze musisz zyskać ich zaufanie. Ich, to znaczy Niemców.

Łubieńska milczała, ty milczałeś, Dzidzia milczała, i nawet Witkowski nagle zamilkł, więc zrobiło się cicho.

— Musisz znaleźć sposób, aby zdobyć ich zaufanie. A jak zdobędziesz, musisz zyskać jakąś pozycję. Pozycję, która będzie ci dawała realną władzę i wpływy, Pięćdziesiąt Siedem.

— Znam von Moltkego. Ambasadora von Moltkego. Matka mi go przedstawiła — mówisz, sam dziwiąc się swoim słowom.

Łubieńska odwraca się do ściany, zaciskając usta. Teraz jeszcze boi się takich słów, bardzo się boi. Jest to strach uzasadniony: to przez takie słowa i to przez ten nurt zdarzeń, który właśnie obmywa jej nogi, ciało i ducha, i przez to, że z tego nurtu nie wychodzi, nie występuje, to przez to za wiele lat sztylet rozszarpie jej brzuch i macicę, podziurawi nerki i śledzionę.

Ale tego nie wie; mimo to się boi.

— To dobrze, dobrze, z tym ambasadorem. Też poznałem go kiedyś, ale twoja znajomość ważniejsza, cenniejsza, dobrze, dobrze. Z tym się coś zrobi — mówi Witkowski. — Albo może ojciec twój?... Ale z matką twoją, dziwna rzecz...

— Dziwna — zgadzasz się, zrezygnowany.

— Inżynierze — mówi Łubieńska. — Proszę powiedzieć o misji.

— Misja. Oczywiście. Jak już mówiłem, musimy ustalić sobie linię komunikacyjną z Budapesztem. Mam sygnały, że tam powinien już być pułkownik Steifer.

— Kto? — pytam, czyżby naiwnie.

— Steifer. — Witkowski patrzy na mnie badawczo. — Pan nie zna?

— A skądże.

— Rozumiem. No, w każdym razie musi go pan znaleźć. On jest bardzo ustosunkowany. Potrzebuje nas, a my potrzebujemy jego. Trzeba z nim nawiązać kontakt, i to szybko, póki tutaj jeszcze wszystko jest płynne. Pan tam pojedziesz jako Niemiec, oficjalnie, z papierami, skontaktujesz się pan ze Steiferem, a on już będzie miał obmyślone kanały komunikacji kurierskiej przez zieloną granicę, plany, skrzynki kontaktowe i tak dalej, i pan to wszystko nam przywiezie i dzięki temu ustalimy sobie stałą komunikację.

No i cóż możesz zrobić, zgadzasz się po prostu, zgadzasz się, bo co innego ci pozostaje. Budapeszt.

— Pojedziecie z Trzydzieści Trzy...

— Ale ja nie mam niemieckich papierów — protestuje Dzidzia.

— Zrobimy, zrobimy papiery dla pani, zrobimy. Na razie zatrzyma się pani u Pięćdziesiąt Siedem, zrobimy papiery i pojedziecie.

— Tak — powiedziała Dzidzia. — A teraz chyba możemy już iść, prawda?

Powiedziała więc to, czego ja bym się nie odważył powiedzieć.

— Iść? — zdziwił się Inżynier.

— Iść. Stąd iść. Bo tu ponuro — roześmiała się Dzidzia.

Łubieńska żachnęła się, niewerbalnie, ale głośno.

— Zrobię kawę — powiedziała.

— Dla nas nie, bo my idziemy — powiedziała Dzidzia w liczbie mnogiej, która najwyraźniej obejmowała ją i mnie jednocześnie. Mnie nikt nie pytał o zdanie, ale do dobrze, bo ja teraz nie miałem zdania.

Nie miałeś. Dlatego zebraliście się szybko, podałeś Dzidzi palto, założyłeś swoje i najpierw klatka schodowa, po schodach w milczeniu, drzwi wyjściowe i już, już, proszę bardzo, już jesteście na zewnątrz.

Ty i ona. A ona mi się nie podoba, rozumiesz?

Gówno rozumiesz.

Było zimno i wiało i był ranek i był plac Zbawiciela trochę skończoną wojną odmieniony. A ranek był jednocześnie słoneczny i mglisty, słoneczny na górze, mglisty na dole. I było mroźnie, cienki naskórek lodu na kałużach, pierwszy raz w tym roku. Ulicami sunął wiatr, jakby każda z nich była rurą z wielkiej pompy, która tłoczy powietrze z mazowieckich równin i znad Wisły. A kościół był taki jak zwykle, tylko trochę porąbany. Czyli teraz już po prostu taki jak zwykle.

— Napiłabym się kawy. I koniaku — powiedziała Dzidzia.

— Ja nie mam.

Starałem się być oschłym. Dzidzię to bawiło, jak się starałem.

— Ty nie masz. Niesłychane. Do kawiarni chodźmy, głuptaku, są chyba w tym mieście jakieś kawiarnie, prawda? Do Loursa na przykład — śmiała się.

Powiedziała do mnie — albo o mnie — „głuptaku", a ja zamilkłem na chwilę, porażony całkowitą nieadekwatnością tego słowa.

— Do kawiarni nie wolę. Może być awantura.

— Boisz się ich? — zapytała nagle całkiem poważnie.

Odwróciłem się do niej z wściekłością, gotów już wybuchnąć w obronie mojej odwagi męskiej, kiedy zauważyłem w jej spojrzeniu, że pyta o to bez pogardliwej intencji.

— To zrozumiałe. Trudno siedzieć i pić kawę w obliczu kilkudziesięciu nienawistnych gąb — wyjaśniła.

— A ty, Dzidziu... nie boisz się, że siadając ze mną do stolika... że się skompromitujesz?

— Ja się niczego nie boję — odpowiedziała ciągle z tą samą powagą, z jaką zapytała mnie, czy się mogę bać. Bez upokarzającej intencji.

Wierzysz jej, chociaż to nieprawda. Boi się paru spraw, każdy czegoś się boi. Ale według takiej najpopularniejszej miary to rzeczywiście nie boi się niczego, a ty jej wierzysz. A ja wiem: to początek zmiany.

— Wierzę, Dzidziu. Ja jednak nie jestem z takiej gliny ulepiony.

— Jednak chodźmy do Loursa.

— Koniecznie tam? — zapytałem niepewnie.

— Właśnie tak.

Boję się jej, Kosteczku. Boję się tej kobiety z długim nosem, bo jest w niej coś, czego nie potrafię odwrócić na nice, nie potrafię zobaczyć jej środka, nie rozumiem, kim jest.

Boję się jej, boję się tej kobiety z długim nosem. A jednocześnie ufam jej w jakiś dziwny sposób, więc skoro chce iść do Loursa, to pójdziemy.

— Weźmiemy auto — powiedziała Dzidzia.

— Jak to?

— Siakto. Auto weźmiemy, po prostu. Stoi w podwórzu, czemu nie mielibyśmy skorzystać. Masz swoje niemieckie papiery, prawda?

— Inżynier nam da?

— A tam będziemy go pytać. Auto stoi, to weźmiemy.

— A klucze?

Uśmiechnęła się długonoso, sięgnęła do kieszeni i zadzwoniła pęczkiem samochodowych.

— A bagaże?

Wzruszyła ramionami.

— Ja prowadzę — powiedziała, promieniejąc.

Jakoś nie wątpiłem w to ani przez chwilę.

Chwilę później siedzieliśmy już pod brezentowym dachem ciemnozielonego chevroleta. Master De Luxe, kabrio, model z 1937. Dach brązowy, piękny. Dzidzia oczywiście za kierownicą. Koszykową przeskoczyliśmy na Mokotowską, i dalejże!

Dzidzia prowadziła jak na rajdzie.

Nie podoba mi się ta baba, Kosteczku, groźną jest ta baba, Kosteczku, boję się tej baby, Kosteczku, boję się jej długiego nosa.

Na placu Trzech Krzyży zwolniła.

— Co?… — zapytałem.

— Paradis… — rozmarzyła się.

— No tak.

— Bywałeś?…

Czy ty bywałeś, Kosteczku, w Paradisie?

Minęliście plac, chevrolet wjechał w Nowy Świat, powolutku, bez pisku opon i ryku silnika, toczyliście się na dwójce, Dzidzia gapiła się za okno rozmarzona. To było zawsze ważne dla ciebie miejsce, początek Nowego Światu, pod jedynką kupowałeś wino i smakołyki kolonialne, pod względem wina plusem był tam pan Gelbfisch, stary Żyd rodem z Królewca, mający się za Prusaka na wygnaniu w Warszawie, gbur z kwalifikacjami sommeliera, smrodem z ust i nieskończonymi pokładami pogardy do swoich klientów, którym sprzedawał wino z odrazą, jakby sprzedawał obrazy Caravaggia nowobogackim, jakimś ledwo dorobionym baronom naftowym czy węglowym, którzy powieszą je obok oleodruków z jeleniami i świętych obrazków, ale wina miał świetne: francuskie, węgierskie, włoskie, wiedział, co kupuje od pośredników. Więc znosiłeś tę żydowsko-pruską pogardę i kupowałeś wino i szampany, które potem płynęły po ciele Sali i w żołądki twoje i jej i innych kurew, albo w żołądki twoje i Heli i teściów przy obiadach i kolacjach proszonych.

Więc czy bywałeś w Paradisie?

Czy tańczyłeś z kobietami pod eliptycznym otworem w suficie, a z wysokości, z piętra patrzyły te kobiety, z którymi nie tańczyłeś, i zazdrościły twojej danserce, a chodziłeś tam z takimi, z którymi nie chciałeś być widzianym w Adrii czy Oazie, chociaż zachodziliście do grill roomu czasem, na steki, ale w grill roomie było inaczej niż na parkiecie, więc potem często olympią z Teatralnego na Trzech Krzyży, na siedzeniu obok zapłonione dziewczęta, z którymi zwykle nawet nie spałem, chociaż były chętnymi, chętnymi były zawsze.

Nie zawsze, nie zawsze były chętnymi. Często wcale nie były, ale wolałeś myśleć, że zawsze są chętnymi.

Chętnymi czy niechętnymi, jakimi były, jakimi? Jest to ważniejszym niż samo spanie z nimi, ważniejszym jest to, aby kobieta była chętną, niż to, czy tę chęć wykorzystasz, prawda?

Czy to jest ważniejszym, czy nie jest?

— Nie, w Paradisie to raczej nie — odparłeś, Kosteczku, ze wstydu, że jeśli ona mogłaby cię tam widzieć, to musiałbyś się tego wstydzić.

— A ja owszem — rozmarzyła się Dzidzia, właśnie wtedy, kiedy minęliście surową fasadę: trzy kolumny trójdzielnych okien, cztery rzędy, prostokąty, prostokąty.

Kiedy modernistyczna kamienica pod Nowym Światem 3 zniknęła za twoim lewym ramieniem, Kosteczku, ta przerażająca kobieta otworzyła przepustnicę chevroleta, sześć cylindrów ryknęło i poszliście.

— Zabierałam tam różnych moich narzeczonych. Gachów raczej. Takich, z którymi nie chciałam, by mnie w Adrii widziano — krzyknęła.

Już wiesz, czemu ona jest tak straszną, Kosteczku? Ale tobie ona się wcale straszną nie wydaje.

Na skrzyżowanie z Jerozolimskimi i 3 Maja chevrolecik wpadł osiemdziesiąt na godzinę, jęczały resory, ryczał silnik.

Prawie przejechaliście żandarma w gumowanym płaszczu. Na szczęście w komplecie do gumowanego płaszcza miał tylko gwizdek, a zabrakło mu motocykla; zrobił więc użytek z gwizdka, ale cóż mógł więcej, niż wygrażać nam pięścią?

Pod Europejskim Dzidzia zahamowała tak gwałtownie, zablokowane koła zaszurgotały o bruk. Już rozumiesz, głuptaku, dlaczego chciała zabrać samochód, już rozumiesz? Siedzą typy za szybą w Loursie i widzą, jak z fasonem zaparkował chevrolet i myślą: to Niemcy przyjechali.

A tutaj, proszę, wysiada Konstanty Willemann z jakąś flamą.

Ale nie, na razie nie wysiadacie, na razie siedzicie. Dzidzia rozpięła swoją podłużną torebeczkę.

— Masz — podała ci małego, płaskiego colta. — Znasz się na broni?

— Jestem oficerem rezerwy, do cholery — zezłościłeś się.

— Model tysiąc dziewięćset trzy, bezkurkowy, kaliber trzydzieści dwa — odparła, jakby z tego, że jesteś oficerem rezerwy, wynikało, że pojęcia zielonego nie masz, i zaśmiała się, a był to śmiech jak nagroda dla tych, którzy na nią zasłużyli, a dla ciebie jak kara, śmiech jak kubek chłodnej wody po marszu w upalny dzień, ale nie dla ciebie.

— Dobre sobie!... Oficerem rezerwy! — nie przestawała się śmiać.

— A co?!... — zaperzyłeś się. — Dziewiąty pułk ułanów! Biłem się cały wrzesień!

Dzidzia śmiała się tak głośno, że aż zasłaniała twarz dłońmi.

— No dobrze, już dobrze — powiedziała w końcu, ochłonąwszy, oddech odzyskawszy. — Tu masz bezpiecznik, drugi jest automatyczny, w chwycie. Osiem kul w magazynie, ale musisz najpierw nabić, jakbyś chciał strzelać.

Otworzyłeś usta, żeby protestować, tak bardzo byłeś wściekłym, że przecież wiesz, jak obchodzić się z bronią, na kursie rezerwy w Grudziądzu to nawet wygrałeś zawody pistoletowe, i to strzelając z całkiem zużytej parabelki.

Ale śmiech Dzidzi uciszył cię na dobre.

— W spodnie pistolet schowaj. Idziemy.

Więc idziecie. A oni patrzą, jak z chevrolecika wysiada Kostek Willemann z jakąś flamą.

Chociaż nie, jednak nie, wysiada kanalia Willemann z niejaką Rochacewicz, Dzidzią Rochacewicz, jej postać jest im przecież znaną.

— Patrz na nich tak, jakbyś każdemu gęstą śliną w gębę plwał — szepcze Dzidzia do ciebie, ale czy to jest bliski szept, czy niebliski?

Ślinę to raczej przełykasz, wchodzicie. W środku jeszcze niewielu gości, ale gwar jest i ten gwar cichnie, kiedy wchodzicie.

Przecież byle kto do Loursa nie chodzi, a jak nie byle kto, to wiedzą, kim jesteś, znają cię jeszcze sprzed wojny, gogusiu w drogich garniturkach, bon vivancie cudny, kawalerzysto rezerwowy, pijaku, morfinisto, kurwiarzu, znają cię dobrze, wzdychały do ciebie ich żony i córki, a teraz wchodzisz tutaj i śmierdzisz jak Niemiec.

Zasiadacie z Dzidzią przy stoliku, Dzidzia wpatruje się w ciebie, jakby była zakochaną, i ty, przyzwyczajony przecież do tych spojrzeń, nie myśląc, myślisz sobie, czyli nie myślisz, ale zaczynasz czuć jej spojrzenie, jakby była zakochaną, a nie jest przecież, nie jest, głuptaku, Kosteczku głupi, tylko ja jedna cię kocham, tylko moja miłość jest prawdziwą. A ona teraz gra, udaje, bo chce wywołać skandal. A ja sama już nie wiem, co ty wiesz, Kosteczku, a czego nie wiesz. Przy Dzidzi tracę pewność świata, Kosteczku, Dzidzia mnie przeraża.

Podchodzi kelner, sztywny, jakby go wytłoczyli z blachy. Zamawiacie: dwie kawy, dwa koniaki, dwa ciastka. Nie ma ciastek. No to bez ciastek. Koniaku nie ma. No to dwie wódki. Wódka jest. Dwie wódki, dwie kawy. Czterdzieści złotych. Drogo.

Siedzicie. Dzidzia patrzy na ciebie takim wzrokiem nieprawdziwym, jakim już na ciebie patrzeć nigdy nie będzie, bo to oczywiście na potrzeby przedstawienia tylko.

Nachyla się do ciebie i szepcze ci do ucha, jakby szeptała miłosne wyznanie. Mogłaby wyszeptać: pożądam cię. Albo, zważywszy, że to Dzidzia, a nie jakaś niewyrżnięta cnotka, mogłaby wyszeptać: chcę cię mieć w sobie. Albo: chcę, żebyś włożył we mnie język.

Ale Dzidzia szepcze:

— Teraz któryś z nich, najpewniej ten w kraciastej marynareczce, wstanie i poinformuje mnie dyskretnie, z kim mam do czynienia.

Za Dzidzią szura krzesło. Znany ci z twarzy, ale nie z nazwiska poroborek w kraciastej marynareczce i w pumpach, podkolanówkach i butach narciarskich, tak odziany właśnie wstaje, nieco przestraszony, zdetonowany nieco, ale zdeterminowany, i podchodzi powoli do waszego stolika. Mierzy cię spojrzeniem, które w zamyśle ma być strasznym, to jest marszczy brwi i mruży oczy, jak widział na kowbojskich filmach z Tomem Miksem, i ma to być takie spojrzenie, jakie nie wywołuje konfrontacji, ale ogłasza, że spoglądający się jej nie boi ani nie wyklucza. Co jest ogólnie raczej śmiesznym.

Więc podchodzi, nachyla się do Dzidzi Rochacewicz zza jej pleców i coś szepcze jej do ucha.

Nie słyszysz dokładnie, ale ja słyszę, słyszę dobrze.

— Panienka na pewno nie zdaje sobie sprawy, ale ta kanalia, z którą panienka siedzi przy stoliku, to zdrajca, zaprzaniec, zaparł się polskości i został Niemcem.

Dzidzia śmieje się i oczami daje ci znak.

Nie wiesz dokładnie, o co jej chodzi, ale przecież nie przez przypadek dała ci pistolet, który teraz uwiera cię w pachwinę. Więc unosisz się trochę z krzesła, poroborek w kraciastej marynarce napina się, jakby szykował się do mordobicia, ale ty uniosłeś się tylko po to, by wyciągnąć colta ze spodni. Wyciągasz więc, ciągniesz do tyłu suwadło i wraca z trzaskiem, pistolet nabity. Rękę z pistoletem trzymasz przed sobą. Poroborkowi rozszerzają się oczy z przerażenia i wycofuje się powoli, krok po kroku, wycofuje się do swojego stolika. Dzidzia rzuca ci się na szyję. Bawi się znakomicie, czy ciebie to nie przeraża, że ona tak znakomicie się tym bawi, Kosteczku, powinno cię to przerażać, głupcze, który nie wiesz, kto cię naprawdę kocha, a kto jest twoim wrogiem, głupcze, nic nie wiesz. Przecież ona nie powinna się tak dobrze bawić, przecież powinno ją martwić, że wezmą ją za niemiecką kurwę, że zaczną gadać, tymczasem ona się doskonale bawi, a nie powinna.

Ty nie masz pojęcia, po co to robi, ale nawet się nad tym nie zastanawiasz, a ja się zastanawiam, bardzo się zastanawiam.

Kładziesz pistolecik na stole. Kelner przynosi dwie kawy i dwie wódki, z wyszukaną starannością kładzie je obok pistoletu. Pijecie.

W knajpie panuje milczenie, lecz nie cisza; robi się głośno, szurają krzesła, bo ludzie wstają od stolików, zakładają kapoty, kurtki i płaszcze i wychodzą. Ale dlaczego wychodzą, Kosteczku, czyżby wychodzili, aby okazać ci towarzyski bojkot, aby cię sabotować, aby okazać ci wstręt?

Nie, Kosteczku, oni wychodzą, bo się ciebie boją. Boją się pistoletu, boją się władzy, którą mieć musisz, skoro nie trwożysz się wyjąć pistolet w kawiarni i trzasnąć nim o blat. Władzy, którą posiadasz nad nimi.

Oni nie wiedzą, że to Dzidzia włada tobą. W przedziwny sposób tobą włada, niebezpośrednio, jak Orlica albo Inżynier.

I teraz Dzidzia nie przestaje śmiać się rozkosznie, cudownie, dla ciebie. Wychodzą. Boją się. A tobie chuj wypycha spodnie, nie z powodu Dzidzi, tylko dlatego, że oni się boją. Wypijasz wódkę, Kosteczku, bo co masz robić? Wypijasz wódkę, a potem wypijasz kawę i u Loursa jest już pusto.

A kiedy u Loursa jest już pusto, spojrzenie Dzidzi zmienia się: Dzidzia Rochacewicz już nie udaje zakochanej Dzidzi Rochacewicz, Dzidzia Rochacewicz jest już po prostu Dzidzią i patrzy na ciebie, Kosteczku, tak jak patrzyła w Krakowie i jak patrzyła u Łubieńskiej, po prostu patrzy Dzidziowym spojrzeniem, w którym jest, owszem, sympatia i jest też dystans i kpina i pobłażliwość i oschłość jednocześnie.

— Będziesz potrzebował porządnych papierów. Sama Kennkarte nie wystarczy — mówi.

Przecież wiem. Wiem, że będę potrzebował porządnych papierów, i nawet wiem gdzie, jak je mogę zdobyć. I to nawet nie będzie moja matka Orlica, nie sprzed jej oblicza zgarnę te papiery, pójdę do ambasadora, jego poproszę, przedstawię sprawę, zagram na litości, na czymkolwiek, i przez niego dotrę, sam dotrę, sam zrobię, mnie się uda, samemu, nikt nie będzie musiał mi pomagać, sam, ja sam.

— Papiery się znajdą — wzruszam ramionami.

Dzidzia śmieje się, macha ręką pogardliwie, jakby zbywała sztubaka, który odgraża się, jak to łatwo poradzi sobie z tym, z czym nie potrafią poradzić sobie dorośli.

Dzidzia wypija kawę, a kiedy filiżanka jest już pusta, dopiero wtedy sięga po wódkę; i wypija ją jednym haustem, patrząc na ciebie, jakby cię wyzywała. Boję się tej długonosej baby, Kosteczku, boję się. Ty jeszcze nie wiesz, co się stanie, a ja wiem i płaczę nad tobą, Kosteczku.

Zawołałem więc kelnera, zamówiłem jeszcze dwie. Żołądek ściśnięty wódką i kawą.

Kelner przyniósł z obrzydzeniem, z obrzydzeniem postawił na stoliku, z obrzydzeniem i z litością dla Dzidzi, którą miał za pannę nieświadomą mojej kondycji moralnej, wypiliśmy bez względu na kelnera.

Dzidzia wychyliła kieliszek z takim samym spojrzeniem jak wcześniej, zamówiłem więc jeszcze. Kelner, obrzydzenie, dwie wódki na stole. Lours pusty. Wypiliśmy. I następną. Dzidzia trochę poczerwieniała, ale wyzwanie trwało zawieszone między nami. A więc dobrze, a więc następna. I jeszcze.

Wypiliśmy każde po ćwierć, na pusty żołądek. Dzidzia spąsowiała, ale uśmiech pozostał taki sam.

— Jedziemy do ciebie.

Wzruszyłem ramionami. Moja udawana obojętność ponownie rozbawiła pannę Rochacewicz.

— Ty sobie nie wyobrażasz chyba, Konstanty, że mnie uwiedziesz tą wymuszoną obojętnością? Mnie?

Stropiłeś się, Kosteczku, kiedy to powiedziała. Straciłeś rezon. Zmieszałeś się. Wiele słów na to, co jest esencją ciebie, Kosteczku. Ciebie łatwo stropić. Jesteś kimś, kto łatwo traci rezon. Boję się tej kobiety, Kosteczku, chciałbym, żebyś poczuł mój strach. Chciałabym pociec po twoich plecach zimną strużką. Chciałabym ścisnąć ci flaki, chciałabym być twoją cutis anserina, ściągnąć te maleńkie mięśnie pod skórą i sprawić, że włoski na twoim karku i plecach staną dęba. Ale nie umiem. Nie boisz się jej.

Boję się jej, tej Rochacewicz. Boję się jej, a jednocześnie pociąga mnie jakoś, chociaż wydaje mi się całkowicie niedostępna, patrzę na nią jak szewczyk na królewnę, jestem bliski tego, aby ją wielbić.

— Nikogo, kto okazywał mi obojętność, wymuszoną lub nie, nie wpuściłam nigdy do łóżka.

Kłamiesz, Rochacewicz, ja wiem, że, kłamiesz, a on, głupiec, nie wie, że kłamiesz, ale ty kłamiesz, kłamiesz; bo, owszem, nikogo, jednak poza tym jednym, jedynym, pierwszym, który uwiódł cię właśnie tym, że nie próbował cię uwodzić, jak inni próbowali, w tych dawnych czasach, które, wiesz przecież, skończyły się nieodwołalnie i nigdy już nie wrócą, tak jak nigdy nie wróci twoje dziewictwo, które mu oddałaś, i serce, które mu oddałaś, i już go nie masz, bo spoczywa u niego w depozycie. Boję się ciebie, boję się twojej mocy, boję się tak, jak nie bałam się żadnej innej z tych bab, którym mój Kosteczek oddawał serce, w które wbijał wzrok albo chuja, a ciebie się boję, Rochacewicz.

— Ale jeszcze strzemiennego! — zakomenderowała Dzidzia.

— Jest wpół do dziewiątej — odrzekłeś.

— Jasne, że jest. Ależ ten czas leci, prawda? — zaśmiała się. Kelner, stuk o stolik, wypiliście na pusty żołądek, kawa i wódka, wódka i kawa.

W pułku była taka zabawa, zabawa dla podporuczników, wieczny cuk, wszędzie cuk, cuk, cuk, cukanie nieprzemijalne, wieczne, Adam cukał Ewę, towarzysze husarscy cukali pocztowych, tylko tak się to wtedy nie nazywało, potem w rosyjskiej kawalerii dziadzia cukali młodych podchorążych i tak już to do was przyszło to cukanie, prosto z ułańskich pułków cara Wszechrusi i zawsze starsi młodszych, więc w podchorążówce starszy rocznik młodszy, właź na piec, kurwa, i recytuj pułki ułańskie i rozlokowania i szlaki bojowe i żurawiejki kurwa falsetem, więc porucznicy i kapitanowie dla młodych podporuczników, a szczególnie podporuczników rezerwy tym chętniej: szabla na stół, na długość szabli kieliszki z wódką, na końcu grube ciastko z kremem, na ciastku śledź. I trzeba wypić przed kolacją, wypić bez przerw i odpoczynków i nie dość, że wypić, to potem trzeba zagryźć i oczywiście nie można rzygnąć, bo na tym polegało bycie ułanem: pić, ale się nie upić. Chlać, ale nie rzygać. Dupczyć, ale się nie żenić. Bić się, ale nie przegrywać. Umierać, ale wygrywać. Tego was uczyli w Grudziądzu, cukając niemiłosiernie, po to sadzali cię na piecu i musiałeś falsetem recytować kolejne pułki i rozlokowania, a szwadron zapasowy gdzie, chuju rybi? I cały ten cyrk z piciem do rana i stawianiem się na służbę bez kaca i trzeźwo, jakby wypicie śmietany z żółtkiem w magiczny sposób wymywało alkohol z waszej krwi, strzelać się w stukułkę, ale się przy tym nie pozabijać, bić się i wygrywać, jak wygraliście z bolszewikami, u źródeł waszego albo ich etosu to zwycięstwo i przekonanie, że skoro pobiliście Rosjan, co się przecież nikomu u was nie udało od dwustu z górą lat, skoro ich pobiliście, to jesteście, albo raczej oni, panami świata i historii i wszystkiego pomiędzy. Umrzeć, ale nie przegrać.

A teraz przegraliście, sromotnie, bitwę graniczną i bitwę nad Bzurą i bitwę o Warszawę i bitwę pod Kockiem i bitwę o Polskę i o wszystko i o wasze życia zasrane, przegraliście ją ostatecznie nie dalej jak dwa tygodnie temu, i po co, po co przegraliście, ale tak czy inaczej to się wszystko już skończyło, nie ma już ułanów i nie będzie, Niemcy was przecwelili, docwelą was do końca Rosjanie albo ich docwelą, trzecia osoba zamiast drugiej, jak tam będziesz wolał, Kosteczku, możesz się spod tego zbiorowego homoseksualnego gwałtu wypisać, ale czy podołasz?

— Chciałabym, żebyś zrozumiał, Kosteczku, że mnie nie uwiedziesz — mówi Dzidzia. — Jesteś pięknym mężczyzną, owszem, jesteś również całkiem interesujący i nawet mnie trochę pociągasz…

I wiesz, idioto, czy wiesz, że kiedy ona tak mówi, to nie mówi tego tak, jak mówiły te dziewczynki, które spotykałeś kiedyś, w świecie, którego nie ma, a może nawet nie było nigdy, te, które spotykałeś po knajpach, dansingach, grill roomach i kawiarniach stolicy, a które rozmowę z tobą zaczynały od zastrzeżenia, że „tylko proszę, aby pan sobie nie wyobrażał, że ja jestem jakaś pierwsza lepsza łatwa", a ty wiedziałeś, że to znaczy dokładnie coś przeciwnego, prawda, wiedziałeś? Że te, które naprawdę nie są jakieś pierwsze łatwe, to po pierwsze, nie siadują same na dansingu, bawiąc się cygarniczką, wkładając do ust w prefiguracji normalnego obciągania. A po drugie, nigdy nie powiedziałyby o sobie, że nie są jakieś „pierwsze lepsze łatwe", bo to się rozumie samo przez się. Z taką kobietą się ożeniłeś, Kosteczku, z Helą higieniczną, prawda?

— Pociągasz mnie, bo masz piękne oczy, ładnie wykrojone usta, duże, mocne dłonie i masz jakiś charakter. Zmiędlony trochę, podniszczony, przetarty, ale masz — mówi dalej Dzidzia, jakby wierciła palcem w otwartej ranie. — Panie ober...! Jeszcze!

Kelner, nienawiść, stuk-puk wódką stół pusty Lours.

— Więc może jednak bym mogła...? — zastanawia się Dzidzia, patrząc na ciebie badawczo, jakby widziała cię pierwszy raz. Patrząc na ciebie tak, jak ty często patrzyłeś na kobiety. — No, pij!

I wypijacie. Pamiętasz, jak patrzyłeś na kobiety? A teraz czujesz, nagle czujesz, że to zbyt wiele, w tym tempie, na bezsenny, pusty żołądek, zbyt wiele i nagle cię wzbiera, więc zrywasz się od stolika, Dzidzia się śmieje, a ty już wiesz, że nie dobiegniesz, więc odwracasz się tylko i rzygasz, rzygasz palącą strugą wódki i kawy, odwrócony od Dzidzi, rzygasz.

— No więc jednak nie, Konstanty, jednak nie. Nie mogłabym pójść z kimś, kto nie umie wypić z rana.

Stoliki zarzygane, białe obrusy zarzygane, kwiatuszki, co w wazonikach mimo wojny, zarzygane. Kelner stoi obok z miną skwaszoną, milczącą, pokorną i nienawistną jednocześnie, jakbyś na niego samego narzygał, a on musiał to znieść w pokorze. Może tak jest w istocie.

— No więc jednak nie, mój drogi — śmieje się Dzidzia. — Jednak nie możesz mnie uwieść, nie oddałabym się mężczyźnie, który nie potrafi pić.

Wyrzygałeś właśnie swoją męskość, siłę, wszystko, Konstanty. Spróbuj od niej uciec. Nie uciekniesz.

Nie ucieknę.

— Idziemy, wariatko — powiedziałeś, Kosteczku, i cóż z tego, cóż z tego, żeś powiedział?

Idziecie, owszem, naturalnie, pewnie, że idziecie, ale nie dlatego, żeś tak powiedział, idziecie, bo ona chce iść.

Więc idziecie, wychodzicie, najpierw Dzidzia, potem ty, wychodzicie na Krakowskie, a tam kleją ogłoszenia, na murach, pędzle, klej i kleją, ze wstydem, z wściekłością, ale jakby mieli tego odmówić? Więc kleją. Zatrzymujecie się razem z Dzidzią.

Obwieszczenie. „Sąd doraźny policji miasta Warszawy obwieszcza o wykonaniu wyroków śmierci na siedmiu osobach skazanych za posiadanie broni lub amunicji. Jan Siokało, były starosta wągrowiecki. Józef Sadowski — chemik. Stanisław Lasocki — robotnik. Samson Luksemburg. Marian Baranowski. Narcyz Gajewski. Wiktor Sikorski. Podpisano: prezydent policji Classen".

Strzela ich Schutzpolizei w ogrodzie Sejmowym, ale tego nie wiecie. A przed ogłoszeniem stoi kobieta w chustce na głowie, trzyma za rękę czterolatka w czerwonej czapeczce, spod której wymykają się jasne kosmyki.

Przepychacie się do ogłoszenia, kobieta odciąga chłopca. A ja widzę go za czterdzieści lat: jak przemierza ulice innej Warszawy, wielki, piękny, długowłosy, pewnym krokiem intelektualisty, który potrafi się bić. Ma wielkie jasne wąsy, nie boi się nikogo i układa w głowach swoich bliźnich zdania i powiedzonka, układa je, czytając angielskie książki, i pisze swoje książki po polsku, układa zdania i powiedzonka. A jeszcze później, ciągle wielki i wąsaty, trochę zgarbiony, jakby podcięty w jednym miejscu i przechylony (plecy ciągle proste), idzie krokiem dużo wolniejszym i opowiada mniejszym i młodszym anegdoty, które są tak doskonałe, że nie muszą być prawdziwe i zwykle nie są.

Ale wy widzicie tylko czerwoną czapkę z włóczki, z pomponem, mała rączka ginie w dłoni matki, a ja widzę wszystko, widzę potężną garść, w jaką ta rączka się zamieni i jak na sportowej macie łatwo ciskać będzie innymi rosłymi mężczyznami, a potem będą sobie podawać dłonie.

Ja wszystko widzę. Opowiadam tylko o niektórych, mam powód albo go nie mam, ale opowiadam, o innych zaś nie opowiadam.

Więc do auta. Dzidzia siada za kierownicą, a ty obok i jedziecie, dokąd?

— Dokąd jedziemy? — pytasz.

— Teraz — do ciebie. Masz ciepłą wodę?

— Mam.

— No to ja do kąpieli, a ty wystarać się o papiery na Budapeszt.

Żadnych wątpliwości, żadnych wahań, po prostu wydaje ci rozkaz i koniec.

Rozkaz. Befehl. Razkaz i tak toczno, gaspadin lojtnant.

— Kapral podchorąży Willemann melduje się na rozkaz, panie poruczniku! — krzyczałeś, a ruki pa szwam i właśnie tak raczej po rosyjsku, a nie na hab acht, bo rosyjskie tradycje kawaleryjskie w Grudziądzu jednak przeważały nad tradycjami austriackimi, bo też były bogatsze i bardziej zgodne z tym, co się wam, Polakom, i im, Polakom, wydawało etosem polskiego kawalerzysty, bo też oba te etosy kawaleryjskie, polski i rosyjski, rosły razem na gruncie polskiego raczej niż rosyjskiego poczucia honoru i własnego wojennego szlachectwa, już półtora wieku przed tobą, Kosteczku, polscy i rosyjscy kawalerzyści wielkich wojen z okazji końca pewnego świata byli tacy sami, czerpali z jednego źródła swoją głupotę, brawurę i fałszywy obraz rzeczywistości, ku uciesze swoich dowódców, którzy mogli wydawać im rozkazy wbrew podstawowym instynktom samozachowawczym.

I potem tak to już było. Kiedy rosyjski kawalergard szedł guliat', to szedł po polsku. Kiedy strzelali się panowie oficery na ślepo w zabawie w stukułkę, na środku jak Temida oficer z oczyma zawiązanymi i rewolwerem w ręku, pod ścianami goście i stukają w ściany, a on na oślep strzela, strzela i to było po polsku, a kiedyś ty to robił w Trembowli w kasynie, kiedyś to robił, w ogóle się nie trwożąc, albowiem byłeś pijanym, to robiliście to po rosyjsku.

I kiedy starszy rocznik dziadków cukał was, pierwszoroczniaków, to cukał was po rosyjsku. Pamiętasz teraz o tym, Kosteczku, prawda? Kiedy Dzidzia wydaje ci rozkazy, Dzidzia Rochacewicz.

Nienawidzę jej. A ty pamiętasz. Nie pamiętasz o tym świadomie, rzecz nie w tym, żebyś miał o tym myśleć i to rozpamiętywać: lecz tamto wszystko, Grudziądz, którego nie chciałeś, ale którego wszyscy od ciebie oczekiwali, właśnie od ciebie, bo Jacek mógł być po prostu lekarzem, a tobie trzeba było być kimś więcej, żołnierzem, a jeśli żołnierzem, to ułanem albo szwoleżerem, i pamiętasz, pamiętasz, jak dumni byli wszyscy, kiedy poszedłeś na pierwszą przepustkę do domu w mundurze, a jak potem pod gratulacjami ukrywali zawód, że pułk oczywiście zaszczytny, bo dziewiąty pułk ułanów jest pułkiem o wybitnej reputacji, ale jednak wszyscy się spodziewali, że dostaniesz albo wystarasz się albo Orlica wystara się o przydział do pierwszego szwoleżerów, do stolicy, czapki okrągłe jak budynek Sejmu, Wieniawa na górce w Ziemiańskiej, honor, kobiety, wino i oczyzna.

— Kapral podchorąży Willemann melduje się na rozkaz, panie poruczniku! — krzyczałeś, a pan porucznik Żabiński patrzył na ciebie wzrokiem takim, jakby cię prześwietlał na wylot promieniami Roentgena i Dzidzia patrzy na ciebie wzrokiem takim samym, jakby cię na wylot promieniami Roentgena prześwietlała.

— Wszyscy pana kochają, co, Willemann? — pytał porucznik, mrużąc wąskie oczy, ściśnięte między obfitymi policzkami i łukami brwiowymi.

— Melduję posłusznie, że nie wszyscy, na przykład narzeczona pana porucznika w ogóle mię nie kocha, bowiem ona kocha wyłącznie pana porucznika! — wywrzaskujesz natychmiast błyskotliwie, jak trzeba, żeby pokazać, że się jest pistolet, taka tradycja cuku, odpowiedzieć dowcipnie i szybko i jednocześnie pokornie i zadziornie. Jak się jest pistolet.

— Cicho, panie Willemann — zgasił twój zapał porucznik. — Ja pana tu cukał nie będę. Darujcie mi te dowcipne odzywki.

— Tak jest, panie poruczniku — odpowiedziałeś już służbiście.

— Więc wszyscy was kochają. Przystojny jak Dymsza, mądry jak profesur, bogata rodzina z Warszawy, a jak pięknie po polsku mówi. Tak to się nauczyło po polsku gadać. Strzela, jeździ, łozy tnie, lancą macha. Wszystko. Prawda, panie Willemann?

— Tak jest, panie poruczniku — powiedziałeś już ze strachem.

— Tak jest, tak jest. Ale mnie nie jest tak łatwo zwieść, panie Willemann. Ja swoje wiem. Znam ja takich jak pan. U nas takich jak pan było na pęczki, Willemann. Więc uważaj pan, panie Willemann, bo mnie pan nie oszwabisz.

— Tak jest.

Wgapił się w ciebie.

— Tak jest, panie poruczniku — doradził.

— Tak jest, panie poruczniku.

— Won.

Wyszedłeś.

Od porucznika Żabińskiego wyszedłeś na dziedziniec rezerwy w Grudziądzu.

Z mieszkania nie wyszedłeś.

Dzidzia i jej długi nos.

Drżą ci dłonie.

— No czego chcesz, no? — pyta.

— Ciebie — odpowiadasz.

Dzidzia uśmiecha się, jak uśmiechają się mureny do ciał niewolników.

— Spierdalaj stąd, Konstanty. Już.

Wulgarne słowo w jej ustach. Wychodzę, z własnego mieszkania wychodzę, wyrzucony, wychodzę, wyszedłem.

Dotykasz ściany domu. Cienka warstwa czekolady jak film z tłuszczu na powierzchni wody pęka od razu, ręka wchodzi głębiej, tam jest ciepło, wilgotno, coś pulsuje, coś mlaska, rękę wyrywasz.

Kosteczku, uciekaj, uciekaj przed nią, nie wracaj do domu, uciekaj przed tym wszystkim, przed Białą Orlicą, przed Niemcami i Polakami uciekaj, przed twoim ojcem uciekaj, gdzie jest twój ojciec, Kosteczku? Uciekaj z Warszawy, czołgaj się rowami, pełznij lasami, wij się bagnami, wgryź się pod ziemię i drąż podziemne korytarze jak czerw, uciekaj na południe, aż dogryziesz się do najgłębszej na Śląsku gruby, z grubyś narodzonym, z węgla i stali, do gruby powracaj.

Idę, chwiejnie, bez oddechu, idę, dzień, Warszawa, ulica, papieros, chłód.

Nie idź! Nie idź! Uciekaj, mój jedyny, uciekaj, mój kochany, uciekaj, ratuj się, zagrzeb się pod ziemię i przegryź się do najgłębszego chodnika w najgłębszej z kopalń, tam pozostaniesz na wieki, tam uczynisz swoją pustelnię, żywić się będziesz tym, co przyniosą ci górnicy w zamian za twe jurodiwe mądrości, a jeśli nie przyniosą, to będziesz na nich polował, Konstanty, uciekaj, mój jedyny, mój drogi, uchodź stąd czem prędzej!

Idę, nie wiem dokąd. Do samochodu.

W aucie siadam nieprzytomnie. Wkładam kluczyk, przekręcam nieprzytomnie. Czekaj, a jeśli kto wejdzie! Blokuję drzwi od środka. Nikt nie wejdzie. Kluczyk. Przecież już przekręciłem nieprzytomnie. Ssanie. Nie, nie trzeba, silnik przecież ciepły, wskazówka z temperatury daleko, to nie trzeba. A więc zapłon. Cholera, jak tu zapłon. Jest. Inaczej niż w oplu. A gdzie tu starter? Zaraz, już wiem, jak u Jacka, Jacek też miał mastera, tyle że sedana i nie osobno, tylko razem z przepustnicą, tak. W tych nowszych tylko był osobny pedał. U Skwarczyńskiego był kupionym tamten Jackowy master sedan. Tak. Tamten, nie ten. Ten, to nie wiem. Nieprzytomnie. Wciskam. Teraz zapłon. Motor idzie, puścić pedał, teraz za drugim razem jak nacisnę, to zadziała jak przepustnica normalnie, nie starter. Albo nie? Naciskam, obroty w górę. Tak. Sprzęgło. Bieg. Jadę. Drugi bieg. Motor idzie. Mocno. Trzeci bieg i jadę, Puławska się wije jak nigdy, kiedyś była prosta jak strzelił aż do Skolimowskiej, a teraz się wije.

Kiedy ostatni raz prowadziłem? W sierpniu, zanim wojskowe skurwysyny zabrały mi olympię, przed mobilizacją trzy dni mi zarekwirowali, innym jeszcze nie rekwirowali, a moją olympię zarekwirowali, i Hela powiedziała: najpierw Żydom i innym obcym rekwirują, a robi to jakiś biuralista i nazwisko mu podpadło, że do pierwszego rzutu do rekwirowania i zarekwirowali. Nie ma olympii. Jest chevrolet. Dwa miesiące temu ostatni raz prowadziłem samochód tysiąc lat temu, a potem umarłem i narodziłem się na nowo.

Pierwszy raz prowadzę samochód. Jadę.

Jadę. Nie wiem dokąd.

Do matki.

Do Klubu.

Do piekła.

Coś mnie wyrywa z auta i z ubrania, ubranie na mój kształt ułożone dalej za kierownicą chevroleta marynarka kamizelka koszula spodnie krawat zegarek na przegubie ojcowski, rękawiczki zaciśnięte na kierownicy, a ja nagi płynę nad ulicą, zawieszony na niewidzialnych linach, i patrzę na chevroleta, jak jedzie, i ludzi, jak idą, i furmanki, jak pełzną, i ludzi, jak pełzną, coś takiego jest z Warszawą złego, czuję zimne powietrze na brzuchu, na chuju, na stopach, dobry Boże, dobry czarny boże, zabierz mnie stąd w drugie królestwo śmierci, w senne królestwo śmierci, gdzie nie ma światła ni cienia.

Płynę. Przed autem, które jedzie, a w którym jestem, ale mnie w nim nie ma, przed tym autem, na drodze pojawia się postać.

— Hamuj, Kosteczku, hamuj, bo przejedziesz człowieka — krzyczę do mnie, którego nie ma w tym aucie, krzyczę z wysokości, clamavi at te, słuchaj mego głosu, gdy z wysokości wołam do ciebie, Willemannie, ja, strażniczka świtu.

Konstanty hamuje, widzę, że hamuje.

Hamuje, Kosteczku, bez obaw, Konstanty hamuje.

Hamuję za późno, wyskoczyła postać w płaszczu przed samochód, chevrolet tańczy na zablokowanych kołach, myślę, odpuścić i spróbować wyminąć, czy wyhamuję, ale nie odpuszczam, jednak nie, chevrolet tańczy na zablokowanych kołach i w końcu już jest, widzę go z bliska, oficerski płaszcz pasem spięty, coś błyszczącego na głowie, uderzam.

Niezbyt mocno. Powinien żyć.

Wyskakuję z auta, leży, zbiera się, pomagam człowiekowi wstać.

Poznaję go.

— Nazywam się Bartłomiej Chochoł i jestem ostatnim królem polski — mówi rotmistrz Chochoł.

Czy go poznaję? Znałem rotmistrza Chochoła, ale jakie imię, jakie imię, czy ten człowiek, który jest następstwem rotmistrza Chochoła, czyli jest tym, kim rotmistrz Chochoł jest teraz, w sobotę dwudziestego pierwszego października tysiąc dziewięćset trzydziestego dziewiątego roku o godzinie, zegarek ojcowski, o godzinie trzynastej dwadzieścia siedem, czy ten człowiek jest rotmistrzem Chochołem, czy może raczej rotmistrzem Chochołem był tylko rok temu, a teraz już nie jest?

Chciałbym więc móc powiedzieć, że nie wierzę własnym oczom albo coś podobnego, co mówi się w okolicznościach bycia całkowicie zaskoczonym. Ale ja nie jestem zaskoczonym. Nic mnie nie dziwi. Wierzę własnym oczom. Nie wierzę światu, ale oczom wierzę. Widziały wiele i zobaczą jeszcze więcej.

Rotmistrz Chochoł, szwadron cekaemów. A miał podobno przeprawić się na południe, broni nie złożyć. Płaszcz bardzo brudny, spięty, ale nie pasem, tylko szalikiem w kratę, przewiązanym jak pas słucki, tyle że za krótki. Na głowie korona z kartonu, owiniętego cynfolią, już podartą w wielu miejscach. Na płaszczu dynda Virtuti, na nogach drewniaki, nabite na coś, co przypomina grube, wełniane onuce. Obok Virtuti dwa okrągłe, srebrne medale: przyglądam się bliżej, kiedy trzymam go w ramionach, to nie medale, jeden to blaszka nieśmiertelnika, polskiego nieśmiertelnika, na kolorowej wstążeczce. Drugi to wieczko z pudełeczka po prezerwatywach, aluminiowe, niemieckie. Hygenischer Gummischutz Dublosan, Berlin — Neuköln. Wstążka fioletowa, przy niej jeszcze parę skudlonych, długich włosów, jakby z głowy dziewczęcej razem z nimi wydarta.

— Panie rotmistrzu... — mówię bez sensu.

Chochoł poprawia koronę z cynfolii.

— Nazywam się Jan Chochoł i jestem... — zapomina dalszego ciągu.

— Nic panu nie jest, panie rotmistrzu? — pytam i zdaję sobie sprawę z absurdu tego pytania.

— Nazywam się Jan Chochoł i jestem! — odpowiada rozpromieniony.

Poprawia koronę.

— Muszę iść.

Próbuję go obmacać, sprawdzić, czy nie krwawi, czy niczego nie ma złamanego, ale nagle wyrywa się, z kieszeni wyciąga książkę, poznaję tę książkę, powieść z twarzą starca na okładce, jego powieść, zniszczony, potargany egzemplarz, pułk był dumny, że rotmistrz Chochoł ze szwadronu cekaemów jest pisarzem, wydawnictwo Rój, 1937.

Ściska książkę w prawej dłoni, jakby ściskał broń, i celuje z tej broni we mnie.

— Ani kroku dalej, bo strzelam — ostrzega z tą samą miną, z jaką warczał kiedyś do swoich maszynek: „Krótkimi seriami — ognia!”.

A wokół nas zbiegowisko, rośnie, zbiegowisko tłumowisko przechodnisko ludzie przechodnie pokonani warszawscy i może nie tylko warszawscy, kto ich tam wie.

Ja wiem.

— To wariat, panie — doradza inteligentnie przekupa, która na zdeflorowany pawiment odstawiła dwie wielkie torby z towarem.

— To polski oficer — odpowiadam. — Rotmistrz dziewiątego pułku ułanów małopolskich. Służyłem z nim.

Zbiegowisko tłumowisko milknie. Przekupa. Żydek, który jest bardzo małym i chudym, ale za to brzydkim i jakby tego nie było mało, to jeszcze w okularach. Paniusia, dwa chleby w torbie. Wyrostek w cyklistówce.

A ja ich widzę, Kosteczku, widzę ich, jak ku światłu świata przeciskają się przez wąskie tunele matczynych łon i jak ze świata przeciskają się przez inne tunele w drugie królestwo śmierci od kuli ze starości od ognia i widzę ich w ruchu nieruchomych i ciebie widzę i ciebie kocham, Kosteczku, i boję się, że się ode mnie odwrócisz, Kosteczku, i chciałabym, tak bardzo chciałabym, żebyście zrozumieli, żebyście wiedzieli wszyscy, że jesteście jako kamienie tego miasta i jako wróble i jako gołębie i jako kamyczki maleńkie w ogromnej, mieniącej się krwią i śmiercią mozaice. Nie ma tu wody, jest tylko skała, skała i żadnej wody i piaszczysta droga i góry i skały i żadnej wody i w drodze nie możecie ustać ani myśleć, pot jest suchy i stopy w piasku zanurzone, taki jest świat, który przemierzam, drugie królestwo śmierci, senne królestwo śmierci, jestem tą trzecią, która idzie za wami tam, gdzie jest was tylko dwoje, ja idę za wami, nad wami i w was w suchym królestwie śmierci ponad wami ja i moje senne towarzyszki. Nocni robotnicy.

Boję się, że się ode mnie odwrócisz, Kosteczku.

Widzę Chochoła w koronie cynfoliowej i Chochoł nie jest mój, nie mój. Ale ty jesteś mój.

— Panie rotmistrzu, czy mogę panu jakoś pomóc? — pytam.

Chochoł przygląda mi się uważnie.

— Podporucznik Willemann. Pamiętam, jak siedzieliśmy w knajpie w Trembowli… — odpowiada niespodziewanie trzeźwo, jeśli nie liczyć tego, że z rotmistrzem Chochołem nigdy w żadnej knajpie nie siedzieliśmy, bo kiedy ja byłem na praktykach w pułku, to jego nie było, i tylko razem przeszliśmy szlak bojowy knajp, nie było ani karczem, ani zajazdów, nic, szlak pułku szlak ratunku męski szlak klęski kontynuacje wojny kontynuacje werbigeracje abominacje.

Cicho cicho jak uciszyć mózg bez rózg na mózg nie można nie.

Nigdy w żadnej knajpie. Co z nim, dlaczego on zamiast przebić się na południe, bić się z Niemcami, dlaczego on tutaj oszalałym, zagubionym w płaszczu szalikiem przewiązanym, z książką zamiast broni własną?

Co się z nim stało, co go zmieliło?

Skup się w sobie, mój drogi, mój kochany, zewrzyj się w sobie. Musisz.

— Pan mnie rozumiesz, panie Willemann. Nikt mnie nie rozumie, a pan tak.

— Panie rotmistrzu — mówisz. — Panie rotmistrzu, niech pan wsiądzie ze mną do auta, pomogę panu.

— Nie mogę z panem wsiąść do auta. To nie jest moja opowieść. Nazywam się Jan Chochoł i jestem ostatnim królem Polski — odpowiada.

Odwraca się i przepycha się przez to maleńkie zbiegowisko tłumowisko i odchodzi, nie, odbiega, zaczyna biec, stukając drewniakami jak podkuty, kłusem marsz, galopem marsz, cwałem marsz-marsz-marsz stuk-stuk-stuk i bruk kałuże małe i duże dookoła, gdy ułańska trąbka woła stuk-stuk-stuk i bruk.

Odcwałował rotmistrz Chochoł tam, skąd przyszedł.

Wasze spotkanie nie było przypadkiem, bo nic nie jest przypadkiem, ponieważ wszystko jest przypadkiem. I nigdy cię nie opuści ta mała, dręcząca myśl: dlaczego on, dlaczego rotmistrz, dowódca szwadronu cekamów.

— Jak celujesz, idioto z patentem, jak? — krzyczy rotmistrz Chochoł, krzyczy pod ogniem niemieckim, odpychając celowniczego od rozkraczonej jak straszny owad maszynki. — Jaki rozkaz był?

Każdy inny powiedziałby: „mendo prawosławna żydku śmierdzący ciulu poznański albo chuju rybi skurwysynu bezwstydny tłusty gnoju jak celujesz", a rotmistrz Chochoł zawsze tylko: „idioto z patentem" i odpycha idiotę od tylców, usuwa zacięcie, patrzysz jak zahipnotyzowany, okulary okrągłe rotmistrza Chochoła i jego palce skupione, staranne.

— Podchorąży Willemann! Jak usunąć zacięcie z karabina maszynowego wzór trzydzieści? — wrzeszczy wachmistrz Ziębala i jest to Szkoła Podchorążych Rezerwy w Grudziądzu.

Gdzie indziej, znowu gdzie indziej, gdzie więc jesteś, gdzie jesteś, Kosteczku, czy jest październik, czy wrzesień, czy kwiecień?

Z czasów plecie się warkocz, ale tylko tobie, bo ja widzę wszystko niezaplecione, jakbym patrzyła na wstęgę, i jesteś tutaj naraz ty tam i ty tu i ty wtedy i ty teraz tu.

— Zaryglować karabina, prawą ręką odsunąć zatrzask pokrywy zamkowej w stronę chwytu, lewą chwytając za podstawę celownika, otworzyć pokrywę komory zamkowej — wykrzykujesz wyprężony, jak przystało na pistoleta.

— A co dalej? — pyta wachmistrz Ziębala.

— Dwukrotnie pociągnąć dźwignię zamka do tyłu, sprawdzić, czy komora nabojowa jest pusta, wyjąć taśmę. Następnie zamknąć pokrywę komory zamkowej i zwolnić iglicę, naciskając spust. Zabezpieczyć broń, przesuwając kciukiem lewej ręki dźwignię bezpiecznika umieszczoną poniżej spustu.

— A co dalej? — pyta wachmistrz.

— Dalej załadować i walić do wroga, panie wachmistrzu!

A potem mija całe twoje życie i już jest wojna, a nie Grudziądz, i patrzysz, jak rotmistrz Chochoł — a nie wachmistrz Ziębala — rękami, które nie pasują do broni, rękami, które nie powinny trzymać broni, już zacięcie usunął, już załadował, szarpnął dźwignią dwukrotnie i teraz celuje, prawa dłoń na tylcu, spust do góry, prawa na bębnie wysokości, jakby wcale nie obsługiwał maszynki, tylko jakby trzymał skrzypce. Wycelowane, wysokość zablokowana i wali, wodząc lufą, jakby wznosił się w gamie.

A teraz stuk-stuk i bruk drewniakami przed warszawiakami. I skręcił gdzieś i zniknął i nie ma i jesteś ty sam i zbiegowisko małe tłumowisko.

— Mojemu ojcu już dawno auto zabrali, jeszcze Polaki przed wojną zabrały. A pan się autem rozbijasz? — zapytał bezczelnie Żydek.

Patrzysz na niego głupio, bo co odpowiedzieć człowiekowi nad przepaścią, przecież nic dziwnego, że zabrali, jakby nie zabrali, toby Hitler zabrał.

— Żydki już głosu nie mają. Dość się za sanatorów nagadały — powiedziała w przestrzeń paniusia z chlebem w torbie. — Ale jest to dziwnym, że pan tak autem, a tu Niemcy. Nieprawdaż?

— Zamknij mordę, pani. Mój ojciec mówi, że pod Niemcami porządek przynajmniej będzie, nie to, co u was w tym kraiku gównianym — mówi mały Żydek.

— A pierdolcie się łaskawie — odpowiadasz i dobrze odpowiadasz, słusznie odpowiadasz, mój kochany.

I wracam do auta i już jestem w sobie we własnym ubraniu, sobą jestem i jadę miastem i jadę dokąd?

Dokąd? Dokąd? Właśnie, dokąd? Do matki, do klubu? Co jej powiedzieć? Że potrzeba mi papierów, że muszę jechać do

Budapesztu, że wojennym krajem nie pojadę do Budapesztu z samą Kennkarte, a jeszcze Dzidzia, jeszcze trzeba zabrać Dzidzię, da mi czy mi nie da matka papiery, da mi czy mi nie da, Dzidzia wiadomo.

Strzeż się tej kobiety, Kosteczku. Jedzie ulicą ciężarówka, na pace smutni Niemcy jadą żołnierze hełmy karabiny płaszcze smutne.

Ludzie idą Żydki idą Polaki Niemce wszystkie idą gdzieś po co idą zamiast stać?

Do matki nie do matki nie do matki nie. Do matki nie mogę.

Głupcze, czy ty naprawdę nie rozumiesz? Tylko ona może cię uchronić przed Długonosą. Tylko ona: matka. Nie rozumiesz? Ona jak się tylko dowie, wyrwie cię ze szponów tej potwornej kobiety, której się boję, bo ta potworna kobieta może ci dać wolność, Kosteczku, wiesz to przecież, wolność. Nie rozumiesz? Może dać ci wolność, której nie chcesz, nie potrzebujesz, z którą co zrobisz, jak już ją będziesz miał? Nie rozumiesz?

Rozumiem, przecież wszystko rozumiem. Nie jestem sobą, przy niej czuję się kimś innym, nie sobą, tylko kimś lepszym, przy Dzidzi.

Nie mogę pojechać do matki.

Musisz pojechać do matki. Orlica przygarnie cię swoimi skrzydłami do piersi zeschłej ale matczynej, przygarnie, utuli i uratuje.

Pojadę do ojca. Do ojca pojadę.

Gdzie on, gdzie on jest? Gdzie ja jestem?

A ty już na Żoliborzu, ulice twojego dzieciństwa, Kosteczku, willa twojej matki, czy to do niej jechałeś, ale minąłeś ulice dzieciństwa, droga do szkoły, książki na plecach, bruk minąłeś i dalej na Marymoncie, na Bielanach.

Konstanty, co się z tobą dzieje, mówię do siebie, siebie widzę w niebie i ciebie.

Co się ze mną dzieje, mówisz do siebie.

Zatrzymujesz chevroleta, po prawej lasek, Marymoncka, a całe miasto gdzie, gdzie jest miasto, jak je przejechałeś, dlaczego nie widać, jak jechałeś, dlaczego nie pamiętasz, a rotmistrz Chochoł to gdzie, gdzieś go prawie przejechał, gdzie zebrało się zbiegowisko tłumowisko, na Mokotowie jeszcze czy już w Śródmieściu, czy to była Puławska, czy to były Ujazdowskie, czy Bonifraterska, skoro Żydków dużo, to może Bonifraterska, na Nowym Mieście Żydków dużo, a może obok Simonsa zbombardowanego nieco, ale jednak, gdzie to było, nigdzie to było, było, ale nigdzie, na ulicy, której nie ma, ale czy nie ma jej bardziej, niż nie ma Puławskiej, Ujazdowskich, Bonifraterskiej ani pasażu czy twojej Madalińskiego, czy nie ma jej bardziej niż nie ma twojego domu z czekolady, Kosteczku? Sam siebie pytam. Sam. Siebie. Pytasz.

Musisz pojechać do matki, Konstanty. Do Klubu Niemieckiego. Zawróć. Jedź. Na Fredry jedź. Siedzi tam, za biurkiem siedzi, w mundurze siedzi, pióro w ręku, papiery na blacie. Jedź. Matka cię uratuje. Przed Długonosą Rochacewicz. Przed Nalanym Inżynierem, któremu mylą się liczby. Przed tobą samym wreszcie.

Jedź do matki, Konstanty.

Gdzie ona jest, w Klubie Niemieckim jest na Fredry, w klubie przez cały wrzesień zamkniętym, a potem tryumfalnie otwartym, kiedy przyszedł czas ku temu, i ona tam dokonała ostatecznej wylinki. Siedzi za biurkiem, pióro w suchej dłoni, papier na blacie gładki, ona podpisuje, bibułą osusza podpis. Skóra, którą przybrała w szpitalu w Rybniku, zaczęła się łuszczyć, kiedy Baldur wrócił z wojny; teraz wylinka dobiegła końca, nie ma już dziewczyny, która zza krat zakładu dla obłąkanych w Rybniku uwodzi doktora, dla siebie i dla Polski, której nie ma, i siebie oddaje tej Polsce, której nie ma, na przekór i na złość i dla perwersyjnej przewrotności i z obłąkania i żyje w tej skórze lat dwadzieścia, a teraz już nie.

A ty tego nie rozumiesz, Kosteczku, bo nie rozumiesz, że skóra nie jest nią, że twoja matka jest wewnątrz różnych skór taka sama, że jest stała i tylko przyobleka inny strój, tego nie rozumiesz. Ale pojedź do niej, to może ona ci to objawi, może dzięki niej zrozumiesz.

Jedź.

Gdzie jestem? Marymoncka, Bielany, Centralny Instytut Wychowania Fizycznego. To znaczy Akademia Wychowania Fizycznego Józefa Piłsudskiego, w zeszłym roku zmienili. To znaczy, nie wiem co teraz, bo przecież już nie Akademia Wychowania Fizycznego Józefa Piłsudskiego. Teraz — nic. Mury, które Niemcy wypełnią treścią, jeśli zechcą. Niemcy — my? Nie.

Zawracam. Jadę. Do matki. Do matki? Do Klubu Niemieckiego jadę. Dookoła pętli piętnastki. Jadę ku Śródmieściu. Na południe. Do Klubu Niemieckiego. Do matki.

Do matki?

Do niej.

Nie widzę ulicy, ktoś inny ją widzi moimi oczami. Kim jest ten trzeci, który zawsze idzie z nami? Kiedy liczę, jest nas tylko dwoje, ale kiedy spoglądam w górę białej drogi, zawsze jeszcze ktoś idzie przy tobie. Dłonie zaciskam na kierownicy, nie widzę ulicy, nie widzę niczego.

Plac Inwalidów, plac Mickiewicza, Dworzec Gdański.

Co się ze mną dzieje? — pytam kogoś innego.

Przechodnie, tramwaj jeździ i furmanki.

Kobieta w szarym płaszczu ciągnie ręczny wózek, na wózeczku toboły, ciągnie i bardzo się trudzi, nikt jej nie pomoże, bo pomagać nie należy, ciągnie i bardzo się trudzi i ma przy tym włosy bardzo jasne, prawie białe, jak ze snu narodowego socjalisty, takich włosów nie powinna mieć kobieta, która ciągnie wózek, czy kto widział blondynkę, która byłaby przekupą na targu albo pokojówką, blondynek takie życie się nie ima, a ta ciągnie wózek ręczny i bardzo się trudzi.

Mijam ją, jadę powoli, patrzę przerażony, nasze krzywdy, nasze spojrzenia się spotykają, spodziewałem się ujrzeć spojrzenie bolesne, rozdarte, rozpaczliwe, spojrzenie narzeczonej powieszonego powstańca, na nim czamara powalana wisielczą śliną, a na niej czarna suknia, biżuteria z żelaza, taką spodziewałem się ją ujrzeć, moją Helę spodziewałem się ujrzeć, a u niej spojrzenie harde, wściekłe, kupieckie, nie jak Heli.

Jak u Salome. Salome potrafiłaby ciągnąć wózek z tobołami z miną damy.

Spojrzała na mnie z nienawiścią, otworzyłem więc przepustnicę i wyrwałem dalej, dalej, do Klubu Niemieckiego do mojej matki do mojej matki do mojej matki.

Ale nie skręciłem w Długą. Dlaczego nie skręciłem w Długą? Tak może będzie wygodniej, nie skręcić w Długą, tylko dalej, Miodową, potem w Trębacką. Czy tak będzie lepiej?

Nie skręcam w Trębacką. Dlaczego?

Jadę dalej Krakowskim.

Jadę Nowym Światem. Zawsze głównymi ulicami.

Dlaczego? Ujazdowskie, park Ujazdowski, szpital, Jacek w szpitalu czy w domu, w czerni zanurzony czy w szpitalu łata ludzi i sztukuje?

Ujazdowskie. Dlaczego? Patrol na motocyklu.

Szucha. Zjeżdżam w Szucha.

Gdzie jedziesz, ja wiem, Konstanty, ja wiem, gdzie ty jedziesz, ale nie wiem dlaczego, nie chcę, żebyś tam jechał. Wiem dlaczego, jednak wiem. I właśnie nie chcę.

Nie jedź tam, Konstanty.

Dlaczego na Szucha?

Czy pójdę do budynku ministerstwa, gdzie teraz siedzą niemieckie tajniaki, skąd wyciągnąłem Igę lub raczej skąd dali mi Igę dostałem Igę nie wyciągnąłem Igi dostałem Igę ja nic nie zrobiłem dostałem zabrałem do domu łajdak chuj rybi skurwysyn drań.

Zatrzymuję chevroleta, wysiadam.

Przed ministerstwem warta: płaszcze, pasy, karabiny.

A ja nie tam, ja w lewo. Do domu generalskiego. Właśnie do domu generalskiego.

Ojcze. Ojcze!

Idę.

Nie idź! Idź do matki, Kosteczku, nie idź do niego, idź do matki, za matką podążaj, nie idź do niego, nie idź.

Idziesz.

Samobójstwo Walerego Sławka, to tutaj. Brauning, dziura w skroni, śmierć w szpitalu, tak niedawno, wszystkie gazety o tym pisały i grzmiały kawiarnie od plotek: dlaczego? A czy to na pewno samobójstwo?

— Jakie samobójstwo, panie, jakie samobójstwo! — perorował twój teść, którego ślady nosisz na twarzy. — Żadne samobójstwo. Bandyci, to i bandyckie, gangsterskie metody. Wykańczają się pistoletami, nożami!... Gangsterskie władze. Ja za nim nie płaczę!

Ty też nie płakałeś, ale nie z powodów endeckich, gazety ledwie przebiegałeś wzrokiem, cóż cię tam interesował jakiś Sławek, skoro miałeś swoje intrygi w Ziemiańskiej, miałeś Helę i Jureczka i finanse do ogarnięcia i Salome i kochanki i rysunki i Jacka, Igę, ich wieczne problemy, on mnie nie rozumie, ciągle pracuje, czego ona ode mnie chce, żebym nie pracował, albo czy wyjechać w tym roku na narty na zimowy wywczas, czy nie wyjechać?

A na lato, kiedy życie towarzyskie zamiera, to dokąd? Na letnisko? Do Paryża? Autem na Węgry? Może rajd z tego zrobić, w automobilklubie zgłosić i załatwić, w gazetach artykuły i zdjęcia, tacy ładni automobiliści w kaszkietach i pumpach, romantycznie zakurzeni pionierzy nowoczesności.

Automobilklub to niedaleko, tutaj, trochę dalej. Mógłbym pójść do automobilklubu. Ciekawe, co słychać w automobilklubie.

Ale nie idę do automobilklubu.

Nie idę do ministerstwa. Wszedłem do domu generalskiego, gdzie już nie ma polskich generałów ani wdów po nich ani żon po nich ani córek po nich ani synów kochanek służących i lokajów ordynansów adiutantów kamerdynerów stangretów szoferów ani ciotek ani nikogo. Ale może mundury gdzieś wiszą jeszcze po szafach. Może wiszą.

Przed drzwiami wartownik, tak samo jak przed ministerstwem.

— Sie wünschen? — pyta.

— Ich will zu... — I nagle nie wiesz, jak go zatytułować. Jaki ma stopień? Jaki może mieć? Może żadnego? Kim jest? Czy w ogóle jest, czy jest tutaj?

Ale tak powiedział przecież, w Adrii: na Szucha. Sechzehn.

— Zu wem?... — pyta wartownik, który jest człowiekiem, którego nie ma.

— Ich will zum Herrn Strachwitz.

— Und wer sind Sie?*

---

* (niem.) Słucham pana. (...) Ja do... Słucham?... (...) Ja do pana Strachwitza. (...) A pan kto?

Wyciągasz dokumenty. Kennkarte wyciągasz swoją, warta przegląda ją starannie, składa starannie, oddaje.

— Treppe hoch, dritter Stock*.

A więc idziesz. Wspinasz się, a po schodach znoszą Walerego Sławka z przestrzeloną głową i to jest pewne rozwiązanie, prawda, Kosteczku? Lepsze niż to, co chcesz zrobić tutaj, lepsze niż to, kim próbujesz się stać, lepsze niż to, że próbujesz odwrócić się od własnej matki, podłość ultymatywna, chociaż to ona dała ci życie i wychowanie, ona uczyniła cię tym, kim jesteś.

Rozdartym, zbolałym, półtrupem uczyniła mnie moja matka, mieszańcem bez serca i ojczyzny bez duszy w piersi albo z dwoma duszami miszlingiem bękartem podrzutkiem nikim. A kim być mogłem, mogłem być kimś, ona Niemka z krwi, mój ojciec Niemiec z krwi, ja też mogłem być, gdyby nie jej szaleństwo i ten przeklęty psychiatra, o którym opowiadała mi, nie szczędząc żadnego szczegółu.

Drzwi. Stoję przed drzwiami, nie wiem, czy pukać. Nie pukam.

Drzwi się otwierają, za drzwiami ojciec. Nie pukałem.

— Ich habe dich auf der Treppe gehört. Ich habe gehört, wie du geweint hast und mich und die Mutter gerufen hast**.

Teraz to mówi, czy nie teraz. Wtedy to mówił.

— Ich habe dich auf der Treppe gehört, ich habe gehört, wie du geweint hast. Komm rein***.

Teraz to mówi. Wchodzę.

Twarz. Koszula bez kołnierzyka, mankiety odpięte, spodnie, szelki, kapcie. Sygnet. Mieszkanie, ogołocone jak ołtarz przed Wielkanocą. Na krześle w sypialni wielka sterta mundurów

---

* (niem.) Schodami na górę, trzecie piętro.

** (niem.) Słyszałem cię na schodach. Słyszałem, jak płakałeś i wołałeś mnie i matkę.

*** (niem.) Słyszałem cię na schodach, słyszałem jak płakałeś. Wejdź.

zielonych jak mój był zielony, oficerki i trzewiki, bryczesy i szasery, nie zabrali ich ze sobą, i dwie szable w błyszczących pochwach i rogatywki o lakierowanych daszkach.

— Ein polnischer General hat hier gelebt — mówi ojciec.

— Ich weiß.

— Warst du im Krieg?

— In der Kavallerie. Ich war Unterleutnant im 9. Regiment der Ulanen.

— Unterleutnant?... — zdziwił się ojciec. — So etwas wie ein Fähnrich?

— Nein. So bezeichnet man im polnischen Heer den niedrigsten Offiziersrang. Podporucznik. Unterleutnant. Er entspricht unserem... eurem Leutnant.

— Ich verstehe. Hast du gekämpft?

— Ja, bei den MGs. Sie haben mir eine Auszeichnung gegeben. Krzyż Walecznych. Das heißt, ein Verdienstkreuz.

— Ich weiß, was das bedeutet. Setz dich*.

Siadamy przy stole, ojciec przynosi wódkę i dwie szklanki, nalewa po troszku, na jeden palec.

— Hier gibt es überhaupt keine Schnapsgläser. Er war wohl Nichttrinker...**

Biorę butelkę, nalewam do obu szklanek więcej, po pół, trzy czwarte, chociaż przecież piłem już dzisiaj, to już zupełnie nie pamiętam tego alkoholu, jakby go wcale nie było, więc nalewam więcej, po pół, trzy czwarte.

---

* (niem.) Polski generał tu mieszkał (...). Wiem. (...) Byłeś na wojnie? (...) W kawalerii. Podporucznikiem byłem w 9. pułku ułanów. (...) Podporucznik?... (...) Coś jak chorąży? (...) Nie. Tak się nazywa w wojsku polskim najniższy stopień oficerski. Podporucznik. Odpowiada naszemu... waszemu Leutnantowi. (...) Rozumiem. Walczyłeś? (...) Tak, byłem przy kaemach. Dali mi order. To znaczy krzyż walecznych. (...) Wiem, co to znaczy. Usiądź.

** (niem.) Nie ma tu nigdzie kieliszków do wódki. Chyba był abstynentem...

— Gut, dass du gekommen bist.

Siedzimy.

— Papa, ich bin kein Deutscher.

— Ich weiß. Mich geht es überhaupt gar nichts an.

Siedzimy. Pijemy wódkę. Ojciec po trochu, siorbie swoimi zgwałconymi wojną ustami.

— Gut, dass du gekommen bist.

Nalewam znowu. Milczymy. Pijemy. Nalewam.

— Ich nahm die Staatsangehörigkeit des Reiches an. Aber ich bin kein Deutscher. Ich arbeite für so eine polnische... Organisation.

Ojciec kiwa głową.

— Gut, dass du gekommen bist — odpowiada tylko.

— Ich brauche deine Hilfe*.

Ojciec uśmiecha się, nie patrząc na mnie. Nalewam wódki, wypijamy. Mówię, że do Budapesztu muszę pojechać. Auto mamy. Że mam Kennkarte, ale jadę jeszcze z jedną taką, która nie ma papierów żadnych. Polka, arystokratka. Ojciec w milczeniu kiwa głową i pokazuje mi, żebym wstał.

Wstaję, ale inaczej, niżbym wstał, gdyby wstać kazała mi matka. Inaczej nawet, niż gdyby powiedziała to po niemiecku. Ojciec staje przede mną, blisko mnie, jego szczupłe ciało od mojego o parę centymetrów, jego straszna twarz-nietwarz przed moją twarzą, widzę łuszczącą się tkankę na bezwłosych bliznach, czy to jest skóra, to, co porasta blizny?

Ojciec przygląda się mi uważnie zza zgniecionych powiek, którymi mruga jakby z wysiłkiem, powoli. Dotyka dłońmi

---

* (niem.) Dobrze, że przyszedłeś. (...) Tato, ja nie jestem Niemcem. (...) Wiem. Mnie to już w ogóle nie obchodzi. (...) Dobrze, że przyszedłeś. (...) Przyjąłem obywatelstwo Rzeszy. Ale nie jestem Niemcem. Pracuję dla takiej polskiej... organizacji. (...) Dobrze, że przyszedłeś. (...) Potrzebuję twojej pomocy.

moich ramion, boków, brzucha, bardzo delikatnie, to nie jest uścisk ani pieszczota. Stawia stopę koło mojej stopy.

— Ja, gut, es wird passen* — mówi.

Idzie ku szafie, której dawne bebechy leżą na krześle, zielone i błyszczące jak pochwy szabel i czarne jak cholewy butów. Otwiera szafę. Z wieszaka zdejmuje szarą kurtkę, spodnie, koszulę, z półki bierze skarpetki i czarne oficerki.

— Ziehe es an**.

Nie zadawałem pytań. Zzułem buty, zdjąłem marynarkę, krawat, rozpiąłem koszulę i spodnie i zostałem w samej bieliźnie i skarpetkach.

— Die Unterwäsche auch, hier hast du frische, noch unbenutzte. Und Socken***.

Więc rozebrałem się, nie wstydząc się jego wzroku, ale wstydząc się swojego ciała, nie jego brzydoty, bo przecież pięknym jest moje ciało, brzuszek nawet na wojnie zupełnie zgubiłem, ale właśnie tego, że jest ono pięknym, nieskazitelnym, niczym nienadszarpniętym, niezgwałconym.

A on patrzy na mnie.

On patrzy na ciebie, a ja tak bardzo się boję, Kosteczku, boję się o ciebie i o to, co on może z tobą zrobić. A on patrzy na ciebie, jakby patrzył na siebie, siebie widzi w twoich wąskich biodrach, w ładnych supłach mięśni, w szczupłym brzuchu i mocnych udach i w skórze nieskazitelnej i w ładnie ogolonych szczękach.

Patrzy na ciebie bez żalu i bez zazdrości, patrzy na ciebie z miłością i jest to miłość własna, jak każda miłość rodzicielska. Żaden z was tego nie wie, ale miłość do owoców swych lędźwi jest miłością własną, siebie samych kochacie w waszych

---

* (niem.) Dobrze, będzie pasować.

** (niem.) Załóż to.

*** (niem.) Bieliznę też, tutaj masz świeżą, nieużywaną. I skarpetki.

dzieciach, chociaż wydaje wam się, że to najszlachetniejsza z miłości, a to czysty egoizm.

Baldur von Strachwitz patrzy na swojego nagiego syna i sam nie wie: mówi to czy tylko myśli?

A ty, Konstanty, czy słyszysz słowa swojego ojca, którego się wyrzekłeś?

Baldur mówi albo myśli tylko, Kryszna mówi do Ardżuny: lepsza dharma własna najskromniejsza, w niej nawet śmierć dobra, niż najwspanialsza, a cudza. Nauczył się tego, zna to lepiej niż jego własne śląskie legendy.

Jaka jest twoja dharma, kszatrijo?

Pyta ciebie, zwraca się do ciebie sanskryckim, starym słowem: kszatrijo. Wojowniku.

Ty, Kosteczku, czy ty jesteś kszatriją, przecież walczyłeś, strzelałeś, machając szablą, zagrzewałeś do boju, pocieszałeś stropionych, dodawałeś odwagi przykładem, krzyczałeś rozkazy, ale czy ty jesteś kszatriją, czyś raczej wypełniał chwalebną dharmę cudzą, w której ani życie, ani śmierć nie mają żadnej wartości?

Nie jesteś kszatriją, Kosteczku. Jesteś rozerwany wpół, jesteś tylko bólem i rozpaczliwą tęsknotą i pustką i cię nie ma, jak możesz więc być kimkolwiek, skoro cię nie ma, Kosteczku?

Widzę cię, synu, mówi lub myśli Baldur von Strachwitz. Mówi czy myśli? Widzę cię, synu. Jesteś. Żyj swoją dharmę.

Stoisz nagi. Za tobą twój ojciec. Przed tobą duże lustro, twoja nagość w nim.

Ojciec podaje ci przydziałową bieliznę. Zakładasz. Dalej stalowoszare bryczesy kawaleryjskie, na udach podszyte ciemną skórą, dalej długie skarpety, koszula, szelki, kurtka szarozielona. Kołnierz zapinany pod szyją na haftki. Guziki. Pas. Mała kabura z pistoletem, ciężka, w środku pewnie jakaś siódemka.

— Damit gibst du lieber nicht an*. — Uśmiecha się ojciec i odpina z twojej piersi odznaczenia, śląskiego orła, za rany, Krzyż Żelazny pierwszej klasy. Zostawia na guziku wstążkę od drugiej klasy, wyciąga z niej jedynie złotą wpinkę, której znaczenia nie znasz. Wkłada ci te ordery i medale do kieszeni kurtki, starannie zapina guzik. Następnie podaje ci buty, siadasz na krześle, ojciec pomaga ci wciągnąć wysokie oficerki z ostrogami, robi to sprawnie, jak dobry ordynans.

— Na gut, dann sehe dich im Spiegel**.

Przeglądasz się w lustrze, w którym przeglądał się polski generał. Może Walery Sławek? Nie wiesz, w którym mieszkaniu się zastrzelił, może w tym. Nie, nie w tym, ale ty tego nie wiesz, Kosteczku, więc dla ciebie może w tym.

W lustrze widzisz Niemca w mundurze, idealnie skrojonym mundurze. Jakby krawiec zdejmował miarę z ciebie, nie z twojego ojca. Skóra zdjęta z ojca. Szara kurtka, ciemnozielony kołnierz. Waffenfarbe grau. Na epoletach z białego sznurka dwie gwiazdki.

Zastanawiam się chwilę: a więc Hauptmann. Kapitan. W naszym wojsku trzy gwiazdki, a tutaj dwie, ale większe, i ten biały sznurek. Między gwiazdkami monogram z trzech liter: GFP. Nie znam ich znaczenia. Na lewym rękawie czarna opaska z wyhaftowanym białym napisem, podnoszę rękę, czytam: „Geheime Feldpolizei". To wyjaśnia monogram

Wszystko to na mnie, ale nie na mnie. Moje ubrania stapiały się ze mną. Nawet mundur, który nosiłem z niechęcią, polski mundur, stapiał się ze mną. A to wszystko, to mnie nie dotyka.

— Löcher im Staff, wo die Auszeichnungen gesteckt haben, könnten dich leicht entlarven*** — martwi się Baldur

* (niem.) Z tym się lepiej nie obnoś.
** (niem.) No, to przejrzyj się w lustrze.
*** (niem.) Dziurki po odznaczeniach są trochę dekonspirujące.

w cywilnych spodniach i koszuli, która jest nieco przybrudzoną, co dostrzegasz teraz, kiedy krząta się dookoła ciebie jak zaaferowany ordynans.

Poruszam ręką, mundur porusza ręką. Uśmiecham się, uśmiech obok munduru.

Ojciec szczotkuje pierś munduru na twojej piersi, dziurki po odznaczeniach robią się mniej wyraźne. Potem odkłada szczotkę, wyciąga pistolecik z kabury na twoim biodrze lewym, wyciąga magazynek, sprawdza komorę, chowa pistolet z powrotem na twoje biodro.

— Ich habe noch eine andere Waffe, eine private* — mówi usprawiedliwiająco. Na komodzie leży pistolet w dużym drewnianym futerale.

— Ist das diese Mauser?...** — pytasz, przypominając sobie okrągłą rękojeść przed twoją twarzą w Kattowitz, kiedy widziałeś ojca po raz ostatni oczami dziecięcia.

Ojciec potakuje. Sadza cię przy stole, z brązowej teczki zapinanej na dwie klamry wygarnia dokumenty i mówi. Mówi. Mówi głosem zniekształconym przez wojnę.

Podaje ci te dokumenty. Feldpolizeikomissar Baldur von Strachwitz. Soldbuch. Zielona przepustka, na niej dwa zdjęcia, w mundurze i w garniturze, twarz na obu tak samo ukąszona.

Wenn ihr eine Organisation habt, dann kann dir vielleicht jemand die Bilder austauschen, die Stempel fälschen. So eine Person habt ihr bestimmt*** — mówi.

Dysk ze srebrnego metalu, na rzemieniu, podobny do nieśmiertelnika, ale otwór tylko jeden, no i się nie przełamuje. To odznaka. Oberkommando des Heeres. Geheime Feldpolizei. 2553. Na drugiej stronie armijny niemiecki orzeł ze

---

* (niem.) Mam jeszcze inną broń, prywatną...

** (niem.) To jest ten mauzer?

*** (niem.) Jeśli macie jakąś organizację, to może ktoś ci te zdjęcia wymieni, dorobi pieczątki. Na pewno macie kogoś takiego.

swastyką w szponach. Zwykle to powinno wystarczyć, mało kto jest uprawniony, aby żądać okazania papierów po tym, jak wylegitymujesz się dyskiem. I nigdy się nie przedstawiaj, zawsze tylko warknij: „Geheime Feldpolizei" i pokazuj dysk. I to ty możesz żądać od nich papierów, rozumiesz? Obojętnie, w mundurze czy w ubraniu. Ale w mundurze będziesz bardziej przekonujący. Rozumiesz?

Słowa brzmią ci w głowie po polsku. A on mówi przecież po niemiecku do ciebie, po niemiecku.

— Verstehst du?

Rozumiesz. Ich verstehe.

— Papa. Für so etwas werden sie dich doch hinrichten.

— Sie werden mich nicht hinrichten — uśmiecha się. — Ziehe dich um und geh schon*.

Kiedy zapinasz koszulę i wiążesz krawat, on zwija mundur, płaszcz, dokumenty i broń w porządną, zgrabną paczkę, w dużą paczkę, w twoją paczkę, swoje życie zawija brązowym papierem i wiąże sznurkiem, jak pieczołowity subiekt.

— Ich bringe dich nach unten, mein Sohn. Es ist wichtig, dass der Wächter uns zusammen sieht, wenn du rausgehst**.

Rozumiesz? Czy już rozumiesz, Kosteczku?

Po schodach w dół. Jestem pijany. Paczuszka. Ojciec odprowadza mnie do drzwi i wychodzi ze mną na ulicę. Taki maleńki i drobny, dużo mniejszy ode mnie. A jednak mundur pasuje. Stoimy przez chwilę naprzeciwko siebie. Jestem pijany. Ojciec kładzie mi dłonie na ramionach, obejmuje mnie i tuli, jego blizna na moim policzku. Jest bardzo młody i bardzo stary jednocześnie.

---

* (niem.) Rozumiesz? (...) Rozumiem. (...) Tato. Przecież za to cię rozstrzelają. (...) Nie rozstrzelają. (...) Przebierz się i idź już.

** (niem.) Odprowadzę cię na dół, synu. To ważne, żeby strażnik zobaczył nas razem, gdy będziesz wychodził.

— Geh schon. Das reicht mir. Geh* — szepcze.

Wsiadam do samochodu, zatrzaskuję drzwiczki. Paczuszka z mundurem i bronią mojego ojca obok, na siedzeniu pasażera. On stoi na ulicy, w domowych pantoflach, w koszuli bez kołnierzyka, w cywilnych spodniach na szelkach. Macha mi dłonią. Myślę o jego zranionym kroczu, o tej strasznej ranie, jaką w duszy musiała wydrzeć rana cielesna. Zapuszczam motor. Ojciec odwraca się i wchodzi do domu generalskiego. Przez drzwi przeszklone widzę, jak rozmawia z wartownikiem, jak sobie z nim pogodnie gawędzi, wartownik wyprężony jak struna przed panem oficerem weteranem inwalidą wojennym.

Nagle zawraca, jakby sobie coś przypomniał, wygląda przez drzwi i macha do mnie dłonią, wyraźnie tak, bym jeszcze nie odjeżdżał, bym jeszcze poczekał, on jeszcze ma do mnie sprawę. Znika za drzwiami, po chwili wybiega z pistoletem maszynowym, nie takim, jakie mieli podoficerowie niemieccy we wrześniu, tylko w drewnianej, karabinowej oprawie, z gniazdem magazynka skierowanym w bok, nie w dół, włos jeży mi się na karku, ale zaraz widzę, że nie, nie trzyma go tak, jak się trzyma broń do walki, w gnieździe nie ma magazynka. Wysiadam, nie gasząc motoru.

— Eine Maschinenpistole wirst du brauchen, mein Söhnchen. Dort, wo du hinfährst. Ich brauche sie doch nicht, weil ich hier bleibe**.

Podaje mi broń i magazynki w skórzanym futerale. Uśmiecha się połową twarzy, kładzie mi jeszcze rękę na ramieniu, odwraca się i odchodzi. Za drzwiami mówi coś wartownikowi i w końcu znika na schodach.

A ja stoję, jak głupiec, na ulicy zgwałconej Warszawy z pistoletem maszynowym w rękach. Więc otwieram bagażnik,

---

* (niem.) Idź już. To mi wystarczy. Idź.

** (niem.) Pistolet maszynowy ci się przyda, syneczku. Tam gdzie jedziesz. A mnie się nie przyda, bo ja tu zostaję.

wrzucam wszystko do środka, zatrzaskuję pokrywę i wsiadam do środka.

Siedzisz w aucie z pracującym motorem, masz mdłości od wódki i tego, żeś nie jadł, i co? I czekasz, pijany.

Na co czekam? Co się stanie?

Przecież wiesz. Ale udajesz przed sobą, że nic nie wiesz i nic nie rozumiesz.

A on wspina się po schodach do swojego nie swojego mieszkania, a ty siedzisz w chevrolecie, motor chodzi. On przechadza się po mieszkaniu, nerwowo i z jakimś otępieniem, i płacze, i przyciska dłonie do piersi, jakby przyciskał do piersi coś bardzo mu drogiego; potem zaś z szafki w biurku wyciąga sterty dokumentów, niesie je do kuchni i pali nimi w kuchennym piecu, grzebie w palenisku pogrzebaczem, spalony papier rozsypuje się w proch. Potem wygląda przez okno: widzi dach twojego chevroleta, uśmiecha się. Chowa się za przybrudzoną firanką. Patrzy na fasadę ministerstwa, w którym adiutant, młody Feldpolizeisekretär Vanitschek, rozkłada sterty dokumentów i porządkuje złożoną sieć archiwum. Feldpolizeisekretär jest krajanem Baldura, pochodzi ze Śląska, z małej wsi pod Gliwicami, która zawsze nazywała się Pilchowitz, ale brzmiało to zbyt słowiańsko, więc kilka lat temu została Bilchengrundem, jakby to mogło zmienić retroaktywnie fakt, że kiedyś nazywała się Pilchowitz. „Feldpolizeisekretär Vanitschek spricht gut Polnisch, er ist intelligent, sehr systematisch, aber nicht besonders entscheidungsfreudig. Er stellt eine wichtige Errungenschaft für die geheime Feldpolizei dar, es empfiehlt sich seine Kompetenzen zu fördern"*, napisał w ankiecie osobowej

* (niem.) Feldpolizeisekretär Vanitschek mówi dobrze po polsku, jest inteligentny, bardzo systematyczny, chociaż niezbyt szybko podejmuje decyzje. Stanowi cenny nabytek dla Geheime Feldpolizei, zaleca się dołożyć starań w celu rozwoju jego kompetencji.

swojego podwładnego von Strachwitz. Sekretarz policji polowej Vanitschek ma twarz i ma fiuta i wszystko inne.

Feldpolizeisekretär Vanitschek za parę lat zajmie się wyłapywaniem sowieckich szpiegów wśród brudnej, często skośnookiej ciżby wschodnich Hilfswilligen i złapie ich bardzo wielu, a potem nawet zdąży szczęśliwie pozbyć się kompromitującego monogramu GFP z naramienników i nie przyzna się do tego towarzyszom w łagrze. Sam z tego łagru zbiegnie, a będzie to łagier daleki, w Primorskim Kraju, i będzie szedł egzotyczną tajgą, a nadzieja jego będzie wielką: niedaleko jest granica Chin, a z Chin już wróci, niestraszna mu wojna domowa. Jednak do Chin nie dotarł: zaatakował go czarny usuryjski niedźwiedź z białym półksiężycem na piersi. Niezbyt duże są te niedźwiedzie, wielkości owczarka kaukaskiego była samica, która niesprowokowana, napadła na zeka, który kiedyś nazywał się Vanitschek, i nie zdołała go zabić, tylko poraniła strasznie i poturbowała, jednak odegnał ją w końcu, waląc w głowę kijem, tylko po to, aby dwa dni później umrzeć z głodu i z ran.

Widziałam go, jak umiera, widziałam.

A Baldur teraz patrzy z okna na dach twojego chevroleta. Patrzy, dokąd odjeżdżasz. A ja zostaję z nim na chwilę. Spalił już papiery. Teraz rozbiera się do naga, ubranie składa w kostkę, bo tak go nauczyli w pułku, w innym świecie, w świecie, w którym miał twarz, chuja i należał cały z tą twarzą i chujem do Katarzyny Willemann, i jeszcze do pewnego całkiem głupiego cesarza, który teraz, siwobrody i w garniturze w prążki, przechadza się po ogrodzie domu w Haus Doorn w Holandii i zastanawia się tylko: kiedy? I co wtedy?

A Baldur von Strachwitz staje przed dużym lustrem i patrzy na swoje ciało, bardzo chude. Na zabitą twarz i dziurkę w kroczu, którą oddaje mocz. Baldur von Strachwitz jest pełen miłości. Baldur von Strachwitz jest ukojony.

Baldur von Strachwitz jest szczęśliwy, a ja cię porzuciłam, Kosteczku, na chwilę, chcę być teraz z nim i nim.

Baldur von Strachwitz otwiera drewniany futerał, wyciąga wielkiego, starego mauzera, oksyda w wielu miejscach przetarta do białej stali. Zabił z niego wielu ludzi: na wojnie i na powojnie i z doraźnego wyroku. Zabijał ich, bo byli jego wrogami, ale zabijał ich raczej dlatego, że mieli twarze, które można było pocałować, i mieli chuje, które mogli włożyć w kobietę, więc strzelał im w twarze albo w serca, jeśli twarze nie były dość piękne na kulę, a w krocza nie musiał, bo obumierały same, kiedy zabił im twarz.

Potem przestał zabijać ludzi, nie było już gdzie, skończyły się małe wojny po wojnie; zresztą nie chciał już ich zabijać, bo to nie dawało mu ukojenia. Potem wyjechał do Indii i Tybetu i tam próbował znaleźć coś, czego w Indiach znaleźć nie mógł, jakkolwiek długo by szeptał, jak mu kazali klechy w czerwonych sukniach, bo myśleli, że umiera.

Ach, gdy tak wskutek bezlitosnej Niewiedzy błądzę w kolisku samsary, zechciej mnie powieść, czcigodny Buddo Wairoczano, świetlistą drogą Mądrości Dharmadhatu! Niechaj też mnie wspiera potężna pani, twa Małżonka! Błagam, wyswobodź mnie ze straszliwego, wąskiego przesmyku bar-do! Wprowadź mnie do przeczystej sfery Spełnienia Buddy!

Ale nie umarł ani nie znalazł tego, czego szukał, bo to, czego szukał, rozpuściło się we flandryjskim błocie i płynie w ziemi, w jej sokach, parę ważnych kawałków Baldura stało się Flandrią.

Potem podróżował przez Persję, Arabię i północną Afrykę, a rodzina chętnie wysyłała mu pieniądze, bo jego nieobecność była im na rękę, nie brzydził ich przynajmniej swoją degradacją estetyczną: cielesną, społeczną i, jak słusznie uważali, moralną.

Podróżował jak z zamkniętymi oczami. Wiele razy go okradziono, złodzieje słusznie wyczuwali w nim łatwy łup, więc chętnie sięgali do jego bagaży, gdy spał lub gdy lekkomyślnie pozostawiał je bez nadzoru. Z tego samego powodu nigdy go nie obrabowano, nigdy nie napadli go bandyci, bo wyczuwali, że zaczepiony, pokąsa jak wściekły pies.

Nie znalazł w podróżach niczego. Ale lubił zawoje na twarz, takie, jak noszą Tuaregowie. Próbował zostać muzułmaninem, nie pomogło. Próbował zostać czymkolwiek, nie pomogło, a zostałby nawet żydem, gdyby to w czymkolwiek mogło pomóc, przecież był nawet jakby obrzezany. Ale to też nie mogło pomóc. Mieszkał trochę w Palestynie. Wrócił. Pętał się po zebraniach różnych ruchów i organizacji volkistowskich, aż w końcu lat dwudziestych wstąpił do NSDAP, bo gdzie indziej miał wstąpić, skoro tam byli wszyscy jego towarzysze z Oberlandu, więc wstąpił do NSDAP i próbował studiować historię, ale nie mógł, nie potrafił. Dał sobie więc w końcu spokój z uniwersytetem, zapisał się do Studiengesellschaft für Geistesurgeschichte, Deutsches Ahnenerbe e.V. i jeździł po całych Niemczech z odczytami o starożytnych Ariach, na które przychodziło zwykle nie więcej niż kilka osób, głównie wariaci, i wszyscy zamiast słuchać o Ariach, patrzyli na jego straszną twarz.

Nie byłam wtedy z tobą, Baldurze.

Byłam z tobą wcześniej, ale wtedy już z tobą nie byłam.

Potem przyszedł rok 1933 i wzięli cię do wojska, a potem nareszcie wybuchła wojna i wszystko się wreszcie uspokoiło. Ale na krótko, bo potem w jakiejś polskiej spelunie zobaczyłeś swojego syna.

A teraz, Baldurze von Strachwitz, jesteś nagi w swoich kalectwach, jesteś nagi i jestem z tobą.

Stoisz nagi przed lustrem. Nazywasz się Baldur Bolko Strachwitz von Gross-Zauche und Camminetz. Feldpolizeikomissär. Rittemeister, to kiedyś. Stoisz, jesteś nagi przed lustrem, w dłoni masz pistolet, jesteś pełen miłości, płaczesz i wspominasz Katarzynę Willemann, jedyną kobietę twego życia, i wspominasz dwór rodzinny, ciotki, kuzynki i kuzynów w mundurach i braci i brata i konie i służbę, i wspominasz, jak urodził się twój syn. Jesteś pełen miłości.

Wszystko.

Odchodzę od ciebie, Baldurze, wracam do ciebie, Konstanty.

Baldur zostaje na wieczność sam przed lustrem: jest młodym i starym, nagim, okaleczonym szrapnelem i fosforem, jest pełen miłości i z pistoletem w dłoni. Na zawsze już takim pozostanie.

Ja odchodzę i już jestem z tobą, Konstanty, a ty jedziesz, obok Lotnika na postumencie, jedziesz pijany i nieomal potrąciłeś furmankę. Więc już Puławska, a na Puławskiej nawet ruch jak na wojnę, skręcasz w Madalińskiego i zatrzymujesz chevroleta tam, gdzie zawsze zatrzymywałeś olympię, i nagle pijanego ogarnia cię wściekłość, bezradna wściekłość.

— Oddajcie mi życie! Kurwy! — krzyczysz, waląc rękami w kierownicę chevroleta.

Ale chybaś ich nie przekonał, bo nie oddają. Do kogo to zresztą było, Kosteczku?

— Do wszystkich — odpowiadam sam sobie. — Do wszystkich.

Wytaczam się z samochodu, potykam się o własne nogi.

Boję się o ciebie, Konstanty. Już wiem, że mi cię odbiorą.

Wróć!

Paczka! Biorę.

Wracam.

Schody, w górę, drzwi, mieszkanie, dobry, dobry Boże i czarny boże, was nie ma, ale jest Dzidzia, na fotelu w salonie siedzi Dzidzia, ma mokre włosy i twój szlafrok, spomiędzy pół szlafroka jej uda nagie.

Nie okrywa się, kiedy wchodzi. Wchodzę. Wchodzisz. Wchodzę.

— I cóżeś zorganizował, nieszczęśniku? — pyta.

Niegrzecznym ruchem rzucasz jej paczkę. Dzidzia śmieje się z twojej impertynencji. Otwiera. Przegląda rzeczy w paczce i jej pogardliwa postawa więdnie.

— Zabiłeś go?...

— Nie.

— To skąd to masz?

— To mój ojciec.

— To jest mundur twojego ojca? I dokumenty, i broń?

— Tak. Pasuje na mnie. Inżynier ci nie mówił? — pytasz.

Milczy chwilę.

— Nie mówił. Ukradłeś?

— Nie, dał mi to.

— Jak to: dał?... Będzie pracował dla nas?

— Nie. On jest Niemcem. Nie zdradziłby Niemiec, nigdy.

— Ale broń, dokumenty?... — dziwi się.

Wzruszasz ramionami. Chciałbyś zgrabnie usiąść na fotelu, ale zataczasz się po drodze.

Chcę zgrabnie usiąść na fotelu, ale zataczam się po drodze, jestem pijanym, wcale nie jestem pijanym, siadam. Wzruszam ramionami.

Jeszcze nie, Konstanty, jeszcze nie, proszę cię, jeszcze nie teraz.

Dzidzia się zmniejsza. Okrywa szlafrokiem uda, wcześniej pogardliwie obnażone.

— Fascynujesz mnie — mówi to nagle innym tonem, bez przekąsu, z jakim mówiła wcześniej. — Pić nie umiesz, ale jednak jesteś zaskakujący.

— Zdjęcia trzeba wymienić. Na moje. W mundurze i w cywilu.

Dzidzia już mnie nie słucha. Wyciągnęła z paczki bluzę od munduru, rozprostowała, strzepnęła. Teraz widzę: też jest już pijaną.

— Pasuje?

— Idealnie.

— A dlaczego tu nie ma orderów? — pyta, wskazując na dziurki.

— Ojciec ściągnął... — odpowiadam. — Bo ja przecież jestem za młody na wojnę światową.

Dzidzia, nieco otępiała od alkoholu, marszczy na chwilę brwi, po czym zaraz uśmiecha się szeroko.

— Ale głupstwo! Pokaż mi się, no!... Któryś jest rocznik?

— Dziewiąty.

Przygląda mi się. Ci się. Przygląda. Mi się. Badawczo.

— No, pokażże się, do światła stań...

Podchodzi do mnie. Pod szlafrokiem naga. Kładzie mi rękę na piersi, niby pieszczota, a jednak po to, aby utrzymać dystans. Ujmuje moją żuchwę dwoma palcami i obraca, ogląda moją twarz.

— Możesz mieć czterdzieści lat.

Prycham.

— Nie wyglądasz staro jak na swój wiek — zapewnia głosem, który nie brzmi jak wcześniejszy głos Dzidzi. — Wyglądasz jak mężczyzna. Męsko. Mężczyzna między trzydziestką a pięćdziesiątką może się wcale nie zmieniać.

Czy teraz mogę ją uwieść? Czy to ona uwodzi mnie? Jest pijaną. Ja też. Dlaczego nie? Chcę ją objąć w talii, ale zanim gest ten nabierze wagi, wymyka mi się, odwraca, zakręca w tanecznym obrocie i odsuwa się ode mnie.

— A ten ojciec twój Niemiec, to który jest rocznik?

— Dziewięćdziesiąty trzeci.

Dzidzia marszczy brwi.

— To co, siedemnaście lat miał, jak cię...

Wzruszam ramionami.

— Ale to dobrze. Czterdzieści sześć lat. Ujdzie przecież. Jesteś podobny do ojca?

A więc nie spojrzała na zdjęcia w legitymacji. Nie popatrzyła.

— Nie wiem — odpowiadam.

I już wiem, zajrzy tam, sprawdzi, zobaczy. Zobaczy, wszystko zobaczy. A jak zobaczy, szansa na to, bym ją uwiódł, zniknie. W obliczu tego, co zobaczy, w obliczu tego, kogo zobaczy, szanse na to zginą.

Dzidzia sięga po legitymację, otwiera.

— O Boże...

Zginęły. Wzruszam ramionami.

— To nie wszystko, przeczytaj w rubryce „besondere Merkmale"*.

Wzdycha.

— No, to zdjęcia trzeba będzie ci zrobić. A na kontroli kutasa raczej nie sprawdzą — śmieje się.

Jestem trochę tym śmiechem urażony, śmieje się z tego, że mój ojciec nie ma...

— Ale zaczekaj — przytępiony alkoholem mózg Dzidzi czepia się oczywistości — skoro on ciebie...

— Na wojnie.

* (niem.) znaki szczególne

— Ach. No, w każdym razie ordery musisz z powrotem zamocować. Jego historia to twoja historia. Będziesz nim. Zdjęcia Inżynier powinien zrobić nowe.

Siadam w fotelu. Ciężko siadam. O uwodzeniu już nie może być mowy.

— Chyba pójdę się położyć. Piłem z nim wódkę. Jestem zmęczony.

— Zostaniesz nim, rozumiesz? Będziesz... — Spogląda w legitymację. — Będziesz Baldurem von Strachwitz.

Wstaję.

— Daj mi spokój, Dzidzia. Idę spać.

Idę. Idziesz. Tak, idę, walę się na łóżko, łóżko Heli i moje, ale teraz raczej moje, walę się na łóżko Heli i spać.

ROZDZIAŁ X

— Wstawaj! Pobudka, panie von Strachwitz!

Dzidzia. Dzidzia? Otwieram oczy. Ciemno. Ona nade mną.

— Wstawaj, wszystko przygotowałam.

— Co przygotowałaś?... — pytam nieprzytomnie.

— Wszystko. Ubieraj się. — Rzuca mi mundur mojego ojca.

Nic nie rozumiem.

— Fotografie, będziemy robić fotografie. Najpierw w mundurze. Ubieraj się.

Dzidzia odwraca się i wychodzi. Siadam na łóżku.

— Szybko, szybko, nie ma czasu! — odzywa się męski głos z salonu. Znam ten głos. To Kierowca. Kierowca Witkowskiego.

Nie mam zaufania. Dzidzia przyniosła całą paczkę: w niej mała kabura służbowego sauera mojego ojca. Otwieram futerał, wyciągam broń.

— Kosteczku, dałbyś spokój, dobrze? Potem się pobawisz — mówi Dzidzia, powróciwszy niepostrzeżenie.

Mam taki odruch, aby pistolet wstydliwie schować, rzucić, zasromać się jak chłopiec przyłapany na onanizmie, zawstydzić się, zapłonić.

Ale nagle wiem, że jest we mnie coś więcej. Gdzieś głęboko we mnie, nie wiem gdzie dokładnie, coś zakiełkowało, coś, co pozwoli utrzymać ten pistolet w ręce. Dzięki niej. Ona mówi mi, żebym się nie wygłupiał, ale to dzięki niej mogę zrobić to, co chcę zrobić. Nie to, czego chce ode mnie ona. Albo moja matka. Albo mój ojciec. Albo dowódca. Dzięki niej. Nigdy nie poznałem nikogo takiego jak ona.

Nigdy nie poznałeś nikogo takiego jak ona.

Drżą mi ręce, nagle robi mi się gorąco i staram się zrobić to powoli, żeby się nie ośmieszyć, więc dwoma palcami ciągnę zamek, sprawdzam, czy broń jest naładowaną, coś błyszczy złoto, więc nie spuszczając wzroku z Dzidzi, puszczam i nabój wskakuje na swoje miejsce, broń jest nabitą.

Wstaję. Uda mi drżą od adrenaliny. Jestem tylko w bieliźnie, w gatkach i podkoszulku, ale to nieważne. Nie mam zaufania. Mogą chcieć mnie rozwalić, bo czemu nie?

W moim salonie stoi Kierowca. Kierowca Witkowskiego, w pilotce na głowie i w skórzanej kurtce wyciąga z dużej, brezentowej torby coś, co wydaje ci się przenośnym laboratorium do wywoływania fotografii. Obok na drewnianym statywie stoi aparat fotograficzny, przy nim wielkie lampy, też je przynieśli, bo to nie moje. Przy stole jadalnianym jakieś utensylia pisarskie rozkłada człowiek mi nieznany, w okrągłych okularach, na pierwszy rzut oka to raczej Żydek.

Kierowcy ramię prawe drgnęło, jakby na widok pistoletu odruch kazał mu sięgnąć do kieszeni, ale nie sięgnął. I patrzył na mnie inaczej niż wcześniej.

— Czego tu? — warknąłem. — To jest mój dom. Dość mam tych niezapowiedzianych wizyt.

— Panna Dzidzia nas zaprosiła — odparł. — Myśleliśmy…

— Panie — odzywa się okularnik zza biurka. — Dokumenty pan masz świetne, trzeba zdjęcia wkleić, „besondere Merkmale" przerobić i będzie ganc pomada.

— Nie ma coś się irytować, panie Pięćdziesiąt Siedem. Załóż pan mundur, zrobim fotki i będzie — powiedział Kierowca. Pojednawczo. Powiedział grzecznie. Powiedział perswazyjnie, chociaż przecież wcale nie uniosłem pistoletu, nie celowałem w nikogo, po prostu trzymałem go w dłoni, lufa w podłogę. Ale może słyszeli, jak sauer szczęknął, kiedy go nabiłem. I teraz on traktuje mnie inaczej, spojrzenie ma inne, nie patrzy na mnie tak, jak patrzył wcześniej.

Chciałabym ci powiedzieć, Kosteczku, jak on na ciebie patrzy, ale nie umiem. Dzieje się w tobie coś, co mnie z ciebie wypycha, jakby coś w tobie rosło, a ja wysączam się z ciebie, wyciekam z ciebie twoim nosem i twoimi uszami.

Dzieje się, a raczej już się stało. Tak bardzo chciałam, żebyś pojechał do matki, do twojej matki, dzięki której jesteś, bo mógłbyś przecież nie być, mogła się ciebie pozbyć, bo już wtedy na Górnym Śląsku za pieniądze mogła ten zalążek ciebie albo ciebie samego wyłyżeczkować ze swojego łona, wydrapać, jak wydrapuje się brud z ucha, ale nie wydrapała, zostawiła sobie ciebie i po co, po co, abyś ją zdradził, idąc do niego, do niego, który nie był dla niej dość dobry, dlaczego do niego poszedłeś, Kosteczku, i dlaczego pozwoliłeś mu się pokochać?

Nie poszedłeś do matki, dlatego ona teraz bierze cię we władanie. Ona, bo nigdy nie znałeś nikogo takiego jak ona.

Wracam do sypialni.

— Chciałbym się przebrać — mówię do Dzidzi, spodziewając się, że zacznie się ze mną drażnić, że będzie drwić, czy się wstydzę i czego się wstydzę, ale ona po prostu wychodzi, wyszła.

Zakładam mundur ojca. Czapka, zgnieciona, okrągła czapka z daszkiem, miękka, wciągam wysokie oficerki. Zapinam pas, kabura, pamiętać, że na lewym biodrze. Chciałbym przypiąć odznaczenia, ale nie wiem jak, więc wychodzę do salonu.

— Psiakrew — klnie na mój widok Kierowca. Żydek w okularach podniósł wzrok znad papierów, wzruszył ramionami.

— Jak ze szkopskiego żurnala wycięty, prawda? — uśmiecha się Dzidzia. Ja się nie uśmiecham.

— Potrzebuję zdjęcie, tamto. Żeby ordery przypiąć jak trzeba.

Dają, staję przed lustrem, na zdjęciu Baldur, w lustrze ja, przypinam ordery. W lustrze Baldur, na zdjęciu Baldur. Albo ja. Wracam.

— Czemu pan ma spodnie i buty do konia, skoro tu wyraźnie napisane, że tajna policja? Łapsy chyba konno do ataku nie jeżdżą? — pyta fałszerz zza biurka, nie odrywając skupionego wzroku od papieru, który gładzi zwilżonym pędzelkiem.

— Mój ojciec jest rotmistrzem ułanów. To znaczy był. Na wielkiej wojnie. Drugi pułk ułanów. To znaczy niemiecki, cesarski, drugi pułk ułanów von Katzlera — tłumaczę, ale właśnie: tłumaczę, a nie się tłumaczę, nie brnę, nie plączę się, po prostu mówię. Wyjaśniam. Niech wie.

Zapalają lampy. Na ścianie rozpostarli obrus, co Hela na to, co Hela na to, nieważne. Nieważne? Kierowca fotografuje trzy razy, coś tam przy obiektywie majstrując, potem się przebieram w moje brązowe, grube ubranie. Chuj jest na swoim miejscu, sprawdziłem.

Znowu fotografie.

— W łazience ciemnię zrobimy, pan pozwoli — mówi Kierowca, ściąga skórzaną kurtkę i pilotkę i zamyka się tam, a ja co, a ja krążę po mieszkaniu, krążę jak lew ryczący.

Dzidzia w fotelu czyta książkę. Żydek drapie i pędzelkiem gładzi straszne rany mojego ojca. Złuszcza się zbliznowaciała tkanka z twarzy, zarasta zdrową, czerstwą skórą. W kroczu z fałd dookoła wypreparowanej cewki moczowej wyrasta nowe prącie, cewka rośnie razem z nim, naczynia krwionośne i ciała jamiste i skóra i wszystko na papierze, na blankiecie z dokumentów i na papierze światłoczułym, gdzie w czerwonym świetle wyłania się Baldur von Strachwitz czarny jak Murzyn o czarnych białkach oczu i w białym mundurze, a potem jasnoszary w mundurze ciemnoszarym, i przycinają do rozmiaru małą gilotynką, a potem Baldur von Strachwitz w brązowym garniturze, ja.

A ty krążysz, bo co dalej, co dalej, co dalej?

Hela. Jureczek. Stary Peszkowski. Iga. Jacek. Matka. Wszyscy.

Salome, dobry Boże, Salome, co z Salome, może jechać do niej od razu, jechać teraz, co z nią?

Nie jechać.

A ojciec, co z nim, to przecież bardzo blisko, na piechotę może kwadrans, nie więcej, może pójdę, zobaczę.

Nie pójdziesz, głupcze, nie pójdziesz. Przecież wiesz. Odprowadził cię na dół, aby widziano go w momencie, jak wychodzisz, żeby wiedziano, że został sam.

Nie pójdę. A czy wartownik spisał moje dane? Nie przypominam sobie, żeby coś zapisywał, a czy zapamiętał, spojrzał tylko w moje papiery, więc czy zapamiętał nazwisko, czy nie zapamiętał, bo jeśli nie zapamiętał, to będę po prostu nikim, jednym z kilkunastu tysięcy Niemców w Warszawie, a jeśli zapamiętał, to będą mnie szukać. Potem.

Po czym? Potem. Potem. Nie pójdę. Do Salome też nie pójdę.

Nie pójdziesz. Na inny twoje serce przestawiono tor. Krążysz po mieszkaniu, potykając się o zapachy i ślady Heli i Jureczka, do których też nie pójdziesz. Pierwsza w nocy, już pierwsza w nocy.

— Gotowe — powiedział Żydek.

Hela spała w fotelu.

Dzidzia, nie Hela. Dzidzia.

Hela śpi daleko stąd na ulicy Podwale, obok niej Jureczek, a nad nimi straszny cień Peszkowskiego.

W szafie suknie Heli. Przesuwasz po nich dłonią, jedwabie i atłasy szepczą swoje buddyjskie modlitwy jak skrawki papieru na tybetańskim wietrze, szepczą swoje modlitwy do wiecznej kobiecości, którą skrywały.

Pamiętasz skrawki papieru w Tybecie?

Nigdy nie byłem w Tybecie.

Hela, Hela, Hela. Hela!

— Śpij, Konstanty — szepcze Dzidzia. — Rano Inżynier zrobi nam odprawę i jedziemy. Musisz wypocząć.

Buteleczka. Buteleczki. Nie mam. Pełnej szczęścia.

— Daj mi spokój, kobieto — warczę i zamykam drzwi sypialni, nie troszcząc się, co z nią dalej. Będę kimś dla czegoś, będę po coś, a nie tak, jak byłem do tej pory.

Głupi, głupi Kostek.

Rozbieram się i śnię.

Śni ci się dom rodzinny, katowicka kamienica. Jesteś tam na przyjęciu, na koktajlu, którego przecież w twoim rodzinnym domu być nie mogło, bo nie urządzano wówczas koktajli, kiedy tam mieszkałeś, na pierwszym w życiu koktajlu byłeś u rodziców Jacka i był to rok 1932 i miałeś na sobie pierwszy w życiu smoking i czułeś, że twoje życie ruszyło nagle z kopyta. Byłeś piękny i śmiały się do ciebie piękne kobiety w okrągłych kapelusikach, piłeś wódkę i jadłeś kawior. A potem kupiłeś sobie frak. Ale teraz śnisz i koktajl jest w salonie, w którym spędziłeś dzieciństwo, tak jak spędziłeś dzieciństwo w milczeniu twojej matki. A w salonie stoi mnóstwo ludzi, ale nie możesz znaleźć nikogo znajomego, jest bardzo ciemno, trochę tylko światła wpada przez okna, pochmurny, szary zachód słońca.

I wszystko jest przysypane siwym popiołem, ludzie brodzą w tym popiele, z popiołem przysypanych stołów wyciągają jakieś przekąski, popiół unosi się w kieliszkach, osypuje po włosach i to nie tak, że go nie widzą, bo widzą, dowcipkują sobie o tym, otrzepują rękawy, zdmuchują z kanapek.

Ja kogoś szukam — potem zdałem sobie sprawę, że szukam jakiejś kobiety. Czy to Hela, czy Salome, Iga czy Dzidzia? W powietrzu, między zasypanymi popiołem ludźmi, unoszą się lśniące, żarzące się linie. To ślady. Idę po tych śladach, które zostawiła w powietrzu, to płonące w powietrzu ślady żarzącego się papierosa. Świecą tak, jak w dzieciństwie świeciły linie zakreślane nocą płonącymi patykami — tyle że ślady jej papierosa trwają w powietrzu, jak na nocnym zdjęciu z długim czasem otwarcia migawki. W tych śladach jaśniejsze światełka, to miejsca, w których tym papierosem się zaciągała.

Próbujesz więc odnaleźć jakiś porządek w tej plątaninie żarzących się kresek i już wiesz, że te najjaśniejsze są najświeższe, i ślady papierosa prowadzą cię na klatkę schodową i w górę, na strych: tam nie ma pyłu, tylko pachnie świeżym praniem, a na sznurach wiszą wilgotne prześcieradła. A między nimi ślady papierosa — i w końcu ją znajdujesz, opiera się o krokiew, odziana w koktajlową sukienkę, stoi z rękami ciasno zaplecionymi i wściekła, płacze, łzy ciekną jej po policzkach i pali papierosa w długiej lufce. Pytasz, co się dzieje, a ona syczy przez wargi zaciśnięte w nienawistną, cienką kreskę:

— Wynoś się stąd, bo cię zabiję — mówi, a ty wiesz, że ona nie żartuje. Aż trzęsie się z gniewu. Więc odwracasz się, bardzo upokorzony i trochę przestraszony, i chcesz odejść, ale nie umiesz znaleźć drogi między prześcieradłami i oblepiają cię, a ty brudzisz je pyłem, który masz na rękach i we włosach. Matka będzie wściekła. W końcu wychodzisz na dwór, zrywając po drodze płachty ze sznurków: a na zewnątrz, na ulicy Mariackiej popiół pokrywa wszystko, pada z nieba jak czarny śnieg, jest dzień, ale tak ciemno, jak przy całkowitym zaćmieniu Słońca. Na horyzoncie ogromny wulkan tryska ogniem.

— Wstań, Konstanty, już czas — mówi Dzidzia.

Czy to ona czekała tam na strychu, pomiędzy mokrymi prześcieradłami?

Wstajesz. Nie chcesz słyszeć mojego głosu.

Wstaję. A więc dobrze. Skarpetki, kalesony, podkoszulek. Na to koszula. Spodnie szarostalowe. Szelki. Wciągam wysokie buty, haki miałem już na podorędziu. Teraz bluza. Pas z kaburą, pas na dwie dziurki, kabura, pamiętaj, pamiętaj, na lewym biodrze. Czapka.

Lustro.

Ich heiße Baldur von Strachwitz, Feldpolizeikommissar.

Jestem Konstanty Willemann. Do podróżnego neseseru pakuję cywilny garnitur, gruby, brązowy, ze szkockiej wełny, biorę też smoking. Mam dobrą metodę na poskładanie marynarki tak, by się nie pomięła, jedną stronę wywracam na nice razem z rękawem i wkładam w drugi rękaw, potem roluję dookoła bielizny. Moje życie wywrócone na nice, niestosowność neseseru, jakże to, pakować neseser, skąd neseser, powinienem pakować jakiś tobół, jakiś wózek, a nie neseser. Pierzyny i worek pełen kartofli. Dorzucam kilka koszul, skarpety, kalesony, szczotkę do zębów, proszek, mydło i przybory do golenia, wszystko.

Wychodzę do salonu.

Na fotelu Inżynier, na drugim Dzidzia, przy oknie Kierowca.

— Pięknie — klasnął w dłonie Witkowski. — Niech pan coś powie po niemiecku. Wie pan, takim wojskowym tonem.

— Frisst alle Scheiße, ihr Drecksäck* — odpowiadam służbiście.

Dzidzia się śmieje. Kierowca nie rozumie. Inżynierowi wydłuża się twarz. Wstaje.

---

* (niem.) Żryjcie gówno, ciule.

— Dobrze. A więc, panie Pięćdziesiąt Siedem...

— Ich heiße Baldur von Strachwitz — przerywam mu.

— Tak, tak. Pojedziecie do Budapesztu. Zatrzymacie się w Hotelu Gellért.

— Boże, jaki kicz — chwyciła się za głowę Dzidzia.

— Dlaczego? — zdziwił się Inżynier. — Sprawdziłem w bedekerze, to przyzwoity hotel. Ma łaźnie termalne. Zameldujecie się pod nazwiskiem von Horn. Państwo von Horn.

Dzidzia machnęła pogardliwie ręką. Inżynier nie zrozumiał.

— Tam znajdzie was pułkownik Steifer, który według naszych danych powinien już być w Budapeszcie. Uciekł Sowietom. Z pułkownikiem omówi pan następujące sprawy... Zresztą proszę przeczytać.

Podaje mi karteczkę, wypisaną na maszynie. Ustalenie łączności kurierskiej. Możliwości wywiadowcze. Finansowanie. Przerzut do Francji. Nawiązanie kontaktu operacyjnego z przedstawicielami niemieckich kół wojskowych. Kilkanaście punktów.

— Proszę nauczyć się tego na pamięć, a kartkę oczywiście spalić. To wszystko. Ustalić, co do ustalenia. Potem wracać.

Nawet Dzidzia wygląda na zdziwioną.

— To wszystko? — pytam. — A jakieś konkretne zadanie, zlecenie? Cokolwiek? A co jeśli Steifer się nie stawi?

— Panie Pięćdziesiąt Siedem. Pan jest oficerem, nie kapralem. Oficerem wywiadu. Oficerem wywiadu Rzeczpospolitej. Musi pan podejmować inicjatywę, działać samodzielnie. Jedzie pan do Budapesztu, niech pan tam zrobi co w pana mocy, potem proszę wrócić, nie później niż do końca miesiąca. Rozumiemy się?

Wzruszam ramionami.

— Finanse?

— Ach, no tak! — Inżynier klepnął się w czoło i sięgnął następnie do wewnętrznej kieszeni marynarki. — Tysiąc dolarów. Musi panu wystarczyć.

— A papiery dla mnie? — pyta Dzidzia.

— Nasza komórka legalizacyjna nie działa jeszcze na pełnych obrotach. Musicie sobie poradzić z tym, co macie.

Głupstwa, głupstwa, słabości, czy tego nie widzisz, Kosteczku? Kładziesz na szali swoje życie. Dlaczego? Dlaczego nie chcesz mnie już słuchać, Kosteczku?

Ukradli mi ciebie.

Zakładam płaszcz, rękawiczki. Zabieram klucze. Dzidzia ma futro z norek, kapelusik maleńki i mufkę nawet ma. Nie ma wojny, nie ma. Gdzie wojna, jaka wojna?

Wychodzimy.

Wyszliśmy. Na miejscu mojej olympii stał chevrolet. Na polskich tablicach rejestracyjnych, przedwojennych.

— Mamy polskie tablice — powiedziałem.

— Powiemy, że zarekwirowany — odpowiedziała Dzidzia.

Otwarłem bagażnik, wyjąłem pistolet maszynowy i ładownicę. Dzidzia spojrzała zaskoczona, z uznaniem.

— Umiesz strzelać? — zapytałem, pamiętając o tym, jak upokorzyła mnie pod Loursem.

— Z takiego czegoś nie umiem i nie będę — odparła z wyższością arystokratki, która odmawia zajęcia miejsca w wagonie trzeciej klasy.

Uśmiechnąłem się do niej, odpowiedziała uśmiechem. Ona coś robi ze mną, coś się we mnie zmienia, coś we mnie milknie; coś, czego wcześniej nie słyszałem, a jednak tam było, a teraz milknie.

Mnie nie słyszałeś.

Siedliśmy w aucie, zapaliłem motor, włożyłem magazynek do gniazda rozpylacza, ale nie przeładowałem z obawy, aby przy jakimś wstrząsie nie wypalił. Siedziałem chwilę w milczeniu, z dłońmi na kierownicy.

— Nie powinniśmy czegoś wcześniej zaplanować? Trasy jakiejś, legendy, co mamy mówić, gdyby nam sprawdzali dokumenty?...

— Powinieneś. Ty tutaj jesteś oficerem wywiadu, prawda?

Znowu milczałem przez chwilę, ściskałem dłońmi kierownicę, jakbym wisiał na niej nad przepaścią.

— Nie jestem — wyrzuciłem z siebie w końcu. — Nie jestem oficerem wywiadu. Nie jestem nawet oficerem rezerwy ułanów. To znaczy jestem według papierów, ukończyłem kurs, dowodziłem plutonem, biłem się z Niemcami, ale nie jestem oficerem, nie jestem żołnierzem.

Dlaczego to powiedziałem, wystawiając się na jej kpiny? Dlaczego? Nie wiem. Dzidzia jednak nie kpiła.

— To kim jesteś? — zapytała po prostu. Poważnie zapytała.

Kim jestem? Chciałem powiedzieć: jestem Kostek Willemann, dżentelmen, utracjusz, dziwkarz i narkoman. Nigdy nie brakowało mi pieniędzy. Lubię zadawać się z artystami i pisarzami. Lubiłem. Lubię kobiety. Studiowałem trochę polonistykę, żeby zapomnieć, że z krwi jestem Niemcem, ale mnie polonistyka nie obchodziła, studiów nie ukończyłem, trochę rysuję, uczyłem się zaocznie u najlepszych profesorów ASP, matka płaciła, ale to też mnie niezbyt obchodzi, tak naprawdę. Chciałem zająć się fotografią, fotografować nagie kurwy w wyuzdanych pozach, ale wojna przyszła, zanim kupiłem sobie aparat. Chciałem napisać scenariusz do filmu albo ten film wyreżyserować i żeby zagrała w nim Ordonówna. Rozmawiałem o tym z Jarosławem, zachęcał mnie, szczególnie przy wódce, bo na trzeźwo to już mnie tak gorąco nie zachęcał. I obsadziłbym Salome w drugoplanowej roli. Cyganki-wróżbiarki. Ale nie napisałem, a potem przyszła wojna. Lubię morfinę, zmrożoną wódkę i szampana, kokainą nie pogardzę, lubię wykwintne jedzenie, lubię tańczyć w Adrii albo w Paradisie z kobietami, które poznaję wieczorem i żegnam rano. Lubiłem. Lubię pójść z nimi do łóżka, ale bardziej lubię to, że mi ulegają, bardziej zależy mi na tym, aby mię uwielbiały, niż na samym ich ciele. Ciała mnie nużą. Nie nuży mnie ciało Heli. Nie nużyło. Dalej nie nuży. Pragnę Heli. Nie kocham jej. Kocham ją. Kochałem. Nie. Nie wiem. Jestem Konstanty Willemann i jestem dobrym synem mojej matki. Nie jestem. Jestem Konstanty Willemann i przyjąłem miłość mojego ojca, wiedząc, gdzie go zaprowadzi. Do przestrzelonej czaszki. Jestem Konstanty Willemann i nienawidzę mojej matki.

Jestem Konstanty Willemann i moja matka nie jest człowiekiem. Jestem Konstanty Willemann i jestem synem diablicy. Jestem synem diabła, mój ojciec zapłodnił diabła i z diabelskiego łona się narodziłem, a mój ojciec stracił prącie, by nikogo już potem nie mógł zapłodnić.

Jestem Konstanty Willemann i nie mam brata ani siostry, nie mam nikogo. Jestem sam. Nie mam żony. Nie mam syna. Jestem Konstanty Willemann i nie mam matki ani ojca, mam tylko diabła i trupa. Jestem Konstanty Willemann i jestem synem diabła i trupa. Jestem Konstanty Willemann i mam w dupie to, czy jestem Niemcem, czy Polakiem, bo są ważniejsze sprawy na tym świecie.

Jestem Konstanty Willemann i jestem warszawiakiem. Nigdy wcześniej o tym nie myślałem, myślę o tym teraz, patrząc w głąb ulicy Madalińskiego, w stronę Rakowca pod domem z czekolady przez szybę przednią dwudzielną chevroleta mastera, który nie należy do mnie. Dłonie zaciskam na kierownicy. Obok mojego kolana w perforowanej osłonie lufa maszynki, siedem otworów jak w wielkiej pieprzniczce, dalej kolano Dzidzi Rochacewicz w cielistej pończosze jedwabnej. Jestem warszawiakiem.

Jestem Konstanty Willemann. Jestem Konstantym Willemannem, utracjuszem, dziwkarzem i narkomanem. Widzę różne rzeczy. Słyszę różne rzeczy.

Mnie nie słyszysz. Matki nie słyszysz. Zatkałeś sobie uszy.

— To kim jesteś? — zapytała Dzidzia.

— Ich heiße Baldur von Strachwitz.

— Ale tak naprawdę — mówi jak mała dziewczynka.

Tak naprawdę to nie jestem Konstanty Willemann. Nie jestem Baldur von Strachwitz. Nie jestem. Tak naprawdę nie jestem zaciskam dłonie na kierownicy mocno mocno napręża się skóra na kostkach zaraz pęknie nie pęknie. Jestem syn diabła i trupa. Tak naprawdę nie jestem syn diabła i trupa, jestem syn Baldura i Katarzyny, ale ona nie jest człowiekiem. Kim jest? Jest kobietą. Człowiekiem. Nie.

— Nie ma żadnego naprawdę. Naprawdę mnie nie ma. Naprawdę nie ma nikogo.

— Przybyszewszczyzna. — Uśmiechnęła się Dzidzia.

Ale bez pogardy. Drażni się ze mną, ale bez pogardy. Dlaczego? Może wcześniej też było bez pogardy? Nie. Tak.

— Jedźmy, Konstanty. Wyjedźmy z Warszawy, zrobimy postój i jakiś plan ułożymy wtedy.

Wrzuciłem bieg.

Gdzie? Na południe. Na razie na Piaseczno, potem trzeba się będzie gdzieś przez Wisłę przeprawić. Tak. Szosą na Radom nie pojadę, chociaż tam droga najlepsza, asfaltowa, ale lepiej losu nie kusić, lepiej bocznymi drogami. Czyli wzdłuż Wisły, Piaseczno, potem marna, dziurawa droga na Czersk, więc trzeba będzie powoli, dalej Potycz, kiedyś tamtędy jechałem, chociaż raczej jeździło się szosą na Radom, od Warki szosa znowu przyzwoita, ale nie tak jak szosa asfaltowa na Radom, szosa numer trzynaście na Grójec i Radom, więc nie tą szosą numer trzynaście, tylko bocznymi drogami, od Warki dalej na

Kozienice, żeby przeprawić się gdzieś w Dęblinie. A może jednak nie. A potem trzeba będzie postudiować mapę. Bo może jednak jechać dalej, aż do Sandomierza, i dopiero tam gdzieś się przeprawiać. Chociaż mosty pewnie poniszczone, nawet nie wiem, bo skąd miałbym wiedzieć. Ale na pewno. Może jakieś przeprawy już są.

Więc teraz Puławską. Mokotów, niedaleko z boku Sielce. Tam walczyłem. Ja walczyłem? Willemann walczył. Walczył? Miesiąc temu. Strzelałem, komenderowałem, kryłem się. Krył się, komenderował, a czy strzelał, to nie wiem, na postrach bardziej. Tak. Pętla Służew, jedynka, dwunastka i szesnastka tu jeździły, jeździło się. Dziewiętnastka jeszcze dalej do pętli na Służewcu od niedawna i na Służewcu forty. Lubiłem Warszawę, ale już nie lubię. Kontrnatarcie, dwa kaemy niemieckie nasze na flankach, wduszeni w gruz, naprzód! naprzód! Krzyczę we własny łokieć, tuląc się do ziemi, usta pełne pyłu i nikt mnie nie słyszy, nawet sam się nie słyszę i nikt ani drgnie, ani naprzód, ani nazad, nie sposób. Jedziemy.

Posterunek na wyjeździe z miasta. Niemiecki. Ja w mundurze. Niemieckim. Dzidzia była uśmiechniętą i swobodną, jakbyśmy zatrzymywali się zatankować paliwa, do pełna, panie kierowniku?

Żołnierz zaraz spostrzegł, że oficer, więc podszedł uprzejmie, niespiesznie, a może zwyczajnie podszedł, a może podszedł z rezerwą, a może ostrożnie, a może regulaminowo, wcale nie wiedział, jak podszedł, ale myśleć wolałem, że podchodził uprzejmie, niespiesznie, a ja pomny na to, co mówił mi ojciec, odkręciłem w dół szybę i pokazałem tylko dysk z wytłoczonym orłem des Heeres z jednej strony i tajną policją polową i numerem służbowym z drugiej, żołnierz zasalutował tylko, natychmiast, jakby rażony prądem, przerażony, czy był przerażony? Wolałem myśleć, że był, a jak było naprawdę, a co to naprawdę?

Powiedziałabym ci, ale ty już nie chcesz mnie słuchać, Kosteczku, czy kiedykolwiek mnie słuchałeś, czy mnie słuchałeś, nie słuchałeś, a może słuchałeś.

Więc zasalutował, a ja podniosłem szybę i dalejże, jedziemy, Dzidzia aż klasnęła.

— Cudownie!

— Damy chyba radę — powiedziałem.

Jedziemy. Mazowsze.

Nigdy tędy nie jechałem. Jechałem tędy wiele razy, ale teraz jadę tędy inaczej, na piersi mam innego orła i przecież wiem, tak, wiem, to bez znaczenia. Nigdy tędy nie jechałem. Przebrałem się w mundur wroga. To fortel. Nic więcej. Jest wojna. Ryzykuję rozstrzelanie, bo noszę mundur wroga. Ja to ja, tylko w innym mundurze.

Przecież jestem Niemcem. Co mi grozi za noszenie munduru mojego ojca, za podawanie się za niego, za sfałszowane dokumenty? To samo, ale nie to samo. Kara śmierci, ale dla Niemca. Czy rozstrzeliwują, wieszają, czy ścinają głowę?

Ścinają. Ja wiem. Opowiedziałabym ci, gdybyś słuchał. Gdyby coś mnie z ciebie nie wyparło, bo przecież nie ty sam, tylko coś innego. Gilotyny te są niewielkimi i pomalowanymi na czerwono, kaci kładą głowę Niemca między dwie deski z wycięciem na szyję, szarpią sznurek, ostrze zlatuje w dół i głowę od ciała oddziela.

Mazowsze. Krajobraz siny i brunatny, droga zła, bardzo zła, już za Piasecznem. Krajobraz zły, bardzo zły. Pola jak stół, przywykłem, kiedy przywykłem do tych pól jak zaorany stół, drzewa i jechałem, a obok mojego kolana lufa pistoletu maszynowego, a dalej kolano Dzidzi w cielistej pończosze. Milczeliśmy, bo o czym mówić? Powinienem był się zatrzymać, rozścielić mapę, planować, ale teraz chciałem tylko prowadzić auto, niezbyt szybko, bo droga zła, więc ostrożnie, żeby wszystkiego nie zniweczyć złamanym na jakiejś dziurze resorem.

Więc jadę, więc ostrożnie, ja przed siebie, Dzidzia patrzy na zachód, widzę tył jej głowy, ciemnozielony filc kapelusika i wymykające się spod niego jasne kosmyki.

Jedziemy. Daleko.

Daleko od Warszawy.

Po lewej Wisła, po prawej Niemcy. Kraj i ludzie, Niemcy. I ja. Za Warką szosa wyborna, otwarłem przepustnicę, chwilami jechaliśmy nawet osiemdziesiąt na godzinę.

— Myślę, że gdzieś koło Sandomierza zatrzymamy się na noc — powiedziałem, przekrzykując świetny ryk sześciu cylindrów.

— Ale gdzie? — zapytała Dzidzia. — Bo przecież w polu nie będziemy spać. W hotelu jakimś?...

Zdziwiłem się. Przecież to nie tak powinna się zachowywać Dzidzia. Dzidzia jest arystokratką, więc chociaż nawykła do jedwabnej pościeli, może spać i w polu. Dla ojczyzny. Ratowania. Rzucim się przez morze, to można i w polu.

— Przecież to nie o mnie chodzi — zaśmiała się. — Ja mogę i w polu spać. Ale wyobrażasz sobie, że niemiecki oficer teraz, miesiąc po naszej kapitulacji, miałby spać nie pod dachem? Z kobietą? W aucie, jak, w ogóle?...

Zgodziłem się.

Ale dlaczego...?

Dlaczego mi odpowiedziała, skoro ja milczałem, prowadziłem, milcząc, i prowadząc, milczałem, dłonie ciągle zaciśnięte na kierownicy. Jak mnie słyszała?

Przy drodze na Kozienice spalony czołg. Nie jestem pewien, czy polski, czy niemiecki, nie znam się na czołgach. Taki większy, więc może raczej niemiecki.

— Czeski — odpowiedziała Dzidzia. — To znaczy niemiecki, ale czeskiej produkcji.

— Czy ja głośno myślałem?... — zapytałem, przestraszony.

Dzidzia śmiała się tylko. Przy czołgu wąsaci chłopi w wysokich butach i czapkach odkręcali ogniwa spalonych gąsienic. I chłopiec bez wąsów i bez butów krzątał się nieopodal. Czołg z boforsa pewnie spalony. Jak to Ksyk z boforsa umiał strzelać...

Padało. Miałem prawie pełen bak benzyny i podobał mi się ten chevrolet. Sześć cylindrów, trzy i pół litra, moja olympia miała jeden koma pięć, tutaj nie wiem ile koni, ale pod nogą czuć, że dużo albo i więcej i już i jedzie się. I jak dostojnie ryczy te trzy i pół litra, sześć cylindrów. Dobra szosa. Jedziemy.

Jestem Konstanty Willemann i lubię samochody. Wolę samochody od koni. Nie lubię koni. Ale wolę konie od ludzi. Lubię samochody. Bardziej niż konie i dużo bardziej niż ludzi. Ale kobiety lubię też. Prowadziłem kiedyś otwarte bugatti typ pięćdziesiąt siedem, w lutym trzydziestego czwartego w Berlinie, sto sześćdziesiąt koni mechanicznych i grzałem sto czterdzieści na godzinę na autobanie, grało radio, bo nawet radio było w tym bugatti, ale i tak nie było go słychać, siedziałem z tyłkiem prawie na szosie, obok mnie siedział Georg Ritter von Nalecz i śmiał się jak szalony, a bugatti nie było ani moje, ani jego, najpiękniejszy samochód, jaki w życiu widziałem. Ale to nie na nasze drogi polskie, tudzież raczej na brak dróg, bo gdzie ja bym tym w Polsce jeździł. Poza tym nie byłoby mnie nigdy na takie bugatti stać. Mnie na żadne w ogóle. A matkę? Nie wiem. Może tak, a może nie. Nie wiem, ile pieniędzy ma moja matka. Ale na bugatti by mi nie dała, matka bardzo precyzyjnie ustalała poziom życia, mojego życia, za który gotowa była płacić. Więc bugatti nie, żadne bugatti. Ani alfa romeo, ani hispano-suiza, żadnych luksusowych marek, nie wiem, czy cadillac mógłby być, cadillac raczej też nie. Ale i tak miałem kupić auto nowe, zamiast olympii, coś poważnego już, najpierw miał być ten kapitän, ale potem chciałem buicka model 41-C, amerykański, ale karosowany u nas, czterodrzwiowy faeton ze składanym zupełnie dachem, na gładko, nie tak jak w olympii, karoseria oczywiście torpedo, pięcioosobowy, wygodny, sto dwadzieścia cali rozstawu kół, cudo na kółeczkach po prostu, niebieskie, oglądałem w katalogu u Skwarczewskiego na Kredytowej i modele z trzydziestego siódmego i ósmego na żywo oglądałem, sto siedem koni i nawet sygnalizacja kierunku skrętu za pomocą lampki pomarańczowej, mrugającej, i to w standardzie. Przydatne. Matka obiecała, że da pieniądze, we wrześniu miałem wpłacić zaliczkę i tak za trzy tygodnie od teraz odbierałbym auto, bo szedł transport do Gdyni, z Bostonu, tak przynajmniej mówił i obiecywał dyrektor Pappadakis, swoim dziwacznym akcentem, panie, pan do połowy listopada będziesz miał automobila u siebie w garaż, a on teraz przez Atlantyk płynie! Gadał, jakby był Żydem, a przecież był Grekiem.

Poważne auto miałem mieć. W końcu byłem już poważnym człowiekiem. Ale nie jakieś zwyczajne, tylko faeton, elegancki, hrabia mógłby jeździć takim buickiem z otwieranym dachem i się nie wstydzić. Na letnie wesele, takie w angielskim stylu można by elegancko zajechać, sam bym prowadził, bo faetona wypada, to prawie jak coupé, z tyłu Jureczek w granatowym spencerku, obok Hela byłaby w jasnej sukni, jasnoniebieskiej, ja w żakiecie i sztuczkowych spodniach, cylinder szary, żółte rękawiczki, rzucam kluczyki chłopcu, aby auto odprowadził, a my idziemy, wznosimy kieliszki od szampana, tak miało być. A nie jest.

Tak obiecał Pappadakis, dyrektor w Stołecznym Towarzystwie Handlu Samochodami na Kredytowej 2. Co mówił jak Żyd, chociaż był Grekiem. I wyglądał jak Żyd.

Po co ja wspominam Pappadakisa? Jestem Konstanty Willemann i lubię samochody, wolę samochody od koni.

Ich bin Baldur von Strachwitz, ich mag Frauen, für etwas kämpfen und töten, ich habe Angst vor Frauen, der Welt, vor den Menschen, ich habe Angst vor allem*.

Dojechaliśmy do Kozienic, a ja mam na piersi niemieckiego orła. W Kozienicach mogliśmy może pojechać na Dęblin, ale jazda była dobrą, więc nie chciałem teraz pakować się w przeprawę przez Wisłę, skręciliśmy zatem w prawo na Radom, aby kilka kilometrów za miastem odbić w lewo, na Zwoleń.

Droga zaraz się zepsuła, trzeba było zwolnić, więcej niż czterdzieści na godzinę jechać się nie dało, jechaliśmy więc powoli. Za to pogoda zrobiła się ładną, dach wysechł i Dzidzia zaproponowała, żebyśmy go otworzyli, bo słońce zaczęło nawet trochę przyświecać, chociaż popołudniowe, więc otworzyłem i jechaliśmy z dachem otwartym, jechaliśmy lasem sosnowym i było pięknie.

— To ostatnia niedziela, więc nie żałuj jej dla mnie, spojrzyj czule dziś na mnie — zaśpiewała Dzidzia, zaśmiała się i zaraz zamilkła.

Za lasem musiałem zwolnić: linia kolejowa z Radomia do Brześcia, przejazd był zbombardowanym, tory pogięte, ale przejechać się dało, więc jechaliśmy, teraz polami, a za Ponikwią szosa znów była utwardzoną i jechaliśmy znowu szybciej, aż w końcu wjechaliśmy do Zwolenia, z dachem ciągle otwartym.

Było po czwartej, słońce zachodziło nad szosą na Radom. Na przedmieściach, jeśli tak można to nazwać, drewniane chałupy kryte strzechą, bieda, brud i błoto i chciałbym umrzeć, gdybym się tu urodził, Polak czy Żyd, Konstanty czy Baldur.

---

* (niem.) Jestem Baldur von Strachwitz, lubię kobiety, lubię wojować i zabijać, boję się kobiet, świata, ludzi i boję się wszystkiego.

Dalej trochę domków miasteczkowych, ale wszystko wypalone, nagie mury, czarne kikuty więźb dachowych, samotne kominy pośrodku murów jak donżony opuszczonych fortec. Nie pojechaliśmy na Radom, lecz skręciliśmy w lewo, na rynek.

Dzidzia przyglądała się zniszczeniom.

A ja sycilam się niedawną pożogą, w której wyczuwałam jeszcze ścichłą już muzykę wycia poparzonych i ludzkiego smrodu rozerwanych, ale ciebie to już nie obchodzi, Konstanty, ty już mnie nie słuchasz i moje namiętności nie poruszają już twojego serca.

— Po co to zbombardowali? — zapytała Dzidzia.

Po co, po co bombardować gówniane, żydowskie miasteczko na granicy Mazowsza i Małopolski, po co bombardować gówniane domki, kamieniczki z gównianych cegieł, gównem pomalowane na gówniane kolory, po co — myślałem, i co miałem odpowiedzieć Dzidzi?

Zastanów się, Konstanty, po co, przecież wiesz, przecież pamiętasz, pomyśl.

— Jeśli pamiętam dobrze, to tutaj były sztaby grup operacyjnych Armii Prusy. Ten skurwysyn Dąb-Biernacki tu dowodził, organizowali przeprawę. Mnóstwo wojska tu było, to musieliśmy zbombardować — powiedziałem, zdziwiony, że to wiem.

Wie. On wie. Konstanty Willemann wie.

— No tak, musieliście — zaśmiała się Dzidzia z bezwzględnością, na jaką stać tylko kobiety.

Domki żydowskie parterowe dookoła dużego, podłużnego rynku wypalone, okopcone ściany, w oknach nawet śladu framug, Żydki snują się po rynku bez sensu i celu, Polaka ciężko między nimi wypatrzeć, Niemców nie widać w ogóle. Walają się śmieci, sterty jakichś sprzętów, wozy połamane, sterczące dyszle, ułamki kół i pasy uprzęży i rozbebeszona ciężarówka ze spaloną, odymioną na czarno kabiną, cywilna, pewnie z wojskowych rekwirunków.

Pamiętam to miasteczko, przejeżdżałem przez nie parę razy w tamtym życiu. Konstanty Willemann przejeżdżał. Jadł z Jackiem obiad na rynku, jechaliśmy samochodami do Lwowa, tutaj zrobiliśmy popas. Postój. Dwa albo trzy lata temu. Nie było spalonych wozów ani ciężarówki i Żydki wyglądali wszyscy inaczej, nie snuli się, lecz każdy biegł gdzieś i krzątał się z żydowskim pośpiechem. A teraz rozglądałem się i nie umiałem przypomnieć sobie, w której z ruin był zajazd, nie pamiętam, poznać nie sposób.

— Rozprostujemy kości? — zapytała Dzidzia, uśmiechając się rozkosznie.

Wysiedliśmy więc, stanąłem przed autem, spojrzałem na zgromadzonych na rynku ludzi i sięgnąłem z powrotem do auta, zabrałem pistolet maszynowy.

Zaraz pożałowałem, że sięgnąłem. Bo to tchórzliwe, biorę maszynkę, bo się boję, czy jak? Przecież to są małomiasteczkowe Żydki, wielu pejsatych, w śmierdzących chałatach, a ja się boję, sięgam po maszynkę, przecież to nie są żadne machabeusze te Żydki tutaj.

Żydzi przyglądali się ciekawie, paru chyłkiem usunęło się z drogi. Jeden odważnie ruszył w moją stronę. W sile wieku, czarna broda tak gęsta jakby z filcu, pejsów brak, czapka z daszkiem.

— Sehr geehrter Herr Offizier...* — odezwał się dobrą, czystą niemczyzną, czapkę zdjąwszy. Ale w rękach jej nie miął, trzymał po prostu.

— Mówię po polsku. — Dlaczego tak odpowiedziałem, dobrą, czystą polszczyzną, czy dobrą i czystą jest moja polszczyzna?

---

* (niem.) Szanowny panie oficerze...

— Ach — stropił się Żyd.

— O co chodzi? — zapytałem, a Dzidzia uśmiechała się przy moim boku jak królowa.

— A więc, panie oficerze… — odpowiedział dobrą, czystą polszczyzną. — A więc nakazano nam się dzisiaj zebrać tutaj, na rynku, na roboty porządkowe, wszystkim Żydom ze Zwolenia nakazano w obwieszczeniach. I myśmy się stawili wszyscy Żydzi ze Zwolenia, a tutaj nikogo. I nie wiemy, co robić. Ani narzędzi żadnych nie mamy, bo napisano, że nie będą potrzebne. Ale pan tutaj chyba nie w tym celu przyjechał, zdaje się, prawda? Bo przecież by pana oficera do nadzorowania paru Żydów nie wysłali, prawda?

Słuchałem cierpliwie. Dzidzia uśmiechała się jak królowa. Słuchałem cierpliwie, a potem odpowiedziałem:

— Nie, nikt mnie tutaj do pilnowania Żydów nie przysłał. Poczekajcie, ktoś przyjedzie.

— Oczywiście, panie oficerze. Do widzenia. Dobrego dnia panu życzę.

— Do widzenia panu — odparłem i nieomal uchyliłem czapki, jakbym uchylał kapelusza.

Żyd ukłonił się, odwrócił i odszedł.

— Chcę iść do kościoła — powiedziała Dzidzia.

— Więc chodźmy — wzruszyłem ramionami. Wieżę było widać zza ruin, weszliśmy w spaloną uliczkę, ja jednak nagle zawróciłem. Bo przecież samochód trzeba zamknąć, więc zawróciłem, wygrzebałem kluczyk z kieszeni i zamknąłem.

Żydzi patrzyli się na mnie tak, jakbym oszalał.

Bo oszalałeś, Kosteczku, usłysz mnie wreszcie, sercem, nie uchem usłysz, ale usłysz, oszalałeś, Kosteczku, zamykając ten samochód, okazujesz własne tchórzostwo i słabość, bo zakładasz tym, że ktoś mógłby się odważyć go okraść. Zamykając chevroleta, w istocie dopuszczasz, że zostanie on ukradzionym.

„Meszugene", myślą Żydzi. Oszalał ten Niemiec, co mówi po polsku, dziwny ten Niemiec, co mówi po polsku.

Dzidzia patrzy na ciebie dziwnie. Z pogardą? Nie. Z pobłażaniem? Nie.

Na mnie. Nie. Na Baldura? Nie. Dzidzia patrzy na Konstantego dziwnie, z pobłażaniem, bo ona w tym mundurze widzi Konstantego, a nie mnie, Baldura von Strachwitz, ona nie wie, że to ja, Baldur.

Dass ich es bin, Baldur, Baldur von Strachwitz*.

— Po co idziemy do kościoła? — zapytałem.

— Bo dzisiaj niedziela przecież — odpowiedziała ze śmiechem Dzidzia, a ja nie wiem, czy ona kpi przewrotnie, czy dla niej to naprawdę ważne, że dzisiaj niedziela, nie wiem, nie wiem. Kto nie wie?

Kościół jest gotycki. Z boku dobudowana renesansowa kaplica na planie kwadratu, jak w katedrze wawelskiej. Gówno mnie to obchodzi.

— Ty nie chodzisz do kościoła, Konstanty? — zapytała.

— Nie jestem ochrzczony — odpowiedziałem.

Ale przecież Baldur von Strachwitz jest ochrzczonym, jestem ochrzczonym, oczywiście, bo przecież święty Jacek Odrowąż, katolicka szlachta. Wojsław ze Strachowic też był ochrzczonym, już rycerz, nie słowiański woj, więc latorośl wojsławowej gałęzi, Baldur von Strachwitz, również musi być ochrzczonym, ochrzczonym jest nawet czarny dziczy łeb w naszym herbie.

I Katarzyna Willemann jest ochrzczoną, i tylko on, biedaczyna, Kosteczek biedaczek nie jest ochrzczonym, bo Orlica nienawidziła księży i Baldurowi zabroniła chrzcić syna, a ja kochałem tylko ją, ona była moim światem i skoro ona

---

* (niem.) ...Że to ja, Baldur, Baldur von Strachwitz.

nienawidziła księży, to ja też nienawidziłem i nie ochrzciłem mojego jedynego syna, skoro mi zabroniła, to było trzydzieści lat temu, a ja byłem taki młody i miałem twarz, znowu mam twarz, mam twarz mojego syna, którego nie ochrzciłem.

— Pewnie nie było łatwo?... — zapytała domyślnie i troskliwie Dzidzia.

— Mówiłem zawsze, że jesteśmy ewangelikami, matka tak mnie pouczyła, ale do zboru też nie chodziliśmy, lecz mimo to kłamałem, że jesteśmy ewangelikami, że jestem ochrzczony w zborze w Katowicach, ale to nie była prawda — wyrzuciłem z siebie.

Dzidzia wzięła mnie pod ramię.

— Chciałabym posłuchać mszy.

Spojrzałem na zegarek, jak idiota, jakbym nie wiedział, która godzina, jakbym nie był pewien, po co spojrzałem na zegarek, czy nie wiem, która godzina, przecież wiem.

— Przecież jest już po czwartej — zdziwiłem się.

— Ale jestem z tobą. Chyba mógłbyś poprosić księdza...?

— A oni tak mogą dwie msze w ciągu dnia odprawić?

— Nie mam pojęcia — uśmiechnęła się Dzidzia. — Kościół nigdy mnie nie interesował.

— A teraz chcesz wysłuchać mszy?

— Właśnie tak.

Przecież jej nie na mszy zależy, nie rozumiesz, Konstanty?

Wiem, że jej nie o mszę chodzi, wiem, że chce mnie oglądać w sytuacji przemocy. Mógłbym jej odmówić, ale sam chciałbym się widzieć w tej sytuacji, pukam więc do drzwi ceglanej, otynkowanej i bombami nienaruszonej plebanii.

I zapukałem natarczywie, zapukałem mocno i krzyczałem, bo wydawało mi się, że tak będzie właściwie, krzyczałem:

— Aufmachen! Schnell![*]

---

* (niem.) Otwierać! Szybko!

Otworzył ksiądz, raczej wikary, bo był młodym, biednym i chudym, w okularach, jeden okular pęknięty i druciane oprawki pogięte.

— Ja, worum geht es?* — zapytał ksiądz. Jego niemczyzna była bardzo polską, ale była niemczyzną.

— Pani chce wysłuchać mszy — odpowiadam.

Patrzę na niego, patrzę mu w twarz wyczekująco, mam mundur z niemieckim orłem na piersi, mam kaburę na pasie i oficerskie patki na kołnierzu, i epolety, i czapkę.

Był zaskoczony, że odezwałem się po polsku, dlatego chwilę waży w sobie, co zrobić. Gdybym zażądał tego po niemiecku, nie musiałby się wahać, od razu poszłoby i już, a tak zamiast się mnie tylko bać, to jeszcze zastanawia się, dlaczego mówię po polsku, więc znowu popełniłem błąd, znowu błąd, same błędy.

Zza chudego wikarego pojawił się proboszcz. Przez kontrast i stereotyp spodziewałem się grubego proboszcza, ale ten był raczej mikrym, więc obowiązkowy między plebanem a wikarym kontrast wyczerpywał się na osi rzędnych.

— O co chodzi? — zapytał proboszcz.

— Ten pan oficer mówi po polsku — uprzedził na czas wikary. — I życzy sobie, abyśmy odprawili mszę świętą, bo pani mu towarzysząca ma życzenie wysłuchać.

— Ale myśmy już obaj mszę dzisiaj odprawili — zaprotestował starszy z księży. — A nie powinniśmy więcej niż jedną dziennie. I nie można tak, że ktoś przyjdzie i mszy będzie od nas żądał.

— Mnie to nie obchodzi — odparłem.

— Wierzę. Ale skoro pani chce wysłuchać mszy, to jest katoliczką i nakazy naszej wiary nie są dla niej nieistotnymi. A zatem… — ciągnął ksiądz.

* (niem.) Tak, o co chodzi?

— Klecho... — powiedziała zza mojego ramienia Dzidzia. Przerwała mu, a on zamilkł.

Powiedziała to bardzo cicho. Wysyczała prawie. Powiedziała to tak, jak potrafią mówić prawdziwi arystokraci. Rzecz nie w krwi; potrafiła tak mówić moja matka, a była przecież mieszczką, a umiał mój ojciec, chociaż jego krew była rycerską od siedmiuset lat, od zawsze.

Księża skurczyli się pod tą mową. Bo nauczono ich, od zawsze wiedzieli kto, jaka kobieta potrafi do nich tak powiedzieć, tym tonem, tymi słowy, w ten sposób.

— Klecho — powtórzyła Dzidzia. — Chcę wysłuchać mszy. Nie jestem „ktoś".

Twarze nad sutannami wydłużyły się. Milczeli chwilę.

— Oczywiście, ja nie miałem wielmożnej pani na myśli. Proszę o wybaczenie — szepnął pokornie proboszcz. — Proszę zaczekać w kościele.

Tak raby tego świata odpowiadają świata tego panom. I paniom. A ciebie to zapiekło, Konstanty, chociaż przecież sercem i duszą należysz do świata panów, przecież nie jesteś rabem, a jednak zapiekło, przez chwilę byłeś po stronie tego księdza, chociaż stałeś przed nim w niemieckim mundurze z kulomiotem pod pachą. Ale przecież to wiesz, Konstanty, wiesz, że takim jest świat, że muszą być i zawsze będą rządzący i rządzeni, i że granica między nimi jest większą niż granica między zbawionymi i potępionymi, że przychodzą z przeciwległych krańców człowieczeństwa.

Czy będzie to rzymski senator i jego niewolnik, baron w kolczudze i jego chłop, bellator i laborator, czy Dzidzia i ten proboszcz o chłopskiej twarzy, czy jakakolwiek inna konfiguracja tych dwóch podstawowych i osobnych człowieczeństw, rządzących i rządzonych.

A ja przez chwilę byłem po stronie tego księdza, chociaż stoję przed nim w niemieckim mundurze. Chociaż przecież wiem, że przemoc i jej groźba, na których opiera się wszelka władza, stanowią o najprostszej, najbardziej podstawowej materii świata. I nagle, teraz, teraz mi się to nie podoba, a tyle się śmiałem z różnych kawiarnianych socjalistów, kiedy jeszcze były prawdziwe kawiarnie i socjaliści, drwiliśmy z nich, a oni płonęli świętym oburzeniem i mieli nas za łajdaków, za uprzywilejowanych łajdaków, co się rozbijają w swoich autach, za nic mając krzywdę drugiego człowieka, i przecież wiedzieliśmy wszyscy, tacy jak Jacek czy ja, wszyscy wiedzieliśmy, że słusznie nas za tych łajdaków mają, ale wiedzieliśmy również, że tak być musi, że takim jest urządzenie świata tego, że muszą być tacy jak my i tacy jak oni, a my i dzieci nasze możemy znaleźć się po każdej z dwóch stron tego muru, ale mur między rządzącymi a rządzonymi istnieć musi i istniał będzie.

Weszliśmy do kościoła. Dzidzia ukryła włosy pod jedwabną chustką w kolorowe kwiaty. W kościele brzydki gotyk oblepiony brzydkim barokiem. Zainteresowała mnie jedna z kaplic.

— O, tutaj jest Kochanowski pochowany — zdziwiłem się.

— Jakie to szczęście, że nie wymagam od mężczyzny erudycji — zaśmiała się Dzidzia.

A ja się nawet niezbyt zawstydziłem.

Usiedliśmy w ławce.

W grobie pod posadzką kościoła leżał Jan Kochanowski.

Ale bez głowy, Kosteczku, głowę z grobowca wyciągnięto, a potem się okaże, że ciała pomylono, że jego głowa w grobie żony, a z jego grobu głowę żony jedna hiena dla potomności wyjęła i leży w zbiorach Muzeum Czartoryskich; nie ta głowa, nie — tę głowę, relikwię narodową, schowano w pałacu w Sieniawie i nad tą i nie nad tą dumają badacze. Ale ciebie to nie obchodzi wcale, Kosteczku, prawda?

Do kościoła wychodzi ksiądz, jego mikra postać spęczniała, owinięta warstwami szat liturgicznych. Za nim mały ministrant Bóg wie skąd wytrzaśnięty tak szybko.

Proboszcz nie spojrzał na was ani razu. Ministrant trząsł się ze strachu. Dzidzia wstaje, ty za nią.

Dzidzia wstała, ja za nią i tak będę za nią powtarzał.

Ksiądz ukłonił się bocznemu ołtarzowi i wymruczał po łacinie co należy, czyniąc znak krzyża.

To nie tak, że nigdy nie chodziłem na msze. Chodziłem, w Grudziądzu i potem w Trembowli, z ułanami, chociaż w kwestionariusz osobowy zgodnie za zaleceniem matki zawsze wpisywałem „ewangelik", to do kościoła chodziłem, bo nie chciałem odstawać, do komunii nie przystępowałem i wszyscy byli bardzo zadowoleni i dumni ze mnie, że tak dobrze umiem się w tej sytuacji odnaleźć, tego oczekiwali przecież od pistoleta: swojego będzie się trzymał, głównemu oddając zasadniczy szacunek. Nikomu tam zresztą o żadne chrześcijaństwo nie chodziło, w końcu to nie były stare baby, tylko młodzi oficerowie, ułani — do kościoła chodzić trzeba, bo trzeba, resztę zostawia się klechom i starym ciotkom. Więc chodziłem, resztę zostawiając nawet diabłu.

Ksiądz z ministrantem wymienili się uwagami po łacinie, które zapewne stanowiły już wstęp do mszy.

Dzidzia siedziała, wstawała i żegnała się, ksiądz z ministrantem jechali dalej ze swoim rzemiosłem, kłaniając się, żegnając co chwila i mamrocząc formułki.

— I wybaw mnie panie od ludzi oszukańczych i niesprawiedliwych — powiedziała Dzidzia, nie zniżając się do szeptu.

— Słucham? — zapytałem zdziwiony.

— Ab homine iniquo et doloso erue me — odparła. — Ksiądz tak wyszeptał, po łacinie, a ja ci przetłumaczyłam, Kosteczku, bo pomyślałam sobie, że to ci się spodoba.

— A ty słyszysz, co oni tam gadają? — zdziwiłem się.

— Nie muszę słyszeć, ja po prostu wiem, co gadają — uśmiechnęła się Dzidzia.

Nic nie rozumiałem z tej sytuacji. Ksiądz gadał swoje. Na ołtarzu paliła się lampka.

— Poczekam przy samochodzie — szepnąłem Dzidzi do ucha, szepnąłem, bo nie było mnie stać na to, aby mówić do niej głośno.

— Spera in Deo, quoniam adhuc confitebor illi: salutare vultus mei, et Deus meus — powiedział ksiądz.

Wyszedłeś. Wyszedłem. Pierdolony Kochanowski rybi chuj. Pierdolone klechy. I Dzidzia. Grają, wszyscy mną grają, jakbym był piłką, jakbym nie był wart pięciu złotych. Zarzuciłem pistolet maszynowy na ramię i poszedłem. Miałem bryczesy i buty kawaleryjskie z ostrogami, znowu, a ja nie lubię koni. Nie znoszę. Między końcem praktyki w Trembowli a wojną ani razu nie siedziałem w siodle; strasznymi były pierwsze dni po tym, jak wysiedliśmy z pociągu w Wielkopolsce i trzeba było się tłuc na koniu. Kiedy w końcu zsiadłem, to uda miałem jak z waty od ściskania końskich boków.

Domy spalone. Kobieta, która przechodziła obok, na mój widok zamieniła się w żebraczkę, podbiegła, wyciągnęła rękę. Sięgnąłem do kieszeni płaszcza, przecież puste, więc zakasawszy poły, sięgnąłem do kieszeni spodni, a w kieszeni miałem bilon, wyciągnąłem garść, a tam fenigi: pięćdziesiąt, dwie dziesiątki i piątka. Wszystkie z orłami, orły w szponach trzymały swastyki.

Bilon mojego ojca, cóż mógł za bilon kupować człowiek pozbawiony twarzy i chuja?

Rzuciłem kobiecie monety i zakręciło mi się w głowie, ale nie upadłem. Zachciało mi się płakać, ale nie zapłakałem, nie mogłem płakać, nie wolno mi było płakać, jak mógłbym płakać w mundurze zwycięzców, mógłbym płakać, gdybym zamiast tego szarego płaszcza miał mój mundur z gabardyny zielonej, ale wtedy nie płakałem, bo miałem wszystko w dupie, a teraz chciałbym płakać, nad czym, nad kim, chciałbym utopić świat w moich łzach, chwycić tę ubogą kobietę za kark i wepchnąć jej głowę pod powierzchnię moich łez, doszedłem na rynek i chciałbym chwycić każdego z tych Żydów za łeb i utopić w moich łzach.

Na rynek zajechał motocykl z przyczepą, w niej dwóch żandarmów, za nimi ciężarówka. Właśnie wysiadali, kiedy wyłoniłem się zza okopconej ściany. Hełmy, gumowane płaszcze do kostek, na piersiach stalowe pendenty zawieszone na łańcuszkach, piękne te ogniwa, ale w zasadzie to żałosne, taki kikucik, atrofia zbroi płytowej.

Zasalutowali na mój widok, a ja zacząłem się obawiać, bo jak moja niemczyzna, czy jest wystarczająco dobrą. Spróbować i tak muszę.

— Wo wart ihr, ihr Schweine! — ryknąłem. — Diese Menschen warten hier auf euch seit einer Stunde!*

Zaczęli się gęsto tłumaczyć, nie wiem, czy bardziej byli przerażeni, że beszta ich oficer ze strasznymi literami GFP na naramiennikach, czy bardziej zdziwieni, że besztam ich niejako w imieniu tych Żydów tutaj zgromadzonych, którzy, przyznać musiałem nawet przed sobą samym, śmierdzieli ohydnie.

Nigdy nie byłem antysemitą, ale żebym kochał Żydów — to również nie. To znaczy: mogłem sobie kochać Tuwima czy Leśmiana, ale takich Żydków chałaciastych, pejsatych to raczej trudno kochać, to każdy wie, bo to jednak zaraza jest straszna.

Odwróciłem się.

---

* (niem.) Gdzie byliście, świnie! (...) Ci ludzie czekają tutaj na was od godziny!

Ręce zaczęły mi drżeć, nie mogą mi drżeć ręce w tych szarych rękawach, nie może mi drżeć ręka, na której mam czarną opaskę ze srebrnymi literami o tajnej policji polowej, więc odwróciłem się, niby wściekły, a przecież wcale wściekły nie byłem, upokorzyłem ich tylko dla treningu, odwróciłem się i poszedłem do chevroleta, siadłem w środku i pozwoliłem dłoniom dalej się trząść.

Żandarmi zrobili selekcję do pracy, wybierając Żydów co roślejszych, rozdali im łopaty, oskardy i szpadle, po czym Żydzi wgramolili się na otwartą pakę ciężarówki, ściskając swoje narzędzia.

Ci, którzy pozostali na placu, wrócili do ospałego, bezcelowego trwania, żadnej krzątaniny, bo po co krzątać się teraz, kiedy jeszcze świat jest ciekły, jeszcze nie zastygł do żadnej formy, a żeby Żydki mogły się krzątać, świat musi mieć formę. Bez tego snują się tylko ospale.

Zapaliłem motor, zajechałem pod plebanię i wszedłem znowu do kościoła. Głuchy huk moich obcasów na posadzce gotyckiej nawy, a ksiądz akurat stał w milczeniu przed ołtarzem, ornat jak wyszywane złotem skrzypce, ja szedłem, a on uniósł ku górze hostię, szepcząc cicho swoje łacińskie zaklęcia. Uklęknąłem, w tym samym odruchu, jakim salutowałem przełożonemu, tak samo nawyk z Grudziądza.

Więc uklęknąłem na środku, ale zaraz powstałem, bo nie chciałem klęczeć, bo Baldur von Strachwitz nie klęka przed nikim.

Baldur von Strachwitz klękał przed twoją matką, klękał przed Białą Orlicą i nigdy się nie podniósł z tych klęczek, a ty to wiesz, Kosteczku, przecież to wiesz.

Ksiądz dokonał, czego miał dokonać nad kielichem. Wino zamieniło się w krew albo pozostało tylko winem, a w co zamienia się krew w twoich żyłach, Konstanty, czy mógłbyś poprosić klechę, by przemienił nie tylko wino w krew, ale również twoją krew w krew inną?

Baldur von Strachwitz nie klęka przed nikim, ale ja uklęknąłem.

— Unde et memores, Domine, nos servi tui, sed et plebs tua sancta, eiusdem Christi Filii tui, Domini nostri, tam beate passionid, nec non et ab inferis resurrectionis, sed et in coelos gloriosae ascensionis — szeptał ksiądz, a wy nie słyszeliście ani słowa z tego.

Siadłeś obok klęczącej Dzidzi, spojrzała na ciebie — uklęknąłeś.

— Offerimus praeclarae majestati tuae de tuis donis ac datis, hostiam puram, hostiam sanctam, hostiam immaculatam — szeptał prawie bezgłośnie ksiądz, czyniąc znaki krzyża nad hostią i kielichem, a dla mnie to wszystko było znajomym, a jednak nie tak znajomym, bo wszyscy inni znali to od dziecka, znali na pamięć, a ja nie znałem wcale, póki nie zacząłem uczęszczać na msze w Grudziądzu i potem w Trembowli, a potem przecież znowu wcale nie uczęszczałem.

— Panem sanctum vitae aeternae et Calicem salutis perpetuae — szepnął ksiądz i szeptał dalej, rozpościerając ramiona, białe rękawy alby zwisające z chudych ramion jak białe chorągwie, mówił dalej, ale ja już nie słuchałem.

Siedziałem obok Dzidzi, aż ksiądz dobrnął do swojego „Ite Missa est", czyli do słów, które zawsze wywoływały we mnie dreszcz przyjemnego podniecenia, bo oto właśnie kończy się nieznośna godzina nudy i czarów, a od missa est było już z górki, jeszcze ostatnia ewangelia, in principio erat Verbum, et Verbum erat apud Deum, et Deus erat Verbum, potem jeszcze Ave Maria, gratia plena, Salve Regina i przecież moglibyśmy wyjść, bo ta msza jest prywatną, naszą, zamówioną i wymuszoną, przecież ja już raz wyszedłem, nie muszę tu już trwać, nie muszę tu być, mogę robić, co mi się podoba, ale jednak czekam, dlaczego czekam? Bo czekam na Dzidzię, bo co innego mógłbym robić w tym gównianym żydowskim miasteczku i w końcu Cor Jesu sacratissimum miserere nobis i koniec, koniec, dotrwałem do końca, jakbym siedział na pułkowej mszy w Trembowli, można wreszcie odetchnąć i wyjść, wyjść, i ksiądz wychodzi, Dzidzia podnosi się i wychodzi i ja za nią, a dookoła mnie szarozielony mundur i płaszcz i pas z kaburą i pistolet maszynowy wychodzą.

— Zanocujemy tutaj — powiedziała Dzidzia przed kościołem.

— Czyli gdzie?...

— Na plebanii. Już późno. Mówiłam, że nie będziemy przecież spać w polu. Załatw to.

Z zakrystii wychodzi proboszcz, już bez tych szat kapłańskich kolorowych, tylko w czarnej sutannie, podchodzę więc do księdza, a on się mnie nie boi. Bał się mnie przedtem, a teraz się mnie nie boi, a może po prostu boi się mniej.

— Zanocujemy na plebanii — mówię.

Ksiądz kiwnął tylko głową, potwierdzając, że usłyszał, bo przecież nie idzie o to, żeby mógł się zgodzić albo nie zgodzić.

— Niech chłopiec przyniesie rzeczy z bagażnika — powiedziałem jeszcze.

Ksiądz znowu kiwnął głową i gestem, lecz bez słowa zaprosił nas na plebanię.

Weszliśmy. Wnętrze raczej nieporządne, jak to w Polsce, lecz nie znało śladów wojny — pomyślał Baldur.

Baldur?

W korytarzu wikary, poprowadził nas do jadalni. Podałem mu płaszcz Dzidzi, potem mój i czapkę moją, odwiesił je starannie na wieszaki i do szafy.

Siedliśmy za dużym stołem, przy jednym jego krańcu.

— Kolacja będzie bardzo skromną, u nas prawie głód.

— Mamy pieniądze — powiedziałem.

— Nie, nie, dziękujemy bardzo, ale nie — powiedział proboszcz, wchodząc do pomieszczenia. Również siadł przy stole.

Po chwili do jadalni zajrzał chłopiec.

— Bagaże państwa wniosłem do pokojów — powiedział cicho. Miał inteligentną i smutną buzię nauczycielskiego dziecka.

— Mam życzenie mieć osobne sypialnie — zastrzegła Dzidzia.

Wikary z proboszczem spojrzeli po sobie, z czym spojrzeli, ze zdziwieniem? Nie wiem. Spojrzeli.

— Pani może w moim pokoju, pan u księdza wikarego, jeśli takie mają państwo życzenie — powiedział starszy z księży.

Do jadalni weszła gospodyni, młoda i rosła. Postawiła na stole wazę z zupą, obok wazy pół bochenka chleba. Niewiele.

— Tylko tyle jest.

— Wystarczy, dziękujemy — powiedziałem.

Pojednawczo? Czy pojednawczo?

Gospodyni rozlała zupę do talerzy i odeszła od stołu, swój obiad zje w kuchni. Mocne, szerokie biodra, ramiona też silne, jak u pływaczki, biust duży i ciężki, niezbyt sportowy i mało elegancki, ale pasujący do obrazu. Ubranie bardzo biedne.

Proboszcz zmówił modlitwę i pierwszy, jako gospodarz, zaczerpnął z talerza cienkiej zupy.

— Dziwne, że ksiądz proboszcz, z takim młodym wikarym na farze, dozwala taką młodą gospodynię — zagaiła rozmowę Dzidzia, dokładnie wtedy, kiedy trzeba, po czwartej łyżce zupy, kiedy cisza stała się już wyraźna, a jeszcze nie kłopotliwa.

Cóż to za myśli, mówi pani z Trąbeckich Czesławowa Bielska, no już, powiedzże mi, Konstanty, kiedy rozpoczynamy konwersację na proszonym obiedzie?

Wikary prawie zakrztusił się zupą. Proboszcz spojrzał na Dzidzię i milczał chwilę, zastanawiał się, jak w ogóle może zareagować na takie dictum. Jeśli podejmie rozmowę, czy to oznacza, że tych mówiących po polsku Niemców nie tylko wpuścił do domu pod niewypowiedzianym przymusem, ale że także ich gości, że ich przyjmuje. Nie stacjonują u niego, tylko u niego goszczą. I jak zareagować na trzeźwą w istocie uwagę tej dziwnej, odważnej kobiety, kim ona jest? I czy odważy się obrazić ją brakiem odpowiedzi albo odpowiedzią opryskliwą? Ale przecież nie zastrzeli go ten tutaj człowiek w szarym mundurze, oficerowie nie strzelają do księży, a już na pewno nie przy kolacji, nawet tak skromnej. Ale czy urazić wikarego podjęciem tej gry, nie zaprzeczając tej uwadze, ani jej nie zbywając? A jeśli to prawda?

Więc milczał chwilę proboszcz, a w końcu odrzekł:

— Żadnej starej i brzydkiej na podorędziu nie było.

To niewiele znaczy, bo teraz na szali położona została kwestia ewentualnej atrakcyjności wikarego, który odzyskał już oddech, wbił wzrok w talerz i pilnie wiosłował łyżką, jakby nic a nic poza zupą go na świecie nie obchodziło. Może zresztą tak właśnie było: najpierw zaspokoić głód.

— Ale ksiądz wikary przecież nie taki, a i Hanna nasza mężatką jest, do nas tylko dochodzi — wyjaśniał ksiądz proboszcz, a pani Hanna wniosła smutną butelkę wina. Ksiądz zgromił ją wzrokiem.

— Cztery jeszcze się ostały, księże dobrodzieju, tom myślała, że przyniesę, skoro goście, to może i by się chcieli... — milkła powoli.

— No to stawia Hanna to wino, otwiera i wychodzi — warknął proboszcz.

A ja wiedziałem dlaczego, bo teraz nie tylko Niemca gościł, ale jeszcze z Niemcem pił, Niemca poił.

— Kieliszki przyniesę — odparła, nieskonfundowana. — A ksiądz wikary niech otworzy.

Otworzył, rozlał wino do szklaneczek. Spróbowałem, podłe, ale czasem i podłe jest dobre. Wypiliśmy. Wszyscy milczeli, Dzidzia bawiła się zawieszoną nad stołem ciszą, jakby panowała nad wszystkim i nad wszystkimi zgromadzonymi przy stole i może w istocie tak było, na pewno tak było, bo któż by inny.

— Czas udać się na spoczynek, bo jutro rano… — zaczął proboszcz, unosząc się z krzesła, i zdał sobie sprawę, że nie wymyślił żadnego kłamstwa i żadnego nie ma na podorędziu.

Dzidzia śmiała się już w głos.

— No, to idziemy na spoczynek, idziemy. A gdzie wielebni będą nocować, skoro my pokoje zajmiemy?

— Och, damy sobie radę… — speszył się proboszcz.

— Ksiądz proboszcz na pewno, ale biedny wikary… Przecież na korytarzu nie będzie spał.

Tak ewidentnym był ten flirt, że nawet ksiądz proboszcz zauważył, księdzu wikaremu, który najprawdopodobniej był prawiczkiem, trzęsły się dłonie i twarz płonęła czerwienią. Zbyli to.

— Państwo sobie jeszcze posiedzą tutaj chwilę, przygotujemy z Hanną pokoje do państwa dyspozycji — wymamrotał proboszcz i wyszli obaj. Zza zamkniętych drzwi zaraz usłyszeliśmy, jak starszy kapłan beszta młodszego, ale słów poszczególnych słychać nie było.

— Podoba mi się ten wikary — powiedziała Dzidzia.

— Kłamiesz. Nie może ci się podobać ten strzępek mężczyzny, chłopiec nieledwie.

— Nie może? Czy to zakaz?

— Raczej zdziwienie.

Uśmiechnęła się. Humor iście szampański.

— Może go uwiodę?

— Niewiele ci zeń przyjdzie, bo taki niewinny gotów jest skończyć całą zabawę, kiedy tylko zobaczy, jak bawisz się włosami.

Próbowałem zachować zimną krew i udawaną obojętność, doceniła to. Dalej bawiła się włosami, a ja obawiałem się przez chwilę, jak zareaguje na tak otwarcie wulgarną i cyniczną uwagę. Tak powiedziałaby pani z Trąbeckich Czesławowa Bielska: dziewczyna ta jawi mi się wulgarną i skłonną do cynicznych romansów, sądzę, iż odwracając się za nią, przekreślasz wszystko, czego próbujemy się uczyć na tych lekcjach, gdyż prawdziwy Polak nie ogląda się za takimi dziewczętami, co malują sobie szwy od pończoch na łydkach, a mi przecież właśnie o te szwy chodziło, a tobie właśnie o te szwy chodziło, miałem piętnaście lat i nocami szarpałem zapamiętale przyrodzenie i brudziłem pościel, marząc o tym, co taka dziewczyna w takich pończochach mogłaby ze mną uczynić, nigdy nie myślałem, co ja mógłbym uczynić z nią, tylko co ona mogłaby czynić ze mną.

Do jadalni wrócił proboszcz z dwiema zapalonymi lampami naftowymi w dłoniach.

— Proszę, pokoje gotowe.

Poszliśmy za nim, schody, korytarz, jedne drzwi dla mnie, obok drugie drzwi dla Dzidzi, jedna lampa dla mnie, druga lampa dla Dzidzi.

— Idziemy spać? — zapytałem, głupio, głupio zapytałem. Głupio.

Dzidzia westchnęła z przekąsem i zamknęła za sobą drzwi proboszczowskiej sypialni. Ja więc wszedłem do pokoiku wikarego i też drzwi zamknąłem, przecież nie mogły zostać otwarte. Rozpiąłem pas, ściągnąłem mundurową kurtkę i nie miałem siły męczyć się z butami, więc w butach położyłem się na łóżku, uważając jednak, aby podeszwami nie powalać pościeli, więc stopy miałem poza łóżkiem, jedna na drugiej i nie było mi zbyt wygodnie. Po chwili chłopiec przyniósł bagaże, kazałem mu ściągnąć mi buty i zzuł je ze mnie niczym wprawny ordynans, nie pytałem, skąd ta sprawność, wyszedł.

Leżałem dalej, a za oknami już noc, chociaż dopiero szósta. Spojrzałem na zegarek. Wpół do ósmej raczej, nie szósta. To już naprawdę nie ma co się ruszać z łóżka, więc zasnąłem i spałem nie wiem jak długo.

Kroki na korytarzu. Otworzyłem, otwieram oczy. Kroki na korytarzu, bose, bo nie stuka podeszwa, tylko miękko skrzypią deski. Przez okno księżyc, prawie w pełni, ale już w stronę nowiu. Szpara pod drzwiami ciemna, a więc ktoś idzie bez światła. Wstaję tak cicho, jak tylko potrafię, podchodzę do drzwi i uchylam drzwi, jakbym odchylał wieka z własnej trumny i widzę ją, jak idzie. Gospodyni idzie, skrada się, jej biodra pyszne, Hanna idzie, przecież ona nie nocuje tutaj, a jednak idzie, skrada się, idzie bosa. Zamykam drzwi. Puka.

— Jacek — szepcze. — Jacek!... Otwórz — szepcze.

Jacek? Głosem Igi. Wikary ma na imię Jacek? Głosem Sali.

Nie otwieram. Drzwi.

A ona wcale nie tu, tylko daleko, Kosteczku, w domu niespalonym, bo daleko od miasteczka w tym domu tuli dzieci, przed którymi jeszcze tyle nieszczęść, tyle cierpienia, tyle bólu, lata czterdzieste i pięćdziesiąte i sześćdziesiąte w Zwoleniu i po co je piastuje, dla jakiego życia, po co? Ale ty tego nie wiesz, a może właśnie wiesz, może wiesz nie o nich, ale wiesz w ogóle. Wiesz?

Nie wiem.

Nie wiem, czy wiesz, Kosteczku.

Kroki na korytarzu i otworzyłem oczy, otwieram. Kroki bose, ciche, bez obcasów, tylko podłoga skrzypi, miękko skrzypią deski. Cicho zsuwam się z łóżka i cicho, aby nic nie zaskrzypiało, do drzwi, ale jednak podłoga skrzypi, a ze ściany patrzy na mnie Pan Jezus, uchylam drzwi, jakbym uchylał stalowe wrota schronu obawiając się kuli, powoli, powoli, wystawiłbym nożycową lornetę, ale tylko wyglądam, bo nie mam.

Ciemnym korytarzem plebanii idzie Dzidzia, ale jest księżyc prawie w pełni, choć w stronę nowiu, a Dzidzia jest nagą, ale owiniętą prześcieradłem białym i skąd idzie, bo dokąd idzie, do pokoju swojego proboszczowego, ale skąd idzie Dzidzia?

— Kostek? — odwróciła się do mnie.

Zamknąłem szybko drzwi i serce nagle ruszyło, jakby przyłapała mnie na czymś wstydliwym, bo może w istocie tak było, że przyłapała mnie na czymś wstydliwym. Skrzypią deski, podłoga. Księżyc jest prawie w pełni, ale już w stronę nowiu.

— Kostek. Otwórz — powiedziała przez drzwi, blisko. Była zaraz za drzwiami.

Otworzyłem. Była nagą, nagość okryła tylko prześcieradłem, i weszła, nie pytając. Zamknęła za sobą drzwi, a ja zobaczyłem jej ciało, chociaż dalej było ukrytym pod prześcieradłem i tak je zobaczyłem, jej ciało, które było tak szczupłym, tak nie w moim guście, i pożądałem jej tak bardzo, a ona przyszła i była tutaj ze mną, przy mnie.

Sięgnąłem do tego ciała, które było owiniętym w prześcieradło, i przyciągnąłem je ku sobie, i nie broniło się, nie broniła się. Przylgnęła do mnie, mocno. A więc to już.

— Masz w kieszeni pistolet czy po prostu się cieszysz, że przyszłam? — zażartowała, nie odrywając twarzy od mojego ramienia. Dlaczego zażartowała?

Wzdrygnąłem się w płytkim uśmiechu, tylko trochę, i spróbowałem, próbuję ją pocałować, co nie jest łatwym, bo jej twarz w moim ramieniu, więc próbuję, twarz szuka drogi do drugiej twarzy, twarz próbuje odwrócić drugą twarz ku sobie i ona już wie, druga twarz wie, że usta dążą, zmierzają ku ustom, już czuję na wargach jej oddech i kiedy to się stanie, to wszystko się stanie.

— Konstanty! — Odpycha mnie. — Co w ciebie wstąpiło!...

Daję się odepchnąć, pozwalam jej się odepchnąć, więc mnie odpycha, odepchnęła, i już dzielą nas oceany, już dzieli nas wszystko, chociaż ja stoję bosym w bryczesach i koszuli, za moimi plecami księżyc, a ona stoi nagą i owiniętą prześcieradłem i bosą stoi, a między nami oceany czarne.

— Zwariowałeś? — pyta Dzidzia, prychając.

Otwiera mi pierś. Przełykam ślinę i po co, po co?

— Przepraszam. Przyszłaś tutaj, prawie naga... — tłumaczę się.

— Więc myślałeś, że możesz mnie pierdolić? — pyta tak, jak nie powinna pytać, dlaczego to słowo, dlaczego? Tak może mówić rzeźnik. Albo kapral. A to ona tak mówi, tak mówi Dzidzia. Myślałem, że jestem już inny, że przez nią, dzięki niej jestem już inny, że się zmieniłem, zrozumiałem, że ja to ja, osobny i mocny. A teraz znowu.

— Nie będę z tobą spać, Konstanty.

— Ale tulisz się do mnie naga, owinięta tylko prześcieradłem.

Dzidzia wzrusza ramionami.

— Zapal lampę.

Więc szukam zapałek, przecież położyłem obok lampy, mam zapałki, podnoszę klosz okopcony, zapalam, skręcam knot, dobrze.

Dzidzia siada w nogach łóżka, zwracając się ku wezgłowiu, siada w taki sposób, że wiem, że muszę usiąść u wezgłowia, daleko od niej, lecz w jej stronę zwróconym, i tak siadam.

— Konstanty! — mówi Dzidzia i nie ma w jej głosie ani złości, ani drwiny.

Słucham.

— Konstanty...

— Gdzie byłaś? — pytam, głupi, pytam, bom głupi, a ona była gotową powiedzieć mi coś ważnego, coś, co chciałbym usłyszeć, ale ja musiałem zapytać, a ona teraz mi nie powie, bo zapytałem: gdzie byłaś, gdzie była, głupcze, głupcze, i widzę.

Widzę, że była gotową, aby powiedzieć mi coś ważnego, a teraz zimna złość i drwina zimna. Wszystko zepsułem. Po co?

— U wikarego byłam.

— U wikarego?

Głupcze, głupcze, głupcze.

Śmieje się ze mnie. Nie do mnie — ze mnie.

— U wikarego. Nie taki z niego znowu strzęp mężczyzny.

I przecież wiem, że kłamie, czy wiem, że kłamie, wiem, że kłamie, ale jednak nie. Bo może kłamie, a może nie.

— Mam ci opowiedzieć? — drwi.

— Nie opowiadaj.

Bo jeśli nie opowiesz, to będę mógł myśleć, że to nie naprawdę, bo to przecież kłamstwo, ale jeśli powiesz to kłamstwo jeszcze bardziej, to już nie będę mógł tak myśleć, chociaż przecież wcale u niego nie byłaś.

Nie była, Kosteczku. Nie była?

— Konstanty, mógłbyś żyć inaczej.

— Jak?

— Mógłbyś żyć sobą samym, nie innymi. Naprawdę, mógłbyś.

Jej głos, jej słowa, jej oczy. Wiem, że nie będzie żadnej fizycznej bliskości, ale czy może będzie bliskość większa, bliższa, mocniejsza?

— Kim ty jesteś, Konstanty?

Kim ja jestem? Jestem Konstanty Willemann i lubię kobiety, samochody i morfinę, lubię siedzieć w kawiarniach ze znanymi ludźmi, samemu nie będąc znanym, a jednak siaduję, siadywałem z nimi jak inter pares, co mnie wywyższało ponad nich, bo każdy, kto tam siadywał, musiał się czymś wyróżniać, mało być generałem, trzeba było być Wieniawą, mało poetą, trzeba Tuwima albo Lechonia, a ja pomiędzy nimi siedzę, siedziałem, ja nikt i dlatego ktoś, bo wszyscy wiedzieli, że syn niemieckiego grafa i że się wyrzekł, kto się wyrzekł, a jednak wiedzieli i ta moja nijakość mnie nad nich wywyższała.

Jestem Konstanty Willemann, lubię kobiety, lubię tańczyć i nie lubię koni, wolę samochody, lubię szkockie tweedy i letnie garnitury z cienkiego tropiku, lubię rajdy samochodowe i obrotowy parkiet w Adrii, lubię jazz, lubię szampana i morfinę, nie lubię wojska ani mundurów.

— Kim jesteś, Konstanty? — powtarza pytanie Dzidzia. I wstaje, zdmuchuje płomień lampy i wraca tam, gdzie siedziała, nie dotykając mnie po drodze, chociaż jest blisko. Żółte światło znika, zostaje sine.

— Kim jesteś, Konstanty? — ciągle brzmi, słowa ciągle nie zgasły.

— Ich bin Baldur von Strachwitz.

— Kim jesteś, Konstanty? — powtarza pytanie.

Nie ucieknę.

— Nie wiem.

— Jesteś kim jesteś, rozumiesz? Jesteś jakim jesteś. Nie innym. Rozumiesz? — mówi Dzidzia, przytrzymując białe prześcieradło na chudym, białym ciele białym od księżyca.

— Nie rozumiem.

— Wiem, że nie rozumiesz. Byłbyś innym człowiekiem, gdybyś rozumiał.

— Nie jestem Niemcem.

— Wiem.

— Jestem Polakiem?

— To nieważne.

Nieważne. A co jest ważne? Całe życie moje pod tym znakiem: być Polakiem, być Polakiem.

Dzidzia wstaje, prześcieradło otula jej chude ciało, ściska małe piersi.

— Idź spać, Konstanty.

Wyszła. Zostałem sam z księżycowym światłem, którego nie chciałem, więc zasunąłem zasłony, rzuciłem się na łóżko i zasnąłem.

ROZDZIAŁ XI

— Wstawaj, Kostek.

Pachnie tytoniem. Za oknem ciemno, w pokoju żółte światło. Zegarek, lśniące zielenią wskazówki. Piąta. Co?

— Wstawaj, już czas.

Dzidzia z papierosem w dłoni, ubrana jak do drogi, a ja w rozsypce. Lampę Dzidzia musiała zapalić. Na stoliku nocnym postawiła kubek z kawą, pachniało jak kawa, dobra.

— Czekam przy aucie.

I wyszła.

Ubrałem się szybko, tylko z butami miałem kłopot, bo łydki mi jakoś spuchły, ale wciągnąłem w końcu. Potem umyłem zęby nad blaszaną umywalnią, woda w dzbanku bardzo zimna, zawołałem w pusty korytarz, Hanna przyniosła gorącej — do golenia. Nie patrzyła na mnie, wzrok wbity w podłogę. Nad umywalnią lustro małe, poplamione. W nim moja twarz, zerwana, złamana, ukąszona szrapnelem z angielskiego działa, inaczej niż mam w dokumentach, twarz-maska, twarz-nie-twarz, potwór nie twarz. A wysikać się, wysikać się jak?

Wysikałem się kutasem Konstantego, ogoliłem gładką twarz Konstantego.

Przygładziłem potargane włosy, zapiąłem kurtkę, potem płaszcz, dwa rzędy guzików, pas z kaburą i koalicyjką zapiąłem na płaszczu, wziąłem bagaże i pistolet maszynowy i wyszedłem na dwór, gdzie było jeszcze zupełnie ciemno.

— Czekam na ciebie kwadrans. Mogłeś mi przynajmniej dać kluczyki.

— Przecież wyszłaś, zanim zdążyłem się z łóżka podnieść.

Wsiedliśmy, zapaliłem motor. Pogoda się zepsuła, pochmurno, bardzo zimno i wilgotno.

— Dokąd jedziemy? — zapytała Dzidzia.

Mapę miałem w głowie, jedziemy na południe. Zapaliłem reflektory i snopami światła przejechaliśmy po zniszczonych ulicach aż na rynek, skręciliśmy w lewo, a potem w prawo, wyjeżdżając z rozwalonego rynku, po którym teraz nikt się nie snuł.

Szosa na Ciepielów była pustą i nawet nie bardzo była szosą, chociaż nawierzchnia raczej utwardzona. Jechać trzeba było ostrożnie i szybciej niż czterdzieści na godzinę nie było mowy; jechałem więc powoli.

Dnieć zaczynało nad siną kopułą chmur, gdy mijaliśmy Sycynę, potem Ciepielów, a tam przez ryneczek, gdzie mały ruch, Żydów mniej niż w Zwoleniu, ale tam czekali na roboty, a tutaj po prostu snują się o świcie, poszukują czegoś do jedzenia, tak samo jak paru smętnych chłopów. A pomiędzy nimi jeszcze trójka brudnych dzieci.

— Zatrzymaj się, proszę — poprosiła Dzidzia i były to pierwsze słowa, jakie wypowiedziała od samego Zwolenia, chociaż jechaliśmy przecież dobre pół godziny.

Dwóch małych chłopców, boso. Trzecia dziewczynka, większa, miała butki ze szmatki na nożętach może dziesięcioletnich.

— Cóż robicie, dzieciaczki? — zapytała Dzidzia, opuściwszy szybę.

— Żyjemy, łaskawa pani — odpowiedziała najstarsza dziewczynka.

Moja towarzyszka wyciągnęła przez okno dłoń ze srebrnym Piłsudskim.

— Proszę, oto dziesięć złotych.

Chłopcy spojrzeli pytająco na starszą koleżankę. Ta nie zwracała na nich uwagi.

— A co trzeba za te dziesięć złotych zrobić, dobra pani?

— Nic. Wziąć tylko. Kupcie sobie i mamie bułek na śniadanie.

Dziewczynka wzięła monetę, obejrzała dokładnie, aż czekałem, czy nie przygryzie, ale tylko schowała do kieszeni płaszczyka.

— Mama nie żyje — powiedziała.

— Podczas wojny...? — zmartwiła się Dzidzia.

Dziewczynka spojrzała przez okno na mnie, na mnie spojrzała, na mnie, jej oko spoczęło na moim ciemnozielonym kołnierzu niemieckim. Niemieckim.

— Nie — odpowiedziała. — Trzy lata już będzie, jak mamusia nie żyje. Poszła ciążę spędzić do Żydówy i się jej zmarło przy tym spędzaniu.

— Jedźmy już — wycisnąłem słowa przez ściśnięte gardło.

Dzidzia zignorowała mnie zupełnie, chociaż to ja przecież siedziałem za kierownicą, ja prowadziłem, ja władny byłem wrzucić bieg, włączyć sprzęgło, otworzyć przepustnicę i jechać, jechać. Ja miałem władzę. Ale nie pojechałem.

— Jak się nazywasz? — pytała Dzidzia.

— A czy to ważne?

— Nie.

— Madzia.

— A to twoje rodzeństwo tutaj, Madziu?

— A skąd. Nie znam tych podrzutków — odparło rezolutnie dziewczątko.

— I nie podzielisz się z nimi?... — zapytała Dzidzia.

— Mowy nie ma.

Dzidzia pokiwała głową ze zrozumieniem, zakręciła korbką, szyba się zamknęła.

— No to jedźmy.

Zjechałem w pierwszą w lewo, droga była bardzo kiepską, gorszą niż pamiętałem, jeśli pamiętałem, coś pamiętałem, ale co? Kiedyś tędy się jechało. Ale czy na pewno? W Zwoleniu tak, w Zwoleniu na pewno, ale czy tędy?

Po lewej jeziorko, przy jeziorku młyn. Przy drodze człowiek i biedachatki przy drodze, która stała się nieledwie ścieżką, pośrodku porosłą trawą.

— Szosa na Lipsko? — zapytałem.

Przestraszył się niemieckiego munduru i polskich słów, ale nie uciekł, może bał się uciekać. Obdartus, wąsaty sumiaście, chłopskie buty wysokie i czapka, którą zaraz z głowy zerwał. Mimo deszczu, który właśnie zaczął niemrawo kropić.

— Nie na Lipsko, panie — odparł.

— To wracać do Ciepielowa? — zapytałem.

Zadumał się na chwilę.

— Nie wracać, panie, nie wracać, szkoda drogi. Tu za chwilę odbić trzeba w prawo na Kałkowy i dróżka taka jak ta przez las będzie, w Strudze wielmożny pan na szosę na Lipsko wyjedzie.

Przyjrzałem mu się. Po co? Stary wąsacz, czapka w dłoniach. W takim świecie żyjemy: ja siedzę w aucie amerykańskim w mundurze niemieckim, mam broń i obok siedzi piękna kobieta, a on ściska w dłoniach czapkę i nie ma auta, broni, munduru, nic nie ma, tylko tę czapkę. Dlaczego niektórzy mają od zawsze wszystko, a inni nie mają niczego? Najgłupsze z pytań! Gdyby wszyscy mieli po równo, wtedy dopiero należałoby pytać: dlaczego, dlaczego…

Pojechałem. Odbiłem, w prawo, jak mówił. Dzidzia milczała, patrzyła w prawe okno, jakby obrażona — o co, po co na mnie, cóż takiego między nami, żeby Dzidzia się obrażała. Głupstwo. Za oknem biedne zagrody, bo Kałkowy.

A potem las. Sosny. Jedziemy.

Dzidzi twarz ode mnie odwrócona. Dzidzia daleko. Moje kolano, lewarek zmiany biegów, perforowana blacha pistoletu maszynowego, a dalej kolano Dzidzi, w cielistych rajstopach jej kolano.

— Uważaj!!!

Świat się kurczy i zagęszcza.

Hamulec, zgrzyt, straszne szuranie, auto leci bokiem, ciało spina się sztywnym stężeniem, znam to, znam to, miałem dwie kraksy przed wojną, znam to. Wnętrzności sznurują się ciasno. Ale widzę: dam radę jeszcze, tylko wrócić na drogę, ręce na kierownicy sztywne jak cięgna, daję gaz i w lewo i już wiem.

Będzie dobrze.

Zatrzymuję się pół metra przed zwaloną w poprzek drogi sosną. Wreszcie oddech, mój i Dzidzi, płuca uwalniają powietrze. Ale czuję w ciele jeszcze drżenie, podniecenie, więc patrzę, widzę, myślę szybciej: drzewo ścięte. Świeże.

— Na ziemię — krzyczę do Dzidzi, a sam lewą otwieram drzwi, prawą chwytam maszynkę i wytaczam się z auta. Już. Za późno.

Z lasu leci na mnie zielony mundur. Bagnet na lufie karabinu, bagnet w moją pierś się wbije. Hełm francuski adrian. Ale on potyka się o kamień, traci równowagę, nie upada, ale gubi rytm.

Zdążę. Zamek szarpię w tył. Zdążę. Nigdy nie strzelałem z pistoletu maszynowego. Strzelam, źle, dziwnie, leżąc i z biodra, kolba oparta o ziemię, ale zielony mundur, hełm francuski adrian blisko.

Trafiłem, dwie kule w pierś. Wywrócił się i padł. Z lasu rżenie koni. Zasadzka. Polscy ułani. Zabiłem człowieka.

Znam gębę tego żołnierza, któremu dwie kule w pierś.

Pada strzał karabinowy, ale chybia, obłoczek piasku unosi, kula niedaleko mnie, nie widzę strzelca. Mogłem umrzeć, dziś i na wieki wieków amen. Przez otwarte drzwi z auta za mną nade mną trzaska pistolecik Dzidzi. Drugi strzał karabinowy i znowu chybia, a ja odwracam się na brzuch i ciągnę po lesie serią, jakbym dawał z erkaemu, i nie trafiam w nikogo i szczęknięcie zamka, kiedy iglica dziurawi powietrze w pustej komorze; cisza, koniec. Już wiem, że przegrałem, nie trafiłem nikogo, nie mam drugiego magazyna, leży w ładownicy w aucie na podłodze. Za daleko. Było nie wystrzelać wszystkiego w głupiej serii. Pistolecik Dzidzi również milczy. Przewracam się na plecy i sięgam do kabury na biodrze, ale wiem, że nie zdążę, bo z lasu leci już drugi zielony mundur, ułan leci, hełm też francuski adrian, a pod nim poznaję: starszy ułan Bociąga, tylko nie ma erkaemu, a karabinek. Leci na mnie bagnet, Bociąga nie strzela.

Przecież nie żyje, dostał w łeb na Górskiej, przed Laskiem Sieleckim dostał, kiedy go wysłałem do erkaemu dostał, w łeb dostał, przez hełm adrian francuski dostał kulę prosto w czoło, wyszła tyłem, plecy ochlapane krwią i mózgiem i głowę złożył na kolbie erkaemu na przedramieniu, jakby spał tylko, plecy ochlapane krwią i mózgiem, i leci na mnie, nie na mnie, leci na Baldura von Strachwitza, bagnet na mnie leci, koniec.

— Stój!... — wrzask z lasu.

Bociąga, który nie żyje, pochowaliśmy go pod kościołem Zmartwychwstańców ledwie miesiąc temu, co jednak mimo wszystko nie usprawiedliwia tego, że teraz leci na mnie z bagnetem ten, którego głowa była fundamentalnie przestrzeloną, a ciało zupełnie i po katolicku zakopanym, chociaż pod Zmartwychwstańców. Leci na mnie i co, zmartwychwstał?... Kaburę odpinam, nie odepnę.

Ale nie doleciał. Przez sekundę myślałem, że to Dzidzia go zastrzeliła z pistoletu, ale Dzidzia go nie zastrzeliła z pistoletu, bo się chyba drugiego magazyna w torebce nie dogrzebała, jeśli w ogóle drugi magazyn miała, i teraz ktoś ją wyciąga za włosy z chevroleta, a Dzidzia wrzeszczy, puszczaj, chamie, wrzeszczy! Jej wrzask zapowiada zadzieranie spódnic, darcie bielizny. Nie znam tego wrzasku, nigdy takiego nie słyszałem, nigdy nikt przy mnie nie gwałcił kobiety, ale jednak skądś wiem.

Więc to nie przez Dzidzię, ale zatrzymał się straszny ułan Bociąga i nie przebódł mnie bagnetem, ale zatrzymał się bagnet na moim gardle, sztych oparł się o skórę, moja prawa ręka zastygła przy kaburze na wpół odpiętej, już pasek ze sprzączki był wyzwolonym, już tylko rozpiąć kaburę i wyciągnąć pistolet, ale za późno.

— Nie zabijaj! — krzyk z lasu.

Znam głos. Wychodzi. Jak klepsydra, bo płaszcz do kostek ściśnięty pasem, dołem szeroki, w barach szeroki, w talii wąziutki, szabla, rogatywka, Virtuti na piersi przypięte, buty wyglansowane, ostrogi, kabura na pasie, vis w ręce. Rotmistrz Chochoł. Za nim jeszcze dwóch: ułan i piechociarz w głębokim, piechocińskim hełmie.

— Co z kapralem Waniczkiem? — pyta, wskazując na tego, com go zastrzelił.

Piechociarz dotyka szyi.

Zabiłem człowieka. Nic nie czuję. Nie spodziewałem się, bym poczuł cokolwiek. Nie boję się zabijania ludzi, bo własnej śmierci też się nie boję.

— Zabity.

— Zabity — zadumał się Chochoł na moment, po czym podchodzi do mnie i nade mną staje i nagle poznaje mnie i nie poznaje. Poznaje, bo poznaje moją twarz. Ale nie poznaje.

— Willemann? — zapytał. I jeśli w ogóle można nie wierzyć własnym oczom, to nie wierzył. Ale niektórzy własnym oczom nie wierzą nigdy.

— To on, panie rotmistrzu — odrzekł Bociąga. — Tylko mundur jakiś inny. Ale to on. Pamiętam go z fortu Dąbrowskiego.

— Pierdolić tam z Dąbrowskiego, przecie żeś był w moim plutonie, chuju rybi, i cię zastrzelili!... — warczę.

— Orządała, zabierzcie mu pistolet i kulomiot — komenderuje rotmistrz.

— Waniczka zabił. Na śmierć.

— Przecież to Bociąga jest, starszy ułan Bociąga — domagam się prawdy.

— Nie tylkoś zdradził, Willemann, aleś jeszcze oszalał? — trzeźwo zdziwił się Chochoł. — Bociąga jest przecież na Górskiej zastrzelonym, pochowanym pod kościołem Zmartwychwstańców. To jest wachmistrz Orządała, szwoleżer z drugiego szwoleżerów i zupełnie nie jest zastrzelonym, boś się marnie starał, Willemann.

— Panie rotmistrzu, a co z tą kurwą niemiecką? — zapytał żołnierz, co wyciągnął Dzidzię z auta i teraz trzymał ją za włosy, a ona klęczała w pyle.

— A czemu mówisz o niej kurwa niemiecka? — zdziwił się rotmistrz, chowając pistolet do kabury.

— Bo po polsku wrzeszczała. A z Niemcem siedzi.

— Ano, tak. A co byście chcieli z nią...? — zawiesił głos niedomyślnie.

Żołnierz się stropił.

— No, panie rotmistrzu... no wie pan. Krasawica. A dawno nic...

— Może potem. Teraz muszę ich przesłuchać, zanim zdecydujemy, co i jak, i gdzie. Jasne?

— On Waniczka zabił — powiedział ponuro Bociąga-Orządała, zabrawszy mi broń, powiedział, jakby chciał mnie zastrzelić hic et nunc, zanim wstanę w ogóle.

— Ja pana rotmistrza widziałem w Warszawie. Przedwczoraj. Potrąciłem na ulicy, tym autem jechałem, chevroletem — rzekłem, broniąc się i ciągle leżąc na ziemi.

— Nie pamiętam, żebyśmy się widzieli.

— Kiedy naprawdę.

— Wie pan, panie Willemann, nie czułem się najlepiej przez ostanie dni.

Podnieśli mnie, Orządała i strzelec w okrągłym hełmie, podnieśli i ponieśli, w las ponieśli mnie i Dzidzię za mną ponieśli do obozowiska, a padał wtedy deszcz.

Niezasłużenie piętno w tym dżdżu niosłem, Baldur von Strachwitz, bom nikogo nie zdradził. Weil ich niemanden verraten habe*.

Niezasłużenie niosłem, bo nikogo nie zdradziłem, ja, Konstanty Willemann, ja.

Za nami ciągnięto po mokrej ściółce ciało Waniczka, które zastrzeliłem. Na ramieniu Bociągi-Orządały mój pistolet maszynowy próżnym wisiał i martwym.

— W Warszawie mówił pan, panie rotmistrzu, że jest pan królem Polski — powiedziałem.

Chochoł odwrócił się do mnie, zdziwiony.

— Nazywam się Jan Chochoł i jestem ostatnim królem Polski — powiedział, zdziwiony, że w ogóle zapytałem.

Orządała kiwnął głową, potwierdzając oczywistość.

Życie jest snem.

Ale to nie jest sen.

W obozowisku ogień, dwie pałatki marne, trzy konie — jeden dobry, wierzchowy, i dwa nędzne raczej, takie do biedki piechotnej, nie kawaleryjskie, i przy nich jeden koniowodny.

---

* (niem.) Bo nikogo nie zdradziłem.

Posadzono mnie przy ogniu, obok mnie kurwa niemiecka Dzidzia. Na bezkonnych siodłach, ustawionych wkoło, bo koni brakło, a na czymś siedzieć trzeba.

— Orządała, poprowadź resztę na patrol. Granicą lasu na zachód, szosę przeciąć, ale tak, żeby was z Anusina nie było widać, do Dąbrowskiej Poręby, stamtąd duktem z powrotem.

— Tam gdzie... No, pan wie, panie rotmistrzu... — zająknął się Bociąga, podający się za Orządałę.

— Nie, tam iść nie musicie, cóż się tam zmienić może. Zamordowani o świcie pozostaną zamordowanymi. Ja przesłucham jeńców. Wykonać!

— Tak jest, panie rotmistrzu. Proszę o pozwolenie pytanie zadać.

— Udzielam.

— Amunicja się skończyła. Więc jak to na patrol iść?

Chochoł aż podskoczył.

— Jak to się skończyła! Przecież mieliście, Orządała, dwa naboje, rano mieliście dwa naboje! Co jest ambicją strzelca, wachmistrzu, no co?!

— Melduję posłusznie, że ambicją każdego strzelca w prowadzeniu ognia pojedynczego powinno być, by po każdej walce mógł powiedzieć, do jakiego celu za każdym strzałem mierzył — wyrecytował ponuro wachmistrz.

— Tak jest. Do jakiego celu żeście za każdym strzałem mierzyli, wachmistrzu?

Kapral Orządała strapił się, wbił wzrok w ziemię.

— Melduję posłusznie, żem miał dwie kule, alem wystrzelił dwa razy, jak ten Niemiec siekł do nas z kulomiotu.

— No i proszę, a ile razy żeście trafili, wachmistrzu? — beształ go dalej Chochoł.

— Nie trafiłem wcale, melduję pokornie — odrzekł wachmistrz, ale szczęki ściskała mu nie skrucha, lecz wściekłość.

— Mówiłem: nie strzelać! Kula głupia, bagnet zuch!

— Pokornie przepraszam, panie rotmistrzu. Melduję, żem Niemcowi pistolet zabrał i kulomiot. Do tej siódemki dwa magazyny pełne; kulomiot jednak pustym.

Chochoł wbił weń wzrok drapieżny, wściekły.

— Chyba nie myślicie, Orządała, że na patrol z pistoletem pójdziecie?

A ja pomyślałem, że to wszystko wygląda, jakby się tu powoli rada delegatów żołnierskich mogła zawiązać. I będzie obcinanie pagonów, a kto wie czy i nie czego więcej. Orządała odłożył mój pas z kaburą i peem.

— Melduję posłusznie, że ani bym śmiał — odparł ciężko.

— I dobrze. Odmaszerować. I to drzewo mi po drodze z szosy uprzątnąć.

Orządała kiwnął głową i poszli, karabiny zarzuciwszy na ramię, poszli. Chochoł wyjął z kabury visa niedawno w niej ukrytego. Do ognia dorzucił drew.

— No, to mów, Willemann.

— Ale co mam mówić?...

Chochoł nie odpowiedział. Dzidzia siedziała obok mnie, naprzeciwko rotmistrza, siedziała sztywno, ale bez strachu. Chociaż grożono jej gwałtem. Byłbym zdziwionym, gdyby była przestraszoną.

— Nic mu nie mów — szepnęła nagle.

— Słyszałem to!... — Chochoł pogroził nam pistoletem. — Wiecie, że mam władzę was rozstrzelać?

— Nie miałbyś żadnej władzy, gdybyś nie miał w ręce pistoletu. Nikt nie dał ci jej z góry — odpowiedziałem.

— O, co to, to nie! — oburzył się Chochoł. — Nazywam się Jan Chochoł i jestem królem Polski! Moja władza pochodzi od tego, który mnie stworzył.

— To wariat — szepnęła Dzidzia.

— Sły-sza-łem! — zaperzył się Chochoł. — Chyba jednak każę was rozstrzelać. Ciebie za zdradę. — Wskazał na mnie lufą. — A ciebie, kobieto, za fraternizowanie się z wrogiem.

— Zrób coś — szepnęła Dzidzia. — Tylko nie możesz się przed nim zdekonspirować.

Tym razem Chochoł nie usłyszał. Dlaczego jestem spokojnym?

— Opowiem wam moją historię, a ujrzycie swoją małość — oznajmił rotmistrz, wstając z siodła. Założył ręce za plecami, vis ciągle w dłoni. Zaczął wolno iść dookoła ogniska, myślałem, że podejdzie do mnie, lufę przystawi za ucho jak rannemu koniowi, ale nie, szedł tylko perypatetycko, mówiąc.

— Nigdy ci nie ufałem, Willemann. Zresztą wiesz, co o tobie mówiono, grobie pobielany? Żeś Polak tylko po wierzchu, a jak tylko poskrobać, toś Niemiec. I cóż, nie mieli racji wszyscy, Ksyk, nawet Rudnicki tego słuchał a nie protestował, nie mieli racji?

Uniósł w górę dłoń z pistoletem, wsparł nogę na siodle niczym aktor podczas wzniosłej deklamacji i mówił. Siedzący nieopodal koniowodny przerwał drzemkę i wsłuchiwał się w przemowę Chochoła jak urzeczony, mamrocząc coś pod nosem, i to mamrotanie zlewało się z mową lasu, tworząc jednostajny, wzniosły akompaniament do słów rotmistrza. A ten mówił:

— Nie złożę broni, nigdy. Broń wypuści moja ręka tylko wtedy, kiedy będzie zimną i martwą. Taką złożyłem przysięgę Jazłowieckiej Pani, zanim na wojnę poszliśmy i z tej przysięgi nie może mnie zwolnić ani pułkownik, ani wódz naczelny Śmigły-Rydz, ani Bóg nawet, tylko ona. A od niej rozkazu kapitulacji ciągle nie usłyszałem i usłyszeć się nie spodziewam. W całym narodzie znalazłem pięciu mężnych, co zgodzili się w mojej przytomności moją przysięgę powtórzyć, i czy tych pięciu mężnych nie wystarczy, aby zmartwychwstał cały naród? Oni będą zaczynem Polski Nowej, Polski z Ducha, Polski odrodzonej nie tylko w granicach i urzędach, ale Polski odrodzonej w sercu. Z ich krwi, bo musi ona pociec, jak i moja pocieknie. Z ich krwi zasiane zostanie ziarno odrodzenia.

I nagle zamilczał, jakby poczuł niestosowność tego, co mówi. Koniowodny przestał mamrotać.

Tyle że to było całkowicie stosowne, Kosteczku.

Dlaczego się nie boisz, Kosteczku? Rotmistrz znów ruszył wokół ognia.

— Rzuć się na niego, zabierz mu pistolet i uciekajmy — szepnęła Dzidzia.

Zrób to, głupcze! Jesteś odeń młodszy, silniejszy! Przecież rozstrzela cię ten człowiek, jest szalonym, a nawet gdyby nie był, to i tak rozstrzelać może ten niedobitek, październikowy partyzant.

Ale może nie boisz się, bo wiesz więcej niż ja, czy to możliwe, żebyś wiedział więcej niż ja, jedyna, która kocha cię prawdziwie?

— O jakich zamordowanych o świcie chodziło? — pytasz nagle. Pytam.

Chochoł popatrzył nieprzytomnie, zatrzymuje się w pół kroku perypatetyckiego. Patrzy na ciebie, mnie, na mnie patrzy, troskliwie, uważnie, czujnie.

— Zamordowanych trzystu! — szepnął. — Bestialsko zabitych bezbronnych jeńców z siedemdziesiątego trzeciego piechoty, zabitych jak zwierzęta przez niemieckich oprawców.

Przełknąłem ślinę dość nerwowo. Dość tylko, by się zdenerwował, a gotów mnie zastrzelić na miejscu.

— Przyjechali na opancerzonych transporterach, łomotały gąsienice o mazowiecki grunt — deklamował Chochoł. — I walczyli, zwyciężyli i poddali się nasi chłopcy, kiedy brakło im już amunicji, nie pomyśleli, by ostatnią kulę zachować dla siebie.

Koniowodny ukrył twarz w dłoniach, kręcąc głową.

— Ale dla zwycięzców słowo „rycerskość" nie istniało i zdarli z naszych dzielnych, lecz pokonanych żołnierzy kurtki, obcięli im szelki, aby nie pozwolić na ucieczkę, i rozstrzelali jako bandytów, rozstrzelali z maszynowej broni i ciała zwalili do rowu, niedaleko stąd, w Dąbrowie.

— Nasza piechota nie ma szelek. Nie miała, znaczy — powiedział cicho koniowodny.

Chochoł nagle opadł na siodło, rzucił pistolet na ziemię, ukrył twarz w dłoni.

— Teraz — syknęła Dzidzia.

Spojrzałem na nią, przestraszony. Bałem się sięgnąć po pistolet.

— Zrób to, do cholery. To wariat.

Więc sięgnąłem do kabury. Koniowodny zgrabnie przeturlał się do tyłu, za drzewo. Rozpiąłem, wyciągnąłem sauera. Chochoł płakał, nie podniósł głowy, więc nabiłem pistolet i zastrzeliłem Chochoła.

Podszedłem — nie żył. Podniosłem visa, wyciągnąłem magazyn — pusty.

— Zastrzel jeszcze tamtego durnia — rozkazała Dzidzia, jakby chodziło o zerwanie jabłka i w istocie niczym innym to nie jest, zabić człowieka to jak zerwać jabłko.

Wbrew temu, co się wielu wydaje, to bardzo proste. Niektórzy czują przed tym czarodziejski lęk, jakby zabicie człowieka było czym innym niż ciśnięcie kamienia do rzeki, ścięcie drzewa albo przesypywanie piasku. Niektórym, lecz niewielu, wydaje się, że Bóg na to nie pozwala; lecz nawet jeśli jakiś Bóg lub bogi unoszą się nad świetlistym nieba sklepieniem, to stworzyły człowieka tak, by nie był niczym innym niż toczony nurtem strumienia kamień. I nie jest.

Inni sądzą, że skoro sami obawiają się śmierci, to nie należy czynić bliźnim tego, co im samym niemiłe; nie rozumieją głupcy, że obawa przed własną śmiercią jest równie dobrym powodem, aby zabijać, jak każdy inny albo i brak powodu.

Jeszcze inni sądzą, że człowiek jest wartością; i jest nią w rzeczy samej, taką samą jak drzewa, jaszczurki i żwir górskich potoków. Śmierć tej wartości nie narusza ani nie odbiera, nawet gdyby życie odbierał sobie właśnie ostatni człowiek na ziemi i taka chwila bez wątpienia nastąpi i nie rozstąpią się niebiosa ani nic w ogóle się nie stanie, tylko wietrzeć będą pomniki naszego niebycia, złuszczy się farba z fasad wielkich amerykańskich domów na przedmieściach Chicago i rozsypią się gliniane domy Bantu i szakal zaszczeka na Schodach Hiszpańskich i tygrysy będą wylegiwać się na placu Czerwonym, a lwy w porastającym miejsce Marsylii twardolistnym lesie, i napiszą o nas książkę na brzozowej korze jeże albo i nie napiszą, bo inne będą miały sprawy na swoich jeżowych głowach.

Tak myślą inni. A ja rozumiem, że zastrzelić człowieka znaczy tyle, co kula drążąca w ciele kanały. Tyle, co serce, które przestaje bić, i tyle, że przestaje się czuć swój mózg — i tyle, koniec. Tyle, co małe zwycięstwo tego, który zabija, stare jak człowiek.

I kto to myśli, ja to myślę, Konstanty? Ty, Konstanty, tego nie myślisz, więc czy myślę to ja, twoja cicha przezroczysta towarzyszka zawieszona nad tobą jak meduza w toni? Denke ich das Baldur ohne Gesicht? Und wo bin ich, jetzt?

Ich denke das*.

Ja to myślę.

Ja.

* (niem.) Czy ja to myślę, Baldur Bez Twarzy? I gdzie teraz jestem? Ja to myślę.

— Zastrzelże go! — powiedziała Dzidzia.

— Nie trzeba, jasna pani — odpowiedział koniowodny zza drzewa. — Ja i tak jakbym już nie żył.

— Nie zamierzam — powiedziałem, bo nie zastrzelić człowieka jest również łatwo, więc go nie zastrzelisz, powiedziałeś, mój miły.

— Pochowaj go — powiedziałem do koniowodnego, który nie miał imienia.

— Nie ma po co chować.

— Co z tymi pomordowanymi jeńcami?...

— Nic, jasny panie. Pomordowani albo niepomordowani. Zakopani w rowie przy Dąbrowskiej Porębie albo niezakopani. Zgnili już albo gnić wcale nie zaczęli. Tak albo tak.

— Idziemy — rozkazałem.

— Dobrze, Konstanty — odparła Dzidzia bardzo miękko i cała zmiękła, straciła nagle swoją wojowniczą sztywność amazonki, nawet jej nos, zawsze tak ostry, teraz wydał mi się zaokrąglonym.

Wziąłem próżny kulomiot i poszliśmy z powrotem do samochodu.

Przy aucie, na odsuniętym z drogi, zwalonym drzewie siedział Orządała, który nie wydawał mi się już wcale podobny do Bociągi. Między nimi bezradne karabiny. Palili papierosy. Konie szczypały październikową trawę. Wyszedłem spomiędzy drzew z bronią w dłoni, aleś nie celował do nich, Kosteczku, nie celowałem.

Na nasz widok wstali ociężale. Dalej łakomie palili papierosy. Nie sięgali po broń, po cóż mieliby sięgać, skoro przyszedłeś tu jako zwycięzca. U mojego boku kobieta, którą zelżyli, którą chcieli zhańbić. O czym myślą?

Spojrzałem na Dzidzię. Zrozumiała pytanie bez słów. Machnęła ręką i były w tym geście wszystkie stulecia jej arystokratycznego rodu, były pokolenia guwernantek i niań, zamęczających małych Rochacewiczów kindersztubą, i Dzidzia po prostu odpuściła im wszelką karę, bo mogła.

A oni po chwili napięcia zrozumieli, że jest im odpuszczone, tak jak odpuszcza się psom, że kąsają.

— Co z tymi pomordowanymi jeńcami? — zapytałeś.

Spojrzeli na siebie, nie odpowiedzieli, ale też nie pytali o nic, ani o strzały, które musieli słyszeć, ani o nic innego.

— Musimy to sprawdzić — powiedział do Dzidzi Konstanty. A ja milczałem. Mnie to nie obchodzi.

— Po co? — zdziwiła się.

— Dla Inżyniera. On to może jakoś wykorzystać, taką wiadomość...

— No to mu powiemy, że rozstrzelali — uśmiechnęła się.

— Ale przecież trzeba wiedzieć, jak było!

Spojrzała na mnie, jakby chciała obejrzeć coś dziwacznego, co ogląda pierwszy raz i obejrzeć chce starannie.

— Było tak, jak miało być. Grzebanie się w piachu w niczym tu nie pomoże, nie daj Bóg, gdybyśmy tam jeszcze znaleźli te zgniłe trupy. Czy ty wiesz, Kosteczku, jak to śmierdzieć potrafi?

Kluczyki dalej tkwiły w stacyjce, miałem tylko nadzieję, że bateria się nie rozładowała, aby udało się zapalić motor. Bo w chevrolecie nawet korby nie ma, żeby odpalić ręcznie. Ale zanim zdążył się Konstanty zmartwić dobrze, to motor zapalił.

— Może powinniśmy jednak to sprawdzić. To ważne. Trzystu jeńców... A Chochoł mówił nawet, który to był pułk, to znaczy, że siedemdziesiąty trzeci piechoty... — powiedziałeś.

Dzidzia zaśmiała się i machnęła na mnie ręką, jak na figlarza niepoprawnego się macha ręką. Albo jak na dokuczliwą muchę.

Włożyłem pełny magazyn do kulomiotu. Na wszelki wypadek. Pojechaliśmy, byle szybciej, droga prowadziła polami i łąkami, często nawet podmokłymi, czasem jakiś lasek i cały czas milczenie Dzidzi i moje milczenie i motoru równy dźwięk i Gołębiów i lasek znowu i Cukrówka i znowu pola i wiatrak i wjechaliśmy do Lipska.

Lipsko jak każde inne miasteczko drewniane, słomiane, gówniane. Błotniste. Śmierdzące gnojówką i żydowskimi oddechami i wiatrami po tych ich czulentach i cebulach, i polsko-chłopskimi oddechami i pierdami po kapuście. Ludzie na ulicach, a ja sobie myślę, cóż to za rasa, jeśli chłopstwo, to albo jest mikrym, niewydarzonym, chorowitym, do pracy niezdolnym, albo jest zdrowym i krzepkim, ale jakoś tak małpio, te ręce długie, korpusy beczkowate, nogi krótkie i zwykle małpio krzywe. Nie zobaczy się na tych wsiach mężczyzny wysokiego, atletycznego i smukłego. Bywają takimi dziewczęta, smukłymi bywają i gibkimi jak cyrkówki, ale potem znikają i wśród kobiet dojrzałych żadnej rasy już nie widać, bo cała uroda uchodzi z nich z pierwszym dzieckiem, rozchodzą się w biodrach, mężnieją im twarze, tępieją spojrzenia, wiele tego widziałem, jeżdżąc przez Polskę z naszymi rajdami z automobilklubu, im dalej na południowy wschód, tym rasa gorsza, bo o ile w Wielkopolsce ludek przyciężkawy, to przecież zdrowy, chociaż nie piękny, to przynajmniej schludny i ładny. Ślązacy mikrzy i kobiety raczej brzydkie, ale też jakoś zdrowo, Górale rasowi, lud piękny, kobiety niezbyt, ale mężczyźni świetni, chociaż dużo też kretynów, a cała reszta, dobry Boże, czy to jest rodzaj ludzki ciągle? W miastach nieco inaczej, bo tam jednak najlepszy element zawsze przeciekał i inteligencja rasowo też lepsza, jak inne plemię.

Więc tak sobie myślałem i między tymi chałupkami, co chciały uchodzić za miejskie, jechałem powoli i spojrzałem na zegarek — a tu ledwie południe. W Lipsku synagoga, zgliszcza czarne, całkiem czarne. Na szybie mojej i na zgliszczach pojawił się płatek śniegu. Najpierw jeden i zniknął, potem pięć, a dziesiąty już nie zniknął. Od rana bardzo zimno.

Ruszyłem, ruszam, przejeżdżamy przez Lipsko, obok młyna na rzeczce, woda obraca kołem jak wielką czakrą świata, myślę sobie, i jedziemy, i dalej.

— Musimy ustalić jakiś plan, gdzie przekroczymy granicę i jak... I gdzie będziemy nocować — mówię przed siebie, w szybę. Wycieraczki zrzucają śnieg.

— Jedź, Konstanty. Po prostu jedź. Przed siebie. Nie zatrzymuj się.

Jadę. Jechałem. Jadę. Droga prowadzi polami, które szybko stały się białe. Wąwóz stromy, zjechało się łatwo, na podjeździe błoto rozjechane, przykryte śniegiem, trzy razy musiałem się wycofać, zanim udało mi się chevroleta z wąwozu wyciągnąć, i znowu pojechaliśmy, po lewej mijając okazały dwór i park.

— Daniszów — powiedziała Dzidzia, kiedy tylko park zamajaczył z daleka.

Przed dworem Niemcy. Ciężarówki z czerwonymi krzyżami w białym polu, ludzie w białych kitlach narzuconych na szarozielone mundury. Szpital. Nie zatrzymujemy się.

I dalej, dalej białymi polami, najpierw droga jak strzelił, a potem zjazd na łeb na szyję w dolinę Kamiennej, Czekarzewice, ludzi prawie nie widać, wszystko się po domach przez ten śnieg październikowy pochowało, droga jest przez moment prawie górską, most na szczęście niezniszczonym, więc dalej, doliną i znowu w górę, jadę bardzo szybko, niebezpiecznie, ale boję się, że mógłbym się zakopać i wtedy już koniec, trzeba by do wsi po konie, a niezbyt mam ochotę w śniegu brnąć, więc szybko, niebezpiecznie, ale pewnie prowadzę, dobrze prowadzę, i wyskakujemy z doliny rzeki Kamienna, moja olympia stara mogłaby nie dać rady, a chevrolet tylko ryknął sześcioma cylindrami i wyskakujemy z doliny rzeki Kamienna.

Nazywam się Konstanty Willemann i niewiele więcej mogę o sobie powiedzieć poza tym, że noszę takie umyślne przebranie, patyki stracha na polu, szczurzą sierść, pióra wronie.

Białe pole, prosta droga, silnik, dość paliwa. Za Tarłowem szosa na Ożarów prosta jak strzelił i śnieg, śnieg, śnieg październikowy, ciepły, mokry i lepki, wycieraczki zrzucają go z szyby i jedziemy powoli, robi się coraz ciemniej, dojeżdżamy do zmierzchu trzydzieści–czterdzieści na godzinę, nie szybciej.

— Trzeba się będzie gdzieś zatrzymać — mówi Konstanty, mówię.

— Jedź — odpowiada Dzidzia w szybę. W szybę, nie do mnie.

Jaka jest teraz, czy zimna i obojętna? Przecież taka nie była, kiedy wyjeżdżaliśmy, nie była. Czy wywyższa się tak jak wcześniej, czy milczy z innego powodu?

— Robi się ciemno.

— Masz światła z przodu, czyż nie?...

— Ale w końcu będziemy musieli się zatrzymać.

— W Budapeszcie.

— Chcesz, żebym prowadził w taką pogodę, tymi drogami bez przerwy aż do Budapesztu?

Dzidzia odwraca się do mnie, nie głową, tylko cała, na tym jej chudym tyłku odwraca się ku mnie cała. Zerkam na nią kątem oka, bo prowadzę bo śnieg bo szyby parują mimo wentylacji bo ślisko bo ciemno, a ona grzebie w torebce, w końcu wyciąga fiolkę, małą podłużną fiolkę z brązowego szkła.

— Weź dwie — mówi.

— Co to?

— Isophan.

— To znaczy?... — dziwię się, bo nigdy nie słyszałem.

— Jak pervitin, tylko oczyszczone. Firmy Knoll. Weź. Ja zdrzemnę się na kanapie z tyłu i dojedziemy. Weź.

Biorę. Na razie fiolkę. W niej tabletki, płaskie białe dropsy. Żadnej etykiety.

— Weź — mówi Dzidzia. — Weź dwie.

Kciukiem wypycham plastikowy korek z fiolki, przechylam, dwie tabletki do ust zsuwają się, zsunęły się.

— Rozgryź, przełknij rozgryzione.

Rozgryzam, gorzkie, mielę zębami i językiem na gruby, mokry od śliny pył, jakbym gips w ustach rozrabiał, i mokrą ciężką masę przełykam, przełknąłem.

— Idę spać — mówi Dzidzia. — A ty jedź.

I zaraz nagle głos jej mięknie:

— Jedź, proszę, Kosteczku, jedź.

— Ale nawet nie ustaliliśmy którędy, gdzie granicę ze Słowacją przekroczymy, czy od razu na Węgry, na Ruś Zakarpacką i Użhorod... Nic nie ustaliliśmy.

— To nieważne, Kosteczku. Jedź. Trafisz.

Droga prosta biała czarna bo nocna biała bo śnieżna czarna biała droga. Czuję dotyk śniegu na gumie moich opon, czuję, jak zapycha mi bieżnik. Droga prosta biała czarna szosa na Ożarów.

— Położę się — mówi Dzidzia, ciepło, ciepło i przechodzi na tylną kanapę, zadek wypinając przy tym przechodzeniu, okrywa się płaszczem, widzę ją kątem oka w wewnętrznym lusterku, jadę, jadę.

Ożarów.

Szukam chwilę szosy na Opatów, dalej chcę jechać na Opatów, znajduję szosę na Opatów, sądzę, że to szosa na Opatów.

Dzidzia śpi. A ja myślę o Jureczku: kiedy cię trzymałem na rękach po raz pierwszy, miałeś już parę tygodni, wcześniej mnie nie dopuszczono, Hela rodziła cię jeszcze u mojej matki w willi, nie było jeszcze domu na Madalińskiego ani kamienicy starego Peszkowskiego na Podwalu, mieszkaliśmy kątem u mojej matki, a ja uciekałem najpierw przed twoim wielkim brzuchem, Helu, bo wydawałaś mi się z tym brzuchem kimś zupełnie obcym, a potem uciekałem przed tym zawiniątkiem w twoich ramionach, bo przecież nie chciałem, nie miałem głowy do tego, bo czy początek twojego małego życia syneczku mógł przeszkodzić mi w moim życiu burzliwym, migotliwym, szampańskim, w nadrannych powrotach do jakichś pokojów wynajmowanych nie moich, do hoteli, a ty z twoją matką Heleną, syneczku, taki mały i sinoróżowy, i lekarz się martwił, a ja nie mogłem, spojrzałem tylko na ciebie z daleka raz i wykonałem jakieś obrzędy, które wydawały mi się obrzędami dumnego ojca i rodzica, i cały czas myślałem o słowie „spłodził": spłodził, spłodziłem syna, jakby ten akt spłodzenia był aktem świadomego rzemiosła, jakby człowiek musiał coś umieć, czegoś dokonać, i przecież nie o to chodzi, że w matkę płodzonego dziecięcia złożył swe nasienie, w tym rzemiosła nie ma, to potrafi każde zwierzę, a jednak mówią o tym z dumą, jakby zbudowali maszynę z trybów i przekładni i teraz ta maszyna idzie równym, pięknym rytmem, i mówią: spłodziłem syna, spadkobiercę, potomka, przedłuży mój ród.

A przecież one niczego nie przedłużają, tylko swoje życie smutne puste, nic więcej z nas nie ma w tych dzieciach, które płodzimy, żywimy, chowamy i wypuszczamy w świat, nie są wcale nami ani trochę, bo cóż to jest krew, a jeśli ktoś nam za plecami przyprawił rogi i dziecko nie własne chowamy, co wtedy, jakie to ma znaczenie? Jakie? Żadnego.

Więc piłem w kryształowych pałacach z porcelanowymi księżniczkami, piłem ciekłe brylanty i koszule śnieżnobiałe, mankiety krochmalone, spinki jak złote słońca i guziki macica perłowa w złoto oprawiona, szampan i wódka jak olej białe, muszka biała i frak i muzyka i ostatnia niedziela, tango samobójców, a potem to wszystko powalane od jedzenia, sosów i czerwonego wina i czerwonych szminek na sztywnym gorsie koszuli i palta, owijamy się paltami i kobiety owijaliśmy paltami, kiedy śmiejąc się tak, że prawie wypluwaliśmy wnętrzności, szukaliśmy dorożki albo taksówki i jechaliśmy gdzieś, ulice Warszawy, ale nie tam gdzie Jureczek, jechaliśmy z kobietami albo sami z alkoholem zawsze już pijani, czasem po kokainę, czasem po opium do Chińczyka jechaliśmy, czasem biliśmy się z apaszami, nóż i kastet, i nie bałem się niczego, śmierci, czemu miałbym bać się śmierci, rozdarte rozbite gęby mordy nie nasze, kiedy zbiliśmy jakiegoś nowobogackiego człowieka interesu, bo się spojrzał wzrokiem krzywym, a ty, Jureczku, z matką twoją Heleną.

Droga, mokry śnieg, Dzidzia na kanapie.

Najpierw uciekałem przed nimi, przed Helą i przed nim zawiniętym w koronki i serwetki, jakby nie miał rąk ani nóg, rączek ani nóżek, zawinięty biały czerw z ludzką siną twarzą, prawie ludzką, a trochę małpią.

A potem odwinięto go z tej larwalnej postaci, potem zrobił pierwsze kroki, a ja nagle się zakochałem w chłopcu, którego podobno spłodziłem, jakbym go złożył z ciała jak maszynę albo radioodbiornik kryształkowy. Zakochałem się, bo obejmował mnie za szyję, bo mówił do mnie „tatuś", bo śmiał się jak szalony, jak dziecko, dzieci zawsze są szalone i okrutne, i zakochałem się zupełnie. Pragnąłem na niego patrzeć, tulić go i całować. Pragnąłem jego szczęścia i pragnąłem słyszeć jego głos i jego kroki i wtedy Hela przestała się bać, że mnie straci, bo już wiedziała, że ma mnie na zawsze przez ten owoc żywota swojego.

Nie kochałem w nim siebie nowego, lepszego. Nie był mną. Nie miał ze mną nic wspólnego. Oczywiście: byłem jego ojcem, miał moje rysy, moje oczy niebieskoszare. Ale cóż z tego, nie był mną i nie miał ze mną nic wspólnego, nic.

Kogo w nim kochałem, co w nim kochałem do szaleństwa, w tym małym głupim człowieczku? Nie wiem.

Góry. Czy to góry? Nie. To Wisła.

Wisła?

Lecieliśmy, sprawdzałem na mapie w świetle latarki, na niej toponimika: oto Stopnica, a obok liter drobne, wątłe światła żydowskich domków. I przypominam sobie opowiadanie pułkownika, spotkanego prawie dwa tygodnie wcześniej u Loursa.

Tylko dwa tygodnie? A jak pół życia te dwa tygodnie. Albo nawet całe.

Ale przypominam sobie opowiadanie o orkiestrze niemieckiej w autobusie podziurawionej jak rzeszoto. Stoi tam rzeczywiście ten autobus, niemiecki wojskowy autobus, rzeczywiście podziurawiony, dlaczego jeszcze nie sprzątnęli, mogli Żydom kazać sprzątnąć, a nie kazali. Dlaczego?

Muzykanci na wojnie. Pomiędzy żołnierzykami Kosteczka byliby na miejscu ci muzykanci ze swoimi bębnami i trąbami, mogliby podać rytm do ataku jak dobosze i fajfrzy pod Austerlitz albo pod Borodino, ale po co muzykanci na takiej wojnie w ciemności, w niewiedzy, gdzie my gdzie wróg, wojnie w chowanego, czołgi znikąd, samoloty znikąd, chowamy się w lasach, patrzą na mnie ułany, panie poruczniku, co będzie z nami, nie wygramy tej wojny, panie poruczniku. Tak grzecznościowo, chociaż jestem podporucznikiem. Powinienem skarcić za defetyzm, opieprzyć, zrugać jak burą sukę, wyzwać od chujów rybich, kurwich synów i zagrozić sądem wojennym za defetyzm, ale zamiast tego mówię w okap francuskiego hełmu: nie wygramy, człowieku, nie wygramy, a nad nami po pniach drzew rąbią niemieckie kule z broni maszynowej.

A w autobusie niemieccy muzykanci podziurawieni jak rzeszoto i nie zadmą już ich trąby i nie zabrzmią bębny, bo podziurawione już nie stroją.

Muzykanci albo nie muzykanci. A jeśli zamiast trąb mieli karabiny systemu Mauser, jeśli zamiast fletów na biodrach parabelki, zamiast bębnów granatniki, zamiast obojów karabiny maszynowe, zamiast talerzy miny, i do takich nasi strzelali? A może autobus był pusty i wcale nie jechał, tylko stał, przecież gdyby jechał, toby się musiał rozbić po ostrzelaniu, a nie elegancko zatrzymać, może pułkownik tak sobie tylko chciał opowiedzieć anegdotkę? Jakie to ma znaczenie. Jak polscy jeńcy w lesie zakopani albo niezakopani. Muzykanci zastrzeleni albo niezastrzeleni.

A my lecimy dalej, na mapie kapitalikami Pacanów i jego światełka nieliczne. Ach, skaranie z tym Koziołkiem, wszyscy trwożnie zakrzyknęli, niech karabin mu odbiorą, bo tu kogoś wnet zastrzeli — recytował Jureczek.

Wisła.

Most wysadzony w powietrze, przed nim posterunek.

Wartownik świeci latarką. W szybę. Widzi mundur. Śnieg na jego hełmie i na ramionach i na szorstkim suknie płaszcza.

Odkręcam szybę.

— Guten Abend.

— Guten Abend, Herr Offizier — odpowiada uprzejmie żołnierz. — Darf ich Ihre Papiere sehen?...

Pokazuję dysk GFP. Żołnierz odpowiada salutem.

— Die Weichsel muss ich uberqueren?

— Die Polen haben die Brücke gesprengt. Aber gleich daneben ist unsere Pontonbrücke, eine provisorische Brücke. Die Straße entlang wie üblich, wie zu dieser gesprengten. Herr Offizier kommen durch. Aber das Wetter ist grauenhaft, oder?*

---

* (niem.) Dobry wieczór. (...) Dobry wieczór, panie oficerze. (...) Czy można dokumenty zobaczyć?... (...) Muszę się dostać na drugą stronę Wisły? (...) Polacy most wysadzili. Ale obok jest nasz pontonowy, tymczasowy. Szosą normalnie, jak do tego, wysadzonego. Spokojnie się pan tam dostanie. Ale pogoda okropna, prawda?

— Stimmt, stimmt...

— Schnee im Oktober!

— Ein merkwürdiges Jahr.

— Ein ziemlich merkwürdiges, Herr Offizier. Gute Fahrt.

— Wo kann man hier tanken?

— Auf der Wache bei der Brücke haben sie Benzin, sie geben es Ihnen, wenn Sie es fordern.

— Danke*.

Okno zasuwam zakręcam jadę jedziemy i przede mną most i rzeczywiście wysadzony w powietrze drogowy i kolejowy poszarpane pogięte szyny w powietrzu i w śniegu, a niżej trzeba zjechać i jest most pontonowy obok posterunek zmarznięty pokazuję dysk, ist Benzin da? Es ist da. Tanken. Wahają się, bo co jeśli to jakaś prowokacja? Volltanken, aber sofort! I już się nie wahają. Fertig, Herr Offizier**. Można jechać, jechać, więc jadę.

Co Wisła niesie? Ginie śnieg w jej czerni. Jadę. Czuję, jak woda niesie most, puste, wyporne krypy w czarnej toni, a na nich jezdnia, a na jezdni ja my jadę jedziesz jadę.

I już? Już Szczucin. Kościół, zawsze jest kościół. Synagoga może być spalona albo nie, ale kościół jest zawsze duży mały drewniany murowany z dala widoczny albo schowany, ale jest.

Kościół zawsze.

Dalej. Już Dąbrowa? Na Tarnów.

Puszcza. Dęby, graby i wiązy starsze niż człowiek czy młodsze niż człowiek? Przenikamy przez podszyt i przez

---

* (niem.) Prawda, prawda... (...) Żeby śnieg w październiku! (...) Dziwny rok. (...) Dziwny, panie oficerze. Szczęśliwej drogi. (...) Gdzie tu można zatankować? (...) Na posterunku przy moście mają benzynę, dadzą, jak pan zażąda. (...) Dziękuję.

** (niem.) Benzyna jest. Jest. Zatankujcie. (...) Zatankować do pełna, ale już. (...) Gotowe, panie oficerze.

grube pnie i nie wiem: czy to las, który wyrósł przed nami, czy ten, który wyrósł po nas?

Dąbrowa. Tarnowska.

Z bocznej drogi wyjeżdża motocykl z przyczepą, na siodełku Niemiec w gumowanym płaszczu, hełm, blaszany pendent żandarmerii na szyi, świeci żółto zielono napis „Feldgendarmerie". Macha błyszczącym lizakiem jak policjant, bo to przecież policjant, chce dokumenty, a ja pokazuję czarodziejski dysk GFP i starczy, jedziemy dalej szosą na Tarnów.

Góry.

Przed nami góry, pod nami góry.

Pamiętam, że kiedy byłem mały, to pojechaliśmy do Zakopanego i widziałem góry po raz pierwszy i myślałem wtedy, że góry wygrażają Bogu, że sprzeciwiają się Bogu, że dźgają Boga. Wjechaliśmy autem do Morskiego Oka, mama miała potężnego, otwartego cadillaca i szofera, który również był potężnym.

Górale patrzyli na nas spode łba, mieli posępne twarze dzikusów.

— Ja pojadę, śpij — mówi Dzidzia z tylnej kanapy.

— Przecież wziąłem isophan.

— Ja też. Idź spać, bo zaśniesz szoferując i wypadek będzie.

A więc dobrze. Śnieży, zatrzymuję się na poboczu drogi i już wiem, że minęliśmy Tarnów, przejechaliśmy przez rynek, teraz sobie przypominam, na rynku ratusz, ciężarówki wojskowe i auta i dużo wojska, przejechaliśmy nieniepokojeni, przejechaliśmy.

Wysiadam. Za kierownicę siada Dzidzia. Dzidzia, a ja przez chwilę mam wrażenie, że to Iga, że to może być Iga równie dobrze jak Dzidzia, jak Salome, jak Helena, wszystkie przeklęte.

— Śpij — mówi. — Zbudzę cię na granicy słowackiej.

Dzidzia rusza. Zamykam oczy.

— Gdzie jest Jureczek? — krzyczę.

Ale usta otwieram bezgłośnie, słowa nie padają, oniemiałem we śnie.

Jureczek stoi na skraju drogi. Taki mały, w krótkich spodenkach i wełnianych pończochach pod kolana, w płaszczyku i czapce z daszkiem, takiej jakby studenckiej, tylko dla małego chłopczyka. Jureczek patrzy w niknące w chaosie śniegu tylne światła chevroleta. Jureczek jest sam. W październikowym śniegu. Jureczek płacze. Jureczek będzie szedł w śniegu, a potem się przewróci, ma tylko trzy lata, cztery lata, ile lat ma Jureczek?

Albo spotka złych ludzi, bo nie ma innych ludzi, spotka złych ludzi i wezmą go do domu i będzie żył życiem znajdy.

Jureczek jest z Helą w Warszawie, w mieszkaniu starego Peszkowskiego na Podwalu, siedzi na kolanach dziadunia, dziadunio sączy mu do ucha swój jad, kropla po kropli jak ślina wsiąka jad Peszkowskiego w ucho mojego Jureczka: ojców naszych ziemio święta, ziemio wielkich cnót i czynów, tyś na wskroś jest przesiąknięta krwią ofiarną twoich synów. I nie darmo w twoje rano, o!, puścizno przodków droga!, ziemią świętą ciebie zwano, boś najbliżej stała Boga.

— Gdzie ty mieszkasz?

— Między swemi — mówi Jureczek zakażony, jadem zatruty.

— W jakim kraju?

— W polskiej ziemi.

— Czym ta ziemia?

— Mą ojczyzną.

— Czym zdobyta?

— Krwią i blizną.

— Coś ty dla niej?

— Wdzięczne dziecię.

— Coś jej winien?

— Oddać życie.

Oddać życie. Peszkowski chce oddać życie mojego Jureczka i swoje też chętnie by oddał i moje, i nawet Heli życie też, czemu nie.

Wolę, żeby był na śniegu niż na kolanach Peszkowskiego.

Z rynku w Tarnowie wyjeżdża ciężarówka opel blitz, na pace siedzą Panzerschützen z 2. Panzer-Division, 2. pułk strzelców. Ciężarówka jedzie na południe, jedzie śladami naszego chevroleta, jedzie na Grabów szosą numer dwanaście, w Tuchowie wjeżdża w dolinę Białej i jedzie, mija Tuchów i Zagrody i Dąbrówkę Tuchowską, ale dla Panzerschützen miejscowości są anonimowe, oni po prostu jadą drogą w południowej Polsce, w byłej południowej Polsce, w czymś, co nie ma jeszcze żadnego kształtu ani nazwy, bo Polską już nie jest, nie jest też Rzeszą ani niczym innym, jest terenem okupowanym, więc jadą i w światłach blitza błyskawicy w śniegu na poboczu stoi chłopczyk: krótkie spodenki, wełniane pończochy i gołe kolana, kurteczka z dwoma rzędami guzików, ubranie dziecka z zamożnej rodziny z miasta, ciężarówka się zatrzymuje, biorą chłopca na pakę, wypytują po niemiecku, nie odpowiada, ale gefreiter Hube pochodzi z Krajny, urodził się w Złotowie i z dzieciństwa pamięta polsko-kaszubską gwarę, jaką z babcią mówił czasem jego ojciec, i pyta chłopca po polsku, jak umie, o rodziców.

— Rodzice nie żyją — mówi Jureczek. — Nazywam się Jerzy Willemann.

I tym zdaniem i wielkimi oczami, i niemieckim nazwiskiem zostaje synem pułku, dostaje mały niemiecki mundurek, który mu na miarę szyje pułkowy krawiec, i potem szyje mu następny, kiedy z tego mundurka z różowymi obszyciami pagonów mały Georg Willemann wyrośnie.

Nie. Siedzi na kolanach Peszkowskiego. Tatuś twój nie żyje. Tatuś twój odszedł. Nie ma go już między nami, Polakami. Hela patrzy na to.

A może nie pozwala. Może Peszkowski nie śmie nic powiedzieć, kiedy widzi jej spojrzenie, może ma w sobie tę delikatność ojca córki nieomalże owdowiałej, ma czy nie ma?

Śpię, prowadzi kobieta, a ja mam głowę na kolanach Jacka. Jacek gładzi mnie po włosach.

— Zawsze byłem ci przyjacielem — szepcze, powtarza jak mantrę. — Zawsze.

— Pamiętasz, Kosteczku, jak się poznaliśmy, pamiętasz? Pamiętasz to letnisko, kiedy poznaliśmy Igę i ona najpierw była twoją, a potem ja ją sobie wziąłem, kiedy ty już jej nie chciałeś, a potem ty znowu zabrałeś ją sobie, kiedy przyszedł ci taki kaprys, pamiętasz?

To nie tak, Jacku kochany, nie tak przecież, chcę krzyczeć, ale jestem oniemiałym, usta moje rozwierają się i zamykają jak rybie, jestem niemym na twoich kolanach.

Pamiętasz, jak poznałem cię z Salome? Jeszcze zanim została moją kochanką. Mogłeś ją mieć. Stręczyłem ci ją. Nie chciałeś. Dlaczego nie chciałeś Salome, nie podobała ci się Salome, dlaczego?

Dłoń Jacka przesuwa się z moich włosów na moją szyję i ściska grdykę, szarpiemy się i zaraz wszystko się uspokaja, Jacek patrzy w swoją szybę, ja patrzę w swoją szybę.

— Śpij, odpoczywaj, potem będziesz musiał prowadzić znowu, obudzę cię na granicy słowackiej — mówi Salome.

Salome?

— Dlaczego mnie nie chciałeś? — płacze.

Na kierownicy zaciska dłonie w nicianych rękawiczkach.

— Dlaczego od początku traktowałeś mnie jak kurwę?

Tak, traktowałem ją od początku jak piękną, namiętną, oszałamiającą kurwę.

— Co ci zrobiłam, Kosteczku, dlaczego? Mogłam nie być kurwą, dla ciebie mogłam nie być.

Salome. Z Igą. Wracają z Kobrynia do Warszawy. Siniejące pręgi na ich ciałach białych, na udach, pośladkach i plecach.

Śpię. Nie ma mnie. Jureczek?

Nie ma. Na kolanach. W śniegu. Peszkowski.

Jacek? W depresji. Pod moją głową. Gdzie jesteście?

— Konstanty?... — pyta Dzidzia.

— Tak?

— Krzyczysz przez sen.

— Ja wcale nie śpię — odpowiadam.

Nie śnię. Nie śpię. Krzyczę na jawie do płatków śniegu, rozpychanych karoserią auta płatków, które topią się na brezentowym dachu i spływają po szybach, w dół i w tył spływają. Krzyczę do cieni drzew. Krzyczę do cieni domów i wzgórz, do rytmu wertepów i mostków, do warkotu silnika, do bolących pleców i zdrętwiałych pośladków i ud, do wszystkiego, co mnie stanowi i urządza i co jest teraz mną. Krzyczę. Tak.

— Śpij, Konstanty. Okryj się moim futrem.

Nie ma drogi, jest mapa. Linia kolejowa, Bogoniowice, Ciężkowice, rzeka Biała. Na południe. Wzgórza, za oknem wzgórza ledwie widać, raczej nie widać. Jedziemy. Na wycieczkę. Dalej.

Wstyd. Wielki, duszący, paraliżujący wstyd.

Za wszystko. Jureczek w śniegu na kolanach Peszkowskiego. Hela. To jej wina, to jej wina, to jej bardzo wielka wina. Wszystko.

Ciężkowice, Zborowice, śnieg i październik i noc i silnik i ja nie umiem spać, nie w takiej sytuacji, nie tak po prostu, dlatego co chwila podnoszę się, sięgam po mapę, przyświecam sobie ręczną latarką, Ciężkowice, Zborowice, śnieg. A potem już się nie podnoszę i nie przyświecam.

Drogo wstydu, drogo hańby!

ROZDZIAŁ XII

Ciemności ustąpiły, zamiast nich różowoszare światło dnia zza powiek, póki są zamkniętymi.

— Jesteśmy przed Bardejovem — powiedziała Dzidzia.

Nie. A granica?

— A granica? — zapytałem, nie podnosząc głowy, nie otwierając oczu.

Motor warczał, samochodem trzęsło delikatnie; jechaliśmy. Po lewej stronie szosy.

— Oni nie mieli zmienić na prawostronny? Słyszałem, że zmienili wiosną — pytam.

— To w Protektoracie. Tutaj jest niepodległy kraj, podobno są w trakcie zmiany, ale na razie jeździ się po lewej. Na Węgrzech tak samo — wyjaśniła.

— Dziwne.

— U nas w Krakowie też tak było. Mój tatuś do dziś się nie przyzwyczaił i nie chce samochodu prowadzić, kiedy jest w Polsce.

— Ale jak przekroczyłaś granicę?...

— Było dwóch Słowaków. Dałam sto dolarów, spojrzeli na Ciebie, powiedziałam, że Herr Kapitän komplett betrunken ist und morgen in Budapest sein muss*, zasalutowali, życzyli przyjemnej podróży, przypomnieli, żeby jechać po lewej, i pojechaliśmy.

---

* (niem.) ...Pan kapitan jest zupełnie pijany, a rano musi być w Budapeszcie.

— To niemożliwe — powiedziałem, siadając.

— Myśl bardziej jak Niemiec, Konstanty.

— Nie wiem, jak myślą Niemcy.

Świtało, dniało, słońce dnia wstawało, oświetlało werbigeracje mózgu abominacje eskalacje. Po prawej szczyty zalesione, góry, niezbyt wielkie, ale góry, po lewej szczyty nagie, trawiaste, nad nimi słońce. Wstawało, dniało.

Lepianki z gliny i chrustu. Szosa jaka taka. Jedziemy, chowam się z powrotem pod futro, ale nie, jednak nie, nie wiem, ile czasu mija, minuta czy dwa kwadranse, i siadam na tylnej kanapie, ścieram sen z twarzy. Świta, ale pochmurno i szaro, śnieg już nie pada.

A potem Bardejov. Mnóstwo kościołów, sześć naliczyłem, a potem jeszcze jeden dwuwieżowy, na wzgórzu za miastem.

Mam to dziwne poczucie, że nie jesteśmy u siebie.

— Nie jesteśmy u siebie — mówię.

— W tym mundurze wszędzie jesteś u siebie. Myśl jak Niemiec, Kosteczku. Heute gehört uns Deutschland und morgen die ganze Welt*.

Nie jesteśmy u siebie, mam to dziwne poczucie, dziwne nawet, że je mam, zważywszy na sytuację, ale mam tak samo, tak samo jak miałem, kiedy jeździliśmy za granicę przedwojenną, nawet blisko, chociażby na letnisko do Sopotów.

Przejeżdżamy rynek, starówkę. Bieda aż piszczy, stąd tyle zabytkowych budynków, nikt tu nic nowego od trzystu lat nie wybudował. Pusto jeszcze, słońce wschodzi. Mleczarz, otwarta piekarnia.

— Może kupimy chleba świeżego?... — pytam. — Nic nie jedliśmy.

— Nie trzeba jeść — odpowiada Dzidzia, jakby wypowiadała jakąś zupełną oczywistość.

---

* (niem.) Dzisiaj nasze są Niemcy, a jutro cały świat.

Więc wyjeżdżamy z Bardejova, na południe, na Prešov, tak mówi mapa. Z Bardiowa na Preszów, tak mówi nasza mapa w nawiasach.

— Zakochałam się kiedyś w jednym Węgrze, ale on mnie nie chciał, miał żonę. — Dzidzia zaczęła mówić. Szosa była prostą, suchą i z górki, a Dzidzia mówiła i jednocześnie coraz bardziej otwierała przepustnicę.

— Był pisarzem, pochodził z Kassy, ale mieszkał w Budapeszcie. Lubił mnie, podobałam mu się, ale odrzucił mnie po krótkim flircie, odrzucił najdelikatniej, jak można było; znienawidziłam go za to do szpiku kości, bo zachował się jak gentleman, absolutny gentleman.

Mknęliśmy.

— Oferowałam mu siebie, podawałam mu się na tacy, bez żadnych zobowiązań, chciałam tylko być jego, chociaż przez jedną noc, a on odmówił, chociaż mnie pożądał, to było widać wyraźnie nawet przez spodnie, pragnął mnie nadzwyczajnie i sam to w końcu przyznał, ale odrzucił mnie nie ze względu na miłość do żony, chociaż żonę kochał, jednak nie zawsze był jej wiernym; odrzucił mnie ze względu na szacunek, jaki do mnie żywił. Powiedział, że nie jestem kobietą, z której robi się kochankę. Nikt nigdy nie zranił mnie bardziej. I nikt nigdy nie był względem mnie bardziej szlachetnym.

— Dlaczego mi o tym mówisz?... — zapytałem, przełażąc na przednią kanapę, czyniąc przy tym wygibasy nieco nieprzystojne, a na pewno nieadekwatne do nastroju powagi, jaki nagle zapanował po słowach Dzidzi. Ale bałem się prędkości, miałem nadzieję, że na przedniej kanapie jakoś zdołam ją powściągnąć, pohamować.

— Nie wiem. Rozmawialiśmy po niemiecku. Mówił po niemiecku jak wiedeńczyk, jak ty. Spotkaliśmy się tylko kilka razy. W gospodzie, w kawiarniach. Tańczyliśmy. Czasem prosiłam go, aby mówił po węgiersku, a on mówił. Kochałam go, kiedy mówił po węgiersku. Był we mnie zakochanym, pożądał mnie, a jednak mnie nie zechciał, kiedy mu się zaoferowałam.

— Nie chcę tego słuchać. Dlaczego mi o tym mówisz? — Tym razem zaprotestowałem ostrzej.

— Nie wiem. Kocham Budapeszt.

— Dlaczego?

— Jak to: dlaczego?

Pytam głupio, cóż to za konwersacja, jak pensjonarka jakaś, „a dlaczego, a dlaczego", jakbym nie umiał normalnej konwersacji prowadzić, tylko „dlaczego, dlaczego".

Dla mnie Budapeszt był tak samo obojętnym jak każde inne miasto, Katowice czy Warszawa. Jak można w ogóle kochać miasta? Domy, ulice i mosty, co tu do kochania?

— Czy miasto odwzajemnia jakąkolwiek miłość? — zapytałem.

— Nie, nigdy — odpowiedziała poważnie Dzidzia.

— Przesiądziemy się?

— Nie, chcę prowadzić.

Jechaliśmy chwilę w milczeniu.

— Pamiętasz sprawę kapitana Pawlikowskiego? Sprzed paru lat — zapytała nagle.

— Pamiętam. To był znajomy Jacka.

— Czyj?

— Mojego przyjaciela Jacka, lekarza.

Pawlikowski był kapitan, lotnik. Zastrzelił na miejscu taksówkarza Stróżyka, bo ten, nazwany przezeń łobuzem, odpowiedział: „Sam jesteś łobuz". Pawlikowski uznał to za obrazę munduru i honoru oficera polskiego, wyciągnął pistolet i zastrzelił taksówkarza na miejscu. Skazali Pawlikowskiego na trzy lata, posiedział i wyszedł.

— Kiedyś byłam taka jak on.

— Zastrzeliłaś taksówkarza?... — zaśmiałem się, głupio, głupio, głupio.

— Nie musiałam.

I znowu, cisza, kilometry, cisza.

Patrzę na nią z ukosa, jej długi nos i jasne włosy. Kapelusik i brązowy, drogi kostiumik, klapy żakieciku lamowane żółtym atłasem, dłonie na kierownicy, długi nos. I oczy wpatrzone w drogę.

Śniegu już nie ma, deszczu też nie, tylko smutne chmury, jest za to Słowacja, dziwna rzecz, nigdy wcześniej nikt nie słyszał o Słowacji, a teraz jest Słowacja, niepodległy kraj, ale oczywiście tylko na niby niepodległy. To dziwne, że kraje tak rodzą się i umierają, jak ludzie, bo gdzież dzisiaj niepodległa Ukraina, a przecież była, kiedyś była.

Za Bardejovem bieda. Trochę chat słowackich, potem cygański tabor, brudne obdarte dzieci, brudni obdarci ludzie. Dzieci chude i głodne, więc Dzidzia oczywiście się zatrzymuje, odkręca szybę, dzieci zbiegają się jak głodne psy na zaplecze do rzeźnika, kiedy tylko usłyszą hałas odsuwanej kraty.

— Jakbyśmy przez jakąś Afrykę jechali albo Indie — mówię.

— Bo to przecież są Hindusi — odpowiada Dzidzia.

Dzieci tłoczą się przed oknem Dzidzi w milczeniu, ciemne karnacje, czarne oczy i łachmany w świetle pochmurnym. Nie wyciągają rąk, patrzą, czekają, Dzidzia również im się przygląda.

— To są ludzie — mówi. — Prawda, Konstanty?

— Na pewno. — Wzruszam ramionami. — W końcu nie są to kozy, ani kwiaty.

— Jeśli to są ludzie i my jesteśmy ludźmi i niemowlęta to ludzie i Rosjanie to ludzie i jacyś afrykańscy kanibale to ludzie, Konstanty, to co to znaczy „ludzie"?

Mówi, nie patrząc na mnie, mówi, patrząc na cygańskie dzieci. Nie wiem, czy naigrawa się ze mnie, więc postanawiam, że muszę sprawdzić, jak wyglądam w szarej kurtce i szarej czapce z czarnym daszkiem. Uchyliłem lusterko w osłonie przeciwsłonecznej.

Wyglądam jak Niemiec.

— Hitler wsadza ich do obozów. Jak Żydów — mówi Dzidzia.

— Żydzi to podobno z Niemiec raczej do Palestyny wyjeżdżają — zauważyłem. — Albo do Ameryki.

Cygańskie dzieci nagle przestały trwać w nieruchomym wyczekiwaniu, kędzierzawe głowy zafalowały i wypchnęły przed siebie jedno dziecko.

Dziecko jak dziecko, chude i wielkookie, zamiast policzka miało wielką, suchą ranę od ucha po podstawę nosa, od oka po skraj żuchwy. Jakby ktoś wykroił tkankę nożem i osuszył z krwi, widać było warstwy jak na anatomicznym przekroju: skóra, mięśnie, czerwonawe kości i rzadkie, krzywe, żółte zęby. I między nimi żywy język i to wszystko też żywe, pulsujące, ale nie krwawiące, poza małymi kreseczkami jasnej krwi cieknącej z obkurczonych dziąseł.

— Wypychają ją, bo obawiają się, że chcemy tylko popatrzeć, a nie damy pieniędzy — tłumaczy Dzidzia. — Czasem rozumiem Hitlera. Że kocha zwierzęta, a ludzi nie bardzo.

Rzuciła im parę monet. Cyganiątka rzuciły się do nich łapczywie. Ja patrzyłem znowu na siebie w lustrze. Twarz zdrowa, moja. Twarz kaleka zabliźniała mojego ojca, moja. Twarz ranna, otwarta, twarz bez twarzy, tego dziecka, moja. Dzidzia ruszyła dalej, Hertnik, Osikov, Raslavice Slovacke, a potem Uhorske, szosa w dobrym stanie, jechaliśmy szybko, Dzidzia prowadziła mocno, agresywnie.

— Co było temu dziecku? — zapytałem.

— Noma. Taka choroba.

— Choroba? Nie rana?

— Choroba.

— Od czego?

— Od niedożywienia i brudu.

Droga prowadziła ciasną doliną między na wpół zalesionymi, a na wpół pastwiskami pokrytymi wzgórzami. Patrzę na mapę.

— Do granicy już niedaleko. Od Prešova jakieś piętnaście, może dwadzieścia kilometrów. Do Kassy jakieś czterdzieści.

— Ten Węgier, o którym mówiłam, w którym się zakochałam, był z Kassy, ale wyjechał po Trianon. Nienawidził Czechów, bo to ich uważał za winnych tej grabieży, Słowaków uważał za ludek prostaczków, których nie sposób rozliczać z ich przewinień.

— Ale dlaczego znowu o nim mówisz, Dzidziu?

— Bo zastanawiam się, czy Czesi są ludźmi. Czy te brudne, cygańskie dzieci są ludźmi. Czy my jesteśmy ludźmi. Czy Żydzi są ludźmi. Czy Niemcy są ludźmi. Czy w ogóle są jacyś ludzie.

Milczałem. Ona była o wiele mądrzejsza ode mnie i o wiele starsza, cóż więc mogłem innego zrobić, niż milczeć? Zrobiłem przynajmniej znudzoną minę, zawsze tak postępowałem, kiedy rozmowa w towarzystwie mnie przerastała. Wyrobiłem tym sobie opinię człowieka niezwykle inteligentnego i bywałego.

— Myślę, że w ogóle ludzi nie ma. Wymyśliliśmy sobie taki konstrukt człowieczeństwa i niektórzy nawet żyją, jakby był on prawdziwym, a on prawdziwym nie jest, nikt doń nie dorasta, ludzie nie są ludźmi według definicji powszechnie uznawanej za trafną; według tej definicji są tylko zwierzętami.

— Uważaj!!!

Dzidzia wdusiła hamulec, chevrolet zarył się oponami w asfalt i dalej lecieliśmy do przodu, w stronę niechybnie zbliżającego się stada owiec. I nawet uderzyliśmy jedną, ale już w końcówce hamowania, niezbyt mocno, przewróciła się i wstała. Ponury pastuch przepraszająco zdjął kapelusz i pospiesznie jął swoje owce z drogi przeganiać, aby państwo mogli przejechać.

Państwo przejechali.

— Przesiądźmy się — powiedziałem. — Prowadzisz niebezpiecznie.

Powiedziałem to jakoś inaczej. Nie wiem jak inaczej, ale inaczej powiedziałem, tak powiedziałem, że Dzidzia zatrzymała samochód i bez grymasów zaczekała, aż ja obejdę go dookoła, aby ona mogła przesunąć się na kanapie w prawo. Ten kobiecy przywilej nie wyszedł jej na dobre, albowiem rozdarła pończochę o muszkę kulomiotu.

Siadłem za kółkiem. Wyspany i niewyspany jednocześnie, świeży i brudny, trzeźwy i odurzony.

— Co zrobimy na granicy?... — zapytałem. — Nie obmyśliliśmy tego jeszcze.

— Powiesz, że jestem twoją kurwą, i żeby nie robili wstrętów sojusznikowi. Łupem wojennym. Małą Poleczką, którą sobie zabrałeś z wojny, żeby mieć co pierdolić w Budapeszcie.

— Spojrzą na ciebie i nie uwierzą — odpowiedziałem natychmiast, jednocześnie inteligentnie i naiwnie, celnie i niecelnie.

Dzidzia doceniła, nawet nie odpowiedź, ale to, że się nagle nie oburzyłem, nie zacząłem głupio protestować, wreszcie, że nie brakło mi na takie dictum języka w gębie, bo mogło.

Ruszyłem. Dobrze znowu prowadzić. Leżeć na tylnej kanapie jest gorzej. Szosa jest dobra, silnik jest dobry. Jestem Konstanty Willemann, lubię samochody, a nie lubię koni. Założyłem wysokie buty z ostrogami, ostrogi trochę przeszkadzają w prowadzeniu auta.

Ich bin Baldur von Strachwitz und habe eine Narbe an Stelle des Gesichts*.

— Mam dużo różnych dobrych rzeczy — powiedziała Dzidzia, otwierając torebkę. — Napij się.

Podała mi piersiówkę. Napiłem się. Koniak. Nie lubię koniaku, ale lubię alkohol, a więc prawie połowę zawartości tej piersiówki mam za interesującą, resztę zaś zlekceważę.

Wyjeżdżając spomiędzy rozłożystych, niezbyt wysokich wzgórz, droga prowadziła wprost na wyspowy łańcuch górek wysklepionych odważnie i zdecydowanie. Na jednym bielały ruiny niemałego zamczyska.

Takich dobywali moi rycerscy przodkowie. Czarny łeb knura na złocie, nad hełmem z czarno-złotymi labrami dwa pióra strusie: czarne i złote. Ich bin Strachwitz. Ich bin schlesischer Uradel**. Szlachta prastara. Nie jestem żaden Strachwitz. Jestem Konstanty Willemann. Nie mam rycerskich przodków, jestem z mojej matki niepokalanie poczęty.

Czarny łeb knura.

Omijam wzgórze z zamkiem, które mapa nazywa Kapusianskym, i nagle spomiędzy wzgórz wyjeżdżamy na przestronne łąki i pola ledwie pofalowane, z których ten łańcuch górek wyrastałby niespodziewanie, gdyby jechać z południa na północ, nie tak jak my.

Napiłem się jeszcze. Dzidzia położyła się pod swoim futrem na tylnej kanapie. Nie podoba mi się na Słowacji. Bardziej podobało mi się w Czechosłowacji. Czechosłowacja była nowoczesnym środkiem Europy, a Słowacja to jakaś bałkańska zapaść.

---

* (niem.) Jestem Baldur von Strachwitz i mam bliznę zamiast twarzy.
** (niem.) Jestem Strachwitz. Jestem stara, śląska szlachta.

Pod wystawną restauracją włóczęga przysiada przy rynsztoku, aby odpocząć, i przygląda się towarzystwu, które właśnie wytacza się z restauracji, piękne panie, biżuteria i suknie, piękni panowie, fraki i peleryny, samochody, lakierki i cylindry, proszę, przepraszam, ależ nie, tak, proszę, a włóczęga patrzy i żuje chleb, jest nikim i jak patrzy?

Ja jestem nikim, ale on jest nikim inaczej niż ja. On jest nikim, bo jest nisko, jest kłębem łachmanów, szmat, smrodu, brudu i zarostu, a oni są gładkimi ogolonymi wygolonymi wybrylantowanymi wyszczotkowanymi błyszczącymi, smukłe torsy są białymi śnieżnobiałymi krochmalonymi pierdolonymi i guziki perłowe w oprawie złotej, a on jest nikim, bo jest nisko, zapija wyżebrany chleb zimną wodą z flaszki zatkanej gałgankiem patyczkiem ułamanym, tak sądzę przynajmniej, bo już go minąłem dawno i już go dla mnie nie ma, a oni zapijali bliny z kawiorem kryształową wódką.

Pawlikowski zastrzelił nikogo taksówkarza Stróżyka, bo ów nikt obraził honor munduru polskiego oficera, a oficer prywatnie przecież muchy by nie skrzywdził, za to taksówkarza, żywiciela jakiejś rodziny, ojca jakichś dziateczek albo i kawalera, ojca bękartów, albo impotenta nawet, albo męża jakiejś żony — takich ludzi broniłby własną piersią, ale tutaj strzelał do nikogo, bo ten nikt obraził honor, a nie ma nic nad honor droższego, więc Hofmokl-Ostrowski załatwił mu za to zastrzelenie trzy lata więzienia, nic więcej, trzy lata jak dla brata.

A ja jestem nikim inaczej.

Ja nie jestem nisko; ja jestem wysoko. Mam mundur i mógłbym takiego nikogo włóczęgę albo nikogo taksówkarza Stróżyka zastrzelić, gdyby mnie nazwali łobuzem. Teraz mógłbym zastrzelić nawet Pawlikowskiego, ale tym się już pewnie kto inny zajął. Mam frak. Nie przy sobie, ale w domu z czekolady mam frak. Nie brałem, bo wojna i jakoś głupio brać frak. Wziąłem tylko smoking. Czy Dzidzia mówiła, żebym brał frak?

Muszę się zatrzymać, schować pistolet maszynowy. Bo broń przy pasie to jasne, jest symbolem wolności i wrogości, ale perforowana lufa kulomiotu to co innego, to prawie niegodne oficera, więc zatrzymuję się, a Dzidzia nie podnosi głowy, upycham kulomiot za nasze kufry i walizy, chowam go głęboko, już żeś nam niepotrzebny, kulomiocie, przez chwilę niepotrzebny.

Koniaczek. Nie patrzę już na krajobraz. Nie obchodzi mnie krajobraz.

Dalej. Do granicy. Na Węgry.

Koniaczek. Granica. Maleńka. Słowacko-węgierska. To nie taka granica, jaką ustanowili między sobą Niemcy i Rosjanie, spotykając się w środku Polski. Nie. To jest maleńka granica węgiersko-słowacka. Oni też mieli swoją maleńką wojnę, wojnę nie na armie, ale na bataliony, na kompanie, na niebie pogoniło się kilka słowackich avii i parę węgierskich fiatów, trochę spadło, w sumie kilkadziesiąt trupów i podpisany trudny pokój, rozdanych parę medali i koniec, wojenka, wojeneczka i przesunęła tę maleńką granicę właśnie tutaj, do pasiastego słupa, do nowiutkiego szlabanu z pstrokatym godłem, budką, tabliczką z napisem „Magyar Királyság" i dwoma ślicznymi żandarmami, na żandarmach czarne kapelusze, pióropusze i płaszcze z dwoma rzędami błyszczących guzików i wąsiska, a jakże, pomponiki i jedno szablisko i wszystko i krótkie karabinki, długie sztyki na karabinkach.

— Jó reggelt. Magyar határellenőrzés. Láthatnám a papírjait, uram?* — odezwał się głupi żandarm, kiedy się zatrzymałem i opuściłem szybę. Chociaż widzi: chevrolet ma polskie tablice rejestracyjne, a w środku siedzi Niemiec.

— Guter Mann, sprichst du deutsch?** — zapytałem z całą pogardą, jaką żołnierz może żywić do łapsa, nawet takiego

* (węg.) Dzień dobry. Węgierska kontrola graniczna. Poproszę dokumenty.
** (niem.) Dobry człowieku, mówisz po niemiecku?

z karabinkiem i szpiczastym sztykiem, szabelką i wystrojonego w pomponiki i pióropusze.

Geheime Feldpolizei.

Sam jesteś łapsem, Kosteczku. Jesteś Baldur von Strachwitz, kiedyś byłeś ułanem, mogłeś pędzić w rozkołysanym galopie z ciężką szablą, a teraz nie masz chuja, nie masz twarzy, masz mundur Geheime Feldpolizei, którego prawdziwi żołnierze boją się bardziej niż wroga, nie potrzebujesz żadnej broni, nosisz tylko pistolecik, siódemkę, broń urzędników, broń, która służy do tego, aby nie przeszkadzać.

— Natürlich spreche ich Deutsch. Aber wir sind hier in Ungarn, ich bin ungarischer Gendarm und als ungarischer Gendarm bitte ich Sie um Ihre Papiere*.

Podaję. Tu są Węgry. Oczywiście. Dzidzia ani drgnie na tylnej kanapie, śpi, przykryta futrem. A żandarm mnie o nią wcale nie pyta. Oddaje dokumenty, salutuje.

— Einen schönen Aufenthalt, Herr Offizier.

— Danke. Auf Wiedersehen**.

Więc jadę dalej. Jedziemy. Odjeżdżamy kilometry dwa albo pięć, skrzyżowanie, w prawo na Hernádszentistván. Takie słowo, że kiedy kończę je czytać, to zapomniałem już, jaką literą się zaczynało. W prawo drogowskazu nie ma.

— Wcale nie spałam — mówi nagle za moimi plecami głos Dzidzi. — A teraz chcę się wysikać.

Aż mną potrząsnęło, dlaczego tobą potrząsnęło? Wzdrygnąłem się, bo słowa z zaskoczenia, znikąd, jak „hop!” zza węgła, straszne. Ale mniej straszne niż to „wysikać”. Damy tak nie mówią. A Dzidzia potrafi, Dzidzia może sobie na to pozwolić.

---

* (niem.) Naturalnie, że mówię po niemiecku. Ale tu są Węgry, a ja jestem węgierskim żandarmem i jako węgierski żandarm proszę pana o dokumenty.

** (niem.) Miłego pobytu, panie oficerze. (...) Dziękuję. Do widzenia.

Dzidzi nie wstyd, Dzidzia nie musi wstydzić się niczego, Dzidzia jest ponad wstydem.

Zatrzymałeś się, zatrzymałem się dwieście metrów za skrzyżowaniem. Całkiem ciepło, dużo cieplej niż u nas. Karpaty zatrzymały zimno. Dzidzia wysiadła od strony pasażera, przeciskając się niezgrabnie z tylnej kanapy, odeszła dwa kroki od samochodu, kciukami sięgnęła pod spódnicę i zsunęła majtki.

Czy patrzyłem? Nie patrzyłem, ale widziałem, zerkałem ukradkiem jak złodziej, trochę patrzyłem. Ukradkiem.

Majtki zsunęła do kolan, podkasała wysoko spódnicę, kucnęła i wysikała się, podtarła czymś, co wyciągnęła z kieszeni, wciągnęła majtki, spódnicę w dół i wróciła do auta.

— Tu masz mapę: drogowa Węgier, już z nowymi granicami. Jedź, nie zatrzymuj się, aż nie zaparkujesz pod hotelem Gellért — rozkazuje, przeciskając się na powrót na tylną kanapę.

— Ale jak ja znajdę ten przeklęty hotel Gellért?... — zapytałem rozpaczliwie i zaraz zawstydziłem się, że tak zapytałem rozpaczliwie płaczliwie smutno głupio. Ja, cały ja.

— Normalnie. Jedź tak długo, aż dojedziesz do Dunaju. Potem pojedź w dół rzeki naddunajskim bulwarem, aż będzie most Franciszka Józefa. Ferencz József híd, po węgiersku. Jeśli najpierw będzie most Horthyego, to jesteś za daleko i zawróć. Przejedź przez most i wyjedziesz prosto na hotel Gellért. Wtedy mnie obudź.

I przykryła się futrem.

A ja, zamiast martwić się drogą, ponownie zacząłem myśleć o tym jej sikaniu. Dlaczego to zrobiła, przecież mogła to zrobić inaczej. Ale mogła też zrobić tak.

Zaraz była Kassa. Już jest Kassa. Nie chciałem już patrzeć, nie chcę patrzeć na Kassę, nie interesowała mnie Kassa, przecież nie jestem turystą. Jest Kassa. Kamienice i kościoły.

Ich bin Baldur von Strachwitz und flüchte gerade aus Warschau*.

Przed kim? Po co? Jak to uciekam, dlaczego uciekam, co się ze mną dzieje, gdzie moje życie?

Na polach Flandrii, właśnie tam gdzie mój chuj i moja twarz, właśnie tam i nawet myślę po polsku, nawet nie po wasserpolsku, a po wasserpolsku mógłbym myśleć, bo nauczyłem się tego dziwnego, chrapliwego wolapiku od niańki, która mnie piastowała, bo matka nie piastowała mnie wcale, a niańka mówiła po wasserpolsku.

W Kassie nie było ani śladu po Košicach. Zamiast życzliwie zrozumiałego języka czechosłowackiego tylko nieprzystępny węgierski bełkot z innego świata. Jakim cudem z takim językiem te skośnookie, stepowe dzikusy tysiąc lat temu stały się Europejczykami?

Skośnookie dzikusy zdołały rozpuścić się w słowiańskim i wołoskim substracie bez śladu, jak kropla wina rozpuszcza się w morzu, stepowa kultura zniknęła bez śladu, porzucili wojłokowe jurty i wybudowali sobie zamki, i kiedy trzysta lat po Honfoglalás najechali ich Mongołowie, to ci potomkowie stepowych jeźdźców nie mieli już pojęcia o tym, jak walczyć lekkokonno, i przegrywali z Mongołami bardzo po rycersku i europejsku, z kopiami i na ciężkich destrierach, razem z moimi dziadami, co dali się wszyscy Mongołom zabić pod Legnicą i tylko jeden nie dał się zabić i stąd Strachwitzowie.

Więc dzikusy się rozpuściły razem ze stepową kulturą szabli i łuku; ale dlaczego przetrwał język, dlaczego przetrwały stepowe legendy i stepowa, azjatycka muzyka wśród chłopstwa, dlaczego? Dlaczego coś dzieje się raczej tak, a nie inaczej? Dlaczego na Krymie nie ma śladu po Gotach, a Madziarzy

---

* (niem.) Jestem Baldur von Strachwitz i właśnie uciekam z Warszawy.

zostali? Dlaczego na Śląsku nie ma śladu po Celtach, a Madziarzy zostali?

— Kiedy patrzę na twoją kompleksję jasną, na włosy blond, ale jednak rudawe, i brodę rudawą i jasną skórę i piegi, to myślę, że jesteś Celtem, mój drogi — mówiła moja matka, Biała Orlica. — Jesteś Celtem, chcesz tego czy nie chcesz.

Kluczyłem po uliczkach Kassy, środkowoeuropejskie miasteczko jak każde, dlatego tak inne niż azjatycka Warszawa, inne, inne kamienice, inne kościoły, Dzidzia śpi, a ja w końcu znajduję drogowskaz na Miskolc, na Budapeszt.

Twarz mojego ojca. Jedziemy szosą na Miskolc i krajobraz się w ogóle nie zmienia, góry maleją powoli, przekroczyliśmy Karpaty. Barcá. Enyicke. Dziwne nazwy.

Przekroczyć Karpaty to już coś. Abaújszina. Czarna, mroczna toponimika. Tak wielu nie dało rady przekroczyć Karpat, zostali gdzieś na zaśnieżonych przełęczach, ale to było dawno, a mi się udało. I jadę. Hidasnémeti. Jadę obok ciężkiego, zaprzężonego w woły wozu o pełnych kołach, na wozie śpi kobieta, moja towarzyszka. Forró. Na koźle woźnica, pachoł, człowiek-nikt, o jakim się nie myśli, człowiek bez imienia. A ja obok, na małym koniu, w siodle o wysokich łękach, mam na sobie wyszywaną złotem, strojną szatę, a na głowie czapę z wilczego futra, mam długą, jasną brodę, jasne wąsy i włosy zaplecione w warkocze. Csabád.

Ciągle było jasno, kiedy dojechałem do ważnego skrzyżowania traktów: na lewo biegła gorsza szosa na Nyíregyháza, czyli w stronę Puszty, Alföld.

Wyspa eurazjatyckiego stepu, oddzielona od zielonego oceanu archipelagiem Transylwanii. Kiedy Madziarzy przekroczyli straszne góry Siedmiogrodu, musieli poczuć się jak w domu, jak w domu. Może dlatego zostali, chociaż łupieżczo zapuszczali się od Danii po Pireneje?

Dlaczego, dlaczego o tym myślę, skręcając w prawo, na Miskolc, Miskolc już niedaleko, piętnaście kilometrów, spłachetek pola, spłachetek lasu, krajobraz bez żadnej egzotyki, trawa przy drodze taka sama, drzewa takie same, niebo tak samo pochmurne, ale śniegu nie ma, nie pada październikowy śnieg. Jedziemy.

Powiedziałabym ci, gdybyś mnie tylko dopuścił do głosu, Kosteczku, mój kochany mój miły mój drogi mój jedyny piękny chłopcze moje życie moje serce moja miłości.

Jeśli tylko zamkniesz się na chwilę, Konstanty, jeśli przerwiesz tę logoreę, którą w tobie wywołuje ta mała, wredna kurwa, która teraz śpi na tylnym siedzeniu, wysikała się bezwstydnie, wysikała się, żeby cię upokorzyć, głupku, żeby ci pokazać, że jesteś jak sługa, przy którym można sikać srać pieprzyć się z kimś innym, bo ty nie masz oczu, nie masz w sobie człowieka, upokorzyła cię, głupia kurwa, nienawidzę jej, jeśli przerwiesz ten słowotok, mój miły, to powiem ci dlaczego.

Powiem ci tak czy inaczej, mój piękny chłopcze.

Myślisz o Celtach Słowianach Awarach zasiedleniach językach izoglosach etymologiach indoeuropejskich ugrofińskich substratach nie dlatego, że zaraziła cię tym twoja matka, myślisz, ponieważ łudzisz się, że dostrzeżesz w tym jakiś sens i porządek, bo jesteś głupi i nie wiesz, że dostrzec go nie mógłbyś, nawet gdyby ten porządek tam był, ale go tam nie ma i nie dostrzeżesz go tym bardziej, chociażbyś oczy nad tymi książkami wypatrzył, mój miły, nic nie zobaczysz.

Ale pożądasz tego porządku, mój miły, jak niczego innego; bo gdyby był, to byłby również sens i twoje istnienie mogłoby mieć ten sens, mimo pęknięcia i pustki, którą niesiesz w sobie.

Patrzę teraz na ciebie, mój miły: jak jedziesz dumnym amerykańskim samochodem dobrą szosą przez niedotknięte wojną Węgry; w dumnym niemieckim mundurze. Masz mocne dłonie i długie palce, mój miły, zaciskasz je na kierownicy samochodu, czubkiem buta włączyłeś długie światła, rozbijają szary zmierzch.

Patrzę na ciebie i myślę, jak łatwo ktoś mógłby dać się zwieść, nawet ktoś taki, kto wiedziałby wszystko: o twojej wódce kryształowej szampańskiej morfinie kokainie o kobietach o Salome Idze Dzidzi o samochodach i o koniach o polskim mundurze o cywilnym ubraniu o wydłubanym oku lwowskiego baciara, o sraniu w bramie też, o twoich po Warszawie strasznych eskapadach tych i przedwojennych wszystkich, o mundurze niemieckim o matce i ojcu bez twarzy, o wszystkim, taki, który wiedziałby, jak łatwo mógłby dać się zwieść, nic nie wiedzieć o tobie, a ja wiem, Kosteczku, ja wiem, ja wszystko wiem.

Bo cóż tu wiedzieć.

Ciebie nie ma; jesteś pusty, w środku pusty, wydrążony człowiek, jakby zajrzeć do wnętrza posągu, otwarte okna oczodołów, ust, pusty, wydrążony Kostek ma na sobie niemiecki mundur, ściska kierownicę chevroleta i minął właśnie Miskolc. I patrzy ten Kostek na wskaźnik paliwa, czy wystarczy? Wystarczy. Na prędkościomierz też patrzysz, ale inaczej, i jedziesz, mój pusty, wydrążony, próżny Kosteczku, który w tych przedhistorycznych bajaniach nigdy nie znalazłeś porządku ani sensu, ani usprawiedliwienia, bo nic nie jest usprawiedliwione i nic nie ma sensu.

I jedziesz dalej, mój miły, jedziesz. A ona śpi, chociaż wzięła ten isophan. Czy to był isophan? Ja wiem, wiem, ja wiem, ale nie mogę ci powiedzieć, kochany, bo już mnie nie słyszysz, nie słuchasz, nie potrzebujesz, nie chcesz, prawda, mój miły? Nie chcesz.

Przejeżdżasz przez Miskolc, mosty i wiadukty, bruki, kocie łby, potem asfalt, znowu asfalt, samochody po złej stronie jezdni cały czas wszystkie, w miastach trudniej.

Zmierzcha i znowu blade, wątłe światła wsi, ale inne niż u nas, bo zdrowe, rześkie, elektryczne światła miast, mocne światła miast, tu nie ma wojny.

Dobra szosa, dobra nawierzchnia, lepiej niż u nas, za oknami noc, światła wsi nie tak wątłe jak u nas. Jedzie się, osiemdziesiąt, dziewięćdziesiąt, do setki nawet parę razy można się rozpędzić i wtedy jest dobrze, znika to, co przy drodze, jest tylko noc, droga, ryk motoru i snopy światła na asfalcie, prawa stopa na przepustnicy, lewa na przełączniku długich świateł, ale ruch mały, prawie żaden, w światłach tabliczka: Harsány.

A potem nagle jest Budapeszt i wszystko jest inaczej.

A nawet nie nagle, ale inaczej: nie nagle, bo najpierw są pola, a między polami przedmieścia, stacja kolejowa, znowu przedmieścia, domki wiejskie, a potem trochę bardziej miejskie, widać niewiele, tylko to, co w świetle przydrożnych latarni, czyli niewiele, a potem nagle pojawia się miasto.

Po prawej stronie ulicy Peszt, XIV dzielnica, o której nic nie wiem, bo nie byłem nigdy w Budapeszcie, po co miałbym być w Budapeszcie, w Wiedniu tak, w Wiedniu owszem, w Berlinie w Paryżu Rzymie Londynie, ale Budapeszt jednak na uboczu, nic mu nie dolega, ale jednak nie. Nie byłem i już, nie muszę się tłumaczyć, chociaż wyrasta teraz nagle po prawej stronie XIV dzielnica Pesztu i podmiejska kolejka H.É.V., tak opisana na przystankach, czyli jak nasze EKD, Gödöllő H.É.V., a za nią kamienice i bardzo jasno, wszędzie latarnie i świecą te latarnie, a dlaczego kamienice większe niż w Warszawie? Większe, bo większe, bo to stolica imperium, którego już nie ma, ale stolica ciągle imperialna, a moja Warszawa co, moja Warszawa nic, prowincjonalne, żydowskie, rosyjskie miasto, które nagle zostało ogłoszone stolicą nie wiadomo czemu, bo duże? Może i duże, ale Budapeszt większy i kamienice wyższe o kondygnację albo więcej, ulice szersze i piękniejsze, to Peszt, Peszt, Buda jest po drugiej stronie, a tutaj to Peszt.

A poza tym wszytko inaczej, wszystko nie tak; bo jest noc, i to noc w tygodniu, bo przecież z wtorku na środę, a jasno.

Nie ma zaciemnienia, nie ma latarni porąbanych bombami, za to są równe bruki, na brukach auta, jeżdżą auta i tramwaje inne niż u nas, i autobusy inne niż u nas. Mają wielkie ślepia i żarzą się tymi ślepiami na mnie, a między ślepiami, tam gdzie powinna być krata atrapy chłodnicy, tam na masce obłej zagina się pęk lśniących, chromowanych prętów i rozchodzą się jak lira albo jak snopek ciasno związany. I tramwaje zatłoczone, a w nich ludzie. I taksówki, a w taksówkach śmieją się damy, zwykłe i profesjonalistki, które same podają taksówkarzowi adres, jak sądzę — po węgiersku. Z winiarni wytaczają się zawiani, pod światło latarń, bo jeszcze nie ma zimy, do zimy jeszcze trochę i do Adwentu, jeszcze jest październik, dobry miesiąc dla wina, najlepszy miesiąc, aby pić wino, a ja jadę, powoli, wyglądam tabliczek z nazwami ulic, ale po co, po co?

A u nas w Warszawie czerń i mrok, kiedy tak nocą iść i jeśli kto idzie, to albo niemiecki patrol, albo żydowski złodziej, chyba że polski złodziej albo jeszcze inny, i nic już nie ma, nie ma nocnych tramwajów, nie ma winiarni, z których wytaczaliby się zawiani ludzie, a nawet jeśli jakieś otwarli, to ludzie się z nich chyłkiem wymykają, zamiast wytaczać się zawianymi, jak się wytaczaliśmy z Jackiem, z kochanym Jacusiem się wytaczaliśmy, skąd się tylko w Warszawie dało wytoczyć, ale już się nie wytaczamy, bo ja zostałem żołnierzem jednym, a potem drugim, a Jacek został w Warszawie i w swojej suchej, ogołoconej ze wszystkiego rozpaczy, i z tej rozpaczy Iga go nie wyciągnie, nie zdoła, nie może, więc pewnie leży znowu Jacek, leży w łóżku, patrzy w czarny sufit, a w dzień siedzi, siedzi znowu Jacek i patrzy przez jasne okno, patrzy na ulicę, a tam nie to, co chciałby zobaczyć, i nawet jak się w końcu przełamie, umyje, ogoli, odzieje i pójdzie do szpitala, to co, to nic, to nic, popatrzy na tych wszystkich, którym chciałby, którym musi pomóc i nie pomoże, i co mu potem zostanie?

Pociągam jeszcze koniaczku. Kerepesi út, czyli, się domyślam, ulica tegoż imienia Kerepesi, cokolwiek to znaczy, po prawej węgierska EKD i kamienice, po lewej jakieś pola, wyścigi chyba, potem kolej znowu, ale prostopadle do drogi, prowadzi mnie do Baross tér, który jest niewielkim placem i na tym placu wielki dworzec, Keleti p.u., większy niż warszawski, jadę dalej, jak mi się wydaje — w dół, w dół, ulicą Rakoczego, jak sobie zgrabnie przetłumaczyłem Rákóczi út.

Miasto, prawdziwe, żywe miasto, stolica imperium. Powozy. Taksówki. Jasno. Neony. Ulica Rakoczego szeroka, piękna. Tramwaje. Blaha Lujza tér, a na nim wielki, dostojny budynek opisany Nemzeti Színház, wygląda na teatr i nad warszawskim ma tę przewagę, że wcale nie jest spalonym. Ruch oczywiście lewostronny, trudno się przyzwyczaić, na szosie łatwiej, w dużym mieście trudno, jadę więc ostrożnie. Światła, latarnie, neony.

Życie moje, które mi odebrano. Dałem sobie odebrać. Pozwoliłem. Lubiłem to życie. Życzę im, żeby to miasto też się na szybach zakleiło na krzyż i spaliło, bo nie jest moim, a miasto, które jest moim, jest spalonym i zgwałconym, bruki ma pozrywane i latarnie nie świecą.

Na moście, który zwie się most Elżbiety, chciałbym obudzić Dzidzię, aby patrzyła: oto w Dunaju odbijają się setki latarni, przy nabrzeżu zacumowane barki i holowniki i żadnej, żadnej wojny, jakby nigdy tutaj wojny nie było i jakby nigdy nie miała już nadejść. Ale jednak nie budzę, bo przecież ona zna Budapeszt, widziała to tysiąc razy, to tylko ja nie znam, nie widziałem.

Za mostem zakręt bardzo ostry, nie spodziewałem się, aż piszczą opony, ale skręcam w lewo i jadę naddunajskim bulwarem, u stóp wzgórza, którego domyślam się z pływających nade mną świateł, i jadę, a po drugiej stronie rzeki też jadą, snopy świateł z reflektorów, świetliste witryny kawiarni i restauracji. A po mojej stronie rzeki łaźnie, tureckie chyba, sądząc po kopule, tureckie łaźnie. Rudas fürdő.

Jakże spragnionym jestem miasta, żywego miasta, a nie gnieżdżenia się w cielsku trupa, jakim jest Warszawa.

— To tutaj — mówi Dzidzia.

Wzdrygam się, przestraszyła mnie, zapomniałem o niej. Zerkam w lusterko.

— Co? — pytam.

— To tutaj. Hotel Gellért. Zaparkuj.

— Bardzo jasno tu wszędzie, prawda? — pytam.

Dzidzia wzrusza ramionami.

A hotel jest rzęsiście oświetlonym, jak wszystko tutaj, wysoki parter i cztery piętra, dekoracje ni to historyczne, ni to wijące się w niby roślinnych formach i nad wejściem kopułki, niczym czubki przebijających ziemię kiełków, więc zgoła całkiem falliczne w kształcie.

Wysiadam, chcę otworzyć drzwi dla Dzidzi, ale już podbiega chłopiec i otwiera, podaję więc Dzidzi jej futro, po czym narzucam na ramiona mój płaszcz, nie przekładając pasa z kurtki na zewnątrz.

Chwilę spoglądam na bagaże, ale przypominam sobie prawdziwe życie i wiem: przecież zajmą się bagażami.

Portier w cylindrze otwiera nam drzwi, w środku marmury i złoto, jak łatwo od tego odwyknąć, aż przypominam sobie: to jest twoje środowisko, Konstanty, nie brud, zimna woda i okna na krzyż zaklejone.

Jestem nieco pijanym i nieco się chwieję i jestem też nieco nieświeżym, ale recepcjonista ma sto lat doświadczenia i patrzy na mnie wzrokiem idealnie uprzejmym, idealnie niezauważającym tego, czego zauważać nie należy.

— Guten Abend. Haben Sie freie Zimmer? Von Horn mein Name; das ist meine Ehefrau*.

Mierzy mnie wzrokiem, w którym czytam jasny, cierpliwy wyrzut: kto przyjeżdża do hotelu bez rezerwacji? Chwilę to trwa, ta chwila oczekiwania to kara, ma się rozumieć, kara dla mnie za to, że nie potrafiłem dopilnować, aby rzeczy odbyły się tak, jak odbywać się powinny.

— Aber natürlich** — odpowiada w końcu. Żadnego wertowania ksiąg, żadnego sprawdzania, żadnych telefonów. W końcu mam mundur, niemiecki mundur oficerski, a więc mam pieniądze, najpewniej mam pieniądze, bezpieczniej jest założyć, że mam pieniądze, zwłaszcza że jestem z kobietą.

Zaznaczam, że życzę sobie apartament i dwie osobne w nim sypialnie; naturalnie. Czy podać kolację? Jestem głodny, głodny piekielnie, głodem rozpalonym jeszcze przez alkohol w pustym żołądku, jednak Dzidzia protestuje.

Więc zjemy na mieście, skoro tak powiedziała, zjemy na mieście, boy wniesie bagaże, oczywiście, trochę martwię się o kulomiot w bagażniku. Idziemy więc do pokoju, apartamentu, prowadzi nas mały człowieczek w liberii, apartament najlepszy, na drugim piętrze, daję człowieczkowi dolara, okna apartamentu wychodzą na Dunaj i most Franciszka Józefa.

Drzwi zamykają się za nami cicho, w środku potężne, niegustowne meble, wielkie okna, ciężkie story, puszyste dywany i wysoki sufit i drzwi do sypialń i elektryczny żyrandol

---

* (niem.) Dobry wieczór. Są wolne pokoje? Von Horn jestem; to moja żona.

** (niem.) Oczywiście.

z mnóstwem kryształowych łezek, a na żadnej nie widać cienia kurzu. Oto hotel.

Dzidzia rzuciła się na kanapę, nie zdejmując płaszcza ani butów. Do pokoju ktoś zapukał, otwarłem — boy przyniósł nasze kufry i walizki. Dałem mu dolara, podziękował pięknie po niemiecku i zniknął.

— Odświeżę się, przebiorę i możemy wyjść — powiedziałem nieśmiało.

— Idź, idź... — Dzidzia machnęła ręką.

Poszedłem więc. Zatelefonowałem do konsjerża, zaordynowałem, aby ktoś mi odprasował smoking i koszulę oraz wyczyścił buty, lokaj przybiegł po wszystko po trzech minutach, a ja do wanny i w wannie zasnąłem.

— No już, wyłaźże, gól się i ubieraj, chcę wyjść jeszcze dzisiaj, a już dwudziesta druga — powiedziała Dzidzia, a ja myślałem, że śnię, ale nie śniłem. Stała w mojej łazience w samej bieliźnie, podniosłem się w wodzie, zasłaniając krocze. Zaśmiała się i wyszła. Wyszedłem z wanny. Bolała mnie głowa; zajrzałem do szafki za lustrem i niechybnie znalazłem tam aspirynę, zjadłem dwie, popiłem wodą z kranu.

Prysznic, zimny, żeby się rozbudzić, ciepły, żeby się ogrzać. Golenie, dobry Boży, w ciepłej łazience, w ciepłej wodzie, w jasnym świetle, wszystko jak trzeba, gorąca woda, olejek, piana, powoli z włosem, jeszcze raz piana, pod włos, zimna woda, balsam. Ubrania już gotowe leżały na łóżku w mojej sypialni, więc świeża bielizna, biała koszula ze sztywnym gorsem, perłowe biżuteryjne guziki, smoking. Wiązanie muchy. Woda kolońska. Patrzę w lustro: to ja jestem. Oto ja.

Wychodzę do salonu. Dzidzia już czeka, elegancka, skromna, piękna i brzydka jednocześnie, bez wieku, ile ma lat, dwadzieścia pięć czy czterdzieści dwa? W sukni za kolana w kolorze bardzo ciemnego burgunda. Nie ma wojny, żadnej wojny, jakiej wojny.

— W tym jednak jesteś dobry, Konstanty — mówi z uznaniem, patrząc na mnie. — Jakbyś się urodził wystrojony.

Wychodzimy. Nie biorę płaszcza, prochowiec, który spakowałem, nie nadaje się do smokingu, więc proszę portiera, aby wezwał taksówkę, i pytam Dzidzię o adres, a potem nieudolnie próbuję powtórzyć go taksówkarzowi, taksówkarz zgadza się potulnie i jedziemy tam niedługo, dookoła wzgórza Gellérta, pod zamek budziański na budziańskim wzgórzu jedziemy, widać go dobrze, bo też iluminowany, nie ma wojny, wcale nie ma żadnej wojny, wymieniłem już trochę dolarów w hotelu, więc płacę w pengő, wysiadamy.

— To tutaj — mówi Dzidzia.

Mały szyld, Borozó, zielone drzwi. W środku wnętrze nie na smoking, a jednak takie, w którym smoking nie razi. Mogę sobie być w smokingu, chociaż obok siedzą robotnicy, wąsaci, jasnowłosi, opróżniają kolejne szklanki białego wina, nie mówią nic, milczą. Obok siedzi paru inteligentów przyzwoicie odzianych, paru z nich wygląda na Żydów, więc może Żydzi, też piją, jedzą jakiś pasztet, jeszcze dalej znowu robotnicy, a może wozacy, ktoś taki, a jeszcze dalej dwóch mężczyzn we frakach, pokrzepiają się cienko krojoną słoniną i popijają przezroczysty trunek z małych kieliszków, nie znam węgierskich obyczajów, a przecież wiem, co robią, bo sam ileż razy tak robiłem, w prostym przybytku zaprawiają się wesoło, zanim pójdą w bardziej kryształowe, lustrzane, złocone progi, bo tak lepiej, zdrowiej, weselej.

Siadamy przy długim, ciężkim stole, przy stole z grubego dębu.

Jestem bardzo zmęczony, teraz to do mnie dociera. Nie spałem, jadłem dziwne tabletki, piłem koniaczek, prawie całą flaszeczkę, jak się okazuje, ale jestem też bardzo głodnym i nagle kręci mi się w głowie, ale Dzidzia już zamawia u uprzejmego kelnera o wypomadowanych wąsach i włosach wypomadowanych i w fartuchu, Dzidzia zamawia: pasztet z wątróbek, słoninę z papryką i solą, chleb ze smalcem i czerwone wino. Nikt nie zwraca na nas większej uwagi, dostrzeżono, że weszliśmy, że siedliśmy, że zamówiliśmy i tyle, nic więcej, bo cóż więcej, a jednak dziwne i obfitość dziwna i piękna; więc nalewają, nakładają i przynoszą.

Taka piękna sterta grubych kromek chleba ze smalcem, przykrytego krążkami cebuli i posypanego papryką. Taki piękny kawał słoniny na talerzu z ostrym nożem, dwa plasterki na zachętę odkrojone, słonina cienka, a w żółtej bieli tłuszczu ledwie majaczy cieniutka różowa warstewka, jaka piękna słonina!

I pasztet szarobrązowy pachnie wątróbką i pietruszką, do niego biały chleb w kromkach i wino w szklankach.

— Tutaj mierzą na decylitry. Dostaliśmy po jednym, ale na jednym nie skończymy, prawda, Konstanty?

Nie skończymy, ale wino potem; teraz jeść, jaki jestem głodny! Rozsmarowuję pasztet na chlebie, zagryzam i jakże to dobre, wątróbkowe, czuć alkohol, więc czymś dobrym podlane, orzechówką, bo i orzechowe jest, i zajadam i popijam i plaster słoniny i chleba ze smalcem.

A Dzidzia dotrzymuje mi kroku, nie zważając w ogóle na rady poety Byrona, że kobieta w ogóle nie powinna jeść, co najwyżej krewetki i kieliszek szampana; nie, Dzidzia je za dwóch, a kiedy zagryziony krążek cebuli, którego zęby nie przecięły, uniesie się i czerwonym proszkiem oprószy nos i wargi, kicha w błyskawicznie dobytą chustkę, śmieje się, je dalej, ściera pasztet z kącika ust i zamawiamy kolejne szklanki czerwonego i nie wąchamy, nie zważamy na bukiet, po prostu się pije jedne decy za drugim, zagryzając, potem palimy, popijając, najedzeni, pełni, nieskorzy do konwersacji, szczęśliwi, zamawiamy kolejne decy, pijemy i jeszcze trochę, już całej kromki wziąć nie sposób, więc po kawałku chleba, smarujemy pasztetem i dalej, kolejne decy, zdrowie, prost! „Egészségedre" — uczy mnie Dzidzia, kelner słyszy, śmieje się, poprawia wymowę i już uczymy się razem węgierskiego „na zdrowie". Egészségedre.

A potem do budapeszteńskiej winiarni wtacza się pijana Warszawa. Dwóch oficerów, aż nie mogę w to uwierzyć. Pijani. Siadają. Piją. Mają pieniądze, piją szeroko. Mundury. A my jesteśmy wstrząśnięci, zdziwieni, jakże to?...

Kelner łapie nasze spojrzenia. Zastanawia się chwilę, z kim ma do czynienia.

— Wir sind Wiener — wyjaśnia Dzidzia, z adekwatnym akcentem. — Wir hassen Hitler. Woher kommen hier die armen Polen?*

Kelner kiwa głową, zgadza się na tych wiedeńczyków, co nienawidzą Hitlera, czemu nie.

— Die Polen gibt es hier überall sehr viele. Angeblich gibt es in Budapest ein paar tausend polnische Offiziere, vielleicht mehr als zehn, sagen sie. Man kann sie hier überall sehen** — tłumaczy, po czym odchodzi, wraca po chwili i przynosi nam po kieliszku śliwkowej palinki, na koszt firmy. Jakby w podzięce za to, że nie lubimy Hitlera. Sprzątając stół, mruczy pod nosem, brwiami i nosem wskazując na polskich oficerów.

— Und so seit drei Wochen. Das Vaterland haben sie verloren und amüsieren und erholen sich trotzdem***.

---

* (niem.) Jesteśmy wiedeńczykami. (...) Nienawidzimy Hitlera. Skąd tutaj ci biedni Polacy?

** (niem.) Polaków tutaj wszędzie mnóstwo. Podobno kilka tysięcy polskich oficerów jest w Budapeszcie, a może kilkanaście, tak mówią. Wszędzie ich widać.

*** (niem.) I tak już od trzech tygodni. Ojczyznę stracili, a bawią się doskonale.

Oficery polskie nie dostają palinki na koszt firmy. Och, jak ja dobrze znam to obrzydzenie, przeklęty kelnerze, znam takich. Nie wiem, co ty, Węgier, stawiasz w swoich narodowych kapliczkach, ale znam takich jak ty, znałem ich, znałem was zdecydowanie zbyt wielu. I zaraz zaczynam lubić tych oficerów bardziej, niż na to zasługują. Siadają w kącie, w jakiś dziwny sposób są w tej winiarni mniej obyci niż my, zamawiają palinkę, dostają palinkę, zamawiają gulasz, dostają nie to, czego się spodziewali, bo spodziewali się zapewne tej buroszarej brei z kawałkami mięsa i chrząstek, jaką u nas serwuje się najmniej wybrednej klienteli w gównianych jadłodajniach. Tymczasem dostali klarowną, ostrą zupę z pięknymi kawałkami wołowiny; wiem, bo żółtowąsy plebej obok nas je taką samą, obcierając usta i wąsy wierzchem kosmatej dłoni.

Jemy i pijemy raczej w milczeniu, jeśli wymieniamy między sobą przyciszonym głosem jakieś uwagi, to czynimy to po niemiecku, nie chcemy, aby rozpoznano w nas Polaków.

Polscy kapitan i major upili się bardzo szybko, kapitan się przesiadł do majora na drugą stronę stołu, pod ścianę, i teraz piją dalej, czule objęci.

Mógłbym być teraz z nimi. Czy mógłbym jeszcze? W cywilnym ubraniu objąć ich, upić się z nimi i potem znaleźć jakąś drogę, tędy czy owędy, do Francji, i tam znowu w wojsku, chociaż może już bez koni, znowu mundury, rozkazy dziennie i specjalne, raporty, komendy, ankiety osobowościowe i w końcu może jakaś wojna, i co na wojnie? Lata gnicia w okopach, z jednej strony Niemcy, z drugiej my, bunkry, działa i druty kolczaste, błoto i los mojego ojca, bez twarzy i fiuta, czy może coś innego, szybka wojna, jak u nas, gonitwa po polach i wzgórzach, porwana łączność, nikt nie wie, gdzie front, bo nie ma frontu, zmechanizowane i pancerne dywizje przemieszane, goniące się nawzajem, niechronione flanki, zasadzki i odwroty, i wjeżdżamy do Berlina albo Berlin wjeżdża do nas.

I na co mi to, po co mi to, jak ja bym w środku tego wszystkiego wyglądał, dlaczego w ogóle miałbym to robić?

Jestem Konstanty Willemann i u kobiet lubię, żeby pupka ładnie odstawała, mięsiście i sprężyście, jak u węgierskiej kuchareczki, która czasem wychynie z kuchni. Nie lubię wojska ani koni ani mundurów ani karabinów, lubię mieć pistolet, bo dżentelmenowi wypada, najlepiej jakąś małą, płaską siódemkę, taką jak ten sauer mojego ojca, którego wyjąłem z kabury i na wszelki wypadek wetknąłem z tyłu za spodnie, bałem się, że będzie zakłócał linię marynarki, ale schudłem trochę, więc leży przyzwoicie, a dżentelmenowi wypada coś w spodniach mieć.

Wypijam palinkę, ciepłą w zmrożonym kieliszku. Jestem pijany. Dzidzia uśmiecha się, je i pije tyle, co ja, tyle, co głodny, zmęczony mężczyzna, dużo.

— Nie wiem, kim jestem — mówię po polsku i po cichu, po polsku trzeba po cichu, więc mówię po cichu, czując jeszcze w gardle palący alkohol.

Jestem pijany. Bardzo pijany. Jestem środkiem świata, jego osią, obiega mnie gospoda, ludzie, sufit i stół.

— Spotykałam się z nim tutaj, w tej gospodzie, wiesz? — szepcze też po polsku pijana Dzidzia.

Nie odpowiedziałem, bo cóż mogłem odpowiedzieć. Zmilczałem. A ona, pijana, zaczęła szeptać, do mnie i do siebie bardziej nawet, nie szukała mojego wzroku, nie zważała, czy słucham, ale słuchałem, a ona szeptała, cicho i bez przerw prawie:

— Tutaj siedzieliśmy, przy tym stole. Piliśmy wino i jedliśmy, rozmawialiśmy po niemiecku albo po francusku, a czasem, gdy byliśmy już pijani, mówiliśmy do siebie w swoich językach, z tym że ja po węgiersku nie rozumiałam nic, a on po polsku troszeczkę, bo wychowywał się na Górnych Węgrzech i rozumiał trochę słowacki, więc polski trochę też, poszczególne słowa. Widzieliśmy się dziewięć razy. Nie zawsze tutaj, tutaj kilka razy, pięć może, a on nie obawiał się tutaj ze mną spotykać, chociaż mieszkał tutaj niedaleko, na tej ulicy. Pewnie nadal mieszka. Zatelefonował do mnie pierwszego września, międzynarodowe jeszcze działały, zatelefonował z wyrazami solidarności, współczucia i żalu z powodu wojny. A jednocześnie słyszałam, że głos drżał mu z radości, i nie wiedziałam, dlaczego i zrobiłam się wściekła i trzasnęłam słuchawką, a on zrozumiał, zatelefonował raz jeszcze i przeprosił, zanim ja zdążyłam przeprosić, i wytłumaczył: właśnie urodził mu się syn. Właśnie pierwszego września. A jednak pamiętał o mnie i o nas, o Polsce, zatelefonował do mnie. Pogratulowałam mu, pamiętam jego żonę, widziałam jego żonę, wysoką, eteryczną Żydówkę o szlachetnej, długiej twarzy i wąskich dłoniach. Kiedy ją widziałam, pomyślałam, że nigdy nie da mu dziecka, tak wąskie miała biodra. A jednak dała. Powiedziałam, żeby się nie martwił, pobijemy Hitlera i będziemy poić konie w Szprewie. Wiedziałam, że przegramy, nie jestem głupia, ale powiedziałam tak, aby go uspokoić.

I nagle zamilkła. A ja zrozumiałem, że to jest ważne. Ważniejsze niż Polska, Niemcy, Węgrzy, Żydzi razem wzięci. Ważniejsze niż wojna. Ważniejsze niż nasza konspiracja, ostateczne zwycięstwo lub ostateczna klęska, ważniejsze niż mój szlak bojowy i Krzyż Walecznych i Żelazny i niemiecki mundur i polski smoking, który mam na sobie. To właśnie Dzidzia i ten jej Węgier, który jej nie chciał. Nic nie jest ważniejsze, nic bardziej.

— Zobaczysz się z nim teraz?... — zapytałem równie cicho, jak ona mówiła.

— Nie. Po co?

— Chodźmy stąd.

Dzidzia nieprzytomnie nieco kiwa głową, zgadza się. Proszę o rachunek. Polskie oficery wytaczają się, zapłaciwszy, zostawili suty napiwek. Sutość napiwku nie cieszy wąsatego kelnera, jakże to tak, panowie oficerowie rozrzutni, czyżby nie kochali swojej ojczyzny? Nie lubię cię, wąsaty kelnerze. Ale i tak zostawiam mu dobry napiwek, wychodzimy. Noc jest chłodna, ale idziemy piechotą.

Zataczamy się, więc obejmujemy się i zataczamy się razem, a Dzidzia nagle zatrzymuje się i zaczyna płakać.

— Co, kochana, co...? — bełkoczę.

A ona wskazuje na park porosły młodymi drzewami.

— Tabán tu był, tak się to nazywało, taka dzielniczka podła i bardzo piękna, domki, knajpy, burdele, Cyganie grali... Pamiętam jeszcze, jak byłam tutaj pierwszy raz, dziesięć lat temu, taką dobrze ułożoną panienką byłam, a uciekłam i poszłam zwiedzać, Cyganka mi wróżyła i wywróżyła mi, że zabiją mnie kiedyś Serbowie, że będę nieszczęśliwa, ale że będę miała pełne życie, takie, co i czasem dwudziestu ludzi nie przeżyje, głupia Cyganka. A oni wyburzyli.

Dzidzia płacze, więc tulę ją jeszcze mocniej, bo wiem przecież, że nie za tym Tabánem płacze, tylko za swoją miłością, za swoim Węgrem, co jej nie chciał i któremu żona dała syna, chociaż miała wąskie biodra.

Schodzimy w dół, do rzeki, do mostu Elżbiety, idziemy bulwarem wśród świateł, normalni ludzie wśród normalnych ludzi, pijany mężczyzna w smokingu z pijaną, elegancką kobietą, nie ma wojny, u nas też już nie ma wojny, ale inaczej niż tutaj, tutaj nie ma Niemców, jest tylko mój niemiecki mundur, jest Baldur von Strachwitz, oddałem go do wyczyszczenia, więc go pewnie teraz nadmuchują parą, mojego ojca Baldura, i szczotkują i odwieszają w mojej szafie, szarozielonego, dobrze skrojonego do jego ciała do mojego ciała, z orderami, do szafy.

Hotel, winda, pokój. Dzidzia już nie płacze. Chciałbym ją pocałować, jej usta szukają moich ust czy nie szukają moich ust? Ale tak nie; tak nie chcę, ja tak nie chcę, kiedy trzeźwa, mną gardzi, a pijana będzie moją, tak nie chcę, więc sadzam ją w fotelu i sięgam do barku, nalewam koniaku do dwóch kieliszków, na wykończenie, na zamknięcie nocy i dnia i nocy, podróży, szczęśliwej podróży, bo o Chochole i strzelaninie już nie pamiętam i Dzidzia też nie pamięta, jakby jej nie było, więc sadzam, do barku sięgam, nalewam, podaję i sam siadam w fotelu naprzeciwko.

— Nasze zdrowie, moja towarzyszko podróży — mówię.

Dzidzia patrzy w kieliszek nierozumiejącym wzrokiem, potem patrzy na mnie wyzywająco, ale nie wiem ku czemu mnie wyzywa, po czym wypija cały koniak jednym haustem, na raz i zapada się w fotelu, by nagle się z niego zerwać, zasłaniając usta, i biegnie do łazienki. Wiem, że to nie wypada, że nie powinienem, ale biegnę za nią, przytrzymuję jej włosy, kiedy rzyga do muszli klozetowej, podaję wody w szklance do mycia zębów, płucze usta, widzi się w lustrze, widzi mnie w lustrze, odwraca się, nagle trzeźwa, albo jakby trzeźwa.

— Wyjdź, proszę. Ale nie idź jeszcze spać — szepcze.

Więc wychodzę, siadam w fotelu. Nie sięgam już po koniak, nie mam już siły pić, nie chcę już pić. Podróż, szczęśliwe tabletki ciągle nie wiem jakie, koniaczek z flaszeczki, wino, palinka, znowu koniak, starczy.

Wstaję, do okna. Za oknem most, jego parabole iluminowane między przęsłami, gdzieś tam szarzeje świt, znad Dunaju mgła i w tej mgle rozproszone, świetliste kule latarni i linie żaróweczek na moście, też rozproszone. Światła samochodów. Tramwaj.

— Chcesz mnie, Konstanty?

Odwracam się. Dzidzia stoi w drzwiach, w bieliźnie, w pończochach.

— Chcę. Ale nie tak... — odpowiadam i sam dziwię się własnym słowom i nagle boję się, że ją zraniłem, ale patrzę na nią i widzę, że nie zraniłem.

Podchodzi do mnie, obejmuje mnie, jej szczupłe ramiona wokół mojej szyi. Wiem: to nie jest zachęta, nie oddaje mi się tym objęciem. A jednocześnie to nie jest uścisk siostrzany, w tym objęciu i uścisku jest jakaś erotyka albo zapowiedź czegoś erotycznego.

— Dziękuję. Jesteś wspaniały — szepcze mi do ucha i całuje mnie w policzek. I puszcza. I odchodzi do siebie, a ja zostaję i nagle świat skręca, i czuję, że muszę się położyć natychmiast, więc ledwo zdołałem ściągnąć marynarkę, rzucam się na łóżko i nie zasypiam, tylko pogrążam się w nieświadomości, jakbym topił się w bagnie. Nie myślę już o Dzidzi ani o matce, ani o ojcu.

Jasny prostokąt okna, stiuki na suficie, żyrandol, wszystko krąży nade mną, aż w końcu wszystko roztapia się w duszną, ciężką czerń.

ROZDZIAŁ XIII

Boli mnie głowa, mam mdłości, skurcz żołądka i natychmiast muszę pójść do toalety, ale perspektywa przyjęcia postawy wyprostowanej wydaje mi się przerażająca, więc leżę tak w półśnie z zamkniętymi oczami, zajęty jedynie tym, że chce mi się rzygać i że łeb mi pęka. Potem przypominam sobie o aspirynie w łazience, więc w końcu wstaję, patrzę na zegarek: jedenasta. Spałem do jedenastej. Przełykam tę aspirynę, popijam wodą prosto z kranu i pod prysznic. Po prysznicu trochę lepiej. Golę się. Szczoteczka i proszek, szoruję zęby. Owijam się płaszczem kąpielowym i wychodzę do salonu.

Dzidzia już tu jest, siedzi przy kawie, białym chlebie i jajkach na twardo.

— Dzień dobry — mówię, nieśmiało i niepewnie: siebie samego, tego, co wczoraj, niepewien własnej i jej pamięci, ale przecież kiedy ją widzę, to wiem: nie, nic się nie stało, nawet jej nie pocałowałem, czy to dobrze, czy niedobrze, nie wiem?

— Dzień dobry, Konstanty — odpowiada promiennie, jakby naprawdę ucieszyła się na mój widok. Może naprawdę ucieszyła się na mój widok. — Zjedz ze mną śniadanie, proszę.

Naprawdę ucieszyła się na mój widok. Siedzi w eleganckim, nieco staroświeckim peniuarze, smaruje kromkę chleba miodem i uśmiecha się do mnie. Naprawdę? Chyba naprawdę. Naprawdę.

— Dzień dobry, Dzidziu.

I nagle rozumiesz, prawda, Konstanty? Rozumiesz.

To koniec. Więcej się chyba nie spotkamy, mój miły, bo rozumiesz. Nagle rozumiesz.

Ona cię przemieniła, głupcze. Ona: jej duch i jej siła. Ona jest wszystkim, czym ja nie chciałam, byś był. Ona mi cię odebrała. Patrząc na nią, zobaczyłeś człowieka. Patrząc na nią, zobaczyłeś kogoś ponad tym, co tobie wydawało się człowiecze. Ona, której nie dotykają spojrzenia innych. Ona, która się nie boi. Ona, która kocha, bo chce kochać, pożąda, bo chce pożądać, a nie dlatego, że chce być kochaną i pożądaną, jak ty.

Niczego nie rozumiem. Siadam do śniadania.

— Nie zjedz za dużo, na drugie pójdziemy do Centrál Kávéház. To jak Ziemiańska, tylko większa i ładniejsza i pisarzy w niej mają lepszych.

Uśmiechnąłem się pod nosem. Nigdy nie lubiłem naszych pisarzy. Potrzebowałem ich sławy, tak jak innych artystów, ale nie lubiłem. Mieli coś, czego ja nie mam, i nawet nie umiem określić dokładnie co, ale czuję, a raczej czułem tego brak.

— A przede wszystkim jest — dodałem.

— Słucham?

— Jest. A Ziemiańskiej już nie ma. To znaczy lokal jest, nawet byłem niedawno, otwarty, ale Ziemiańskiej już nie ma, bo kto tam teraz przyjdzie i po co?

— To smutne — zamyśliła się Dzidzia.

— Wcale nie — odpowiedziałem od razu. — Wcale nie smutne. Nie żal mi. Było, a teraz nie ma. I pewnie już nie będzie. I co z tego?

Pokiwała głową. Ktoś zapukał do drzwi. Otwarłem — lokaj z wiadomością. Wziąłem karteczkę, dałem jednopengówkę, zamknąłem drzwi.

— Steifer pewnie — powiedział Dzidzia.

— Któż by inny — zgodziłem się.

Otworzyłem list, siadając do stolika.

„Herr von Horn wird gebeten, am Mittag in die Hoteltherme zu kommen. M.S."*.

Podałem karteczkę Dzidzi. Przeczytała.

— Pomoże ci na kaca — uśmiechnęła się.

Świat ma inny odcień. Nie rozumiem, ale akceptuję.

Przekroiłem jajko na pół, żółtko jeszcze wilgotne, nałożyłem kawałek masła i szczyptę soli, zjadłem i to było bardzo dobre jajko. Popiłem kawą. Dzidzia milczała, uśmiechała się tylko do mnie. Sięgnąłem do gazet: niemieckie, francuskie i angielskie, ale nie miałem ochoty czytać, bo też o czym tu czytać, skoro wszystko jest jasne.

Jeszcze kawa.

— Zatelefonujesz do niego? — zapytałem nagle.

Dzidzia nie odpowiedziała od razu. Nie była urażona pytaniem, po prostu zastanawiała się nad odpowiedzią.

— Nie wiem — powiedziała w końcu. — Zapewne zatelefonuję. Albo poślę telegram.

— Co będziesz robić, kiedy ja się spotkam w tych łaźniach ze Steiferem? — zapytałem z zażyłością, której jeszcze wczoraj między nami nie było.

— Będę patrzyła za okno, wyglądała, czy aby tędy nie przechodzi, i będę płakała — odpowiedziała bez ironii. — Czy ty się kiedyś zakochałeś, Konstanty, tak naprawdę?

Czy ja się kiedyś zakochałem, tak naprawdę. Czy ja się kiedykolwiek w takiej sytuacji zdołałem nie zakochać? Czy kiedykolwiek było naprawdę? Czy ja się zakochałem w Idze? Czy ja się zakochałem w Heli? Licząc te, w których zakochałem się w jakiś sposób niewinnie i czysto. Czy zakochałem się w Salome? Nie, w Salome nigdy się nie zakochałem, pożądałem jej

* (niem.) Pana von Horna proszę o przyjście do hotelowych term w południe.

tylko, ale pożądałem jej chujem, nie sercem, a to co innego. Nie jest to pięknym, ale tak właśnie jest.

Czy ja się kiedyś zakochałem? To ważne i nieważne jednocześnie. Ważne. Bo to jest właśnie substancja życia. Z tego się składa, z porywów serca i z drgań lędźwi. A nieważne, bo życie jest nieważnym, w ogóle.

— Tak — odpowiadam po prostu.

Dzidzia kiwa głową, tak, tak, tak, właśnie tak, co mogłem powiedzieć. I tak siedzimy w milczeniu, a za oknem jest Budapeszt, a w pokoju jest życie, normalne życie, normalne jedzenie, normalne ogrzewanie, wszystko normalne i ja się tym cieszę i bez żalu to porzucę, chociaż kiedy o tym myślę, to wydaje mi się, że powinienem żałować, a jednak bez żalu.

W końcu Dzidzia patrzy na zegarek.

— Idź już.

— Jak ja go tam poznam?

— On cię pozna.

— Mam się ubrać czy iść w płaszczu kąpielowym?... — pytam jeszcze niepewnie.

— W płaszczu kąpielowym. Tutaj wypada.

Więc otuliwszy się miękkim materiałem i zabrawszy papierosy, wychodzę, windą zjeżdżam na dół i przechodzę do term, a w nich sklepienia są wysokimi i bardzo secesyjnymi, pytam, ile płacę, dla gości hotelowych termy gratis, a więc dobrze. Idę dalej, tam szatnie.

W szatni za kontuarem wspaniały masażysta, gargantuiczny grubas o obwisłych oczach basseta i kącikach ust ściągniętych w dół na równi grawitacją oraz spokojną pogardą dla takich jak ja: po co mówisz do mnie po niemiecku, zagraniczny idioto, skąd w ogóle pomysł taki? Bo po niemiecku do niego mówię. Co cię tutaj przyniosło, człowieku nieprawdziwy, po coś tu przyszedł w tym swoim płaszczu kąpielowym hotelowym i z głupią mordą zadowolonego z siebie kretyna, co? A ja, idiota, uśmiecham się uśmiechem dla sprzedawczyń i coś paplam głupio o ręcznikach i szlafrokach, a ten wspaniały, dwustukilowy człowiek łysy na głowie i włochaty wszędzie indziej patrzy na mnie, owinięty jest ręcznikiem poniżej wielkiego brzucha, kudły mokre, policzki ściągają mu powieki nisko w dół, patrzy na mnie, z tłustą cierpliwością czeka obojętnie, aż skończę, i podaje mi grube naręcze ręczników, mówiąc coś bardzo pogardliwie. Wyobrażam sobie, co może do mnie mówić, wiem, że ma przecież rację, po co tu w ogóle przyszedłem, czy to dla mnie termy, czy wyobrażam sobie, że za moje pengő mogę sobie kupić prawo do bycia tutaj, tak jak kupiłem prawo do wejścia? Wejść mogę, niech se wchodzę, ale być? Być — to mnie tutaj wcale nie ma. Wiem, że ma rację; zgadzam się z jego niechęcią, podzielam jego niechęć do takich jak ja, przeprosiłbym za to, że przyszedłem, gdybym tylko potrafił, ale nie potrafię, więc posłusznie idę dalej, postępuję zgodnie z zaleceniami ponurych i troskliwych łaziebnych, każą się rozebrać, to się rozbieram, do naga, to do naga, wstępuję do basenu z wodą o niższej temperaturze, potem do basenu o wyższej temperaturze i czekam, czekam, aż mnie znajdzie Marian Steifer, który ma mnie znaleźć.

Więc wiszę w wodzie o temperaturze ludzkiego ciała, potem do łaźni parowej, potem znowu 36 stopni, potem znowu parówka, potem wanna z wrzątkiem, w której zapalam papierosa, aż kręci mi się w głowie.

Nie czekam już, niech przychodzi, kiedy chce. Chodzę i siedzę tu nagi jak wszyscy i myślę o kobietach, o moich kobietach.

I przemieniłem się: myślę o nich bez winy i bez wstydu. Dlaczego? Nie wiem. Przecież cielesny, erotyczny brud mojego związku z Salome nie stał się czystym — jak był, tak pozostaje brudnym. A jednocześnie widzę siebie samego inaczej, z góry, z oddalenia, jakbym wisiał pod przeszklonym sklepieniem łaźni i patrzył na siebie, zanurzonego w tej gorącej, zmineralizowanej wodzie, w której wiszę raczej, unoszę się, nieważki, a nie siedzę.

I otoczonym jestem przez nagich starców w fartuszkach zakrywających krocze, i nawet gdybym wiedział, gdzie są takie fartuszki, to nie założyłbym, bo wydają mi się czymś właśnie starczym, czymś, co zakrywać ma te kuśki do niczego już poza sikaniem niezdatne, kuśki pomarszczone, niesprawne, martwe — odsłaniając jednocześnie nagie, starcze pośladki.

A byli to starcy niedołężnemi, ledwie powłóczący nogami, byli to starcy o białych ciałach, ręce im drżały, wspomnienie po tych wszystkich niepotrzebnych czynnościach, jakim się w życiu oddali. Powoli, ostrożnie wkraczali do ciepłej wody, jaka ulga, kiedy woda wspiera i wreszcie unosi ich starcze ciała, które nie chcą się już nieść same, starcy zanurzeni aż po drżące żuchwy, na zielonej wodzie kręgi od tych drżeń.

Byli tam też starcy nie tak jeszcze starzy, lecz przerażeni nadchodzącą starością, dziarscy, prężący więdnące piersi i wciągający flaczejące mimo regularnej gimnastyki brzuchy, i kiedy patrzyłem na ich ciała, to byłem ich bratem, chociaż oni byli Węgrami albo jeszcze kimś innym, słyszałem jeszcze język niemiecki i wszyscy nadzy tutaj byli mi braćmi.

Byli tam też młodzieńcy, mężczyźni w średnim wieku, mężczyźni podstarzali, wreszcie mężczyźni bez wieku wypisanego w ciele, tacy, którzy mogą mieć równie dobrze trzydzieści, jak i pięćdziesiąt lat. Byli więc mężczyźni o pięknych ciałach wojowników, klatki piersiowe wysklepione łukami potężnych żeber, byli sportowcy o giętkich, szybkich ciałach sportowców, byli młodzieńcy o pajęczych kończynach i zapadłych piersiach, byli tłuści i tłustawi i otyli, byli starcy wspominający swoje minione piękno i starcy szczęśliwi z egalitarnej brzydoty starości. I wszyscy byli spokojnymi, nagimi, cichymi i skupionymi na sobie, na własnych ciałach w ciepłej wodzie i w parze, nawet jeśli w towarzystwie, wszyscy unoszą się w ciepłej wodzie jak uroczyste meduzy, kontemplują palce własnych stóp.

I było moje ciało, szczupłe, niezbyt ładne, bo niezbyt atletyczne, z normalnym jak u trzydziestolatka brzuchem, akurat tyle, żeby garnitur leżał dobrze, bez muskułów, włosów niedużo i jasne, członek męski ani duży, ani mały, zwykły. Długo wstydziłem się tego mojego nijakiego ciała, jeszcze długo po Idze, próbowałem wymachiwać ciężarami, aby urosły mi jakieś muskuły, jadłem wiele, aby zmężnieć, chciałem nawet uprawiać jakiś sport, ale nic a nic się nie zmieniało, więc w końcu uznałem, że tyle dobrze przynajmniej, że nie tyję zbytnio.

— Dzień dobry — powiedział ktoś za moimi plecami, po prostu.

Zamachnąłem rękami i odwróciłem się w wodzie całym mym nagim ciałem.

Stoi nade mną, na brzegu basenu, niewysoki, szczupły mężczyzna około pięćdziesiątki. Okazały, gruby kutas w gąszczu czarnych włosów łonowych. Włosy na głowie też czarne, wąs oficerski, włosy również obficie na piersi posiwiały, co przestało być widoczne, kiedy się zanurzył i pierś zamoczył.

— Konspiracja konspiracją, a maniery manierami — oświadczył. — Steifer jestem. Ale, ale, zaraz, niech pan się nie przedstawia, ja sobie zaraz przypomnę, ja pana znam… — powiedział, przyglądając mi się uważnie.

Zmieszałem się, bo nie potrafiłem odwzajemnić się tym samym, co zauważywszy, Steifer zaśmiał się i wyjaśnił zaraz:

— Ach, nie, nie osobiście. Z akt.

— Z akt? — zdziwiłem się i zadrżałem trochę.

Co we mnie zadrżało? Czy to samo, co drżało, kiedy porucznik Żabiński mówił: ja was znam, Willemann — i rzeczywiście znał i mógł zrozumieć, przewidzieć wszystko i widzieć przeze mnie na wskroś, na wylot, na przestrzał.

Właśnie to we mnie zadrżało, ale o ileż słabiej.

A Steifer myślał. Chwilę myślał. Podrapał się po brodzie, gładko ogolonej.

— Wiem! — wypalił. — Willemann, Konstanty. Podporucznik rezerwy, dziewiąty ułanów! Dobrze pamiętam, prawda?

— Dobrze… — zgadzam się, niepewny, nagi, przestraszony. Podaję mu rękę, ściska moją dłoń mocno, dziarsko i zdecydowanie. Nie lubię, nie lubię, nie znoszę dziarskości.

— No, jednak pamięć ciągle działa, mimo pięćdziesiątki na karku. Ale pan był szczególny przypadek, interesowaliśmy się panem od czasu, jak pan do Grudziądza poszedł. W końcu czyste pochodzenie niemieckie, prawda?

Wzruszam ramionami.

— Jestem Polakiem.

— Panie! Co pan! Czy ja panu wyglądam na falangistę? Ja mam Steifer na nazwisko.

— A Mosdorf ma Mosdorf na nazwisko, i co?

— No dobrze, dobrze. Że pan jest Polakiem, to jasne, ale nieważne. Myśmy się panem interesowali od dawna, szkoda, że pan nie zechciał zawodowym zostać. Też pożyć można. Chociaż nie tak, jak pan sobie żył.

— Pułkowniku Steifer… — zaczynam, ale ten mi przerywa.

— Och, dobrze, niech pan wybaczy. Ważne, że jest pan właściwą osobą na właściwym miejscu, chociaż zapewne przypadkiem, prawda? Ale lepiej bym tego dla pana nie wymyślił.

— Ja też się cieszę — odpowiadam kąśliwie.

— O jedno muszę jeszcze zapytać i zaraz przechodzimy do rzeczy. Pański ojciec, Baldur von Strachwitz…

— Jest w Warszawie — odpowiadam i kiedy to mówię, zdaję sobie sprawę, że kłamię. Chciałbym nawet wyjaśnić, ale Steifer mi nie pozwala.

— Ach, a więc pan wie, że on żyje?... Bo matka to, zdaje się, przed panem ukrywała?

Jak bardzo to jest kłamstwo, jak bardzo to, co powiedziałem, jest kłamliwym, mój ojciec jest w Warszawie.

Baldur von Strachwitz jest w Warszawie. Feldpolizeikomissar Baldur von Strachwitz jest w Warszawie. Czy nie jest w Warszawie?... Gdzie jest Baldur von Strachwitz?

Przecież wiesz, Kosteczku. Ale ja muszę milczeć, choć o nim milczeć mi trudno. Baldur von Strachwitz jest na polach Flandrii, tam pozostał i stamtąd już nie odejdzie. A resztę wiesz.

Nie muszę kłamać.

— Jestem tutaj jako Baldur von Strachwitz. Mam jego mundur i dokumenty. Spece Inżyniera trochę przy nich pomajstrowali, wkleili moje zdjęcie, poprawili znaki szczególne...

— Znaki... ach, no tak — przypomniał sobie Steifer.

— A ojciec... — ciągnąłem. — No, nie wiem, co się z nim teraz dzieje. Oddał mi wszystko. Swoją tożsamość, mundur, bo akurat pasował, broń, wszystko.

— Myśli pan, że on...

— Nie wiem — uciąłem.

Steifer pokiwał głową.

— Panie Konstanty, z nieba pan nam spadł. Z nieba. Chodźmy do łaźni, w parze lepiej się mówi.

Więc poszliśmy, siedliśmy w białych, gorących oparach, siedliśmy obok siebie, podścielając sobie ręczniki pod tyłki.

— Tak to się czasem dobrze składa w złych czasach, pan się przypadkiem natknął na Inżyniera, ja uciekłem bolszewikom z transportu do Kozielska i tak sobie siedzimy teraz w łaźni w Budapeszcie. Czy ja w tym wagonie — a to był taki bydlęcy wagon, wystaw pan sobie — czy ja w nim myślałem, że za tydzień będę sobie siedział w łaźni w Budapeszcie? Nie myślałem. A siedzę i jeszcze się przydam.

Ode mnie potrzeba mu tylko potwierdzeń, to już wiem.

— Opowiem panu anegdotkę. Łaźnia jest dobra na anegdotki. No więc uciekłem z tego transportu, prawda?

— Tak.

— Tak precyzyjnie rzecz biorąc, obezwładniłem strażnika. A jeszcze precyzyjniej, zabiłem go. Wbiłem mu w brzuch jego własny bagnet, zabrałem karabin i uciekłem.

— To akt wielkiej odwagi — mówię, ciekawy, czy uzna to za sarkazm.

— Raczej odruch. Akurat okazja była. Uciekłem więc, przekradałem się, przeszedłem na głodnego przez Gorgany, wylazłem w końcu w Királymezó i tam mnie przydybały koguciki.

— Żandarmi, tak?

— Żandarmi. No więc oni każą mi oddać broń i chcą mnie internować, prawda. A ja im, że nie ma mowy, że żądam, by pozwolono mi zatelefonować. Powadziliśmy się trochę, oni mówią, zgodnie z prawdą, że śmierdzę jak cap, że przegrałem wojnę i że nic sobie nie mogę żądać. A ja na to, że żądam. I tak dalej. W końcu się zgodzili, dzwonię.

— A gdzie pan dzwonił?

— Proszę poczekać. Pogadałem sobie, przekazuję słuchawkę żandarmowi, co mnie pilnował, trochę mu rzednie mina, ale dobrze. Oświadcza mi, że broni nie muszę oddawać i że czekamy. No to poszedłem spać. Do celi, a jakże, ale otwartej. Rano wstaję, czekamy dalej, ale już niedługo. I niech pan sobie wystawi, jak kogucikom miny zrzedły, kiedy pod posterunek zajeżdża kolumna samochodów i z jednego wysiada sam Bartha... — zawiesił głos w oczekiwaniu na mój okrzyk zdziwienia.

Zastanowiłem się chwilę. Ale nie, zaraz, jednak coś mi świta.

— Bartha... Minister...?

Steifer odetchnął z ulgą.

— Właśnie tak! Károly Bartha de Dálnokfalva. I wie pan co? Wysiada z auta, staje przede mną i mi salutuje, takiemu brudnemu, śmierdzącemu, złachanemu, salutuje mi długo, w milczeniu. A wie pan dlaczego?

— Oddawał honory bohaterstwu polskiego żołnierza? — zapytałem z przekąsem.

Steifer uśmiechnął się z uznaniem.

— Dobre! Ale nie. On jest mocno proniemiecki, wie pan?

— No to dlaczego?

— Bo to mój kolega z wojska! — roześmiał się. — Walczyliśmy w Alpach razem. Saperem byłem. Rannego uratowałem spod ognia, zniosłem w dół, daleko. Ściągnęli mnie zaraz do Budapesztu. Więc, sam pan rozumie, przydam się tutaj, z takimi znajomościami.

Rozumiem.

— No. Mianowali tutaj takiego pełnomocnika przy ministerstwie wojny, to się dokładnie nazywa ministerstwo honwedów. Dembińskiego mianowali.

— Generała Dembińskiego?

— Nie, kaprala Dembińskiego z Łazisk Dolnych. Oczywiście, że generała Dembińskiego. Ale już ja załatwię, żebym to ja został tym pełnomocnikiem. I wszystko się ułoży. A jak przyjechaliście? — Nagle zmienił temat.

— Samochodem.

— O! Znakomicie. To samochód mi zostawicie, bo mi będzie potrzebny tutaj. Obozy internowania są po całych

Węgrzech rozrzucone, a to będzie trzeba całe objechać. A jakie to auto?

— Chevrolet master. Kabriolet — odpowiadam na skraju rozgoryczenia, jakby to było moje auto. Moje auto, moją olympię już mi zabrali, tacy jak on. A teraz zabiorą mi znowu. Ale to co innego. To to samo. Tylko ja jestem już inny.

— A to świetnie. Szkoda, że kabriolet, bo zima idzie. Ale dach szczelny aby?

— Szczelny. Ale jak my wrócimy?

— No widzi pan, w tym rzecz. Dzisiaj wieczorem idzie specjalny niemiecki pociąg, prosto do Warszawy. Przypadkiem się dowiedziałem. Cywilny, bo Węgrzy wojskowych nie puszczają, ale w środku głównie wojsko. Skoro ma pan mocne papiery, to pojedziecie bez trudu. A mi auto potrzebne.

— Rozumiem — zgodziłem się.

— Dobrze. Wie pan co, długo tu już siedzimy. A można by pójść coś zjeść.

— Tak. Jestem tutaj z, no... Jakby to...

Nie wiedziałem, co powiedzieć.

— Z kobietą pan tu jest.

— Nie, nie... To znaczy tak, z kobietą, ale to nie jest... To znaczy to jest współpracowniczka Inżyniera, nie żadna moja... No, rozumie pan.

— Ach. Rozumiem. Nazywa się...?

— No ale konspiracja...

— Daj pan pokój.

— Dzidzia Rochacewicz.

— Ach, panna Rochacewicz. No i wszystko jasne.

Chciałbym spojrzeć nań pytająco, ale w łaźni się nie da, bo siedzimy obok siebie, a prawie się nie widzimy, tak jest parno. Więc nie spoglądam nań pytająco.

Steifer wstał.

— No, panie Willemann, to ja już pójdę.

— Panna Rochacewicz chciała pójść na śniadanie do Centrál Kávéház.

— Może być. Za dwie godzinki — odpowiedział i wyszedł.

A ja, co miałem robić?

Posiedziałem jeszcze chwilę, wziąłem zimny prysznic, jeszcze zanurzyłem się na chwilę w basenie z gorącą wodą, tak by nie spotkać Steifera w przebieralni, po czym wziąłem swój płaszcz kąpielowy, otuliłem się nim i wyszedłem do przedsionka.

Opasły łaziebny łamaną niemczyzną zaproponował mi masaż, kiedy mijałem jego stanowisko.

Brzydzę się dotyku. Kobiecie pozwalam dotykać się w łóżku, ale nie lubię nieerotycznych czułości, codziennych pieszczot. Pozwalałem na to Helenie, bo wiedziałem, że potrzebuje tego bardziej nawet niż życia seksualnego, więc pozwalałem jej czochrać moje włosy albo gładzić mnie po szyi, kiedy przechodziła, ale nie lubiłem tego. A jeszcze żeby dotykał mnie mężczyzna?... Żebym się nagi położył, tylko pośladki osłaniając ręcznikiem, a ten olbrzym o oczach basseta mnie będzie masował natłuszczonymi dłońmi? Obrzydliwość.

Zgodziłem się.

Poszedłem za gargantuicznym grubasem, położyłem się na leżance, którą mi wskazał, owijając się uprzednio ręcznikiem, a masażysta natłuścił dłonie i zaczął masować mi plecy. Nie było w tym nic obrzydliwego; mało tego, to było nawet przyjemne.

Jestem Konstanty Willemann i to nieważne, co lubię, a czego nie lubię. Ważne, że jestem.

Wróciłem windą do pokoju.

Dzidzia siedziała przy oknie, z dłońmi splecionymi na kolanach. Odwróciła się do mnie, kiedy wszedłem.

— Masz papierosy? — zapytała. Nie miała załzawionych oczu, najwyżej trochę zaczerwienione.

Poszedłem do pokoju, przyniosłem paczkę, poczęstowałem Dzidzię i sam też zapaliłem. Mocne, francuskie, takie akurat miałem.

— Zadzwoniłam do niego. Odebrała żona. Odłożyłam słuchawkę.

Skinąłem tylko głową, co miałem powiedzieć innego?

Paliliśmy w milczeniu, potem zgasiliśmy papierosy.

— Steifer chce nasze auto. Trudno mu odmówić. Twierdzi, że po całych Węgrzech są rozrzucone obozy internowania i on je musi objechać. Mamy wrócić pociągiem, dziś wieczorem odjeżdża specjalny niemiecki skład do Warszawy, powinni mnie wpuścić.

— Ja nie jadę, Konstanty.

— Słucham?...

— Zostaję tutaj.

— Jak to?

— Na jakiś czas, nie na zawsze. Na tydzień, może trochę dłużej.

— Ale jak wrócisz? Przecież masz tylko polskie papiery.

— Przez zieloną granicę.

— Zima idzie.

— Dam sobie radę. Znam góry, jeżdżę na nartach. Wrócę, nie obawiaj się. Muszę wrócić...

Wstałem, nalałem sobie zimnej kawy.

— Nie musisz. Możesz tu zostać albo przedrzeć się do Francji albo do Londynu.

— Wiem. Ale...

— No tak, tak, Inżynier. Ojczyzna. Służba — zadrwiłem głupio, niepotrzebnie, ale jednak zadrwiłem.

— Nie. Ty.

Zastygłem z filiżanką wpół drogi do ust.

— Co?

— Chcę cię... zobaczyć. Znowu. Muszę tu zostać na trochę, myślałam, że zostaniemy razem, ale nie ma wyjścia, musisz wracać, a ja muszę zostać. Wiem, że jest wojna, ojczyzna, wywiad, konspiracja, ale...

— Nie tłumacz, rozumiem. Ja mam żonę, Dzidziu — powiedziałem cicho, bardzo cicho.

Wzruszyła ramionami.

— A ja nie szukam męża.

Skinąłem tylko głową i sam nie wiem: skinąłem, że rozumiem, skinąłem, że usłyszałem, czy skinąłem, że się zgadzam?

— Umówiłem się ze Steiferem w tej twojej kawiarni. Czy to daleko?

— Nie. Pójdziemy piechotą, jest piękna pogoda.

— Pójdę się ubrać.

— Mówili mi, że jesteś morfinistą.

— Kto?

— Ludzie.

— Pewnie jestem.

— Nie jesteś. Znam morfinistów. Nie zażywałeś morfiny od co najmniej czterech dni. Morfinista trząsłby się jak osika i dokonywał cudów przedsiębiorczości, aby zdobyć chociaż odrobinę.

Rozłożyłem ręce. W sensie: nie wiem, czy jestem morfinistą. Czy raczej: cóż poradzę na to, co mówią ludzie? Albo: myśl sobie, co chcesz, cóż mi do tego.

I poszedłem, do swojej sypialni.

Wiążąc krawat, patrzyłem na siebie w lustrze.

Jestem.

Jestem Konstanty Willemann czy jestem Konstantym Willemannem? Jestem Konstanty Willemann oznacza, że Konstanty

Willemann w całości wyczerpuje moje bycie, a jestem Konstantym Willemannem oznacza, że jest to rola, jaką pełni moje „ja", posiadające również takie obszary lub aspekty, które nie są Konstantym Willemannem.

Zapiąłem kamizelkę, założyłem marynarkę. Jeszcze raz spojrzałem na siebie w lustrze. Powinienem pójść do fryzjera, dawno nie byłem u fryzjera. Ostatni raz strzygłem się jeszcze w mundurze, przed kapitulacją, prawie miesiąc temu. Muszę iść się ostrzyc. Pójdę tutaj, w Budapeszcie, do prawdziwego fryzjera w prawdziwym mieście, nie chcę strzyc się w Warszawie, kiedy ostatni raz strzygłem się w Warszawie, to jeszcze żyła, jeszcze walczyła, a w przegranej, zgwałconej Warszawie nie chcę się strzyc.

Patrzę w lustro. Jestem Konstanty Willemann i nie jestem morfinistą. Jestem Konstanty Willemann i nie jestem we władzy mojej matki. Jestem Konstanty Willemann i nie jestem we władzy mojego ojca ani jego ducha, upiora, który wisiał nad moim dzieciństwem i młodością. Poprawiam węzeł krawata, podciągam go trochę do góry, aby ładnie wystawał, poprawiam fałdkę. Jestem Konstanty Willemann i nie włada mną żadna kobieta. Jestem Konstanty Willemann i nie jestem na niczyjej służbie. Jestem Konstanty Willemann i nie służę Polsce, nie służę Niemcom, nie służę Bogu ani diabłu, nie służę nikomu. Jestem Konstanty Willemann i nie jestem żołnierzem, nie jestem oficerem, jestem Konstanty Willemann. Nie jestem dobry. Nie jestem zły. Jestem Konstanty Willemann.

Wychodzę do Dzidzi i wychodzimy z hotelu, jest dwudziesty piąty października, ale jest ciepło, niosę więc palto przewieszone przez lewe przedramię, mam tweedowy garnitur, brązową fedorę na bakier, prawe ramię podałem Dzidzi, w kieszeni mam pistolet, a w drugiej pieniądze, wychodzimy z hotelu Gellért i przechodzimy spacerowym ciągiem mostu

Franciszka Józefa, świeci październikowe słońce, a ja jestem szczęśliwy i spokojny. Chciałbym dzisiaj zjeść kolację na dworze, otulając kolana kocem, popijać wino i jeść tłustą kaczkę, patrząc na Dunaj.

Jestem szczęśliwy. Żyję.

Za mostem skręcamy w lewo, Veres Pálné utca i tak sobie idziemy Pesztem, i minął nas już drugi samochód z polskimi tablicami rejestracyjnymi i przechodzą ludzie, różni, bogaci i biedni, i sklepy i kawiarnie otwarte, a my idziemy, pięknie ubrani, pod ramię, i ludzie patrzą na nas i myślą sobie: cóż za rasowa, ładna para, ten szczupły, wysoki mężczyzna z fedorą brązową na głowie i ta szczupła kobieta w kapelusiku, tak idą pod rękę, nie jak małżeństwo, ale jak ludzie, którzy są sobie bliskimi.

Dochodzimy do ulicy Iranyi i na rogu jest kawiarnia, do której szliśmy, więc zasiadamy w niej, a w środku jest przestronnie i tradycyjnie, jakże inaczej niż w Ziemiańskiej, jest wysoki sufit i art nouveau i jest błyszczący lustrzany bar i galeryjka ze stolikami bardziej zacisznymi i jest wszystko, co być powinno w kawiarni, gazety na drewnianych wieszakach.

Więc zasiadamy w niej, tuż przy przeszklonej witrynie, ulica płynie zaraz obok, a Steifera jeszcze nie ma, więc zasiadamy i po niemiecku prosimy: kapuzinera, jajecznicę, chleb, białe wino, wodę, rozkładamy serwety na kolanach i jemy, popijamy kawę i wino, nie mówimy o niczym, nie ma wojny, nie ma złamanych serc, nie ma niespełnialnych miłości, nie ma zabitych ludzi, nie ma zabitych miast, nie ma osieroconych dzieci, nie ma małych Cyganiątek, którym choroba pożarła twarz, nie ma mojego ojca, któremu wojna pożarła twarz i męskość, nie ma mojej matki, która jest szalona i samotna, nie ma ludzi przerażonych, zrozpaczonych, nie ma ludzi złych ani nie ma tych jeszcze gorszych, dobrych.

Jesteśmy tylko my, Dzidzia i ja, kobieta i mężczyzna, nie spaliśmy ze sobą, chociaż moglibyśmy ze sobą spać, jemy jajecznicę z papryką, cebulą i plasterkami salami, zagryzamy białym chlebem i popijamy kapuzinerem, który zostawia na wargach biały wąs z mlecznej piany, obcieramy usta i pijemy białego veltlinera, aż trochę szumi w głowie dobrym, porannym rauszem, uśmiechamy się do siebie i jesteśmy razem, chociaż niedługo się rozstaniemy.

Zjedliśmy, więc zapalamy papierosy i zamawiamy jeszcze wino i siedzimy naprzeciwko siebie i jest dobrze, jest po prostu dobrze, jestem szczęśliwym i spokojnym.

Jestem Konstanty Willemann.

A potem przychodzi pułkownik Steifer w jasnym trenczu narzuconym na szykowny, dwurzędowy garnitur i zasiada z nami przy stoliku, stuka papierosem o papierośnicę, zamawia wino i palimy razem i popijamy, wymieniając tylko zdawkowe uwagi o pogodzie, która jest bardzo piękną i słońce pada nam na stolik przez kryształowe witryny kawiarni. Siedzę tak, palę i popijam i dopiero po chwili orientuję się, że Steifer od dłuższego czasu mówi:

— ...bo, jak mówiłem, cały ten konsulat oczywiście robi swoje, ekspediuje ich do Francji i gdzie trzeba i stara się zapewnić jakieś warunki, żeby były, ale nam nie o to chodzi.

— A o co? — zapytałem nieprzytomnie, ale Steifer nie słuchał, bo brał uprzejmą, lecz drwiącą uwagę Dzidzi za autentyczne zainteresowanie, i to może nawet nim samym, a nie tylko tym, co miał do powiedzenia.

— Więc nam nie o to chodzi, to jest oczywiście ważne, co robi Emisarski, i bardzo dobrze, że robi, a teraz przy ministerstwie honwedów jest Dembiński, bo też on jest stary c.k. oficer i liczą, że po tej starej historii bojowej się z honwedami dogada, ale ja też jestem stary c.k. oficer, on starszy, ma się rozumieć, ale ja go stamtąd wygryzę bez kłopotu, bo to, że ja byłem porucznikiem, a on majorem, to jedno, a to, że ja się z Barthą przyjaźnię, to drugie, i on Niemcom jest mocno nie w smak i ja z Barthą to ładnie załatwię, że wejdę tam na jego miejsce, chociaż oni, durnie, nawet nie wiedzą, że ja już jestem w Budapeszcie i nie po to, żeby im służyć, bo przecież oni teraz są zupełnie żądni krwi, ten cały Sikorski i reszta, więc niech oni robią swoje, a ja będę robił swoje i mnie nie tkną, bo oczywiście Rydz jaki jest, taki jest, ale innego nie ma, więc trzeba na niego grać. I na Niemców.

— Co pan ma na myśli? — zapytała Dzidzia. Przez chwilę pomyślałem, że to było pytanie głosem Teresy Łubieńskiej, pytanie, które sugeruje, że przy niewłaściwej odpowiedzi padnie zaraz straszne słowo „zdrada". Ale zrozumiałem zaraz: Dzidzia nie mogłaby zapytać w taki sposób.

— Droga pani. Przecież to jasne. Trzeba się z nimi dogadać. Pani myśli, że Francuzi pójdą za nas na Berlin? Nigdzie nie pójdą. A w Polsce coś przecież musi powstać, jakaś nowa forma. Nie może być wielkiej czarnej dziury. Bo trzydziestu milionów Polaków przecież tak po prostu nie przerobią na Niemców, ani nawet na obywateli Rzeszy. Nie te czasy. Coś z tym trzeba zrobić. Jakaś Polska musi być. Albo chociażby jakieś Księstwo Warszawskie.

— Przez sto dwadzieścia lat nie było ani Polski, ani Księstwa — zauważam cierpko.

— Ale jak już teraz powstała, to tak po prostu nie zniknie. Coś się tutaj wydarzyło przez ostatnie dwadzieścia lat, nie sądzi pan?

— Sądzę. Ale wiem również, co się wydarzyło przez ostatnie dwa miesiące.

— Dobrze. W każdym razie to są takie strategiczne rozważania, które są ważne, ale w tej chwili nie najważniejsze. Prawda?

Zgodziłem się i przestałem znowu słuchać. Paliłem. Nawet odwróciłem się do witryny, patrzyłem na ulicę, na przechodniów, na samochody i na rowerzystów. Steifer mówił dalej, ale nie słuchałem. Nużył mnie. Dzidzia kopnęła mnie pod stołem.

— No więc tutaj jest cały regulamin naszej komunikacji kurierskiej — powiedział Steifer i przesunął do mnie kostkę mydła do golenia marki Trueffit & Hill, która jest zresztą moją marką ulubioną, ale nie sądzę, aby to było powodem, dla którego wręczył mi rzeczone mydło.

— Spisałem ten raport i sfotografowałem na mikrofilmie.

— Rozumiem, że Inżynier będzie wiedział, co z tym zrobić, tak? — zapytałem.

— Czy pan mnie w ogóle słuchał?... — zapytał nagle zaperzony.

— Oczywiście, pułkowniku.

— Będzie wiedział. To jest, jak już powiedziałem, regulamin całej komunikacji. Trasy kurierskie, harmonogramy przejść, punkty kontaktowe i punkty rozdzielcze, w Krakowie, Żylinie i na Podhalu, w Nowym Targu, Baligrodzie i Sanoku, zupełnie niezależne od tras i kurierów, które organizują sikorszczacy, bo też ta niezależność jest nawet tutaj dla nas ważniejsza od niezawodności, prawda?

— Prawda — potwierdziłem z wielkim przekonaniem, nie mając pojęcia dlaczego.

— Pozostaje kwestia pieniędzy, ale to, jak sądzę, zorganizuje Inżynier.

— Na pewno — uspokoiła Steifera Dzidzia.

— Poza tym jestem przekonany, że pan, panie Konstanty, załatwi i tak zasadniczą część transferu środków, ludzi i informacji między centralą w Warszawie a Budapesztem, prawda? W zasadzie wszystko to, co zdołałem tutaj przez te kilka dni na podstawie jeszcze przedwojennej siatki zorganizować, w świetle pana pozycji wydaje się mieć ważność łączności, powiedzmy, zapasowej, rezerwowej, jeśli się dobrze rozumiemy.

— Naturalnie, panie pułkowniku — odparłem, spoglądając znowu w okno. Naturalnie.

— A wie pan, jak na nas mówią w Paryżu?

— Jak?

— Nietoperze! — ryknął i zaczął śmiać się bardzo głośno, a ja nawet nie bardzo wiedziałem, kogo ma na myśli, mówiąc „nas". Ale to bez znaczenia. Chcą, to będę jeździł. Budapeszt jest jasnym, wolnym miastem, mogę jeździć do Budapesztu, bo przecież nie oszaleję od tego, co oni nazywają służbą. Jestem Konstanty Willemann, jeśli chcą, to mogę jeździć, dlaczego nie.

— Potrzebowałbym kluczyki i wszelkie papiery do samochodu. I tak spróbuję go zarejestrować tutaj, żeby nie rzucać się w oczy, no ale bez papierów polskich będzie trudniej.

— Panna Rochacewicz zostaje w Budapeszcie — odpowiadam. — Przekaże panu wszystko. W bagażniku jest kulomiot, niech pan z nim zrobi, co tam pan chce, ja go ze sobą do pociągu raczej nie zabiorę.

Steifer jednak nie słuchał o pistolecie maszynowym mojego ojca. Przygładził wąsa, nachylił się nad stolikiem, przygryzł na moment wargi.

— Och, a więc pan Konstanty sam wraca do Warszawy, sam... A panna zostaje tutaj, tak?... Sama, zupełnie sama?... — powiedział na wpół do nas, a na wpół do siebie, bo patrząc w zamyśleniu w tapetę na ścianie.

Wzrok mój i Dzidzi spotkał się nad stolikiem i jej ledwie widoczny, ulotny uśmiech, ledwie podniesienie kącika ust wystarczyło mi za uspokojenie, za wyjaśnienie, za poniżenie Steifera, do którego skądinąd nie czułem przecież niechęci, wystarczyło mi za wszystko.

I zrozumiałem: zobaczymy się w Warszawie i coś się między nami wydarzy, o naturze jakiej, tego jeszcze nie wiem, ale niewątpliwy erotyczny magnetyzm ma tutaj znaczenie, nie będzie to jednak przecież powszedni romans, podobny do tych, jakie miewałem wcześniej, bo jestem też już innym człowiekiem, zupełnie innym człowiekiem. Więc coś się wydarzy; a ja wrócę do Heleny, która mnie wcale nie kocha, ale nie ma w tym nic złego, że mnie nie kocha, bo nie dałem jej powodów, by mnie kochała, wrócę do Jureczka i może kiedyś zdołam być mu ojcem.

A potem wróci Dzidzia i coś się wydarzy i nic się nie wydarzy, więc mogę ją tutaj bezpiecznie zostawić z pułkownikiem Steiferem i jego czarnym, a być może czernionym wąsem, bo zostawiam go tu na pewne upokorzenie i na pewną porażkę, wracam do Warszawy jak wódz po zwycięskiej bitwie, który nie musi już doglądać pościgu za wrogiem i dorzynania.

Schowałem mydło do golenia marki Trueffit & Hill do kieszeni płaszcza. Płaszcza, bo w marynarce zaburzyłoby linię ubrania. Więc do płaszcza.

Steifer siedział jeszcze chwilę, patrzył to na Dzidzię, to na mnie, niepewien sytuacji, jakże pięknie tryumfowałem.

Bo oczywiście był on kimś nieporównywalnie ode mnie większym. Mocniejszym, lepszym, mądrzejszym. Po części, ale małej, dlatego że był starszym, jak stary lew góruje nad młodym, ale tylko po części, do tego małej, bo przede wszystkim górował nade mną tym, co zrobił, osiągnął: pułkownik, zawodowy oficer prawdziwego wywiadu, i jeszcze kiedyś oficer c.k., Bartha i wszystko inne, przy takim mężczyźnie kim ja byłem, kim jestem?

Jestem Konstanty Willemann i to jest coś, ale ciągle za mało, abym mógł się z takim pułkownikiem Steiferem mierzyć.

Nie byłem przy nim nikim. Z kimś, kto jest nikim, Steifer nie siedziałby przy stoliku ani w łaźni, byłem kimś, ale kimś mniejszym, bo on jest pułkownik Steifer i może wiele, na przykład zażądać mojego samochodu, a ja jestem podporucznik rezerwy Willemann i mogę tylko na to żądanie się posłusznie zgodzić, nic więcej nie mogę.

To nic złego, to nic strasznego, nie są to otchłanie poniżenia. To nic bolesnego. Nie zdarza się prawie, aby siedząc z kimś przy stoliku, siedzieć z nim dokładnie na równi. Zdarza się między przyjaciółmi, i to tylko bliskimi, a i tak rzadko. Więc to nic złego.

Jestem Konstanty Willemann i tyle, nic więcej. W hierarchii stada jestem daleko za pułkownikiem Marianem Steiferem.

Tym słodszy jest mój mały tryumf nad nim, tutaj i teraz, przy tym stoliku, gdzie siedzi on i Dzidzia i ja, i on o tym tryumfie nie wie, a my wiemy, moje małe, tajne zwycięstwo.

Ale widzę, że czuje, iż coś jest nie w porządku. Coś jest nieadekwatnym do tego, co wedle niewidzialnej osnowy międzyludzkiego bycia być powinno.

— Ja będę się zatem z państwem żegnał — wywiesza białą flagę Steifer.

Zatem się żegnamy. Wstajemy. Podajemy sobie dłonie. Dzidzi oczywiście Steifer dłoń całuje. Do widzenia, niechybnie, do widzenia, widzieć się jeszcze będziemy wiele razy, nieprawdaż?

— Ach, oczywiście: ja zapraszam — odgryza się na pożegnanie, zarzuca trencz na ramiona, przy barze reguluje rachunek i kłaniając się raz jeszcze, wychodzi.

A my uśmiechamy się do siebie z Dzidzią, bo nie trzeba mówić, nie trzeba wyjaśniać, bo przecież wszystko jest jasnym.

— Tutaj z nim nie przychodziłam — mówi Dzidzia. — Tutaj przychodziłam na niego popatrzeć. Czasem nawet mnie nie zauważał. Siedział tutaj ze swoimi przyjaciółmi, paru nawet poznaję, tam, za tobą, ale nie oglądaj się teraz, bo któryś może mnie skojarzyć i zrozumieją, że o nich mówimy, potem popatrzysz. Więc siedział tutaj, siadywał ze swoimi przyjaciółmi, pili, spierali się, kłócili i nie bronił mi tutaj przychodzić i patrzeć na niego, jeśli mnie zauważał, to zawsze tylko raz wznosił w moją stronę kieliszek, tylko tyle, nigdy nie podchodził, nie zagajał rozmowy, wychodziłam zwykle pierwsza, ale jeśli jego przyjaciele wychodzili, to nie zostawał, lecz wychodził z nimi, kłaniając mi się zdawkowo od drzwi. Myślałam, że będzie tutaj dzisiaj. Zawsze przychodził o tej porze. Ale nie ma go.

Zamówiłem jeszcze wino, podałem Dzidzi papierosa, zapaliliśmy.

Wiedziałem, teraz wiedziałem, już teraz wiedziałem, wiedziałem bardzo dobrze, że nie mówi tego, aby wywołać u mnie zazdrość, i nie byłem wcale zazdrosny, ani trochę nie byłem zazdrosny, ten jej Węgier należał do innego świata, do świata beze mnie; ja byłem światem osobnym.

— Chodźmy na spacer — zaproponowałem.

Bo cóż innego mamy robić? Obowiązki wywiadowcze wypełnione w momencie przekazania przez Steifera instrukcji zatopionych w mydle do golenia. Pociąg odchodzi wieczorem. Spojrzałem na zegarek: szesnasta. Akurat żeby się przespacerować, a potem zjeść kolację, wrócić do hotelu i zebrać się na dworzec.

Wyszliśmy. Dzidzia mnie prowadziła, a ja pozwalałem się prowadzić, więc Pesztem do bazyliki św. Stefana, potem metrem pod ulicą Andrassy'ego aż na Hitler Adolf tér, czyli plac tegoż Hitlera, bardzo ładny zresztą, gdzie widzieliśmy czterech polskich oficerów, trzech z nich kompletnie pijanych i bardzo wesołych, a jeden był poważnym i smutnym, więc nie mówiliśmy nic po polsku, albowiem nasz spacer należał do innego świata, nasz spacer był normalnym spacerem w normalnym mieście, nie zaś ucieczką po klęsce. Tutaj byliśmy tak, jak byłby każdy Europejczyk z dowolnego europejskiego miasta od Rygi po Palermo, nawet postanowiliśmy, że w razie czego przedstawiać się będziemy jako wiedeńczycy, aby nie wisiało nad nami straszne, czarne odium klęski.

Z placu Hitlera piechotą przeszliśmy na plac Bohaterów, którzy ogromni, zieloni od szlachetnej patyny, otaczali wąskim, konnym kręgiem archanioła Gabriela (jak objaśniła Dzidzia) na kolumnie — to Árpád i jego wodzowie, a szerokim kręgiem dookoła placu bohaterowie piesi, bohaterowie madziarskiej historii od św. Stefana po Franciszka Józefa.

A ja wiedziałem, że nie należę do tego świata bohaterów konnych i pieszych, chociaż wojowałem konno: oni służyli, przynajmniej to, co z nich zostało w zbiorowej pamięci Węgrów, to służyło: rodowi, plemieniu, królowi, ojczyźnie, kiedy sobie już tę ojczyznę wymyślili. Ja nie służę. Jestem Konstanty Willemann i to znaczy tyle, że jestem Konstanty Willemann. Nic więcej. Nie ma we mnie żadnego „po co jestem" albo „dlaczego jestem". Jestem jak róża: róża kwitnie, ponieważ kwitnie, nie ma w niej „dlaczego". Jestem Konstanty Willemann, ponieważ jestem Konstanty Willemann, to mnie zakreśla w całości i w całości opisuje. Nie jestem na tym świecie po nic innego niż to, aby być. Wypełniając rozkazy Inżyniera, nie służę nikomu, ani jemu, ani Polsce, ani organizacji; moje bycie służy mojemu byciu.

Wróciliśmy metrem aż na plac Vörösmartyego i dalej szliśmy już piechotą, nabrzeżnym bulwarem, najpierw pod rękę, a potem objęci, minęliśmy Most Łańcuchowy i doszliśmy aż na Wyspę Małgorzaty, gdzie w ostatkach październikowego słońca siedzieliśmy na ławce.

— Chcę się z tobą całować — powiedziała Dzidzia i pocałowałem ją, za nic mając zgorszone miny dwóch matron, których suknie uszyto najpewniej jeszcze za Franciszka Józefa.

Pocałowałem Dzidzię i było to pozbawione „dlaczego" i „w celu", całowałem Dzidzię, aby ją całować.

A potem wstaliśmy z ławki i zza zakrętu spacerowej ścieżki wyszliśmy prosto na restaurację z tarasem, z którego roztaczał się widok na Dunaj i mosty nad Dunajem i nie było w niej żadnych polskich oficerów, co poczytaliśmy za zaletę, bo nie chcieliśmy, by przypominali nam o ulotności tego wieczoru i o moim niechybnym powrocie do zgwałconej, zapadłej w sobie Warszawy, do jej zimnych, wilgotnych mieszkań, do pierwszego śniegu, okien zaklejonych na krzyż, zgasłych latarni i bruków podartych tak, jakby ulice nagle zafalowały, wzburzyły się.

Warszawa była daleką, tak daleką, jakby jej wcale nie było. Poprosiliśmy o koce i karty, okryliśmy kolana, złożyliśmy zamówienia i zaczęliśmy ucztować. Oboje jedliśmy to samo, tak wydawało nam się intymniej i właściwiej.

Na aperitif palinka, potem na przystawkę jedliśmy z ciemnym chlebem krem z liptowskiej bryndzy: taki z cebulką drobno posiekaną, z sardelami, kaparami, kminkiem i odrobiną piwa. Potem gęsta, esencjonalna zupa rybna z pszenną bułką i szybko osuszyliśmy do niej dziesięć decy olaszrizlinga, który, pouczyła mnie Dzidzia, nie ma nic wspólnego z alzackim cienkuszem znanym pod podobną nazwą, i piliśmy to wino ze szklanek z zielonego, grubego szkła, a potem jedliśmy gotowaną po wiedeńsku, grubą sztukę mięsa, czyli piękny Tafelspitz z chrzanem i fasolką szparagową, i piliśmy do niej czerwonego szentloerinca z Egeru, a po mięsie jak należy ryba, sandacz z rusztu z zapiekanymi kartoflami i kiszoną kapustą, a na koniec jeszcze po kawałku cytrynowej kiełbasy i jeszcze litrowa karafka egerskiego kékfrankos, a potem zamówiliśmy kawę, mocną kawę i po kawałku tortu Sachera, a potem jeszcze raz śliwkową palinkę na trawienie i zapaliliśmy francuskie, mocne papierosy i objedzeni, rozgrzani alkoholem i ucztą, nie czuliśmy chłodu, który przypominał o nadchodzącym nawet tutaj listopadzie.

Miasto przemieniało nas, czyniło z nas na powrót ludzi, jedliśmy i piliśmy, byliśmy dla siebie wzajem kobietą i mężczyzną, gdzieś ulotniła się Dzidzi ironia, za którą się chowała, bo już nie potrzebowała się chować przede mną, bo byliśmy na powrót ludźmi.

Trochę niżej Dunaj robił swoje, to jest płynął powoli ku Morzu Czarnemu, czas zmierzał ku końcowi wszelkiego czasu, a my, pijani, lecz niezbyt mocno, zmierzaliśmy powoli ku śmierci, uregulowałem rachunek wynoszący dwanaście pengő i trzydzieści fillerów, zostawiłem obfity napiwek — zaokrągliłem do dwudziestu, poprosiłem kelnera o wezwanie taksówki, którą okazał się szykowny buick, i budziańską stroną ruszyliśmy w stronę hotelu.

— Kiedy wrócisz do Warszawy? — zapytałem, jeszcze w samochodzie.

— Nie wiem. Ale wrócę — powiedziała z niezłomną pewnością.

Jakby wiedziała, ile dzieli ją jeszcze od strasznej, lecz ulgę przynoszącej śmierci w serbskim lesie. Jakby wiedziała, że zdąży wrócić, zanim umrze. Ale nie wiedziała, Kosteczku, najwyżej czuła coś w miejscu zaraz poniżej świadomości. Ale ty już jesteś głuchy, mój miły.

Porzucę cię niedługo.

Dzidzia siedziała obok mnie, trzymaliśmy się za ręce, a ja myślałem o niej, patrząc na oświetlone mosty Małgorzaty, Elżbiety i Franciszka Józefa i wiedziałem: zakochuję się w niej, właśnie teraz, właśnie teraz powoli, minuta za minutą zakochuję się w Dzidzi, Konstanty Willemann zakochuje się w Dzidzi, a Dzidzia zakochuje się w Konstantym Willemannie, który ma żonę i syna, ale to nieważne.

Myślałem też o tym, czy pójdziemy teraz, zanim wyjadę, do łóżka, i uznałem, że raczej nie pójdziemy. Zapewne, jeśli los pozwoli, wydarzy się to między nami prędzej czy później, to już pewne, to jakoś między nami wyrosło w ciągu ostatnich kilku dni, stało się, zanim to zauważyliśmy, ale jeszcze nie teraz. Byłoby to pospieszne, a nie chcielibyśmy przecież, aby to było pospieszne, bo może dane nam będzie zbliżyć się do siebie tylko raz? Poza tym za dużo zjedliśmy i za dużo wypiliśmy i bez wątpienia ani Dzidzia, ani ja nie byliśmy w nastroju, odstraszały nas od intymności pękate brzuchy i intensywnie pracujące żołądki i jelita. Wystarczyło nam, że trzymaliśmy się za ręce.

Gdy wróciliśmy do hotelu, ja po prostu spakowałem swoje walizki i przebrałem się w mundur. Dzidzia czekała w salonie, czytając. Spojrzałem znowu na siebie w lustrze i zobaczyłem mojego ojca, zobaczyłem Baldura von Strachwitza we mnie, ale to byłem ja, a on we mnie, ale jednak ja, Konstanty Willemann. W niemieckim mundurze. Zapiąłem pas z kaburą i koalicyjkę zapiąłem. Wyszedłem do salonu, już w płaszczu, z walizką w ręce.

Odłożyła książkę, wstała, podeszła do mnie, pocałowała mnie w policzek, potem w usta.

— Do widzenia, Konstanty. Zostaw mi wiadomość u Łubieńskiej, jak cię znaleźć. Do widzenia w Warszawie.

— Tak. Do widzenia, Dzidziu.

Pogładziłem ją po włosach, wyszedłem i zaraz zawróciłem.

— Pieniądze muszę ci zostawić.

Podałem jej plik dolarów, zostawiając sobie setkę. Skinęła głową, uśmiechnęła się. Wyszedłem na dobre. Taksówka już czekała. Pojechaliśmy na Keleti, mostem Franciszka Józefa do ulicy Rakoczego i już prosto. Zapłaciłem, wysiadłem i dalejże na dworzec, szukać specjalnego pociągu do Warszawy.

Zapytałem pierwszego kolejarza — pociąg czekał na drugim peronie. Wagony pozamykane, przy pierwszym od lokomotywy stał niemiecki żandarm w asyście dwóch obojętnych węgierskich kogutów ze sztykami na karabinkach, a przed nimi niedługi ogonek oficerów w niemieckich mundurach. Ustawiłem się skromnie na końcu kolejki. Monogram GFP na moich naramiennikach wzbudził pewne słabo maskowane zainteresowanie wśród oficerów przede mną, ale szybko wrócili do okazywania żandarmowi papierów, wśród których dojrzałem powtarzający się wzór dokumentu, którego naturalnie nie posiadałem. Roztaczałem bez wątpienia woń alkoholu, co u oficera mogłoby być raczej dyskwalifikujące, ale nie u łapsa, który tylko udaje żołnierza, nie u wojskowego gestapowca, którym byłem, a raczej którego mundur nosiłem, a którym był mój ojciec, łapsom wolno wszystko.

Czasem wiem więcej i więcej rozumiem, niż wydaje się, że powinienem wiedzieć, zważywszy to, czego dowiedzieć się mogłem. Jakbym zakładając mundur mojego ojca, nagle przesiąkł jakoś jego zrozumieniem pozycji i sytuacji funkcjonariusza, jakbym rozumiał podświadomie, kim dokładnie czyni mnie ten mundur w oczach oficerów i żołnierzy, a przecież sam z siebie nie mogę tego rozumieć, bo długo trzeba się przeglądać w oczach innych, aby to zrozumieć naprawdę.

Zamiast więc okazywać jakiekolwiek papiery, okazałem dysk GFP, a żandarm zapytał tylko:

— Nach Wien, Prag oder Warschau, Herr Kommissar?*

Odpowiedziałem, że Warszawa, ten zasalutował, przeprosił dwóch oficerów, którzy już zdążyli ustawić się w kolejce za mną, co zapewne nie przysporzyło mi sympatii, i poprowadził mnie w głąb pociągu, do pullmanowskiego wagonu, który

* (niem.) Do Wiednia, Pragi czy do Warszawy, panie komisarzu?

zapewne jechał właśnie do Warszawy, wskazał mi sypialny przedział z jednym łóżkiem, zasalutował i odszedł.

Nie chciałem się rozbierać, zanim pociąg nie ruszy, Bóg wie dlaczego, ale nie chciałem, usiadłem więc na posłaniu, nie zdjąwszy nawet płaszcza, i czekałem, popijając koniak, i pociąg w końcu ruszył, ruszył na północ, a ja zdjąłem kolejne warstwy gabardyny, zdjąłem koszulę i w samej bieliźnie zagrzebałem się w świeże, wykrochmalone, niemieckie prześcieradła i koce. Pomyślałem, że mogłem przecież zrobić zakupy, że mogłem przywieźć tyle rzeczy, których teraz w Warszawie brakuje, najprostszych, a nic nie kupiłem, a potem pomyślałem, że to dobrze, że nic nie kupiłem, że się nie starałem, że nie zabiegałem, że nie upychałem. Dzięki temu żyłem. A skoro żyłem, to dalej żyję.

— Jestem Konstanty Willemann — wyszeptałem w ciemnościach.

Pijany, zasnąłem, zanim światła Budapesztu zgasły za oknem.

Śniłem.

Widziałem rycerzy o czarnych, dziczych łbach z wielkimi kłami, o strusich piórach wyrastających z tych głów, widziałem, jak walczą z zielonym od patyny Arpadem, przedzierającym się na czele swych wodzów przez Przełęcz Werecką. Pod dziczymi łbami kryły się okaleczone twarze.

Widziałem, jak przyglądają się im z lasu kobiety tulące dzieci, wśród nich Hela z Jureczkiem, Iga i Salome, tulące nieznane mi, czarnowłose dziatki.

Zbudziłem się, bo pociąg stanął. Wyglądając przez okno, zauważyłem tablicę: Bratislava. Szarpnięcia i stuki świadczyły o tym, że tutaj skład rozdzielano. Pociągnąłem mocno koniaku.

Gdy po kwadransie ruszyliśmy, opuściłem szczelnie zasłony w oknach i zasnąłem na powrót, ale tym razem nie śniłem niczego, spałem jak zabity i niedaleko w istocie było mi od śmierci, kiedy spałem tak, będąc tak nieprzytomnym, jakbym był martwym.

Pogrążonego w czerni, otulałam cię ramionami, mój miły, ale niedługo cię porzucę.

ROZDZIAŁ XIV

Obudziwszy się, spojrzałem na zegarek. Wskazówki żarzyły się blado w ciemnościach, chociaż wskazywały, iż właśnie dochodziła dziesiąta. Otrząsając się ze snu, nie mogłem zrozumieć dlaczego, ale potem sobie przypomniałem.

Kładąc się spać w Bratysławie, zasunąłem szczelną blendę na oknie. Wstałem. Pociąg jechał, niezbyt szybko, ale jechał, odkryłem okno i ujrzałem za nim znienawidzoną mazowiecką równinę.

Po chwili rozpoznałem nawet, gdzie jestem: minąwszy niedawno Żyrardów, jesteśmy na wysokości Marjampolu. Zaraz więc będzie Grodzisk, potem Brwinów, Józefów, Włochy i już — Warszawa.

A ja ciągle czuję — teraz gorzko-kwaśny, wstrętny — smak budapeszteńskiej palinki, czuję życie.

Więc będę żył dalej.

Toaleta, pospiesznie: proszek, szczotka, zęby. Olejek, mydło (tylko nie pomylić), pędzel, maszynka, spłukać, balsam. Przemyć się pod pachami. Koszula świeża. Przez chwilę rozważam, czy wyjść w mundurze, i postanawiam, że tak jednak będzie lepiej, pewniej, więc mundur. Kiedy zapinam pas z kaburą na płaszczu, pociąg mija Włochy.

Pakuję drobiazgi do walizki. Sprawdzam, czy mydło od Steifera jest na miejscu. Jest.

Nie wiem jeszcze, co będę dzisiaj dalej robił. Nie wiem, co dalej z moim życiem. Nie wiem, co będę w ogóle robił. Nie wiem, kim jestem poza tym, że jestem Konstanty Willemann, co znaczy tyle, że ja to ja i całego życia potrzebowałem, aby to zrozumieć, to uczyniło nieważnymi wszelkie moje dawne lęki i pragnienia, nie przekreślając ani nie unieważniając moich czynów i moich przeżyć wewnętrznych, z których składa się moje życie dotychczasowe.

Na razie wysiadam na Głównym. Żandarm salutuje, odpowiadam salutem. Obyczaje wojskowe na szczęście podobne, a na podstawowym poziomie w ogóle takie same.

Dworzec w ruinie; dziw, że dają radę w ogóle pociągi przyjmować. Wychodzę na Jerozolimskie, prosto na hotel Centrum.

Warszawa.

Jerozolimskie tutaj i tak nie ucierpiały zbytnio, więc wojna nie gryzłaby w oczy, gdyby nie na przykład całkowity brak taksówek.

Okna polepione na krzyż. Karteczki. Bielecki Józef poszukuje brata Andrzeja, zaginionego dnia 23 IX b.r.

Warszawa i trochę pada.

Poszedłem w lewo, pod Polonią stała samotna dorożka, więc wsiadłem i bez chwili wahania, ku swojemu wielkiemu zaskoczeniu, bo przecież zamierzałem jechać na Zbawiciela, do Łubieńskiej, powiedziałem po prostu, nie siląc się na udawanie Niemca:

— Na Dobrą pięćdziesiąt dwa.

Wtuliłem się pod dach dorożki, schowałem się pod daszek czapki, między postawiony kołnierz płaszcza, ale nie chowałem się ze wstydu czy strachu, że ktoś mnie zobaczy w niemieckim mundurze. Wiedziałem przecież, że wszyscy, na których zdaniu mi zależało, i tak już od paru dni mają mnie za zdrajcę i zaprzańca. Takie plotki rozchodzą się nawet szybciej niż wieści o czyjejś przedwczesnej śmierci.

Wtulałem się i chowałem nie po to, by Warszawa mnie nie widziała, chowałem się, aby nie widzieć Warszawy. Myślałem o Helenie, o tym, że nasze małżeństwo to farsa i pustka, więcej myślałem o Dzidzi, bo kiełkował we mnie ten głupi, dziki stan, na jaki powinni sprzedawać tabletki w trafikach, jak aspirynę.

Zapłaciłem pięć dolarów, nie miałem drobniejszego banknotu niż ten z Lincolnem, a było to tak dużo, że dryndziarz chciał nawet Niemcowi resztę wydawać, machnąłem ręką, wąsacz mruknął „danke", jakby spluwał, i odjechał, a ja pomyślałem, że mógłbym go zastrzelić, ale wcale nie miałem na to ochoty. Ale mógłbym, skoro przed wojną mogłem, ryzykując najwyżej trzy lata jak dla brata, to i po wojnie mógłbym. Ale nie mam ochoty.

Wspiąłem się po schodach, po znanych schodach, ale wspiąłem się już jako ktoś inny, niż kiedy się tu zwykle wspinałem, tyle razy czepiając się zmurszałej poręczy.

Stanąłem przed znanymi, dobrymi drzwiami. Zawahałem się pół sekundy, po czym nacisnąłem klamkę — drzwi otwarte, jednak zasunięty łańcuszek. Szarpnąłem: trzymał.

— Was ist da los, zum Teufel!* — wrzasnął męski głos z mieszkania i zaraz usłyszałem kroki, i nagle z bliska zobaczyłem twarz, którą już znałem, twarz Niemca o wodnistych oczach, którego spotkałem u Salome dwa tygodnie temu, kiedy pierwszy raz zobaczyłem Tumanowicza, i on właśnie jest teraz u Salome, on sam.

I kiedy mnie widzi, w mundurze, przez pierwsze parę sekund jest zaskoczonym, potem jest zaskoczonym jeszcze bardziej, bo mnie poznaje, a potem ja pokazuję mu dysk Geheime Feldpolizei, a on na jego widok mdleje, traci przytomność i upada na podłogę.

Za nim pojawia się Salome.

---

* (niem.) Co się tam dzieje, do diabła!

Moja Salome. Nie widziałem jej tydzień, a jest zupełnie inną. Nie wiem, czy jest moją i tylko wygląda tak samo, ale jest zupełnie inną.

Zauważa mnie przez drzwi, rozwarte na szerokość dłoni.

— Boże, coś mu zrobił? — jęczy.

— Nic. Zemdlał. Chyba ze strachu — odpowiadam.

Salome odryglowuje łańcuszek, wpuszcza mnie do środka. I mierzy wzrokiem mnie całego, a raczej mój mundur.

— Co to jest w ogóle?... — pyta, wskazując na mnie.

— Przebranie — mówię prawdę.

Prawdę? Czy mundur mojego ojca jest przebraniem? Jestem jak aktor przebrany za komisarza Geheime Feldpolizei Baldura von Strachwitza? Ostrogi w jego kawaleryjskich butach są przebraniem?

— To mundur mojego ojca. Dał mi go — wyjaśniam jeszcze, przecież niepotrzebnie, ale jednak z jakiegoś powodu wyjaśniam.

— I co ja mam z nim teraz zrobić? — pyta z pretensją Salome, jakbym to ja był winien temu, że jej gach stracił przytomność.

— Dlaczego on się mnie przestraszył? Dlatego że zobaczył, że mam na sobie mundur tajnej policji polowej?

Salome nagle przygląda mi się uważniej.

— Tajnej policji polowej?... A szto eto?

— Wojskowe Gestapo.

— Twój tatko jest wojskowym gestapowcem i dał ci swój mundur?

— Był, w każdym razie.

— Aha. No to jasnym jest, czemu ten się przestraszył.

— No dlaczego?...

— Bo on Jewriej. Poszedł do wojska, żeby nie pójść do obozu. I jak zobaczył, że ty policja, to pomyślał, że po niego.

Spojrzałem nań. Widziałem więcej niż wtedy, gdy spotkałem go po raz pierwszy. Wtedy widziałem tylko Niemca o wodnistych oczach, a teraz, gdy mam na sobie mundur mojego ojca, widzę oczami mojego ojca: Leutnant. Piechota.

— Ocuć go, niech się wynosi i niech tu więcej nie wraca.

— Jak go mam ocucić, jak? — Załamuje ręce Salome.

Idę więc do kuchni, biorę blaszany kubek, nabieram doń zimnej wody, wracam i chlustam panu Leutnantowi na twarz. Budzi się natychmiast, patrzy na mnie tymi oczyma, które wydawały mi się wtedy blade, duże, ciepłe, wilgotne i pełne groźby, patrzył na mnie wtedy, jakby ukazywał mi jasno, że nie jest dlań kłopotem, aby mnie zabić, z bliska, na miejscu, od razu. Tak mi się wtedy zdawało.

A teraz patrzą na mnie te same wielkie, wodniste, jasnoniebieskie oczy, jak sarna patrzy w czarne oka dubeltówki Göringa. Boi się, teraz boi się strachem rozpaczliwym, pozbawionym nadziei.

— Verschwinde von hier — mówię. — Und komme nie wieder zurück*.

I zabiera się bez słowa, wstaje, zbiera szybko rzeczy, płaszcz, pas z kaburą, czapkę i prawie wybiega z mieszkania, bez słowa. Znika. Nigdy go tu nie było. A ja zostaję z Salome sam.

Zdejmuję czapkę, płaszcz, siadam za kuchennym stołem.

— Morfina u mnie jest — mówi, siadając naprzeciwko.

— To dobrze.

— Czego ty chcesz, Kostia? Kim ty jesteś?

— Niczego nie chcę. Jestem Konstanty Willemann.

— Czaju chcesz?

— Zrób.

---

* (niem.) Zabieraj się stąd i nigdy nie wracaj.

Zdjęła fajerkę, postawiła czajnik na blasze, podrzuciła dwa grubsze polana do pieca i na powrót siadła przy stole, naprzeciwko mnie.

Patrzyłem na nią. Wydała mi się piękną jak nigdy przedtem, mimo że była w domowej sukience pod ciepłym swetrem, bez makijażu, włosy spięte w ciasny koczek na karku.

Nigdy nie zadawałem jej żadnych pytań. Nigdy nie pytałem, skąd się wzięła, kim jest, dlaczego tu mieszka.

— Też jesteś Żydówką, Sala?

— W połowie — odparła bez sekundy wahania. — Ja rodziła się w Odessie. Matka Ruska, batko Jewriej, oni ubieżali z Odessy, jak ja była pięć lata stara, zaraz, zanim bolszewiki przyszli, oni ubieżali do Lwowa i tam my mieszkali.

— A w Warszawie skąd...?

— A bo ja zaszła w ciążę. Batiuszka jak ubieżał z Odessy, to się dał ochrzcić i był bardzo dobry prawosławny. I jak ja w ciążę zaszła, to z domu mnie przegnał. Że ja bladź, a bladzi chował nie będzie. Rację miał, że ja bladź.

Patrzyłem na nią, nie ośmielałem się zadać pytania. Sama zrozumiała.

— Nie spędziłam. Jestem kurwa, ale krwi niewinnej na rękach nie mam. W ochronce żydowskiej jest. W Lublinie, na Grodzkiej. Źle jej tam nie dzieje się.

Wstała, zerknęła pod pokrywkę czajnika, dorzuciła dwa polana w ogień.

— Chciałam potem odebrać, sama wychować, nie dali. Listy jej piszę. Ale pewnie jej nie czytają. U nas w domu się tylko po rusku mówiło, bo baćko chciał być Ruski, nie Jewriej, i czekał tylko, aż wróci car. Do cerkwi ciągle chodził. A car nie wrócił.

— Sala, przecież kiedy chcesz, to mówisz zupełnie czysto po polsku.

— To tak jak ty, Kostia. Kiedy ty chcesz, to zupełnie czysto pa polski gawarisz. A ja nie choczu. Ja chcę mieszać polski i ruski, bo wtedy wiem, kto ja jestem. Jestem Sala Zylberman i jak mieszam polski i ruski, to wiem, kto jestem. Rozumiesz?

— Rozumiem. Kipi.

Wstała, zalała liście w imbryczku, postawiła na stole, razem z filiżankami.

— Morfiny chcesz?

— Chcę, ale później.

— A pokochać się chcesz? I kokainę też mam.

— Teraz chcę się napić herbaty.

— Już nalewam. Ja Ruska. Chociaż Zylberman. Ty też Paliak; chociaż Willemann. Ale jaka ze mnie Żydówa, Kostia? Pizdy w poprzek nie mam.

— Nie masz. Cukru daj.

Dała. Wypiłem trzy łyki. Niedobra, ale słodka i gorąca.

— Każdy żyje jak może, Kostia.

— Prawda. Zostanę u ciebie na noc.

— Zostań, Kostia, zostań. Pokochamy się. Tylko u mnie nic do jedzenia nie ma.

— Dam pieniądze. Pójdziesz kupić?

— Pójdę.

Herbata mnie rozgrzewa i uspokaja.

— Tak sobie myślę, że Żydom to nie będzie łatwo teraz, prawda, Kostia?

— Nie wiem.

— Ale ja spokojna. Ja nie Żydówka. Pizdy w poprzek nie mam. A córeczka moja — ojciec Polak. Oficer, jak ty, ale nie ułan, tylko lotnik. Więc ona w połowie Polka, ćwierć Ruska i tylko ćwierć żydowska. Tylko nazwisko moje ma, niedobre nazwisko, bo on nie dał. Zresztą dzieci przecież Niemcy nie będą prześladować, prawda, Kostia? Prawda?

— Prawda.

— Tak. Dobrze jej tam, w tym Lublinie, na Grodzkiej. Dobrze, że jej nie ochrzciłam, ochrzczonej by nie przyjęli. Bo to żydowska ochronka. Lepiej jej tam, niżby jej ze mną było. Pieniędzy trochę nazbieram, to pojadę, odwiedzę. Może jeszcze pamięta.

Widzę ją pierwszy raz. Po raz pierwszy widzę Salę Zylberman. To nie jest Salome.

— Idź już to jedzenie kupić.

— Do Hali Mirowskiej pójdę, bo i bliżej, a Kercelak ciągle rozwalony, mało kto tam handluje.

— Dolary mam tylko.

— Dolar dobry, lepszy niż złotówka. Daj.

Dałem.

— Chleb po złoty siedemdziesiąt za kilo jest, kto to widział. Funt masła siedem złotych.

Dałem jeszcze pięć. Założyła palto i kapelusik i poszła.

Zostałem sam.

A ona poszła, Kosteczku, w zimną Warszawę, szła Oboźną, Traugutta i Kredytową, zakutana w wełnianą chustę. Od małego gazeciarza kupiła „Nowy Kurjer" i na pierwszej stronie wyczytała, że na dwudziestego ósmego października, czyli na pojutrze, ogłasza się spis ludności żydowskiej w mieście i postanowiła, że się nie zapisze, bo w końcu żydówką jest po ojcu, a to się nie liczy. Tylko to nazwisko, to przeklęte nazwisko, jakby nie mogła się nazywać, na przykład, Zielińska.

A dookoła niej, wśród przechodniów, krążyli posłańcy śmierci. Było ich niewielu, w kieszeniach nieśli zapisane sympatycznym atramentem papiery, w głowach plany, w teczkach, ryzykując rozstrzelaniem, nieśli pistolet, który trafi w czyjąś dłoń, ale nie w tę, która go teraz niesie.

Zaparzyłem jeszcze herbaty, posiedziałem przy stole, długo siedziałem. Nie myślałem o niczym, po prostu siedziałem i naprawdę nie myślałem o niczym, po prostu byłem. Długo.

Potem przypomniałem sobie o tece, w której Salome zbierała moje rysunki. Wyciągnąłem ją, otworzyłem, wysypałem szkice na podłogę.

Nie umiem rysować. Żaden ze mnie rysownik. Nie mam nawet odrobiny talentu. Z wielkim trudem pojąłem techniczne reguły, jak uchwycić perspektywę, zbiegi, jak skonstruować szkielet, potem bryły, nałożyć walor i fakturę.

Zad Salome. Na innym piersi, rozlane, bo leży na plecach, rozrzucone nogi, srom. To nie ona. Zad. Talia. Plecy. Cyce. Brzuch. Fałdy, kiedy siedzi pochylona do przodu, twarz ukryta za włosami. To jej ciało, ale to nie ona.

Zebrałem wszystkie bohomazy, gniotąc je bezceremonialnie, zabrałem do kuchni i zacząłem jeden po drugim wciskać w ogień. Nie spieszyłem się.

Sala wróciła. Weszła do kuchni.

— Chleb kupiłam, kartofle, masła pół funta, kiełbasy dobrej, wódkę, czekoladę i świeżą kurę, chociaż chudą, i jarzyn trochę. Zrobię rosół i mięso będzie, na kolację zrobię. Zapłaciłam jak za zboże. Rysunki palisz. Szkoda.

— Nie są dobre.

— Nie są. Ale lubiałam, żeby ty mnie rysował.

— Nie umiem rysować.

— To nieważne. Ale skoro chcesz spalić, to spal.

Spaliłem resztę. Siedziałem za stołem, Sala podała mi wódki w szklance, chleba i kiełbasy, więc wypiłem, zakąsiłem i patrzyłem, jak się krząta, oprawia kurę i gotuje wodę na rosół.

Kiedy wszystko już było gotowe, przykryty garnek pyrkał sobie spokojnie na małym ogniu, Sala zapytała:

— Pokochamy się teraz? Pieniędzy jeszcze mi dasz?

— Dałbym i bez kochania.

— Ja cię zawsze lubiałam, Kostia, to i pokochać się lubię z tobą. A morfiny chcesz?

— Daj.

I dała. Poszliśmy do łóżka, Sala do strzykawki złotojelcej nabrała roztworu z nieopisanej nijak buteleczki, zawiązała mi na przedramieniu opaskę, oklepała żyłę, wstrzyknęła.

Poczułem znane ciepło, jednak jakby z daleka. Jakby roztwór był zbyt rozcieńczony, tylko cień niedawnych, a jednak odległych doznań.

Salome rozbierała mnie delikatnie, jakby rozbierała dziecko. Kurtkę wcześniej sam odwiesiłem, więc teraz mocowała się chwilę z kawaleryjskimi butami, aż zdjęła, potem rozpięła mi spodnie i koszulę, zdejmując je ze mnie delikatnie, potem rozwinęła jakiś proszek, pewnie z kokainą, i wciągnęła go nosem i sama się rozebrała i zobaczyłem jej ciało: tłuste uda i brzuch, bardzo piękne i ciężkie piersi, wszystko białe, jak mleko albo jak śmierć.

Potem całowała mnie długo, chociaż na początku nie mogłem stanąć na wysokości zadania, ale później, kiedy odpływałem już powoli w nieświadomość, ciało nagle zadziałało tak, jak powinno, więc kochaliśmy się krótko, ja byłem tylko półświadomy, a potem zasnąłem, a potem obudziła mnie znowu pocałunkami.

— Lubię ciebie i lubię twojego kutasa, Konstanty.

— Nie musisz kłamać.

— Nie kłamię. Lubię ciebie. Jesteś teraz jakiś inny; wtedy też cię lubiałam, byłeś jak dzikie, ranne zwierzę. Miotałeś się. A teraz już nie i teraz jeszcze więcej ciebie lubię. Dasz mi jeszcze pieniędzy?

— Dam. Zjedzmy tę kurę.

I jedliśmy gotowaną w rosole kurę, drzwi były zamknięte, w mieszkaniu Sali było ciepło, wilgotno i stęchle, na ścianach jak zwykle kwitnął grzyb, a potem poszliśmy razem spać i spałem z nią, bo brakowało mi spania pod jedną pierzyną z ciepłym, miękkim kobiecym ciałem, a rano obudziłem się przed nią i chciałem wymknąć się po cichu.

W kuchni założyłem cywilny garnitur, ale zamierzałem występować dalej jako Baldur von Strachwitz i te właśnie dokumenty i magiczny dysk schowałem do kieszeni, sauera wetknąłem za pasek, mundur, oporządzenie i wojskowe buty schowawszy do walizki.

Pieniądze dla Sali, dla Sali Zylberman. Położyłem na stole trzydzieści dolarów.

Kiedy byłem już przy drzwiach, Sala wyszła do mnie, owinięta kocem, a pod kocem naga.

— Ty już nie wrócisz do mnie, Kostia, prawda?

— Nie wrócę.

— Pieniądze mi zostawiłeś?

— Na stole. Miej się dobrze, Salomeo.

— Tak. Wrócę jeszcze pospać trochę.

— Dobrze.

Wyszedłem. Było wcześnie, ledwie słońce wstało i było zimno, a ja nie chciałem iść do domu, nie chciałem iść do domu z czekolady, bo bałem się duchów.

Poszedłem w stronę Starego Miasta, ale skręciłem w Karową, schodkami wspiąłem się na skarpę, zasapawszy się trochę.

Nad miastem szare chmury, ale przynajmniej śnieg nie pada. Nie wiem co dalej, ale pierwszy raz w życiu wcale mi to nie przeszkadza, bo nagle wiem, nie wiem skąd, ale wiem, że wystarczy pozwolić, aby rzeczy się działy.

Na gmachu Polskiego Towarzystwa Higienicznego dwóch wyrostków rozklejało żółte obwieszczenia. Jeden trzymał płachtę, drugi mazał po niej pędzlem, przyciskali do ściany i dalej następną, przyklejali właśnie trzecią, a ja podszedłem do pierwszej.

Niejaki Hans Frank proklamuje utworzenie Guberni Generalnej dla zajętych obszarów Polski. Nie mylił się Steifer; coś tu musi powstać. Pytanie, czym to się okaże.

Poszedłem dalej, przez Krakowskie, Trębacką, aż na Fredry. Coraz więcej bruków uporządkowanych, uprzątniętych, torowiska prostsze, ale miasto dalej tonie w błocie. Na Fredry trzech starych Żydów w chałatach rozkopywało grób.

— Co robicie, ludzie? — zapytałem, zdziwiony.

— Zarządzili powszechną ekshumację, to wykopujemy, gdzie kazali.

Dół był już głęboki, zajrzałem do środka. Widać było ciało, ciało kobiety — bo sukienka. Okopywali je łopatami. Sukienka brudna, ale widać na niej drobne, białe kwiatki. Różyczki. Zawsze lubiłem letnie sukienki w różyczki.

— Zostawcie te łopaty, wyciągnijcie ją już — rozkazałem.

Spojrzeli na mnie niechętnie.

— Jak pan taki mądry jesteś, to sobie sam ją pan wyciągaj — odwarknął

— Nicht frech werden, Jude. Du sprichst zu einem Deutschen* — warknąłem.

Dlaczego to zrobiłem? Zrobiłem to bez „dlaczego". Zrobiłem to, bo nie chciałem, aby naruszyli ostrzem łopaty ciało już zabite, a nie chciałem tego, bo nie chciałem.

Popatrzyli po sobie i na mnie, więcej strachu niż niechęci. Odłożyli łopaty, rękami zaczęli odkopywać trupa, odkopali go do końca i wyciągnęli na zewnątrz. Śmierdziało.

Rozkazałem jeszcze ją przykryć, a zanim przykryli, przyjrzałem się: trup jak trup, nic ciekawego. Sukienka w różyczki. Wieku poznać nie sposób, ciało brudne od ziemi. Żyd przykrył trupa plandeką.

Wartownik przed Klubem Niemieckim mnie poznał, co oszczędziło mi wygrzebywania dokumentów Willemanna, bo jednak obawiałbym się legitymować tutaj jako Baldur.

---

* (niem.) Nie pyskuj, Żydzie. Do Niemca mówisz.

Wchodzę. Idę do jej biura, mijają mnie ludzie, ale ja nie mijam nikogo, nikogo nie widzę. Wchodzę bez pukania. Wiedziałem, że już będzie u siebie i jest u siebie, w mundurze, włosy zebrane, przy biurku obok sekretarka w mundurze stuka w maszynę, a moja matka podnosi wzrok znad papieru, wściekła, że ktoś wchodzi bez pytania, ale wściekłość znika natychmiast na mój widok.

— Konstanty! — cieszy się i nie przerywając radości, warczy do sekretarki: — Hau ab, Hilda. Aber sofort!*

Sekretarka znika jak zmieciona, nawet nie ujrzałem jej twarzy, wzrok wbity w podłogę albo gdzieś indziej w ogóle.

— Dzień dobry mamie — mówię.

— Dzień dobry, Konstanty. Siadaj.

Siadam na krześle dla interesantów, a przecież nie jak interesant.

— Herbaty się napijesz, Konstanty? — pyta.

A ja już rozumiem. Widzę wszystko w jej wzroku. Widzę wszystkie moje samokłamstwa.

— Nie chcę herbaty.

— Dobrze, dobrze. Co u ciebie, synu? Dzwoniłam do ciebie na Madalińskiego, nikt nie odebrał.

— Byłem w Budapeszcie — odpowiadam odruchowo.

Patrzy na mnie przenikliwie, co to znaczy: patrzeć przenikliwie? Wcale nie patrzy przenikliwie; patrzy uważnie, ale jej wzrok mnie nie przenika, teraz rozumiem. Kiedyś zdawało mi się, że może przeze mnie patrzeć, że widzi moje wnętrze, teraz rozumiem: to nieprawda. Jestem kim innym.

Czy ja jestem kim innym?

Przemieniłem się. Dzidzia mnie przemieniła.

Naprawdę?

---

* (niem.) Wynoś się, Hilda. Ale już!

Nie wiem. Ale przynajmniej widzę jaśniej.

Przecież widzę ją teraz: biedną, szaloną staruszkę, której całym życiem jest jedyny syn. Ja. Konstanty Willemann. Inteligentną, szaloną staruszkę, która widzi i rozumie, jak moje życie cieknie i toczy się na marne, która rozumie, że z mojego życia nic nie wynika, i wie, że to jej wina. Nie moja, jej. Dała mi wszystko, a to za dużo. Wszystko, co mam i miałem — dostałem. Spokój, dobrobyt, żonę nawet od niej dostałem, jeśli dobrze się zastanowić. Tylko kurwy, wódka, narkotyki, awantury, tylko to było moje, tylko to osiągnąłem sam. Bo przecież mój nie był ani Grudziądz, ani moje oficerowanie w pułku, ułani, karabiny maszynowe, pociski smugowe, wszystko to ona mi dała, bez niej kim byłbym?

A ona beze mnie — kim?

Więc patrzy na mnie i martwi się, po prostu, jak matka. Dlaczego w Budapeszcie? Po co w Budapeszcie? Czy naprawdę w Budapeszcie?

I dlaczego założyła ten mundur, teraz, głupi, rozumiem. Oczywiście. Trudno mi to znieść, bo już rozumiem.

— W Budapeszcie byłeś? Po co? — pyta w końcu.

— Ach, sprawy załatwić. Różne. Pójdę już.

— Zaczekaj, Konstanty, nic nie mówisz, co z tobą...

Ale wstaję. Ale się odwracam. Głupiec. Głupiec. Całe życie, trzydzieści lat, głupiec.

— Posiedź jeszcze, Konstanty! Nie trzeba ci czego?

Chciałaby dać mi pieniędzy. Ale otwieram już drzwi.

— Do widzenia mamie — mówię.

— Zaczekaj! — Unosi się nawet zza biurka.

Ale wychodzę. Wybiegam prawie, mimo walizki wybiegam. Biegnę, walizka obija mi nogi, głupi, głupi głupiec.

Dokąd biegnę? Do Loursa? Nie. Lours to kłamstwo. Już oddechu w płucach brak, ludzie patrzą dziwnie, facet z walizką biegnie, a przecież nie na dworzec, nie na pociąg, więc zwalniam kroku, idę, ale idę niechybnie i płaczę nawet trochę, wszystko kłamstwo, głupi, głupi głupiec, całe życie kłamstwo. Wierzbowa kłamstwo. Senatorska kłamstwo.

Jestem Konstanty Willemann kłamstwo. Lubię samochody kłamstwo. Nie lubię koni kłamstwo.

Ulica Podwale kłamstwo. Schody kłamstwo. Drzwi kłamstwo. Pukam kłamstwo. Dyszę kłamstwo.

Hela uchyla drzwi. Już założyli nowy łańcuszek.

— Wejdź, ojca nie ma — mówi po prostu i otwiera.

Wchodzę. Nie wiem, co powiedzieć, nic nie mówię.

— Jurek?… — pytam tylko.

— Jureczku! — woła Hela.

A on wychodzi. Zalękniony.

— Jureczku, przywitaj się z tatusiem.

— Dzień dobry, tatusiu.

— Dzień dobry, Jureczku.

Kłamstwo.

Podbiegam doń, a on się cofa, nic mu nie przywiozłem z Budapesztu, nawet kawałka czekolady mu nie przywiozłem, nic.

Cofa się, ale zagarniam go ramionami, tulę, Jurek, Jureczek mój, jak mogłem cię porzucić, zostawić, zapomnieć, nie być przy tobie, nie chronić cię, nie karmić, nie czynić tobie, tak małemu, świata przychylnym, przecież ty to wcale nie mały inny mniejszy ja, tylko ktoś zupełnie inny.

— Puść, tatuś, puść — krzyczy Jureczek.

Puszczam. Ucieka do pokoju.

— Nie możesz tak tutaj przychodzić — mówi Hela.

— Kocham cię, Heleno — odpowiadam, odwracając się do niej.

— Nie żartuj sobie nawet tak, Kostek, nie żartuj. Idź do domu.

— Nie potrafię tak. Nie zniosę tej farsy, tego udawania, chcę być z tobą i Jureczkiem.

Kłamstwo.

— Tak jest bardziej prawdziwie, niż gdybyśmy nie udawali, Konstanty.

Wstaję. Jureczek bawi się ciężarówką, jeździ nią po dywanie.

Jaka Helena jest, nie wiem, przecież nigdy jej nie poznałem, nic o niej nie wiem, czy ona mnie interesowała kiedykolwiek, czy ja to mogę jeszcze naprawić, czy cokolwiek mogę jeszcze naprawić?

— Czy ja to mogę jeszcze naprawić, Heleno? Czy cokolwiek mogę jeszcze naprawić?

— Teraz musisz iść, ojciec gotów dostać apopleksji, gdyby cię tu zobaczył. Idź już, Konstanty, idź. Zadzwonię do mieszkania, do ciebie, spotkamy się w parku jakimś, pobawisz się z Jureczkiem. Ale teraz idź. Idź do domu, skądkolwiek wracasz z tą walizką.

— Pieniędzy ci dam — bełkoczę i wysupłuję z kieszeni ostatnią pięćdziesiątkę, nie moją.

— Nie trzeba mi.

— Weź, dla Jureczka.

— Jemu też nie trzeba. Zabierz swoje dolary i idź już, Konstanty.

— Pójdę, jak weźmiesz.

— Dobrze.

Wzięła. Odprowadziła mnie do drzwi. Wyszedłem na klatkę, ona została w środku, zamknęła na łańcuszek i patrzyła na mnie przez drzwi uchylone, czekałem więc, co powie.

— Iga znowu zniknęła — szepnęła po chwili.

— Jak to: zniknęła?

— Przez ciebie.

— Hela...

Tylko wzruszyła ramionami i zamknęła drzwi.

Poszedłem.

Do domu. Długo szukałem dorożki, żeby nie iść piechotą, znalazłem dorożkę dopiero na placu Zamkowym. Przy zamku kręciło się mnóstwo Niemców.

Pojechałem, dryndziarz postawił mi budę, schowałem się, wtuliłem, zamknąłem oczy, żeby nie patrzeć na Warszawę, żeby nie wiedzieć nic, wszystko kłamstwo.

Jechaliśmy długo, jechaliśmy wiek cały, obłe zgarbione plecy, okrągła czapka dryndziarza, łata na płaszczu, smętna gałąź bata, smród konia, nie lubię koni.

E. Wedel. Czekolada.

Płacę. Nie mam czym. Proszę dryndziarza, aby poczekał, biegnę do mieszkania, mojego mieszkania po schodach, klucze klucze gdzie klucze nie ma kluczy, Inżynier został, kiedy wyszliśmy, ale przecież zabierałem klucze, są. W walizce. Ubrania na korytarzu rozrzucone.

Otwieram, rzucam walizkę, otwiera się i wysypują się z niej rzeczy, mundur, buty, ale to nieważne. Wyglądam przez okno, dryndziarz czeka.

Na fotelu w salonie siedzi Jacek i śpi. Chrapie. Na kolanach trzyma pistolet. Obok niego butelka po wódce. Szukam pieniędzy, Jackiem zajmę się potem, niech śpi, teraz muszę zapłacić dryndziarzowi, więc szukam pieniędzy.

— Nie ruszaj się!

Obudził się. Nie wstaje, wyciąga rękę z pistoletem w moją stronę.

— Jacek. Muszę za dorożkę zapłacić. Zaraz tu wrócę, tylko za dorożkę zapłacę. Rozumiesz?

— Nie ruszaj się — mówi do mnie i wstaje.

— Jacku, przez okno wyjrzyj. Dorożkarz tam czeka, aż zejdę i mu zapłacę, zgubiłem portfel i musiałem mu zapłacić, a nie miałem czym. Masz dziesięć złotych?

Po co kłamię?

Patrzy przez okno. Jest pijany, ręka mu drży, mógłbym na niego skoczyć i wytrącić mu broń z ręki, mógłbym wyciągnąć mój pistolet i go zastrzelić, Jacka zastrzelić, mój pistolet pistolet mojego ojca mógłbym.

Nie mógłbym.

Ręka mu drży.

— Jacek. To nie tak było z Igą, jak ci się wydaje. Jacku. Naprawdę — mówię, próbuję mówić tonem spokojnej perswazji, próbuję. — Zejdę, zapłacę, wrócę do ciebie, pogadamy.

— Siadaj — odpowiada i coś w jego głosie każe mi usiąść.

Idzie zamknąć drzwi.

— On tu przyjdzie za mną po te pieniądze, Jacku. Przyjdzie tutaj, rozumiesz? Wstyd będzie. Muszę zejść i mu zapłacić.

Potyka się o moje rzeczy, o mój mundur ojca mundur, niemiecki mundur. Przygląda się temu mundurowi. Długo, pistolet opuścił, na mnie ani nie spojrzy, gapi się na mundur.

Mógłbym. Ale nie.

Zamyka drzwi.

Wraca na fotel. Siada.

— Drugi dzień czekam.

— Skąd miałeś klucze?

— Dałeś mi kiedyś, nie pamiętasz? Byłeś moim przyjacielem, dorobiłeś mi klucz i dałeś mi na wszelki wypadek, nie pamiętasz?

— No tak, było coś takiego. — Przypominam sobie czy nie przypominam sobie?

— Ona odeszła. Przez ciebie.

— Jacek, ja z nią nie spałem. Nie spałem z nią, rozumiesz? Już raz się strzelaliśmy o głupstwa, o moją głupotę, po co znowu?

— Jaki ty jesteś głupi, Konstanty — bełkocze Jacek. — Jaki głupi, jaki głupi. A ona w jednej sukience odeszła. Przez ciebie. W twojej ulubionej, chuju rybi, w twojej.

— Nie celuj do mnie, Jacku, proszę cię. Jestem głupi, ale nie celuj do mnie. Nie spałem z nią.

— To już nieważne, Kostek. Jest na ciebie wyrok. Wyrok śmierci. Za zdradę. Ty szkopie.

— Muszę iść zapłacić dryndziarzowi, Jacku.

— Wyrok jest na ciebie, Konstanty, nie rozumiesz?

— Kto go wydał?

— Służba Zwycięstwu Polski.

— Polska przegrała.

— Właśnie przez takie gadanie. Jak mogłeś mnie zdradzić?

— Dorożka czeka, muszę zapłacić, Jacku.

Sięga lewą ręką po wódkę, coś tam jeszcze jest w butelce, zębami wyciąga korek, robi duży łyk.

— Jak mogłeś tak mnie zdradzić? Ten mundur…

— To mojego ojca — próbuję mu przerwać, ale on nie słucha.

Za paskiem spodni mam pistolet. Mojego ojca. Mógłbym?

— Ten mundur, wszystko. A ja cię tak broniłem, Konstanty. Przed wszystkimi. Miałem ich za głupców, za ograniczonych filistrów, kiedy tak mówili. Broniłem cię, zawsze.

— Wiem. Jacku, ja muszę pójść zapłacić dorożkarzowi. Człowiek tam czeka, ile może czekać?…

— Zamknij się, Kostek. Wyrok na ciebie jest. Wydany. Jak mogłeś pójść do Peszkowskiego z Niemcami, jak mogłeś, szkopie? Jak mogłeś moją Igę…?

Milczę. Skoro kazał mi się zamknąć, to będę milczał.

— Wyrok na ciebie jest, rozumiesz? Wyrok. Służba Zwycięstwu Polski. Pierwszy wyrok. Sąd polowy. Pierwszy wyrok. I ja się zgłosiłem, rozumiesz? Mówili, że nie dam rady, a ja się zgłosiłem.

— Jesteś pijany — odpowiadam, chociaż miałem milczeć.

— Ty całe życie przeszedłeś pijany, Konstanty. Jak mogłeś mnie zdradzić?

— To nie tak, Jacku. Ja nie mogę o tym wiele mówić, o tej Służbie Zwycięstwu Polski nigdy nie słyszałem, ale ja jestem w prawdziwej, rozumiesz?... Wywiad. Mam cię wciągnąć, takie mam rozkazy.

Słucha, nie słucha? Nie patrzy na mnie. Zamknął oczy, zasłonił lewą dłonią, pistolet, dłoń z pistoletem na kolanach. Mógłbym wiele.

— Z Budapesztu wróciłem. Jako kurier. Regulamin komunikacji kurierskiej przywiozłem, Dzidzia tam została, byłem tam z Dzidzią Rochacewicz, dlatego mundur, przebranie, rozumiesz?

Nie słucha.

— Muszę pójść zapłacić dryndziarzowi, Jacku. Zaraz wrócę i porozmawiamy, dobrze?

Wstaję.

— Jak mogłeś mnie zdradzić, Konstanty? Tylko ja cię kochałem, tylko ja cię naprawdę kochałem, a ty mnie zdradziłeś.

— Przecież ci tłumaczę...

Strzelił. Jak straszną pięścią w brzuch. Ja na ziemi. Jacek płacze.

— Jak mogłeś, ona była... Musiałeś ją wziąć sobie, bo miałeś taką zachciankę, tak? Musiałeś właśnie ją?

Sufit. Regulamin komunikacji kurierskiej Steifera. Kto zaniesie na plac Zbawiciela? Muszę zapłacić dorożkarzowi. Kto zapłaci? On czeka. Ciepło. Jacek siada przy mnie, kładzie sobie moją głowę na kolanach.

Jacek gładzi mnie po włosach.

Kochałam cię, Konstanty, a teraz będę kochała jego, bo ja muszę kogoś kochać, więc będę go kochała, wydrążonego i wypełnionego rozpaczą. On będzie tańczył wokół opuncji, kiedy ty odejdziesz w drugie królestwo śmierci, a ja będę tańczyła z nim.

— Dlaczego, Konstanty, dlaczego? — płacze Jacek.

Milczę. Oddycham jeszcze. Nie ma „dlaczego". Nic nie jest dla czegoś, wszystko tylko jest. Jest tylko ciemna, czarna, pulsująca substancja ukryta pod cienką skórą tego świata i tylko na zewnątrz, na wierzchu szuka odpowiedzi na pytanie „dlaczego".

Nic nie jest dla czegoś.

Muszę zapłacić dorożkarzowi.

Autor powieści jest laureatem
Stypendium Ministra Kultury i Dziedzictwa Narodowego
„Młoda Polska 2010”.

Wydanie pierwsze, dodruk

Opieka redakcyjna
Waldemar Popek

Konsultacja varsavianistyczna
Aleksander Kopiński

Konsultacja germanistyczna
Ryszard Wojnakowski

Redakcja
Justyna Chmielewska

Korekta
Weronika Kosińska, Urszula Srokosz-Martiuk

Projekt okładki i stron tytułowych
Filip Kuźniarz

Zdjęcie na pierwszej stronie okładki
© Josef/beyond/Corbis/Fotochannels

Redakcja techniczna
Bożena Korbut

Książkę wydrukowano na papierze Creamy 70 g vol 2,0
dostarczonym przez Zing Sp. z o.o.

Printed in Poland
Wydawnictwo Literackie Sp. z o.o., 2013
ul. Długa 1, 31-147 Kraków
bezpłatna linia telefoniczna: 800 42 10 40
księgarnia internetowa: www.wydawnictwoliterackie.pl
e-mail: ksiegarnia@wydawnictwoliterackie.pl
fax: (+48-12) 430 00 96
tel.: (+48-12) 619 27 70
Skład i łamanie: Scriptorium „TEXTURA"
Druk i oprawa: Drukarnia Kolejowa Kraków Sp. z o.o.

ISBN 978-83-08-05011-8